HEYNE BÜCHER

Fantasy

Herausgegeben von Wolfgang Jeschke

Von Henry Rider Haggard erschienen in der Reihe
HEYNE SCIENCE FICTION & FANTASY:

Sie · 06/4130
Allan Quatermain · 06/4131
Ayesha – Sie kehrt zurück · 06/4133
Sie und Allan · 06/4133
König Salomons Diamanten · 06/4134
Die heilige Blume · 06/4135
Das Halsband des Wanderers · 06/4136
Tochter der Weisheit · 06/4137
Helena kehrt zurück · 06/4138
Morgenstern · 06/4146
Als die Welt erbebte · 06/4147
Das Nebelvolk · 06/4148
Das Herz der Welt · 06/4149
Kleopatra · 06/4150

Weitere Ausgaben sind in Vorbereitung.

HENRY RIDER HAGGARD

# Sie und Allan

*Fantasy-Roman*

4. Band der Haggard-Ausgabe

WILHELM HEYNE VERLAG
MÜNCHEN

HEYNE-BUCH Nr. 06/4133
im Wilhelm Heyne Verlag, München

Titel der englischen Originalausgabe
SHE AND ALLAN
Deutsche Übersetzung von Hans Maeter
Das Umschlagbild schuf Vicente Segrelles/Norma

Redaktion: Wolfgang Jeschke

Printed in Germany 1985
Umschlaggestaltung: Atelier Ingrid Schütz, München
Satz: Schaber, Wels
Druck und Bindung: Elsnerdruck GmbH, Berlin

ISBN 3-453-31118-3

## ANMERKUNG DES VERSTORBENEN MR. ALLAN QUATERMAIN

Mein Freund, in dessen Hände diese meine Manuskripte eines Tages übergeben werden, lassen Sie mich heute noch etwas zu diesen Aufzeichnungen sagen.

Vor langer Zeit habe ich in diesen Schriften die Geschichte von Ereignissen festgehalten, und sie darin mehr oder weniger vollständig beschrieben. Ich tat dies zu meiner eigenen Befriedigung. Sie werden selbst festgestellt haben, wie die Erinnerung verblaßt, wenn man in die Jahre kommt; wir wissen noch genau, mit einer beinahe schmerzhaften Klarheit, was wir in unserer Jugend sahen und erlebten, doch die Ereignisse unserer Lebensmitte entgleiten uns oder werden undeutlich, wie eine tiefliegende Landschaft, die von grauen, ziehenden Nebeln verhüllt wird. Weit entfernt scheint noch immer die Sonne die Ebenen und Hügel der Jugend und der frühen Mannesjahre zu erhellen, so wie sie die flüchtigen Stunden unseres Alters erhellt, jenen Boden, auf dem wir jetzt stehen, doch das Tal, das dazwischen liegt, ist von Nebel erfüllt. Ja, selbst seine Erhebungen, welche die herausragenden Ereignisse der Vergangenheit symbolisieren, verschwinden oft in diesem verwirrenden Nebel.

Es war die Erkenntnis dieser Wahrheit, die mich veranlaßte, die folgende Zusammenfassung (bei der natürlich vieles ausgelassen worden ist) von meiner kurzen Bekanntschaft mit jener seltsamen und wunderbaren Frau aufzuzeichnen, die ich unter dem Namen *Ayesha,* oder *Hiya,* oder *Sie-die-befiehlt* kennengelernt habe – keineswegs im Hinblick auf eine Veröffentlichung, sondern damit ich sie (bevor ich sie vergesse, und falls es mir gefallen sollte) noch einmal studieren kann, wenn ich in hohem Alter bin, das zu erreichen ich hoffe.

In der Tat ist es nicht in meinem Sinne, wenn sie der Welt zugänglich gemacht werden, selbst nach meinem Tode, weil sie – oder jedenfalls große Teile davon – so ungewöhnlich sind, daß sie, wie ich befürchte, Lächeln hervorrufen und in gewisser Weise einen Schatten auf mein Andenken und auf meine Wahrhaftigkeit werfen könnten. Aus diesem Grund habe ich verfügt, daß sie, falls ich verabsäumen sollte, sie zu vernichten, dies von meinen Testamentsvollstreckern getan werden soll.

Außerdem habe ich immer sehr sorgfältig vermieden, anderen *irgendwelche* Andeutungen darüber zu machen, sei es in Gesprächen oder in allem, was ich geschrieben habe, da es mein Wunsch ist, daß diese Seite meiner Lebensgeschichte absolut geheim bleiben soll und nur mir allein bekannt. Aus dem nämlichen Grund habe ich auch niemandem gegenüber auch nur eine Andeutung darüber gemacht, nicht einmal Ihnen, dem ich so viel anvertraut habe.

Also gut, ich habe die wichtigen Ereignisse dieser Expedition und der daraus entstandenen Folgerungen so einfach und so genau aufgezeichnet, wie es mir möglich war, und sie beiseite gelegt. Ich will nicht behaupten, daß ich nie wieder an sie gedacht habe, da sich unter ihnen einige befanden, die sich zusammen mit den Problemen, die sie aufwarfen, als unvergeßlich erwiesen. Außerdem: wann immer einige von Ayeshas Worten und Geschichten, die auf diesen Seiten nicht festgehalten wurden, in meine Erinnerung zurückkommen, wie es von Zeit zu Zeit geschieht, habe ich sie aufgezeichnet und sie zusammen mit dem Manuskript beiseite gelegt. Dennoch sind die Einzelheiten jener bemerkenswerten Ereignisse mehr oder weniger verblaßt in meinem Gedächtnis, so wie das Bild auf einer unfixierten photographischen Platte verblaßt, bis nur noch Umrisse verbleiben, vage, und kaum noch wahrnehmbar.

Um die Wahrheit zu sagen, war ich ziemlich beschämt über diese ganze Geschichte, in der ich eine so schlechte Figur machte. Rückblickend wird mir bewußt – obwohl die Ehrlichkeit mich zwang, alles genau so zu schildern, wie es wirklich geschah, ohne etwas hinzuzufügen oder wegzulassen, daß ich das Opfer eines schändlichen Betrugs geworden bin. Die seltsame Frau, die ich in den Ruinen eines Ortes traf, der Kôr genannt wurde, hat ohne jeden Zweifel einen Zauber über meine Sinne geworfen und ließ mich zu jener Zeit viel glauben, was absolut unglaublich war.

Zum Beispiel erklärte sie mir, daß ihr Leben weit über die uns Sterblichen zugestandene Spanne hinaus verlängert worden sei, für Hunderte und Hunderte von Jahren, was Euklid für absurd erklärte, und hat mir gegenüber erklärt, übernatürliche Kräfte zu besitzen, was noch absurder ist. Außerdem hat sie mir durch die kluge Anwendung irgendeiner hypnotischen und mesmerischen Kraft die Illusion vorgegaukelt, mich zu irgendeinem Ort jenseits der Erde zu bringen, und in die Höllen des Hades, um mir das zu zeigen, was den Augen der Menschen verborgen ist, und nicht allein mir, auch dem wilden Krieger Umslopogaas von der Axt und Hans dem Hottentotten, die meine Begleiter bei diesem Abenteuer waren. Und es gab noch viele andere Dinge, die gleich unglaublich waren, wie ihr plötzliches Erscheinen bei der Schlacht mit Rezu. Doch um nicht zu weit abzuschweifen: die Summe der Ereignisse war, daß man mich schamlos hintergangen hat, und wenn jemand sich in einer solchen Lage befindet, wie es wohl den meisten Menschen irgendwann in ihrem Leben geschieht, so gebietet die Weisheit, daß er die Umstände besser für sich behält.

So standen also die Dinge, oder vielmehr, so lagen sie in den Nischen meiner Erinnerung – und in dem Schrank, in dem ich meine Manuskripte verberge –, als eines Abends Captain Good, ein Mensch von romantischer Veranlagung, der eine starke Neigung – eine zu starke, glaube ich oft – zur Literatur besitzt, mir ein Buch ins Haus brachte und darauf bestand, daß ich es lese.

Nachdem ich mich davon überzeugt hatte, daß es ein Roman war, lehnte ich das ab, denn, um ehrlich zu sein, ich habe nicht das geringste für Romantik in irgendeiner Form übrig, weil ich festgestellt habe, daß die harten Tatsachen des Lebens hinreichend Stoff bieten.

Ich gebe zu, daß ich gern lese, doch wie bei allen anderen Dingen ist auch darin mein Horizont begrenzt. Ich studiere, zum Beispiel, gerne die Bibel, besonders das Alte Testament, sowohl wegen seiner heiligen Botschaft, als auch wegen seines majestätischen Stils, an den mich die Worte Ayeshas, die ich so dürftig aus ihrem fließenden und melodischen Arabischen übersetzte, erinnern: für Dichtung halte ich mich an Shakespeare und – am anderen Ende der Skala – an die Ingoldsby Legenden, von denen ich viele beinahe auswendig kenne, während ich mich, was die aktuellen Belange betrifft, mit der *Times* und der *Field* begnüge, wobei letztere mir besonders liegt, weil sie nüchtern und ohne Übertreibungen, wie es meiner Veranlagung entgegenkommt, über Ereignisse der Jagd berichtet, an der ich für so viele Jahre beruflich interessiert war.

Ansonsten lese ich alles, was sich mit dem alten Ägypten befaßt und mir irgendwie in die Hände gerät, weil dieses Land und seine Geschichte eine seltsame Faszination auf mich ausüben, die ihre Wurzeln in Ereignissen oder Träumen haben mag, von denen an dieser Stelle besser nicht gesprochen werden sollte. Schließlich lese ich hin und wieder lateinische oder griechische Autoren in englischer Übersetzung, da mir meine mangelhafte Bildung, wie ich gestehen muß, leider nicht gestattet, sie im Original zu lesen. Zur modernen Dichtung habe ich allerdings keinerlei Beziehung, obwohl ich hin und wieder während einer Eisenbahnfahrt etwas davon lese und mich oftmals über derartige Exkursionen ins Poetische und Unrealistische amüsiere.

So geschah es, daß ich, je mehr Captain Good mich bedrängte, diesen Roman zu lesen, um so entschlossener wurde, dies nicht zu tun. Da er jedoch ein sehr hartnäckiger Mensch ist, legte er das Buch, als er gegen zehn Uhr nachts ging, genau vor meine Nase, damit ich es nicht übersehen konnte. So kam ich nicht umhin, einige ägyptische Hieroglyphen zu bemerken, die in einem Oval auf dem Schutzumschlag zu sehen waren, und ich sah auch den Titel, und unter diesem Ihren Namen, mein Freund, was alles meine

Neugier erregte, besonders der Titel, der kurz und rätselhaft war und nur aus einem einzigen Wort bestand: »SIE«.

Ich nahm das Buch zur Hand, und als ich es zum ersten Mal aufschlug, fiel mein Blick auf das Bild einer verschleierten Frau – und der Anblick ließ mein Herz stocken, so schmerzlich erinnerte es mich an eine gewisse verschleierte Frau, die kennenzulernen ich einst das Glück hatte. Als ich von diesem Bild zu der bedruckten Seite blickte, schien ein Wort mir entgegenzuspringen. Es war ›*Kôr*‹! Nun gab es sicherlich eine Menge verschleierter Frauen auf der Welt, aber gab es auch zwei Kôrs?

Dann wandte ich mich dem Text zu und begann zu lesen. Dies war im Herbst, wenn die Sonne sich nicht vor sechs Uhr erhebt, doch es war bereits heller Tag, als ich mit dem Lesen aufhörte, oder, besser gesagt, vom Durchfliegen des Buches.

Oh! Was sollte ich davon halten? Denn hier, auf seinen Seiten fand ich mich wieder von Angesicht zu Angesicht der *Sie-die-befiehlt* gegenüber, jetzt unter dem Namen der *Sie-der-man-gehorchen-muß,* was ja so ziemlich dasselbe bedeutet: ja, Angesicht zu Angesicht mit Ayesha, der Wunderbaren, der Geheimnisvollen, der Wechselhaften, der Überragenden.

Außerdem füllte die Geschichte viele Lücken meiner eigenen, beschränkten Erfahrungen mit diesem rätselhaften Wesen, das halb göttlich war (obgleich auch, wie ich glaube, auf ihre Art sündig oder zumindest unmoralisch) und doch ganz Frau. Es ist wahr, daß ich sie in einem Licht zeigte, das sie ein wenig anders darstellt als so, wie sie sich mir darstellte, doch war das Substrat ihres Charakters dasselbe, oder das ihrer Charaktere, denn von denen schien sie mehrere in einem einzigen Körper zu vereinen, da sie, wie sie mir einmal selbst sagte, ›nicht Eines, sondern Vieles, und nicht Hier sondern Überall‹ sei.

Außerdem entdeckte ich die Geschichte von Kallikrates, die ich als reine Lüge abgetan hatte, erfunden, um mich zu verwirren, ausgeschmückt und erläutert – oder vielmehr nicht erläutert, da sie mich vielleicht damit täuschen wollte, denn zu mir hat sie von diesem Kallikrates immer nur äußerst abfällig gesprochen, ihn als einen hübschen, doch absolut geistlosen Mann geschildert, an den sie durch irgendeine Indiskretion, die sie sich in ihrer Jugend hatte zuschulden kommen lassen, in einer unglücklichen Schicksalhaftigkeit verbunden war, und auf dessen Rückkehr sie – zu ihrem Kummer – warten mußte. Und ich fand auch Dinge, von denen ich nichts gewußt hatte, so von dem Feuer des Lebens mit seiner tödlichen Gabe der ewigen Existenz, obwohl es zutrifft, daß sie, wie der Riese Rezu, den Umslopogaas besiegte, von einem ›Kelch des Lebens‹ sprach, von dem sie getrunken hätten, und den auch meine Lippen berührt haben könnten, wenn ich nur ein wenig raffinierter gewesen wäre, das Knie gebeugt und mehr Glauben an sie und an ihre übernatürlichen Fähigkeiten gezeigt hätte.

Schließlich las ich die Geschichte ihres Endes, und während ich sie las, weinte ich ... – ja, ich gestehe, daß ich geweint habe, obwohl ich sicher bin, daß sie zurückkehren wird. Jetzt endlich begriff ich, warum sie so erschrak und sogar zusammenzusinken schien, als ich ihr, während des letzten Gesprächs, das ich mit ihr führte, durch ihren Sarkasmus bis zur Grenze des Erträglichen gereizt, erklärte, daß das Schicksal für sie, trotz all ihrer Macht, einen seiner schwersten Schläge bereithalten mochte. Irgendeine Vorahnung schien ihr zu sagen, daß diese Worte zwar unbegründet sein mochten, doch mein Mund die Wahrheit sagte, obwohl – und das war das Schlimmste daran – sie nicht wußte, welche Waffe den Streich ausführen würde, oder wann er fallen würde.

Ich war verblüfft, ich war überwältigt, doch als ich das Buch aus der Hand legte, war ich entschlossen, einmal über Ayesha und meine persönlichen Erlebnisse mit ihr weiterhin absolutes Stillschweigen zu bewahren; und zweitens, daß ich nicht *veranlassen* würde, mein Manuskript zu vernichten. Ich hatte das Gefühl, kein Recht mehr zu haben, dies zu tun, angesichts dessen, was bereits darüber veröffentlicht worden war. Es soll also dort liegen, um eines Tages zu erscheinen – oder nicht zu erscheinen, wie es vom

Schicksal bestimmt sein mag. Ich werde Captain Good sein Buch ohne jeden Kommentar zurückgeben – und mir stillschweigend ein Exemplar kaufen.

The Grange, Yorkshire *Allan Quatermain*

## 1

# *Der Talisman*

Ich glaube, die alten Ägypter waren es – ein sehr weises Volk, wahrscheinlich noch erheblich weiser, als wir es annehmen, denn in der Muße ihrer vielen Jahrhunderte hatten sie Zeit, Hypothesen zu Ende zu denken –, die postulierten, daß jede individuelle Persönlichkeit aus sechs oder sieben Elementen bestünde, obwohl die Bibel uns lediglich drei davon zugesteht, nämlich Körper, Geist und Seele. Der Körper, den ein Mann oder eine Frau trägt, ist, wenn ich ihre Theorie richtig verstehe – was ich, ein ungebildeter Mensch, sicher nicht kann –, nicht mehr als eine Art Sack oder fleischliche Hülle, von der diese verschiedenen Prinzipien zusammengehalten wurden. Oder vielleicht werden sie überhaupt nicht davon zusammengehalten, sondern der Körper ist lediglich ein Haus, sozusagen, in dem sie von Zeit zu Zeit leben, und nur selten alle gleichzeitig, obwohl das eine oder andere von ihnen ständig anwesend sein mag, um das Haus warm und gelüftet zu halten.

Doch ist dies nur eine kleine illustrierende Vermutung, denn welches Recht hätte ich, Allan Quatermain, aufgrund meines geringen angelesenen Wissens und meiner sicherlich falschen Schlußfolgerungen irgendein Urteil über die Theorien der alten Ägypter zu fällen? Doch reichen diese, so wie ich sie verstehe, aus, mich in der Gewißheit zu bestärken, daß der Mensch nicht Eines ist, sondern Vieles, wobei in diesem Zusammenhang daran erinnert sei, daß Er in der Bibel oft davon gesprochen hat, das Haus vieler Dämonen zu sein – sieben waren es, glaube ich –, und, um ein völlig anderes Beispiel anzuführen, daß die Zulus von ihren Medizinmännern behaupten, in ihnen wohne eine ›Vielzahl von Geistern‹.

Jedenfalls bin ich mir einer Sache absolut sicher: daß wir nicht immer dieselben sind. Verschiedene Persönlichkeiten beherrschen uns zu verschiedenen Zeiten. Zu einer Stunde ist die Leidenschaft dieser oder jener Art unser Herr, zu einer anderen sind wir die Vernunft selbst. Zu einer Stunde folgen wir den niedersten Verlangen, zu einer anderen hassen wir sie, und der Geist, der sich aus dem Morast der Sterblichkeit erhebt, scheint durch uns oder über uns wie ein strahlender Stern. Zu einer Stunde haben wir den Wunsch, zu töten und niemanden zu verschonen, zu einer anderen sind wir von heiligem Mitleid erfüllt, selbst gegenüber einem Insekt oder einer Schlange, und bereit, zu vergeben wie ein Gott. Alles beherrscht uns für eine gewisse Zeit, und in einem solchen Maße, daß man sich manchmal zu wundern beginnt, ob wir selbst überhaupt etwas beherrschen.

Der Grund für diese Betrachtungen ist nun, daß ich, Allan, der nüchternste und phantasieloseste aller Menschen, nichts anderes als ein einfacher, halbgebildeter Jäger und Händler, der zufällig einen guten Teil jener kleinen Welt kennengelernt hat, die ihm vom Schicksal vorbestimmt worden war, in einer Periode meines Lebens das Opfer spiritueller Sehnsüchte wurde. Ich bin ein Mensch, der im Verlauf seines Lebens viel Trauriges erlebt hat, das meine Seele verwundete, da meine Gefühle, vielleicht wegen meiner recht primitiven und einfachen Natur, sehr stark sind und ich nicht die vergessen kann, die ich einst liebte, und die, wie ich annahm, mich liebten. Denn, wie Sie wissen, neigen wir in unserer Eitelkeit zu der Annahme, daß bestimmte Menschen, zu denen wir nähere Beziehungen unterhielten, uns wirklich mochten, und bilden uns in unserer noch größeren Eitelkeit – oder soll ich es besser ›Wahnsinn‹ nennen – ein, daß sie uns noch immer mögen, obwohl sie die Erde verlassen haben und in irgendeiner anderen Form und in eine andere Welt eingetreten sind, die, falls sie existieren sollte, vermutlich sehr viel angenehmer ist als alles, was sie hier erlebt haben mögen. Von Zeit zu Zeit überfallen uns jedoch schwere Zweifel in dieser Angelegenheit, über die wir so sehnsüchtig die Wahrheit zu erfahren suchen. Und dahinter verbirgt sich ein noch viel stärkerer Zweifel, nämlich, ob sie überhaupt leben.

Über mehrere Jahre meiner einsamen Existenz haben diese Zweifel mich Tag für Tag verfolgt, bis ich schließlich nichts auf dieser Welt mehr ersehnte, als mich ihrer auf die eine oder die andere Art zu entledigen. In Durban hatte ich einmal einen Mann kennengelernt, der Spiritist war, und dem ich einige meiner verwirrenden Probleme anvertraute. Er lachte mich aus und sagte, daß sich das ohne jede Schwierigkeit klären ließe. Alles, was ich zu tun hätte, wäre, ein gewisses, hiesiges Medium aufzusuchen, das mir für ein Honorar von einer Guinea (Pfund) alles sagen würde, was ich zu wissen wünschte. Obwohl es mir um die Guinea leid tat, da ich zu der Zeit noch mehr als normalerweise an Geldmangel litt, suchte ich dieses Medium auf, möchte jedoch über das Resultat dieses Besuches – oder vielmehr über dessen absoluten Mangel an Resultaten – einen Schleier breiten.

Mein seltsames und vielleicht nicht normales Sehnen blieb jedoch und ließ sich nicht besänftigen. Ich beriet mich mit einem Kleriker, den ich gut kannte, einem klugen und in seinem Fach versierten Mann, doch konnte der mich nur auf die Bibel verweisen, und er erklärte mir – sehr zu Recht, wie ich meine –, daß man sich mit dem zufriedengeben müsse, was sie enthülle. Dann las ich einige mystische Werke, die mir empfohlen worden waren, und die eine Menge Worte enthielten, die mein Taschenwörterbuch nicht verzeichnete, mich jedoch nicht weiterbrachten, da ich in ihnen nichts fand, was ich nicht auch selbst erfunden haben könnte, obwohl sie mich, während ich sie studierte, zu überzeugen schienen. Ich versuchte es sogar mit Swedenborg, oder besser gesagt: mit einigen wenigen seiner Werke, da er recht viel geschrieben hat, doch ohne zufriedenstellende Ergebnisse.

Dann gab ich die Sache auf.

Einen Monat darauf war ich im Land der Zulus, und da ich mich gerade in der Nähe vom Schwarzen Kloof befand, wo dieser Bekannte von mir wohnte, den ich an anderer Stelle erwähnt habe, suchte ich ihn auf, diesen wunderbaren, uralten Zwerg Zikali, bekannt unter dem Namen ›Das-Ding-das-niemals-geworden-hätte-sein-sollen‹, oder, bei den Zulus häufiger, als ›Öffner von Straßen‹. Nachdem wir über einiges gesprochen hatten, was die Lage im Zululand und seine Politik betraf, stand ich auf, um zu meinem Ochsenwagen zurückzugehen, da ich es nach Möglichkeit vermied, im Schwarzen Kloof zu schlafen.

»Hast du nichts auf dem Herzen, das du mich fragen willst, Macumazahn?« fragte der alte Zwerg, schüttelte seine lange Mähne zurück und blickte mich an – beinahe hätte ich geschrieben: ›... blickte durch mich hindurch.‹

Ich schüttelte den Kopf.

»Das ist sehr seltsam, Macumazahn, denn ich sehe, daß in deinen Gedanken etwas geschrieben steht – etwas, das mit Geistern zu tun hat.«

Da erinnerte ich mich an all die Fragen, die mich bedrückt hatten, obwohl mir nie der Gedanke gekommen war, sie Zikali zu enthüllen.

»Ah! Es kommt zurück, nicht wahr?« rief er, denn er schien tatsächlich Gedanken zu lesen. »Dann heraus damit, Macumazahn, solange ich in der Stimmung bin, sie zu beantworten, und bevor ich müde werde, doch du bist ein alter Freund, und wirst es immer bleiben, und wenn ich etwas für dich tun kann, will ich es tun.«

Ich füllte meine Pfeife und setzte mich wieder auf den Hocker aus geschnitztem Rotholz, den er mir gebracht hatte.

»Du wirst ›Öffner von Straßen‹ genannt, nicht wahr, Zikali?« sagte ich.

»Ja, die Zulus haben mich immer so genannt, seit den Tagen vor Chaka. Aber was sind schon Namen, die so oft gar nichts bedeuten?«

»Nur daß *ich* eine Straße öffnen will, Zikali, eine Straße, die über den Fluß des Todes führt.«

»Oho!« lachte er. »Das ist sehr einfach.« Er nahm den kurzen Assegai – so heißt der Speer der Zulu und Massai –

zur Hand, der neben ihm lag, und reichte ihn mir. »Sei jetzt tapfer und stürze dich hinein, und bevor ich bis sechzig zählen kann, wirst du die Straße weit offen vor dir liegen sehen, doch ob du irgend etwas darauf findest, kann ich dir nicht sagen.«

Wieder schüttelte ich den Kopf.

»Das ist gegen unsere Gesetze«, sagte ich. »Und ich möchte wissen, während ich noch lebe, ob ich auf jener Straße gewisse andere Menschen treffen werde, wenn meine Zeit gekommen ist, über den Fluß zu gehen. Vielleicht kannst du, der du Umgang mit Geistern hast, mir die Antwort geben, die niemand sonst mir geben zu können scheint.«

»Oho!« lachte Zikali wieder. »Was hören meine Ohren? Bin ich, ein armer Zulu-Medizinmann, aufgefordert, das zu zeigen, was all der Weisheit des Großen Weißen Volkes verborgen ist?«

»Die Frage ist doch nicht«, sagte ich ein wenig irritiert, »wozu du aufgefordert bist, sondern was du tun kannst.«

»Das weiß ich noch nicht, Macumazahn. Wessen Geist möchtest du sehen? Falls der einer Frau namens Mameena darunter sein sollte, so glaube ich, daß vielleicht ich, den sie liebte ...«

»Sie ist nicht darunter, Zikali. Außerdem, wenn sie dich wirklich geliebt haben sollte, so hast du vielleicht ihre Liebe mit dem Tod vergolten.«*

»Was vielleicht das menschlichste war, was gerade ich tun konnte, Macumazahn, aus Gründen, die du möglicherweise zu erraten imstande bist, und aus anderen, mit denen ich dich nicht belasten will. Doch wenn nicht der ihre, wessen dann? Laß mich sehen, laß mich sehen! Warum scheinen da zwei von ihnen zu sein, Hauptfrauen, meine ich, da ich doch dachte, daß der weiße Mann nur eine Frau nimmt. Und noch eine Menge anderer; ihre Gesichter tauchen auf den Wassern deiner Gedanken auf. Ein alter Mann mit grauem Haar, kleine Kinder – vielleicht waren sie Brüder

---

* Zur Geschichte von Mameena siehe das Buch ›Kind des Sturms‹.

oder Schwestern, und einige, die Freunde gewesen sein mögen. Und ich erkenne auch sehr klar, daß du Maneema nicht widerzusehen wünschst. Doch, Macumazahn, ist das sehr unglücklich, da sie die einzige ist, die ich dir zeigen kann, oder, richtiger, zu der ich dir den Weg weisen kann, falls es nicht noch andere Kaffern-Frauen geben sollte ...«

»Was willst du damit sagen?« fragte ich.

»Ich will damit sagen, Macumazahn, daß nur schwarze Füße auf der Straße reisen, die ich öffnen kann; über solche, in denen des weißen Mannes Blut fließt, habe ich keine Macht.«

»Dann ist es also erledigt«, sagte ich, erhob mich wieder und ging ein paar Schritte auf die Tür zu.

»Komm zurück und setz dich, Macumazahn! Ich habe das nicht gesagt. Bin ich der einzige Herrscher über die Magie in Afrika, das, wie man sagt, ein großes Land ist?«

Ich kam zurück und setzte mich, denn meine Neugier – eine große Schwäche von mir – war erregt worden.

»Ich danke dir, Zikali«, sagte ich, »doch ich will nichts mehr mit euren Medizinmännern zu tun haben.«

»Nein, nein, weil du Angst vor ihnen hast – völlig grundlos, übrigens, da sie alle Schwindler sind, alle, außer mir. Ich bin das letzte Kind der Weisheit; die anderen sind nur ausgestopfte Lügen, wie Chaka feststellte, als er jeden einzelnen von ihnen tötete, den er erwischen konnte. Doch es mag vielleicht einen weißen Medizinmann geben, der über weiße Geister herrschen kann.«

»Falls du die Missionare meinst«, sagte ich hastig.

»Nein, Macumazahn, ich meine nicht eure betenden Männer, die aus einer Form gegossen sind und nur mit einem Maßstab messen und nur sagen, was man sie gelehrt hat zu sagen, und nicht selbständig denken.«

»Manche tun das, Zikali.«

»Ja, und dann fallen die anderen mit dicken Knüppeln über sie her. Der wirkliche Priester ist jener, zu dem der Geist kommt, der sich von dessen Hülsen ernährt und durch eine Maske spricht, die von den Vätern seiner Väter geschnitzt wurde. Ich bin so ein Priester, und das ist der

Grund dafür, daß alle, die an mich glauben, mich hassen.«

»Falls dem so sein sollte, Zikali, dann hast du ihnen diesen Haß reichlich zurückgezahlt, doch schleiche jetzt nicht länger wie eine Katze um den heißen Brei herum, sondern sag mir, was du meinst. Von wem sprichst du?«

»Das ist ja das Problem, Macumazahn. Ich weiß es nicht. Diese Katze, oder besser: diese Löwin, liegt in den Höhlen eines weit, weit entfernten Berges, und ich habe sie noch nie gesehen – nicht in der Wirklichkeit.«

»Wie kannst du über etwas sprechen, das du noch nie gesehen hast?«

»Auf dieselbe Art, Macumazahn, wie eure Priester von etwas sprechen, das auch sie noch nie gesehen haben, denn sie, oder zumindest ein paar von ihnen, wissen davon. Ich werde dir ein Geheimnis verraten. Alle Seher, die zur selben Zeit leben – und wenn sie groß sind –, stehen miteinander in Verbindung, weil sie miteinander verwandt sind und ihre Geister sich beim Schlaf oder in ihren Träumen treffen. Und deshalb kenne ich eine Meisterin unserer Kunst, eine wahrhaftige Löwin unter den Schakalen, die seit Tausenden von Jahren schlafend in den nördlichen Höhlen ruht, und die von mir, obwohl ich nur ein einfacher Mensch bin, weiß.«

»Schön und gut«, sagte ich gähnend. »Aber vielleicht, Zikali, können wir jetzt einmal zur Sache kommen. Was ist mit ihr? Wie heißt sie? Und, falls es sie geben sollte, wird sie mir helfen?«

»Ich werde deine Fragen in umgekehrter Reihenfolge beantworten, Macumazahn. Ich glaube, daß sie dir helfen wird, wenn du ihr hilfst, auf welche Art du das tun kannst, weiß ich nicht, weil Medizinmänner zwar oft ohne Bezahlung arbeiten, so wie ich es tue, Macumazahn, Medizinfrauen das jedoch niemals tun. Was ihren Namen angeht, so wird sie unter unseresgleichen die ›Königin‹ genannt, weil sie die beste von allen ist, und die schönste aller Frauen. Was das andere betrifft, so kann ich dir nichts sagen, außer, daß sie seit jeher gewesen ist und, wie ich vermute, in dieser oder jener Gestalt immer sein wird, solange die Welt besteht, da sie das Geheimnis des ewigen Lebens entdeckt hat.«

»Du meinst damit, daß sie unsterblich ist, Zikali?« sagte ich mit einem Lächeln.

»Das habe ich nicht gesagt, Macumazahn, weil mein kleiner Verstand den Gedanken an Unsterblichkeit nicht formen kann. Aber als ich ein Kind war, was lange, lange zurückliegt, hatte sie schon so lange gelebt, daß sie kaum den Unterschied zwischen damals und heute erkennen konnte, und schon zu jener Zeit bewahrte sie in ihrem Busen alle Weisheit, die jemals gesammelt worden war. Ich weiß das, weil wir uns, wie ich bereits sagte, zwar nie begegnet sind, jedoch von Zeit zu Zeit im Schlaf miteinander sprechen, denn so kommt sie über die Einsamkeit hinweg, und ich glaube, obwohl dies nicht mehr als ein Traum gewesen sein mag, daß sie mir in der letzten Nacht sagte, ich solle dich zu ihr schicken, um Antworten auf gewisse Fragen zu finden, die du mir heute stellen würdest.«

Jetzt wurde ich wütend und sagte: »Warum machst du dich lustig über mich, Zikali, mit einem solchen Geschwätz? Wenn aber ein Funken Wahrheit darin liegen sollte, so zeige mir, wo diese Frau, die ›die Königin‹ genannt wird, lebt, und wie ich zu ihr gelangen kann.«

Der alte Zauberer nahm wieder den kurzen Assegai zur Hand und scharrte mit seiner Klinge Asche aus dem Feuer, das zwischen uns brannte, und sprach dabei zu mir, recht gleichgültig, wie mir schien, vielleicht nur, um meine Aufmerksamkeit abzulenken, von einem bestimmten weißen Mann, dem ich auf meiner Reise begegnen würde, und über seine eigenen Angelegenheiten, und über einige andere Dinge, von denen mich zu der Zeit keines interessierte. Er klopfte die Asche zu einer ebenen Fläche und zeichnete darin mit der Spitze seines Speers eine Karte, ritzte Rillen, die Bäche darstellen sollten. Wellenlinien für Seen und Sümpfe, andere Markierungen für Busch und Wald, und scharrte kleine Aschehaufen zusammen, um Hügel darzustellen. Als er mit allem fertig war, forderte er mich auf, um das Feuer herumzukommen und sein Werk anzusehen, durch das er jetzt noch mit der Klinge seines Assegais eine gewundene Furche zog, die einen Fluß darstellen sollte, und scharrte dann am Nordende der Karte Asche zu einem größeren Haufen zusammen, um einen hohen Berg zu markieren.

»Sieh es dir genau an, Macumazahn!« sagte er. »Und vergiß nichts, denn wenn du diese Reise unternimmst und etwas vergißt, wirst du sterben. Nein, es ist nicht nötig, daß du es dir in dieses Buch kopierst, das du immer bei dir hast, denn ich werde es in dein Gehirn einprägen.«

Und plötzlich packte er mit beiden Händen einen Haufen der warmen Asche und schleuderte sie mir ins Gesicht, wobei er leise etwas murmelte, und sagte dann laut: »So, jetzt wirst du dich erinnern.«

»Bestimmt werde ich das«, antwortete ich hustend, »und ich hoffe, daß du so etwas nicht noch einmal tust.«

Tatsache ist, daß ich, aus welchem Grund auch immer, nie ein Detail dieser recht komplizierten Karte vergaß.

»Der große Fluß muß der Sambesi sein«, murmelte ich, »doch der Berg deiner Königin, falls das ihr Berg sein sollte, liegt weit davon entfernt, wie soll ich allein dorthingelangen?«

»Das weiß ich nicht, Macumazahn, doch vielleicht gelingt es dir in Begleitung von anderen. Zumindest glaube ich, daß in früheren Zeiten viele Menschen zu diesem Ort gereist sind, da ich hörte, es habe dort einst eine große Stadt gestanden, die das Herz eines mächtigen Reiches war.«

Jetzt spitzte ich die Ohren, denn obwohl ich kein Wort von Zikalis Geschichte von einer wunderbaren Königin glaubte, war ich doch immer an vergangenen Zivilisationen und ihren Spuren interessiert. Ich wußte auch, daß das Wissen dieses alten Medizinmannes umfangreich und tiefgehend war, wie immer er auch dazu gelangt sein mochte, und ich nahm nicht an, daß er mich in dieser Frage anlog. In der Tat faßte ich auf der Stelle den Entschluß, diese Reise zu unternehmen, falls sie irgendwie durchführbar sein sollte.

»Wie sind die Menschen zu dieser Stadt gereist, Zikali?« fragte ich.

»Über das Meer, nehme ich an, doch hielte ich es für besser, wenn du es nicht auf diesem Wege versuchen würdest, da ich glaube, daß die Meeresseite wegen ausgedehnter Sümpfe jetzt unpassierbar ist und es wahrscheinlich sicherer wäre, dich auf deine Füße zu verlassen.«

»Du möchtest, daß ich dieses Abenteuer auf mich nehme, Zikali. Warum? Ich weiß, daß du niemals etwas ohne Grund tust.«

»Oho! Du bist klug, Macumazahn, und blickst tiefer in die Wurzel der Dinge, als die meisten anderen. Ja, ich möchte, daß du gehst, und zwar aus drei Gründen: Erstens, damit du deine Seele über gewisse Fragen beruhigen kannst, und ich dir dabei helfen möchte. Zweitens, weil ich auch die meinen beantwortet haben möchte, und drittens, weil ich weiß, daß du sicher zurückkehren und mir eine Stütze sein wirst bei Dingen, die in noch ungeborenen Tagen geschehen werden. Denn sonst hätte ich dir nichts von dieser Geschichte erzählt, da es für mich wichtig ist, daß du am Leben bleibst und die Sonne siehst.«

»Genug, Zikali. Was ist es denn, das du von mir verlangst?«

»Oh! Ich werde eine Menge bekommen, doch vor allem zwei Dinge sind mir wichtig; also will ich dich mit den anderen nicht belasten. Erstens möchte ich wissen, ob meine Träume von einer wunderbaren weißen Medizinfrau, oder Hexe, und von meinen Gesprächen mit ihr tatsächlich mehr sind als nur Träume. Außerdem würde ich gerne erfahren, ob gewisse Pläne, die ich habe, und an denen ich seit Jahren schmiede, erfolgreich sein werden.«

»Was für Pläne, Zikali, und wie kann meine Reise in ein fernes Land dir etwas darüber sagen?«

»Sie sind dir sehr wohl bekannt, Macumazahn; sie haben etwas mit der Entmachtung des königlichen Hauses zu tun, das mir ein bitteres Unrecht angetan hat. Und wie deine Reise mir dabei helfen kann? Nun, dadurch: du wirst mir versprechen, diese Königin zu fragen, ob Zikali, der Öffner von Straßen, triumphieren oder scheitern wird bei dem, was ihm am Herzen liegt.«

»Da du diese Hexe so gut zu kennen scheinst, Zikali, warum fragst du sie das nicht selbst?«

»Zu fragen ist eines, Macumazahn. Eine Antwort zu bekommen ein anderes. Ich habe sie während der Nachtwachen gefragt, und ihre Antwort war: ›Komm zu mir! Vielleicht werde ich es dir sagen.‹ ›Königin‹, antwortete ich, ›wie anders sollte ich zu dir kommen als im Geiste, der ich ein alter, verkrüppelter Zwerg bin, kaum in der Lage, auf eigenen Beinen zu stehen?‹

›Dann sende einen Boten, Zauberer, und sorge dafür, daß er ein Weißer ist, denn von schwarzen Wilden habe ich mehr als genug. Laß ihn ein Zeichen mitbringen, damit ich weiß, daß er von dir kommt, und sage mir, was für ein Zeichen es ist, wenn du in deinem Schlaf zu mir kommst. Außerdem laß dieses Zeichen etwas sein, das Macht in sich birgt, etwas das ihn während seiner Reise schützt.‹

Das ist die Antwort, die sie mir in meinen Träumen gab, Macumazahn.«

»Und was für ein Zeichen wirst du mir denn geben, Zikali?«

Er fummelte in seinem Umhang herum und zog ein Stück Elfenbein hervor, etwa von der Größe einer Schachfigur, das ein Loch aufwies, durch das eine aus den steifen Haaren eines Elefantenschwanzes geflochtene Schnur gezogen war. Auf diesen Gegenstand, der von einer rostigbraunen Farbe war, sprach er ein paar leise Worte, die ich nicht verstand, und reichte ihn mir dann.

Ich nahm den Talisman, denn für das hielt ich ihn, hielt ihn ins Licht, um ihn genauer betrachten zu können, und zuckte so scharf zusammen, daß ich ihn beinahe fallen gelassen hätte. Ich weiß nicht mehr genau, warum ich zusammenfuhr, doch glaube ich, daß irgend etwas von ihm auf mich übersprang. Zikali fuhr ebenfalls zusammen und stieß einen Schrei aus.

»Sei vorsichtig, Macumazahn. Bin ich noch so jung, daß ich es ertragen kann, zu Boden geworfen zu werden?«

»Was soll das heißen?« fragte ich, immer noch auf das Ding starrend, das, wie ich jetzt erkannte, eine naturgetreue

Darstellung des alten Zwerges Zikali war, so wie er jetzt vor mir auf dem Boden hockte. Da waren die tiefliegenden Augen, der große Kopf, der krötenartige Körper, das lange Haar, alles.

»Es ist eine sehr hübsche Schnitzerei, nicht wahr, Macumazahn? Ich bin geschickt in dieser Kunst, mußt du wissen, und kann das deshalb beurteilen.«

»Ja, ich weiß«, antwortete ich und dachte dabei an eine andere Statuette aus seiner Hand, die er mir am Morgen des Todes derer gegeben hatte, nach der sie modelliert worden war. »Aber was ist damit?«

»Macumazahn, es ist mir über Äonen hinweg zu Gehör gekommen, denn, wie du vielleicht erfahren haben magst, geben alle großen Medizinmänner ihre Weisheit und einiges von ihrem Wissen an einen anderen Beherrscher der Geister weiter, der noch auf Erden weilt, so daß nichts davon verlorengeht, oder zumindest so wenig wie möglich, und auch daß durch solche Abbildungen jemandem die Kraft dessen gegeben werden möge, der sie geschaffen hat.«

Mir fielen die *Ka*-Statuen der alten Ägypter ein, über die ich gelesen hatte. Diese Statuen, mit einem Zauber versehen und in die Gräber der Verstorbenen gesetzt, bewohnen diese auf ewig als Doppelgänger der Toten und sollen mehr Macht besitzen, als jene jemals zu ihren Lebzeiten gehabt haben. Doch davon sagte ich nichts zu Zikali, weil ich glaubte, daß das zu viele Erklärungen erfordert hätte, obwohl ich mich wunderte, wie er auf die gleiche Idee gekommen sein mochte.

»Wenn dieses Elfenbeinstück über deinem Herzen hängt, Macumazahn, wo du es immer tragen mußt, wisse, daß in ihm die Kraft Zikalis liegt; der Gedanke, der sein Gedanke sein sollte, und die Weisheit, die seine Weisheit sein sollte, werden deine Begleiter sein, so als ob er an deiner Seite ginge und dich vor jeder Gefahr warnen würde. Außerdem ist dieses Zeichen, in Nord und Süd und Ost und West, Menschen bekannt, die, wenn sie es sehen, niederknien und ihm gehorchen und dem eine Straße öffnen werden, der die Medizin des Öffners von Straßen trägt.«

»Wirklich?« sagte ich lächelnd. »Und was ist die Farbe auf diesem Elfenbein?«

»Ich vergaß dir zu sagen, Macumazahn, daß ich dies von einem Ahnen erhielt, der es nach demselben Muster schuf, nach dem ich geschaffen wurde. Die Farbe wirkt wie Blut, nicht wahr? Wirklich ein Jammer, daß Mameena nicht mehr lebt, da sie, deren Erinnerungsvermögen so hervorragend war, dir den Grund dafür hätte sagen können.« Und während er sprach, warf er mit einer Bewegung, die sowohl sicher als auch schnell war, die Schnur aus Elefantenhaar über meinen Kopf.

Hastig wechselte ich das Thema, da ich das Gefühl hatte, daß dieser alte Zauberer, der schrecklichste Mensch, den ich jemals kennengelernt hatte, und dem der Tod von Mameena so nahegegangen war, sich, wie es seine Art war, auf eine hinterhältige Art an mir rächte.

»Du sagst mir, daß ich auf diese Reise gehen soll«, erklärte ich ihm, »und nicht allein, doch als Begleiter gibst du mir nur ein altes, häßliches Stück Elfenbein mit, so gestaltet, wie es ein Mensch niemals war« – damit gab ich Zikali seinen Hieb zurück – »und seinem Aussehen nach in Blut getränkt, so daß ich es, wenn es nach mir ginge, in die Flammen eines Lagerfeuers werfen würde. Wen also, Zikali, soll ich mit mir nehmen?«

»Tu das nicht, Macumazahn – ich meine, wirf das Elfenbein nicht ins Feuer – da ich nicht den Wunsch habe, vor meiner Zeit zu verbrennen; und wenn du es je tust, würdest du, der es getragen hat, mit mir brennen. Auf jeden Fall würdest du mit diesem magischen Elfenbein verbrennen und die Antworten auf alle deine Fragen viel eher erhalten, als du es dir wünschen magst. Nein, nein, versuche nicht, es von deinem Hals zu lösen; das heißt, versuche es meinetwegen, wenn du es willst.«

Ich versuchte es, doch irgend etwas schien mich daran zu hindern, diese Elfenbeinschnitzerei Zikali zurückzugeben, wie ich es beabsichtigt hatte. Zuerst geriet meine Pfeife irgendwie in den Weg, dann verhedderte sich die Schnur aus Elefantenhaar am Kragen meiner Jacke, dann meldete sich eine alte Verletzung, und ich bekam plötzlich einen Krampf im linken Arm, und schließlich war ich der Sache müde.

Zikali, der meine Bemühungen genau verfolgt hatte, begann schallend zu lachen, ein entsetzliches Geräusch, das den ganzen Kloof füllte und von seinen felsigen Wänden widerhallte. Es erstarb, und er sprach weiter, ohne mit einem Wort auf den Elfenbeintalisman einzugehen.

»Du hast gefragt, wen du mit dir nehmen sollst, Macumazahn. Nun, was das angeht, so muß ich die befragen, die wissen. Mann! Meine Medizinen!«

Aus den tiefen Schatten der Hüttenwand eilte ein hochgewachsener Mann herbei, in einer Hand einen langen Speer, in der anderen eine Tasche aus Katzenfell, die er mit einer respektvollen Anrede zu Füßen seines Herrn stellte. Die Anrede lautete ›Heim der Geister‹.

Zikali kramte in der Tasche herum und zog einige Fingerknöchelchen daraus hervor.

»Eine sehr verbreitete Methode«, murmelte er, »wie sie jeder gewöhnliche Zauberer verwendet, doch eine, die recht schnell geht, und da die in Frage stehende Angelegenheit von geringer Bedeutung ist, völlig ausreicht. Also laß uns jetzt sehen, wen du mit dir nehmen wirst, Macumazahn.«

Dann blies er auf die Knöchelchen, schüttelte sie in seinen mageren Händen und warf sie mit einer raschen Drehung seines Handgelenks in die Luft. Danach studierte er sehr gründlich ihre Lage in der Aschenschicht, die er aus dem Feuer gescharrt und zum Zeichnen seiner Landschaft benutzt hatte.

»Kennst du einen Mann namens Umslopogaas, Macumazahn, den Häuptling eines Stammes, der ›Das Volk der Axt‹ genannt wird, dessen einer Ehrentitel *Bulalio* ist, ›der Schlächter‹, und der andere ›der Specht‹, nach der Art, wie er seine Axt handhabt? Er ist ein wilder Bursche, doch von hohem Geblüt, und mit noch höherem Mut, ein hervorragender Führer, auf seine Art, obwohl er es niemals zu etwas bringen wird, abgesehen von einem glorreichen Tod. – Ja, ich sehe ihn an deiner Seite, Macumazahn« – er studierte die

Lage der Knochen noch einmal –, »ja, ich bin sicher, ich sehe ihn bei dir, doch nicht auf dieser Reise.«

»Ich habe von ihm gehört«, sagte ich vorsichtig. »Es wird im Land behauptet, daß er ein Sohn Chakas ist.«

»Behauptet man das, Macumazahn? Und man behauptet auch, daß er der Mörder von Chakas Bruder Dingaan sei, und der Geliebte der schönsten Frau, die die Zulus jemals gesehen haben, die Nada die Lilie genannt wurde, falls nicht eine gewisse Mameena, die, wie ich mich zu erinnern glaube, eine Freundin von dir war, sogar noch schöner gewesen sein sollte?«

»Ich weiß nichts von Nada der Lilie«, antwortete ich.

»Nein, nein, Mameena, ›der seufzende Wind‹, hat ihren Ruhm verweht, warum also solltest du von jemandem wissen, die schon so lange tot ist? Und warum, Macumazahn, ziehst du in jede Angelegenheit Frauen mit hinein? Ich beginne zu glauben, daß du, obwohl du auf die Art des weißen Mannes so strikt bist, eine große Schwäche für Frauen hast, eine Schwäche, die jeden Mann in sein Verderben führen kann. Nun, ich glaube, daß dieser Wolfs-Mann, dieser Axt-Mann, dieser Krieger, Umslopogaas, dir ein guter Gefährte auf deinem Weg zu der weißen Hexe, der Königin sein sollte – übrigens haben wir hier wieder eine Frau, Macumazahn, und deshalb solltest du vorsichtig sein. Oh! Ja, er wird mit dir gehen – wegen eines Mannes namens Lousta, und wegen einer Frau namens Monazi, einer seiner Ehefrauen, die ihn haßt, und die Lousta – nicht haßt. Ja, ich bin fast sicher, daß er mit dir gehen wird, also halte dich nicht damit auf, nach ihm zu fragen.«

»Ist da noch jemand, der mit uns geht?« fragte ich.

Zikali blickte wieder seine Knöchelchen an, stieß sie mit seinem Zeh umher, und gähnte dann.

»Du scheinst einen kleinen gelben Mann in deinen Diensten zu haben, eine schlaue Schlange, die lautlos durch das Gras kriechen kann und weiß, wann es Zeit zum Zuschlagen ist, und wann es besser ist, versteckt zu bleiben. Ich würde auch ihn mitnehmen, wenn ich an deiner Stelle wäre.«

»Du weißt sehr gut, daß ich einen solchen Mann habe, Zikali, einen Hottentotten namens Hans, schlau auf seine Art, aber ein Säufer. Er ist draußen beim Ochsenwagen und kocht gerade mein Abendessen. Sind noch weitere dabei?«

»Nein, ich denke, ihr drei seid genug, mit einer Wachtruppe vom Stamm des Volkes der Axt, denn ihr werdet Kampf sehen, und auch einem Geist oder zweien begegnen. Umslopogaas lebt ständig mit einem Geist, dem Nadas zusammen, und du magst mit mehreren leben. Zum Beispiel gab es da eine gewisse Mameena, die ich immer bei dir zu fühlen scheine, wenn du in meiner Nähe bist, Macumazahn. Nanu, es kommt wieder ein Wind auf, seltsam für einen so stillen Abend. Höre, wie er seufzt, ja, und er zaust dein Haar, während das meine glatt herabhängt! Aber warum spreche ich von Geistern, wo ich doch sehe, daß du auf deiner Reise anderen Geistern begegnen wirst, weißen Geistern, die jenseits meines Bereichs wohnen, der ich nur mit solchen verkehren kann, die schwarz waren. Gute Nacht, Macumazahn, gute Nacht. Wenn du von deinem Besuch bei der weißen Königin zurückkehrst, der Großen, zu deren Füßen ich, Zikali, obwohl auf meine Art auch ein Großer, nicht mehr als ein Staubkorn bin, dann komm zu mir und sage mir ihre Antwort auf meine Fragen.

Bis dahin achte darauf, daß du immer diese hübsche kleine Schnitzerei trägst, die ich dir gegeben habe, so wie ein junger Liebhaber manchmal ständig eine Locke von dem Haar des dummen Mädchens trägt, von dem er glaubt, daß sie ihn liebt. Das Elfenbein wird dir Schutz und Glück geben, Macumazahn, was mehr ist, als eine Haarlocke gewöhnlich für den Liebhaber tut. Oh, es ist eine wundersame Welt, voller Spaß für den, der die Federn sehen kann, die sie in Bewegung halten. Ich bin einer von jenen, du bist ein anderer, oder wirst es sein, bevor dies alles erledigt ist, oder begonnen wird. Gute Nacht und viel Glück auf deinem Weg, und Macumazahn, der du eine solche Schwäche für Frauen hast, hüte dich davor, dich in diese Weiße Königin zu verlieben, weil es andere eifersüchtig machen könnte; ich meine solche, die du seit einer Weile aus dem Auge verloren hast. Und außerdem ist sie, die unter einem eigenen Bannfluch steht, nicht eine, die du so leicht in den Sack stecken kannst. *Oho! Oho!* Sklave, bringe mir meine Decke! Es wird kalt, und auch meine Medizin, die mich vor Geistern schützt, von denen es heute nacht hier wimmelt. Macumazahn bringt sie her, glaube ich. *Oho-ho!*«

Ich stand auf und ging, doch als ich fast bei der Tür der Hütte war, rief Zikali mich zurück und sagte sehr leise: »Wenn du diesen Umslopogaas triffst, wie es bestimmt ist, ihn, den man den Specht und den Schlächter nennt, so sage diese Worte zu ihm: ›Eine Fledermaus ist um die Hütte des Öffners von Straßen geflattert und hat in seine Ohren den Namen eines gewissen Lousta und den einer Frau, die Monazi genannt wird, gezwitschert. Und einen weiteren großen Namen hat sie gezwitschert, der nicht ausgesprochen werden darf, den Namen eines Elefanten, der die Erde erzittern macht, und die Fledermaus zwitscherte, daß dieser Elefant mit seinem Rüssel die Luft schnuppert und wütend wird und seine Stoßzähne wetzt, um einen gewissen Specht aus seinem Loch in einem Baum zu graben, der nahe bei dem Hexenberg steht.‹ Sage ihm: ›Der Öffner von Straßen glaubt, daß es für den Specht klug wäre, nach Norden zu fliegen, während er sich in der Gesellschaft von einem befindet, der während der Nacht wacht, da sonst Unheil über einen Vogel kommen mag, der zu Füßen der Großen pickt und davon in seinem Nest zwitschert.‹«

Darauf machte Zikali mit der Hand eine Geste, und ich ging in die Nacht hinaus und fragte mich, in was für eine Intrige ich hineingestolpert sein mochte.

# 2
## *Die Boten*

Ich schlief nicht sehr gut in jener Nacht, aber ich habe in der Nähe des Schwarzen Kloof noch nie gut schlafen können. Ich vermute, daß Zikalis ständiges Gerede von Geistern und seine wiederholten Hinweise und versteckten Anspielungen auf jene, die tot waren, meine Nerven so stark belasteten, daß ich, auf eine unbewußte Art, zu glauben begann, daß diese Dinge tatsächlich existierten und um mich herum waren. Viele Menschen sind empfänglich für Suggestion, und ich gehöre leider dazu. Aber die Sonne, die eine solche Kraft hat, alle Übel dieser Welt zu töten, beseitigt Geister sogar noch schneller als andere böse Dämpfe und Ausdünstungen, und als ich aufwachte und sie hell von einem klaren Himmel strahlen sah, lachte ich herzlich über die ganze Sache.

Als ich zu der Quelle ging, in deren Nähe wir ausgespannt hatten, zog ich mein Hemd aus, um mich gründlich zu waschen, und lachte nur in Erinnerung an all den Hokuspokus meines alten Freundes, des Öffners von Straßen.

Während ich damit beschäftigt war, stieß ich mit der Hand gegen irgend etwas und entdeckte, daß es die häßliche kleine Elfenbeinschnitzerei von Zikali war, die an ihrer Schnur um meinen Hals hing. Der Anblick dieses Dings und die Erinnerung an das lächerliche Gerede darum, besonders seine Behauptung, daß es durch Generationen auf ihn gekommen sei, was unmöglich war, da es ja eine Nachbildung seiner Zwergengestalt war, erboste mich so sehr, daß ich mich daranmachte, es abzunehmen, mit der ernstlichen Absicht, es in die Quelle zu werfen. Doch als ich danach griff, kam aus einem mit Schilfrohr durchwachsenen Gebüsch dicht neben mir ein scharfes Zischen, und plötzlich schoß der Kopf einer Schwarzen Mamba daraus hervor, der vielleicht tödlichsten aller unserer afrikanischen Schlangen, und nach meinem Wissen der einzigen, die einen Menschen, ohne sich bedroht zu fühlen, angreift.

Ich ließ den Talisman fahren und sprang zurück zu der Stelle, an der mein Gewehr lag. Die Schlange verschwand in ihrem Loch, das sich wahrscheinlich in der Nähe befand, und ich kehrte zur Quelle zurück und machte mich daran, den Talisman abzunehmen, um ihn in die Tiefe des Wassers zu versenken.

Schließlich, sagte ich mir, war es nichts als ein häßliches, blutbesudeltes Ding, das ich ganz gewiß nicht ständig an meiner Brust tragen wollte wie die Locke einer Geliebten.

Doch als ich die Schnur gerade über den Kopf ziehen wollte, schoß diese gräßliche Schlange aus der anderen Seite des Gebüsches hervor, und dieses Mal, wie mir klar wurde, zu einem ernstlichen Angriff. Sie schoß mit der blitzartigen Geschwindigkeit auf mich zu, der den Mambas eigen ist, zischend und züngelnd. Ich war jedoch zu schnell für sie, denn ich riß mein Gewehr hoch, das ich neben mir hingelegt hatte, und verpaßte ihr eine Ladung Schrot, die sie fast in Stücke riß, so daß sie zu Boden fiel und unter schrecklichen, konvulsivischen Zuckungen starb.

Als Hans den Schuß hörte, kam er vom Wagen herübergelaufen, um zu sehen, was los war. Hans, sollte ich erwähnen, war derselbe Hottentotte, der mich seit den Tagen meines Vaters auf den meisten meiner Reisen begleitet hatte. Er war bei mir, als ich als junger Bursche Retief zu Dingaans Kral begleitete, und wie ich um Haaresbreite dem Massaker entkam.* Viele Abenteuer hatten Retief und ich gemeinsam bestanden, wie das im Land des Elfenbeinkindes, wo er den großen Elefantengott Jana erschlug und er selbst den Tod fand. Doch von dieser Reise träumten wir in jenen Tagen noch nicht.

Was alles andere betraf, war Hans ein Mensch ohne jede Prinzipien, doch, wie die Buren sagen, ›so schlau wie eine Steige Affen‹. Außerdem trank er, wann immer sich die Ge-

* Diese Abenteuer sind in dem Roman »Marie« geschildert.

legenheit dazu bot. Er hatte jedoch eine gute Eigenschaft: kein Mensch war treuer als er, und man kann vielleicht sogar sagen, daß kein anderer Mensch, sei es ein Mann oder eine Frau, mich jemals unverdienterweise so geliebt hat wie er. In seiner Erscheinung ähnelte er einem alten, verschlissenen Mantelpavian: sein Gesicht war faltig wie eine Dörrpflaume, und seine raschen, kleinen Augen waren blutunterlaufen. Ich habe nie gewußt, wie alt er war, er wußte es wahrscheinlich selbst nicht, doch die Jahre hatten ihn so zäh wie eine Peitschenschnur gemacht und absolut unermüdbar. Schließlich war er der wahrscheinlich beste Fährtensucher, den ich je kannte, und bis zu einer Entfernung von einhundertfünfzig Metern ein tödlicher Schütze, besonders mit meiner einläufigen Frontlader-Flinte von Purdey, die er *Intombi*, d. h. ›Jungfrau‹ nannte. Doch von dieser Flinte habe ich bereits in dem Roman ›Die Heilige Blume‹ und an anderen Stellen berichtet.

»Was gibt es, Baas?« fragte er. »Hier sind doch keine Löwen, und auch kein Wild.«

»Sieh auf die andere Seite des Gebüsches, Hans.«

Er ging um das Gebüsch herum, schlug in seiner gewohnten Vorsicht einen weiten Bogen, und sah dann die Schlange, die, wenn ich mich recht erinnere, die größte Mamba war, die ich je getötet habe, und blieb plötzlich reglos stehen, in einer Haltung, die mich an einen Vorstehhund erinnerte, der Wild wittert. Nachdem er sich versichert hatte, daß die Schlange tot war, sagte er: »Schwarze Mamba, oder so würdest du sie nennen, doch ich weiß, daß es etwas anderes ist.«

»Was denn, Hans?«

»Einer der Geister des alten Medizinmannes Zikali, die er am Eingang dieses Kloof aufgestellt hat, damit sie ihm sagen, wer kommt und wer geht. Ich kenne diese Schlange gut, und andere auch. Ich sah sie gestern nacht hinter einem Stein sitzen und lauschen, als du im Kloof warst und mit dem Öffner von Straßen sprachst.«

»Dann hat Zikali jetzt eben einen Geist weniger«, antwortete ich lachend, »und vielleicht wird er ihn unter den vielen nicht einmal vermissen. Geschieht ihm nur recht, warum hat er das Biest auf mich losgelassen.«

»Richtig, Baas. Er wird wütend sein. Ich frage mich nur, warum er das getan hat«, setzte er mißtrauisch hinzu, »da er doch ein so großer Freund von dir ist.«

»Er hat es nicht getan, Hans. Diese Schlangen sind sehr bösartig und angriffslustig, das ist alles.«

Hans ignorierte meine Bemerkung, die er wahrscheinlich für das Gerede eines weißen Mannes hielt, der von nichts eine Ahnung hat, rollte jedoch seine gelben, blutunterlaufenen Augen, als ob er nach einer Erklärung suchte. Schließlich fiel ihr Blick auf das Elfenbein, das ich um den Hals trug, und er fuhr zusammen.

»Warum trägst du dieses hübsche Ebenbild des Großen über deinem Herzen, wie du es in der Vergangenheit nur mit Dingen getan hast, die Frauen gehörten, Baas? Weißt du, daß dies Zikalis Große Medizin ist, wie jeder im ganzen Lande weiß? Wenn Zikali einen Befehl in sehr weit entfernt liegende Gebiete schickt, schickt er immer dieses Abbild mit, so daß derjenige, der den Befehl erhält, ihm gehorchen muß oder stirbt. Und der Bote weiß, daß ihm nichts geschehen kann, solange er es nicht ablegt, weil, Baas, dieses Abbild Zikali selbst ist, und Zikali das Abbild. Sie sind ein und dasselbe. Außerdem ist es auch das Abbild von seines Vaters Vater – sagte er jedenfalls.«

»Dies ist eine seltsame Geschichte«, sagte ich, und dann erzählte ich Hans soviel, wie ich es für richtig hielt, von diesem schrecklichen, kleinen Talisman, der in meinen Besitz gekommen war.

Hans nickte, ohne irgendwelche Überraschung zu zeigen.

»Also gehen wir auf eine lange Reise«, sagte er. »Gut. Es wird auch langsam Zeit, daß wir etwas anderes tun, als durch dieses zahme Land zu fahren und Decken an stinkende alte Weiber zu verkaufen, Baas. Außerdem möchte Zikali nicht, daß du Schaden nimmst, höchstwahrscheinlich, weil er hinterher etwas von dir will. – Oh, jetzt, wo dieser Geist fort ist, um nach einer neuen Schlange zu suchen, ist es sicher, davon zu sprechen: was hast du mit der

Großen Medizin getan, Baas, als die Schlange dich angriff?«

»Ich nahm das Ding ab, um es ins Wasser zu schmeißen, Hans, da ich diese Scheußlichkeit nicht mag. Ich habe es zweimal versucht, und jedesmal tauchte diese Mamba auf.«

»Natürlich ist sie aufgetaucht, Baas, und, was noch wichtiger ist, wenn du die Medizin tatsächlich abgenommen und fortgeworfen hättest, wärst du jetzt verschwunden, da die Mamba dich getötet haben würde. Zikali wollte dir das klarmachen, Baas, das ist der Grund dafür, daß er die Schlange auf dich angesetzt hat.«

»Du bist ein abergläubischer, alter Narr, Hans.«

»Ja, Baas, doch mein Vater hat schon vor mir alles über die Große Medizin gewußt, weil er ein bißchen ein Zauberer war, und genauso weiß jeder Medizinmann und jede Hexe in einem Umkreis von tausend Meilen oder mehr von ihr. Ich sage dir, Baas, sie ist allen bekannt, wenn auch niemand über sie spricht, nicht einmal der König. Baas, ich spreche zu dir nicht mit der Stimme von Hans, dem alten Säufer, sondern mit der Stimme des Predigers, deines verehrten Vaters, der einen so guten Christen aus mir gemacht hat, und er sagt mir von seinem Platz im Himmel aus, wo die heißen Feuer brennen, er flehe dich an, nicht noch einmal zu versuchen, diese Medizin fortzuwerfen, oder, wenn du es doch tun solltest, mich bei dieser Reise zurückzulassen. Denn siehst du, Baas, obwohl ich jetzt so gut bin, fast so gut wie diese Engel mit ihren hübschen Gänseflügeln, habe ich doch das Gefühl, daß ich noch ein wenig besser werden möchte, bevor ich zu dem Ort der Feuer gehe, um deinem verehrten Vater, dem Prediger, Bericht zu erstatten.«

Als ich daran dachte, wie entsetzt mein lieber Vater sein würde, wenn er all diesen Unsinn hören und das Resultat seiner moralischen und religiösen Bemühungen bei der Hottentottenmission sehen könnte, lachte ich laut auf, doch Hans fuhr todernst wie ein Richter fort: »Trage die Große Medizin, Baas, trage sie! Trenne dich eher von der Leber in deinem Körper, bevor du dich von ihr trennst, Baas! Sie mag nicht so schön sein oder so gut riechen wie Frauenhaar in einem Goldkästchen, doch sie ist weitaus nützlicher. Der Anblick der Haare wird dir nur Magendrücken bescheren und dich an viele Dinge erinnern, die du besser vergessen solltest, doch die Große Medizin, oder vielmehr Zikali, der in ihr steckt, wird die Assegais und alle Krankheiten von dir abwenden und alle bösen Zauber auf die Köpfe jener zurückschicken, von denen sie ausgehen mögen, und uns immer reichlich zu essen verschaffen, und vielleicht, wenn wir Glück haben, hin und wieder auch etwas zu trinken.«

»Hau ab!« sagte ich. »Ich möchte mich jetzt waschen.«

»Gut, Baas, aber mit der Erlaubnis des Baas werde ich auf der anderen Seite des Gebüsches sitzen, mit dem Gewehr – nicht, um den Baas ohne Kleider zu sehen, weil weiße Menschen sowieso unerträglich häßlich sind, daß es mir übel wird, wenn ich sie unbekleidet sehe, und auch weil – der Baas mag mir vergeben – weil sie stinken. Nein, nicht deshalb, sondern nur um aufzupassen, daß nicht noch eine Schlange kommt.«

»Verschwinde, du dreckige kleine Ratte, und hör mit deinem unverschämten Geschwätz auf!« sagte ich und hob drohend einen Fuß.

Daraufhin rannte er mit einem unterdrückten Grinsen zur anderen Seite des Busches, von wo aus er, wie ich wußte, mich keine Sekunde lang aus den Augen ließ, um sicher zu gehen, daß ich nicht versuchte, die Große Medizin abzunehmen.

Nun möchte ich zu diesem Talisman feststellen, daß ich weder an ihn, noch an seine wertvollen Eigenschaften glaubte. Und deshalb kann ich nicht sagen, obwohl er sich mehrmals als nützlich erwies, besonders einmal, als es Umslopogaas betraf, ob ich persönlich während dieser Reise besser oder schlechter gefahren wäre, wenn ich ihn ins Wasser geschmissen hätte. Es ist jedoch wahr, daß ich bis zum Ende dieser Geschichte, als dies notwendig wurde, um einen anderen zu retten, nie wieder den Versuch gemacht habe, ihn von meinem Hals zu entfernen, nicht einmal dann, als er meine Haut wund rieb, weil ich den abergläubischen Hans nicht verletzen wollte. Es entsprach jedoch der Wahrheit, daß dieses häßliche Stück Elfenbein einen Ruf besaß, der weit über den Ort hinausreichte, an dem es seinen Ursprung hatte, und von allen möglichen seltsamen Leuten mit großer Hochachtung behandelt wurde, sogar von den Amahagger selbst, die zu den ältesten Rassen dieses Kontinents gehören, wie von einigen ihrer Angehörigen behauptet wird, wofür ich übrigens ausreichende Beweise fand. Genaugenommen fand ich den ersten kurze Zeit später, als ich den großen Krieger Umslopogaas kennenlernte, den Häuptling des Volkes der Axt.

Denn nachdem ich, aus Gründen, die ich erklären will, den festen Entschluß gefaßt hatte, diesen Mann nicht aufzusuchen, tat ich es schließlich doch, obwohl ich mittlerweile den Plan, den Sambesi zu überqueren, um eine geheimnisvolle und nichtexistierende Hexe zu suchen, was ich nach der Anregung Zikalis tun sollte, völlig aufgegeben hatte. Zum einen wußte ich, daß seine Berichte barer Unsinn waren, und daß ihnen – für den Fall, daß sie kein Unsinn waren – allein der Wunsch des Öffners von Straßen zugrunde lag, ich möge ihm einen Weg bereiten, auf dem er ein mir unbekanntes, doch zweifellos böses Ziel seiner eigenen Interessen verfolgen konnte. Außerdem hatte ich zu der Zeit jene Laune überwunden, die mich an eine Kommunikation mit den Dahingegangenen glauben und eine Gewißheit über ihr Fortleben ersehnen ließ.

Ich frage mich, ob es viele Menschen gibt, die wie ich begreifen, wie wankelmütig diese Stimmungen sind, von denen wir, oder zumindest viele von uns, während verschiedener Perioden unseres Lebens beherrscht werden. Wie ich bereits erwähnte, sind wir alle zu gewissen Zeiten vernunftbetont, zu anderen rein sinnlich orientiert, und dann gibt es Zeiten, wo wir sicher sind, daß unser Leben hier nur wie ein Schatten oder ein Traum ist und daß das wirkliche Leben woanders liegt, und andere, wo wir glauben, daß diese kurze Lebenszeit, die uns beschieden ist, das einzige ist, was es für uns gibt, und wir versuchen müssen, das Beste daraus zu machen. Manchmal glauben wir, daß unsere Liebe unsterblicher ist als die Sterne, dann wiederum, daß sie nicht mehr ist als ein Schatten, der von der hämischen Sonne der Triebe auf die flachen und eiligen Wasser geworfen werden, die wir das Leben nennen, und die von nirgendwoher zu kommen und nirgendwohin zu fließen scheinen. Manchmal sind wir voll des Glaubens, dann wieder werden solche Hoffnungen von der schwarzen Wand des Nichts ausgelöscht, und so weiter, und so weiter, *ad infinitum*.

Doch um zum Thema zurückzukehren: ich hatte nicht nur beschlossen, nicht nordwärts zu reisen, um diese Hexe aufzusuchen, die ohnehin kein Mensch jemals finden würde – nicht allein, weil es ein aussichtsloses Unterfangen war, sondern auch, um meine Unabhängigkeit von Zikali zu demonstrieren. Ich hatte deshalb auch nicht vor, diesen Häuptling Umslopogaas aufzusuchen. Nachdem ich einen großen Teil meiner Wagen abgesetzt und einen recht guten Profit gemacht hatte, jedenfalls auf dem Papier, machte ich mich auf den Rückweg nach Natal, in der Absicht, mich in meinem kleinen Haus bei Durban ein wenig auszuruhen, und ich erzählte Hans von diesem Plan.

»Sehr gut, Baas«, sagte er. »Ich möchte auch gern nach Durban. Es gibt dort eine Menge Dinge, die man hier nicht bekommen kann«, und dabei richtete er seinen Blick auf eine viereckige Gin-Flasche, die im Moment jedoch nichts Stärkeres enthielt als Wasser, weil aller Gin getrunken worden war. »Und doch, Baas, werden wir Durban für eine lange Zeit nicht sehen.«

»Warum sagst du das?« fragte ich scharf.

»Oh, Baas, das weiß ich nicht, doch du hast den Öffner von Straßen aufgesucht, nicht wahr, und er hat dir gesagt, daß du nach Norden reisen sollst und dir eine gewisse Große Medizin geliehen, nicht wahr?« Hans beschäftigte sich damit, seine Maiskolben-Pfeife an der Glut des Feuers anzuzünden und hielt dabei den Blick seiner blutunterlaufenen Augen ständig auf den Teil meines Körpers fixiert, an dem, wie er wußte, der Talisman hing.

»Völlig richtig, Hans, doch jetzt will ich Zikali zeigen, daß ich nicht sein Botenjunge bin, weder für den Norden, noch den Süden, den Osten oder den Westen. Also werden wir morgen den Fluß überqueren und weiter nach Natal trekken.«

»Ja, Baas, aber warum überqueren wir dann den Fluß nicht schon heute abend? Es ist noch immer hell.«

»Ich habe gesagt, daß wir ihn morgen früh überqueren werden«, antwortete ich mit einer Festigkeit, die, wie ich las, einen charakterstarken Mann verrät, »und ich habe nicht vor, mein Vorhaben zu ändern.«

»Nein, Baas, aber manchmal werden andere Dinge geändert. Möchte der Baas die Antilopenkeule zum Abendessen oder das Zeug in der zerbeulten Konservendose, die wir vor zwei Jahren in einem Laden gekauft haben? An der Antilopenkeule sind die Fliegen gewesen, aber ich habe die Teile, in denen die Maden saßen, herausgeschnitten und selbst gegessen.«

Hans hatte recht, die Dinge ändern sich, besonders das Wetter. In dieser Nacht setzte völlig unerwartet, denn als ich schlafen ging – war der Himmel noch völlig klar – ein entsetzlicher Regen ein, der mit kurzen Unterbrechungen drei volle Tage anhielt und dessen Ende nicht abzusehen war. Es erübrigt sich zu sagen, daß der Fluß, den wir an jenem Abend ohne jede Schwierigkeiten hätten durchqueren können, am nächsten Morgen ein reißender Strom war und es mehrere Wochen lang blieb.

Aus Verzweiflung treckte ich schließlich nach Süden, wo sich eine bessere Furt befinden sollte, fand sie jedoch ebenfalls unpassierbar und fuhr noch ein Dutzend Meilen weiter, was bei dem aufgeweichten Boden nicht einfach war. Aber schließlich fanden wir eine Stelle, die passierbar schien, und wir kamen auch ein gutes Stück voran, als plötzlich eins der Wagenräder in ein Loch sackte und wir mitten im Fluß festsaßen. Wahrscheinlich würde der Wagen, oder was von ihm übrig war, noch heute dort festhängen, wenn es mir nicht gelungen wäre, von einem christlichen Kaffern, der in der Nähe wohnte, ein paar zusätzliche Ochsen zu leihen, mit deren Hilfe wir den Wagen an das Ufer zurückzogen, von dem wir gekommen waren.

In diesem Land, in dem ich diese Zeilen schreibe, in England, gibt es überall Brücken, und niemand scheint ihren Wert so recht zu schätzen. Wenn die Menschen überhaupt einmal an sie denken, so nur, um sich über ihre Unterhaltskosten zu beschweren. Ich wünschte, sie würden einmal am eigenen Leib erfahren, was das Fehlen von ihnen bedeutet, besonders in einem wilden Land und während der Regenzeit, und das gleiche gilt für Straßen. Sie sollten Ihrem Glück dankbar sein, meine Freunde (so wie die alte Frau, die ihrer mit dem Schicksal hadernden Tochter, die zweimal hintereinander Zwillinge geboren hatte, sagte, daß sie ja auch Drillinge hätte bekommen können).

Um zum Thema zurückzukehren: nach diesem Fiasko erklärte ich mich geschlagen und gab mein Vorhaben auf, bis zu einer Zeit, wo es der Vorsehung gefallen würde, den Wasserhahn zuzudrehen. Als wir außer Sicht dieses schrecklichen Flusses waren, dessen ständiges Gurgeln mich an den Rand des Wahnsinns getrieben hatte, suchte ich mir eine relativ trockene Stelle, von der man eine weite Strecke wunderbaren Velds überblicken konnte. Gegen Sonnenuntergang rissen die Wolken auf, und ich sah in einer Entfernung von etwa zwei Meilen einen ganz außergewöhnlichen Berg, dessen untere Hänge mit dichtem Wald bewachsen waren. Sein oberer Teil, der aus kahlem Fels bestand, sah aus wie ein sitzender Mensch, dessen Kinn auf der Brust ruht. Dort war der Kopf, dort waren die Arme, dort waren die Knie. Ehrlich gesagt erinnerte mich dieses Bergmassiv stark an das Abbild von Zikali, das an meiner Brust hing, aber noch mehr an Zikali selbst.

»Wie wird er genannt?« fragte ich Hans und deutete auf diesen seltsamen Berg, der im roten Licht der untergehenden Sonne erglühte, die zwischen den Regenwolken hervorgebrochen war, und ihn noch unheimlicher erscheinen ließ als zuvor.

»Das ist der Hexen-Berg, Baas, wo Häuptling Umslopogaas und ein Blutsbruder von ihm, der eine große Keule trug, zusammen mit den Wölfen jagten. Er wird von Geistern beherrscht, und in einer Höhle nahe seinem Gipfel liegen die Knochen von Nada, der Lilie, der schönen Frau, deren Name ein Lied ist, sie, die die Liebe von Umslopogaas war.«

»Unsinn«, sagte ich, obwohl ich einiges von dieser Geschichte gehört hatte und mich erinnerte, daß Zikali diese Nada erwähnt und ihre Schönheit mit einer verglichen hatte, die ich einst kannte.

»Wo lebt dieser Häuptling Umslopogaas?«

»Man sagt, daß sein Kraal ein Stück weiter auf dieser Ebene liegt, Baas. Er wird der Ort der Axt genannt und ist stark gesichert, fast ganz von einem Fluß umgeben, und seine Leute sind das Volk der Axt. Sie sind gewaltige Krieger, und das ganze Land um sie herum ist menschenleer, weil Umslopogaas die Stämme vertrieben hat, die früher dort lebten, zuerst mit seinen Wölfen, und später mit der Axt. Er ist ein so mächtiger Häuptling und ein so furchtbarer Krieger, daß selbst Chaka ihn fürchtete, und Dingaan, der König, hat sein Ende gefunden, wie man sagt, weil er mit ihm einen Streit über Nada bekam. Cetywayo, der jetzige König, läßt ihn ebenfalls in Ruhe und fordert keinen Tribut von ihm.«

Als ich Hans fragen wollte, woher er all diese Weisheit habe, hörte ich plötzlich ein Geräusch, und als ich aufblickte, sah ich drei hochgewachsene Männer in voller Heroldsaufmachung, die auf uns zustürzten.

»Hier kommen ein paar Splitter von der Axt«, sagte Hans und sprang eilig in den Wagen.

Ich floh nicht, weil mir dazu keine Zeit verblieb, ohne meine Würde zu verlieren, sondern blieb, obwohl ich wünschte, mein Gewehr bei mir zu haben, auf meinem Stuhl sitzen, stopfte mir betont gemächlich die Pfeife und steckte sie an, ohne die drei wildaussehenden Burschen auch nur eines Blickes zu würdigen, die wie ich bemerkte, Äxte anstelle von Assegais trugen. Sie kamen direkt auf mich zugestürmt, ihre Äxte hoch über ihre Köpfe geschwungen, so daß jemand, der mit den Gewohnheiten von Zulu-Kriegern der alten Schule nicht vertraut war, überzeugt gewesen wäre, sie wären auf Blut aus. Wie ich erwartete, blieben sie jedoch etwa sechs Fuß vor mir plötzlich stehen, reglos wie Statuen. Was mich betrifft, so war ich immer noch dabei, meine Pfeife anzustecken, und als ich dann gezwungen war, den Kopf zu heben, blickte ich sie mit beläufigem Interesse an. Dann zog ich ein kleines Buch aus meiner Jackentasche – mein Lieblingsexemplar der Ingoldsby Legenden – und begann zu lesen.

Dieser Vorgang erstaunte sie erheblich und gab ihnen das Gefühl, daß sie sozusagen danebengeschossen hatten. Schließlich sagte der Krieger in der Mitte: »Bist du blind, weißer Mann?«

»Nein, schwarzer Junge«, sagte ich, »aber ich bin kurzsichtig. Würdet ihr also die Freundlichkeit haben, mir aus dem Licht zu gehen?« Diese Bemerkung verwirrte sie so, daß sie drei Schritte zurückwichen.

Als ich noch ein wenig gelesen hatte, schloß ich das Buch und sagte: »Wenn ihr Wanderer seid und Essen wollt, wie ich es vermute, da ihr so dünn seid, so muß ich euch leider sagen, daß wir nur wenig Fleisch haben, doch mein Diener wird euch geben, was da ist.«

»*Ou!*« rief ihr Sprecher. »Er nennt uns Wanderer. Er muß entweder ein sehr mächtiger Mann sein, oder ein Verrückter.«

»Du hast recht, ich bin ein mächtiger Mann«, antwortete ich und gähnte gelangweilt, »und wenn ihr mich zu lange belästigt, werdet ihr sehen, daß ich auch verrückt sein kann. Was also wollt ihr?«

»Wir sind Boten des großen Häuptling des Volkes der Axt, und wir wollen Tribut«, sagte der Mann in einem anderen Ton.

»So, das wollt ihr? Aber ihr kriegt nichts. Ich dachte, daß nur der König von Zululand das Recht hat, Tribut zu fordern, und der Name Eures Häuptlings ist doch nicht Cetywayo, oder?«

»Unser Häuptling ist der König hier«, sagte der Mann, noch unsicherer.

»Ist er das? Dann schert euch fort und sagt diesem König, vom dem ich nie gehört habe, daß ich eine Botschaft für einen gewissen Umslopogaas habe, und daß Macumazahn, der Wächter der Nacht, ihn morgen aufsuchen wird, wenn er bei Sonnenaufgang einen Führer schickt, der mir den besten Weg für den Wagen zeigt.«

»Hört«, sagte der Mann zu seinen Begleitern, »dies ist Macumazahn selbst. Nun, wir haben uns das schon gedacht, denn kein anderer würde es wagen ...«

Dann salutierten sie mit ihren Äxten, nannten mich Häuptling und gaben mir noch einige weitere schmeichelhafte Namen, und verschwanden so, wie sie gekommen waren, in schnellem Lauf, und riefen mir zu, daß meine Botschaft ausgerichtet werden würde, und daß der Häuptling zweifellos den verlangten Führer schicken würde.

So kam es, daß ich, in völligem Widerspruch zu meinen Vorsätzen, auf Grund der Umstände dennoch in den Kraal des Volkes der Axt gelangte. Bis zum allerletzten Augenblick hatte ich nicht die geringste Absicht dazu gehabt, doch als man von mir Tribut verlangte, hielt ich es für das Beste, es zu tun, und nachdem ich es einmal verkündet hatte, durfte es nicht mehr geändert werden.

Ich war sogar sicher, daß in dem Fall etwas passieren mochte, daß man mir meine Ochsen stehlen würde, oder Schlimmeres.

Nachdem also das Schicksal die Würfel geworfen hatte, was Hans auf den Umstand zurückführte, daß Zikali oder seine Große Medizin es so arrangiert hätten, zuckte ich die Achseln und wartete.

## 3
# *Umslopogaas von der Axt*

Am nächsten Morgen zu Beginn der Dämmerung erschienen Führer vom Kraal des Volkes der Axt und brachten ein Joch Ochsen mit, was mir zeigte, daß ihr Häuptling wirklich begierig war, mit mir zusammenzutreffen. Also hatten wir kurz darauf eingespannt und brachen auf, und die Führer brachten uns über einen rauhen, aber passierbaren Weg die steile Flanke des Hügels hinab in die darunterliegende tellerartige Ebene, auf der ich viele Rinder grasen sah. Nachdem wir einige Meilen über die Ebene gezogen waren, gelangten wir an einen Fluß von geringer Breite, der mit einer Schleife einen großen Kaffern-Kraal an drei Seiten einschloß; die vierte wurde von einer Reihe von Dornengestrüppen geschützt, die durch Erdwälle miteinander verbunden waren. Außerdem wurde der Kraal durch Zäune und alle möglichen anderen Anlagen, wie sie dem Hirn des Eingeborenen bekannt sind, abgesichert.

Mit Hilfe der zusätzlichen Ochsen durchquerten wir den Fluß bei einer Furt und wurden am anderen Ufer von einer Gruppe Männer erwartet, alles hochgewachsene, kriegerische Gestalten, und alle mit Äxten bewaffnet. Sie eskortierten uns zum Rinderpferch im Zentrum des Kraals, der an sich dazu gedacht ist, die Tiere bei Gefahr zu schützen, jedoch auch als öffentlicher Versammlungsplatz diente.

Hier war irgendeine Zeremonie im Gange, denn Krieger standen an den Seiten des Platzes, und Herolde liefen hin und her und schrien. Am vorderen Ende des Platzes, vor der großen Hütte des Häuptlings, war eine kleine Gruppe von Männern versammelt, unter ihnen ein großer, finsterer Kerl. Er saß auf einem Hocker und hielt eine sehr lange Axt, deren Stiel aus mit Draht umwickeltem Rhinozeros-Horn bestand, auf den Knien. Unsere Führer eskortierten uns über den Platz, wobei Hans hinter mir herschlich wie ein Straßenköter (denn den Wagen hatten wir außerhalb des

Kraals zurücklassen müssen), auf den großen Mann mit der Axt zu, der auf einem Hocker saß und gähnte. Ich sah sofort, daß er ein außergewöhnlicher Mensch war, hochgewachsen und sehnig, mit langen, kräftig wirkenden Armen und einem harten Gesicht, das mich an das des toten Königs Dingaan erinnerte, und einer tiefen Delle in seinem Kopf, oberhalb der Schläfe, wo sein Schädel von einer Waffe eingeschlagen worden war, und mit klugen, wachen Augen. Er hob den Kopf, sah mich und schrie: »Was! Ist ein weißer Mann gekommen, um mit mir um die Herrschaft über das Volk der Axt zu kämpfen? Nun, er ist aber ein kleiner Kerl.«

»Nein«, antwortete ich ruhig, »Macumazahn ist gekommen, der Wächter der Nacht, weil du ihn darum gebeten hast, Umslopogaas, Macumazahn, dessen Name in diesem Land schon bekannt war, als man den deinen noch nie gehört hatte, Umslopogaas.«

Der Häuptling hörte zu, erhob sich von seinem Hocker und hob salutierend die Axt.

»Ich grüße dich, Macumazahn«, sagte er, »der du klein an Statur bist, doch groß an Ruhm. Habe ich nicht gehört, wie du Bangu besiegt hast, obwohl es Saduko war, der ihn tötete, und daß du sechshundert Rinder an Tshoza und die Männer, die mit dir kämpften, gegeben hast, Rinder, die dir gehörten? Habe ich nicht gehört, wie du die Amawombe gegen die Usutu geführt hast und in den Tagen Pandas drei Impis* Cetywayos niedergemacht hast, obwohl ich, durch einen Eid gebunden, in dieser Schlacht keinen Stahl hob, ich, der ich nichts zu tun haben will mit solchen, die aus dem Blut Senzangaconas kommen – vielleicht, weil ich selbst zu stark danach rieche, Macumazahn. O ja, ich habe diese und viele andere Dinge über dich vernommen, obwohl mir bisher nicht beschieden war, dein Gesicht zu sehen, o Wächter der Nächte, und darum heiße ich dich willkommen, Tapferer, Schlauer, Erhabener, Freund von uns Schwarzen.«

»Ich danke dir«, sagte ich, »doch du sagtest etwas von ei-

* Kampfeinheiten der Zulus, Regimentern entsprechend.

nem Kampf. Falls es zu so etwas kommen muß, laß es uns hinter uns bringen. Wenn du kämpfen willst, ich bin bereit«, und klopfte auf das Gewehr, das ich trug.

Der finstere Häuptling brach in Lachen aus.

»Höre! Nach einem uralten Gesetz kann mich an diesem Tag jeder Mann zu einem Kampf um die Häuptlingswürde herausfordern, so wie ich den herausgefordert habe, der sie vor mir besaß, und sie mir nehmen, zusammen mit meinem Leben und der Axt, obwohl die Leute letzthin das Interesse an dieser Sache verloren zu haben scheinen. Aber dieses Gesetz wurde erlassen, bevor es Gewehre gab, und Männer wie Macumazahn, von dem man sagt, daß er eine Eidechse an der Wand auf fünfzig Schritte treffen kann. Darum sage ich dir, Macumazahn: wenn du gegen mich kämpfen willst, gebe ich mich von vornherein geschlagen, und du kannst die Häuptlingswürde haben.« Und er lachte auf seine finstere Art.

»Ich denke, es ist zu heiß, um zu kämpfen, sei es mit Gewehren oder mit Äxten, und Häuptlingwürden sind Honig, der voller stechender Bienen steckt«, antwortete ich.

Ich setzte mich auf den Hocker, der für mich gebracht und neben den von Umslopogaas gestellt worden war, und dann ging die Zeremonie weiter.

Die Herolde, die herumgelaufen und allen die Herausforderung zugeschrien hatten, mit dem Halter der Axt um die Herrschaft über das Volk der Axt zu kämpfen, kehrten unverrichteter Dinge zurück, da niemand dazu Lust zu haben schien, worauf Umslopogaas aufstand, seine mächtige Waffe einmal um den Kopf kreisen ließ und erklärte, daß er durch Siegerrecht für das kommende Jahr Häuptling des Volkes der Axt sei, eine Bekanntmachung, die niemanden zu überraschen schien. Dann traten die Herolde erneut in Aktion und forderten jedermann auf, der eine Klage vorzubringen habe, diese vorzutragen, damit Gerechtigkeit geschehen könne.

Nach einer kurzen Pause erschien eine sehr schöne Frau mit großen, glänzenden Augen, die ständig hin und her rollten, als ob sie jemanden suchten. Sie war gut gekleidet, und ich erkannte an dem Schmuck, den sie trug, daß sie die Frau eines Häuptlings war.

»Ich, Monazi, muß Klage führen«, sagte sie, »wie es an diesem Tage das Recht selbst des Geringsten unter uns ist. Als Nachfolgerin Zinitas, die Dingaan zusammen mit ihren Kindern tötete, bin ich deine Inkosikaas, deine Hauptfrau, Umslopogaas.«

»Das ist mir wohl bekannt«, sagte Umslopogaas, »und was ist damit?«

»Dieses: Daß du mich um anderer Frauen willen vernachlässigst, so wie du Zinita wegen Nada, der Schönen, vernachlässigt hast, wegen Nada, der Hexe.* Ich bin kinderlos, so wie alle deine Frauen, wegen des Fluches, den Nada auf uns herabbeschworen hat. Ich verlange, daß dieser Fluch von mir genommen wird. Deinetwegen habe ich Lousta, den Häuptling, dem ich anverlobt war, verlassen, und dies ist der Dank dafür: ich bin vernachlässigt und kinderlos.«

»Bin ich der Himmel über uns, daß ich dich fruchtbar machen kann, Frau?« fragte Umslopogaas wütend. »Ich wollte, du wärst bei Lousta geblieben, meinem Blutsbruder und Freund, dem du jetzt nachtrauerst, und hättest mich in Ruhe gelassen.«

»Das mag noch immer geschehen, wenn du mich nicht besser behandelst«, erwiderte Monazi mit einem Aufblitzen ihrer großen Augen. »Wirst du diese neue Frau fortschikken, die du dir genommen hast, und mir meinen Platz zurückgeben, und wirst du mich von Nadas Fluch befreien, oder wirst du das nicht tun?«

»Was das erste betrifft«, antwortete Umslopogaas, »so wisse, Monazi, daß ich nicht daran denke, meine neue Frau fortzuschicken, die zumindest weniger scharfzüngig und liebevoller ist, als du es bist. Und was das zweite betrifft, so verlangst du von mir etwas, das zu geben ich keine Macht habe, da Kinder die Gabe des Himmels über uns ist, und Unfruchtbarkeit sein Fluch. Außerdem hast du schlecht gehandelt, indem du den Namen einer, die tot ist, in diese Ge-

* Siehe den Roman ›Nada die Lilie‹.

schichte eingebracht hast, den Namen einer, die von allen Frauen die liebevollste und unschuldigste war. Und schließlich laß mich dich vor allen Menschen warnen, deine Intrigen oder Absprachen mit Lousta sein zu lassen, damit sie dir nichts Böses bringen, oder auch ihm, obwohl er mein Blutsbruder ist, oder euch beiden.«

»Intrigen!« schrie Monazi mit einer schrillen, wütenden Stimme. »Denkt Umslopogaas an Intrigen? Nun, ich habe gehört, daß Chaka, der Löwe, einen Sohn hinterließ, und daß dieser Sohn eine Falle für den aufgestellt hat, der jetzt auf Chakas Thron sitzt. Vielleicht hat der König ebenfalls davon gehört; vielleicht wird das Volk der Axt bald einen anderen Häuptling haben.«

»Ist das so?« sagte Umslopogaas ruhig. »Und wenn, wird er Lousta heißen?«

Nun wurde die glimmende Glut zur Flamme, und er brüllte: »Was habe ich getan, daß die Frauen meines Busens meine Verräter werden, die, welche mich dem Tod ausliefern wollen? Zinita hat mich an Dingaan verraten und wurde zum Dank dafür von ihm erschlagen, und meine Kinder mit ihr. Und jetzt verrätst du, Monazi, mich an Cetywayo, obwohl es in Wahrheit nichts zu verraten gibt? Nun, wenn dem so ist, so denke gründlich darüber nach, und laß auch Lousta gründlich darüber nachdenken, was geschah, und was denen geschehen wird, die vor der Axt Umslopogaas' stehen. Was habe ich getan, frage ich, daß Frauen versuchen, mir zu schaden?«

»Dieses«, antwortete Monazi mit einem spöttischen Lachen, »daß du eine von ihnen zu sehr geliebt hast. Wer in Frieden leben will, sollte seine Frauen alle gleich behandeln. Und vor allem sollte er nicht ständig um eine jammern, die tot ist, eine Hexe, die einen Fluch herabbeschworen hat, und so die Lebenden beleidigen und benachteiligen. Also wäre er weise, sich mehr um die Angelegenheiten seines Stammes und seines Hausstands zu kümmern und ehrgeizige Pläne aufzugeben, die ihn zum Assegai bringen könnten, und sie mit ihm.«

»Ich habe deinen Rat vernommen, Frau, also geh!« sagte

Umslopogaas und sah sie mit einem seltsamen Blick an, der, wie mir schien, nicht frei von Furcht war.

»Hast du Frauen, Macumazahn?« fragte er dann leise, als sie außer Hörweite war.

»Nur unter den Geistern«, antwortete ich.

»Gut für dich; außerdem haben wir dies gemeinsam, denn auch ich habe nur eine wirkliche Frau, und sie ist ebenfalls unter den Geistern. Doch ruhe dich jetzt aus, später wollen wir miteinander sprechen.«

Also ging ich und überließ den Häuptling seinen Geschäften, und beim Fortgehen dachte ich an eine gewisse Botschaft, die ich ihm übermitteln sollte, und daß in dieser Botschaft Namen vorkamen, die ich eben gehört hatte, nämlich der Name eines Mannes, der Lousta genannt wurde, und der Name einer Frau, die Monazi hieß. Und ich dachte auch an die Bemerkungen, die diese Frau in ihrer eifersüchtigen Wut und wegen ihrer Unfruchtbarkeit fallengelassen hatte, Hinweise auf ein Komplott gegen den, der auf dem Thron Chakas saß, womit natürlich nur König Cetywayo gemeint sein konnte.

Ich trat in die Gästehütte, die sich als geräumig und sauber erwies, und in der ich auch reichlich Nahrung für mich und meinen Diener vorfand. Nach dem Essen schlief ich ein wenig, wie ich es immer tue, wenn nichts anderes ansteht, und wer mochte wissen, wie lange er mich in dieser Nacht wachhalten würde? Es war tatsächlich Sonnenuntergang, als der Bote kam, der mir mitteilte, daß der Häuptling mich zu sprechen wünsche, wenn ich mich ausgeruht hätte. Also ging ich zu seiner großen Hütte, die allein stand und von einem starken Zaun umgeben war, der in einiger Entfernung von der Hütte verlief, damit niemand in Hörweite kommen und belauschen konnte, was in der Hütte gesprochen wurde, nicht einmal bei der Tür. Außerdem stand ein mit einer Axt bewaffneter Posten am Tor dieses Zauns und patrouillierte von Zeit zu Zeit um diesen herum.

Häuptling Umslopogaas saß auf einem Schemel vor der Tür seiner Hütte, seine Axt, die mit einer Lederschnur an seinem rechten Handgelenk befestigt war, an sein Knie gelehnt, und ein Wolfsfell um seine breiten Schultern gehängt. Er sah sehr finster und kriegerisch aus, als er so im roten Licht der untergegangenen Sonne saß. Er begrüßte mich und deutete auf einen zweiten Schemel, auf den ich mich setzte. Anscheinend hatte er meine Augen beobachtet, denn er sagte: »Ich sehe, daß du, wie alle Kreaturen, die bei der Nacht unterwegs sind, so wie Leoparden und Wölfe, alles siehst, Wächter der Nächte, selbst einen Krieger, der diese Hütte bewacht, und wo der Zaun verläuft, und auf welche Art das Tor gefertigt ist.«

»Wenn ich das nicht täte, wäre ich seit langem tot, Häuptling.«

»Ja, und weil es nicht meine Gewohnheit ist, das zu tun, wie ich es tun sollte, werde ich vielleicht bald tot sein. Es ist nicht genug, wild und tapfer in der Schlacht zu sein, Macumazahn. Er, der in Frieden schlafen will, und von dem, wenn er stirbt, die Menschen einst sagen werden: ›Er hat gegessen‹*, muß mehr als das tun. Er muß seine Zunge hüten, und selbst seine Gedanken; er muß auf das Rascheln der Ratten im Stroh des Daches lauschen und nach Schlangen im Gras Ausschau halten; er darf nur wenigen vertrauen, und am wenigsten denen, die an seinem Busen ruhen. Doch jene, die das Blut des Löwen in sich haben, oder die dazu neigen, wie ein Büffel anzugreifen, vernachlässigen diese Dinge oft und fallen deshalb am Ende in eine Grube.«

»Ja«, antwortete ich, »besonders jene, die das Blut des Löwen in sich haben, ob dieser Löwe nun ein Mensch oder ein Tier ist.«

Dies sagte ich wegen der Gerüchte, die mir zu Ohren gekommen waren, daß der Schlächter in Wirklichkeit ein Sohn Chakas sei, und da ich nicht wußte, ob er mit dem Wort ›Löwe‹ spielte, das ein Titel Chakas war, wollte ich ihn ein wenig herausfordern, besonders, da ich in seinem Gesicht eine große Ähnlichkeit mit Chakas Bruder Dingaan feststellte, der, wie Gerüchte behaupteten, von eben diesem Umslopogaas getötet worden war. Doch es gelang mir nicht.

* Das heißt in der Zulusprache: Er hat sein Leben bis zu Ende gelebt.

Nach einer Pause sagte er: »Warum bist du zu mir gekommen, Macumazahn? Und warum hast du es nicht schon früher getan?«

»Ich bin nicht zu dir gekommen, Umslopogaas. Es war nicht meine Absicht, dich aufzusuchen. Du hast mich hergebracht, oder vielmehr die überfluteten Flüsse und du, denn ich war auf dem Weg nach Natal und konnte den Fluß nicht durchqueren.«

»Und doch denke ich, daß du eine Botschaft für mich hast, weißer Mann, denn vor nicht allzu langer Zeit kam ein wandernder Medizinmann zu mir und sagte mir, daß ich dich erwarten solle, und daß du mir etwas zu sagen haben wirst.«

»In der Tat, Umslopogaas? Nun, es ist wahr, daß ich eine Botschaft für dich habe, jedoch ist es eine, die ich nicht überbringen wollte.«

»Doch da du nun einmal hier bist, wirst du sie mir vielleicht doch sagen, Macumazahn, denn solche, die Botschaften haben und sie nicht aussprechen, kommen manchmal in Schwierigkeiten.«

»Ja, da ich nun einmal hier bin , werde ich sie überbringen, da es vom Schicksal so bestimmt zu sein scheint. Sage mir, kennst du zufällig einen gewissen Kleinen, der groß ist, einen gewissen Alten, dessen Geist jung ist, einen Medizinmann, der Öffner von Straßen genannt wird?«

»Ich habe von so einem Mann gehört – wie auch meine Vorväter seit Generationen.«

»In der Tat? Und würdest du die Freundlichkeit haben, Umslopogaas, mir die Namen dieser deiner Vorväter zu nennen, die seit Generationen von diesem Medizinmann gehört haben? Sie müssen recht kurzlebige Menschen gewesen sein, und deshalb würde ich gerne erfahren, wer sie sind.«

»Das wirst du nicht«, sagte Umslopogaas hart, »da sie *hlonipa** sind in diesem Land.

»In der Tat?« sagte ich. »Ich dachte, daß diese Bezeich-

---

* In der Zulusprache: Solche, über die man nicht spricht.

nung nur auf Könige angewandt wird, aber ich bin natürlich nur ein unwissender Weißer, dem solche Feinheiten eurer Zulu-Bräuche nicht geläufig sind.«

»Ja, Macumazahn, du irrst dich vielleicht – oder auch nicht. Das ist egal. Doch welches ist die Botschaft, die er dir mitgegeben hat?«

»Er gab sie mir am Ende einer langen Rede, Bulalio. Doch da du sie erfahren möchtest, hier sind seine Worte, so genau, wie ich sie mir merken konnte.« Und Satz für Satz wiederholte ich ihm alles, was Zikali zu mir gesagt hatte, als er mich nach der Verabschiedung noch einmal zurückrief, was er zweifellos getan hatte, um seine Botschaft tiefer in meinem Gedächtnis zu verankern.

Umslopogaas lauschte mit einer unerfindlichen Konzentration auf jede Silbe und bat mich dann, alles noch einmal zu sagen, was ich auch tat.

»Lousta! Monazi!« sagte er dann langsam. »Nun, du hast diese beiden Namen heute gehört, nicht wahr, weißer Mann? Und du hast gewisse Dinge von den Lippen dieser Monazi gehört, da sie wütend war, die den Worten des Öffners von Straßen Farbe geben. Es scheint mir ...«, fügte er hinzu, blickte mißtrauisch umher und sprach dann noch leiser, »daß das, was ich vermute, zutrifft, und daß ich zweifellos verraten werde.«

»Ich verstehe nicht«, sagte ich gleichgültig. »All dieses Gerede ist dunkel für mich, genau wie die Botschaft des Öffners von Straßen, oder vielleicht seine Bedeutung. Von wem und in welcher Hinsicht wirst du verraten?«

»Laß diese Schlange schlafen, Macumazahn. Tritt sie nicht mit deinem Fuß. Laß es genug sein, wenn ich dir sage, daß mein Kopf dabei auf dem Spiel steht, daß ich eine Ratte in einem gespaltenen Stock bin, und daß dieser Stock von einer sehr schweren Hand zusammengepreßt wird, und wo ist dann die Ratte?«

»Wohin alle Ratten gehen, vermute ich, falls sie keine weisen Ratten sind, die die Hand beißen, welche den Stock hält, bevor er niedergedrückt wird.«

»Was ist der Rest deiner Geschichte, Macumazahn, die

erzählt wurde, bevor der Öffner von Straßen dir jene Botschaft gab? Würde es dir etwas ausmachen, sie zu wiederholen, damit meine Ohren sie hören und ich mir ein Urteil bilden kann?«

»Gewiß«, antwortete ich, »doch unter einer Bedingung: das, was die Ohren hören, wird das Herz für sich allein behalten.«

Umslopogaas legte seine Hand auf die breite Schneide der Waffe, die an seinem Knie lehnte, und sagte: »Ich schwöre es bei der Axt. Wenn ich diesen Eid breche, soll die Axt mich vernichten.«

Dann erzählte ich ihm die Geschichte, so wie ich sie hier bereits niedergeschrieben habe, und dachte mir dabei, daß er wohl wenig davon verstehen würde, da er ja nur ein wilder afrikanischer Krieger war. Wie es sich jedoch herausstellte, erlag ich da einem gewaltigen Irrtum, denn er schien eine ganze Menge zu verstehen, vielleicht weil so primitive Naturen in weit engerer Berührung mit übersinnlichen und geheimen Dingen stehen, als wir Europäer uns das vorstellen können – und vielleicht auch aus anderen Gründen, mit denen ich erst viel später vertraut werden sollte.

»So steht es also«, sagte er, als ich geendet hatte, »oder so sehe ich es zumindest: du, Macumazahn, suchst bestimmte Frauen, die tot sind, um zu erfahren, ob sie noch leben oder wirklich tot sind, doch ist es dir bisher nicht gelungen, sie zu finden. Noch immer auf der Suche, hast du den Rat Zikalis, des Öffners von Straßen, eingeholt, von ihm, der neben anderen Titeln auch das ›Haus von Geistern‹ genannt wird. Er antwortete dir, daß er dein Herz nicht zufriedenstellen könne, weil dieser Baum zu hoch sei, als daß er ihn erklettern könne, daß jedoch weit im Norden eine gewisse weiße Hexe lebe, deren Macht größer sei als die seine, und die auf die Spitze eines jeden Baumes fliegen könne, und er forderte dich auf, zu jener Hexe zu reisen. Habe ich die Geschichte soweit richtig verstanden?«

Ich sagte ihm, daß dem so sei.

»Gut! Anschließend wählte Zikali dir die Gefährten für diese Reise aus, und es waren nur zwei, abgesehen von den

Bewachern und den Dienern. Ich, Umslopogaas, genannt Bilalio, der Schlächter, und auch der Specht, war einer der beiden, und dieser kleine gelbe Affe von einem Mann, den ich heute bei dir sah und der Hans heißt, war der andere. Deshalb hast du Zikali, den Zauberer aller Zauberer, beleidigt, als du beschlossen hast, mich, Umslopogaas, nicht aufzusuchen, und nicht nach Norden zu reisen, um die große weiße Königin zu finden, von der er dir berichtete, sondern statt dessen nach Natal zurückzukehren. Ist es so?«

Ich sagte ihm, daß dem so sei.

»Dann fiel der Regen, und der Wind wehte, und die Flüsse traten über ihre Ufer, so daß du nicht nach Natal zurückkehren konntest, und so kam es, daß du durch einen Zufall, oder durch das Schicksal, oder durch den Willen Zikalis, des Zauberers der Zauberer, dennoch hierhergetrieben wurdest, in den Kraal Umslopogaas', und mir diese Geschichte erzählt hast.«

»So ist es«, antwortete ich.

»Nun gut, weißer Mann, doch woher soll ich wissen, daß all dies nichts anderes ist als eine Falle für meine Füße, die ohnehin schon Stricke zwischen ihren Zehen zu fühlen scheinen? Was für ein Zeichen bringst du, Wächter der Nacht? Wie kann ich wissen, daß der Öffner von Straßen mir wirklich diese Botschaft gesandt hat, die mir auf eine so seltsame Weise von einem zugestellt wurde, der auf einem anderen Pfad reisen wollte? Der wandernde Medizinmann sagte mir, daß der, welcher zu mir kommen würde, ein Zeichen bei sich tragen würde.«

»Ich kann dir das nicht sagen«, antwortete ich, »zumindest nicht in Worten. Aber ...«, setzte ich nach kurzem Überlegen hinzu, »da du mich auch nach einem Zeichen fragst, so vermag ich dir vielleicht etwas zu zeigen, das deinem Herzen den Beweis liefern kann. Falls es hier einen sicheren Ort gibt ...«

Umslopogaas trat zum Tor des Zauns und überzeugte sich, daß der Posten dort Wache hielt. Dann ging er um die Hütte herum, warf auch einen Blick auf das Dach und murmelte, als er zu mir zurückkam: »Einmal bin ich auf solche

Art übertölpelt worden. Damals lebte eine gewisse Frau in diesem Kraal, die ihr Ohr an das Rauchloch hielt und so den Tod von vielen herbeiführte, darunter ihren eigenen und den unserer Kinder. Tritt ein! Es ist alles sicher. Doch wenn du sprichst, sprich leise.«

Also traten wir in die Hütte und nahmen unsere Hocker mit uns. Wir setzten uns an das Feuer, das dort brannte, und in das Umslopogaas ein paar Scheite harzigen Holzes warf.

»Jetzt«, sagte er dann.

Ich öffnete mein Hemd und zeigte ihm im hellen Licht der Flammen das Abbild Zikalis, das an meinem Hals hing. Er starrte es an, wagte es jedoch nicht zu berühren. Dann stand er auf, hob seine gewaltige Axt, salutierte mit ihr vor dem Abbild und murmelte: *»Makosi!«**

»Es ist die Große Medizin, die Medizin selbst«, sagte er, »die in dem Land bekannt ist seit den Tagen Senzangaconas, des Vaters des Zulu-Königshauses, und, wie man sagt, schon vorher.«

»Wie ist das möglich?« fragte ich, »wo dieses Abbild doch Zikali, den Öffner von Straßen, als alten Mann darstellt, und Senzangacona vor vielen Jahren gestorben ist?«

»Das weiß ich nicht«, antwortete er, »aber es ist so. Höre! Es gab einen gewissen Mopo, oder Umbopo, wie manche ihn nannten, der Chakas Leibwächter war, und mein Ziehvater. Und der sagte mir, daß zweimal diese Medizin ...« – er deutete auf das Abbild – »Chaka gesandt wurde, und daß der Löwe jedesmal der Botschaft gehorchte, die mit ihm kam. Sie wurde dann ein drittes Mal gesandt, doch er gehorchte der Botschaft nicht und ... wo war Chaka?« Dabei fuhr Umslopogaas mit der Hand über seine Kehle.

»Mopo«, sagte ich. »Ja, ich habe die Geschichte von Mopo gehört, und auch, daß Chakas Leib schließlich *sein* Diener wurde, da Mopo ihn mit Hilfe der Prinzen Dingaan und Umhlangana tötete. Und ich habe gehört, daß dieser Mopo noch lebt, allerdings nicht im Zululand.«

* Ehrentitel großer Zauberer, weil sie das Heim vieler Geister sind.

»Wirklich, Macumazahn?« sagte Umslopogaas, nahm eine Prise Schnupftabak von einem Löffel und blickte mich über den Löffel hinweg aufmerksam an. »Du scheinst sehr viel zu wissen, Macumazahn; vielleicht zu viel für manche Leute.«

»Ja«, antwortete ich, »vielleicht weiß ich zu viel, und auf jeden Fall mehr, als ich wissen möchte. Zum Beispiel, Ziehson Mopos, und Sohn der ... – hieß die Frau nicht Baleka? – ich weiß nicht recht viel über dich.«

Umslopogaas starrte mich an, legte seine Hand auf die große Axt, erhob sich halb und setzte sich dann wieder.

»Ich denke, daß dieses ...« – ich berührte das Abbild Zikalis – »selbst die Klinge der Axt, die ›Witwenmacher‹ genannt wird, abwehren würde«, sagte ich und sah ihn abwartend an. Dann, als nichts geschah, fuhr ich fort: »Zum Beispiel glaube ich zu wissen – oder habe ich es geträumt? –, daß ein gewisser Häuptling, dessen Mutter, wie ich glaube, Baleka war – übrigens, war sie nicht eine von Chakas ›Schwestern‹? –, ein Komplott gegen jenen Sohn Pandas geschmiedet hatte, der jetzt auf dem Thron sitzt, und daß seine Pläne verraten wurden, so daß er sich in Lebensgefahr befindet.«

»Macumazahn«, sagte Umslopogaas heiser, »ich sage dir: wenn du nicht die Große Medizin an deiner Brust trügest, würde ich dich auf der Stelle töten und dich unter dem Boden dieser Hütte begraben, weil du ... – zu viel weißt.«

»Das wäre ein Fehler, Umslopogaas, einer der vielen, die du begangen hast. Doch da ich die Medizin trage, stellt diese Frage sich überhaupt nicht, stimmt's?«

Wieder antwortete er nicht, und ich fuhr fort: »Und was ist jetzt mit dieser Reise nach Norden? – Wenn ich sie tatsächlich unternehmen muß, würdest du mich begleiten?«

Umslopogaas erhob sich von seinem Hocker und kroch aus der Türöffnung der Hütte, offensichtlich, um etwas zu kontrollieren. Kurz darauf war er wieder da und erklärte, daß die Nacht klar sei, obwohl am Horizont Gewitterwolken aufzögen, was ich als eine Zulumetapher verstand, mit der er mir sagen wollte, daß es jetzt sicher sei, zu reden, aus der Ferne jedoch Gefahr drohe.

»Macumazahn«, sagte er, »wir sprechen unter der Decke des Öffners von Straßen, die auf deinem Herzen ruht, und dessen Zeichen du mir bringst, so wie er es mir hat ankündigen lassen, nicht wahr?«

»Ich denke schon«, antwortete ich. »Auf jeden Fall sprechen wir von Mann zu Mann, und bisher ist die Ehre Macumazahns im Zululand noch nie in Zweifel gezogen worden. Wenn du also etwas zu sagen hast, Häuptling Umslopogaas, so sage es jetzt, denn ich bin müde und möchte essen und schlafen.«

»Gut, Macumazahn. Ich habe dies zu sagen: ich, der ich der Sohn eines bin, der größer ist als er, habe den Plan gefaßt, den Thron von Zululand dem zu nehmen, der jetzt auf ihm sitzt. Es ist wahr, denn ich war meiner Tatenlosigkeit als ein kleiner Häuptling müde geworden. Und ich hätte Erfolg haben sollen, mit der Hilfe Zikalis, der das Haus Senzangaconas haßt, obwohl er mich, der vom Blut dieses Hauses ist, nicht haßt, weil ich von jeher gegen dieses Haus gekämpft habe. Doch es scheint, nach dieser Botschaft zu schließen, und nach den Worten einer wütenden Frau, daß ich verraten worden bin, und daß heute nacht, oder morgen nacht, oder beim nächsten Mond, die Mörder zu mir kommen und zuschlagen, bevor ich zuschlagen kann.«

»Aber von wem bist du verraten worden, Umslopogaas?«

»Von dieser meiner Frau, denke ich, Macumazahn, und von Lousta, meinen Blutsbruder, über den sie ihr Netz geworfen hat, daß er sich von mir abwandte, daß er hofft, sie gewinnen zu können, die er immer geliebt hat, und mit ihr die Herrschaft über das Volk der Axt. Was also soll ich tun? Sag mir das, du, dessen Augen im Dunkel sehen können!«

Ich überlegte einen Moment lang und sagte dann: »Ich denke, wenn ich an deiner Stelle wäre, Umslopogaas, dann würde ich diesen Lousta für eine Weile auf meinem Stuhl sitzen lassen, als Häuptling des Volkes der Axt, und nach Norden reisen. Wenn dann Schwierigkeiten kommen von dem Großen Haus, in dem der König sitzt, werden sie zu Lousta kommen, der natürlich beweisen kann, daß das Volk der Axt unschuldig ist, und daß du weit fort bist.«

»Das ist sehr schlau, Macumazahn. Daraus spricht die Große Medizin. Wenn ich nach Norden gehe, wer kann dann behaupten, daß ich in ein Komplott verwickelt bin, und wenn ich meinen Verräter an meine Stelle setze, wer kann dann sagen, daß ich ein Verräter bin, der ich ihn an den Platz setzte, auf dem ich saß, und das Land in einer privaten Sache verließ? – Und jetzt erzähl mir von deiner Reise nach Norden.«

Also erzählte ich ihm alles, obwohl ich mich bis zu dem Moment noch gar nicht entschlossen hatte, diese Reise anzutreten, da ich doch nur rein zufällig in diesen Kraal gekommen war, oder jedenfalls erschien es mir so, und auch nur rein zufällig ihm die Botschaft übermittelt hatte.

»Du willst also den Rat einer weißen Medizinfrau, Macumazahn, die nach Zikalis Meinung weit im Norden lebt, was die Toten betrifft. Nun möchte zufällig auch ich, obwohl du es einem Schwarzen nicht zutrauen magst, etwas über die Toten erfahren; ja, über eine gewisse Frau meiner jungen Jahre, die mir Schwester und Freund war, und auch Ehefrau; und auch über einen Bruder, dessen Namen ich nicht ausspreche, der mit mir über die Wölfe herrschte, und der an meiner Seite auf dem Hexenberg dort drüben fiel, nachdem er sich eine Matte aus toten Feinden gemäht hatte, auf die er sich nach einem großen, herrlichen Kampf legen konnte. Denn an ihn und an diese Frau denke ich jeden Tag, und von ihnen träume ich jede Nacht, und ich möchte wissen, ob sie noch irgendwo leben und ich sie wiedersehen werde, wenn ich als Krieger sterbe, wie es meine Hoffnung ist. Verstehst du das, Wächter der Nächte?«

Ich sagte ihm, daß ich das sehr gut verstünde, und daß sein Fall mir so vorkäme, wie der meine.

»Es könnte sein«, fuhr Umslopogaas fort, »daß all dieses Gerede von den Toten, die nach ihrem Ende weiterleben, nichts anderes ist als das Säuseln von Wind in nächtlichem Schilf, das von irgendwo kommt und nach irgendwo geht und nichts zu bedeuten hat. Doch zumindest wird es eine großartige Reise werden, bei der wir Abenteuer und Kämpfe erleben werden, da es im Land wohl bekannt ist, daß, wo immer Macumazahn sich hinwendet, reichlich von beiden vorhanden ist. Außerdem scheint es ratsam aus Gründen, die wir miteinander besprochen haben, daß ich Zikalis Wunsch folge und das Land der Zulu für eine Weile verlasse, da ich mir am Ende meiner Tage den Tod eines Mannes wünsche, und nicht wie ein Schakal in der Grube gefangen werden will. Und schließlich glaube ich, daß wir gut miteinander auskommen werden, obwohl mein Temperament manchmal mit mir durchgeht, und daß keiner von uns den anderen bei Gefahr im Stich lassen wird, obwohl ich mir da bei deinem kleinen gelben Affen nicht so sicher bin.«

»Für den stehe ich gerade«, antwortete ich. »Er ist ein treuer Mensch, und auch schlau – wenn er nicht betrunken ist.«

Dann besprachen wir die Pläne unserer Reise, wann wir aufbrechen sollten, und welcher Weg der beste sei. Wir sprachen bis spät in die Nacht hinein, und danach ging ich zur Gästehütte und schlief.

## 4

## *Der Löwe und die Axt*

Früh am kommenden Tag verließ ich den Kraal des Volkes der Axt, nachdem ich mich formell von Umslopogaas verabschiedet hatte, wobei ich ihm so laut und vernehmlich, daß alle es hören konnten, erklärte, daß ich, da die Flüsse noch immer Hochwasser führten, in die nördlichen Gebiete des Zululandes trecken und dort meine restlichen Waren verkaufen wollte, bis das Wetter sich gebessert haben würde. Unsere private Absprache jedoch war, daß wir uns in der nächsten Vollmondnacht, die in vier Wochen war, am Fuß der Ostflanke eines großen Tafelberges treffen wollten, der uns beiden bekannt war, und der sich nördlich der Ebene erhebt, jedoch ein gutes Stück jenseits der Grenze des Zululandes.

Also treckte ich nordwärts, langsam, um meine Ochsen zu schonen, und trieb unterwegs meinen Handel. Die Einzelheiten spielen keine Rolle, doch hatte ich während dieser Reise mehr Glück, als es mir während vieler Jahre beschieden gewesen war. Obwohl ich mit Kredit arbeitete, da ich fast alle meine Waren verkauft hatte, ein Privileg, das ich dank meines Rufes im Zululand genieße, gelang es mir, einige ausgezeichnete Rinderkäufe zu tätigen, und um allem die Krone aufzusetzen, konnte ich eine Ladung Elfenbein so billig kaufen, daß ich das Gefühl hatte, es mußte gestohlen sein. Dies alles, die Rinder und das Elfenbein, ließ ich zu einem weißen Freund bringen, dem ich vertrauen konnte, und der meinen Anteil auf mein Konto einzahlte, von dem der ausgemachte Preis an die eingeborenen Verkäufer gezahlt wurde. Mein Glück war so groß, daß ich es, wenn ich so abergläubisch gewesen wäre wie Hans, auf den Einfluß von Zikalis Großer Medizin zurückgeführt haben würde. Doch so, wie die Dinge lagen, erkannte ich es als einen der glücklichen Zufälle eines Händlerlebens und tat es mit einem Achselzucken ab, so wie ich es auch häufig im Fall von Verlusten getan hatte.

Nur ein unliebsamer Zwischenfall ereignete sich: Eines Tages tauchte plötzlich eine Gruppe von Kriegern des Königs auf, unter dem Befehl eines bekannten *Induna,* oder Beraters, und bestand darauf, meinen Wagen zu durchsuchen, nach diesem billigen Posten Elfenbein, wie ich anfangs vermutete, das jedoch bereits auf dem Weg nach Natal war. Doch nicht ein einziges Wort fiel über das Elfenbein, und es wurde mir auch nicht ein einziger Gegenstand, der mir gehörte, von ihnen weggenommen. Ich war empört über die Behandlung und gab meinen Gefühlen dem *Induna* gegenüber sehr deutlich Ausdruck. Er entschuldigte sich wortreich und erklärte mir, daß er ›auf Befehl des Königs‹ handele. Er ließ durchblicken, daß er nach einem bestimmten ›Übeltäter‹ suche, der vielleicht bei mir sein könnte, ohne daß ich seinen wahren Charakter erkannt habe. Und da dieser ›Übeltäter‹, dessen Namen er nicht nennen wollte, ein äußerst gewalttätiger Mann sei, hätte er eine so starke Eskorte mitbringen müssen.

Natürlich dachte ich jetzt an Umslopogaas, machte jedoch nur ein verständnisloses Gesicht und zuckte die Achseln, als ich sagte, daß es nicht meine Gewohnheit sei, die Gesellschaft von Übeltätern zu suchen.

Bevor der *Induna* mich verließ, befragte er mich nach den Orten, die ich während meiner Reise durch das Zululand aufgesucht hatte. Ich nannte sie ihm mit absoluter Ehrlichkeit, und nannte dabei auch – weil ich sicher war, daß er bereits über alles, was mich betraf, genau informiert war – den Kraal des Volkes der Axt. Dann fragte er mich, ob ich dort auch mit seinem Häuptling gesprochen hätte, einem gewissen Umslopogaas, oder Bulalio, und ich antwortete: ja, daß ich ihm dort zum erstenmal begegnet sei, und daß er ein sehr bemerkenswerter Mann wäre.

Das bestätigte der *Induna* mit einem nachdrücklichen Nikken und meinte, daß ich vielleicht nicht wüßte, *wie* bemerkenswert er sei. Dann fragte er mich, ob ich wüßte, wo er sich jetzt aufhielte, worauf ich erwiderte, daß ich davon nicht die geringste Ahnung hätte, jedoch annähme, daß er in seinem Kraal sei, wo ich ihn zuletzt gesehen hätte, als ich weitergetreckt sei. Der *Induna* erklärte mir, daß er sich *nicht* in seinem Kraal befände, daß er fortgegangen sei und einen gewissen Lousta und seine eigene Hauptfrau, Monazi, mit der vorläufigen Wahrnehmung der Häuptlingsschaft betraut habe, da er, wie er gesagt habe, eine Reise unternehmen wolle. Ich gähnte, als ob ich es müde wäre, etwas über diesen Häuptling zu hören, und überhaupt über diese ganze Angelegenheit. Darauf sagte der *Induna,* daß ich zum König kommen und alle die Worte wiederholen müßte, die ich gesprochen hatte. Ich erwiderte, daß mir das nicht möglich sei, da ich mich nach Abschluß meiner Handelsreise verpflichtet habe, nach Norden zu trecken, um Elefanten zu schießen. Er antwortete, daß Elefanten ein sehr langes Leben hätten und sicher nicht sterben würden, während ich den König besuchte.

Dann folgte ein Palaver, das sehr hitzig wurde und damit endete, daß mir gesagt wurde, ich habe vor dem König zu erscheinen, und wenn man mich mit Gewalt zu ihm bringen müßte.

Ich saß schweigend da und fragte mich, was ich sagen oder tun sollte; dabei beugte ich mich vor, um mir ein Stück Glut aus dem Feuer zu holen, mit dem ich meine Pfeife anzünden wollte. Mein Hemd war nicht zugeknöpft, und diese zufällige Bewegung brachte es mit sich, daß das Abbild von Zikali, das an meinem Hals hing, aus dem Hemdausschnitt hervorpendelte. Der *Induna* sah es, und seine Augen wurden groß vor Angst.

»Verberge das!« flüsterte er. »Verberge das, damit es mich nicht verhext. Ich fühle bereits, daß ich verhext bin.«

»Das wird dir mit Sicherheit geschehen«, sagte ich und gähnte erneut, »wenn du darauf bestehen solltest, daß ich eine Woche beschwerlicher Reise auf mich nehmen müsse, nur um den König der Schwarzen aufzusuchen, oder mich auf eine andere Weise jetzt oder später belästigst.« Ich nahm den Talisman in die Hand und blickte ihm ernst in die Augen.

»Vielleicht, Macumazahn, ist es doch nicht nötig, daß du vor dem König erscheinst«, sagte er mit unsicherer Stimme. »Ich werde gehen und ihm berichten, daß du nichts von diesem Übeltäter weißt.«

Und nun hatte er es so eilig zu verschwinden, daß er sich nicht einmal die Zeit nahm, sich zu verabschieden. Am folgenden Morgen zog auch ich weiter, bis die Grenze von Zululand hinter mir lag.

Wenig später und ohne jeden Zwischenfall – denn das Wetter, das so feucht gewesen war, wurde jetzt wunderbar und trocken – erreichten wir den großen Tafelberg, den ich erwähnte, nach einem Treck über hochgelegenes, nur mit wenigen Bäumen bestandenes Veld, das dem Wagen kaum Schwierigkeiten bot. Dieser Berg ist den Eingeborenen, die dort leben, mit einem langen Namen bekannt, das übersetzt ›Hütte-mit-dem-flachen-Dach‹ heißt. Er wird von einem dichten Wald umgeben, denn die Vegetation ist wunderbar dort, wohl wegen des Wassers, das von den Hängen des Berges herabrinnt. Nachdem wir uns unseren Weg durch diesen Wald gebahnt hatten, der reich an Wild war, gelangten wir zum Fuß des Berges und schlugen unterhalb seiner Ostflanke das Lager auf. Dies war fünf Tage vor der Vollmondnacht, in der ich mich mit Umslopogaas treffen wollte.

Daß er diese Verabredung einhalten würde, glaubte ich nicht im geringsten, einmal, weil ich es für sehr wahrscheinlich hielt, daß er es sich anders überlegt, und zweitens, weil ich durchaus damit rechnete, daß er gegen seinen Willen einen Besuch beim König zu machen hatte, so wie ich es beinahe hätte tun müssen. Mir war absolut klar, daß er bis über beide Ohren in irgendeinem Komplott gegen Cetywayo steckte, bei dem er der Partner des alten Zwergs Zikali war – oder besser gesagt: dessen Werkzeug –, und auch, daß dieses Komplott verraten worden war, mit dem Resultat, daß jetzt nach ihm ›gefahndet‹ wurde und er nur eine sehr geringe Chance hatte, unangefochten durch Zululand zu kommen. All das in Rechnung stellend war ich so gut wie sicher, daß ich sein finsteres Gesicht zum letzten Mal gesehen hatte.

Um die Wahrheit zu sagen: ich war froh darüber. Obwohl die Idee mich anfangs gereizt hatte, war ich nicht mehr wild darauf, monatelang durch unbekanntes Land zu ziehen, um nach einem Menschen zu suchen, der wahrscheinlich nur in der Phantasie einiger Geisterseher existierte. Ich war in diese Sache mehr oder weniger hineingezogen worden, und wenn Umslopogaas nicht erschien, war ich meiner Verpflichtung ledig und würde in aller Ruhe nach Natal zurückkehren. Vorher allerdings wollte ich ein wenig jagen, da ich entdeckt hatte, daß eine große Herde Elefanten in diesem Wald lebte. Ich hatte sogar vor, es sofort zu tun, unterließ es dann jedoch, als Hans mich darauf hinwies, daß es schwierig sein würde, das Elfenbein zu transportieren, wenn wir nach Norden gingen, besonders, falls wir gezwungen sein sollten, den Wagen zurückzulassen, und ich war ein zu erfahrener Jäger, um die großen Tiere allein zum Spaß abzuknallen.

Also ruhte ich mich ein wenig aus, ließ die Ochsen tagsüber in dem Gras weiden, das üppig an den unteren Hängen des gewaltigen Berges wuchs, an dessen Fuß wir am Ufer eines Baches unser Lager aufgeschlagen hatten.

Irgendwann einmal mußte ein Eingeborenendorf hier gestanden haben; wahrscheinlich war es schon vor vielen Jahren von den Zulus zerstört worden, denn ich fand vom Alter geschwärzte menschliche Knochen im hohen Gras. Der Rinderkraal war noch immer in so gutem Zustand, daß wir nur da und dort die Wälle mit ein paar Steinen ausbessern und den schmalen Eingang mit Dornengestrüpp sperren mußten, um ihn als Nachtpferch für unsere Ochsen verwenden zu können. Ich wollte die Tiere nachts nicht frei umherlaufen lassen, aus Furcht, daß es hier Löwen geben könnte, obwohl ich bisher noch keine gesehen oder gehört hatte.

So gingen die Tage recht angenehm dahin, mit reichlichem Essen, denn wenn wir Fleisch wollten, brauchte ich nur ein paar Schritte zu gehen, um einen feisten Antilopenbock zu schießen, da diese Tiere abends an den Bach zur Tränke kamen, bis schließlich die Vollmondnacht anbrach. Darüber waren wir froh, weil ich mich, um ehrlich zu sein, allmählich zu langweilen begann. Ruhe ist etwas sehr Schönes, doch für einen Mann, der immer ein sehr aktives Leben geführt hat, ist ein Zuviel davon sehr schlecht, denn dann beginnt er nachzudenken, und zuviel Denken ist überaus deprimierend. Von dem feuerfressenden Umslopogaas war nichts zu sehen, also faßte ich den Entschluß, am nächsten Morgen nach den Elefanten zu suchen, und dann, nachdem ich ein paar davon geschossen hatte – oder auch, wenn mir das nicht gelingen sollte – nach Natal zurückzukehren. Ich konnte einfach nicht länger tatenlos herumsitzen; die Gabe dafür hat mir schon seit jeher gefehlt, was vielleicht der Grund dafür ist, daß ich meine vielen Mußestunden hier in England dazu benutze, solche Erinnerungen wie diese niederzuschreiben.

Nun, der volle Mond stieg in seiner ganzen Pracht über den Horizont, und nachdem ich ihn eine Weile betrachtet hatte, und auch das ganze Veld, das ich von hier aus überblicken konnte, legte ich mich schlafen. Eine Stunde oder zwei später weckte mich irgendein Geräusch aus der Richtung des Rinderkraals. Da es sich nicht wiederholte, wollte ich schon weiterschlafen, doch dann kam mir ein beunruhigender Gedanke: ich konnte mich nicht erinnern, mich davon überzeugt zu haben, daß der Eingang richtig verschlossen war, wie ich es mir zur Gewohnheit gemacht hatte. Es war die gleiche Art unruhigen Zweifels, die einen in einem zivilisierten Haus aus dem Bett steigen und durch den kalten Korridor ins Wohnzimmer gehen läßt, und nachzusehen, ob man alle Lichter gelöscht hat. Es stellt sich dann immer heraus, daß man es getan hat, was jedoch nicht eine Wiederholung dieser Handlung verhindert, sobald erneut solche Zweifel in einem aufsteigen. Ich sagte mir, das Geräusch mochte davon herrühren, daß die Ochsen durch den nachlässig verschlossenen Zugang ins Freie drängten, und daß ich auf jeden Fall lieber nachsehen sollte. Also zog ich meine Jacke und die Stiefel an und ging zum Kraal, ohne Hans oder einen der Diener zu wecken, und nahm nur eine Lampe und die einläufige Büchse mit, die ich für Gazellen und anderes kleineres Wild benutzte, steckte jedoch keine Reservepatronen ein.

Vor dem Eingang des Rinderkraals stand ein einzelner, riesiger Baum der Wildfeigenart. Als ich unter der ausladenden Krone dieses Baums hindurchging, blickte ich zum Einlaß des Rinderkraals und sah, daß er sorgfältig mit Dorngestrüpp verschlossen war, wovon ich mich, wie mir jetzt einfiel, bereits bei Sonnenuntergang überzeugt hatte. Ich wollte wieder zurückgehen, hatte jedoch noch keine zwei, drei Schritte getan, als ich im hellen Licht des Mondes den Kopf meines kleinsten Ochsen, das Tier einer Zulu-Rasse, plötzlich über dem Wall des Kraals auftauchen sah. An dieser Tatsache wäre an sich nichts Erstaunliches gewesen, wenn ich nicht an den geschlossenen Augen und der heraushängenden Zunge erkannt hätte, daß dies der Kopf eines toten Tieres war.

»Was, um alles in der Welt ...«, murmelte ich, als meine

Gedanken durch das Auftauchen eines zweiten Kopfes unterbrochen wurden, und dieser Kopf gehörte einem der größten Löwen, die ich jemals gesehen hatte. Er hatte den Ochsen bei der Gurgel gepackt und seinen Körper unter ihn geschoben, um ihn, mit der gewaltigen Kraft, die diese Raubtiere besitzen, über den Wall zu wuchten, fortzuschleppen und dann in aller Ruhe zu fressen.

Dort war diese Bestie nun, nur drei Schritte von mir entfernt, und vor allem, sie hatte mich im gleichen Augenblick gesehen, als ich sie bemerkt hatte, und verhielt reglos, ohne jedoch ihre Zähne von der Gurgel des Ochsen zu lösen.

›Was für eine Chance für Allan Quatermain! Natürlich hat er den Löwen sofort erschossen!‹ Man kann sich vorstellen, daß das alle Menschen denken, die meinen Ruf kennen und wissen, daß ich durch eine Gnade Gottes gut mit einem Gewehr umgehen kann. Nun, natürlich hätte es auch so gehen sollen, denn selbst bei der kleinkalibrigen Büchse, die ich bei mir hatte, würde die Kugel durch die weichen Teile des Halses ins Gehirn dringen und den Löwen so tot umfallen lassen wie Julius Cäsar nach einem Dutzend Messerstichen. Theoretisch war die Situation also recht einfach, und obwohl ich im ersten Augenblick überrascht gewesen war, hatte ich bis zu dem Moment, da ich das Gewehr an die Schulter riß, überhaupt keine Bedenken, daß etwas schiefgehen könnte – es sei denn, daß die Patrone nicht feuerte – besonders, da der Löwe so verblüfft war, daß er reglos verharrte.

Doch dann passierte das Unvorhersehbare, wie es so oft im Leben der Fall ist, und wie es bei mir fast schon zu den Alltäglichkeiten gehört. Ich drückte ab, traf aber durch einen unglücklichen Zufall die Spitze eines Horns dieses verdammten Ochsen, die sich vor der Stelle befunden haben mochte, auf die ich gezielt hatte, oder unmittelbar vor dem Abdrücken davorgefallen war. Resultat: die Kugel wurde abgelenkt und durchschlug nur das Fell am Hals des Löwen, gerade tief genug, um zu schmerzen und ihn in rasende Wut zu versetzen.

Er ließ den Ochsen fallen und sprang laut aufbrüllend über den Wall auf mich zu. Ich erinnere mich, daß er mir mehrere Meter lang erschien, mehrere Meter Löwe, an deren vorderem Teil eine Höhle voller gleißender Zähne zu sitzen schien.

Ich warf mich rückwärts und gleichzeitig ein Stück zur Seite, weil ich nichts anderes tun konnte, und dachte dabei zusammenhanglos, daß Zikalis Große Medizin doch keinen Schuß Pulver wert war. Der Löwe landete auf meiner Seite des Walls und richtete sich auf die Hinterläufe auf, um zur Sache zu kommen, und er überragte mich weit. Und dann sah ich etwas Seltsames: ein vom Mond geworfener Schatten huschte an mir vorbei – alles, was ich erkennen konnte, war der vage Umriß einer riesigen, geschwungenen Axt. Der Schatten huschte vorbei, und ein zweiter Schatten, der einer Löwenpranke, die zu Boden fiel. Dann hörte ich ein entsetzliches Brüllen, und als ich herumfuhr, sah ich einen Kampf, wie ich ihn nie wieder sehen werde. Ein hochgewachsener schwarzer Mann kämpfte mit dem riesigen Löwen, dem jetzt zwar eine Pranke fehlte, der jedoch noch immer aufgerichtet auf seinen Hinterläufen stand und mit der anderen Pranke nach ihm schlug.

Der Mann, der sich absolut lautlos bewegte, wich dem Hieb aus und schlug mit der Axt zurück, traf das Tier mit einer solchen Wucht an die Brust, daß es zu Boden geschleudert wurde und ein wenig schräg dort landete, weil es ja nur noch eine Vorderpranke hatte, um sich abzustützen.

Wieder blitzte die Axt, und bevor der Löwe sein Gleichgewicht wiedererlangt hatte oder irgend etwas unternehmen konnte, fuhr sie nieder und krachte in seinen Schädel. Und damit war es vorbei, da die Axt das Gehirn der Bestie in zwei Teile gespalten hatte.

»Es scheint, daß ich gerade zur rechten Zeit erschienen bin«, sagte Umslopogaas, denn er war es, der seine Axt aus dem gespaltenen Schädel des Löwen riß, »um dich die Nacht bewachen zu sehen, wie du es dem Vernehmen nach immer tust.«

»Nein«, erwiderte ich, von seinem Ton irritiert, »du hast

dich verspätet, Bulalio, denn der Mond steht schon seit einigen Stunden am Himmel.

»Ich habe versprochen, Macumazahn, daß wir uns in der *Nacht* des vollen Mondes treffen würden, nicht bei seinem Aufgang.«

»Das ist richtig«, antwortete ich besänftigt, »und du bist zumindest im richtigen Augenblick erschienen.«

»Ja«, antwortete er, »obwohl diese Sache bei dem guten Licht eine Kleinigkeit war für jeden, der eine Axt schwingen kann. Wenn es dunkler gewesen wäre, hätte es anders ausgehen können. Aber, Macumazahn, du bist doch nicht so klug, wie ich angenommen hatte, denn sonst wärst du nicht mit einem solchen Spielzeug gegen einen Löwen angetreten.« Er deutete auf die kleine Büchse, die ich in meiner Hand hielt.

»Ich wußte nicht, daß ein Löwe hier war, Umslopogaas.«

»Eben deshalb bist du nicht so klug, wie ich angenommen hatte, da es immer und überall einen Löwen irgendeiner Art gibt, auf den man vorbereitet sein sollte, Macumazahn.«

»Du hast wieder recht«, antwortete ich.

In diesem Augenblick erschien Hans auf der Szene, in einiger Entfernung gefolgt von den Dienern, und erkannte die Situation mit einem Blick.

»Die Große Medizin des Öffners von Straßen hat gut gewirkt« war alles, was er sagte.

»Die Große Medizin des Öffners von Schädeln hat besser gewirkt«, bemerkte Umslopogaas mit einem kleinen Lachen und deutete auf seine blutverschmierte Axt. »Noch nie zuvor hat Inkosikaas* sich so tief verneigt, um das Blut eines Tieres zu trinken. Trotzdem war ihr Streich ein guter, also hat sie keinen Grund, sich zu schämen. Aber, Gelber Mann, wie kommt es, daß du, von dem gesagt wird, er sei so schlau, deinen Herrn so schlecht bewachst?«

»Ich habe geschlafen«, stotterte Hans.

»Solche, die dienen, sollten niemals schlafen«, erwiderte Umslopogaas ernst. Dann wandte er sich um und stieß ei-

* Herrscherin, weiblicher Häuptling – so hieß seine berühmte Waffe.

nen schrillen Pfiff aus. Und aus dem hohen Gras, das in einiger Entfernung wuchs, tauchten plötzlich zwölf riesige Männer auf, die alle mit Äxten bewaffnet waren und Umhänge aus Hyänenfellen trugen und mich durch Emporheben ihrer Äxte grüßten.

»Stellt eine Wache auf und häutet mir das Tier bis zum Morgen ab. Das Fell gibt uns eine gute Matte«, sagte Umslopogaas, worauf die Männer wieder schweigend salutierten und im Dunkel verschwanden.

»Wer sind diese Männer?« fragte ich.

»Ein paar sorgfältig ausgesuchte Krieger, die ich mit mir gebracht habe. Es waren noch ein oder zwei mehr, doch die sind unterwegs irgendwie verlorengegangen.«

Dann gingen wir zum Wagen und sprachen in dieser Nacht nichts mehr.

Am nächsten Morgen erzählte ich Umslopogaas von dem Besuch durch des Königs *Induna,* der verlangt hatte, daß ich in den königlichen Kraal käme.

Er nickte und sagte: »Wie es der Zufall wollte, wurde ich während meiner Reise von irgendwelchen Dieben überfallen, das ist der Grund, warum einer oder zwei meiner Leute zurückgeblieben sind und nie wieder reisen werden. Wir haben diese Diebe das Fürchten gelehrt; nicht einer von ihnen ist entkommen«, setzte er grimmig hinzu, »und ihre Leichen haben wir in den Fluß geworfen, an einer Stelle, wo es viele Krokodile gibt. Ihre Speere habe ich jedoch mitgenommen, und ich glaube, sie sind von der Art, wie sie die Garden des Königs benutzen. Wenn dem so sein sollte, wird die Suche nach ihnen sehr lange dauern, da der Kampf an einem Ort stattfand, an dem niemand wohnt, und wir die Schilde und alles andere verbrannt haben. Oho, er wird glauben, daß Geister sie mitgenommen haben.«

An jenem Vormittag treckten wir sehr schnell, da wir befürchteten, daß ein ganzes Impi, das nach diesen ›Dieben‹ suchen mochte, sich auf unsere Spur setzte. Glücklicherweise war der Ochse, den der Löwe getötet hatte, eins der Reservetiere gewesen, so daß sein Verlust uns nicht aufhielt. Während der Reise berichtete Umslopogaas mir, daß er, gemäß meiner Anregung, Lousta und seine Hauptfrau, Monazi, bestimmt habe, während seiner Abwesenheit die Führung des Stammes zu übernehmen, ein Auftrag, den die beiden nur zögernd angenommen hätten. Monazi sollte als Häuptling fungieren, und Lousta als ihr Haupt-*Induna,* als ihr Berater.

Ich fragte ihn, ob das unter Berücksichtigung aller Umstände klug gewesen sei, da ich mir seit dem Zeitpunkt, da ich ihm diesen Rat gab, überlegt hatte, daß sie sich vielleicht weigern würden, ihm bei seiner Rückkehr die Macht zurückzugeben, oder daß es zu anderen häuslichen Komplikationen kommen könnte.

»Das hat keinerlei Bedeutung, Macumazahn«, sagte er und hob seine mächtigen Schultern, »denn dieses einen bin ich mir sicher: ich habe meine Rolle beim Volk der Axt ausgespielt, und eine Rückkehr zu ihm würde meinen Tod bedeuten, der ich ein verratener Mann bin. Doch was schert es mich, der ich niemanden liebe und keine Kinder habe? Ja, es ist richtig, daß ich mit meinen Rindern nach Natal fliehen und dort ein bequemes, fettes Leben führen hätte können. Doch Bequemlichkeit und Überfluß sind nicht das, was ich ersehne, der ich leben und sterben will, wie es einem Krieger geziemt. Vielleicht werde ich niemals den Geisterberg wiedersehen, wo die Wölfe umherschlichen, und wo die alte Steinhexe sitzt und darauf wartet, daß die Welt stirbt, oder im Kraal des Volkes der Axt schlafen. Was soll ich auch mit Frauen und Rindern, solange ich Inkosikaas, den Witwenmacher, habe, der treu zu mir hält?« fügte er hinzu und schüttelte die uralte Axt über seinem Kopf, so daß die Strahlen der Sonne gleißend von ihrer gekrümmten Klinge reflektiert wurden. »Wohin die Äxte gehen, dorthin gehen auch die Kraft und die Tugend der Axt, Macumazahn.«

»Es ist eine seltsame Waffe«, sagte ich.

»Ja, eine seltsame Waffe und eine uralte, in frühen Zeiten geschmiedet, versicherte mir Zikali, von einem Zauberer, der vor vielen Jahrhunderten lebte, einem Zauberer-Krieger, der auch der erste unter den Schmieden war, und der jetzt in der Unterwelt sitzt und darauf wartet, daß sie in seine

Hände zurückkehrt, wenn sie ihre Arbeit unter der Sonne verrichtet hat. Und das wird bald sein, Macumazahn, da Zikali mir gesagt hat, ich sei der letzte Halter der Axt.«

»Also hast du den Öffner von Straßen getroffen«, fragte ich.

»Ja, ich habe ihn getroffen. Er war es, der mir sagte, wie ich aus Zululand entkommen könnte. Und er lachte, als er hörte, daß die Hochwasser führenden Flüße dich zu meinem Kraal getrieben hätten, und er läßt dir sagen, der Geist der Schlange habe ihm verraten, daß du versucht hättest, die Große Medizin in den Quellenteich zu werfen, doch von eben dieser Schlange daran gehindert worden seist, als sie noch lebte. Dies, so sagte er, dürftest du nie wieder tun, da er sonst gezwungen sei, eine weitere Schlange zu schicken, um dich daran zu hindern.«

»Hat er das gesagt?« entgegnete ich, denn Zikalis Macht, Dinge aus der Ferne zu sehen oder zu erfahren, begann mich zu verwirren und zu erbosen.

Doch Hans grinste nur: »Ich habe es dir gesagt, Baas.«

So treckten wir weiter, Tag um Tag, mußten uns mit solchen Schwierigkeiten und Gefahren abfinden, wie sie auf dem weglosen afrikanischen Veld üblich sind, doch nicht mehr, denn das Gras war gut, und es gab reichlich Wild, und wir schossen, was wir zu unserer Ernährung brauchten. Um ehrlich zu sein, hier in diesem Hinterland, das unter dem Namen Portugiesisch Südwestafrika bekannt ist, gab es Wild jeder Art in einer solchen Fülle, daß ich wünschte, wir könnten unsere Reise in eine Jagdexpedition verwandeln. Doch davon wollte Umslopogaas, den die Jagd langweilte, nichts wissen. Genaugenommen war er mehr darauf erpicht als ich, unseren ursprünglichen Plan durchzuführen. Als ich ihn nach dem Grund dafür fragte, sagte er mir, es ginge um etwas, das Zikali ihm gesagt habe. Um was es sich dabei handelte, wollte er mir nicht sagen, außer, daß er in dem Land, zu dem wir zögen, ›einen großen Kampf kämpfen und viel Ehre erringen‹ würde. Nun war Umslopogaas ein geborener Kämpfer, ein Mann, der Freude an der Schlacht hatte und wie ein alter Wikinger glaubte, daß dies für einen Mann die einzige Möglichkeit sei, ehrenvoll zu sterben. Dies überraschte mich, einen friedlichen Menschen, der die Ruhe und ein Heim liebte. Trotzdem gab ich nach, teils, um ihm einen Gefallen zu tun, teils, weil ich hoffte, irgend etwas von Interesse zu finden, und vor allem, weil mein Stolz mich dazu zwang, eine einmal begonnene Sache auch zu Ende zu führen.

Nun hatte Zikali, während er seine Karte in die Asche zeichnete, oder auch hinterher, erklärt, daß wir, wenn wir uns dem Sambesi näherten, zu einem Ort am Rand eines Busch-Velds gelangen würden, das sich bis zum Flußufer erstreckte, und wo ein weißer Mann lebte, wobei er hinzusetzte, nachdem er wieder seine Knochen geworfen und aus ihnen gelesen hatte, daß er glaube, dieser Weiße sei ein ›Treck-Bure‹. Darunter versteht man, sollte ich erklären, einen Holländer, der seine Heimstatt, wo immer die auch gewesen sein mag, verlassen und sich ein neues Heim in der Wildnis geschaffen hatte, wozu die Wanderlust und der Wunsch, sein eigener Herr zu sein, manche Menschen treibt. Nach einer weiteren Inspektion seiner magischen Fingerknöchelchen erklärte er mir, daß diesem Mann oder seiner Familie etwas sehr Bemerkenswertes geschehen würde, während ich dort weilte. Schließlich zeigte er mir auf der Karte, die er in die Asche gezeichnet hatte, und deren Einzelheiten so unauslöschlich in meine Erinnerung eingegraben waren, den Ort, an dem ich das Haus dieses weißen Mannes finden würde, von dem und dessen Domizil er zweifellos durch die vielen Spione wußte, die im Dienst aller Medizinmänner zu stehen schienen, und besonders im Dienste Zikalis, des größten unter ihnen.

Indem ich mich nach der Sonne und mit dem Kompaß orientierte, war ich ständig in die Richtung getreckt, die er mir angegeben hatte, um festzustellen, ob er auch auf diesem praktischen Gebiet zu Recht der ›Öffner von Straßen‹ genannt wurde, denn ich fand ständig einen brauchbaren Weg vor mir, obwohl links und rechts oft kein Durchkommen war. So kam es, daß wir, wenn wir auf Berge stießen, sie stets an einer Stelle erreichten, wo wir einen Paß entdeckten, einen Sumpf immer dort, wo ein Streifen höherliegenden Bodens durch den Morast verlief, und so weiter. Auch die Stämme, die wir während unserer Reise trafen, erwiesen sich als freundlich, obwohl vielleicht der Anblick Umslopogaas' und seiner finsteren Krieger, die ich, etwas respektlos, seine Zwölf Apostel nannte, etwas zu ihrer friedfertigen Einstellung beigetragen haben mag.

So glatt kamen wir vorwärts, und so gut war unsere Route, und in genau richtigen Abständen von Wasserstellen markiert, daß ich letzlich zu dem Schluß kam, wir folgten einer alten Straße, die in einer vergessenen Geschichtsepoche von Süden nach Norden verlaufen war. Oder, um ehrlich zu sein, es war der immer aufmerksame Hans, der diese Feststellung traf, nach vielen kleinen Anzeichen, die meiner Aufmerksamkeit entgingen. Ich will mich nicht damit aufhalten, sie im einzelnen anzuführen, doch eines davon war, daß an mehreren hochgelegenen Stellen in ziemlich trockenem Land die Wasserlöcher ausgeschachtet und nach Art alter Brunnen mit Steinen eingefaßt waren. Offensichtlich folgten wir einem alten Handelsweg, der vielleicht in einer lange vergessenen Ära angelegt worden war, in der Afrika zivilisierter war als heute.

Als wir während der dritten Woche unseres Trecks über eine nebelige Hochebene zogen, wo die Sonne sich in dieser Jahreszeit manchmal nicht vor zehn Uhr sehen läßt und um drei oder vier Uhr nachmittags wieder verschwindet, und wo wir zweimal durch zu dichten Nebel aufgehalten wurden, stießen wir auf ein seltsames, nomadisches Volk, dessen Menschen in beweglichen Grashütten zu leben schienen und große Herden von Ziegen und langschwänzigen Schafen hielten.

Die Leute liefen anfangs vor uns davon, doch als sie feststellten, daß wir ihnen nichts Böses wollten, wurden sie zutraulich und brachten uns Milch und auch eine Art von Schnecken oder Raupen, die sie anscheinend aßen. Hans, der ein großer Linguist war, entdeckte eine Sprache, oder eine Mischung mehrerer Sprachen, durch die er sich mit einigen von ihnen verständigen konnte. Sie erklärten ihm, daß sie noch nie einen weißen Mann gesehen hätten, obwohl die Väter ihrer Väter viele von ihnen gekannt hätten. Sie fügten jedoch hinzu, daß wir, wenn wir weiterhin sieben Tage lang geradeaus führen, zu einem Ort kommen würden, an dem ein weißer Mann lebte, ein Mann, der, wie sie gehört hätten, einen langen Bart trüge und Tiere mit dem Gewehr tötete, so wie wir es taten.

Von dieser Information ermutigt zogen wir weiter, jetzt auf allmählich abfallendem Gelände, hinaus aus den Nebeln und in ein freundlicheres Land. In der Tat war das Feld hier wunderbar und bestand aus einer weiten, sanft gewellten Ebene, wie die des ostafrikanischen Plateaus, mit einer tiefen, schokoladenfarbenen, fruchtbar aussehenden Krume bedeckt, wie wir an den Stellen erkennen konnten, an denen der Regen Dongas* ausgewaschen hatte. Auch das Klima war angenehm, schien kühl und gesund zu sein. Es war ein Jammer, so ein Land brach liegen zu sehen, bewohnt lediglich von zahllosen, großen Herden aller möglichen Tiere, denn Menschen schienen hier nicht zu leben, zumindest sahen wir keine.

Weiter treckten wir, und unser Weg führte nach wie vor leicht bergab, bis wir schließlich in der Ferne ein riesiges Meer von Busch-Veld sahen, das, wenn ich richtig vermutete, bereits zum Ufergebiet des Sambesi gehörte. Außerdem sahen wir, oder vielmehr Hans, der Augen wie ein Habicht hat, etwas anderes, nämlich Gebäude von einer mehr oder weniger zivilisierten Art, die im Schatten von Bäumen am Rand eines Baches standen, mehrere Meilen diesseits von dem breiten Buschgürtel.

»Sieh, Baas«, rief Hans, »diese Wanderer haben nicht gelogen; dort ist das Haus des weißen Mannes. Ich frage mich, ob er etwas Stärkeres trinkt als Wasser«, setzte er mit einem Seufzen hinzu, und seine gelbe Kehle verengte sich in liebevoller Erinnerung.

---

* Erosionsrinnen

# 5

## *Inez*

Wir hatten das Haus kurz nach Sonnenaufgang entdeckt, und gegen Mittag erreichten wir es. Als wir uns ihm näherten, sah ich, daß es unter zwei riesigen Baobabs* stand, in Südafrika nennen wir sie Banyan-Bäume, deren Früchte gern von Affen gefressen werden. Es war ein Haus mit einem Schilfdach und weißgetünchten Wänden, das von einer Veranda umgeben war, offenbar von dem gängigen holländischen Typ. In einer Entfernung standen weitere Gebäude, Schuppen und Remisen, und hinter und zwischen denen eine Anzahl von Eingeborenenhütten. Noch weiter entfernt lagen Felder mit sprießendem Getreide: außerdem sah ich mehrere Rinderherden auf den Hängen grasen. Offenbar war unser weißer Mann reich.

Umslopogaas musterte alles mit dem Auge eines Kriegers und sagte: »Dies muß ein sehr friedliches Land sein, Macumazahn, wo man keinen Angriff fürchtet, denn Verteidigungsanlangen kann ich nicht entdecken.«

»Ja«, antwortete ich. »Und warum auch nicht, mit einer Wildnis dahinter und Busch-Veld und einem großen Strom davor.«

»Männer können Ströme überqueren und durch Busch-Veld reisen«, antwortete er und schwieg dann.

Bis zu diesem Zeitpunkt hatten wir keinen Menschen gesehen, obwohl man annehmen sollte, daß ein Wagen, der auf das Haus zutreckte, ein so seltener Anblick war, daß er einige Aufmerksamkeit hervorrufen mußte.

»Wo könnten sie sein?« fragte ich.

»Wahrscheinlich schlafen sie alle, Baas«, sagte Hans, und wie es sich herausstellen sollte, hatte er recht. Die ganze

---

* Affenbrotbäume mit dicken tonnenförmigen Stämmen und relativ unansehnlichem Geäst an der Spitze, wodurch sie eher mächtigen Rüben als Bäumen ähneln. – *Anm. d. Hrsg.*

Bewohnerschaft des Anwesens gab sich der mittäglichen Siesta hin.

Schließlich hatten wir uns dem Haus so weit genähert, daß ich den Wagen anhielt und vom Kutschbock herabstieg, um nachzusehen. Und in diesem Augenblick trat jemand aus dem Haus, und der Anblick erstaunte mich enorm: es war eine außergewöhnlich hübsche junge Frau. Sie war groß, hatte große dunkle Augen, ebenmäßige Gesichtszüge, eine ziemlich blasse Haut, und dieses Gesicht zeigte den traurigsten Ausdruck, den ich je bei einem Menschen gesehen hatte. Offensichtlich hatte sie das Geräusch des Wagens gehört und war herausgekommen, um nach seiner Ursache zu sehen, denn sie war barhäuptig, und ihr Kopf war nur von ihrem blauschwarzen Haar bedeckt. Als sie den riesigen Umslopogaas mit seiner im Sonnenlicht blitzenden Axt und seine wild wirkende Leibwache sah, stieß sie einen kleinen Schrei aus und hatte den nicht unnatürlichen Instinkt, zu fliehen.

»Keine Angst!« rief ich und trat hinter den Ochsen hervor; ich hatte englisch gesprochen und überlegte, noch bevor die Worte über meine Lippen gekommen waren, daß es nicht den geringsten Grund zu der Annahme gab, sie könnte diese Sprache verstehen. Wahrscheinlich war sie Holländerin, oder Portugiesin, doch wurde ich von irgendeinem Instinkt getrieben, sie englisch anzusprechen.

Zu meiner Überraschung antwortete sie mir in derselben Sprache, wenn auch, wie ich gestehe, mit einem sonderbaren Akzent, den ich nicht lokalisieren konnte, da er weder schottisch noch irisch war.

»Ich danke Ihnen«, sagte sie. »Ich, Sir, war verängstigt. Ihre Freunde wirken ...« – hier mußte sie nach dem richtigen Wort suchen – »furchterregend.«

Ich lachte über das ungewöhnliche Adjektiv und antwortete: »Das sind sie auch auf ihre Weise, werden jedoch weder Ihnen noch mir etwas zuleide tun. Aber, junge Frau, sagen Sie mir, dürfen wir hier ausspannen? Vielleicht kann Ihr Mann ...«

»Ich habe keinen Mann, ich habe nur einen Vater, Sir.« Sie seufzte.

»Nun, darf ich dann mit Ihrem Vater sprechen? Mein Name ist Allan Quatermain, und ich befinde mich auf einer Forschungsreise ins Land jenseits des Sambesi.«

»Ja, ich werde ihn wecken. Er schläft. Jeder hier schläft um die Mittagszeit – außer mir«, setzte sie mit einem weiteren Seufzen hinzu.

»Warum folgen Sie nicht ihrem Beispiel?« sagte ich in scherzhaftem Ton, denn diese junge Frau war mir rätselhaft, und ich wollte wissen, was mit ihr los war.

»Weil ich sehr wenig schlafe, Sir, die ich viel denken muß. Zum Schlafen werden wir alle bald sehr viel Zeit haben, nicht wahr?«

Ich starrte sie an und fragte sie dann nach ihrem Namen, weil mir nichts anderes zu sagen einfiel.

»Mein Name ist Inez Robertson«, antwortete sie. »Ich werde jetzt gehen und meinen Vater wecken. Bitte spannen Sie inzwischen Ihre Ochsen aus. Sie können mit den anderen Rindern grasen; sie sehen aus, als ob sie etwas Ruhe nötig hätten, die armen Tiere.« Dann wandte sie sich um und verschwand im Haus.

Inez Robertson? dachte ich. Das ist eine seltsame Kombination. Englischer Vater und portugiesische Mutter vermutlich. Aber was kann ein Engländer an einem Ort wie diesem wollen? Wenn er ein Treck-Bure wäre, hätte mich das nicht überrascht. Dann begann ich Anweisungen zum Ausspannen zu geben.

Wir hatten gerade die Ochsen von ihren Jochen befreit, als ein großer, kräftiger, rotbärtiger, blauäugiger, in selbstgewebte Sachen gekleideter Mann von etwa fünfzig Jahren gähnend aus dem Haus trat. Ich blickte ihn an, als er mit einem sonderbar wiegenden Gang auf mich zutrat, und zog so meine Schlüsse. Ein Säufer, der einst ein Gentleman gewesen war, sagte ich mir, da irgend etwas Verlottertes in seiner Erscheinung lag, und auch einer, der einmal zur See gefahren ist, eine Diagnose, die sich als zutreffend herausstellte.

»Guten Tag, Mr. Quatermain, was, wie ich denke, der

Name ist, den mir meine Tochter nannte, falls ich das nicht nur geträumt haben sollte, da es ein Name ist, den ich schon einmal gehört zu haben glaube«, sagte er mit einem so breiten schottischen Akzent, daß ich nicht einmal den Versuch wagen würde, ihn zu kopieren. »Was, im Namen aller Heiligen, bringt Sie hierher, wo sich seit Jahren kein weißer Mann hat blicken lassen? Nun, ich bin froh, Sie zu sehen, denn ich habe die Nase voll von halbblütigen Portugiesen und Niggern und Schnupftabak-und-Butter-Mädchen, und Gin und schlechtem Whisky. Lassen Sie Ihre Leute sich um diese Ochsen kümmern und kommen Sie auf einen Drink herein!«

»Ich danke Ihnen, Mr. Robertson ...«

»Captain Robertson«, korrigierte er mich. »Mann, sehen Sie mich doch nicht so erstaunt an. Sie werden es vielleicht nicht für möglich halten, doch ich habe einmal einen kleinen Dampfer kommandiert und möchte noch einmal so angesprochen werden, wie es mir zukommt, bevor ich sterbe.«

»Ich bitte um Entschuldigung – Captain Robertson, doch ich trinke nie vor Sonnenuntergang. Aber wenn Sie etwas zu essen hätten ...?«

»Oh! Aber ja, Inez, meine Tochter, wird schon etwas für Sie finden. Und Ihre Männer« – er blickte mißtrauisch Umslopogaas und seine wilden Begleiter an – »wollen sicher auch essen. Ich werde ein Rind für sie schlachten lassen; sie sehen so aus, als ob sie es verkraften könnten, einschließlich der Hörner. Wo sind meine Leute? Schlafen sicher alle, diese faulen Burschen. Warten Sie, ich werde sie wecken.«

Als er zum Haus ging, nahm er eine lange Peitsche aus Nilpferdleder, die an einem Nagel auf der Veranda hing, und lief auf die Gruppe von Hütten zu, die ich bereits erwähnte, schrie den Namen Thomaso und eine Reihe von Flüchen, wie sie Seeleuten geläufig sind, untermischt mit anderen der portugiesischen Variante. Was dort geschah, konnte ich nicht sehen, da Äste und Büsche mir die Sicht versperrten, doch kurz darauf hörte ich klatschende Schläge und Schreie, und dann sah ich eine Gruppe von Menschen, alle dunkelhäutig, aus den Hütten fliehen. Wenig später erschien ein fetter, halbblütiger Mann – nach seinem krausen Haar zu urteilen, möchte ich sagen, daß seine Mutter eine Negerin war, und sein Vater Portugiese – in Gesellschaft einiger weiterer Burschen und gab auf eine kompetente Weise Anordnungen hinsichtlich unserer Ochsen, und befahl auch, daß ein Kalb geschlachtet würde. Er sprach ein Bastard-Portugiesisch, das ich verstehen konnte, und ich hörte ihn von Umslopogaas sprechen, auf den er deutete und ihn ›diesen Nigger‹ nannte, wie es die Art dieser Halbblütigen ist, die sich als Weiße vorkommen. Außerdem machte er ein paar sehr gehässige Bemerkungen über Hans, der natürlich jedes Wort verstand, das dieser Mann sagte, der offensichtlich wütend war, weil man ihn so plötzlich und heftig aus seinem Mittagsschlummer gerissen hatte.

In diesem Augenblick erschien unser Gastgeber wieder, keuchend von der Anstrengung, und erklärte mir, daß er die Schweine aus ihrer Suhle gejagt habe, und zum Beweis dafür wies er mir grinsend die Nilpferdpeitsche vor, die von Blut gerötet war.

»Captain Robertson«, sagte ich, »ich möchte Ihnen einen guten Rat geben, den Sie an Mr. Thomaso weitergeben sollten. Er sprach eben von einem Zulu-Krieger als einem Nigger, und so weiter. Ich möchte Ihnen dazu sagen, daß dieser Mann ein Häuptling von hohem Rang ist und sehr unangenehm werden kann, wenn man ihn reizt. Deshalb möchte ich Mr. Thomaso empfehlen, ihn nicht verstehen zu lassen, wenn er ihn beleidigt.«

»Oh, das ist nun mal die Art von diesen ›Schnupftabak-und-Butter‹-Leuten, deren Großmütter einmal einen weißen Mann kennengelernt haben«, antwortete der Captain lachend, »aber ich werde es ihm sagen«, und er tat es, auf portugiesisch.

Thomaso hörte ihm schweigend zu und blickte Umslopogaas mürrisch an. Dann gingen wir ins Haus.

Als wir eintraten, sagte der Captain: »Señor Thomaso – er nennt sich Señor – ist mein Manager hier, auf seine Art ehrlich und loyal, vielleicht, weil ich ihm einmal das Leben gerettet habe. Aber er ist sehr unbeherrscht, wie es bei allen

Mischlingen der Fall ist, also kann ich nur hoffen, daß er sich nicht mit diesem Eingeborenen anlegt, der die große Axt trägt.«

»Das hoffe ich auch, um seinetwillen«, sagte ich sehr nachdrücklich.

Der Captain führte mich ins Wohnzimmer; es gab nur eins in diesem Haus. Es erwies sich als ein recht seltsamer Raum, mit Stühlen, deren Sitze aus Lederstreifen geflochten waren, wie es bei den Buren gebräuchlich ist, und strahlte doch eine gewisse Eleganz aus, was zweifellos auf den Einfluß von Inez zurückzuführen war, die, zusammen mit einem fetten Eingeborenenmädchen, bereits dabei war, den Tisch zu decken. Ich entdeckte ein Regalbrett mit Büchern, darunter ein Band von Shakespeare, über dem ein Kruzifix aus Elfenbein hing, was vermuten ließ, daß Inez Katholikin war. Außerdem hingen an den Wänden eine Reihe guter Porträts, und auf dem Fensterbrett stand ein Krug mit Blumen. Gabeln und Löffel waren aus Silber, stellte ich fest, wie auch die Becher, und alles war mit einem riesigen Wappen und einem portugiesischen Motto graviert.

Kurz darauf wurde das Essen aufgetragen, das ausgezeichnet und reichlich war, und der Captain, seine Tochter und ich setzten uns an den Tisch und aßen. Ich bemerkte, daß er mit Wasser verdünnten Gin trank, ein recht unschuldig wirkender Drink, jedoch hart in der Mischung, in der er ihn nahm. Er wurde auch mir angeboten, jedoch bevorzugte ich, wie Miß Inez, Kaffee.

Während des Essens und auch danach, als wir rauchend auf der Veranda saßen, erklärte ich ihnen soviel, wie mir ratsam erschien, von meinen Plänen. Ich sagte ihnen, daß ich das Land jenseits des Sambesi erforschen wolle und daß ich zufällig von dieser Ansiedlung gehört hätte, die übrigens Strathmuir hieß, vermutlich nach einem Ort im weit entfernten Schottland, wo der Captain geboren wurde und seine Kindheit verlebt hatte, und daß ich hergekommen sei, um mich bei ihm zu erkundigen, wie ich den Fluß am besten überqueren könnte, und über einige weitere Dinge. Der Captain zeigte sich sehr interessiert, besonders nachdem ich ihm gesagt hatte, daß ich der ›Jäger Quatermain‹ sei, von dem er in vergangenen Jahren gehört hatte, doch erklärte er mir, daß es unmöglich sei, den Wagen durch das niedrig gelegene Busch-Veld zu bringen, da alle Ochsen durch den Stich der Tsetse-Fliege sterben würden. Ich erklärte ihm, daß mir das bekannt sei und schlug vor, den Wagen bis zu meiner Rückkehr in seiner Obhut zurückzulassen.

»Das können Sie gern, Mr. Quatermain«, antwortete er. »Aber, Mann, ob Sie jemals zurückkehren werden? Es wird behauptet, daß eigenartige Leute auf der anderen Seite des Sambesi leben, Wilde, die Menschenfresser sind, Amahagger werden sie genannt, wie ich glaube. Sie waren es, die in den vergangenen Jahren dieses ganze Land leergefegt haben, mit Ausnahme von ein paar Flußstämmen, die in schwimmenden Hütten leben oder auf Inseln zwischen dem Schilf, und das ist der Grund dafür, weshalb dieses Land so leer ist. Doch das ist vor langer Zeit passiert, lange, bevor ich hierherkam, und ich glaube nicht, daß sie jemals wieder den Fluß überqueren werden.«

»Darf ich fragen, was Sie hierhergeführt hat?« sagte ich, denn das war ein Punkt, über den ich sehr neugierig war.

»Das, was die meisten Männer in die Wildnis treibt, Mr. Quatermain: Ärger. Wenn Sie es genau wissen wollen: Ich habe Pech gehabt. Mein Schiff ist auf einer Klippe gescheitert. Es gab einige Tote dabei, und, gerecht oder nicht, ich wurde gefeuert. Danach begann ich eine Karriere als Händler in einem gottverlassenen Nest namens Chinde, an einem der Mündungsarme des Sambesi, wissen Sie, und ich war recht erfolgreich, wie es nun einmal die Art der Schotten ist. Dort heiratete ich eine portugiesische Dame, eine wirkliche Dame von Geblüt. Doch als meine Inez zwölf Jahre alt war, geriet ich in weitere Schwierigkeiten, denn meine Frau starb, und es gefiel einem gewissen Verwandten von ihr, zu behaupten, daß sie gestorben sei, weil ich sie vernachlässigt hätte. Das führte zu einem Streit, in dessen Verlauf ich ihn tötete – es war ein fairer Kampf – obwohl mir zu dem Zeitpunkt gar nicht richtig bewußt war, was ich getan hatte, und danach wurde es dort zu heiß für mich. Also verkaufte ich alles und schwor mir, daß ich nie wieder etwas mit dem zu tun haben wollte, das sie an der Ostküste Zivilisation zu nennen belieben. Während meiner Händlerzeit hatte ich gehört, daß hier ein wunderbares Land sei, also kam ich her und ließ mich hier nieder, und brachte meine Tochter mit, und Thomaso, der vorher einer meiner Vertreter war, und noch ein paar Leute. Und seitdem bin ich hier, und es geht mir so gut wie nie zuvor, denn ich handele mit Elfenbein und anderen Dingen, und ich baue Getreide an und züchte Rinder, die ich an die Eingeborenen am Fluß verkaufe. Ja, ich bin jetzt ein reicher Mann und könnte von meinem Geld in Schottland oder sonstwo leben.«

»Und warum tun Sie es nicht?« fragte ich.

»Oh, aus vielerlei Gründen. Ich habe jede Beziehung zu all dem verloren und bin ein halber Wilder geworden, und weil ich dieses Leben liebe, und die Sonne, und mein eigener Herr sein will. Außerdem könnten einige Dinge über den Tod dieses Mannes aufgerührt werden. Und, Mr. Quatermain, obwohl sie deswegen vielleicht schlecht von mir denken mögen, habe ich Wurzeln hier«, – mit einer Geste wies er nach dem Dorf, falls man es so nennen konnte –, »die für mich sehr schwer zu brechen wären. Ein Mann hängt nun einmal an seinen Kindern, selbst wenn ihre Haut nicht ganz so weiß ist, wie sie sein sollte. Und schließlich habe ich gewisse Eigenheiten angenommen. – Sie sehen, daß ich mit Ihnen von Mann zu Mann spreche –, die mich wieder in Schwierigkeiten bringen könnten, wenn ich in die ›Welt‹ zurückkehren würde«, und er deutete mit einem Nicken seines feingeschnittenen Gesichts auf die Flasche, die auf dem Tisch stand.

»Ich verstehe«, sagte ich hastig, denn so ein Geständnis, das aus dem Herzen eines einsamen Menschen hervorbrach, wenn das, was er getrunken hatte, zu wirken begann, war schmerzlich zu hören. »Aber was ist mit Ihrer Tochter, Miß Inez?«

»Ah!« sagte er mit einem Zittern in der Stimme. »Da haben Sie den wunden Punkt berührt. Sie wollte fortgehen. Es gibt hier keinen Mann, den sie heiraten könnte, wo wir jahrelang keinen Weißen sehen. Sie ist eine Dame, wie ihre Mutter es war. Doch zu wem sollte sie gehen? Außerdem liebt sie mich auf ihre Art, so wie ich sie liebe, und hält es für ihre Pflicht, bei mir zu bleiben, weil sie weiß, daß ich sonst ganz vor die Hunde gehen würde. Trotzdem – vielleicht können Sie mir da helfen, Mr. Quatermain, das heißt, falls Sie lebend von Ihrer Reise zurückkommen«, setzte er zweifelnd hinzu.

Ich fühlte mich versucht, zu fragen, auf welche Weise ich wohl in einer solchen Angelegenheit eine Hilfe sein könnte, hielt es jedoch für klüger, nichts zu sagen. Mein Schweigen schien ihn jedoch nicht zu stören, denn er fuhr fort: »Ich denke, ich werde jetzt ein wenig schlafen, da ich meine Arbeit am frühen Morgen tue, und manchmal spät am Abend, wenn mein Gehirn wieder klar ist, denn, wissen Sie, ich war viele Jahre Seemann und bin daran gewöhnt, nach der Zeiteinteilung von Wachen zu leben. Bitte fühlen Sie sich hier wie zu Hause.« Damit verschwand er im Haus.

Als ich meine Pfeife ausgeraucht hatte, machte ich einen Rundgang. Zuerst sah ich nach dem Wagen, wo Umslopogaas und seine Männer dabei waren, das Kalb, das man ihnen gegeben hatte, auf Zulu-Art zu braten: Hans hatte sich, gerissen wie er war, bereits sein Essen besorgt, wahrscheinlich von den Dienstboten oder von Inez, jedenfalls verließ er die anderen und kam mit mir. Zunächst gingen wir zu den Hütten, wo wir eine Anzahl hübscher Mischlingsfrauen bei verschiedenen Hausarbeiten sahen. Außerdem sahen wir vier oder fünf Jungen und Mädchen unterschiedlichen Alters und ein Baby, alles gutaussehende Kinder, von denen zwei mehr weiß als farbig wirkten.

»Diese Kinder haben große Ähnlichkeit mit dem Baas mit dem roten Haar«, sagte Hans nachdenklich.

»Ja«, sagte ich und erschauerte innerlich, denn jetzt verstand ich die furchtbare Lage dieses armen Mannes. Er war der Vater einer ganzen Reihe halbblütiger Kinder, die ihn an diesen Ort fesselte, so wie Anker ein Schiff festhalten. Ich ging ziemlich eilig weiter, an ein paar Schuppen vorbei zu einem langgestreckten Gebäude, das sich als Lagerhaus erwies. Hier waren Thomaso und ein paar seiner Leute dabei, mit Eingeborenen aus den Sambesi-Sümpfen zu handeln, Menschen einer Art, wie ich sie noch nie gesehen hatte, doch auf eine gewisse Art zivilisierter als viele, die weiter südlich lebten. Ich blieb nicht stehen, um zu sehen, was sie kauften oder verkauften, doch bemerkte ich, daß das Lagerhaus mit allen möglichen Dingen angefüllt war, darunter größeren Mengen von Elfenbein, das, wie ich vermutete, vom Inland zum Fluß gebracht worden war.

Wir gingen weiter zu den bestellten Feldern, wo wir weite Flächen von Mais sahen, und auch Tabak und anderes. Dahinter befanden sich Rinderkraals, und in der Ferne sahen wir eine große Herde von Rindern und Ziegen weiden.

»Dieser rotbärtige Baas muß sehr reich sein«, bemerkte der immer aufmerksame Hans, als wir unseren Rundgang beendet hatten.

»Ja«, antwortete ich, »reich und doch arm.«

»Wie kann ein Mensch zugleich reich und arm sein, Baas?« fragte Hans.

In diesem Augenblick liefen ein paar der Mischlingskinder, die ich bereits erwähnte, an uns vorbei, halbnackt und schreiend wie kleine Wilde.

Hans blickte sie ernst an und sagte dann: »Ich glaube, jetzt verstehe ich, was du meinst, Baas. Ein Mann mag reich sein an Dingen, die er liebt und dennoch nicht haben will, und die ihn auf andere Weise sehr arm machen.«

»Ja«, sagte ich, »so arm, wie *du* es bist, wenn du zu viel getrunken hast.«

In diesem Augenblick begegneten wir Miß Inez, die vom Lagerhaus kam und einen Korb mit verschiedenen Dingen am Arm trug, darunter Seife und ein Paket Tee, wie ich mich zu erinnern glaube. Ich befahl Hans, ihr den Korb abzunehmen und zum Haus zu tragen. Er ging damit fort, und während wir ihm langsamer folgten, kamen wir ins Gespräch.

»Ihr Vater scheint hier sehr erfolgreich zu sein«, sagte ich und deutete mit einem Kopfnicken auf das Lagerhaus, vor dem sich eine große Menge von Eingeborenen drängte.

»Ja«, antwortete sie, »er verdient viel Geld, das er zur Bank an der Küste schickt, denn das Leben hier kostet uns nichts, und es liegt eine hohe Gewinnspanne in den Sachen, die er kauft und verkauft, und er verdient auch gut mit dem Getreide und dem Tabak, die er anbaut, und mit den Rindern. Aber ...«, setzte sie niedergeschlagen hinzu, »was nützt einem schon Geld an einem Ort wie diesem?«

»Man kann sich etwas dafür kaufen«, antwortete ich vage.

»Genau das sagt mein Vater auch immer. Aber was kauft er schon? Alkohol für sich; Kleider für diese Frauen dort hinten, und manchmal Perlen, Juwelen und andere Dinge die ich nicht haben will, für mich. Ich habe einen Haufen davon, Steine, in häßliches Gold gefaßt, oder ungefaßt, die ich nicht tragen kann, und wenn ich sie tragen würde, wer ist denn da, um sie zu sehen? Dieser schlaue, halbblütige Thomaso – er ist wirklich schlau auf seine Art, und treu – oder die Frauen dort hinten – niemand sonst.«

»Sie scheinen hier nicht glücklich zu sein, Miß Inez.«

»Nein. Ich kann nicht sagen, wie unglücklich andere sein mögen, da ich niemanden kenne, doch manchmal glaube ich, daß ich die unglücklichste Frau auf der ganzen Welt bin.«

»O nein«, antwortete ich aufmunternd, »es gibt viele, denen es weit schlechter geht.«

»Dann, Mr. Quatermain, muß es daran liegen, daß sie kein Gefühl haben. Hatten Sie einen Vater, den Sie liebten?«

»Ja, Miß Inez. Er ist tot, doch er war ein sehr guter Mann, fast ein Heiliger. Fragen Sie meinen Diener Hans, den kleinen Hottentotten, er wird Ihnen von ihm erzählen.«

»Ah! Ein sehr guter Mann. Nun, wie Sie vielleicht bereits erraten haben, ist mein Vater das nicht, obwohl er viele gute Seiten hat: ein großes Herz und einen scharfen Verstand. Aber der Alkohol und die Frauen dort hinten ruinieren ihn.« Sie rang die Hände.

»Warum gehen Sie nicht fort?« fuhr es mir heraus.

»Weil es meine Pflicht ist, hierzubleiben. Das ist es, was meine Religion mich lehrte, obwohl ich nur wenig davon weiß, und nur aus Büchern, da ich seit Jahren keinen Priester gesehen habe, außer einmal einen Missionar, ein Baptist war er, glaube ich, und der sagte mir, daß mein Glaube falsch sei und mich in die Hölle bringen würde. Ja, da er nicht wußte, wie ich lebe, sagte er das, weil er nicht erkannte, daß das hier bereits die Hölle ist. Nein, ich kann nicht fortgehen, da ich immer noch glaube, daß Gott und die Heiligen mir einen Weg zeigen werden, um meinen Vater zu retten, und sei es mit meinem Blut. Und jetzt habe ich viel zu viel gesagt, da Sie doch ein Fremder für mich sind, und doch habe ich aus irgendeinem Grund das Gefühl, daß Sie mein Vertrauen nicht mißbrauchen werden, ja sogar, daß Sie mir helfen werden, wenn Sie es können, da Sie nicht zu jenen gehören, die trinken, oder ...« – sie deutete mit einer vagen Geste auf die Hütten.

»Ich habe auch meine Fehler, Miß Inez«, antwortete ich.

»Sicher, denn sonst wären Sie ja ein Heiliger, und kein Mann, und selbst die Heiligen haben ihre Fehler, wenn ich mich recht erinnere, und wurden zu Heiligen, indem sie Buße taten und ihre Fehler bekämpften. Trotzdem: Ich weiß, daß Sie mir helfen werden, wenn es Ihnen möglich ist.«

Und dann, mit einem plötzlichen Aufblitzen ihrer schwarzen Augen, das beredter war als alle Worte, wandte sie sich um und ging ins Haus.

Das ist ja eine schöne Geschichte, dachte ich, während ich zum Wagen zurückging, um zu sehen, wie die Dinge dort standen, und wie die Geschichte zu einem glücklichen Ende gebracht werden sollte, war mehr, als ich sagen konnte. Ich fragte mich, warum das Schicksal ausgerechnet mir immer solche Aufgaben zuweist.

Doch während mir diese Gedanken durch den Kopf gingen, schien eine Stimme in meinem Herzen die Worte dieses armen Mädchens zu wiederholen: ›weil es meine Pflicht ist‹ – und Gott möge den strafen, der seine Pflicht verletzt. Ich war jetzt dazu ausersehen, ein paar Sätze der Lösung dieser komplizierten Verwirrung menschlicher Tragödien zu schreiben, mußte es zumindest versuchen. Wenngleich es jenseits meiner Möglichkeiten zu liegen schien. Doch vielleicht würde das Schicksal mir helfen, sagte ich mir. Und tatsächlich tat es das Schicksal schließlich auch – falls ›Schicksal‹ in diesem Zusammenhang das richtige Wort ist.

## 6

## *Die Flußpferdjagd*

Ich hatte die Absicht, sofort den Fluß zu überqueren, doch in diesem Fall war das Glück, oder unser alter Freund, das Schicksal, gegen mich. Als erstes wurden einige von Umslopogaas' Leuten krank, bekamen Magenbeschwerden, zweifellos von etwas, das sie gegessen hatten. Sie jedoch sahen darin nicht den Grund dafür, und auch Umslopogaas nicht. Einer dieser Männer, der Goroko hieß und sich nebenher als Medizinmann betätigte, war natürlich überzeugt, daß ein Zauberbann auf sie herabbeschworen worden sei, denn diese Leute sehen in allem Magie und Hexerei. Deshalb organisierte er ein ›Geister-Schnüffeln‹, bei dem Umslopogaas, der genauso abergläubisch war wie alle anderen, ihm assistierte. Und das tat auch Hans, obwohl er sich Christ nannte, einmal aus reiner Neugier – denn er war neugierig wie eine Elster – und dann aus Angst, daß während seiner Abwesenheit irgendein Hinweis gefunden werden mochte, der ihn belastete. Ich sah mir die Sache aus einiger Entfernung an, da ich es für richtig hielt, ein Auge auf die Vorgänge zu haben, für den Fall, daß irgend etwas Unvorhergesehenes passieren sollte. Ich saß mit Miß Inez zusammen, die so etwas noch nie gesehen hatte.

Zunächst wurde der übliche Kreis gebildet. Dann trat Goroko, ausstaffiert mit dem besten Medizinmannkostüm, das er mit den zur Verfügung stehenden Mitteln improvisieren konnte, in die Mitte des Kreises, kam prompt unter den Einfluß seines ›Geistes‹, sprang wild umher, wedelte mit dem Schwanz eines Wildebeest*, und so weiter. Schließlich brach er zu meinem Entsetzen aus dem Kreis aus, lief auf eine Gruppe von Menschen aus dem Dorf zu, die gekommen waren, um sich das Spektakel anzusehen, trat vor Thomaso, der überheblich und verächtlich grinsend unter ihnen stand, schlug ihm den Schwanz ins Gesicht und schrie, daß er der Zauberer sei, der die Eingeweide der kranken Männer vergiftet habe. Woraufhin Thomaso, der zwar sehr aufsässig sein konnte, jedoch wie die meisten Mischlinge nicht besonders mutig war, angesichts der Aufregung, die diese Verkündung unter den finster wirkenden Zulus hervorrief Angst bekam, wie ein Hase davonrannte. Niemand folgte ihm.

Danach, als ich gerade glaubte, daß alles überstanden sei und es an der Zeit wäre, ein paar ernste Worte mit Umslopogaas zu sprechen und ihm zu sagen, daß er es mit Thomaso, den er und seine Leute haßten, wie ich wußte, nicht zu weit treiben solle, trat Goroko wieder in den Kreis und wurde von einem neuen *accès* der Inspiration gepackt. Er warf seinen Gnu-Wedel zu Boden, hob beide Arme über den Kopf und starrte zum Himmel empor. Dann begann er mit lauter Stimme etwas zu schreien, das ich nicht verstand, da ich zu weit entfernt war. Doch was immer es gewesen sein mochte, es schien seine Zuhörer in Angst und Schrekken zu versetzen, wie ich an dem Ausdruck ihrer Gesichter erkennen konnte. Selbst Umslopogaas war erschrocken, ließ seine Axt fallen, stand auf, als ob er etwas sagen wollte, setzte sich dann aber wieder hin und bedeckte seine Augen mit den Händen.

Und dann war es vorbei. Goroko schien wieder normal zu sein, nahm eine Prise Schnupftabak und begann dann, wie ich es vorausgesehen hatte, nach der bei diesen Medizinmännern üblichen Art, die anderen zu fragen, was er gesagt habe, während er von dem ›Geist‹ besessen gewesen sei, was er entweder tatsächlich vergessen hatte – oder zumindest überzeugend so tat. Der Kreis löste sich auf, und seine

* Gnu

Mitglieder begannen gedämpft miteinander zu reden, während Umslopogaas reglos sitzen blieb und finster vor sich hinstarrte. Hans schlich sich auf seine schlangenähnliche Art davon, zweifellos, um mich aufzusuchen.

»Worum ging es da eigentlich?« fragte Inez.

»Oh! Das war nur ein Haufen Unsinn«, sagte ich. »Anscheinend hat der Medizinmann behauptet, daß Ihr Verwalter Thomaso den Leuten irgend etwas ins Essen getan hat, um sie krank zu machen.«

»Das halte ich durchaus für möglich; es wäre typisch für ihn, und ich weiß, daß er sie haßt, besonders Umslopogaas, den ich wiederum sehr mag. Er hat mir heute morgen wunderbare Blumen gebracht, die er irgendwo entdeckt hatte, und mir eine lange Rede gehalten, von der ich leider kein Wort verstand.«

Die Vorstellung, daß Umslopogaas, dieser Mann von Blut und Eisen, einer jungen Dame Blumen bringt, war für mich so absurd, daß ich unwillkürlich lachen mußte, und selbst das traurige Gesicht Inez' wurde von einem Lächeln erhellt. Dann ging sie ins Haus, um sich um irgend etwas zu kümmern, und ich winkte Hans heran und fragte ihn, was geschehen sei.

»Etwas ganz Komisches, denke ich, Baas«, antwortete er mit leerem Blick, »obwohl ich den letzten Teil nicht ganz verstanden habe. Der Medizinmann, Goroko, hat Thomaso als den Mann ausgeschnüffelt, der sie krank gemacht hat, und obwohl sie ihn nicht töten werden, weil wir hier Gäste sind, haben diese Zulus eine heillose Wut auf Thomaso, und ich denke, daß sie ihn verprügeln werden, wenn sie eine Gelegenheit dazu finden. Doch das ist nur das dünne Ende des Knüppels«, setzte er hinzu und schwieg.

»Und was ist das dicke Ende?« fragte ich schließlich irritiert.

»Baas, der Geist in Goroko ...«

»Der Esel in Goroko, willst du sagen«, unterbrach ich ihn. »Wie kannst du, der du ein Christ bist, einen solchen Unsinn über Geister glauben? Ich wünschte wirklich, daß mein Vater dich hören könnte.«

»O Baas! Dein verehrter Vater, der Prediger, ist jetzt so weise, daß er alles über Geister weiß, und daß es welche gibt, die zu schwarzen Medizinmännern kommen, obwohl sie vor weißen Männern die Nase rümpfen und nichts mit ihnen zu tun haben wollen. Aber was immer es auch war, das Goroko sprechen machte, es hatte Besitz von ihm ergriffen, so daß seine Lippen sagten, obwohl er sich hinterher an nichts mehr erinnerte, daß dieser Ort bald von Blut rot gefärbt sein würde, daß es hier ein großes Töten geben würde, Baas. Das ist alles.«

»Rot von Blut? Wessen Blut? Was meinte er damit?«

»Das weiß ich nicht, Baas, doch das, was du den Esel in Goroko nennst, erklärte, daß jene, die die Große Medizin besäßen – damit meinte er das, was du trägst, Baas – völlig sicher sein würden. Also hoffe ich, daß es nicht unser Blut sein wird; und außerdem hoffe ich, daß wir so schnell wie möglich von hier verschwinden können.«

Ich habe Hans ein wenig die Leviten gelesen, weil er glaubte, was der Medizinmann gesagt hatte, denn ich merkte, daß er das wirklich tat, und ging dann zu Umslopogaas, um ihm ein paar Fragen zu stellen; Umslopogaas machte ein sehr befriedigtes Gesicht, was mich noch mehr verärgerte.

»Was war es, das Goroko gesagt hat, und warum lächelst du, Bulalio?« fragte ich.

»Nichts Besonderes, Macumazahn, außer, daß dieser Mann, der wie ranziger Talg aussieht, etwas in unser Essen getan hat, das uns krank gemacht hat, und ich würde ihn dafür töten, wenn er nicht ein Diener des Rotbarts wäre und es seine Tochter in Schrecken versetzen würde. Außerdem sagte er, daß es bald einen Kampf geben wird, und das ist der Grund dafür, daß ich lächle, weil ich des Friedens rasch müde werde, und wir sind doch ausgezogen, um zu kämpfen, nicht wahr?«

»Ganz gewiß nicht«, antwortete ich. »Wir sind ausgezogen, um eine friedliche Reise durch fremdes Land zu machen, und das gedenke ich auch zu tun.«

»Ah! Nun gut, Macumazahn, in einem fremden Land trifft man seltsame Menschen, mit denen man nicht immer einer

Meinung ist, und dann beginnt *Inkosikaas* zu sprechen«, und er wirbelte die mächtige Axt um seinen Kopf, so daß sie pfeifend die Luft zerschnitt.

Ich konnte nicht mehr aus ihm herausbringen, und nachdem ich ihm das Versprechen abgerungen hatte, daß Thomaso nichts geschehen dürfe, der, wie ich betonte, wahrscheinlich zu Unrecht beschuldigt wurde, ging ich fort.

Trotzdem hinterließ der ganze Zwischenfall einen bitteren Nachgeschmack, und ich wünschte mir, daß wir schon sicher auf der anderen Seite des Sambesi wären, bevor wir noch mehr Schwierigkeiten begegneten. Doch wir konnten nicht sofort aufbrechen, da zwei der Zulus noch immer zu krank waren, um reisen zu können, und eine Menge Vorbereitungen zu treffen waren, besonders wegen der Traglasten, da wir ja den Wagen zurücklassen mußten. Außerdem, und dies war eine neue Komplikation, bekam Hans plötzlich eine Schwellung am Fuß, eine Entzündung, die von einem giftigen Dorn herrührte, und es war besser, sie abklingen zu lassen, bevor wir aufbrachen.

So kam es, daß ich ehrlich froh war, als Captain Robertson vorschlug, wir sollten zu einem bestimmten Sumpf gehen, der, soweit ich es verstand, von ein paar kleinen Nebenflüssen des Sambesi gebildet wurde, um eine Treibjagd auf Flußpferde zu unternehmen. Diese großen Tiere tauchten um diese Jahreszeit immer in großer Zahl dort auf, und durch Sperren des schmalen Wassergrabens, durch den sie in den Sumpf gelangten, konnte eine Anzahl von ihnen abgeschnitten und getötet werden. Man hatte das schon ein paarmal getan, jedoch nicht in jüngster Zeit, vielleicht weil es Captain Robertson an der nötigen Energie mangelte, eine solche Jagd zu organisieren. Jetzt jedoch wollte er den Umstand meiner Anwesenheit dazu benutzen, wieder eine durchzuführen, einmal um des Abenteuers willen, zum anderen, weil die Felle dieser Flußpferde einen guten Preis erbrachten, wenn man sie zur Küste schickte, wo sie in Streifen geschnitten und zu Sjamboks* verarbeitet wurden. Au-

---

* Peitschen

ßerdem wollte er mir vermutlich demonstrieren, daß er noch nicht ganz der Trägheit und dem Trunk verfallen war.

Ich ging auf den Vorschlag sofort ein, da ich während meines ganzen Jägerlebens so etwas noch nie erlebt hatte, besonders, da er mir versicherte, daß die Expedition nicht länger als eine Woche dauern würde, und ich damit rechnete, daß die kranken Zulus und Hans vorher ohnehin nicht reisefähig sein würden. Also wurden große Vorbereitungen getroffen. Die Eingeborenen am Fluß, deren Anteil an dem Unternehmen das Fleisch der getöteten Flußpferde war, wurden zu hundert zusammengetrommelt und auf ihre vorher bestimmten Posten geschickt, von wo aus sie die Tiere durch den Sumpf zusammentreiben sollten, sowie das Zeichen dazu gegeben wurde, welches das Entzünden eines großen Schilfhaufens sein sollte. Außerdem wurden noch viele andere Dinge getan, auf die ich hier jedoch nicht eingehen muß.

Dann kam der Zeitpunkt, wo wir zu der festgelegten Stelle aufbrechen mußten, die etwa zwanzig Meilen entfernt lag. Den größten Teil dieses Weges würden wir mit dem Wagen trecken. Captain Robertson, der sich für die Dauer des Unternehmens des Gins enthielt, war so aktiv bei der Leitung und Organisation, als sei er wieder Kapitän eines Postdampfers, der aus dem Hafen auslief, und ich erkannte, was für ein fähiger Mann er einmal gewesen sein mußte.

»Wird Ihre Tochter uns begleiten?« fragte ich ihn am Vorabend unseres Aufbruchs.

»O nein«, antwortete er. »Sie würde uns nur im Wege sein. Sie ist hier absolut sicher, besonders, da Thomaso, der kein Jäger ist, zusammen mit ein paar der älteren Eingeborenen zurückbleibt, um sich um die Frauen und Kinder zu kümmern.«

Später traf ich Inez, die mir sagte, daß sie gerne mitgekommen wäre, obwohl sie es haßte, mitansehen zu müssen, wie große Tiere getötet wurden, ihr Vater jedoch dagegen sei, weil er fürchtete, daß sie Fieber bekommen könnte, also sei es wohl sicherer, wenn sie hierbliebe.

Ich gab ihr recht, obwohl ich insgeheim meine Zweifel

hatte, und sagte ihr, daß ich Hans zurücklassen würde, dessen Fuß noch nicht ganz geheilt war, und mit dem sie sich ebenfalls angefreundet hatte, damit er sich um sie kümmere. Außerdem blieben ja auch noch die beiden Zulu-Krieger hier, deren Magenbeschwerden fast überwunden waren, so daß sie nichts zu befürchten habe. Sie antwortete mit einem flüchtigen Lächeln, daß sie nichts befürchte, aber dennoch gerne mit uns gekommen wäre. Und damit trennten wir uns – für eine sehr lange Zeit, wie sich herausstellte.

Es war eine richtige Zeremonie. Umslopogaas übergab Inez, ›im Namen der Axt‹, feierlich in die Obhut seiner beiden Krieger und befahl ihnen, sie zu beschützen, mit einem solchen Ernst, daß ich zu argwöhnen begann, er befürchte irgend etwas, das er mir aus bestimmten Gründen verschwiegen hatte. Unwillkürlich gingen meine Gedanken zurück zu der Prophezeiung des Medizinmanns Goroko, an die Umslopogaas auch denken mochte, doch da er, während er sprach, den Blick seiner harten Augen auf den fetten, eingebildeten Mischling Thomaso gerichtet hielt, schloß ich, daß der das Objekt seiner Zweifel war. Es mochte ihm eingefallen sein, daß Thomaso die Abwesenheit ihres Vaters ausnutzen könnte, um sich an Inez heranzumachen. Wenn dem so sein sollte, so war er aus verschiedenen Gründen im Irrtum, von denen ich nur einen nennen will: selbst wenn so ein Gedanke jemals in Thomaso aufgestiegen wäre, war er ein viel zu großer Feigling, um ihn in die Tat umzusetzen. Trotzdem, da ich irgendwie ein schlechtes Gefühl hatte, gab ich Hans den Auftrag, Inez ständig im Auge zu behalten, und allgemein alles zu beobachten, und sich, falls er irgend etwas Verdächtiges bemerken sollte, sofort mit uns in Verbindung zu setzen.

»Ja, Baas«, sagte Hans, »ich werde auf ›Traurige Augen‹ aufpassen« – so hatten unsere Zulus mit ihrer scharfen Beobachtungsgabe Inez genannt –, »als ob sie meine eigene Großmutter wäre, obwohl ich mir nicht vorstellen kann, was sie zu befürchten haben könnte. Aber, Baas, ich würde viel lieber mit dir gehen und mich um dich kümmern, wie es dein verehrter Vater, der Prediger, von mir verlangt hat, und was auch meine Pflicht ist, und nicht das Hüten von Mädchen, Baas. Außerdem ist mein Fuß schon wieder ziemlich in Ordnung, und ... und ich möchte Flußpferde schießen und ...« Er zögerte.

»Und was, Hans?«

»Und Goroko hat gesagt, daß es viel Kampf geben wird, und wenn es Kampf geben sollte und du zu Schaden kommst, weil ich nicht da war, um dich zu beschützen, was würde dein verehrter Vater dann wohl von mir denken?«

All das bedeutete zweierlei: daß Hans nie von mir getrennt sein mochte, wenn es sich irgendwie vermeiden ließ, und daß er viel lieber auf eine Jagd ging als allein an diesem fremden Ort zurückzubleiben, wo er nichts anderes tun konnte, als essen und schlafen. Das war meine Schlußfolgerung, obwohl ich seine Motive nicht ganz durchschaut hatte. In Wirklichkeit focht Hans einen sehr tapferen moralischen Kampf gegen die Versuchung. Wie ich später herausfand, hatte Captain Robertson ihm heimlich etwas von seinem starken Gin zukommen lassen, wahrscheinlich aus Sympathie für einen Trinker-Kollegen. Außerdem hatte er ihm gezeigt, wo er sich, wenn er wollte, mehr davon holen konnte, und Gin wollte Hans immer, sehr sogar. Gin in seine Reichweite zu stellen war etwa so, als wenn man eine Handvoll Diamanten vor der Nase eines Diebes liegenlassen würde.

»Du wirst hierbleiben, Hans, dich um die junge Dame kümmern und deinen Fuß auskurieren«, sagte ich streng zu ihm, woraufhin er mit einem Seufzen zusammensackte und um etwas Tabak bat.

Inzwischen war Captain Robertson, der, wie ich vermutete, einen Steigbügeltrunk zu sich genommen hatte, um sich für die Reise zu stärken, im sogenannten Dorf bei der Abschiedszeremonie, denn ich sah ihn eine Reihe von Mischlingskindern küssen und hörte ihn Thomaso Anweisung geben, sich um sie und ihre Mütter zu kümmern. Als er schließlich zurückkam, rief er Inez zu, die auf der Veranda geblieben war – denn sie schien immer die Gesellschaft ihres Vaters zu meiden, wenn er vom Dorf kam –, ›die Ohren steifzuhalten‹ und sich nicht einsam zu fühlen, und dann setzte die Kavalkade sich in Bewegung.

Also brachen wir auf: etwa zwanzig von den Eingeborenen aus dem Dorf, ein wild zusammengewürfelter Haufen, mit allen möglichen Schießprügeln bewaffnet, marschierten singend voran. Dann kam der Wagen mit Captain Robertson und mir auf dem Kutschbock, und schließlich Umslopogaas mit seinen Zulus.

Wir treckten entlang einer Art Eingeborenenstraße über wunderbares Veld desselben Charakters wie das, auf dem Strathmuir stand, mit dem tiefer liegenden Busch-Veld, das zum Sambesi hinabführte, zu unserer Rechten. Kurz vor Sonnenuntergang erreichten wir einen Höhenzug, bei dem dieses Busch-Veld nach Süden abbog und den Nebenfluß des großen Flusses umsäumte, der in die Sümpfe führte, in denen wir Seekühe jagen wollten. Hier schlugen wir das Lager auf, und marschierten am nächsten Morgen, nachdem wir den Wagen in der Obhut meines Voorloopers* und zwei der Strathmuir-Eingeborenen zurückgelassen hatten, da der Gespannführer als mein Gewehrträger fungieren sollte, in das Meer des Busch-Velds hinab. Es war voller Wild, wie wir feststellten, doch wagten wir nicht zu schießen, um nicht die Flußpferde aufzuscheuchen, die in dem Fall in den Fluß entkommen mochten.

Gegen Mittag hatten wir das Busch-Veld durchquert und erreichten die Stelle, an der wir für das Treiben ansitzen wollten. Hier befand sich zwischen hohen, mit Gebüsch bewachsenen Ufern ein Sumpfgebiet von nicht mehr als zweihundert Metern Breite in dessen Mitte sich ein schmaler, doch recht tiefer Kanal befand, der ein weiter oberhalb gelegenes, riesiges Sumpfgebiet entwässerte. Durch diesen Kanal gelangten die Flußpferde zu den Weidegründen, an denen sie sich um diese Jahreszeit zu versammeln pflegten.

Hier trafen wir unter der Anleitung von Captain Robertson und unter der Mithilfe einiger Eingeborener vom Fluß –

---

* ›Vorausgeher‹: der Mann, der einem Ochsengespann vorausgeht und die Tiere mit Stricken, die an den Hörnern befestigt sind, leitet. – *Anm. d. Hrsg.*

die anderen, mehrere hundert, waren auf einem weiten Umweg zum oberen Teil des Sumpfes gezogen, von wo aus sie auf unser Signal hin vorrücken würden – unsere Vorbereitungen. Sie waren recht einfach. Eine Anzahl von Dornbäumen wurde gefällt und mittels schwerer Steine, die an die Stämme gebunden wurden, in dem schmalen Wasserkanal verankert, während an ihren aus dem Wasser ragenden Gezweig alle möglichen Lappen und Lumpen befestigt wurden, die wir mitgebracht hatten, wie alte, rote Flanellhemden, farbenfrohe, doch abgenutzte Decken und ähnliches. Einige dieser Fetzen wurden auch an die Verankerungstaue unter Wasser gebunden. Dann wählten wir auf den beiden Ufern, die ich bereits erwähnte, die günstigsten Schußpositionen. In Voraussicht dessen, was passieren könnte, suchte ich für mich eine aus, wo ich durch einen besonders soliden Felsblock gedeckt war, und sicherte die dem Land zugewandte Seite durch einen Steinwall von mehreren Fuß Höhe, da ich ahnte, daß die in meiner Nähe postierten Eingeborenen wild herumballern würden.

Diese Arbeiten beschäftigten uns für den Rest dieses Tages, und am Abend zogen wir uns auf höheren Grund zurück, um zu schlafen. Am nächsten Morgen gingen wir vor Sonnenaufgang zurück und nahmen unsere Positionen ein, einige auf dem diesseitigen Ufer, die anderen auf dem gegenüberliegenden, zu dem sie mit einem Kanu gebracht wurden, das die Eingeborenen zu diesem Zweck mitgebracht hatten.

Dann, bevor die Sonne aufging, setzte Captain Robertson einen riesigen Haufen trockenen Schilfrohrs und Gestrüpps in Brand, das vereinbarte Signal, auf das die Eingeborenen, weit entfernt am oberen Teil des Sumpfes, mit dem Treiben beginnen würden. Nachdem das getan war, setzten wir uns hin und warteten, nachdem wir uns versichert hatten, daß jedes Gewehr reichlich mit Munition versehen war.

Als die Sonne aufging, kletterte ich auf einen Baum in der Nähe meiner Schanze und sah mehrere Meilen entfernt im Süden einen weiten Halbkreis kleiner Feuer. Ich vermutete, daß die Eingeborenen begonnen hatten, das trockene Schilf des Sumpfes in Brand zu stecken. Wenig später war aus diesen vielen kleinen Feuern eine dünne Flammenwand geworden. Ich wußte, daß es jetzt an der Zeit war, in meine Schanze zurückzukehren und mich auf die Jagd vorzubereiten. Es war jedoch bereits heller Tag, bevor irgend etwas geschah.

Während ich das ruhige Wasser des Kanals beobachtete, sah ich plötzlich kleine Wellen darauf, und aufsteigende Blasen. Und dann tauchte der Kopf eines großen Flußpferdbullen auf, der, nachdem er unsere Barrikade entweder unter oder über Wasser bemerkt hatte, aufgetaucht war, um zu sehen, was das sein mochte. Ich schoß ihm eine Kugel ins Gehirn, woraufhin er tot auf den Boden des Kanals sank und durch seinen massigen Körper unsere Barrikade verstärkte. Außerdem trat noch eine weitere Wirkung ein. Ich hatte beobachtet, daß Seekühe den Geruch und die Farbe von Blut nicht ertragen können, und davon in einen Angstzustand versetzt werden, so daß sie an die Oberfläche kommen und sich lieber jeder Gefahr aussetzen, als Blut in ihre Nüstern zu bekommen.

Nun, in diesem stillen Gewässer, das keine wahrnehmbare Strömung aufwies, breitete sich das Blut des toten Bullen sehr rasch aus, so daß die nachfolgende Herde in Panik geriet. Als die ersten von ihnen das Blut rochen oder schmeckten, warfen sie sich herum und versuchten, zurückzuschwimmen, stießen jedoch in der Enge des Kanals auf die Nachdrängenden, und es kam zu einem heillosen Durcheinander. Tiere kamen an die Oberfläche, bliesen, schnaubten, schrien und drängten sich im Wasser durch- und übereinander, während von hinten immer mehr nachdrängten, bis in dem engen Kanal das reine Chaos herrschte.

Alle unsere Gewehre eröffneten das Feuer in die Masse; es war wie eine Schlacht, und durch den Pulverrauch sah ich die Fluß-Eingeborenen, die als Treiber fungierten, in der Ferne näherkommen, in phantastischem Aufputz, schreiend und Speere schwingend, oder auch Büschel von brennendem Schilf. Die meisten von ihnen liefen die Ufer entlang, doch einige mutigere Geister kamen in Kanus durch die

Lagunen und trieben die Flußpferde auf den Kanal zu, durch den allein sie in die großen Sümpfe gelangen konnten, und von dort in den Fluß. In all meiner Jagderfahrung habe ich noch nie ein solches Bild gesehen. Trotzdem war es für mich auf eine gewisse Weise unangenehm, denn ich schmeichele mir, ein sportlicher Jäger zu sein, und eine Treibjagd wie diese ist nicht das, was ich unter Sport verstehe.

Schließlich sah es so aus: der Kanal war auf einer langen Strecke buchstäblich mit Flußpferden gefüllt – ich schätze, daß es mehr als hundert gewesen sein müssen, Tiere jeder Art und Größe, von mächtigen Bullen bis zu kleinen Kälbern. Einige von ihnen wurden getötet, jedoch nicht viele, denn die Schießkunst unserer Jagdgefährten spottete jeder Beschreibung, und Treffer waren beinahe reiner Zufall. Für jedes Flußpferd, das getötet wurde, die meisten davon von Captain Robertson und mir, vermute ich, wurden viele nur verwundet.

Und noch immer wagten die unglücklichen Tiere, halb wahnsinnig von Krach, Feuer und Blut nicht, unsere schwache Barriere zu durchbrechen, wahrscheinlich aus dem von mir bereits angeführten Grund. Eine Weile blieben sie zusammengedrängt in dem Kanal, im Wasser und unter Wasser, und machten einen entsetzlichen Lärm. Dann, plötzlich, schienen sie zu einem Entschluß gekommen zu sein. Einige von ihnen brachen rückwärts aus, auf das brennende Schilf zu, auf die schreienden Treiber und die näherrückenden Kanus. Eins der Tiere, ein angeschossener Bulle, griff ein Kanu an, zermalmte es zwischen seinem riesigen Kiefern und tötete den Ruderer, auf welche Weise, weiß ich nicht, denn seine Leiche ist nie gefunden worden. Die meisten jedoch hatten einen anderen Entschluß gefaßt: sie stiegen zu beiden Seiten des Kanals an die Ufer und begannen an ihnen entlangzulaufen oder sogar mit erstaunlicher Geschicklichkeit die steilen Wände emporzuklettern. Dies war der Zeitpunkt, wo ich mir ernsthaft zu dem soliden, vom Wasser abgeschliffenen Felsen gratulierte, den ich mir als Dekkung erwählt hatte.

Hinter diesem Felsen kniend, zusammen mit meinem Gewehrträger und Umslopogaas, der, da er nicht schoß, an meiner Seite geblieben war, feuerte ich ununterbrochen auf die ungeschlachten Tiere. Doch so rasch ich auch aus zwei Gewehren schießen mochte, konnte ich doch nicht einmal die Hälfte von ihnen aufhalten – und die anderen kamen jetzt unangenehm nahe heran. Ich blickte rasch Umslopogaas an, und selbst in dieser Situation amüsierte es mich, zu sehen, daß dieser mächtige Krieger, wahrscheinlich zum ersten Mal in seinem Leben, echte Angst zeigte.

»Das ist doch Wahnsinn, Macumazahn«, rief er durch das Krachen der Schüsse. »Sollen wir hierbleiben und uns von einer Horde Wasserschweinen zertrampeln lassen?«

»Es sieht so aus«, antwortete ich, »falls du es nicht vorziehen solltest, gefressen zu werden«, setzte ich hinzu, und deutete auf ein riesiges Krokodil, das ebenfalls aus dem Wasser geklettert war und mit aufgerissenen Kiefern auf uns zukam.

»Bei der Axt!« schrie Umslopogaas, »ich denke nicht daran, so zu sterben, zertreten wie eine Schnecke von einem Ochsen!«

Ich erwähnte bereits den Baum, auf den ich gestiegen war. In dieser Notlage rannte Umslopogaas zu diesem Baum und kletterte an ihm hinauf wie ein Laternenanzünder, gerade als das Krokodil den Baum erreichte und nach seinen aufwärts entschwindenden Beinen schnappte. Danach kümmerte ich mich nicht weiter um ihn, teils wegen der anrückenden Seekühe, vor allem aber, weil einer der Eingeborenen, der oberhalb von mir postiert war und wild um sich ballerte, mir eine Kugel durch den Jackenärmel schoß. In der Tat, wenn nicht der Steinwall gewesen wäre, den ich errichtet hatte, und der uns schützte, dessen war ich sicher, wären sowohl mein Gewehrträger als auch ich getötet worden, denn wie ich später feststellte, waren die Steine über und über von Bleispuren übersät, von Kugeln, die an ihnen zersplittert waren.

Nun, dank der Stärke des Felsens und des Steinwalls, oder, wie Hans später sagte, dank Zikalis Großer Medizin, entkamen wir unverletzt. Die Stampede der gewaltigen Tiere flutete an uns vorbei; eins von ihnen habe ich auf so kurze Entfernung getötet, daß man Spuren von Pulverschmauch auf der Haut sehen konnte. Doch sie stoben vorbei, und uns geschah nichts. Dieses Glück war jedoch nicht allen beschieden. Zwei der Eingeborenen aus dem Dorf wurden totgetrampelt, einem anderen wurde ein Bein gebrochen. Und es kam auch zu einem recht amüsanten Zwischenfall. Ein verwirrter Bulle rammte in vollem Galopp gegen Umslopogaas' Baum, und da der Stamm nicht sehr dick war, zerbrach er. Herab kam die Krone, in der der würdige Häuptling hockte wie ein Vogel im Nest, obwohl er in diesem Moment keinen sehr würdigen Eindruck machte. Abgesehen von ein paar Kratzern war er jedoch unbeschädigt, da das Flußpferd dringendere Angelegenheiten zu erledigen hatte und sich nicht die Zeit nahm, seine Rechnung mit ihm zu begleichen.

»Das kommt davon, wenn ein Mann sich in Dinge einläßt, von denen er nichts versteht«, sagte mir Umslopogaas später salbungsvoll. Trotzdem konnte er es nicht ertragen, wenn man irgendwelche Andeutungen über diese Baumkletter-Episode in seiner Kriegerlaufbahn machte, die sich dazu auch noch vor den Augen seiner Männer abgespielt hatte, und für sie stets eine Quelle der Heiterkeit blieb. Tatsächlich hätte er beinahe einen von ihnen getötet, den Witzbold seiner Truppe, der ihm einen Spitznamen verlieh, der übersetzt lautet: *Er-der-so-tapfer-ist-daß-er-ein-Flußpferd-einen-Baum-hinauf-reitet.*

Endlich war es vorbei, wofür ich der Vorsehung ehrlich dankte. Eine ganze Reihe von Flußpferden war tot, ich glaube, daß die Strecke einundzwanzig betrug, doch die meisten hatten auf die eine oder andere Art entkommen können, viele von ihnen schwer verwundet, wie ich fürchte. Ich nehme an, daß die Masse der Herde schließlich ihre Furcht überwand und durch unsere Barriere hindurch den Kanal hinab in den Fluß entkam. Auf jeden Fall waren sie fort, und nachdem ich mich versichert hatte, daß ich nichts mehr für den Mann tun konnte, der auf meiner Uferseite zertrampelt worden war, fuhr ich mit dem Kanu auf die andere Seite hinüber, in der Absicht, zu unserem Lager zurückzugehen und mich auszuruhen.

Doch mit der Ruhe sollte es nichts werden, denn als ich im Lager eintraf, fand ich dort Captain Robertson vor, der sich anscheinend mit Gin aufgemuntert hatte und sich in einem Zustand höchster Erregung befand, weil ein Mann, den er offenbar gemocht hatte, getötet worden war und ein anderer ein gebrochenes Bein hatte. Er erklärte mit Vehemenz, daß das Flußpferd, das dies getan hätte, angeschossen sei und sich in einem ein paar hundert Meter entfernten Gebüsch verkrochen habe, und daß er es aufstöbern und töten wolle. In der Tat wollte er gerade zu diesem Unternehmen aufbrechen, als ich das Lager erreichte.

Angesichts seines erregten Zustands hielt ich es für richtig, ihn zu begleiten. Was folgte, muß nicht in allen Details geschildert werden. Es genügt, festzustellen, daß wir das Flußpferd entdeckten und aus beiden Gewehren in das Gebüsch feuerten, wobei wir es zwar verwundeten, jedoch nicht ernsthaft. Das Tier brach heraus, das riesige Maul aufgerissen, nur auf Flucht bedacht. Robertson warf sich herum, um wegzulaufen, da er genau in der Fluchtrichtung stand, stolperte jedoch aus irgendeinem Grund und stürzte zu Boden. Bestimmt wäre er von den riesigen Füßen zertrampelt worden, wenn ich mich nicht vor ihn gestellt und zwei schwere Kugeln in den aufgerissenen Rachen gefeuert hätte, die das Tier auf der Stelle töteten und zwei Schritte vor dem hilflos am Boden liegenden Robertson zusammenbrechen ließen – und nur einen Schritt vor mir, darf ich hinzufügen.

Dieses knappe Entkommen ernüchterte ihn, und seine Dankbarkeit war überschwenglich.

»Sie sind ein tapferer Mann«, sagte er, »und wenn Sie nicht gewesen wären, würde ich jetzt dort sein, wo immer schlechte Menschen hingehen mögen. Ich werde Ihnen das nie vergessen, Mr. Quatermain, und wenn Sie jemals etwas haben wollen, das John Robertson geben kann, gehört es Ihnen.«

»Danke«, sagte ich, und mir kam plötzlich eine Idee. »Ja, da ist etwas, das Sie mir geben könnten.«

»Nennen Sie es, und es gehört Ihnen. Meinen halben Besitz können Sie haben, wenn Sie wollen.«

»Ich möchte«, sagte ich, während ich neue Patronen in die Kammer des Gewehrs schob, »ich möchte Ihr Versprechen, daß Sie das Trinken aufgeben, um Ihrer Tochter willen. Das nämlich ist es, was Sie eben um ein Haar erledigt hätte.«

»Mann, Sie verlangen verdammt viel«, sagte er langsam. »Aber bei Gott, ich will es versuchen, um meiner Tochter willen, und auch um Ihretwillen.«

Dann half ich, das Bein des verletzten Mannes zu schienen, und das war die ganze Ruhe, die ich an diesem Vormittag bekommen sollte.

## 7

## *Der Schwur*

Wir verbrachten drei Tage an diesem Ort. Zunächst einmal mußten wir warten, bis die in den riesigen Kadavern entstehenden Gase die getöteten Flußpferde an die Oberfläche steigen ließen. Dann mußten sie gehäutet und ihre dicken Felle in Stücke zerteilt werden, die zur Herstellung von Peitschen dienten, und für die einige Stämme der Ostküste einen sehr guten Preis zahlten, um Schilde daraus zu machen. All dies nahm geraume Zeit in Anspruch, während der ich mich darüber amüsierte, oder mich ekelte, wenn ich sah, wie diese Fluß-Eingeborenen das Fleisch dieser Tiere verschlangen. Die wenigen mageren Teile, die sie aufwiesen, wurden getrocknet und zu einer Art ›Biltong‹ geräuchert, doch den größten Teil des Blubbers aßen sie sofort. Aus reiner Neugier wog ich so ein Stück Fett, das einem mageren, verhungert wirkenden Burschen zugeteilt wurde. Es hatte das Gewicht von gut fünfundzwanzig Pfund. Innerhalb von vier Stunden hatte er es bis auf die letzte Unze hinuntergeschlungen und lag nun da, ein aufgeblähter, träger Klotz. Was würden wir Weißen nicht für eine solche Verdauung geben!

Schließlich war es vorbei, und wir machten uns auf den Heimweg, wobei der Mann mit dem gebrochenen Bein auf einer primitiven Bahre getragen wurde. Am Rande des Busch-Velds fanden wir unseren Wagen so vor, wie wir ihn zurückgelassen hatten, und einen zweiten, den Captain Robertson hatte nachkommen lassen, um die zu erwartenden Flußpferdhäute und -zähne zu transportieren. Ich fragte meinen Voorlooper, ob während unserer Abwesenheit irgend etwas geschehen wäre. Er antwortete, daß nichts vorgefallen sei, er jedoch am Vorabend, kurz nach Einbruch der Dunkelheit, ein rotes Leuchten in Richtung von Strathmuir beobachtet habe, etwa zwanzig Meilen entfernt und ein wenig tiefer lag, als ob mehrere Feuer dort gebrannt hätten. Es hätte ihn so beunruhigt, erklärte er, daß er auf einen Baum gestiegen sei, um besser sehen zu können. Er habe jedoch nicht den Eindruck gehabt, daß dort irgendwelche Gebäude gebrannt hätten, weil der Feuerschein dazu nicht stark genug gewesen sei.

Ich sagte, daß es vielleicht ein Steppenbrand gewesen sein mochte, oder daß jemand Schilf angezündet hätte, worauf er erwiderte, daß er das nicht glaube, da die Feuer nicht auf einer Linie gebrannt hätten.

Damit war dieses Thema beendet, obwohl ich gestehen muß, daß sein Bericht mich stark beunruhigte, auch wenn ich nicht den Grund dafür nennen konnte. Umslopogaas, der dem Gespräch gefolgt war, da es auf Zulu geführt wurde, war ebenfalls sehr ernst, machte jedoch keine Bemerkung dazu. Doch da er seit seinem Baumkletter-Abenteuer ohnehin ziemlich schweigsam war, maß ich dem keinerlei Bedeutung bei.

Wir hatten eine Weile getreckt, in seinem Tempo, das uns etwa eine Stunde vor Sonnenuntergang nach Strathmuir bringen würde und uns auch noch Zeit für eine kurze Rast auf halbem Wege erlaubte. Da meine Ochsen nach dieser Rast rascher eingejocht waren als die des anderen Wagens, brach ich als erster auf, gefolgt von Umslopogaas, der es vorzog, mit seinen Zulus zu marschieren. Um ehrlich zu sein, konnte ich die Geschichte von dem Feuerschein nicht aus meinen Gedanken vertreiben, und hatte deshalb darauf gedrängt, weiterzufahren und die Rast zu verkürzen.

Wir hatten vielleicht zwei der zehn oder zwölf Meilen hinter uns gebracht, die zwischen uns und Strathmuir lagen, als ich auf dem Kamm einer der Wellen des Velds, die aussehen, als ob Meereswogen mitten in der Bewegung festgefroren wären, eine kleine Gestalt auf uns zutraben sah. Irgend etwas sagte mir, daß es Hans war, so daß ich meinen Feldstecher hervorzog, um sie genauer zu mustern. Und wirklich, es war Hans, und kein anderer, der da in schnellem Trab auf uns zueilte.

Von starker Unruhe erfüllt befahl ich dem Gespannführer, die Ochsen anzutreiben, mit dem Ergebnis, daß wir etwa fünf Minuten später aufeinandertrafen. Ich hielt den Wagen an, sprang vom Kutschbock, rief Umslopogaas zu, der in einem langsamen, schwingenden Trott mit uns Schritt gehalten hatte, nachzukommen und lief dann zu Hans, der in einiger Entfernung stehengeblieben war und seine Ruine von Hut in seinen Händen zerknüllte, wie er es immer tat, wenn er sich schämte oder verwirrt war.

»Was ist los, Hans?« fragte ich, als ich mich auf Rufweite genähert hatte.

»Oh! Baas, alles, alles!« antwortete er, und ich sah, daß er seinen Blick zu Boden gerichtet hielt, und daß seine Lippen zuckten.

»Sprich, du Idiot, und auf Zulu!« sagte ich, da inzwischen Umslopogaas mich erreicht hatte.

»Baas«, antwortete er in dieser Sprache, »etwas Schreckliches ist über die Farm des Rotbarts gekommen. Gestern nachmittag, zu der Zeit, wo die Menschen dort zu schlafen pflegen, bis die Sonne weniger heiß brennt, ist eine Horde hünenhafter Krieger mit schrecklichen Gesichtern und langen Speeren – es waren ungefähr fünfzig, Baas – durch das hohe Gras und die Maisfelder herangeschlichen und hat uns überfallen.«

»Hast du sie kommen sehen?«

»Nein, Baas. Ich habe wirklich aufgepaßt, wie du es mir befohlen hast, aber die Sonne brannte so heiß, daß ich die Augen nicht offen halten konnte, so daß ich sie erst sah, als sie an mir vorbei waren, und ich den Lärm hörte.«

»Mit anderen Worten, du hast geschlafen oder du warst betrunken, Hans. Aber sprich weiter!«

»Baas, ich weiß es nicht«, antwortete er niedergeschlagen, »doch danach kletterte ich auf einen hohen Baum, der eine dichte, buschige Krone hatte, und von dort aus konnte ich alles sehen, ohne selbst gesehen zu werden.«

»Was hast du gesehen, Hans?« fragte ich ihn.

»Ich sah die großen Männer heranstürmen und eine Art Kreis um das Dorf bilden. Dann begannen sie etwas zu schreien, und die Menschen in dem Dorf kamen heraus, um zu sehen, was es gab. Thomaso und ein paar der anderen Männer entdeckten sie als erste und rannte sofort, so schnell sie konnten, den Hang des Hügels hinauf, auf dem die Bäume wachsen, bevor der Kreis ganz geschlossen war. Dann kamen die Frauen und Kinder heraus, und die großen Männer mit den Speeren töteten sie alle, alle!«

»Mein Gott!« rief ich. »Und was ist mit dem Haus geschehen, und mit Miß Inez?«

»Baas, einige der Männer hatten auch das Haus umzingelt, und als Traurige Augen den Lärm hörte, kam sie auf den Stoep* heraus, und mit ihr die zwei Zulus von der Axt, die krank zurückgelassen worden waren, sich aber inzwischen wieder erholt hatten. Als die großen Männer die Lady packen wollten, kämpften die beiden Zulus tapfer vor dem Stoep, der ihnen den Rücken deckte, und erschlugen sechs von ihnen, bevor sie selbst getötet wurden. Einen der Angreifer erschoß Traurige Augen mit der Pistole, die sie bei sich hatte, und verwundete einen weiteren, so daß ihm der Speer aus der Hand fiel, den er auf sie schleudern wollte. Dann fielen die anderen über sie her und fesselten sie auf einen Stuhl, der auf dem Stoep stand, wo zwei von ihnen

* Veranda

zurückblieben und sie bewachten. Sie haben ihr nichts getan, Baas, sie schienen sie sogar so behutsam zu behandeln, wie es ihnen möglich war. Und dann gingen sie ins Haus, und dort erwischten sie dieses fette gelbe Mädchen, das immer lächelt und Janee genannt wird und Lady Traurige Augen bedient. Ich glaube, daß sie ihr sagten, Baas, sie müsse sich um ihre Herrin kümmern, und daß man sie töten würde, sollte sie versuchen wegzulaufen, denn später sah ich, wie Janee ihr Essen und andere Dinge brachte.«

»Und dann, Hans?«

»Dann, Baas, haben sich diese großen Männer eine Weile ausgeruht, obwohl einige von ihnen zum Lagerhaus gingen und sich das nahmen, was ihnen gefiel, zum Beispiel Dekken und Messer und eiserne Kochtöpfe, aber sie haben nichts in Brand gesteckt und auch nicht versucht, Rinder zu stehlen. Sie nahmen lediglich trockenes Holz von dem Stapel und machten große Feuer, acht oder neun, und als die Sonne sank, begannen sie ein Festmahl.«

»Womit, Hans, wenn sie keine Rinder gestohlen haben?« fragte ich mit Schaudern, da ich die Antwort vorausahnte.

»Baas«, antwortete Hans, wandte den Kopf ab und starrte zu Boden, »sie fraßen die Kinder, die sie getötet hatten, und auch einige von den jüngeren Frauen. Diese großen Krieger sind Menschenfresser, Baas.«

Bei dieser entsetzlichen Mitteilung wurde mir übel, und ich hatte das Gefühl, das Bewußtsein zu verlieren, fing mich jedoch wieder und bedeutete ihm, weiterzusprechen.

»Sie aßen schweigend, Baas«, fuhr er fort, »machten keinerlei Lärm. Dann legten sich einige von ihnen schlafen, während andere Wache hielten, und so verging die Nacht. Sobald es dunkel geworden war, doch bevor der Mond aufging, kletterte ich von meinem Baum herab und schlich um die Rückseite des Hauses herum, ohne gesehen oder gehört zu werden, wie ich es kann, Baas. Ich gelangte durch die Hintertür ins Haus und kroch zum Fenster des Wohnzimmers. Es stand offen, und als ich hinausblickte, sah ich Traurige Augen, noch immer auf den Stuhl gefesselt, und Janee, die vor ihr auf dem Boden hockte – ich glaube, daß sie entweder schlief oder ohnmächtig war.

Ich machte ein leises Geräusch, wie das Zischen einer Nachtotter, und fuhr damit fort, bis Traurige Augen den Kopf drehte. Dann sagte ich in einem kaum hörbaren Flüsteron, um nicht die Wachen aufzuwecken, die links und rechts von ihr in Decken gewickelt schliefen: ›Ich bin es, Hans, der gekommen ist, um Ihnen zu helfen.‹ ›Das kannst du nicht‹, antwortete sie, ebenfalls flüsternd. ›Geh zu deinem Herrn und sage ihm und meinem Vater, daß sie uns folgen sollen. Diese Männer werden Amahagger genannt und leben weit entfernt auf der anderen Seite des Flusses. Sie wollen mich mit sich nehmen, damit ich über sie herrsche, soweit ich das verstanden habe. Sie wollen eine weiße Frau als Gebieterin haben, da sie immer eine weiße Königin hatten, gegen die sie jedoch rebelliert haben. Ich glaube nicht, daß sie mir etwas antun, falls sie mich nicht mit ihrem Häuptling verheiraten wollen, doch davon war bei ihren Gesprächen, denen ich nur mühsam folgen konnte, nicht die Rede. Und jetzt geh, bevor sie dich erwischen!‹

›Ich denke, daß Sie ihnen entkommen können‹, flüsterte ich. ›Ich werde Ihre Fesseln zerschneiden. Wenn Sie frei sind, steigen Sie durch das Fenster, und ich werde Sie von hier fortbringen.‹

›Gut, versuche es‹, antwortete sie.

Also zog ich mein Messer und streckte meinen Arm aus dem Fenster. Doch dann, Baas, beging ich eine Dummheit – wenn die Große Medizin bei mir gewesen wäre, hätte ich bestimmt klüger gehandelt. Ich vergaß das Sternenlicht, das auf die Klinge des Messers fiel. Das Mädchen Janee erwachte aus ihrem tiefen Schlaf, oder aus ihrer Ohnmacht, und sah das Messer. Sie stieß einen Schrei aus, verstummte jedoch auf einen Wink ihrer Herrin sofort wieder. Doch das reichte, denn es weckte die beiden Wachen, die aufsprangen und Janee mit ihren langen Speeren bedrohten, und dann schliefen sie nicht weiter, sondern begannen miteinander zu reden, was ich jedoch nicht verstehen konnte, da ich mich auf den Boden des Zimmers geworfen hatte. Danach sah ich ein, daß ich so nichts erreichen konnte, sondern nur die Lady in Schwierigkeiten bringen und selbst getötet werden könnte, schlich aus dem Haus, so wie ich hineingeschlichen war, und kroch zu meinem Baum zurück.«

»Warum bist du nicht sofort zu mir gekommen?« fragte ich.

»Weil ich noch immer hoffte, Traurige Augen irgendwie helfen zu können, Baas. Außerdem wollte ich sehen, was weiter geschehen würde, und weil ich wußte, daß ich dich nicht rechtzeitig herbringen konnte, obwohl ich, das ist wahr, sofort zu dir laufen wollte.«

»Vielleicht war es richtig so.«

»Beim ersten Grauen des Morgens«, fuhr Hans fort, »standen die großen Männer, die Amahagger genannt werden, auf und aßen das, was von ihrem grauenhaften Mahl am Abend vorher übriggeblieben war. Dann sammelten sie sich und gingen zum Haus. Sie holten den großen Stuhl heraus, in dem der Rotbart-Baas sonst immer sitzt, und machten zwei Stangen daran fest. An die Rückseite dieses Stuhls banden sie die Kleider und andere Sachen von Lady Traurige Augen, die Janee zusammensuchen mußte. Nachdem das getan war, setzten sie die Lady Traurige Augen auf diesen Stuhl und verneigten sich vor ihr, während sie sie darauf fesselten. Danach hoben acht von ihnen die Stangen auf ihre Schultern, und sie alle liefen fort, in einer Art Trott, auf das Busch-Veld zu, und trieben dabei eine Herde Ziegen vor sich her, die sie gestohlen hatten, und Janee mußte neben dem Stuhl herlaufen. Ich habe das alles gesehen, Baas, weil sie direkt unter meinem Baum durchgekommen sind. Dann bin ich aufgebrochen, um dich zu suchen, Baas, und bin der Spur der Wagen gefolgt. Das ist alles, Baas.«

»Hans«, sagte ich bitter, »du hattest getrunken, und deshalb sind alle getötet und Lady Traurige Augen von Kannibalen gefangengenommen worden, denn wenn du wach gewesen wärst und aufgepaßt hättest, hättest du sie kommen sehen und sie und die anderen retten können. Trotzdem, hinterher hast du deine Sache gut gemacht, doch für alles andere mußt du dich im Himmel verantworten.«

»Ich muß deinem verehrten Vater, dem Prediger, Baas, erzählen, daß der weiße Baas, der Rotbart, mir Gin gegeben hat, und da es unhöflich ist, nicht zu nehmen, was ein großer, weißer Baas einem gibt, habe ich ihn getrunken. Ich bin sicher, daß dein verehrter Vater, der Prediger, das verstehen wird, Baas«, sagte Hans bedrückt.

Ich dachte, daß dies seine Richtigkeit hatte und daß der Speer, den Robertson geschleudert hatte, auf seinen eigenen Kopf zurückgefallen war, wie die Zulus so etwas nennen, doch ich sagte ihm das nicht, da ich keine Zeit zum Diskutieren hatte.

»Hast du gesagt«, fragte Umslopogaas, der zum ersten Mal den Mund öffnete, »daß meine Krieger nur sechs dieser Menschenfresser getötet haben?«

Hans nickte und sagte: »Ja, sechs waren es. Ich habe die Leichen gezählt.«

»Das war schlecht, sie hätten jeder sechs töten müssen«, sagte Umslopogaas düster. »Nun gut, dann haben sie eben mehr für uns übriggelassen«, und er fuhr mit den Fingern über die Schneide seiner gewaltigen Axt.

In diesem Moment traf Captain Robertson mit seinem Wagen ein und rief schon von weitem, da er wissen wollte, was geschehen war, von irgendeiner bösen Vorahnung erfüllt. Mein Herz sank, als ich seiner ansichtig wurde, denn wie sollte ich dem Vater eine solche Geschichte erzählen, von seinen ermordeten Kindern und dem verschleppten Mädchen? Ich konnte es einfach nicht. Ja, ich wurde zum Feigling, sagte, ich müsse etwas aus dem Wagen holen, sprang hinein und befahl Hans, zu Robertson zu gehen und seinen Bericht zu wiederholen. Er gehorchte nur äußerst widerwillig, und ich sah alles, was geschah, indem ich durch einen Spalt in der Wagenplane blickte, konnte jedoch nicht die Worte hören, die gesprochen wurden.

Robertson hatte seine Ochsen zum Stehen gebracht, sprang vom Wagen und trat zu Hans, der zu sprechen begann, und dabei den Hut in seinen Händen drehte. Allmählich, während des Fortgangs der Schilderung, sah ich, wie das Gesicht des Captains zu einer Maske des Grauens wurde. Dann begann er zu argumentieren, die Tatsachen zu bestreiten, dann zu weinen – oh, es war ein entsetzlicher Anblick, diesen Mann über die, die er verloren hatte, und auf diese Art verloren hatte, weinen zu sehen.

Anschließend wurde er von einem Anfall wilder Wut gepackt, und ich fürchtete, daß er Hans umbringen würde, der anscheinend die gleiche Befürchtung hatte, denn er lief fort. Captain Robertson taumelte umher, schüttelte die Fäuste, fluchte und schrie, bis er schließlich zu Boden stürzte und dort liegen blieb, seine Stirn immer wieder auf die Erde schlug und stöhnte.

Jetzt ging ich zu ihm, weil ich es mußte.

»Das war keine schöne Geschichte, Quatermain, die Ihr kleiner, gelber Affe mir da zugezwitschert hat. Mann, haben Sie begriffen, was er mir berichtete? Er sagt, daß alle meine halbblütigen Kinder tot sind, von Wilden von jenseits des Sambesi ermordet, ja, und aufgefressen, zusammen mit ihren Müttern. Haben Sie das überhaupt begriffen? Gegessen wie Lämmer. Jene Feuer, die Ihr Mann gestern nacht sah, waren die Feuer, über denen sie gebraten wurden, meine kleinen ...« – und er nannte eine halbes Dutzend Namen. »Ja, gebraten, Quatermain. Und das ist noch nicht alles. Sie haben auch Inez mitgenommen. Sie haben Inez nicht gegessen, sie jedoch gefangengenommen und verschleppt, aus welchem Grund, mag Gott allein wissen. Ich habe es nicht begriffen. Die ganze Besatzung des Schiffes ist tot, mit Ausnahme des Captains, der gerade auf Urlaub war, und dem ersten Offizier, Thomaso, der mit ein paar Heizern desertierte und Frauen und Kinder ihrem Schicksal überließ. Mein Gott, ich werde verrückt! Ich werde *verrückt*! Wenn Sie auch nur einen Funken Mitgefühl haben, geben Sie mir etwas zu trinken!«

»Gut«, sagte ich. »Bleiben Sie hier und warten Sie einen Augenblick.«

Dann ging ich zu meinem Wagen und goß eine großzügige Portion Gin in einen Blechbecher, löste eine große Dosis Bromid darin auf, und ließ auch noch dreißig Tropfen

Chlorodyn* hineinfallen. Diese Mixtur vermischte ich mit ein wenig Wasser und reichte sie ihm.

Er kippte sie mit einem Zug hinunter, ließ den Becher zu Boden fallen, setzte sich auf das Veld, starrte vor sich hin und stöhnte, während seine Leute ihn aus respektvoller Entfernung beobachteten, denn Hans war zu ihnen getreten, und sein Bericht verbreitete sich wie ein Steppenbrand in der Trockenzeit.

Wenige Minuten später begannen die Drogen auf Robertsons gequälte Nerven zu wirken, denn er erhob sich und sagte ruhig: »Was jetzt?«

»Rache – oder vielmehr Gerechtigkeit«, antwortete ich.

»Ja«, rief er, »Rache. Ich schwöre, daß ich mich rächen werde, oder sterben – oder beides.«

Wieder sah ich meine Gelegenheit. »Sie müssen mehr als das schwören, Robertson. Nur nüchterne Männer können große Taten vollbringen, denn die Trunksucht zerstört das Urteilsvermögen. Wenn Sie Rache nehmen für die Toten und die Lebende retten wollen, müssen Sie nüchtern sein, denn ich zumindest würde Ihnen sonst nicht helfen.«

»Werden Sie mir helfen, Quatermain, bis zum Ende, ganz egal, was geschieht?«

Ich nickte.

»Das ist so gut wie der Schwur eines anderen Mannes«, murmelte er. »Trotzdem möchte ich den meinen in Worte kleiden: Ich schwöre bei Gott, bei meiner Mutter – wie diese Eingeborenen – und bei meiner in heiliger Ehe geborenen Tochter, daß ich keinen Tropfen Alkohol anrühren werde, bis ich diese armen Frauen und ihre Kinder gerächt und Inez aus den Fängen dieser Mörder befreit habe. Wenn ich diesen Eid nicht halte, können Sie mir eine Kugel durch den Kopf schießen, Quatermain!«

»Das ist bestimmt nicht nötig«, sagte ich obenhin, doch innerlich glühte ich vor Stolz über den Erfolg meiner großartigen Idee, denn zu jener Zeit hielt ich sie für großartig.

---

* Ein früher häufig verwendetes schmerzstillendes Mittel, eine Mischung aus Opium, Chloroform, Haschisch u. a. – *Anm. d. Hrsg.*

»Und jetzt an die Arbeit! Zunächst müssen wir nach Strathmuir zurück und die nötigen Vorbereitungen treffen, und dann aufbrechen. Kommen Sie auf meinen Wagen, setzen Sie sich zu mir auf den Bock und sagen Sie mir, was Sie an Gewehren und Munition haben, denn wie Hans sagte, haben diese Wilden anscheinend nichts mitgenommen, außer ein paar Decken und einer Herde Ziegen.«

Er tat, was ich ihm gesagt hatte, und zählte alle Bestände auf, an die er sich erinnern konnte. Dann sagte er: »Da fällt mir etwas Seltsames ein: vor etwa zwei Jahren tauchte ein hochgewachsener Wilder bei uns auf, der eine Art Arabisch sprach, ein Idiom, das sowohl Inez als auch ich verstehen, da wir eine Weile an der Küste gelebt haben, und erklärte, daß er etwas kaufen wolle. Ich fragte ihn, an was er interessiert sei, und er sagte mir, er wolle einige meiner Kinder kaufen. Ich erklärte ihm, daß ich kein Sklavenhändler sei. Dann sah er Inez an, die in der Nähe zu tun hatte, und sagte, daß er sie als Frau für seinen Häuptling kaufen wolle, und er bot mir eine enorme Menge von Elfenbein und Gold, die mir übergeben werden sollte, bevor man sie mitnehmen würde. Ich riß ihm seinen langen Speer aus der Hand, zerschlug ihn auf seinem Kopf und verpaßte ihm mit dem Schaft die tüchtigste Tracht Prügel, die er wohl jemals erhalten wird. Dann jagte ich ihn davon. Er humpelte los, doch als er außer Reichweite war, wandte er sich noch einmal um und rief, daß er eines Tages mit den anderen zurückkommen und sie – damit meinte er Inez – holen würde, und ohne Elfenbein und Gold für sie zurückzulassen. Ich lief ins Haus und holte mein Gewehr, doch als ich wieder herauskam, war er verschwunden, und ich habe nie wieder an diese Geschichte gedacht – bis heute.«

»Nun, er hat sein Versprechen gehalten«, sagte ich, doch Robertson antwortete nicht, denn jetzt begann die massive Dosis von Bromid und Laudanum richtig zu wirken, und er war eingeschlafen, worüber ich sehr froh war, da ich hoffte, daß der Schlaf ihm seine Vernunft bewahren würde, was auch für eine gewisse Zeit der Fall sein sollte.

Wir erreichten Strathmuir gegen Sonnenuntergang, zu

spät, um noch an diesem Tag die Verfolgung aufzunehmen. Während unseres Trecks hatte ich darüber gründlich nachgedacht und war zu dem Schluß gekommen, daß es sinnlos war. Wir mußten uns ausruhen und die nötigen Vorbereitungen treffen. Außerdem bestand keinerlei Hoffnung, diese Wilden, die einen zwölfstündigen Vorsprung hatten, durch einen Spurt einzuholen. Sie mußten mit Geduld und Umsicht verfolgt werden, indem wir uns auf ihre Spur setzten, falls wir sie überhaupt aufspüren konnten, bevor sie in den unendlichen Weiten des unbekannten Innern Afrikas verschwanden. Das einzige, was wir an diesem Abend tun konnten, war, die nötigen Vorbereitungen zu treffen.

Captain Robertson schlief noch immer, als wir an dem Dorf vorbeikamen, und darüber war ich sehr froh, da die Reste einer Kannibalen-Mahlzeit beileibe kein erquicklicher Anblick sind, besonders wenn es sich um Reste der eigenen Kinder ... Ich beschloß, diese Spuren auf der Stelle zu beseitigen, sprang zusammen mit Hans und ein paar der Boys vom Wagen – denn keiner der Zulus würde sich dazu erniedrigen, menschliche Übereste zu berühren. Wir fachten zwei der glimmenden Feuer an, die der Voorlooper am nächtlichen Himmel bemerkt hatte, und warfen die menschlichen Reste in die Flammen. Dann befahl ich den Eingeborenen von der Farm, eine große Grube auszuheben, die anderen Leichen darin zu begraben und alle sonstigen Spuren des Mordes zu beseitigen.

Dann ging ich ins Haus, und ich kam gerade im rechten Augenblick. Nachdem Thomaso, der die Ankunft der Wagen beobachtet und sich versichert hatte, daß die Amahagger verschwunden waren, kamen er und die anderen Feiglinge aus ihren Verstecken hervorgekrochen und kehrten zurück. Unglücklicherweise war der erste Mensch, auf den sie stießen, Umslopogaas, der den fetten Mischling scharf abzukanzeln begann, ihn einen Hund und einen Feigling nannte, und was der passenden Worte mehr sind, wie Verräter an Frauen und Kindern und so weiter – die alle von jemandem übersetzt wurden.

Thomaso, ein frecher Bursche, versuchte sich herauszureden, indem er behauptete, er sei nur fortgelaufen, um Hilfe zu holen. Wütend über diese unverschämte Lüge stürzte Umslopogaas sich mit einem wilden Schrei auf Thomaso, und bei seiner ungeheuren Körperkraft sprang er mit ihm um wie ein Löwe mit einer Antilope. Er riß ihn hoch und schmetterte ihn zu Boden, und als Thomaso versuchte aufzuspringen und fortzulaufen, riß er ihn abermals empor und wollte ihm gerade das Rückgrat über dem Knie brechen, als ich eintraf.

»Laß den Mann los!« schrie ich. »Hat es hier nicht schon genug Tod gegeben?«

»Ja«, antwortete Umslopogaas. »Es ist genug, Und es ist besser, wenn dieser Schakal am Leben bleibt und seine eigene Schande fressen muß.« Damit warf er Thomaso zu Boden, der stöhnend liegenblieb.

Robertson, der noch immer schlafend auf dem Wagen gelegen hatte, erwachte von dem Lärm und stieg herab; er wirkte ziemlich benommen. Ich brachte ihn ins Haus, und wir gingen dabei an den Leichen der beiden Zulus vorbei, und an denen der sechs Männer, die sie getötet hatten, und an der Leiche des Mannes, den Inez erschossen hatte. Die beiden Zulus hatten tapfer gekämpft, denn ihre Körper waren mit Wunden übersät, und keine der Wunden befand sich auf dem Rücken, stellte ich später fest.

Nachdem ich Robertson geholfen hatte, sich auf sein Bett zu legen, sah ich mir die toten Amahagger gründlich an. Es waren prächtige Männer, alle sieben, hochgewachsen, schlank, mit klarem Gesichtsschnitt und krausem Haar. Aus diesen Charakteristika, sowie der relativen Helligkeit ihrer Haut schloß ich, daß sie einem semitischen oder arabischen Typus angehörten, und daß die Beimischung von Bantu-Blut nur gering sein konnte, falls es überhaupt eine gab. Ihre Speere, von denen einer durch einen Axthieb der Zulus zerbrochen worden war, waren lang und wiesen eine breite Stahlspitze auf, etwa wie die der Massai, doch von feinerer Ausführung.

Inzwischen stand die Sonne dicht über dem Horizont, und ziemlich müde von allem, was ich an diesem Tage durchgemacht hatte, ging ich ins Haus, um etwas zu essen. Als ich mich an den Tisch setzte, gesellte sich Robertson zu mir, und ich überredete ihn, ebenfalls etwas zu sich zu nehmen. Sein erster Impuls war, zum Schrank zu gehen und die Ginflasche herauszuholen; er erhob sich sogar, um das zu tun.

»Hans macht Kaffee«, sagte ich warnend.

»Danke«, antwortete er. »Ich hatte es völlig vergessen. Die Macht der Gewohnheit, wissen Sie.«

An dieser Stelle möchte ich feststellen, daß ich ihn von da an keinen Tropfen mehr habe trinken sehen, nicht einmal dann, wenn ich mein kleines Glas Gin in seiner Gegenwart trank. Sein Sieg über die Versuchung war herrlich und absolut, besonders, da das Fehlen der gewohnten Alkoholmenge ihn für einige Zeit krank werden und in Depression versinken ließ, die sich nach einiger Zeit deutlich bemerkbar machte.

Tatsächlich veränderte sich dieser Mann völlig. Er wurde zwar düster, jedoch geistig reger und einfallsreich, und entwickelte eine große Geduld. Er war von einer einzigen Idee besessen: seine Tochter zu retten und die Ermordung seiner Leute zu rächen, er dachte an nichts anderes und zeigte an nichts Interesse. Seiner eisernen Konstitution gelang es, alle Spuren vergangener Sünden zu überwinden, und er wurde so kräftig, daß ich, der ich damals recht zäh war, manchmal eher ermüdete als er.

Aber zurück zum Thema: ich begann ein Gespräch mit ihm und stellte mit seiner Hilfe eine Liste aller Dinge auf, die wir auf unserem Rachefeldzug benötigen würden, was dazu diente, ihn von seinem Leid abzulenken. Dann schickte ich ihn zu Bett und versprach, ihn am kommenden Morgen vor Anbruch der Dämmerung zu wecken, nachdem ich zuvor eine Dosis Bromid in seine dritte Tasse Kaffee getan hatte. Danach zog auch ich mich zurück, und trotz der noch verbliebenen Spuren des Kannibalen-Schmauses und der Toten vor meinem Fenster schlief ich wie ein Bär.

Tatsächlich war es der Captain, der mich weckte, und nicht ich ihn, und er sagte mir, daß es kurz vor Tagesanbruch sei und wir aufbrechen müßten. Also gingen wir zum Lagerhaus, und ich war dankbar, als ich sah, daß inzwischen alles gereinigt und aufgeräumt war, wie ich es angeordnet hatte.

Auf dem Weg dorthin fragte Robertson mich, was mit den Überresten der Menschen geschehen sei, worauf ich schweigend auf die schwelende Asche eines der großen Feuer deutete. Er trat zu dem Aschehaufen, kniete nieder und sprach in breitem Schottisch ein Gebet, das er wahrscheinlich auf den Knien seiner Mutter sitzend gelernt hatte. Dann nahm er eine Handvoll Asche vom Rand des Haufens und warf sie in die Glut, in der, wie er wußte, all das lag, was von denen, die er gezeugt hatte, übriggeblieben war. Dann warf er noch einige Handvoll Asche in die Luft, eine Geste, die ich nicht begriff und nach deren Bedeutung ich ihn auch nie gefragt habe. Wahrscheinlich war es ein Ritus der Sühne oder ein Racheversprechen, die er von den Wilden gelernt hatte, unter denen er seit so langer Zeit lebte.

Anschließend gingen wir ins Lagerhaus und wählten unter Mithilfe einiger Eingeborener und der Mischlinge, die uns auf der Seekuhjagd begleitet hatten, all die Dinge aus, die wir benötigten, und ließen sie zum Haus schaffen.

Als wir dorthin zurückkamen, waren Umslopogaas und seine Männer dabei, ihre beiden getöteten Gefährten mit dem üblichen Zulu-Zeremoniell in eine Grube zu legen, die sie in den Sand gegraben hatten. Ich bemerkte jedoch, daß sie nicht ihre Kriegsäxte und ihre Speere mit ihnen begruben, wie es sonst üblich war, wahrscheinlich, weil sie glaubten, daß die noch gebraucht werden würden. Statt dessen legten sie neben die Toten kleine Nachbildungen davon, grob aus Holz geschnitzt, die sie vorher ›töteten‹, indem sie sie in der Mitte auseinanderbrachen.

Ich blieb stehen, um dem Begräbnis zuzusehen und hörte, wie Goroko, der Medizinmann, eine kleine Ansprache hielt.

»O Vater und Häuptling der Axt«, sagte er, an Umslopogaas gewandt, der schweigend auf seine Waffe gelehnt dastand und alles beobachtete, eine mächtige Gestalt im Morgennebel. »O Vater, o Sohn der Himmel (dies war ein Hinweis auf das königliche Blut Umslopogaas', dessen Geheimnis wohl bekannt war, obwohl in Zululand nie darüber gesprochen wurde), o Schlächter (Bulalio), o Specht, der die Herzen von Männern pickt, o Königstöter, o Besieger der Halakazi, o Sieger in hundert Kämpfen, o Pflücker der Lilie, die in der Hand verwelkte, o Wolf-Mann, Herrscher über die Wölfe, o Töter von Faku, o Großer, dem es gefällt, klein zu erscheinen, weil er seinen Weg bis zu dem ihm vorbestimmten Ende gehen muß ...«

Dies war die Eröffnung der Ansprache, das *Bonga* oder Preisen des Angesprochenen mit erhabenen Titeln, von denen ich nur einige wiedergegeben habe, denn es waren viel, viel mehr – ich habe sie vergessen.

Dann fuhr Goroko fort: »Mir wurde gesagt, obwohl ich mich an nichts erinnere, daß ich, während der Geist in mir war, prophezeite, dieser Ort würde Blut fließen sehen – und siehe, das Blut ist geflossen, und mit ihm das unserer Brüder.« Und er nannte ihre Namen, und auch die ihrer Vorväter mehrerer Generationen. »Doch es scheint, o Vater, daß sie gut gestorben sind, so wie du sie sterben zu sehen gewünscht hast, und wie zweifellos auch sie es sich wünschten, obwohl es wahr ist, daß sie noch besser hätten sterben können, indem sie noch mehr von diesen Menschenfressern getötet hätten, was sie mit Sicherheit auch getan hätten, wenn sie nicht innerlich krank gewesen wären. Sie sind tot, sie sind fortgegangen, um uns in der Unterwelt, bei den Geistern, zu erwarten. Ihre Geschichte ist zu Ende erzählt, und bald werden sie für ihre Kinder nur noch Namen sein, die man ihnen zu Ehren flüstert, wenn die Sonne untergegangen ist. Genug von ihnen, die uns gezeigt haben, wie man stirbt, so wie unsere Väter es uns vor ihnen zeigten.«

Goroko machte eine kleine Pause, dann setzte er mit einem Heben seiner Hände hinzu: »Mein Geist kommt wieder über mich, und ich weiß, daß diese unsere Brüder nicht ungerächt bleiben werden. Häuptling der Axt, großer Ruhm erwartet die Axt, denn sie wird sich satt essen. Ich habe gesprochen.«

»Gute Worte«, knurrte Umslopogaas. Dann salutierte er vor den Toten, indem er *Inkosikaas* über den Kopf hob, und kam zu mir, um über unsere Reise zu sprechen.

# 8

# *Verfolgung*

Unser Aufbruch erfolgte erst kurz vor Mittag, weil vorher noch sehr viel getan werden mußte. Zunächst mußten die Traglasten hergerichtet werden. Sie bestanden hauptsächlich aus Munition, alles andere war auf das äußerste Minimum beschränkt worden. Um sie zu transportieren, nahmen wir zwei Esel, die es auf der Farm gab, sowie ein halbes Dutzend Ochsen mit, alles Tiere, die angeblich ›gesalzen‹ waren. D. h. sie hatten alle möglichen Krankheiten durchgemacht und sie überstanden, einschließlich Stiche der tödlichen Tsetse-Fliege. Ich nahm an, daß sie wieder von Krankheiten befallen werden würden, hoffte jedoch, daß sie zumindest einige Zeit durchhalten würden, was, wie es sich erwies, auch eintraf.

Für den Fall, daß die Tiere umkommen sollten, nahmen wir außerdem zehn der besten Männer von Strathmuir mit, die schon auf der Jagdexpedition bei uns gewesen waren und als Träger verwendet werden konnten, wenn es notwendig werden sollte. Man kann nicht sagen, daß alle diese Schnupftabak-und-Butter-Typen, denn die meisten von ihnen, wenn nicht alle, hatten einen Spritzer weißen Blutes in den Adern, ganz freiwillig mitkamen. Wenn man ihnen die Wahl gelassen hätte, dessen bin ich sicher, wären sie lieber zu Hause geblieben. Doch sie hatten keine Wahl. Ihr Herr, Captain Robertson, befahl ihnen, mitzukommen, und nach einem Blick auf die Zulus erkannten sie, daß dies ein Befehl war, der durchgesetzt werden würde, und wenn sie zurückblieben, dann nicht als Lebende. Außerdem hatten einige von ihnen bei dem Überfall Frauen und Kinder verloren, was sie, auch wenn sie nicht sehr tapfer waren, mit Rachedurst erfüllte. Und schließlich konnten sie alle schlecht und recht schießen und hatten gute Gewehre: dazu kam, wenn ich das sagen darf, daß sie Vertrauen in meine Führung hatten. Also versuchten sie, das Beste daraus zu machen, und bereiteten sich auf den Abmarsch vor.

Dann mußten noch einige Anordnungen getroffen werden, die den Fortgang der Arbeit auf der Farm und im Lagerhaus während unserer Abwesenheit betrafen. Diese, sowie mein Wagen und meine Ochsen, wurden der Obhut Thomasos übergeben, da es sonst niemanden gab, dem man hätte trauen können, einem recht verschwollenen und kleinlauten Thomaso, beiläufig gesagt. Als er von seiner Aufgabe hörte, schien er sehr erleichtert, da er befürchtet zu haben schien, daß auch er an der Jagd nach den Amahagger-Menschenfressern teilnehmen müßte. Vielleicht ist ihm auch der Gedanke gekommen, daß wahrscheinlich keiner von uns jemals zurückkommen würde, in welchem Fall er zum Eigentümer der Farm und wertvoller Besitztümer werden mochte. Doch er schwor bei allen Heiligen, denn Thomaso war nominell Katholik, daß er für alles so sorgen würde, als ob es sein Eigen wäre, was es, wie er zweifellos hoffte, bald sein würde.

»Hör zu, fettes Schwein!« sagte Umslopogaas, und Hans übersetzte getreu jedes Wort, damit es keinerlei Mißverständnisse gab. »Wenn ich zurückkomme, und ich werde zurückkommen, da ich mit der Großen Medizin reise, und feststellen sollte, daß auch nur einer der Ochsen des weißen Herren Macumazahn, dem Wächter der Nacht, fehlen, oder ein einziger Gegenstand aus seinem Wagen gestohlen sein sollte, oder die Felder deines Herrn nicht bestellt oder seine Güter verkommen sind, werde ich dich mit dieser Axt in Stücke hauen; ja, ich schwöre bei der Axt, daß ich das tun werde, und wenn ich dich dazu von dem Land, wo die Sonne aufgeht, bis zu dem, wo sie untergeht, jagen müßte, und auch durch die Länge der Nacht, die dazwischen liegt. Hast du das verstanden, fettes Schwein, feiger Verräter von

Frauen und Kindern, der, um sein eigenes Fell zu retten, schneller laufen kann als eine Antilope?«

Thomaso antwortete, daß er es klar und deutlich verstanden habe, und daß er, wenn der Himmel ihm beistehe, alles sicher verwahren werde. Trotzdem glaube ich, daß er in seinem feigen Herzen den Heiligen reiche Gaben versprach, wenn sie es so einrichten könnten, daß Umslopogaas und seine Axt nie wieder in Strathmuir gesehen würden, und sich dachte, daß die Amahagger trotz allem recht nützlich sein mochten. Da ich ihm jedoch nicht traute, ließ ich meinen Gespannführer und meinen Voorlooper, sehr gegen ihren Willen, zurück, um mein Eigentum zu bewachen.

Schließlich brachen wir auf, unter den lauten Segenswünschen Thomasos und den Zurufen der anderen, daß es uns gelingen möge, ihre ermordeten Verwandten zu rächen. Wir waren eine seltsame und bunt zusammengewürfelte Prozession. Den Anfang machte Hans, denn als Spurenleser war er, wie ich glaube, in ganz Afrika unerreicht, gefolgt von Umslopogaas und dreien seiner Zulus, um uns vor Überraschungen zu schützen. Nach ihnen marschierte Captain Robertson, der es vorzuziehen schien, allein zu sein, und für den es meiner Meinung nach auch wichtig war, ungestört zu bleiben. Dann folgte ich, und hinter mir kamen die Strathmuir-Boys mit den Packtieren. Den Schluß des Zuges bildeten die anderen Zulus unter dem Kommando von Goroko. Sie waren eine Nachhut für den Fall, daß einige der Mischlinge versuchen sollten, zu desertieren, was wir für durchaus möglich hielten.

In weniger als einer Stunde erreichten wir das Busch-Veld, wo, wie ich fürchtete, unsere Schwierigkeiten beginnen würden, da die Amahagger sehr listig waren und versuchen mochten, dieses verwucherte Land dazu zu benützen, ihre Spuren zu verwischen. Wie sich jedoch herausstellte, hatten sie nichts dergleichen getan, und selbst ein Kind hätte ihrer Fährte folgen können. Kurz vor Dunkelwerden erreichten wir ihren ersten Rastplatz, wo sie ein Feuer gemacht und eine der Ziegen gegessen hatten, die sie mitgenommen hatten. Bezeichnenderweise hatten sie keins der Rinder mitgehen lassen. Wahrscheinlich, weil Ziegen sanftmütiger sind und schneller laufen als Rinder.

Hans machte uns auf alles aufmerksam, was hier geschehen war; er zeigte uns die Stelle, wo der Stuhl, auf dem Inez getragen wurde, abgesetzt worden war, wo sie und Janee ein Stück gehen durften, um ihre steifen Glieder zu strekken, den weggeschütteten Satz des Kaffees, den Janee offensichtlich gekocht hatte, und so weiter.

Er verriet uns sogar die genaue Anzahl der Amahagger; es waren einundvierzig, einschließlich des Mannes, den Inez verwundet hatte. Seine Spur war deutlich daran erkennbar, daß man hin und wieder einen Blutstropfen auf ihr fand, und daß er mit seinem rechten Fuß vorsichtig auftrat, vermutlich, da sich seine Wunde auf dieser Körperseite befand.

Wir waren gezwungen, die Nacht an dieser Stelle zu verbringen, da es unmöglich war, die Spur bei Dunkelheit zu verfolgen, ein Umstand, der den Kannibalen einen erheblichen Vorteil erbrachte.

Die nächsten beiden Tage waren Wiederholungen des ersten, doch am vierten Tag gelangten wir aus dem Busch-Veld in das Sumpfgebiet, das am Rand des großen Flusses liegt. Hier hatten wir es leichter, da die Amahagger einem der Pfade folgten, die von den Fluß-Eingeborenen gebahnt worden waren, die ihre Wohnstätten auf runden Hügeln hatten, bei denen ich nicht feststellen konnte, ob sie natürlichen Ursprungs waren oder künstlich angelegt, wie manchmal auf schwimmenden Inseln.

Während unseres zweiten Tages im Schilf bot sich uns ein entsetzlicher Anblick. Wir kamen an einer dieser Hügeldörfer vorbei, falls man es ein Dorf nennen konnte, da es lediglich aus vier oder fünf Hütten bestand, die von vielleicht zwanzig Menschen bewohnt wurden. Wir gingen in das Dorf, um ein paar Erkundigungen einzuholen, und stolperten über die Leiche eines alten Mannes, die auf dem Pfad lag. Ein paar Schritte davon entfernt fanden wir die Asche eines großen Feuers und daneben solche Überreste menschlicher Körper, wie wir sie in Strathmuir vorgefunden hatten. Hier hatte also wieder ein Kannibalen-Schmaus stattgefunden. Die elenden Hütten waren leer, waren jedoch nicht verbrannt worden, genausowenig wie die von Strathmuir.

Wir wollten schon weiterziehen, als Hans' scharfe Ohren leises Stöhnen vernahmen. Wir sahen uns um und entdeckten am Fuß des Hügels, im dichten Schilf verborgen, eine alte Frau mit einer tiefen Speerwunde im Unterleib, die jedoch nicht sofort tödlich war. Einer von Robertsons Männern, der die Sprache dieser Sumpfbewohner kannte, sprach sie an. Sie verlangte nach Wasser. Es wurde ihr gebracht, und sie trank eine Menge davon. Dann begann sie in Beantwortung seiner Frage zu sprechen.

Sie sagte, daß die Amahagger das Dorf überfallen und alle getötet hätten, denen es nicht gelang, zu fliehen. Sie hätten eine junge Frau und drei Kinder aufgegessen. Sie sei durch einen Speer verwundet worden und ins Schilf geflohen, wo wir sie gefunden hatten. Niemand habe sich die Mühe gemacht, sie zu verfolgen, da sie nicht essenswert sei. Auf meine Aufforderung hin fragte der Mann sie, ob sie etwas von diesen Amahaggern wüßte. Sie antwortete, daß ihre Großväter sie gekannt hätten, sie selbst jedoch seit ihrer Kindheit, die siebzig Jahre zurückliegen mußte, nichts mehr von ihnen gehört habe. Sie seien ein grausames Volk, das hoch im Norden jenseits des großen Flußes lebe, die Reste einer Rasse, die einstmals die Welt beherrscht hätte.

Ihre Großväter hätten behauptet, daß sie nicht von jeher Kannibalen gewesen seien, sondern vor langer Zeit dazu geworden, als es jahrelang nichts zu essen gegeben habe, und sie dann auf den Geschmack gekommen seien. Das sei der Grund dafür, weshalb sie über fremde Dörfer herfielen, um Menschenfleisch zu erbeuten, da ihr Herrscher ihnen nicht erlaube einander zu essen. Aus dem Fleisch von Rindern machten sie sich nichts, obwohl sie große Herden davon besaßen, doch aßen sie gelegentlich Ziegen und Schweine, weil diese, wie sie sagten, wie Menschen schmeckten. Nach den Worten ihrer Großväter seien sie ein sehr böses Volk und voller Zauberei.

All dies berichtete uns die alte Frau mit recht fester Stimme, nachdem sie das Wasser getrunken hatte, da sie offenbar keine Wundschmerzen verspürte, doch ihre Berichte befaßten sich, wie es bei den Alten üblich ist, ausschließlich mit der Vergangenheit; von der Geschichte der Amahagger seit den Tagen ihrer Großväter wußte sie nichts, noch hatte sie bei dem Überfall Inez bemerkt. Alles, was sie uns sagen konnte, war, daß mehrere Männer ihr Dorf im Morgengrauen überfallen und sie, als sie aus ihrer Hütte kam, gespeert hätten.

Während Robertson und ich uns noch überlegten, was wir mit dieser armen Kreatur anfangen sollten, die wir doch nicht einfach zurücklassen konnten, löste sich dieses Problem selbst, indem sie plötzlich vor unseren Augen starb. Nachdem sie den Namen von jemandem, mit dem sie zweifellos in ihrer Jugend vertraut gewesen war, mehrere Male gemurmelt hatte, sank sie zusammen und schien einzuschlafen, und wir stellten fest, daß sie tot war.

Am nächsten Tag erreichten wir das Ufer des großen Flusses, der hier ein ruhig strömendes Gewässer von etwa einer Meile Breite war, da er um diese Jahreszeit Niedrigwasser führte. Als wir zu unserer Linken ein recht großes Dorf entdeckten, suchten wir es auf und zogen Erkundigungen ein; dabei erfuhren wir, daß es nicht von den Kannibalen überfallen worden war, wahrscheinlich, weil es zu mächtig war, daß jedoch vor drei Nächten ein paar ihrer Kanus gestohlen worden waren, zweifellos von den Amahaggern, die damit den Fluß überquert hatten.

Da diese Menschen mit Robertson in Strathmuir Handel getrieben hatten, gab es für uns keine Schwierigkeiten, von ihnen Kanus zu erhalten, mit denen wir den Sambesi überqueren konnten. Wir bezahlten sie mit einem unserer Ochsen, der offensichtlich bereits von einem Stich der Tsetse-Fliege erkrankt war. Diese Kanus waren groß genug, um die Esel aufzunehmen, die geduldige Kreaturen waren und ruhig stehen blieben, die Ochsen jedoch scheuten zurück und wir hatten Angst, daß sie die Boote umwerfen würden. Also schlachteten wir die beiden abgetriebensten Tiere, die uns verblieben waren, und nahmen ihr Fleisch als Nahrungsvorrat mit, während wir die drei anderen schwimmend ans andere Ufer zu bringen versuchten, indem wir sie mit um ihre Hörner geschlungenen Tauen am Heck der Kanus festmachten. Zwei von ihnen ertranken, doch das dritte, ein mutiges, kräftiges Tier, erreichte sicher das andere Ufer.

Dort betraten wir ein weites Schilfland, in dem Hans, nachdem er eine Weile umhergesucht hatte, die Spur der Amahagger wiederfand. Daß es ihre Spur war, stellten wir zweifelsfrei fest, als wir an einem Dornbusch den kleinen Fetzen eines Kleides fanden, das wir an seinem Muster als Eigentum von Inez identifizierten. Zunächst dachte ich, daß er von den Dornen abgerissen worden wäre, doch bei genauerer Prüfung stellte ich fest, daß er absichtlich zurückgelassen worden war, wahrscheinlich von Janee, um uns einen Hinweis zu geben. Diese Schlußfolgerung bestätigte sich, weil wir während dem weiteren Verlauf der Verfolgung noch mehr Fetzen desselben Kleides fanden.

Es würde nur langweilen, wollte ich alle Einzelheiten dieser langen und strapaziösen Jagd aufführen, die wir alle über drei Wochen lang ertrugen. Immer wieder verloren wir die Fährte und konnten sie erst nach langer, gründlicher Suche wiederfinden, was uns sehr viel Zeit kostete. Dann, als wir endlich dem Schilf und den Sümpfen entkommen waren, befanden wir uns in einem felsigen Bergland, wo es völlig unmöglich war, der Spur zu folgen, und wir sie, nachdem wir sie verloren hatten, nur wiederentdeckten, weil wir zufällig auf die Leiche jenes Kannibalen stießen, den Inez verwundet hatte. Offensichtlich war er an seiner Wunde gestorben, die, wie ich sah, brandig geworden war. Aus dem Verwesungszustand der Leiche schlossen wir, daß die Kannibalen einen Vorsprung von etwa zwei Tagen hatten.

Als wir auf weicherem Grund wieder auf ihre Spur stießen, wo sie leichter zu erkennen war, zumindest für einen so erfahrenen Fährtensucher wie Hans, folgten wir ihr durch weite Täler, in denen vereinzelte Bäume standen, und die durch hohe, kahle Bergflächen voneinander getrennt wurden. Auf diesen Gürteln felsigen Bodens hatten wir große Schwierigkeiten, doch wurden wir zweimal durch

Fetzen von Inez' Kleid wieder auf die richtige Spur gebracht.

Schließlich verloren wir die Fährte ganz; nicht ein Zeichen der Amahagger ließ sich entdecken. Wir wußten nicht, in welche Richtung wir uns wenden sollten. Überall um uns herum waren diese Täler mit ein paar Bäumen und Gruppen von Büschen, die in diese oder jene Richtung verliefen, so daß wir nicht wußten, welchem Tal wir folgen und welches wir durchqueren sollten. Unsere Aufgabe schien hoffnungslos, denn wie konnten wir erwarten, daß Hans in diesem riesigen Gebiet einen kleinen Trupp von Männern finden sollte? Hans schüttelte verzweifelt den Kopf, und selbst der harte und ruhige Robertson war entmutigt.

»Ich fürchte, daß meine arme Tochter verloren ist«, sagte er und versank in düsteres Brüten, wie es ihm zur Gewohnheit geworden war.

»Man darf niemals aufgeben!« zitierte ich die Worte Nelsons, der auch erfahren hatte, was es bedeutete, einen Feind über weglose Weiten zu verfolgen, auch wenn seine Weiten das Meer waren.

Wir stiegen auf die Kuppe des Hügels, bei dem wir lagerten, und setzten uns nebeneinander, um die Lage durchzusprechen. Sie war jetzt alles andere als rosig. Unsere Tiere waren alle tot, selbst der zweite Esel, der am längsten durchgehalten hatte, war an diesem Morgen gestorben und gegessen worden, denn die Nahrung war in letzter Zeit knapp geworden, wir hatten nur wenig Wild gesehen. Die Männer von Strathmuir, die jetzt die Lasten tragen mußten, waren am Ende ihrer Kraft und wären sicher davongelaufen, wenn es einen Ort gegeben hätte, wohin sie hätten laufen können. Selbst die Zulus wirkten niedergeschlagen und sagten, sie seien aus ihrer Heimat und über den großen Fluß gekommen, um zu kämpfen, und nicht, um durch die Wildnis zu irren und zu hungern, obwohl Umslopogaas sich nicht beschwerte, da er von den Versprechen seines Medizinmannes, Goroko, aufgerichtet wurde, daß eine große Schlacht vor ihm läge, bei der er großen Ruhm erringen würde.

Hans jedoch blieb guter Dinge, weil, wie er häufig erwähnte, die Große Medizin bei uns war und deshalb, selbst wenn die Dinge noch so schlecht aussähen, alles in bester Ordnung sei; ein Argument, das mich überhaupt nicht überzeugen konnte.

Es war an einem Abend gegen Sonnenuntergang, als ich allein das Lager verließ. Ich blickte umher, nach Norden, Süden, Westen und Osten. Überall sah ich die gleichen buschbestandenen Täler und die gleichen kahlen Höhenzüge, Meile um Meile. Ich rief mir die Karte ins Gedächtnis zurück, die der alte Zikali in die Asche gezeichnet hatte, und erinnerte mich, daß jenseits von Tälern und Höhenzügen ein großes Sumpfgebiet liegen sollte, und jenseits dieses Sumpfgebietes ein Berg. Also schienen wir auf dem richtigen Weg zur Wohnstätte der Weißen Königin zu sein, falls diese existieren sollte, oder zumindest durch ein Land zogen, das dem ähnlich war, das er aufgezeichnet oder sich in seiner Phantasie vorgestellt hatte.

Doch zerbrach ich mir zu diesem Zeitpunkt nicht den Kopf über Weiße Königinnen, sondern dachte allein an die arme Inez. Daß sie lebte, oder zumindest noch vor wenigen Tagen gelebt hatte, wußten wir von den Kleiderfetzen, die wir entdeckt hatten. Aber wo war sie jetzt? Die Spur war auf dem felsigen Boden völlig verlorengegangen, und falls etwas von ihr zurückgeblieben sein sollte, hatte ein heftiger Regenguß sie fortgewaschen. Selbst Hans mußte sich geschlagen geben.

Ich starrte hilflos umher, und während ich das tat, fiel ein Strahl der untergehenden Sonne auf einen weißen Fleck an der Kuppe eines der entfernten Höhenzüge. Ich vermutete, daß dort Kalkstein zutage trat, was sich auch als richtig erwies, und daß dieser weiße Fleck ein wichtiger Orientierungspunkt für alle sein mochte, die durch dieses gewaltige Meer von buschbestandenen Tälern reisten. Außerdem schien irgendein Instinkt mich zu drängen, dorthin zu gehen, obwohl ich fast entschlossen gewesen war, mehr ostwärts weiterzuziehen. Es war beinahe, als ob eine Stimme mir zuriefe, diese Richtung zu wählen und keine andere.

Zweifellos war das eine Auswirkung der körperlichen Erschöpfung und psychischer Überbelastung. Und trotzdem, ich hörte sie, sehr real und fast greifbar, und wagte nicht, mich ihr zu widersetzen.

Also nahmen wir am kommenden Morgen einen nach Nordwesten führenden Kurs, auf diesen weißen Fleck zu, und unterbrachen zum ersten Mal unsere bisher in gerader Richtung verlaufende Route. Captain Robertson, dessen Stimmung durch die lange, drückende Ungewissheit nicht gerade verbessert worden war, fragte mich recht scharf, warum ich unseren Kurs ändere.

»Hören Sie, Captain, wenn wir auf See wären und Sie eine solche Entscheidung träfen, würde ich sie niemals in Frage stellen, und wenn ich es doch täte, sicher keine Antwort erwarten. Auf Ihren eigenen Wunsch hin habe ich das Kommando hier übernommen, und ich denke, daß die Umstände entsprechend sind.«

»Ja«, antwortete er. »Ich denke, daß Sie Ihre Karte gut studiert haben, falls es irgendeine Karte von diesem gottverlassenen Land geben sollte, und auf jeden Fall hat Disziplin den Vorrang. Also geben Sie Volldampf voraus und kümmern Sie sich nicht um mich!«

Die anderen akzeptierten meine Entscheidung ohne jeden Kommentar; die meisten von ihnen fühlten sich so elend, daß es ihnen völlig egal war, in welche Richtung wir weiterzogen, und außerdem vertrauten sie meinen Entscheidungen.

»Sicher hat der Baas seine guten Gründe dafür«, meinte Hans zweifelnd, »obwohl die Fährte, die wir zuletzt sahen, auf den Sonnenaufgang zuführte, und da das Land hier überall gleich aussieht, ich keinen Grund dafür sehe, daß die Menschenfresser in eine andere Richtung gegangen sein sollten.«

»Ja«, sagte ich, »ich sehe auch keinen Grund dafür.«

Hans betrachtete mich mit seinen wässerigen Augen, als ob er auf eine Erklärung warte, doch ich blickte ihn nur überlegen an und schwieg.

»Der Baas hat sicher seine Gründe dafür«, fuhr Hans fort,

»uns auf die Seite des großen Höhenzuges zu führen, die ich für die falsche halte, um dort nach den Spuren der Menschenfresser zu suchen, Gründe, die so tief in seinem Kopf vergraben sind, daß der arme Hans sie nicht finden kann. Aber der Baas trägt die Große Medizin, und vielleicht liegt der Grund dafür in ihr. Diese Burschen von Strathmuir sagen, daß sie nicht mehr können und lieber sterben wollen. Umslopogaas ist gerade mit seiner Axt zu ihnen gegangen und hat ihnen gesagt, daß er gerne dabei helfen würde, ihnen diesen Wunsch zu erfüllen. Sieh doch, Baas, wie eilig sie es jetzt haben, da sie doch lieber weiterleben wollen.«

Wir marschierten also auf diese weißen Steine zu, die niemand sonst bemerkt hatte, und von denen ich den anderen auch nicht berichtet hatte, und erreichten sie am folgenden Abend – um festzustellen, daß es sich, wie ich vermutet hatte, um zutage tretenden Kalkstein handelte.

Inzwischen war unsere Situation noch schlechter geworden, da wir so gut wie gar nichts mehr zu essen hatten, was natürlich nicht dazu angetan war, die Lebensgeister der Männer zu beleben. Außerdem erwies sich das Kalksteingebilde als äußerst uninteressant, da es am Rand eines weiten trockenen Tales lag, was darauf schließen ließ, daß weitere Täler der gleichen Art hinter ihm lagen, und nichts sonst. Captain Robertson saß mit ernstem Gesicht und niedergedrückt ein Stück von mir entfernt und murmelte etwas in seinen Bart, wie es ihm zur Gewohnheit geworden war. Umslopogaas stand auf seine Axt gelehnt und blickte nachdenklich den Himmel an, und hin und wieder auch die Männer von Strathmuir, die sich unter seinem Blick zusammenduckten. Die Zulus hockten auf der Erde und nahmen ökonomisch dosierte Prisen vom Rest ihres Schnupftabaks. Goroko, der Medizinmann, konsultierte durch das Werfen von Knöchelchen seinen ›Geist‹ über die bescheidene Frage, ob es uns morgen gelingen würde, Wild zu schießen, so daß wir etwas zu essen hatten, ein Punkt, zu dem der ›Geist‹ sich aber nicht klar äußern wollte. Kurz gesagt, die Stimmung aller war denkbar trübe, und der Himmel sah aus, als ob es Regen geben würde.

Hans wurde sarkastisch. Er kam herangeschlichen wie ein Hund, der etwas stehlen und seinen Diebstahl mit unechten Gesten der Anhänglichkeit tarnen will, zählte mir, einen nach dem anderen, alle ungünstigen Punkte unserer derzeitigen Lage auf und wies mich darauf hin, daß wir, wenn wir *seinem* Rat gefolgt wären, sicher auch weder die Menschenfresser gefunden noch Lady Traurige Augen befreit hätten, unsere Lage aber dennoch eine weitaus bessere sein würde, da er sicher sei, daß das Tal, dem wir seiner Ansicht nach hätten folgen sollen, voller Wild war, da er die Spuren von Tieren an seinem Zugang gesehen habe.

»Warum hast du dann nichts davon gesagt?« fragte ich.

Er saugte an seiner leeren Maiskolbenpfeife, was seine Art war, mich darauf hinzuweisen, daß ich ihm etwas Tabak geben sollte, so wie ein Hund unter dem Tisch knurrt, wenn er etwas zu essen haben möchte, und sagte mir, daß es ihm nicht gezieme, Ratschläge an einen zu geben, der alles wisse, wie der große Macumazahn, der Wächter der Nacht, sein verehrter Herr. Trotzdem schien das Glück zur Zeit in eine andere Richtung zu blicken. Die Entbehrungen wären erträglich – hier saugte er noch lauter an seiner Pfeife und blickte auf die meine, welche brannte –, alles wäre erträglich, wenn es nur den Schimmer einer Chance gäbe, sich an den Menschenfressern zu rächen und Lady Traurige Augen zu retten, deren Gesicht ihn bis in den Schlaf verfolge. Er sei jedoch überzeugt, daß wir durch das Folgen der Route, die ich festgelegt hatte, ihre Fährte endgültig verloren hätten und sie wahrscheinlich drei Tagesmärsche entfernt in einer anderen Richtung zögen. Trotzdem, der Baas habe gesagt, daß er seine Gründe dafür habe, und das sei ihm, Hans, natürlich genug, doch wenn der Baas sich dazu bereitfinden würde, ihm diese Gründe zu verraten, um seine Neugier zu stillen ...

Ich muß zugeben, daß ich in diesem Moment versucht war, Hans zu ermorden, so sehr ich ihn mochte, da er jetzt anzunehmen schien, mich auf einer Scheibe Toast zu haben, wie man so sagt, und meine Lage ausnutzte, um sich auf seine schlaue Hottentottenart über mich lustig zu machen.

Ich bemühte mich weiterhin, den Überlegenen zu spielen, fühlte jedoch, daß dies keinen Eindruck machte. Dann blickte ich umher, als ob ich mit dem Himmel zu Rate ginge, in der frommen Hoffnung, daß der Himmel mein stummes Gebet erhören würde. Und er tat es auch.

»Dort hast du meinen Grund«, sagte ich in meiner eisigsten Stimme und deutete auf einen dünnen Rauchfaden, der auf der anderen Seite des weiten Tals zum abendlichen Himmel emporstieg.

»Du siehst, Hans«, fügte ich hinzu, »daß diese Amahagger-Kannibalen ihre Vorsicht außer acht gelassen und dort hinten ein Feuer angezündet haben, was sie seit langem nicht taten. Vielleicht möchtest du den Grund dafür erfahren. Wenn ja, will ich ihn dir nennen. Es liegt darin, daß ich seit einigen Tagen absichtlich von ihrer Fährte abgewichen bin und Feuer entzündet habe, um sie zu verwirren. Jetzt glauben sie, uns endgültig abgeschüttelt zu haben, werden sorglos und zeigen uns, wo sie sind. Das ist mein Grund, Hans.«

Er starrte mich an, bis ich fürchtete, seine kleinen Augen könnten ihm aus dem Kopf fallen. Doch selbst in seiner Bewunderung gelang es ihm, eine Stichelei unterzubringen, wie es nur ein Hottentotte fertig bringt.

»Wie wunderbar ist die Große Medizin des Öffners von Straßen, daß sie dem Baas so gute Gedanken eingegeben hat«, sagte er. »Zweifellos hat die Große Medizin recht, und es sind diese Menschenfresser, die dort lagern, die doch genausogut an jedem anderen Punkt in einem Umkreis von hundert Meilen sein könnten.«

»Verdammt sei die Große Medizin«, antwortete ich, jedoch unhörbar, und setzte laut hinzu: »Sei so gut, Hans, geh zu Umslopogaas und sage ihm, daß Macumazahn – oder die Große Medizin – sofort losmarschieren will, um das Lager der Amahagger anzugreifen, und ... – hier ist etwas Tabak.«

»Ja, Baas«, antwortete Hans unterwürfig, griff nach dem Tabak und machte sich davon.

Ich ging zu Robertson, um mit ihm zu sprechen.

Das Ergebnis dieses Gesprächs war, daß wir eine Stunde

später über die Ebene zogen, auf die Stelle zu, an der ich den Rauch zum abendlichen Himmel hatte emporsteigen sehen.

Irgendwann um Mitternacht erreichten wir das Gebiet, in dem sie sich befand. Wie weit wir davon entfernt waren, konnte ich nicht sagen, da kein Mond am Himmel stand und der Rauch natürlich im Dunkel nicht zu sehen war. Jetzt stellte sich die Frage: Was sollten wir tun? Natürlich lag ein enormer Vorteil in einem nächtlichen Angriff, oder zumindest in einer genauen Festlegung der feindlichen Position, so daß der Angriff in den frühen Morgenstunden erfolgen konnte, bevor sie weiterzogen. Das war besonders der Fall, da wir kaum in der Lage waren, mit diesen Wilden fertig zu werden, wenn sie auf einen Angriff vorbereitet waren und es heller Tag war. Nur wir beiden Weißen, mit Hans, Umslopogaas und seinen Zulus, zählten dabei, da die Mischlinge von Strathmuir völlig demoralisiert waren und man sich bei einem Kampf nicht auf sie verlassen konnte, und, abgekämpft und unterernährt wie wir waren, befand sich keiner von uns in bester Verfassung. Aus diesem Grund schien ein Überraschungsangriff unsere einzige Chance. Doch zuerst mußten wir die finden, die wir zu überraschen gedachten.

Schließlich, nach einer hastigen Besprechung, einigten wir uns darauf, daß Hans und ich vorgehen und versuchen sollten, die Amahagger aufzuspüren. Robertson wollte mit uns gehen, doch ich wies ihn darauf hin, daß es für ihn wichtiger sei, bei seinen Leuten zu bleiben und sie unter Kontrolle zu halten, da sie die Gelegenheit ergreifen und in der Dunkelheit verschwinden mochten, besonders seit sie wußten, daß ein schwerer Kampf bevorstand. Und falls mir etwas zustoßen sollte, war es wichtig, daß ein Weißer da war, um die Führung zu übernehmen. Auch Umslopogaas wollte mitkommen, doch da ich seinen Charakter kannte, lehnte ich seine Hilfe ab. Um ehrlich zu sein: ich war sicher, daß er sich, wenn wir die Menschenfresser fanden, sofort auf sie stürzen und einen heldenhaften, doch sinnlosen Tod finden würde, nachdem er eine Anzahl dieser Wilden niedergeschlagen hätte, deren Sterben oder Flucht absolut unwichtig war für die Erreichung unseres Zieles, nämlich der Rettung Inez'.

Also brachen Hans und ich allein auf, ich ziemlich ungern. Ich vermute, daß in meiner Natur eine urzeitliche Angst vor der Dunkelheit lauert, die unsere Vorväter seit Hunderten oder Tausenden von Generationen verfolgt hat und den meisten von uns noch immer im Blut liegt. Auf jeden Fall, obwohl man mich den Wächter der Nacht nennt, ziehe ich es vor, bei Sonnenlicht zu kämpfen oder Gefahren gegenüberzutreten, gestehe jedoch ein, daß ich beidem nach Möglichkeit ganz aus dem Weg gehe. Ehrlich gesagt, wünschte ich, daß die Amahagger am anderen Ende von Afrika wären, oder im Himmel, und daß ich noch nie von einer Frau namens Inez Robertson gehört hätte und jetzt auf der Stoep meines Hauses in Durban säße und meine Pfeife rauchte. Ich vermute, daß Hans meine Stimmung erkannte, denn er machte mir den Vorschlag, allein zu gehen, wobei er mit seiner gewohnten verschleierten Unhöflichkeit hinzusetzte, daß er ohne mich viel besser dran sein würde, da weiße Männer stets Geräusche machten.

»Ja«, antwortete ich, entschlossen, ihm ebenfalls eins auszuwischen, »da habe ich nicht die geringsten Zweifel. Du würdest dich unter dem erstbesten Busch verkriechen und dann zurückkommen und sagen, du habest die Amahagger nicht finden können.«

Hans kicherte, da der Scherz ihm gefiel, und nachdem wir uns so gegenseitig Grobheiten an den Kopf geworfen hatten, brachen wir auf.

# 9
## Der Sumpf

Weder Hans noch ich hatten ein Gewehr, da wir wußten, daß dies uns bei unserer Aufgabe nur hinderlich sein würde, die allein im Erkunden bestand. Außerdem ist man immer versucht, zu schießen, wenn eine Waffe zur Hand ist, und das wollten wir auf jeden Fall vermeiden. Obwohl ich für alle Fälle meinen Revolver eingesteckt hatte, war meine einzige andere Waffe eine Zulu-Axt, die einem der beiden Männer gehört hatte, die Inez auf der Veranda von Strathmuir verteidigt hatten, während Hans nichts anderes hatte als sein langes Messer. So bewaffnet – oder unbewaffnet – schlichen wir auf die Stelle zu, von wo wir vor einigen Stunden den Rauch hatten aufsteigen sehen.

Wir schlichen so etwa eine Viertelmeile weit, ohne etwas zu sehen oder zu hören, und es war ein schweres Vorwärtskommen durch die Schatten der vereinzelten Bäume und ohne Licht, außer dem, das die Sterne uns gaben. Offengestanden war ich schon bereit, die Sache aufzugeben und vorzuschlagen, daß wir es lieber bei Tagesanbruch versuchen sollten, als Hans mich anstieß und flüsterte: »Rechts, zwischen den beiden Dornbäumen.«

Ich blickte in die Richtung, die er angegeben hatte, und sah in einer Entfernung von etwa zweihundert Metern ein schwaches Glühen, so schwach, daß niemand anderer als Hans es wahrgenommen haben würde. Es hätte nicht mehr als das Phosphoreszieren eines Pilzhaufens sein, oder von einem verwesenden Tierkadaver stammen können.

»Das Feuer, dessen Rauch wir gesehen haben, ist niedergebrannt«, flüsterte Hans. »Ich glaube, daß sie fort sind, aber wir wollen lieber nachsehen.«

Also krochen wir sehr vorsichtig weiter, um auch nicht das leiseste Geräusch zu verursachen, so vorsichtig, daß es uns fast eine halbe Stunde kostete, diese kurze Strecke zu überwinden.

Schließlich, als wir nur noch vierzig Meter von der verglimmenden Glut entfernt waren, verhielten wir hinter einem Gebüsch, da wir uns nicht näher herantrauten. Hans hob den Kopf und zog die Luft in seine breiten Nüstern; dann flüsterte er mir ins Ohr, so leise, daß ich ihn kaum verstehen konnte: »Sind Amahagger da, Baas. Ich kann sie riechen.«

Das war natürlich durchaus möglich, da die leichte Brise aus der Richtung des Feuers wehte, obwohl ich, der ich eine recht empfindliche Nase habe, nichts riechen konnte; deshalb beschloß ich, eine Weile liegen zu bleiben und zu beobachten, und machte Hans, der unseren Auftrag als erfüllt ansah und sich zurückziehen wollte, meinen Entschluß klar.

Einige Minuten lang lagen wir so, als plötzlich dies geschah: ein harzhaltiger Ast, dessen unterer Teil durchgebrannt war, fiel in die Glut und flammte hell auf. In seinem Licht sahen wir, daß die Amahagger in Decken gewickelt in einem Kreis um das Feuer lagen und schliefen. Und noch etwas sahen wir, nämlich, daß näher zu uns, nicht mehr als ein Dutzend Meter entfernt, ein kleines Zelt aus Fellen oder Decken stand, in dem sich offensichtlich Inez befand. Das war aus der Tatsache ersichtlich, daß in seiner Öffnung, in eine Decke oder so etwas gewickelt, niemand anderes als Janee lag, denn da ihr Gesicht uns zugewandt war, erkannten wir beide sie im Licht des brennenden Astes. Und noch etwas sahen wir, nämlich, daß zwei der Kannibalen, offensichtlich eine Wache, zwischen uns und dem kleinen Zelt schliefen. Natürlich hätten sie eigentlich wach sein sollen, aber offenbar hatte die Müdigkeit sie übermannt und sie schliefen, auf dem Boden hockend, mit fast bis auf die Knie herabgesunkenen Köpfen.

Mir kam eine Idee. Wenn es uns gelänge, diese beiden Männer zu töten, ohne die anderen aufzuwecken, mochte es uns möglich sein, Inez sofort zu befreien. Eilig wog ich die Für und Wider eines solchen Versuches gegeneinander ab. Seine Vorteile waren, daß der Zweck unseres Unternehmens ohne weitere Mühen erreicht würde, und daß es sehr zweifelhaft war, ob sich noch einmal eine solche Chance bieten würde. Wenn wir die anderen heranholen und massiert angreifen würden, bestand die Gefahr, daß die Amahagger, oder zumindest einige von ihnen, die Geräusche hören würden, die bei dem Anmarsch einer solchen Anzahl von Männern unvermeidlich waren, und in die Dunkelheit fliehen und vielleicht Inez lieber töten würden, als sie in unsere Hände fallen zu lassen. Oder, wenn sie sich zum Kampf stellen sollten, konnte Inez in dem Getümmel getötet werden. Oder, da wir nur ein knappes Dutzend zuverlässiger Männer hatten – die Strathmuir-Leute zählten nicht –, sie uns zahlenmäßig in einem Verhältnis von eins zu zwei oder sogar von eins zu drei überlegen waren, mochten sie uns besiegen und töten.

Dieses waren die Argumente *für* diesen Versuch. Diejenigen, die dagegen sprachen, waren jedoch genauso einleuchtend. Zunächst einmal war er überaus riskant. Die beiden Wachen oder einer der anderen konnte aufwachen, denn solche Menschen schlafen, wie Hunde, zumeist mit einem offenen Auge, besonders, wenn sie wissen, daß sie verfolgt werden. Und wenn sie nicht aufwachten, konnten wir die Sache irgendwie verpatzen, so daß sie einen Schrei ausstoßen konnten, bevor sie für immer zum Schweigen gebracht wurden, in welchem Fall wir beide, und vielleicht auch Inez, dafür würden bezahlen müssen.

So sah das Dilemma aus, in dem wir uns befanden. Eine Minute lang dachte ich so gründlich darüber nach, daß es fast wie eine geistige Agonie wirkte, und gelangte schließlich zu der Erkenntnis, daß das Risiko zu groß sei. Es wäre besser, trotz aller sich daraus ergebenden Nachteile, zurückzugehen und die anderen zu holen. Doch dann beging ich einen der vielen Fehler, die ich in meinem Leben gemacht habe. Die meisten von uns machen mehr dumme Sachen als kluge, und manchmal glaube ich, daß ich trotz eines gewissen Rufes der Vorsicht und Überlegung, auf diesem Gebiet mit einem besonderen Fluch beladen bin: ja, wenn ich auf mein vergangenes Leben zurückblicke, kann ich kaum die wenigen Blumen der Weisheit entdecken, die an seinem

Wege stehen, weil er so von den riesigen, häßlichen Bäumen der Irrtümer überschattet wird.

Bei dieser Gelegenheit zeigte sich meine natürliche Tendenz, Fehler zu machen, darin, daß ich mich auf den Rat eines anderen verließ und nicht auf meinen eigenen. Obwohl ich mir ein gewisses Bild von dem gemacht hatte, was getan werden mußte, schienen das Für und Wider so ausgewogen zu sein, daß ich beschloß, Hans zu fragen und sein Urteil anzunehmen. Und das war nicht mehr und nicht weniger als eine Form von Glücksspiel, da es bedeutete, daß ich mein eigenes Urteil aufhob – was niemand, der eine Sache von Leben und Tod vorhat, tun sollte – und es riskierte, Hans die Entscheidung zu überlassen, wie immer die aussehen mochte. Doch eben das tat ich – sehr zu meinem Bedauern.

Fast lautlos flüsternd, meinen Mund dicht an seinem faulig riechenden Kopf, vertraute ich dem kleinen Hottentotten mein Problem an und fragte ihn, was wir tun sollten: vorgehen oder zurückweichen. Hans überlegte eine Weile und antwortete mir dann mit einer Stimme, der er irgendwie einen Klang gab, der an das Summen von Nachtkäfern erinnerte.

»Diese Männer schlafen fest, Baas, das höre ich an ihren Atemzügen. Außerdem hat der Baas die Große Medizin. Deshalb sage ich: die beiden Männer töten und Traurige Augen befreien.«

Jetzt sah ich, daß das Schicksal, das ich angerufen hatte, sich gegen mich entschied und ich seinen Urteilsspruch annehmen mußte. Mit schwerem Herzen, denn mir gefiel diese Sache ganz und gar nicht, fragte ich mich einen Moment lang, was Hans veranlaßt haben mochte, diesen Standpunkt einzunehmen, der das genaue Gegenteil dessen war, was ich von ihm erwartet hatte. Natürlich hatte sein Aberglaube bezüglich der Großen Medizin damit zu tun, doch war das meiner Überzeugung nach nicht alles. Wahrscheinlich waren es zwei Aspekte, die ihm gefielen. Der erste war, daß er diese unerträgliche und unabsehbare Jagd, die uns alle an den Rand der Erschöpfung gebracht hatte, möglichst bald zu einem Ende bringen wollte, ganz gleich, wie dieses Ende aussehen mochte. Der zweite und erheblich stärkere jedoch war, wie ich vermutete, und zu recht, daß die Vorstellung dieses hinterhältigen mitternächtlichen Zuschlagens unwiderstehlich an seine halbwilde Natur appellierte, in der sich Eigenschaften des Leoparden und der Schlange mit denen des Menschen vermischten. Denn man muß sich erinnern, daß Hans, trotz seines Firnis' von Zivilisation ein Wilder war, dessen Vorväter seit unzähligen Generationen allein durch solche Attacken und Listen überlebt hatten.

Nachdem die Würfel gefallen waren, sprachen wir in demselben, kaum hörbaren Flüstern unseren Plan ab, der einfach und knapp war. Er sah dieses vor: Wir würden an die beiden Männer heranschleichen und jeder von uns würde einen von ihnen töten. Ich mit der Axt und Hans mit seinem Messer, wobei darauf zu achten war, daß es mit einem einzigen Schlag oder Stich geschah – vorausgesetzt, daß sie nicht aufwachten und uns töteten –, wonach wir Inez aus ihrem Zelt holen würden, bekleidet oder nicht, und mit ihr in der Dunkelheit verschwinden würden, wo wir, dessen waren wir sicher, etwaige Verfolger abschütteln oder in die Irre führen konnten, bis wir unser Lager erreichten.

Vorausgesetzt, daß es uns gelang, die beiden Wachen lautlos zu töten, eine ziemlich schwierige Voraussetzung, wie ich zugeben muß, war die Sache so einfach wie Erbsen auszupuhlen, was ungeachtet des Sprichworts gar nicht so einfach ist, da die Schoten generell falsch aufknacken und zumindest eine Erbse in der Schote bleibt. Und so geschah es auch in diesem Fall, denn Janee, die wir beide vergessen hatten, blieb in der Schote.

Ich kann nicht sagen, warum wir sie übersehen haben; es war tatsächlich unentschuldbar, besonders da Hans schon einmal ihre Hysterie erlebt hatte und das Mädchen direkt vor unserer Nase lag. Ich vermute, unsere Gedanken waren so sehr mit dem Töten der Wachen und der Rettung von Inez beschäftigt, daß es darin keinen Raum für die unscheinbare Janee gab. Auf jeden Fall stellte es sich heraus, daß sie die Erbse war, die sich nicht aus der Schote lösen ließ.

Oft im Leben habe ich Angst verspürt, weil ich von Natur aus nicht zu jenen gehöre, die Spaß an Gefahren und Abenteuern haben, was nur bei den Dummen der Fall ist, sondern der, im Gegenteil, stets durch den Druck der Umstände in sie hineingezwungen wurde, wie von einer hydraulischen Kraft, der sich niemand widersetzen kann, und der sie, einmal hineingezwungen, zu Ende geführt und die Schwäche des Fleisches besiegt hat, indem er eine geheime Reserve an Nervenkraft mobilisierte. Ich bin fast versucht, sie eine Geister-Kraft zu nennen, etwas, das jenseits von uns lebt und dennoch unsere schwachen und fehlbaren Körper inspiriert.

Doch selten spürte ich eine solche Angst wie in diesem Moment. Ich muß gestehen, daß ich zögerte und mich erst in Bewegung setzte, als ich Hans wie eine dicke gelbe Schlange durch das Gras schleichen sah, sein langes Messer in der rechten Hand. Dann kam mein Stolz mir zu Hilfe, und ich kroch auf dem Bauch vorwärts, bis ich neben ihm war. Dann schlängelten wir nebeneinander weiter, so langsam und vorsichtig, daß jede Schnecke uns überholt haben würde. Zoll um Zoll schoben wir uns vorwärts, lagen nach jeder Bewegung eine Weile reglos, einmal sogar eine geraume Weile, da der eine der beiden Kannibalen aufzuwachen schien, denn er riß den Mund auf und gähnte. Doch dann schien er seine Absicht zu ändern, denn er ließ sich von seiner sitzenden Stellung zur Seite fallen und schlief noch fester als zuvor.

Etwa eine Minute später fuhr der andere, für den ich zuständig war, zusammen, und zwar so heftig, daß ich fürchtete, er hätte etwas gehört. Anscheinend aber wurde er nur von Träumen verfolgt, den Früchten seines bösen Lebens, oder vielleicht von einer Vorahnung seines nahen Endes, denn nachdem er mit einem Arm gewinkt und ein paar angstvolle Worte gemurmelt hatte, überkam auch ihn wieder die Müdigkeit, und er versank in tiefem Schlaf.

Schließlich waren wir bei ihnen, zögerten jedoch noch ein wenig, da wir nicht genau sehen konnten, wo wir zuschlagen mußten, und uns klar war, daß unser erster Schlag auch der letzte sein würde und tödlich sein mußte. Eine große Wolke war aufgezogen und verdunkelte das wenige Licht, das vorhanden war, und so mußten wir warten, bis sie vorübergezogen war. Es war ein langes Warten, oder kam uns zumindest so vor. Schließlich aber war sie vorbeigezogen, und ich sah vor mir die vagen Umrisse des klassischen Kopfes meines Amahaggers, im tiefen Schlaf fast bis auf die Knie gesunken. Mein Herz schlug so hart wie nur in den extremen Situationen von Liebe oder Krieg, als ich wie eine Schlange zischte, was unser verabredetes Zeichen war, mich dann auf die Knie erhob, die Zulu-Axt emporschwang und zuschlug. Der Schlag traf genau und hart; Umslopogaas hätte es nicht besser machen können. Der Amahagger rührte sich nicht und gab keinen Laut von sich.

Hans hatte offenbar genauso exakt gearbeitet, da der andere Mann nur einmal mit seinen langen Beinen ausstieß und mich dabei ans Knie traf, und dann ebenfalls absolut reglos lag. Kurz gesagt: beide waren mausetot und würden diesseit des Jüngsten Tages keine Geschichen mehr erzählen.

Nachdem ich meine Axt wieder an mich gebracht hatte, kroch ich zum Zelt und zog die Felle oder Decken – ich konnte nicht feststellen, was es war – beiseite, mit denen Inez zugedeckt war. Ich hörte, daß sie sich rührte. Die Bewegung hatte sie aufgeweckt, da Gefangene einen leichten Schlaf haben.

»Machen Sie kein Geräusch, Inez!« flüsterte ich. »Ich bin es, Allan Quatermain, und ich bin gekommen, um Sie zu retten. Stehen Sie auf und folgen Sie mir! Haben Sie mich verstanden?«

»Ja«, flüsterte sie und begann sich zu erheben.

In diesem Augenblick zerriß ein markerschütternder Schrei Erde und Himmel, ein Schrei, bei dessen Erinnerung ich selbst noch jetzt erschauere, wo ich dies niederschreibe, viele Jahre nachdem die Echos dieses Schreis verklungen sind.

Janee hatte diesen Schrei ausgestoßen, die plötzlich aufgewacht war und vor dem Hintergrund des Himmels Hans über sich gebeugt stehen sah, der wie ein gelber Teufel aussah, ein langes Messer in der Hand, das er, wie sie glaubte, gleich dazu verwenden würde, um sie zu ermorden.

Da es ihr an Selbstdisziplin mangelte, schrie sie also gellend – denn ihre Lungen waren kerngesund – und damit war das Spiel aus.

Sofort waren alle Männer, die um das Feuer schliefen, auf den Beinen und liefen in die Richtung, aus der Janees Schrei ertönt war. Es war unmöglich, Inez aus ihrem Zelt zu bringen oder sonst etwas zu tun, als ihr zuzuflüstern: »Tun Sie so, als ob Sie schliefen und von nichts wüßten. Wir folgen Ihnen. Ihr Vater ist bei uns.«

Dann rannte ich zu dem Gebüsch zurück, das Hans bereits erreicht hatte.

Kurz darauf, als wir den Lärm und die Aufregung der Amahagger hinter uns gelassen hatten und uns unserem Lager näherten, sagte Hans salbungsvoll: »Die Große Medizin hat gut gewirkt, Baas, aber nicht gut genug; doch welche Medizin kann schon etwas gegen die Torheit einer Frau ausrichten?«

»Es war unsere Torheit, die wir dafür verantwortlich machen sollten«, sagte ich. »Wir hätten wissen sollen, daß dieses hysterische Mädchen schreien würde und entsprechende Vorsorge treffen müssen.«

»Ja, Baas, wir hätten sie ebenfalls töten sollen, denn nichts sonst hätte sie veranlaßt ruhig zu bleiben«, stimmte mir Hans fröhlich bei. »Jetzt müssen wir für diesen Fehler bezahlen, denn die Jagd geht weiter.«

In diesem Augenblick begegneten wir Robertson und Umslopogaas, die, wie alles andere Lebende in einem Umkreis von einer Meile oder zwei Janees Schrei gehört hatten. Wir berichteten kurz, was geschehen war. Als Robertson hörte, wie nahe daran wir gewesen waren, seine Tochter zu retten, stöhnte er auf.

Umslopogaas aber sagte nur: »Nun, dann sind es eben zwei Menschenfresser weniger, mit denen wir fertig werden müssen. Trotzdem hat dich deine Weisheit diesmal im Stich gelassen, Macumazahn. Als du das Lager entdeckt hattest, hättest du zurückkommen sollen, damit wir es gemeinsam angreifen. Wenn wir das vor Tagesanbruch getan hätten, wäre nicht einer von ihnen übriggeblieben.«

»Ja«, antwortete ich. »Meine Weisheit hat mich heute im Stich gelassen. Aber kommt! Vielleicht können wir sie noch erwischen.«

Also gingen wir vor, Hans und ich an der Spitze, um den anderen den Weg zu zeigen. Doch als wir die Stelle erreichten, war es zu spät; alles, was von den Amahaggern übriggeblieben war, und auch von Inez und Janee, waren die beiden Männer, die wir umgebracht hatten, und bei der Dunkelheit war an eine Verfolgung nicht zu denken. Also gingen wir zu unserem Lager zurück, um uns auszuruhen und den Tagesanbruch abzuwarten und dann der Fährte zu folgen, doch im Lager erwartete uns eine böse Überraschung: Alle Strathmuir-Mischlinge, die wir als unnütz zurückgelassen hatten, hatten sich unsere Abwesenheit und die der Zulus zunutze gemacht und waren geflohen. Sie waren auf unserer Spur zurückgelaufen und in dem Meer von Busch untergetaucht. Was aus ihnen geworden ist, weiß ich nicht, da wir keinen von ihnen je wiedersahen, doch nehme ich an, daß diese Feiglinge alle zugrunde gegangen sind, jedenfalls hat keiner von ihnen Strathmuir erreicht.

Zu unserem Glück waren sie jedoch in solcher Eile gewesen, daß sie alle Traglasten zurückgelassen hatten, und sogar einige ihrer Gewehre. Offensichtlich war Janees Schrei der Tropfen gewesen, der das Faß zum Überlaufen gebracht hatte, daß sie ihre ohnehin schwachen Nerven verloren hatten. Zweifellos hatten sie geglaubt, daß der Schrei das Angriffsignal für eine Horde von Kannibalen gewesen sei.

Da wir nichts daran ändern konnten, weil eine Verfolgung dieser Strolche nicht in Frage kam, mußten wir sehen, wie wir ohne sie zurechtkamen. Es erwies sich als recht einfach. Aus den Packlasten suchten wir die Dinge heraus, die absolut notwendig waren, vor allem Munition, soviel wir tragen konnten; den Rest ließen wir zurück und verbargen ihn unter einem Haufen von Steinen für den Fall, daß wir jemals wieder in diese Gegend kommen sollten. Die Gewehre, die sie weggeworfen hatten, verteilten wir unter die Zulus, die keine besaßen, obwohl der Gedanke, daß diese Männer jetzt auch noch Schußwaffen hatten, mir eine Gänsehaut über den Rücken jagte. Die Vorstellung, mit diesen wilden Axt-Kriegern in den Kampf zu ziehen, die dabei Kugeln in alle Richtungen fliegen lassen würden, war alles andere als angenehm; glücklicherweise jedoch warfen sie, als es soweit war, die Gewehre fort und verließen sich auf die Waffen, an die sie gewöhnt waren.

Dies alles klingt sehr nach dem Bericht von einem Disaster, oder zumindest von einem Fehlschlag. Es ist jedoch wunderbar, auf welch seltsamen Wegen es zu Ergebnissen kommt, so wunderbar, daß ich zuweilen denke, all diese scheinbaren Zufälle müssen von einer der unseren überlegenen Intelligenz hervorgerufen sein, um Zwecke zu erfüllen, von denen wir nichts wissen, und die oft, das sei zugegeben, von recht undurchsichtiger Natur sind.

Um diesen Fall als Beispiel zu nehmen: die ganze Inez-Episode mag auf den ersten Blick als ein Auswuchs meiner Erzählung erscheinen, deren Ziel es ist, zu beschreiben, wie ich eine gewisse, wunderbare Frau kennenlernte, und was ich in ihrer Gesellschaft erfuhr und erlebte. Dem ist aber nicht so, denn wenn das Inez-Abenteuer nicht gewesen wäre, hätte ich nie das Heim dieser Frau gesehen, sie nicht einmal kennengelernt. Das wurde mir sehr bald klar, wie ich es hier schildern werde.

Seit der Nacht, in der Hans und ich vergeblich versucht hatten, Inez zu befreien, hatten wir keine Schwierigkeiten mehr, der Fährte der Kannibalen zu folgen, die von da an nie einen größeren Vorsprung als ein paar Stunden hatten und denen deshalb keine Zeit blieb, vorsichtig zu sein oder ihre Spuren zu verwischen, doch marschierten sie so schnell, daß wir, beladen und erschöpft wie wir waren, es trotz aller Bemühungen nicht schafften, sie einzuholen.

Während der ersten drei Tage verlief die Fährte durch welliges Busch-Veld von der Art, wie ich es bereits beschrieben habe, führte jedoch ständig leicht bergab. Als wir am Morgen des vierten Tages aufstanden und beim Morgengrauen ein hastiges Mahl zu uns nahmen (hier gab es erstaunlich viel Wild, so daß wir keine Nahrungssorgen mehr hatten), zeigte uns die aufgehende Sonne unterhalb von uns ein Meer wogenden Nebels, das sich nach allen Richtungen erstreckte, soweit das Auge reichte.

Im Norden jedoch war sein Ende abzusehen, denn dort, in einer Entfernung von fünfzig oder sechzig Meilen, wie ich schätzte, erhoben sich die finsteren Umrisse von etwas, das wie eine riesige Festung aussah, und, wie ich wußte, eine dieser außergewöhnlichen Bergformationen war, die ihre Entstehung vulkanischer Aktivität verdanken, und die man hier und dort in den riesigen Weiten von Zentral- und Ostafrika antrifft. Bei dieser großen Entfernung war es unmöglich, seine Größe zu schätzen, die gewaltig sein mußte, doch als ich zu ihm hinüberblickte, fiel mir unwillkürlich jener riesige Berg ein, auf dem, wie Zikali behauptete, die Weiße Königin lebte, und ich fragte mich, ob dies jener Berg sein könnte, da es nach meiner Erinnerung an seine in die Asche gezeichnete Karte sehr gut möglich sein konnte – falls es so einen Ort überhaupt geben sollte. Wenn ja, so hatte die Karte ihn als von einem gewaltigen Sumpf umgeben beschrieben, und – bestimmt verbarg der Nebel die Fläche eines solchen gewaltigen Sumpfes.

Und tatsächlich gerieten wir vor Anbruch der Dunkelheit, der Fährte der Amahagger folgend, in einen Morast, so riesig, wie ich in meinem ganzen Leben keinen gesehen noch von so etwas gehört hatte. Es war ein wahrer Ozean aus Papyrus und anderen Schilfarten, manche von ihnen zwölf Fuß hoch oder mehr, so daß es unmöglich war, in irgendeine Richtung mehr als einen Meter weit zu sehen. Hier wurden die vor uns herziehenden Amahagger unsere Rettung, denn ohne ihre Führung wären wir alle umgekommen. Durch das gigantische Sumpfgebiet verlief nämlich eine Straße – eine uralte Straße, wie ich vermute, da ich an einigen Stellen Steinbefestigungen sah, die von Menschenhand gefertigt sein mußten. Doch war es keine Straße, der man ohne einen Führer hätte folgen können, da sie fast völlig von Schilf überwuchert war. Der einzige Unterschied zwischen ihr und dem sie umgebenen Morast bestand darin, daß auf der Straße der Untergrund relativ fest war, man versank nur selten mehr als knietief, während links und rechts davon der Morast bodenlos erschien.

Das stellten wir fest, kurz nachdem wir in den Sumpf gelangt waren, da Robertson, der mit der grimmigen Entschlossenheit vorwärtsdrängte, die ihn zu verzehren schien, sein Auge nicht auf die Fährte gerichtet hielt und von der Straße abkam auf einen Boden, dessen Oberfläche sich durch nichts von ihr unterschied. Sofort begann er in dem zähen, schleimigen Morast zu versinken. Umslopogaas und ich waren keine zwanzig Meter hinter ihm, doch als wir seine Hilferufe hörten und ihn erreichten, war er bereits bis zur Brust versunken und wurde so rasch weiter in die Tiefe gezogen, daß er innerhalb einer Minute ganz verschwunden wäre. Nun, wir haben ihn herausziehen können, jedoch unter großen Schwierigkeiten, da der Schlamm ihn festhielt wie die Fangarme eines Kraken.

Und diese Straße verlief nicht in gerader Richtung; im Gegenteil, sie beschrieb zahlreiche Kurven und bog stellenweise im rechten Winkel ab, zweifellos, um solchen Stellen des Sumpfes auszuweichen, über die es den Alten nicht möglich gewesen war, sie zu führen, oder weil sie dem Verlauf einer härteren Bodenschicht folgen wollten. Die Schwierigkeiten, mit denen wir in diesem entsetzlichen Sumpf fertigwerden mußten, waren unbeschreiblich. Zunächst einmal gab es da ein Gras, das zwischen den Wurzeln des Schilfs wuchs, und dessen Kanten rasiermesserscharf waren. Da Robertson und ich Gamaschen trugen, litten wir nicht so sehr darunter, doch die armen Zulus mit ihren nackten Beinen wurden furchtbar zerschnitten, so daß einige von ihnen bald lahmten.

Dann die Moskitos, die es hier zu Millionen gab und die alle darauf aus waren, uns zu stechen; außerdem wimmelte es hier von einer bestimmten, tödlichen Schlangenart. Einer der Zulus wurde von einer dieser Schlangen gebissen und starb innerhalb von drei Minuten, denn das Gift schien direkt zu seinem Herzen zu dringen. Als wir seinen Leichnam in den Sumpf warfen, verschwand er binnen Sekunden.

Schließlich der entsetzliche Gestank und die unerträgliche Hitze, da nicht der kleinste Windhauch diesen Wald von Schilf durchdringen konnte, während die unzähligen Blutegel, die sich an unseren Körpern festsaugten, ein geringeres Übel darstellten. Wenn man darauf achtete, konnte man sie an den Unterseiten der Blätter kleben sehen, den Kopf herausgestreckt, bereit sich auf alles zu stürzen, das vorbeikam. Da Wanderer hier jedoch nicht sehr zahlreich sein konnten, fragte ich mich, wovon sie während der letzten paar Jahrtausende gelebt haben mochten. Übrigens stellte ich bei dieser Gelegenheit fest, daß Paraffin, von dem wir einen kleinen Vorrat für unsere Handlampen mitführten, in die Haut eingerieben, einen gewissen Schutz gegen diese Parasiten darstellt, und auch gegen die Moskitos, obwohl man stinkt wie ein verdrecktes Ölfaß.

Während des Tages herrschte im Sumpf Totenstille – bis auf das Rascheln eines Iguanas* oder irgendeines anderen Reptils, oder das Rauschen von Flügelschlägen, wenn ein Schwarm Wildvögel über uns hinwegstrich. Nachts war es anders: dann begannen die Ochsenfrösche ihr unaufhörliches Gequake, und die großen Sumpfeulen und andere Nachtvögel stießen ihre unheimlichen Schreie aus. Außerdem gab es da ständig seltsame glucksende Geräusche, die zweifellos von versinkenden Pflanzenteilen herrührten, und das Platzen mit fauligem Gas gefüllter Blasen. Seltsame Lichterscheinungen ebenfalls. Irrwische werden sie, glaube ich, genannt, die die Zulus in Angst versetzten, da sie sie für die Geister von Toten hielten. Vielleicht hat dieser Aberglaube etwas mit ihrer Stammeslegende zu tun, nach der der Mensch bei seiner Erschaffung ›aus dem Schilf gerissen‹ wurde. Wenn dem so war, mochten sie sich vorgestellt haben, daß die Geister der Menschen nach ihrem Tod zum Schilf zurückgingen, wovon hier ja eine solche Menge vorhanden war, daß man gewiß alle Geister des Zulu-Volkes

* tropische Rieseneidechse – *Anm. d. Übers.*

hätte darin unterbringen können. Auf jeden Fall hatten sie alle Angst; selbst der stolze Medizinmann Goroko wühlte in dem kleinen Medizinbeutel, den er mit sich führte, um ein Schutzmittel für sich und seine Gefährten zu finden. Ich vermute sogar, daß selbst der eiserne Umslopogaas sich nicht sehr wohl fühlte, obwohl er mich informierte, daß er hergekommen sei, um zu kämpfen, ob gegen Menschen, Hexen oder Geister.

Kurz gesagt, von allen Reisen, die ich unternommen habe, mit Ausnahme der Durchquerung der Wüste auf dem Weg zu König Salomons Minen, war dieser Marsch durch den endlosen Sumpf wohl die schwierigste. Ich verfluchte mich aus tiefster Seele dafür, mich auf diese Sache eingelassen zu haben, in einem verzweifelten Versuch, den Druck auf meine Seele abzumildern, oder vielmehr ihr Dürsten, das, wie ich glaube, von Zeit zu Zeit die meisten jener Menschen befällt, die ein Herz haben und denken.

Denn dies lag auf dem Grund dieser Geschichte: dies war es, was mich zu Zikali, dem Öffner von Straßen, geführt hatte, der, dessen war ich jetzt sicher, mich lediglich als Werkzeug für seine eigenen okkulten Zwecke benutzte. Er wollte ein weit entfernt lebendes Orakel befragen, falls so eine Person überhaupt existierte, um Gewißheit über den Ausgang gewisser hochfliegender eigener Pläne zu erlangen, und hatte sich deshalb meiner verborgenen Sehnsüchte bedient, die ich ihm törichterweise enthüllt hatte, um dieses Ziel zu erreichen, ohne Rücksicht darauf, was mir dabei geschehen würde. Doch nun steckte ich eben in dieser Sache drin und mußte sie bis zu ihrem Ende durchstehen, wie immer dieses Ende auch aussehen mochte. Aber schließlich war sie auch sehr interessant, und wenn irgend etwas daran war an dem, was Zikali gesagt hatte (und wenn dem nicht so sein sollte, konnte ich mir nicht vorstellen, welchen Zweck er damit verfolgen könnte, mich auf eine solche wilde Verfolgungsjagd durch die Wildnis zu schikken), mochte sie noch interessanter werden. Denn da ich gegen Fieber ziemlich immun war, brauchte ich kaum zu befürchten, daß ich in diesem Morast umkommen würde –

was natürlich bei neun von zehn Weißen der Fall gewesen wäre. Und jenseits der Sümpfe lag der gewaltige Berg, der von Tag zu Tag größer und klarer erkennbar wurde.

Und diese Gefahr bestand auch nicht für Hans, der mit einem kindlichen Glauben sein ganzes Vertrauen in die Große Medizin setzte. Dieses, bemerkte er, sei das schlimmste Veld, durch das er jemals gereist sei, doch da die Große Medizin niemals damit einverstanden wäre, daß wir in diesem stinkenden Morast begraben würden, zweifele er nicht daran, daß wir ihn irgendwann heil und gesund hinter uns bringen würden. Ich erwiderte ihm, daß diese wunderbare Große Medizin nicht den Tod eines unserer Gefährten habe verhindern können, der jetzt in diesem Morast sein Grab gefunden habe.

»Nein, Baas«, sagte er, »denn die Zulus haben nichts mit der Großen Medizin zu tun, die allein dir gegeben wurde, und auch mir, der ich dich begleitete, als wir den Öffner von Straßen aufsuchten. Deshalb werden sie vielleicht alle sterben, mit Ausnahme von Umslopogaas, den du ja auf Befehl des Öffners von Straßen mit dir genommen hast. Aber was macht das schon? Es gibt eine Menge Zulus, aber nur einen Macumazahn, und nur einen Hans. Außerdem sollte der Baas sich erinnern, daß er diese Reise begann, indem er eine Schlange tötete, also ist es nur natürlich, daß der Bruder dieser Schlange einen der Zulus gebissen hat.«

»Wenn du recht hättest, hätte die Schlange mich beißen müssen.«

»Ja, Baas, und das hätte sie zweifellos auch getan, wenn du nicht von der Großen Medizin geschützt worden wärst, oder auch mich, wenn mein Großvater nicht ein Schlangenbändiger gewesen wäre, abgesehen davon, daß der Geruch der Großen Medizin auch auf mir liegt. Die Schlangen wissen genau, wen sie beißen müssen, Baas.«

»Das wissen auch die Moskitos«, antwortete ich und schlug eine Handvoll von ihnen tot. »Die Große Medizin hat offenbar keinen Einfluß auf sie.«

»Aber ja, Baas, den hat sie! Denn obwohl es den Moskitos gefällt, zu stechen, schaden ihre Stiche uns doch nicht, zumindest nicht sehr, und so sind alle glücklich. Trotzdem wünschte ich, daß wir endlich aus diesem Schilf hinauskämen, von dem ich nie wieder etwas sehen will, und, Baas, bitte, halte dein Gewehr bereit, da ich glaube, ein Krokodil in der Nähe zu hören.«

»Wozu, Hans?« antwortete ich sarkastisch. »Geh zu ihm und sage ihm, daß ich die Große Medizin habe.«

»Ja, Baas, das will ich tun; und auch, daß es, falls es sehr hungrig sein sollte, sich an die Zulus halten soll, die ein Stück entfernt auf der Straße sitzen.« Und damit verschwand er zwischen dem Schilf, und ich hörte, wie er dem Krokodil gut zuredete.

»Du verdammter Esel«, murmelte ich und zog mir die Decke über den Kopf, in einem vergeblichen Versuch, die Moskitos von mir fernzuhalten, rauchte wütend meine Pfeife, mit dem gleichen Ziel, und versuchte einzuschlafen.

Endlich begann der Boden des Sumpfes leicht anzusteigen, mit dem Ergebnis, daß das höher gelegene Land eine natürliche Drainage bildete, der Schilfbewuchs sich allmählich verdünnte, bis er schließlich ganz aufhörte und wir uns auf festerem Boden befanden; genaugenommen auf den vorgelagerten Hügeln des riesigen Berges, den ich erwähnte, und der jetzt direkt vor uns aufragte, drohend und majestätisch.

Ich hatte auf unserem Marsch eine kleine Skizze der Straße angefertigt, die uns durch den riesigen Sumpf geführt hatte, während wir ihren Schlangenlinien und Bögen folgten. Als ich sie jetzt, am Ende dieser Etappe unserer Reise studierte, stellte ich wieder einmal fest, wie absolut unmöglich es gewesen wäre, den Weg durch diesen nebelverhangenen Morast zu finden, wo jeder falsche Schritt den sicheren Tod durch Ersticken bedeutet hätte, wenn wir nicht die Fährte der Amahagger gehabt hätten, die unmittelbar vor uns marschierten und mit seinen Geheimnissen vertraut waren. Wenn sie freundliche Führer gewesen wären, hätten sie uns keinen größeren Dienst erweisen können. Ich fragte mich nur, warum sie nicht versucht hatten, uns im Sumpf in einen Hinterhalt zu locken, da unsere Feuer ihnen doch gezeigt haben mußten, wie nahe wir ihnen auf den Fersen waren. Daß sie versucht hatten, uns zu verbrennen, erkannten wir an verschiedenen Spuren, doch glücklicherweise war das Schilf zu dieser Jahreszeit zu grün, um Feuer zu fangen. Und was das andere betraf, so sollte ich sehr bald erfahren, aus welchem Grund sie uns in der Deckung dieser dichten Vegetation nicht angegriffen hatten.

Sie hatten nur auf eine bessere Gelegenheit gewartet!

## 10

## *Der Angriff*

Endlich waren wir aus dem Schilf heraus, wofür ich Gott herzlich dankte, da es uns gelungen war, diesen endlosen Sumpf mit dem Verlust nur eines einzigen Mannes zu überwinden, was mir mehr als ein Wunder erschien. Wir verließen ihn an einem Spätnachmittag, und da wir sehr abgekämpft waren, rasteten wir eine Weile und verzehrten das Fleisch einer Antilope, die ich mit etwas Glück am Rand des Sumpfes erlegt hatte. Dann zogen wir weiter, den Hang hinauf, in der Absicht, die Nacht auf der Kuppe eines etwa eine Meile entfernten Hügels zu verbringen, wo wir, wie ich glaubte, vor dem gefährlichen Nebel sicher waren, der uns so lange eingeschlossen hatte, und einen klaren Blick auf das Land werfen konnten, das vor uns lag.

Dem Ufer eines Baches folgend, der hier in den Sumpf mündete, gelangten wir kurz vor Sonnenuntergang auf die Kuppe jenes Hügels. Unterhalb davon lag ein tiefes Tal, eine geologische Falte in der Haut dieses Hügels genaugenommen, recht dicht mit Gebüsch bewachsen, doch nicht davon bedeckt. Am gegenüberliegenden Rand dieses Tals krochen Baumbestände den Hang hinauf und wichen in der Höhe Grasflächen, die sich bis zu den steilen Felswänden hinaufzogen, die wiederum von einem schwarzen, düsteren Massiv unbekannter Höhe gekrönt wurden.

Es war etwas sehr Imponierendes, wie ich mich erinnere, um diese gigantische natürliche Mauer, die alles, was hinter ihr liegen mochte, den Blicken der Menschen zu verbergen schien, als ob sie ein uraltes Mysterium beschützte. Ehrlich gesagt, erregte mich diese Vorstellung, obgleich ich den Grund dafür nicht nennen kann. Ich bemerkte jedoch, daß das mächtige Gebirgsmassiv an einer Stelle eine enge Kluft aufwies, an der zweifellos, in einer lange zurückliegenden Ära, Lava herabgeflossen war, und mir fiel ein, daß zu dieser Kluft vielleicht die Straße führen mochte, auf der wir den Sumpf durchquert hatten. Die Tatsache, daß ich durch meinen Feldstecher Rinderherden sehen konnte, die auf dem Hang dieses Berges weideten, schien meine Annahme zu bestätigen, da Rinderherden auf Eigentümer und Hirten hindeuten, doch, soviel ich auch suchen mochte, konnte ich keine Eingeborenendörfer auf den Hängen ausmachen, was darauf schließen ließ, daß diese Menschen jenseits oder innerhalb des Berges leben mußten.

All diese Dinge, die ich sah, erklärte ich Robertson im Licht der untergehenden Sonne.

Inzwischen hatte Umslopogaas einen Platz gesucht, auf dem wir unser Nachtlager aufschlagen wollten. Irgendein Kriegerinstinkt, oder vielleicht eine Vorahnung von Gefahr, ließ ihn einen Platz wählen, der sich besonders für eine Verteidigung eignete. Es war eine fast allseits von steilen Wänden umschlossene Erhöhung, die mehr oder weniger einem riesigen Termiten-Bau ähnelte. Auf der einen Seite war sie durch den Bach geschützt, der sich an dieser Stelle zu einem Tümpel staute und deshalb recht tief war, während sich an seiner Rückseite eine Ansammlung jener seltsamen, vom Wasser abgeschliffenen Steine befand, wie man sie nur in Afrika findet, und die, einer auf den anderen geschichtet, wie eine Zyklopenmauer die Westseite des Termitenhügels abschlossen, so daß nur ein schmaler Zugang offen blieb, etwa dreißig oder vierzig Fuß weit, auf der Seite, die dem Berg zugewandt war.

»Umslopogaas erwartet einen Kampf«, sagte Hans mir grinsend, »denn sonst würde er bei all dieser hübschen Ebene, die um uns liegt, nicht einen Platz gewählt haben, auf dem sich wenige gegen viele verteidigen können. Ja, Baas, er denkt, daß diese Kannibalen uns angreifen werden.«

»Es sind schon seltsamere Dinge geschehen«, sagte ich gleichgültig, und nachdem ich nach den Gewehren gesehen hatte, legte ich mich schlafen. Ich bemerkte, daß die müden Zulus sich auch bereits ausgestreckt hatten. Allein Umslopogaas schlief noch nicht. Er stand auf seine Axt gelehnt und starrte auf die Umrisse des Berges, der uns gegenüber aufstieg.

»Ein seltsamer Berg, Macumazahn«, sagte er, »im Vergleich zu diesem ist der Berg der Hexe, in dessen Schatten mein Kraal steht, ein kleines Kind. Ich bin gespannt, was wir darin finden werden. Ich habe schon immer Berge geliebt, Macumazahn, seit der Zeit, als ein jetzt toter Bruder und ich zusammen mit den Wölfen im Schoß der Hexe lebten, denn auf Bergen habe ich meine besten Kämpfe erlebt.«

»Vielleicht wirst du auch hier welche erleben«, sagte ich düster.

»Das hoffe ich sehr, Macumazahn, da uns nach all diesen Tagen in Schlamm und Gestank einige zustehen. Schlafe jetzt eine Weile, Macumazahn, denn dein Kopf, den du so viel gebrauchst, hat Ruhe nötig. Habe keine Sorge, ich und der kleine gelbe Mann, die wir nicht so viel denken wie du, werden Wache halten und dich wecken, wenn es nötig werden sollte, was vielleicht vor dem Morgengrauen der Fall sein mag. Hier kann uns niemand angreifen, es sei denn, von vorn, und der Zugang ist schmal.«

Also legte ich mich hin und schlief tief und fest, vier oder fünf Stunden lang, vermute ich. Dann, vielleicht durch einen Instinkt geweckt, schreckte ich plötzlich hoch, fühlte mich erfrischt, von dieser klaren Bergluft, tatsächlich wie ein neuer Mensch, und sah im Mondlicht Umslopogaas auf mich zukommen.

»Steh auf, Macumazahn«, sagte er. »Ich höre Geräusche von Männern dort unten.«

In diesem Augenblick kroch Hans an ihm vorbei und flüsterte: »Die Kannibalen kommen, Baas, und es sind viele. Ich glaube, daß sie uns vor Tagesanbruch angreifen wollen.«

Dann verschwand er nach hinten, um die Zulus zu warnen. Als er an mir vorbeiglitt, sagte ich: »Wenn dem so sein sollte, Hans, wäre jetzt der Zeitpunkt gekommen, wo deine Große Medizin zeigen muß, was sie zu tun vermag.«

»Die Große Medizin wird dich und mich bestimmt schützen«, sagte er auf Holländisch, das Umslopogaas nicht verstand, »aber ich glaube, daß ein paar Zulus weniger da sein werden, für die ich kochen muß, bevor die Sonne heiß wird. Ihre Geister werden in Schlangen verwandelt werden und ins Schilf zurückkehren, aus dem sie, wie sie sagen, ›herausgerissen‹ wurden.«

Ich sollte hinzusetzen, daß Hans der Koch unserer Expedition war und sich ständig darüber ärgerte, daß die Zulus so viel von dem Fleisch aßen, das er zubereitete. Doch es besteht ja ohnehin keine große Sympathie zwischen Zulus und Hottentotten.

»Was hat der kleine gelbe Mann über uns gesagt?« fragte Umslopogaas mißtrauisch.

»Er sagte, wenn es zur Schlacht kommt, werden du und deine Leute großartig kämpfen«, antwortete ich diplomatisch.

»Ja, das werden wir, Macumazahn, aber ich glaubte verstanden zu haben, daß wir getötet werden würden, und daß ihn das freute.«

»Aber nein!« sagte ich hastig. »Wie könnte er sich darüber freuen, da er dann doch ohne Schutz wäre, falls er nicht ebenfalls getötet würde. Und jetzt wollen wir rasch unseren Schlachtplan machen, Umslopogaas.«

Also sprachen wir die Situation gemeinsam mit Robertson durch. Als Ergebnis trugen wir mit Hilfe der Zulus noch mehr lockere Steine zusammen und die Kronen von drei kleinen Dornbäumen, die wir am Abend gefällt hatten, und errichteten aus ihnen eine Brustwehr, die uns etwas Dekkung geben sollte, wenn wir hinter ihr lagen und schossen. Es war das Werk weniger Minuten, da wir das Material bereits vorbereitet hatten für den Fall, daß wir es brauchen sollten. Hinter dieser Brustwehr gingen wir in Stellung und warteten, wobei Robertson und ich darauf achteten, ein wenig hinter den Zulus zu liegen, die, wie man sich erinnern wird, die Gewehre von den Strathmuir-Mischlingen hatten, dazu ihre Äxte und die Wurf-Assegais. Die Frage war, wie diese Kannibalen kämpfen würden. Ich wußte, daß sie mit langen Speeren und Messern bewaffnet waren, wußte jedoch nicht, ob sie die Speere zum Stechen oder zum Werfen verwendeten. Im ersteren Fall würde es schwer sein, mit den Äxten gegen sie anzukommen, da Speere eine größere Reichweite haben. Glücklicherweise stellte sich heraus, daß sie beides taten.

Schließlich war alles bereit, und es folgte das lange, nervenbelastende Warten, das der unangenehmste Teil eines Kampfes ist, bei dem man nervös wird und ernsthaft über seine Sünden nachzudenken beginnt. Offensichtlich wollten die Amahagger erst unmittelbar vor Anbruch der Dämmerung angreifen, wie es bei den Eingeborenen üblich ist, in der Hoffnung, uns bei dem schwachen und irritierenden Licht überrumpeln zu können. Was mich verwunderte, war, warum sie uns überhaupt angreifen wollten, nachdem sie so viele Gelegenheiten dazu hatten vorbeigehen lassen. Offenbar waren sie hier in der Nähe ihres Stammsitzes, in dem viele Menschen ihrer Art lebten, und dessen Schutz sie ohne Schwierigkeiten vor uns erreichen konnten, besonders, da sie die Wege kannten, und wir nicht.

Sie waren zu einem geheimen Zweck ausgezogen, der mit der Entführung einer weißen Frau im Zusammenhang stand, die sie aus Gründen der Stammesführung oder eines Rituals bei sich haben wollten, was bei obskuren und uralten Stämmen Afrikas nicht unüblich ist. Nun gut, sie hatten eine junge Frau entführt und befanden sich in Reichweite von Sicherheit und dem erfolgreichen Abschluß ihres Unternehmens. Aus welchem Grund also sollten sie noch einen Kampf mit den empörten Freunden und Verwandten der jungen Frau riskieren? Gewiß, sie waren uns zahlenmäßig überlegen und hatten gute Siegeschancen, andererseits mußten sie wissen, daß ein solcher Sieg teuer erkämpft sein würde, und daß wir im Fall ihrer Niederlage die Gefangene befreien würden, so daß alle ihre Mühen umsonst gewesen wären. Schließlich mußten sie von dem langen Marsch genauso abgekämpft und erschöpft sein wie wir, und deshalb nicht in der Verfassung für einen verzweifelten Kampf.

Dieses Problem war zu hoch für mich, und ich gab schließlich auf, mit der Überlegung, daß ihr drohender Angriff entweder eine Finte war, um uns aufzuhalten, oder daß etwas Mysteriöses dahintersteckte, so vielleicht die Entschlossenheit, uns um jeden Preis daran zu hindern, die Geheimnisse ihrer Bergfeste zu lüften.

Als ich Hans fragte, ob er eine Lösung des Rätsels habe, nannte er mir sofort eine weitere Möglichkeit.

»Sie sind Menschenfresser, Baas, und da sie hungrig sind, wollen sie uns essen, bevor sie wieder in ihr eigenes Land zurückkehren, wo es ihnen sicher nicht erlaubt ist, sich gegenseitig aufzufressen.«

»Glaubst du?« sagte ich. »Obwohl wir so mager sind?« Und ich musterte Hans' ausgemergelte Gestalt im Licht des Mondes.

»O ja, Baas, sie würden uns ziemlich lange braten, wie alte Hühner, Baas. Außerdem liegt es in der Natur von Kannibalen, daß sie magere Menschen fettem Rindfleisch vorziehen. Der Teufel, von dem sie besessen sind, gibt ihnen diesen Geschmack, Baas, genauso, wie er mir den Geschmack für Gin gibt, oder dir den Kopf verdreht, sowie eine hübsche Frau vorübergeht, was du, wie die Zulus sagen, in ihrem Land immer getan hast, besonders bei einer gewissen Hexe, die Mameena hieß, und die du vor allen Leuten geküßt hast und ...«

Ich wandte den Kopf, um Hans mit Blicken zu töten, ihn mit Worten zu zerschmettern, oder auch mit den Fäusten, da es einfach zu viel war, diesen Mameena-Mythos aus seinem häßlichen Mund wiederauferstehen zu sehen. Doch bevor ich auch nur eine Silbe herausbrachte, hob er einen

Finger und flüsterte: »Still! Es dämmert, und sie kommen. Ich höre sie.«

Ich lauschte aufmerksam, konnte jedoch nichts vernehmen. Doch als ich angestrengt den Hang hinabstarrte, glaubte ich in einer Entfernung von etwa hundert Metern in dem schwachen Licht geisterhafte Gestalten von einem Baum zum anderen huschen zu sehen, die auf diese Weise rasch näherkamen.

»Aufpassen!« sagte ich zu Robertson, der rechts von mir lag. »Ich glaube, sie kommen.«

»Das hoffe ich«, knurrte er. »Schließlich haben wir die ganzen Tage darauf gewartet, die Burschen vor die Flinte zu kriegen.«

Jetzt verschwanden die Gestalten in einer Bodenfalte. Eine Minute später tauchten sie diesseits aus der Vertiefung auf, wo das wenige vorhandene Licht der verblassenden Sterne und der Dämmerung auf sie fiel, da es hier keine Bäume gab. Ich starrte zu ihnen hinüber, und ein Schauer lief mir über den Rücken, denn ich sah auf den ersten Blick, *daß dies nicht die Männer waren, die wir verfolgt hatten.* Zunächst einmal waren es erheblich mehr, um die hundert, würde ich sagen, dann trugen sie bemalte Schilde, und Federn im Haar, und außerdem schienen sie, soweit ich das erkennen konnte, wohlgenährt und frisch zu sein.

»Man hat uns in einen Hinterhalt gelockt«, sagte ich zuerst auf Zulu zu Umslopogaas, und dann auf Englisch zu Robertson.

»Wenn dem so ist, müssen wir eben tun, was wir tun können«, sagte Robertson, »doch Gott möge meiner armen Tochter helfen, denn die anderen Teufel werden sie inzwischen fortgeschleppt haben und überlassen es ihren Brüdern, uns zu erledigen.«

»Es ist so, Macumazahn«, unterbrach Umslopogaas. »Gut. Wie immer es ausgehen mag, wir werden einen noch besseren Kampf haben. Befiehl, und wir werden gehorchen.«

Die Wilden, ich will sie so nennen, obwohl ich zugeben muß, daß sie, ob sie nun Kannibalen waren oder nicht, eher wie Araber aussahen, und nicht wie Wilde, kamen völlig lautlos herangeschlichen, anscheinend in der Hoffnung, uns im Schlaf überraschen zu können. Als sie sich auf etwa fünfzig Meter genähert hatten und in drei Gliedern auf uns zuzulaufen begannen, die Speere wurfbereit erhoben, rief ich auf Zulu »Feuer!« und schoß gleichzeitig aus beiden Läufen meiner Expreß-Rifle auf zwei Männer, die ich für die Anführer hielt, mit einem Ergebnis, das für mich befriedigender war als für die beiden Amahagger, denn die hatten auf dieser Welt ausgesorgt.

Es folgte eine gewaltige Ballerei; die Zulus feuerten wild in die Gegend und schafften es selbst auf diese kurze Entfernung, die meisten Kugeln über die Köpfe der Feinde hinweg zu schießen. Captain Robertson und Hans trafen, wohin sie zielten, mit dem Ergebnis, daß die Amahagger, die anscheinend nicht an Feuerwaffen gewöhnt waren, sich eilig in die Bodenfalte zurückzogen, aus der sie aufgetaucht waren. Doch bevor die letzten darin verschwunden waren, hatte ich neu geladen, und zwei weitere Amahagger blieben zurück. Insgesamt hatten wir neun oder zehn von ihnen außer Gefecht gesetzt.

Ich hoffte, daß sie jetzt die Sache aufgeben würden, doch sie taten es nicht, da sie tapfere Krieger waren, und griffen uns etwa fünf Minuten später erneut *en masse* an, in der Hoffnung, uns überrennen zu können. Wieder empfingen wir sie mit einem Kugelhagel und streckten mehrere von ihnen nieder, worauf die anderen ihre Speere nach uns schleuderten. Ich war froh, daß sie das taten, obwohl einer der Zulus dabei den Tod fand und zwei weitere verwundet wurden, und ich nur mit knapper Not davonkam, da ein Speer mir zwischen Hals und Schulter hindurchfuhr. Jeder von ihnen hatte nur einen Speer, wußte ich, und wenn sie die nach uns schleuderten, blieben ihnen nur ihre großen Messer, um uns anzugreifen.

Nach diesem Bombardment mit Speeren, das einige Zeit andauerte, stürmten sie auf uns los, und es kam zu einem harten Kampf. Die Zulus warfen ihre Gewehre fort, sprangen auf die Füße, rissen mit der linken Hand ihre kleinen

Kampfschilde empor, die sie in ihren Matten mitgeführt hatten, und mit der rechten ihre Äxte. Umslopogaas, der in ihrer Mitte stand, hatte keinen Schild und schwang seine gewaltige Axt mit beiden Armen. Es war dies das erste Mal, daß ich ihn kämpfen sah, und es war ein auf seine Weise großartiger Anblick. Immer wieder sauste die Axt herab, und bei jedem Hieb sank ein Amahagger tot zusammen, und die anderen wichen zurück, um aus der Reichweite seiner Axt zu kommen.

Währenddessen hielten Robertson, Hans und ich, auf ein Paar Felsen im Hintergrund stehend, sie unter ständigem Beschuß; wir feuerten über die Köpfe der Zulus hinweg, die tapfer kämpften. Ja, sie wichen zurück, und ließen viele Tote auf der Walstatt liegen. Dann trieb einer ihrer Anführer sie zu einem weiteren Sturmangriff an, und wieder fielen sie über uns her. Ich tötete den Führer mit einem Schuß aus meinem Revolver, da die Gewehrläufe heißgeschossen waren, und als die anderen ihn fallen sahen, machten sie kehrt und rannten in die kleine Bodensenke zurück, wo unsere Kugeln sie nicht erreichen konnten.

Bis jetzt hatten wir uns halten können, doch um welchen Preis. Drei der Zulus waren inzwischen tot, und weitere drei verwundet, einer von ihnen schwer, die beiden anderen schwer genug, daß sie kampfunfähig waren. Jetzt waren also nur noch drei von ihnen unverletzt, und Umslopogaas, so daß insgesamt sieben kampffähige Männer übrig blieben. Was nützte es schon, daß wir eine ganze Anzahl der Amahagger getötet hatten, wenn wir nur noch zu siebt waren? Wie sollten sieben Männer noch so einen Angriff überstehen?

Im fahlen Licht des frühen Morgens blickten wir einander niedergeschlagen an.

»Jetzt«, sagte Umslopogaas, der auf seine rotgefärbte Axt gelehnt stand, »gibt es nur noch eines, das wir tun können: ein gutes Ende finden, obwohl ich mir wünschte, daß es für ein höheres Ziel wäre. Zumindest müssen wir jetzt entweder kämpfen oder fliehen«, schloß er und blickte auf die Verwundeten herab.

»Nimm keine Rücksicht auf uns, Vater«, murmelte einer

von ihnen, der eine tödliche Wunde erhalten hatte. »Wenn es so besser ist, töte uns und geh fort, damit du lebst und auch in den Jahren, die kommen werden, die Axt tragen kannst.«

»Gut gesprochen«, sagte Umslopogaas und stand wieder eine Weile reglos, dann sagte er: »Die Entscheidung liegt bei dir, Macumazahn.«

Ich erklärte Robertson und Hans in kurzen Worten unsere Situation und sagte, daß wir eine Chance zum Überleben hätten, wenn wir uns zurückzogen, ich jedoch keine sähe, wenn wir blieben.

»Gehen Sie, wenn Sie wollen, Quatermain«, antwortete der Captain, »ich werde jedenfalls hierbleiben und sterben, denn da meine Tochter verloren ist, möchte ich lieber tot sein.«

Ich gab Hans ein Zeichen, zu sprechen.

»Baas«, sagte er, »die Große Medizin ist hier auf der Erde bei uns, und dein verehrter Vater, der Prediger, ist im Himmel bei uns, also denke ich, daß wir hierbleiben sollten und tun, was wir können, besonders, da ich dieses Schilf nicht so bald wiedersehen möchte.«

»Das geht mir genauso«, sagte ich knapp.

Also bereiteten wir uns auf den nächsten Angriff vor, der, wie wir wußten, der letzte sein würde, verstärkten unseren kleinen Schutzwall und schleiften die toten Amahagger davor, als zusätzliche Deckung. Während wir damit beschäftigt waren, ging die Sonne auf, und in ihren ersten Strahlen sah ich auf den vor uns liegenden Hängen des Berges, winzig wie Ameisen vor dem dunklen Hintergrund, eine Gruppe von Männern emporsteigen. Ich hob meinen Feldstecher vor die Augen und erkannte, daß mehrere von ihnen einen Sessel trugen.

»Dort ist Ihre Tochter«, sagte ich zu Robertson und reichte ihm das Glas.

»Oh, mein Gott!« murmelte er. »Diese Banditen sind uns tatsächlich entwischt.«

Eine Minute später waren der Sessel und seine Begleiter im Schatten der gewaltigen, steilen Klippen verschwunden, wahrscheinlich in einen Paß, den wir von hier aus nicht sehen konnten.

Im nächsten Moment waren unsere Gedanken mit anderen Dingen beschäftigt, da wir an verschiedenen Symptomen erkannten, daß der Angriff unmittelbar bevorstand. Speere, deren Stahlspitzen im Licht der höhersteigenden Sonne funkelten, erschienen über dem Rand der Bodenfalte, die sich ostwärts zu einer tiefen, buschbestandenen Schlucht vergrößerte. Außerdem hörte ich Stimmen, als ob die Führer ihre Männer zu einem letzten, verzweifelten Versuch anspornen wollten.

»Sie kommen«, sagte ich zu Robertson.

»Ja«, antwortete er, »sie kommen, und wir gehen. Es ist ein komisches Ende dieses Phänomens, das wir Leben nennen, nicht wahr, Quatermain? Aber, verdammt, ich frage mich, was jenseits davon liegt. Für mich nicht sehr viel, vermute ich, doch was immer es auch sein mag, es kann nicht viel schlimmer sein als das, was ich hier erlebt habe.«

»Es ist noch Hoffnung für uns alle«, sagte ich so munter wie möglich, da die tiefe Depression dieses Mannes mich bedrückte.

»Vielleicht, Quatermain, denn wer kennt die unendliche Gnade dessen, das uns so gemacht hat, wie wir sind? Meine alte Mutter pflegte mir das zu predigen, und mir fallen jetzt ihre Worte wieder ein. Doch in meinem Fall wird es, glaube ich, bei der Hoffnung bleiben, oder beim Schlaf, und wenn es nicht um Inez wäre, würde mir das nichts ausmachen, denn, glauben Sie mir, ich habe genug von der Welt und vom Leben. Na warte, du schwarzer Teufel!« Er riß das Gewehr hoch und feuerte auf den Amahagger, der auf dem Rand der Bodenfalte erschienen war. Und er traf ihn, denn ich sah, wie er zusammenknickte und zurückfiel.

Dann begann das Spiel von neuem, denn die Kannibalen (ich nahm an, daß sie Kannibalen waren, wie ihre Brüder) kamen aus ihrer Deckung hervor, krochen auf Händen und Knien oder auf dem Bauch auf uns zu, um ein kleineres Ziel zu bieten, und schleppten einen langen, dünnen Baumstamm mit sich, der offensichtlich dazu benutzt werden sollte, unsere Schutzmauer zu zertrümmern. Natürlich begann ich sofort auf sie zu schießen, und ich zielte sehr genau, da ich entschlossen war, bei dieser, wie ich glaube, letzten Gelegenheit, meine Schießkunst noch einmal auszuüben, womöglich einen Rekord aufzustellen. Deshalb suchte ich mir meine Männer genau aus, und sogar die Stelle, wo ich sie treffen wollte, und wie eine spätere Überprüfung ergab, machte ich keinen einzigen Fehler bei den sieben oder acht Schüssen, die ich abgab. Doch bevor diese Angelegenheit erledigt war, bestand meine Aufgabe darin, möglichst viele von diesen Schurken zu töten, und das tat ich gründlich und schnell.

Robertson und Hans feuerten ebenfalls, mit mehr oder weniger Erfolg, doch es waren einfach zu viele, als daß wir sie mit unseren drei Gewehren hätten aufhalten können, und sie rückten näher und näher, bis ihre finsteren Gesichter nur noch wenige Meter von unserer kleinen Brustwehr waren und Umslopogaas seine Axt hob, um sie gebührend zu empfangen. Sie verhielten einen Moment, bevor sie zum letzten Sturm ansetzten, und wir nutzten die Zeit, um neue Patronen in die Kammern unserer Gewehre zu schieben.

»Stirb wohl, Hans«, sagte ich, »und wenn du drüben als erster ankommen solltest, warte auf mich!«

»Ja, Baas, das hatte ich ohnehin vor, aber noch nicht jetzt. Wir werden hier nicht sterben, Baas. Solche, die die Große Medizin besitzen, sterben nicht; die anderen sind es, die sterben, wie dieser Bursche da«, und er deutete auf einen Amahagger, der sich am Boden wand, mit einer Kugel aus seiner Winchester im Bauch, denn er hatte während des Sprechens gefeuert.

»Verdammt – gesegnet, meine ich – sei die Große Medizin«, sagte ich und hob mein Gewehr an die Schulter.

In diesem Augenblick wurden die Amahagger – es waren etwa fünfzig von ihnen übriggeblieben – von einer seltsamen Unruhe gepackt. Sie verhielten reglos und starrten zu der Bodenfalte, aus der sie gekommen waren: sie riefen einander erregte Worte zu, die wir nicht verstanden, dann sprangen sie auf und liefen wie gehetzt zurück.

Umslopogaas sah es und handelte sofort. Er setzte über den Schutzwall, gefolgt von den verbliebenen Zulus von der Axt, und stürzte sich brüllend auf die fliehenden Amahagger. Und sie sanken vor *Inkosikaas* nieder wie Halme vor einer Sense. Es war ein unglaublicher Anblick, wie der Angriff eines Leoparden, so gewandt waren seine Bewegungen, so blitzschnell waren die Hiebe der blitzenden Axt, oder vielmehr ihr Klopfen, denn jetzt hämmerte er mit dem an ihrem rückwärtigen Teil befindlichen Knopf auf ihre Köpfe und Wirbelsäulen. Und er war nicht der einzige, denn auch seine tapferen Männer taten ihr Teil. Innerhalb einer Minute war alles, was von den Amahaggern noch auf den Beinen stand, in panikartiger Flucht, stob nach allen Richtungen auseinander und verschwand zwischen den Bäumen. Hans feuerte einen Abschiedsschuß hinter ihnen her, dann setzte er sich auf einen Stein, zog seine Maiskolbenpfeife heraus und begann sie zu stopfen.

»Die Große Medizin, Baas«, sagte er salbungsvoll, »oder vielleicht dein verehrter Vater, der Prediger ...« – da verstummte er plötzlich, deutete mit seiner Pfeife zweifelnd auf die Bodenfalte und fuhr fort: »Dort – aber ich denke, daß es dein verehrter Vater ist, nicht die Große Medizin. Ja, es ist der Prediger selbst, der vom Himmel zurückgekehrt ist, dem Ort der Feuer.«

Als ich verwirrt in die angedeutete Richtung blickte, da ich nicht verstand, was er meinte und glaubte, daß die Aufregung ihm den Verstand geraubt hätte, sah ich einen würdigen, alten Mann, der mich an einen Weihnachtsmann auf einer Kinderfeier erinnerte, mit einem langen weißen Bart, in einem langen, fließenden Gewand, das ebenfalls weiß war, wohlwollend lächelnd auf uns zukommen. Hinter ihm sah ich einen ganzen Wald von Speerspitzen aus der Senke auftauchen. Er schien es für selbstverständlich zu halten, daß wir nicht auf ihn schießen würden, denn er kam mit ruhigen Schritten näher, suchte sich behutsam seinen Weg zwischen den Toten hindurch. Als er nahe genug herangekommen war, sagte er in einer Art Arabisch, das ich verstehen konnte: »Ich grüße Euch im Namen derer, der ich diene.

Wie ich sehe, bin ich gerade noch zum richtigen Zeitpunkt gekommen, doch das überrascht mich nicht, da sie gesagt hat, daß es so sein würde. Ihr scheint unter diesen Hunden tüchtig aufgeräumt zu haben.« Er stieß einen der toten Amahagger mit dem Fuß an. »Ja, sehr gut. Ihr müßt große Krieger sein.«

Dann schwieg er, und wir starrten einander an.

## 11

## *Durch die Bergwand*

»Dies scheinen nicht gerade Freunde von Euch zu sein«, sagte ich und deutete auf die Gefallenen. »Und doch«, setzte ich hinzu und deutete mit einem Kopfnicken in Richtung auf die Speerträger, die jetzt aus der Senke traten, »sie sind Euren Freunden sehr ähnlich.«

»Junge Hunde aus demselben Wurf sind einander oft ähnlich, und doch kämpfen sie häufig gegeneinander, wenn sie ausgewachsen sind«, antwortete der Weihnachtsmann trocken. »Zumindest sind diese gekommen, um Euch zu retten, nicht um Euch zu töten. Seht! Sie töten die anderen«, setzte er hinzu und deutete auf ein paar von ihnen, die herumgingen und die Schwerverletzten töteten. »Doch wer sind diese?«, und er blickte mit offensichtlichem Erstaunen zuerst den furchterregenden Umslopogaas und dann den grotesken Hans an. »Nein, antwortet mir nicht. Ihr müßt müde sein und braucht Ruhe. Später können wir reden.«

»Nun, ehrlich gestanden, wir haben noch nicht gefrühstückt«, sagte ich. »Außerdem haben wir einiges zu tun.« Ich warf einen Blick auf unsere Verwundeten.

Der alte Bursche nickte und ging dann zurück, um mit einigen Führern seiner Truppe zu sprechen; offenbar gab er ihnen den Befehl, die Amahagger zu verfolgen, denn sie brachen sofort auf und folgten ihrer Fährte. Dann begann ich, unterstützt von Hans und den verbliebenen Zulus, von denen einer Goroko war, unsere Verwundeten zu versorgen. Die Aufgabe erwies sich als leichter, als ich angenommen hatte, da der Schwerverwundete inzwischen gestorben war und die beiden anderen nur Fleischwunden an den Beinen hatten, die Goroko auf seine eigene Eingeborenenart versorgen konnte. Ich ging mit Hans, der mir den Rücken schützen sollte, zu einem kleinen Bach und wusch mich. Dann kehrte ich zurück und aß, und wunderte mich, daß ich einen so guten Appetit hatte, nach allem, was wir durchgemacht hatten. Doch wir hatten es überstanden, und Robertson, Umslopogaas und drei seiner Männer, ich und Hans, hatten keinen Kratzer abbekommen, wofür ich der Vorsehung schweigend, doch aus tiefstem Herzen dankte.

Hans dankte auf seine Weise, nachdem er sich den Bauch vollgeschlagen und seine Maiskolbenpfeife angesteckt hatte – nicht vorher. Doch Robertson sprach kein Wort. Als er seine natürlichen Bedürfnisse gestillt hatte, stand er auf, trat ein paar Schritte vor und starrte auf die Kluft in dem Berg, in der er die Sesselträger hatte verschwinden sehen, und durch die seine Tochter einem unbekannten Schicksal entgegengetragen worden war. Selbst der schwere Kampf, den wir überstanden, und der Sieg, den wir trotz einer verschwindend geringen Chance errungen hatten, schienen ihn nicht zu beeindrucken. Er starrte nur den Berg an, in dessen Herz Inez verschleppt worden war, und schüttelte seine Faust. Da Inez verloren war, hatte alles für ihn seinen Sinn verloren, so völlig, daß er nicht einmal anbot, uns bei den verwundeten Zulus zu helfen, oder auch nur die geringste Neugier für den seltsamen alten Mann zeigte, durch den wir gerettet worden waren.

»Die Große Medizin, Baas«, sagte Hans auf seine salbungsvolle Art, »ist sogar noch mächtiger, als ich angenommen hatte. Sie hat uns nicht nur sicher und ohne einen Kratzer durch den Kampf gebracht, denn auf diese Zulus kommt es nicht an, und ich habe nun, da sie fort sind, weniger zu kochen, sie hat auch deinen verehrten Vater, den Prediger, vom Ort der Feuer im Himmel zu uns auf die Erde gebracht, ein wenig verändert, zugegeben, seit der Zeit, wo ich ihn kannte, doch noch immer zweifellos derselbe. Wenn ich nachher zu ihm gehe, um ihm Bericht zu erstatten, werde ich ...«

»Hör endlich auf mit deinem verdammten Unsinn, du Sohn eines Esels!« unterbrach ich ihn, denn in diesem Augenblick erschien der Weihnachtsmann, noch gütiger lächelnd als zuvor, aus dem Kloof, in dem er verschwunden war, und trat mit einer höflichen Verbeugung auf uns zu.

Nachdem er sich auf die kleine Mauer gesetzt hatte, die unsere Brustwehr gewesen war, blickte er uns an, strich sich seinen herrlichen Bart und sagte dann, an mich gewandt: »Ihr solltet stolz darauf sein, mit so wenigen so viele geschlagen zu haben. Trotzdem, wenn es nicht befohlen worden wäre, daß ich in aller Eile an diesen Ort kommen sollte, würdet Ihr vielleicht dort sein, wo diese jetzt sind«, und er deutete auf die toten Zulus, die nebeneinander gelegt worden waren wie Schlafende, während ihre Gefährten nach einem Platz suchten, wo sie sie begraben konnten.

»Befohlen von wem?« fragte ich.

»Es gibt nur eine, die befehlen kann«, sagte er mit mildem Erstaunen. »Sie-die-befiehlt, Sie-die-für-immer-da-ist.«

Ich sagte mir, daß dies der arabische Ausdruck für das Ewig Weibliche sein mochte, doch ich sah ihn nur vage an und sagte: »Es hat den Anschein, als ob es Menschen gibt, denen diese gewiß erhabene, unvergängliche ›Sie‹ nicht befehlen kann; jenen, die uns angegriffen haben, jenen, die dorthin geflohen sind«, und ich deutete auf den Berg.

»Kein Befehl ist absolut; in jedem Land gibt es Rebellen, selbst, wie ich hörte, im Himmel über uns. Aber, Wanderer, wie ist Euer Name?«

»Wächter der Nacht«, antwortete ich.

»Ah! Ein guter Name für einen, der während der Nacht gut gewacht hat, und während des Tages ebenfalls, um lebend dieses Land zu erreichen, in das, wie Sie-die-befiehlt sagt, seit Generationen kein Mann Eurer Hautfarbe seinen Fuß gesetzt hat. Ich glaube sogar, mich erinnern zu können, daß zweitausend Jahre vergangen sind, seit sie in der Stadt Kôr mit einem weißen Mann gesprochen hat.«

»Wirklich?« sagte ich und hüstelte.

»Ihr glaubt mir nicht«, fuhr er lächelnd fort. »Nun, Sie-die-befiehlt kann Euch das besser erklären als ich, der ich vor zweitausend Jahren noch nicht gelebt habe, wenn ich mich richtig erinnere. Doch wie soll ich den nennen, mit der Axt?«

»Sein Name ist Der Schlächter.«

»Wieder ein sehr passender Name, nach den Wunden zu urteilen, über die diese Rebellen jetzt einander in der Hölle erzählen. Und dieser Mensch, falls er tatsächlich ein Mensch sein sollte?« setzte er hinzu und blickte recht zweifelnd auf Hans.

»Licht-im-Dunkel heißt er.«

»Ich verstehe, zweifellos, weil seine Hautfarbe die der Wintersonne im dichten Nebel ist, oder von einem in Milch zerdrückten faulen Ei. Und der andere weiße Mann, der ständig vor sich hinmurmelt, und dessen Stirn wie eine Sturmwolke aussieht?«

»Er wird der Rächer genannt; Ihr werdet den Grund dafür später erfahren«, antwortete ich ein wenig ungeduldig, weil dieses einfältige Abfragen mich ermüdete, und setzte hinzu: »Und wie werdet Ihr genannt, und wie kommt es, wenn es Euch das zu sagen beliebt, daß Ihr gerade noch im richtigen Moment hier erschienen seid?«

»Ich werde Billali genannt«, antwortete er, »und bin der Diener von Sie-die-befiehlt, und ich bin von ihr hergesandt worden, um Euch zu retten und Euch sicher zu Ihr zu geleiten.«

»Wie ist das möglich, Billali, da niemand von unserem Kommen wußte?«

»Sie-die-befiehlt wußte es«, sagte er mit seinem gütigen Lächeln. »Ich glaube sogar, daß sie es schon vor einigen Monaten wußte, durch eine Botschaft, die ihr gesandt wurde, und deshalb hat sie alles arrangiert, daß Ihr sicher in ihr geheimes Reich geleitet würdet, denn wie sonst hättet Ihr durch den großen Sumpf gelangen können, mit dem Verlust nur eines Mannes durch Schlangenbiß, wie sie, wenn ich mich recht erinnere, sagte?«

Ich starrte den alten Mann verblüfft an, denn wie konnte er von dem Tod dieses Zulus wissen, hielt es jedoch für unsinnig, das Thema weiterzuverfolgen.

»Wenn Ihr Euch ausgeruht habt und bereit seid, werden wir aufbrechen«, fuhr er fort. »Inzwischen haben wir Gelegenheit, Tragen herzustellen, auf denen wir die Verwundeten transportieren können, und vielleicht auch eine für den Wächter der Nacht, wenn Ihr es wollt.« Und mit einer würdigen Verbeugung – denn alles um diesen Alten war würdig – wandte er sich um und verschwand im Kloof.

Die nächste Stunde verging mit dem Begräbnis der toten Zulus, eine Zeremonie, an der ich nicht teilnahm, außer aufzustehen und meinen Hut abzunehmen, als sie vorbeigetragen wurden, denn es ist, wie ich bereits an anderer Stelle sagte, am besten, die Eingeborenen bei solchen Gelegenheiten allein zu lassen. Dann legte ich mich nieder und dachte, daß seltsamerweise etwas daran sein mochte an der Geschichte des alten Zikali über eine wunderbare Weiße Königin, die in einer Bergfeste lebte, denn dort war der Berg, den er in die Asche gezeichnet hatte, und der Diener der Königin, die anscheinend von unserem Kommen wußte, war im allerletzten Moment erschienen, um uns aus der hoffnungslosesten Situation zu retten, in der ich mich jemals befunden hatte. Außerdem sprach dieses höfliche und antike Individuum, das Billali hieß, von ihr als ›Sie-die-für-immer-da-ist‹. Was, zum Teufel, mochte das bedeuten? fragte ich mich. Wahrscheinlich, daß sie steinalt und häßlich war, was, wie ich mir ehrlich eingestand, eine Enttäuschung sein würde.

Und wie konnte sie wissen, daß wir kommen würden? Ich konnte es mir nicht vorstellen, und als ich Robertson fragte, zuckte er nur die Achseln, um mir zu zeigen, daß er daran nicht interessiert sei. Tatsache war, daß nichts diesen Mann bewegen konnte, dessen Seele nur ein einziges Verlangen kannte, nämlich die Rettung seiner Tochter, an der er sich, wie er jetzt einsah, so schwer versündigt hatte.

Dieser einst sehr leichtlebige, doch bekehrte Seemann

war zum Monomanen, ja zum religiösen Typ geworden. Er hatte eine Bibel bei sich, die ihm seine Mutter gegeben hatte, als er noch ein Kind war, in der er ständig las; außerdem lag er ständig auf seinen Knien, und nachts konnte ich ihn stöhnen und laut beten hören. Zweifellos brachen jetzt, da die Ketten der Trunksucht von ihm abgefallen waren, die Instinkte und das Blut der strenggläubigen Sippe durch, von der er abstammte. In gewisser Weise war das gut, obwohl ich für einige Zeit fürchtete, daß er den Verstand verlieren würde und er ganz bestimmt während seiner lasterhaften Zeit ein besserer Gesellschafter gewesen war.

Ich ließ diese sinnlosen Spekulationen fahren und nahm das Risiko auf mich, ermordet zu werden, denn Billalis Gefolgsleute sahen peinlicherweise genauso aus wie die Männer, gegen die wir gekämpft hatten und mochten, so weit ich das beurteilen konnte, von der gleichen Art sein, und schlief, was ich überall und zu jeder Zeit kann, um eine Stunde später wunderbar erfrischt zu erwachen. Hans, der, als ich einschlief, bereits zu meinen Füßen geschnarcht hatte, wie ein Hund auf einem sonnigen Fleck zusammengerollt, weckte mich, indem er sagte: »Wach auf, Baas, sie kommen.«

Ich sprang auf und griff nach meinem Gewehr, da ich annahm, daß wir wieder angegriffen würden, und sah Billali an der Spitze eines kleinen Zuges von vier Sänften, die aus Bambusstangen und Grasmatten gefertigt waren und von kräftigen Amahaggern – denn das mußten sie sein – getragen wurden, auf uns zukommen. Zwei der Sänften, die besten, erklärte er, seien für Robertson und für mich, die beiden anderen für die Verwundeten. Umslopogaas und die unverletzten Zulus sollten offensichtlich zu Fuß gehen, ebenso Hans.

»Wie habt Ihr die Sänften so rasch anfertigen können?« fragte ich, während ich die elegante, ja, fast künstlerische Arbeit betrachtete.

»Wir haben sie nicht hier angefertigt, Wächter der Nacht, wir haben sie zusammengelegt mit uns gebracht. Sie-die-befiehlt, blickte in ihr Glas und sagte, daß vier benötigt werden würden, außer der meinen, die dort drüben steht, zwei für weiße Herren, und zwei für verwundete Schwarze, und Ihr seht, es ist die benötigte Anzahl.«

»Ja«, antwortete ich irritiert und fragte mich, was für ein Glas es sein mochte, von dem die Dame solche Informationen bezog.

Doch bevor ich eine Frage danach stellen konnte, setzte Billali hinzu: »Es wird Euch freuen zu hören, daß meine Männer einige dieser Rebellen fassen konnten, die es gewagt haben, Euch anzugreifen, acht oder zehn von denen, die durch Eure Geschosse oder Axthiebe verletzt wurden, und die sie auf die gehörige Art getötet haben – ja, auf die gehörige Art«, setzte er mit einem flüchtigen Lächeln hinzu. »Die anderen hatten einen zu großen Vorsprung, und es wäre gefährlich gewesen, ihnen durch den Felsen zu folgen. Kommt jetzt, Wächter der Nacht, denn der Weg ist steil, und wir müssen uns beeilen, wenn wir den Ort, an dem Sie-die-befiehlt in dieser uralten, heiligen Stadt residiert, erreichen wollen, bevor der Mond heute nacht hinter den Klippen versinkt.«

Nachdem ich die Sache Robertson und Umslopogaas berichtet hatte, welchletzterer sofort erklärte, daß *ihn* nichts dazu bringen könnte, sich tragen zu lassen wie eine alte Frau oder eine Leiche auf einem Schild, und dafür sorgte, daß die verwundeten Zulus untergebracht waren, stiegen Robertson und ich in unsere Sänften, die sich als überraschend bequem und angenehm erwiesen. Nachdem dann unsere Sachen von einigen dieser hakennasigen Männer, denen zu vertrauen wir gezwungen waren, auf den Rücken genommen worden waren – wir behielten allerdings unsere Gewehre und eine gewisse Menge Munition bei uns – brachen wir auf. Die Spitze bildete ein Trupp von Billalis Speerträgern, dann kamen die Sänften mit den Verwundeten, neben denen Umslopogaas und seine drei unverletzten Zulus gingen, dann die dritte Trage, auf der Billali saß, schließlich die meine, neben der Hans trottete, dann Robertsons, und zum Schluß die restlichen Amahagger und die Träger.

»Jetzt sehe ich ein, Baas«, sagte Hans und steckte seinen

Kopf zwischen den Vorhängen meiner Sänfte hindurch, »daß dieser Weißbart doch nicht dein verehrter Vater, der Prediger, sein kann.«

»Und warum nicht?« fragte ich, obwohl es recht offensichtlich war.

»Wenn er es wäre, Baas, hätte er nicht zugelassen, daß Hans, den er immer so schätzte, in der Sonne einhertrotten muß wie ein Hund, während er und andere in Sänften getragen werden wie vornehme weiße Ladies.«

»Du solltest dir lieber deinen Atem sparen, als Unsinn zu reden, Hans«, sagte ich. »da ich glaube, daß du noch einen weiten Weg vor dir hast.«

Es war sogar ein sehr weiter Weg, wie sich herausstellte, besonders da wir nur langsam vorankamen, als wir begannen, in die Bergwand einzusteigen. Wir waren etwa gegen zehn Uhr morgens aufgebrochen, denn der Kampf hatte nicht sehr lange gedauert und bereits bei Beginn der Dämmerung begonnen, wie man sich erinnern wird, und es war drei Uhr nachmittags, als wir den Fuß der gewaltigen, steilen Felswand erreichten. Hier, an der Basis einer eigenartigen, alleinstehenden Steinsäule, auf deren Spitze ich einige Tage später etwas äußerst Seltsames sehen sollte, machten wir Rast und verzehrten den Rest der Nahrung, die wir mit uns gebracht hatten, während die Amahagger ihre eigene verzehrten, die hauptsächlich aus geronnener Milch bestand, ähnlich dem, das von den Zulus *Maas* genannt wird, und eine Art Brot. Es waren sehr ungewöhnliche Menschen, die schweigend aßen, und auf deren gutgeschnittenen, ernsten Gesichtern ich nie ein Lächeln sah. Irgendwie gab mir das ein unheimliches Gefühl, und auf Robertson schien es die gleiche Wirkung auszuüben, denn in einer der seltenen Pausen seiner Grübeleien bemerkte er, daß er sie ›nicht normal‹ fände.

»Fragen Sie doch den alten Zauberer«, setzte er hinzu, »der einer der wieder zum Leben erweckten biblischen Propheten sein mag, was diese menschenfressenden Teufel mit meiner Tochter getan haben.«

Ich tat es, und Billali antwortete: »Ich würde sagen, daß

sie sie mitgenommen haben, um sie zur Königin zu machen, da sie gegen die ihre rebelliert haben und eine neue haben müssen, die weiß ist. Ich würde auch sagen, daß Sie-die-befiehlt Krieg gegen sie führen und Eure Tochter befreien wird, falls man sie nicht vorher tötet.«

»Ah!« rief Robertson, nachdem ich es ihm übersetzt hatte, »falls man sie nicht vorher tötet – oder Schlimmeres!« Dann sank er wieder in sein brütendes Schweigen zurück.

Wir brachen wieder auf und marschierten direkt auf eine glatte, senkrechte Felswand zu, über einen Pfad, der so steil war, daß Robertson und ich lieber aus unseren Sänften stiegen und zu Fuß gingen, oder, besser gesagt, stolperten, um die Träger zu entlasten. Billali, bemerkte ich, blieb in seiner Sänfte. Das Wohlbefinden der Träger interessierte ihn nicht: er befahl nur eine doppelte Mannschaft an die Bambusstangen. Ich konnte mir nicht vorstellen, wie wir diese steile Felswand hinaufkommen sollten, und auch Umslopogaas konnte das nicht, denn er kam zu mir und sagte: »Wenn wir da raufklettern sollen, wird dein kleiner gelber Affe der einzige sein, der sicher den Gipfel erreicht«, und er deutete mit seiner Axt auf Hans.

»Wenn dem so sein sollte«, erklärte der würdevoll und sehr gereizt, da er es haßte, von Zulus ›gelber Affe‹ genannt zu werden, »so sei sicher, daß ich große Steine auf jeden schwarzen Schlächter herunterrollen lassen werde, bis ich ihn unter mir zermantscht auf den Felsen liegen sehe.«

Umslopogaas lächelte grimmig, da er einen Sinn für Humor hatte und eine geistreiche Antwort schätzte, selbst wenn sie verletzend war. Dann hörten wir auf zu reden, weil wir unsere Luft für den Anstieg brauchten.

Schließlich erreichten wir die steile Felsenwand, vor der, allem Anschein nach, unser Weg aufhörte. Plötzlich jedoch tauchte aus der geschlossenen, schwarzen Wand ein hochgewachsener Mann auf, mit einem Speer bewaffnet und in eine weiße Robe gekleidet, der uns mit harter Stimme anrief.

Er stand plötzlich vor uns wie ein Geist, und wir konnten nicht sagen, woher er gekommen war. Doch dann klärte das

Rätsel sich auf. In der Felswand befand sich ein Spalt, der selbst aus einer Entfernung von wenigen Schritten nicht erkennbar war, da einer seiner Ränder den anderen überlappte. Außerdem war diese Öffnung nur knapp vier Fuß breit, nur ein Riß in dem gewaltigen Bergmassiv, der vielleicht durch eine lang zurückliegende vulkanische Erschütterung entstanden war. Denn es war definitiv ein Riß im Fels, da wir, als wir uns in ihm befanden, einen matten Lichtschimmer vom Himmel hereinfallen sahen, obwohl die Dunkelheit so tief war, daß Fackeln, die bereitgehalten worden waren, entzündet werden mußten. Ein einziger Mann hätte den Gang gegen hundert verteidigen können. Trotzdem wurde er bewacht, nicht nur beim Zugang, wo der Krieger plötzlich aufgetaucht war, sondern auch bei jeder Biegung dieser aufgeborstenen Kluft, und deren gab es viele.

In diese finstere Welt traten wir ein. Den Zulus war dabei gar nicht wohl, da sie ein Volk sind, das die Sonne liebt, und ich bemerkte, daß selbst Umslopogaas ein wenig Angst zu haben schien und etwas zurückblieb. Genauso Hans, dessen gewohnter Aberglaube eine Falle witterte; aber auch mir war nicht ganz wohl, obwohl ich es für richtig hielt, mich äußerst interessiert zu geben. Nur Robertson schien unbeeindruckt und stiefelte mit unbewegtem Gesicht hinter einem Mann her, der eine Fackel trug.

Der alte Billali streckte den Kopf aus der Sänfte und rief mir zu, daß ich nichts zu befürchten hätte, da es keine Gruben auf diesem Pfad gäbe. Seine Stimme hallte unheimlich zwischen diesen engen Wänden von unermeßlicher Höhe.

Eine halbe Stunde oder mehr folgten wir diesem düsteren, gewundenen Weg um Biegungen, durch die eine so scharfe Zugluft wehte, daß die Sänften mit den Verwundeten und denen, die sie trugen, beinahe umgeblasen wurden. Er war jedoch recht sicher, da links und rechts von uns steile, glatte Felswände emporragten, zwischen denen wir einen winzigen Streifen blauen Himmels sehen konnten. Schließlich weitete sich die Kluft etwas, und das Licht war kräftiger, so daß die Fackeln unnötig wurden.

Dann, plötzlich, erreichten wir ihr Ende und fanden uns

auf einem kleinen Plateau an der anderen Seite des Berges. Hinter uns erhob sich tausend Fuß hoch eine steile, schwarze Wand, genau wie auf der anderen Seite, doch vor und unter uns erstreckte sich eine wunderbare, runde, unendlich weite Ebene, die, soweit ich es erkennen konnte, ganz von Felswänden umgeben war. Kurz gesagt, ungeachtet der ungeheuren Weite, war dies zweifellos der Krater eines riesigen erloschenen Vulkans. Und irgendwo im Mittelpunkt dieser Ebene lag etwas, das wie eine Stadt aussah, da ich durch meinen Feldstecher hohe Steinmauern erkennen konnte, und etwas, das ich für Häuser hielt, alle von einer solideren Bauart, als ich sie in der Wildnis Afrikas kennengelernt hatte.

Ich trat zu Billalis Sänfte und fragte ihn, wer in dieser Stadt lebte.

»Niemand«, antwortete er, »sie liegt seit Tausenden von Jahren verlassen, doch Sie-die-befiehlt hält sich dort zur Zeit auf, mit ihrer Armee, und dorthin werden wir jetzt gehen. Vorwärts, Träger!«

Nachdem Robertson und ich wieder in unsere Sänften gestiegen waren, ging es in raschem Tempo hangabwärts, denn die Straße, obwohl steil, war in guter Verfassung. Der Abstieg nahm den ganzen Nachmittag in Anspruch, und bei Sonnenuntergang erreichten wir den Rand der Ebene, wo wir Rast machten, um auszuruhen und zu essen, bis das Licht des aufgehenden Mondes stark genug war, um weiterziehen zu können.

Umslopogaas trat zu mir und sagte: »Dies ist eine wirkliche Festung, Macumazahn, da niemand die Felswand ersteigen kann, in der die Löcher klein und wenige sind.«

»Ja«, antwortete ich, »aber es ist auch eine, aus der man nur schwer herauskommen kann, wenn man einmal drinnen ist. Wir sind Büffel in einer Fallgrube, Umslopogaas.«

»So ist es«, antwortete er. »Ich habe auch schon daran gedacht. Doch wenn jemand versuchen sollte, uns auf den Pelz zu rücken, haben wir noch immer unsere Hörner, um sie ein wenig umherzustoßen.«

Dann ging er zu seinen Männern zurück.

Der Sonnenuntergang in diesem wunderbaren Tal war ein erhebender Anblick. Zuerst wurde der immense Krater von Licht erfüllt, wie eine Schüssel mit Feuer. Dann, als die große Kugel hinter die schwarzen Klippen sank, wurde die Hälfte der Ebene völlig dunkel, während Schatten über ihren östlichen Teil zu huschen schienen, bis auch sie von der Dunkelheit überzogen wurde und für eine Weile nur ein Nachglühen blieb, das von der Felsenwand und dem Himmel reflektiert wurde, während auf den Gipfeln eigenartige und herrliche Feuer spielten. Und dann verschwanden auch diese, und die ganze Welt war dunkel.

Dann trat der Halbmond hinter einer Wolkenbank hervor, und in seinem silberigen, unsicheren Licht zogen wir weiter, über das flache Land, jetzt recht langsam, da selbst die eisernen Muskeln der Träger zu erlahmen begannen. Ich vermochte nicht viel zu sehen, vermutete jedoch, daß wir durch bestellte Felder zogen, sehr gut bestellte Felder, nach der Höhe des Korns zu urteilen, das natürlich auf diesem Lavaboden besonders gut gedieh; und ein paarmal durchquerten wir Bäche.

Schließlich, müde und eingelullt von dem Schwanken der Sänfte und den Klängen eines unheimlichen, leisen Gesangs, den die Träger angestimmt hatten, da sie sich dem Ziel ihres Marsches näherten und keine Angriffe mehr zu befürchten hatten, ließ ich mich zurücksinken und schlief ein. Als ich erwachte, stellte ich fest, daß meine Sänfte abgesetzt worden war, und hörte die Stimme Billalis.

»Steigt aus, weiße Herren, und kommt mit Euren Begleitern, dem Schwarzen Schlächter und dem gelben Mann, der Licht-im-Dunkel genannt wird! Sie-die-befiehlt verlangt, Euch sofort zu sehen, bevor Ihr eßt und schlaft, und Ihr dürft sie nicht warten lassen. Fürchtet nicht für die anderen, man wird sich um sie kümmern, bis Ihr zurück seid.«

## 12

# *Die weiße Hexe*

Ich stieg aus der Sänfte und teilte den anderen mit, was der Alte gesagt hatte, Robertson wollte nicht mitkommen, weigerte sich sogar ausdrücklich, bis ich ihn darauf aufmerksam machte, daß so ein Verhalten einen sehr mächtigen Menschen gegen uns einnehmen könnte. Umslopogaas war gleichgültig, da er, wie er sagte, kein Vertrauen in einen Herrscher setzte, der eine Frau war. Nur Hans, obwohl erschöpft, war sofort dabei, da sein Gehirn wacher war als sein Körper, und er die Neugier des Affen hatte, dem er so sehr ähnelte, und er unbedingt diese Königin sehen wollte, die Zikali verehrte.

Wir wurden von Billali begleitet, und von Männern, die Fackeln trugen, in deren Licht ich sah, daß wir an Häusern vorübergingen, oder zumindest an Mauern, die einst die Mauern von Häusern gewesen waren, und über etwas, das eine gepflasterte Straße zu sein schien.

Wir gingen unter einem großen Tor hindurch und gelangten in einen Hof, der voller hoher Säulen stand, jedoch nicht überdacht war, denn ich konnte die Sterne über mir sehen. An seinem Ende traten wir in ein Gebäude, dessen Türöffnung mit Matten verhängt war, und das von Lampen erhellt wurde, und an dessen Längs- und Querwänden in gleichmäßigen Abständen Wachen mit langen Speeren standen.

»Oh, Baas!« flüsterte Hans verstört. »Dies ist der Eingang in eine riesige Falle.« Während Umslopogaas mißtrauisch umherblickte und seine große Axt in den Händen wog.

»Sei still!« sagte ich. »Dieser ganze Berg ist eine Falle, deshalb ist es egal, und wir haben für alle Fälle unsere Pistolen.«

Wir schritten zwischen der Doppelreihe von Wachen entlang, die reglos wie Statuen standen, und gelangten zu einem Vorhang, der diesen langen, engen Korridor abschloß, und, obwohl ich von diesen Dingen nicht viel verstehe, aus einem kostbaren Gewebe zu bestehen schien, mit reichen Farben und Goldfäden bestickt. Vor diesem Vorhang gebot Billali uns, stehenzubleiben. Dann, nach einem geflüsterten Gespräch mit jemandem, der sich hinter dem Vorhang befand, ließ er uns für fünf Minuten oder mehr allein. Schließlich schlug er den Vorhang zur Seite, und eine hochgewachsene und elegante Frau mit arabischen Gesichtszügen, in eine weiße Robe gekleidet, erschien und winkte uns, einzutreten. Sie sagte nichts und antwortete auch nicht, als ich sie ansprach, was nicht verwunderlich war, da sie, wie ich später feststellte, stumm war. Wir traten hinein und waren sehr darauf gespannt, was wir zu sehen kriegen würden.

Auf der anderen Seite des Vorhangs befand sich ein Raum, der nicht besonders groß war, von Lampen erhellt, deren Licht auf ziselierte Wände fiel. Er wirkte auf mich, als ob er einstmals der Innenhof oder das Allerheiligste eines Tempels gewesen sein mochte, denn an seinem Kopfende befand sich eine Empore, auf der vielleicht der Schrein oder die Statue eines Gottes gestanden haben mochte. Auf dieser Empore befand sich jetzt eine Couch, und auf dieser Couch – eine Göttin!

Dort saß sie, aufrecht und reglos, in reines Weiß gekleidet, das Gesicht von einem Schleier bedeckt, doch ihre Verhüllung war so arrangiert, daß sie die wunderbare Eleganz ihrer Gestalt eher unterstrich als verbarg. Unter dem Schleier, der von der Art war, wie ihn Bräute tragen, quollen zwei glänzende, blauschwarze Zöpfe hervor, an deren Enden je eine große Perle hing. Zu beiden Seiten von ihr standen hochgewachsene Frauen von der Art jener, die uns hereingeführt hatte, und vor ihr, ein wenig rechts, kniete Billali.

Es war etwas einmalig Majestätisches um diese Frau, wie es geschmeichelte Gemälde von Königinnen es ausstrahlen, doch besaß sie eine vornehmere Gestalt als alle Königinnen, deren Konterfeis ich jemals gesehen hatte. Ein Mysterium schien von ihr auszugehen, sie zu umhüllen wie der Schleier, den sie trug, der natürlich diese Wirkung noch verstärkte. Schönheit strahlte von ihr aus; und obwohl ihr Körper verhüllt war, wußte ich, daß er da war; kein Schleier und keine Robe konnten ihn verbergen, jedenfalls nicht meiner Vorstellungskraft. Und sie strahlte auch Macht aus; man konnte sie in der Luft spüren, so wie man ein Gewitter spürt, bevor es losbricht, und es schien mir, als ob diese Macht nicht ganz menschlich wäre, daß sie ihre Kraft aus weiter Ferne bezöge und auf dieser Erde eine Fremde sei.

Um ehrlich zu sein: obwohl meine immer vorhandene Neugier mächtig gereizt war, und obwohl ich jetzt froh war, diese Reise unternommen zu haben, trotz all ihrer Gefahren, hatte ich eine entsetzliche Angst, die so überwältigend war, daß ich am liebsten herumgefahren und davongerannt wäre. Vom ersten Augenblick an war ich mir bewußt, mich in der Gegenwart eines unirdischen Wesens zu befinden, das in einen weichen und perfekten Frauenkörper gekleidet war, etwas, das fremdartig war und nicht menschlich.

Welch ein Anblick! Da saß sie, reglos und schön wie eine perfekte Marmorstatue; nur das Heben und Senken ihrer Brust unter der weißen Robe verriet, daß sie lebte und atmete, so wie andere. Und das war noch an etwas anderem zu erkennen: an ihren Augen! Zunächst konnte ich sie durch den Schleier nicht sehen, doch dann, entweder weil ich mich an das Licht gewöhnt hatte, oder weil sie heller wurden, wie es bei einigen Tieren der Fall ist, wenn sie angestrengt etwas anstarren, war er keine Verhüllung dieser Augen mehr. Deutlich konnte ich sie erkennen: groß und dunkel und herrlich, mit einer leicht bläulichen Färbung in der Iris, verführerisch und doch schrecklich in ihrer majestätischen Hoheit, die durch alles hindurchzublicken schienen, alles wahrnahmen, ohne es bewußt zu sehen. Diese Augen waren wie Fenster, durch die ein Licht herausschien, ein Licht, das von innen kam, das Licht ihres Geistes.

Ich blickte umher, um zu sehen, welche Wirkung dieser Anblick auf meine Begleiter hatte. Sie war höchst seltsam. Hans war auf die Knie gesunken, hatte seine Hände wie im Gebet vor der Brust gefaltet, und sein häßliches Gesicht erinnerte mich an das eines großen Fisches, der an Land geworfen wurde und nach Luft schnappend stirbt. Robertson, aus seinem Brüten gerissen, starrte die königliche Frau auf der Couch mit offenem Mund an.

»Mann«, flüsterte er. »Ich bin wieder im Delirium, obwohl ich seit Wochen keinen Tropfen angerührt habe, denn das dort ist kein menschliches Wesen, das kann ich in meinen Knochen fühlen.«

Umslopogaas stand aufgerichtet und finster, die Hände auf dem Stiel seiner großen Axt verschränkt, und starrte sie ebenfalls an; man sah das Blut unter der Haut pulsieren, die das Loch in seinem Schädel überzog.

»Wächter der Nacht«, sagte er mit seiner tiefen Stimme leise zu mir, »diese Herrscherin ist nicht *eine* Frau, sondern *alle* Frauen. Unter ihrer Robe glaube ich die Schönheit einer zu erkennen, die ins Jenseits gegangen ist, der Lilie, die ich verloren habe. Fühlst du auch so, Macumazahn?«

Jetzt, da er es erwähnte, wurde es mir bewußt: ich hatte es zwar schon die ganze Zeit gespürt, doch bei der plötzlichen Überflutung mit Gefühlen hatte sich dieses in meinem Bewußtsein nicht herausschälen können. Ich starrte auf die verhüllte Gestalt und sah – nun, es ist gleich, wen ich sah; es war nicht eine, sondern es waren mehrere in rascher Folge, darunter auch eine, die ich noch nicht einmal kannte, jedoch später kennenlernen sollte, zu gut vielleicht, oder zumindest gut genug, um mich in Verwirrung zu stürzen. Das Eigenartige war, daß bei dieser Halluzination die Persönlichkeiten dieser Frauen einander zu überlagern und miteinander zu verschmelzen schienen, bis ich mich schließlich fragte, ob sie nicht alle Teile derselben Entität, desselben Wesens wären, das sich in verschiedenartiger Form manifestierte, jedoch einem Mittelpunkt entsprang, so wie verschiedenfarbige Strahlen aus demselben Kristall kommen, wenn die Strahlen der Lichtquelle wechseln und sich verändern. Doch diese Vorstellung ist zu metaphysisch, als daß mein geringer Verstand sie so zu schildern vermag, wie ich es möchte. Außerdem war sie lediglich eine Halluzination, die ihren Ursprung vielleicht in dem übermütigen Gehirn derer hatte, die dort vor uns saß.

Schließlich sprach sie, und ihre Stimme klang wie eine silberne Glocke, die in einer großen Stille über ein Gewässer schallt. Sie war leise und sanft, so sanft, daß bei ihrem Aufklingen mein Gehirn zu kreisen schien, und mein Herz stillzustehen drohte. Ich war es, an den ihre Worte gerichtet waren.

»Mein Diener«, sagte sie mit einer fast nicht wahrnehmbaren Kopfbewegung zu dem knienden Billali hin, »sagt mir, daß Ihr, der Ihr ›Wächter der Nacht‹ genannt werdet, die Sprache versteht, in der ich jetzt zu Euch spreche. Ist es so?«

»Ich verstehe Arabisch einigermaßen, da ich es an der Ostküste und von Arabern gelernt habe, doch nicht das Arabisch das Ihr sprecht, Lady ...«

»Nennt mich Hiya«, sagte sie, »was mein Titel hier ist und, wie Ihr wißt, *Sie* oder *Frau* bedeutet. Oder, wenn Euch das nicht gefällt, könnt Ihr mich auch Ayesha nennen. Es würde mich freuen, nach so langer Zeit meinen Namen von den Lippen eines Mannes meiner Hautfarbe zu hören.«

Ich errötete über dieses Kompliment, das so geschickt gemacht wurde, und wiederholte wie ein Trottel: » ... doch nicht das Arabisch, das Ihr sprecht ... ah ... Ayesha.«

»Ich dachte mir, daß der Klang des Wortes Euch besser gefallen würde als Hiya, und später werde ich Euch lehren, es so auszusprechen, wie es ausgesprochen werden sollte. Ah ... habt Ihr noch einen anderen Namen als ›Wächter der Nacht‹, der ebenfalls ein Titel zu sein scheint?«

»Ja«, antwortete ich. »Allan.«

»Oh ... Allan. Erzählt mir von jenen«, fuhr sie rasch fort und deutete mit einer Geste ihrer feingliedrigen Hand auf meine Gefährten, »da sie, wie ich glaube, nicht Arabisch sprechen. Oder wartet, ich werde es tun, und Ihr sagt mir, ob es richtig ist. Dieser«, sagte sie und deutete mit einem Kopfnicken auf Robertson, »ist ein innerlich zerrissener Mensch. Es geht eine Farbe von ihm aus, die ich sehen kann, Ihr jedoch nicht, und die Farbe verrät einen Wunsch nach Rache, obwohl ich glaube, daß er zu seiner Zeit auch andere Wünsche gehabt hat, wie sie Männer von Anbeginn an hatten, und die sie in ihr Verderben führten. Die menschliche Natur ändert sich nie, Allan, und Wein und Frauen sind uralte Fangnetze. Doch genug über ihn. Der kleine, gelbe Mann hat Angst vor mir, wie Ihr alle. Das ist die größte Macht der Frau; obwohl sie so schwach und sanftmütig ist, haben die Männer Angst vor ihr, weil sie so töricht sind und sie nie verstehen können. Für sie ist sie nach Jahrmillionen noch immer das Unbekannte, und für uns alle ist das Unbekannte auch das Furchterregende. Erinnert Ihr Euch an das römische Sprichwort, das es so klar und deutlich sagt?«

Ich nickte, denn dies war einer der wenigen lateinischen Aussprüche, die mein Vater mich gelehrt hatte.

»Gut. Nun, er ist ein kleiner Wilder, nicht wahr? Einer der den Affen nähersteht, von denen unsere Körper abstammen? Doch das wißt Ihr sicher alles, Allan.«

Ich nickte wieder und sagte: »Über diese Frage gibt es verschiedene Meinungen, Ayesha.«

»Ja, der Streit hat zu meiner frühen Zeit begonnen, und wir werden später darüber diskutieren. Trotzdem sage ich, daß er dem Affen näher steht als Ihr oder ich, und er deshalb interessant ist, wie der Keim der Dinge es immer ist. Doch hat er seine Qualitäten, denke ich: List und Treue und Liebe, die ihrerseits alles in allem ist. Versteht Ihr, Allan, daß die Liebe alles in allem ist?«

Ich sagte, daß es darauf ankäme, was sie unter Liebe verstünde, worauf sie antwortete, daß sie mir das später erklären würde, wenn wir genügend Muße für ein Gespräch haben würden.

»Was Euer kleiner gelber Affe darunter versteht, war jedenfalls sehr dienlich für Euch, jedenfalls glaube ich das. Ihr werdet mir eines Tages darüber berichten. Doch nun zu dem Letzten, diesem Schwarzen. Hier haben wir einen richtigen Mann, glaube ich, einen Krieger der Krieger, wie es sie in der wilden Frühzeit der Welt gegeben hat. Und glaubt mir, Allan, Wilde sind oft die besseren Menschen. Außerdem sind wir alle im Grunde genommen noch Wilde, selbst Ihr und ich. Denn das, was man Kultur nennt, ist nichts weiter als ein paar dünne Lagen von Tünche, aufgetragen, um unsere wahre Farbe zu verbergen, die sehr oft Gift enthält. Seine Axt hat viel Blut getrunken, denke ich, doch immer in fairem Kampf, und ich weiß, daß sie noch sehr viel mehr Blut trinken wird. Habe ich diese Männer richtig gelesen, Allan?«

»Nicht übel«, antwortete ich.

»Ich dachte es mir«, sagte sie mit einem kleinen, melodischen Lachen, »obwohl ich an einem Ort wie diesem rostig und stumpf werde wie ein unbenutztes Schwert. Geht jetzt und ruht – Ihr alle! Morgen werden Ihr und ich allein miteinander sprechen. Fürchtet nicht für Eure Sicherheit; Ihr werdet von meinen Sklaven bewacht, und ich bewache meine Sklaven. Bis auf morgen also: Lebt wohl. Geht jetzt, eßt und schlaft, was wir bedauerlichweise alle tun müssen, die wir an diese Erdenkugel gefesselt sind und an einem Leben hängen, das wir lieber verlieren sollten. Billali, führt sie zu ihren Gemächern«, schloß sie und gab durch einen leichten Wink ihrer Hand zu verstehen, daß die Audienz beendet sei.

Bei diesem Zeichen erhob sich Hans, der offensichtlich noch immer sehr viel Angst hatte, von seinen Knien und stürzte buchstäblich durch den Vorhang. Robertson folgte ihm. Umslopogaas, stand einen Moment reglos, dann schwang er seine große Axt über die Schulter, rief *Bayête,* wandte sich um und ging hinaus.

»Was bedeutet dieses Wort, Allan?« fragte sie mich.

Ich erklärte ihr, daß dies ein Ausdruck der Ehrfurcht sei, mit dem die Menschen des Zulu-Volkes ihren König grüßen.

»Habe ich nicht gesagt, daß Wilde oft die besseren Menschen sind?« sagte sie befriedigt. »Der weiße Mann, Euer Begleiter, erwies mir keinen Gruß, doch der Schwarze weiß, wann er vor einer Frau königlichen Geblüts steht.«

»In seinem Land ist auch er von königlichem Geblüt«, sagte ich.

»Wenn dem so ist, sind wir Gleiche, Allan.«

Dann verneigte ich mich tief und ehrfürchtig vor ihr, und

sie erhob sich zum ersten Mal von der Couch und stand auf, sehr schlank und hochgewachsen, und verneigte sich ebenfalls.

Danach suchte ich die anderen auf, die jenseits des Vorhangs auf mich warteten, mit Ausnahme von Hans, der in wilder Flucht den Korridor entlanggestürmt und an seinem anderen Ende, jenseits des Mattenvorhangs, verschwunden war. Wir folgten demselben Weg, marschierten jedoch würdig hinter Billali und zwischen dem Spalier von Ehrenwachen hindurch, die ihre Speere hoben, als wir an ihnen vorbeigingen, und entdeckten auf der anderen Seite des Vorhangs Hans, der immer noch vor Angst schlotterte.

»Baas«, sagte er zu mir, während wir unseren Weg zwischen den Säulen des Hofes suchten, »ich habe in meinem Leben schon alle möglichen schrecklichen Dinge gesehen und ihnen standgehalten, aber noch nie habe ich solche Angst gehabt wie vor dieser weißen Hexe. Baas, ich glaube, daß sie der Teufel ist, von dem dein verehrter Vater, der Prediger, sooft gesprochen hat, oder vielleicht seine Frau.«

»Wenn dem so sein sollte, Hans«, antwortete ich, »so ist der Teufel nicht so schwarz, wie er immer gemalt wird. Aber ich rate dir, vorsichtig zu sein, mit dem, was du sagst, da sie vielleicht sehr lange Ohren hat.«

»Es kommt überhaupt nicht darauf an, was man sagt, Baas, weil sie die Gedanken lesen kann, bevor sie einem über die Lippen kommen. Ich habe gefühlt, daß sie das in jenem Raum getan hat. Und du sei nur vorsichtig, Baas, da sie sonst deinen Geist auffressen und dafür sorgen wird, daß du dich in sie verliebst. Sie muß sehr häßlich sein, denn sonst würde sie doch keinen Schleier tragen. Wer hat jemals eine hübsche Frau gesehen, die ihren Kopf in einem Sack versteckt?«

»Vielleicht tut sie es, Hans, weil sie so schön ist und die Herzen aller Männer, die sie ansehen, sonst schmelzen würden.«

»O nein, Baas! Alle Frauen wollen die Herzen der Männer schmelzen; je mehr, desto besser. Sie scheinen überhaupt nichts anderes im Kopf zu haben, bis sie alt und häßlich geworden sind, und sie brauchen eine sehr lange Zeit dazu, das einzusehen.«

Und so sprach Hans seinen gewohnten Unsinn weiter, bis wir, demselben Weg folgend, auf dem wir hergekommen waren, unsere Quartiere erreichten, wo Essen für uns bereitgestellt worden war, gegrilltes Ziegenfleisch mit Maiskuchen und Milch, und für uns zwei weiße Männer auch Betten, die mit Fellen und Wolldecken versehen waren.

Diese Quartiere, sollte ich erklären, bestanden aus mehreren Räumen in einem Haus, dessen aus Stein errichtete Mauern einst bemalt gewesen waren. Das Dach des Hauses war nicht mehr vorhanden, denn wir konnten die Sterne auf uns herabscheinen sehen, doch da die Luft in diesem Tal sehr lind war, bedeutete das eher einen Vorteil als einen Nachteil. Der größte Raum war für Robertson und mich vorgesehen, während ein anderer, dahinter, Umslopogaas und seinen Zulus als Unterkunft diente, und ein weiterer den beiden Verwundeten. Billali zeigte uns diese Räume im Licht einiger Lampen und entschuldigte sich, daß er uns nichts Besseres bieten könne, da, wie er erklärte, dieser Ort eine verfallene Ruine sei und man keine Zeit gehabt habe, uns ein eigenes Haus zu bauen. Er fügte hinzu, daß wir ohne Angst schlafen könnten, da wir bewacht würden und niemand es wagen würde, die Gäste von Sie-die-befiehlt anzugreifen, welche, dessen sei er sicher – zumindest ich und der schwarze Schlächter –, einen ausgezeichneten Eindruck gemacht hätten. Dann verabschiedete er sich mit einer tiefen Verbeugung, sagte, daß er am nächsten Morgen wiederkommen würde und verließ uns.

Robertson und ich setzten uns auf Hocker, die für uns bereitgestellt worden waren, und aßen, doch schien er so überwältigt von seinen Erlebnissen, oder von seinen düsteren Gedanken, daß ich ihn nicht in ein Gespräch ziehen konnte. Alles, was er sagte, war, daß wir da in eine seltsame Gesellschaft geraten seien und daß jemand, der mit dem Teufel essen wolle, einen langen Löffel haben müsse. Nachdem er dies losgeworden war, warf er sich aufs Bett, betete eine Weile laut, wie es ihm zur Gewohnheit geworden war, besonders um ›Schutz vor Zauberern und Hexen‹, und schlief ein.

Bevor auch ich zu Bett ging, suchte ich Umslopogaas auf, um mich zu vergewissern, daß er und seine Männer gut untergebracht waren. Ich fand ihn in der offenen Tür stehen und zu dem bestirnten Himmel emporblicken.

»Sei gegrüßt, Macumazahn«, sagte er, »der du weiß und weise bist, doch ich, der ich schwarz und ein Krieger bin, der viel Seltsames unter der Sonne gesehen hat, habe noch nie so eine erblickt, wie wir sie heute abend vor Augen hatten. Wer oder was ist diese Herrscherin, Macumazahn?«

»Ich weiß es nicht«, sagte ich, »doch ist es wert, gelebt zu haben, um sie zu sehen, obwohl sie verschleiert ist.«

»Ich weiß es auch nicht, Macumazahn. Nein, ich weiß es nicht, denn mein Herz sagt mir, daß sie die größte aller Hexen ist, und daß du wohl daran tätest, deinen Geist gut zu verwahren, damit sie ihn dir nicht stiehlt. Denn wenn sie keine Hexe wäre, wie könnte ich dann Nada die Lilie, die die Frau meiner Jugend war, unter ihrer weißen Robe gesehen haben, und, obwohl die Zunge, in der sie sprach, mir fremd war, das Murmeln von Nadas Stimme zwischen ihren Lippen hervortönen gehört haben, von Nada, die weiter von mir entfernt ist als jene Sterne. Es ist gut, daß du die Große Medizin Zikalis auf deiner Brust trägst, Macumazahn, denn vielleicht wird sie dich vor diesen elfenbeinernen Händen beschützen.«

»Zikali ist auch ein Mitglied dieser Gilde«, sagte ich lachend, »wenn auch kein so hübsches. Aber ich fürchte mich vor keinem, und von dieser, falls sie mehr sein sollte als nur irgendeine Frau, der es gefällt, sich zu verschleiern, hoffe ich, Weisheit zu erlangen.«

»Ja, Macumazahn, solche Weisheit, wie sie dir Geister und die Toten geben können.«

»Vielleicht, Umslopogaas. Doch sind wir hergekommen, um Geister und die Toten zu finden, nicht wahr?«

»Ja«, antwortete Umslopogaas, »wegen dieser und für den Krieg, und ich denke, daß wir von allen dreien genügend finden werden. Ich hoffe nur, daß der Krieg als erstes kommen wird, damit die Toten und die Geister mich nicht vorher verzaubern und mir meine Kraft und meinen Mut nehmen können.«

Dann trennten wir uns, und da ich zu müde war, um mir auch nur Gedanken über dies alles machen zu können, warf ich mich auf mein Bett und schlief sofort ein.

Ich wurde geweckt, als die Sonne bereits hoch am Himmel stand, und zwar durch Robertson, der auf den Knien lag und laut betete, was er sich zur Gewohnheit gemacht hatte, und das mir offengestanden allmählich sehr auf die Nerven fiel. Das Gebet ist nach meinem Dafürhalten ein persönliches Gespräch zwischen dem Menschen und seinem Schöpfer, sofern es nicht in der Kirche stattfindet; außerdem hatte ich nicht das geringste Interesse daran, alles über Robertsons Sünden zu hören, die zahlreich und oft ausgefallen gewesen waren. Es ist schlimm genug, die Last der eigenen Fehltritte tragen zu müssen, ohne auch noch die anderer aufgebürdet zu bekommen, das heißt, sofern man nicht Priester ist und es von Berufs wegen tun muß. Also sprang ich aus dem Bett, um dem zu entrinnen und nachzusehen, wo man sich hier waschen konnte, nur um dem alten Billali in die Arme zu laufen, der in der Türöffnung stand, mit großem Interesse Robertson anblickte und sich den weißen Bart strich.

Er grüßte mich mit einer höflichen Verneigung und sagte: »Sagt Eurem Gefährten, o Wächter, daß es nicht nötig ist, vor Sie-die-befiehlt – und deren Befehlen man gehorchen muß –«, setzte er nachdrücklich hinzu, »auf die Knie zu fallen, wenn er sich nicht in ihrer Gegenwart befindet, und daß er in so einem Fall gut daran täte, zu schweigen, da so viel Gerede in einer fremden Sprache sie irritieren könnte.«

Ich lachte laut auf und sagte: »Er liegt nicht auf den Knien, um zu Sie-die-befiehlt zu beten, sondern zu dem Großen-im-Himmel.«

»In der Tat, Wächter? Nun, wir kennen nur eine Große, und die ist hier auf der Erde, obwohl es sehr gut sein könnte, daß sie gelegentlich den Himmel besucht.«

»In der Tat, Billali?« antwortete ich ungläubig. »Und jetzt

möchte ich dich bitten, mich an einen Ort zu führen, wo man baden kann.«

»Das Bad ist bereit«, antwortete er. »Kommt!«

Also rief ich nach Hans, der, das Gewehr in der Armbeuge, herumstand, damit er mir mit Handtuch und Seife folge, von der wir glücklicherweise noch zwei Stück besaßen, und wir gingen einen Weg entlang, der einst eine gepflasterte Straße gewesen war, die zwischen den Steinmauern von Häusern verlief, deren von der Zeit benagte Ruinen noch zu beiden Seiten standen.

»Wer und was ist die, welche Ihr Eure Königin nennt, Billali?« fragte ich, während wir auf diesem Weg entlangschritten. »Ganz gewiß ist sie nicht von Amahagger-Blut.«

»Fragt sie doch selbst, Wächter, denn ich kann es Euch nicht sagen. Ich weiß nur, daß ich meine Familie zehn Generationen weit zurückverfolgen kann, und daß mein Ahn des zehnten Gliedes seinem Sohn auf dem Totenbett erklärte – wie es durch die nachfolgenden Generationen überliefert wurde, daß zur Zeit seiner Jugend eine Sie-die-befiehlt das Land schon für mehr Jahrhunderte regiert hatte, als sein Leben Monate zählte.«

Ich blieb stehen und starrte ihn an, da die Lüge so ungeheuerlich war, daß sie mir die Kraft zur Bewegung zu rauben schien. Als er meinen sehr offensichtlichen Unglauben bemerkte, setzte er herausfordernd hinzu: »Wenn Ihr es bezweifelt, fragt sie doch selbst. Und hier ist es, wo Ihr Euch reinigen könnt.«

Er führte mich durch die Öffnung einer Rundbogentür und über den verfallenen Korridor eines Gebäudes, das zweifellos einst ein herrliches Badehaus gewesen war, wie ich es auf Darstellungen solcher Häuser aus der Römerzeit gesehen hatte. Seine Größe entsprach der einen Saales; es war aus einer Art Marmor erbaut und wurde fast zur Gänze von einem Becken eingenommen, dessen Boden leicht abfallend war, so daß die Wassertiefe von drei bis sieben Fuß betrug. Um das Becken herum verliefen Randsteige von etwa fünf Fuß Breite, an denen Kammern lagen – jetzt ohne Dach – die von den Badenden als Umkleidekabinen benutzt werden konnten, und in Nischen zwischen diesen Kammern standen die Reste von Statuen. Eine von ihnen, die in einem tieferen Alkoven am Ende der Halle vor Sonne und Witterung geschützt war, hatte die Zeit fast unbeschädigt überdauert, nur die emporgestreckten Arme fehlten (die rechte Hand, bemerkte ich, lag auf dem Boden des Beckens). Es war die Darstellung einer jungen Frau in der Pose eines Kopfsprungs, eine wunderbare Arbeit, wie ich fand, doch ich bin natürlich kein Kunstexperte, selbst das mit einen leichten Erschrecken gemischte Lächeln auf dem Gesicht des Mädchens war äußerst natürlich dargestellt.

Diese Statue bewies zweierlei: daß dieses Bad von Frauen benutzt worden war, und daß die Menschen, die es erbaut hatten, auf einer hohen Zivilisationsstufe gestanden haben mußten, und außerdem, daß sie einer östlichen Rasse angehört hatten, da die Nase des Mädchens auf einen semitischen Typus hindeutete, und ihre Lippen geschwungen und schwellend waren. Das Bassin war so sauber, daß es vermutlich für mich vorbereitet worden war, oder für andere, die es vor mir benutzt haben mochten. In seinem teilweise zerbrochenen Marmorboden entdeckte ich zersprungene Rohre aus Ton, die darauf schließen ließen, daß in früheren Zeiten das Wasser mittels eines Feuerungskessels erhitzt werden konnte.

In diesem Zeugnis einer längst vergangenen Zivilisation, das Hans mehr erregte als mich, da er so etwas noch nie gesehen hatte und es für so außergewöhnlich hielt, daß er überzeugt war, nur Hexerei hätte so etwas schaffen können, nahm ich ein wunderbares Bad. Ich konnte sogar Hans dazu überreden, meinem Beispiel zu folgen, eine für ihn sehr seltene Betätigung, und er begnügte sich auch damit, im flachsten Teil des Beckens zu hocken und ein wenig Wasser über seine gelbe, faltige Anatomie zu planschen. Dann kehrten wir zu unserem Haus zurück, wo inzwischen ein ausgezeichnetes Frühstück bereitgestellt worden war, das uns von hochgewachsenen, schweigenden, schönen Frauen serviert wurde, die uns aus den Augenwinkeln heraus beobachteten, doch kein einziges Wort sprachen.

Kurz nachdem ich gegessen hatte, erschien Billali wieder und erklärte mir, daß Sie-die-befiehlt meine Gegenwart wünsche und mit mir sprechen wolle; und er betonte, daß ich allein kommen solle. Nachdem ich nach den beiden Verwundeten gesehen hatte, deren Genesung gute Fortschritte zu machen schien, ging ich aus dem Haus, gefolgt von Hans mit seinem Gewehr, da ich nur meinen Revolver bei mir hatte. Robertson wollte mich unbedingt begleiten, da es ihm offenbar nicht wohl war bei dem Gedanken, in dieser fremden Umgebung mit den Zulus allein zu bleiben, doch Billali ließ das nicht zu; als Robertson darauf bestand, traten zwei der hochgewachsenen Krieger auf ihn zu und kreuzten vor ihm ihre Speere, eine recht bedrohlich wirkende Geste. Doch nachdem ich beschwörend auf ihn eingeredet und ihm klargemacht hatte, daß seine Halsstarrigkeit uns in Schwierigkeiten bringen könnte, gab er schließlich nach und ging ins Haus zurück.

Wir folgten dem Weg, den wir in der vergangenen Nacht gegangen waren, eine verfallene Straße – die, wie ich jetzt sah, nur eine von vielleicht hundert war, die diesen Komplex, der einmal eine große Stadt gewesen sein mußte, durchzogen –, bis wir zu dem großen Torbogen gelangten, den ich bereits erwähnte, der von Pflanzen überwuchert war, die ich ihrer gelben Blüten wegen für eine Abart des Goldlacks hielt, einer Art Saxifragus. Hier wurde Hans von den Wachen aufgehalten, und Billali erklärte mir, daß er hier auf meine Rückkehr warten müsse, ein Befehl, dem Hans sich willig unterwarf. Dann ging ich den schmalen Korridor entlang, auf dem wie zuvor zu beiden Seiten Wachen standen, reglos wie Statuen, und gelangten zu dem Vorhang an seinem Ende. Auf einen schweigenden Wink Billalis, der an diesem Ort nicht zu sprechen wagte, blieb ich stehen und wartete.

## 13

# *Allan hört eine seltsame Geschichte*

Ich stand mehrere Minuten lang vor diesem Vorhang, so daß es mir langweilig geworden wäre, hätte nicht eine gewisse Elektrizität in der Luft gelegen, eine Art Kraft, die, vielleicht allein in meiner Phantasie, diesen Ort zu erfüllen schien. In der Tat wollte ich meinen Begleiter schon fragen, warum er nicht hineinginge und uns anmeldete, anstatt hier herumzustehen wie ein abgestochenes Kalb, die Augen fest geschlossen, wie im Gebet oder bei einer Meditation, als der Vorhang aufglitt und eine dieser hochgewachsenen Frauen heraustrat, die wir am vergangenen Abend gesehen hatten. Sie blickte uns ein paar Sekunden lang ernst an, bewegte dann zweimal die Hand, zuerst auf Billali zu, als Zeichen, daß er sich zurückziehen möge, was er auch sehr eilig tat, dann mit einer winkenden Geste zu mir, zum Zeichen, daß ich ihr folgen sollte.

Ich tat es, passierte den schweren Vorhang, den sie auf irgendeine Art hinter mir verschloß, und befand mich in demselben Raum mit der gewölbten Decke und den verzierten Wänden, den ich bereits beschrieben habe. Nur daß jetzt keine Lampen brannten, da genügend Licht durch eine Öffnung in der Decke auf die Empore herabfiel, und auf die Gestalt, die auf dieser Empore saß.

Ja, dort saß sie, in ihrer weißen Robe und mit ihrem weißen Schleier, im Mittelpunkt eines Sees von Licht, das auf sie herabfiel, eine wunderbare und in gewisser Weise fast spirituelle Vision, denn, ehrlich gesagt, es war etwas um sie, das nicht von dieser Welt war, etwas, das mich anzog und gleichzeitig in Angst versetzte. Reglos wie eine Statue saß sie da, wie eine, für die die Zeit keine Rolle spielt und die der Bewegung müde geworden ist, und zu beiden Seiten von ihr, genauso reglos, wie Kyriatiden, die einen Schrein stützen, standen zwei der wunderbaren Frauen, die ihre Dienerinnen waren. In der Luft dieses Raums lag ein süßer und betörender Duft, der meinen Geist benebelte, wie Haschisch es tun mochte, und der zweifellos von ihr ausging, oder von ihrer Robe, denn ich sah kein Weihrauchfeuer brennen. Sie sprach kein Wort, und doch wußte ich, daß sie mich einlud näherzutreten, und schritt auf sie zu, bis ich einen seltsam geschnitzten Stuhl erreichte, der vor der Empore stand, und dort blieb ich stehen, da ich nicht wagte, mich ohne Erlaubnis zu setzen.

Eine ganze Weile sah sie mich schweigend an, denn wie zuvor konnte ich den Blick ihrer Augen spüren, der mich von Kopf bis Fuß prüfte und in mich hineinzublicken schien, als ob sie auch meine Seele betrachten wollte. Schließlich bewegte sie sich, hob ihre elfenbeinernen Arme wie in einer Art Schwimmbewegung nach außen, woraufhin die beiden Frauen zu ihrer Linken und Rechten sich umwandten und den Raum verließen.

»Setzt Euch, Allan«, sagte sie, »und laßt uns reden, denn ich glaube, daß wir einander viel zu sagen haben. Habt Ihr gut geschlafen? Und gut gegessen, obwohl ich fürchte, daß das Essen hier für Euch recht frugal ist? Und ist das Bad für Euch bereitet worden?«

»Ja, Ayesha«, beantwortete ich alle drei Fragen, und fügte hinzu, da ich nichts anderes zu sagen wußte: »Es scheint ein sehr altes Bad zu sein.«

»Als ich es zuletzt sah«, antwortete sie, »befand es sich noch in sehr gutem Zustand, von Statuen umgeben, die von einem Bildhauer geschaffen worden waren, der die Schönheit in seinen Träumen gesehen hatte. Doch im Laufe von zweitausend Jahren – oder sind es mehr? – hat der Zahn der Zeit tief genagt, und es ist zweifellos, wie alles andere an diesem toten Ort, jetzt eine Ruine.«

Ich hüstelte, um einen Ausruf des Unglaubens zu unterdrücken, der mir auf der Zunge lag, und bemerkte nur, daß zweitausend Jahre freilich ein recht langer Zeitraum seien.

»Wenn Ihr das eine sagt und das andere meint, Allan, ist

Euer Arabisch sogar noch schlechter als sonst und nicht dazu dienlich, Eure Gedanken zu verbergen.«

»Dem mag so sein, Ayesha, denn ich habe diese Sprache, wie viele andere Sprachen Afrikas, von dem einfachen Volk gelernt. Englisch ist meine Muttersprache, in der ich mich, falls Ihr mit ihr vertraut sein solltet, zu unterhalten vorziehen würde.«

»Die englische Sprache ist mir unbekannt, da sie zweifellos entstanden ist, seit ich die Welt verlassen habe. Vielleicht könnt Ihr mich nach und nach etwas davon lehren, doch laßt mich Euch sagen, daß Ihr mich verärgert, weil Ihr nichts von dem glaubt, das über meine Lippen gekommen ist, und doch nicht wagt, es zu sagen.«

»Wie kann ich jemandem glauben, Ayesha, der – wenn ich Euch richtig verstehe – davon spricht, ein bestimmtes Bad vor zweitausend Jahren gesehen zu haben, wo doch achtzig Jahre das Maß ist, das dem Menschen zugestanden ist? Vergebt mir deshalb, wenn ich nicht glauben kann, was offensichtlich unwahr sein *muß*.«

Jetzt befürchtete ich natürlich, daß sie sehr ungehalten werden würde und bereute, daß ich so offen gewesen war. Wie es sich herausstellte, war sie es jedoch nicht.

»Ihr müßt sehr viel Mut besitzen, um mich so offen einer Lüge zu bezichtigen«, sagte sie, »ich liebe den Mut, ich, die ich mich für so lange Zeit ducken mußte. Von Eurem Mut weiß ich, da ich vernommen habe, wie Ihr Euch in dem gestrigen Kampf verhalten habt, und von einigen anderen Dingen, die ich über Euch weiß. Ich denke, daß wir Freunde werden könnten, verlangt nicht nach mehr.«

»Was sonst könnte ich verlangen, Ayesha?« fragte ich unschuldig.

»Jetzt lügt Ihr mich wieder an«, sagte sie, »mich, die sehr wohl weiß, daß kein Mann, der ein Mann ist, eine Frau, die schön ist und die ihm gefällt, ansehen kann, ohne sich zu fragen, ob er sich wünschen sollte, daß sie ihn liebte – wenn sie jung ist.«

»Was zumindest unmöglich sein kann, wenn sie bereits zweitausend Jahre gelebt hat, und es nach dieser langen

Zeitspanne natürlich vorzieht, einen Schleier zu tragen«, sagte ich mutig, da ich mich nicht in das Streitgespräch verwickeln lassen wollte, in das sie mich offensichtlich zu ziehen versuchte.

»Ah!«, antwortete sie, »ich vermute, daß der kleine, gelbe Mann, der Licht-im-Dunkel genannt wird, diesen Gedanken in Euer Herz gepflanzt hat. Oh, macht Euch keine Gedanken darüber, woher ich das weiß, die so viele Spione hier hat, da meine Vermutung sehr richtig war. Also muß eine Frau, die zweitausend Jahre lang gelebt hat, häßlich und faltig sein, nicht wahr? Also muß die Süße von Jugend und Schönheit ihr entflohen sein: dessen, Ihr weiser Mann, seid Ihr sicher. Nun gut, Ihr habt mich versucht, das zu tun, was ich entschlossen war, niemals zu tun – und Ihr sollt die Frucht von diesem Baum der Neugier pflücken, der so rasch in Euch wächst. Seht her, Allan, und sagt mir, ob ich alt und häßlich bin, obwohl ich zweitausend Jahre auf Erden gelebt habe, und vielleicht viele Jahre mehr.«

Mit diesen Worten hob sie die Hände und tat etwas mit ihrem Schleier, so daß für einen Moment, nur für einen Moment, ihr Gesicht enthüllt war, wonach der Schleier wieder herabfiel.

Ich blickte sie an, und wenn der Stuhl, auf dem ich saß, keine Lehne gehabt hätte, wäre ich sicher heruntergefallen. Denn was ich sah ... war nicht zu beschreiben, zumindest nicht von mir, als vielleicht bestenfalls als ein Aufblitzen von Erhabenheit. Jeder Mann träumt von vollkommener Schönheit, wobei er seine Vorstellungen vielleicht an einer Frau ausrichtet, die diesem Ideal entspricht, mit ein paar Zutaten von griechischen Statuen, und solchen seiner Phantasie. Ich auf jeden Fall habe einen solchen Traum – und hier stand er vor mir, vollkommene Schönheit vervielfältigt, eine solche Schönheit, daß meine Sinne sich verwirrten. Und doch eine Schönheit, ich wiederhole es, die sich nicht beschreiben läßt.

Ich kann nicht mehr sagen, wie ihre Nase oder ihre Lippen aussahen; eigentlich weiß ich nur noch, wie wunderbar ihre Augen waren, deren Zauber ich am vergangenen

Abend durch den Schleier erahnt hatte. Sie waren unglaublich schön, doch auch sie kann ich nicht beschreiben, außer daß ihre Grundfarbe schwarz war. Außerdem schienen sie mehr als Augen zu sein, so wie wir sie verstehen. Sie waren Fenster der Seele, aus denen Denken und Majestät und unendliche Weisheit blickten, vermischt mit all den Anziehungskräften und Mysterien, die wir in Frauen zu sehen glauben.

Hier möchte ich eines sagen: falls dieses wunderbare Wesen glaubte, mich durch diese Offenbarung zu ihrem Sklaven machen zu können, mich zwingen zu können, mich in sie zu verlieben, wie man es so nennt, würde sie eine sehr große Enttäuschung erleben, denn diese Wirkung hatte es auf mich nicht. Es ängstigte mich und erniedrigte mich sogar auf gewisse Weise, das war alles, denn ich fühlte mich in einer Gegenwart von etwas, das nicht menschlich war, etwas, das mir als Menschen absolut fremdartig war, das ich fürchten und sogar verehren konnte, so wie die Menschheit etwas anbetet, das göttlich ist, mit dem es jedoch keinen näheren Kontakt zu haben wünscht. Außerdem erhob sich die Frage: war es göttlich, oder nur etwas – Anderes? Ich wußte es nicht, ich wußte nur, daß es nicht für mich bestimmt war, so wenig wie ich erwarten konnte, daß ein Stern meine Laterne erhellte.

Ich denke, daß sie das fühlte, spürte, daß ihr Schlag nicht getroffen hatte, wie die Franzosen sagen, das heißt, falls sie im Moment überhaupt zuschlagen hatte wollen – wovon ich nicht überzeugt bin, da es eine andere Stimme war, eine Stimme, in der eine Spur von Kälte und einem kleinen Lachen klang, die sagte: »Gebt Ihr jetzt zu, Allan, daß eine Frau alt sein kann, und doch schön und faltenlos bleibt?«

»Ich gebe zu«, sagte ich, obwohl ich so zitterte, daß ich kaum sprechen konnte, »daß eine Frau so über alle Maßen schön sein kann, daß es die Vorstellungskraft eines Mannes übersteigt, ganz gleich, was ihr Alter sein mag, das mir unbekannt ist. Ich möchte noch hinzusetzen, Ayesha, daß ich Euch danke, mir die Vollkommenheit enthüllt zu haben, die unter diesem Schleier verborgen ist.«

»Warum?« fragte sie, und ich glaubte Neugier in ihrer Frage entdecken zu können.

»Aus dem Grund, Ayesha, daß jetzt kein Anlaß zu der Annahme mehr besteht, ich könnte Euch auf die Weise zu nahe treten, die Ihr vor einer Minute zu befürchten schient. Genausogut könnte ein Mann sich wünschen, den Mond anbeten zu dürfen, der in silberner Einsamkeit durch die Himmel zieht.«

»Den Mond? Wie seltsam, daß Ihr mich mit dem Mond vergleicht«, sagte sie nachdenklich. »Wißt Ihr, daß der Mond im alten Ägypten eine große Göttin war und den Namen Isis trug, und daß ich – einst mit Isis zu tun hatte? Vielleicht wart Ihr dabei, da den meisten von uns mehr als ein Leben gegeben ist. Ich muß ständig suchen und lernen. Was die anderen angeht, so verfügen nicht viele über das klare Denken, wie es bei Euch der Fall ist, Allan. Im Gegenteil, die meisten lieben das Göttliche und suchen es zu gewinnen.«

»Das tue ich ebenfalls, aus der Ferne, Ayesha, habe jedoch nicht das Verlangen, ihm zu nahe zu kommen, da ich weiß, daß es mich verzehren könnte.«

»Ihr seid weise«, antwortete sie, nicht ohne Bewunderung. »Nur wenige Motten fürchten die Flamme, doch sind das die Motten, die überleben. Ich glaube aber, daß Ihr Euch die Flügel schon einmal angesengt und gelernt habt, daß Feuer weh tut. Ja, jetzt erinnere ich mich, daß ich von dreien solcher Feuer gehört habe, durch die Ihr geflogen seid, obwohl sie jetzt nur noch tote Asche sind, oder anderswo brennen mögen. Zwei davon waren in Eurer Jugend, und eine von ihnen starb, um Euch zu retten, eine großartige Frau, ist es nicht so? Und die dritte ... – ah! – sie war wirklich ein Feuer, obwohl sie mit einer kupferfarbenen Flamme brannte. Wie war noch ihr Name? Ich kann mich nicht erinnern, doch glaube ich, daß er etwas mit dem Wind zu tun hatte, ja, mit dem seufzenden Wind.«

Ich starrte sie an. Sollte dieser Mameena-Mythos wieder ausgegraben werden, hier, an diesem geheimen Ort im Herzen Afrikas? Und woher, zum Teufel, wußte sie etwas von

Mameena? Konnte sie mit Hans oder Umslopogaas gesprochen haben? Nein, das war unmöglich, da sie die beiden nur gesehen hatte, als ich dabei war.

»Vielleicht«, fuhr sie spöttisch fort, »vielleicht glaubt Ihr mir wieder nicht, Allan, dessen zynischer Verstand sich so schwer neuen Wahrheiten öffnet. Nun, soll ich Euch die Gesichter dieser drei zeigen? Ich kann es.« Sie hob die Hand zu einem Objekt, das auf einem Dreifuß rechts von ihr im Schatten stand – es sah wie eine Kristallschale aus. »Doch wozu, da Ihr sie so gut kennt und doch nur glauben würdet, daß ich ihre Bilder aus Eurer Seele zöge. Außerdem könnte nur ein einziges Bild erscheinen, und das ist Euch noch fremd. Habt Ihr davon gehört, Allan, daß einige unter den Weisen die Ansicht vertreten, nicht alles von uns hier auf Erden sei innerhalb desselben fleischlichen Hauses sichtbar, weil das Selbst in seinem oberirdischen Heim viele Teile umfasse, von denen jedes in einer anderen Form auf Erden lebt, ein Segment des Lebenskreises ist, der niemals aufgelöst werden kann und sich schließlich wiedervereinen muß?«

Ich schüttelte den Kopf, da ich nie derartiges gehört hatte.

»Ihr habt noch viel zu lernen, Allan, obwohl es einige gibt, die Euch für weise halten«, fuhr sie in demselben spöttischen Tonfall fort. »Nun, ich bin überzeugt, daß diese Meinung auf einen Felsen von Wahrheit gegründet ist, und auch ...«, setzte sie hinzu, nachdem sie mich eine Weile prüfend angeblickt hatte, »daß in Euren Fall diese drei Frauen jenen Kreis nicht vollendet haben. Ich glaube, daß es noch eine vierte gibt, die Euch bis jetzt in diesem Leben unbekannt ist, obwohl Ihr sie in anderen sehr gut gekannt habt.«

Ich stöhnte, da ich vermutete, daß sie damit auf sich selbst hindeuten wollte, was töricht von mir war, da sie meine Gedanken sofort las und ein recht kühles, kleines Lachen anstimmte.

»Nein, nein, nicht die bescheidene Sklavin, die hier vor Euch sitzt, und die Ihr, wie ihr mir erklärt habt, als unwürdig zurückweisen würdet, wenn man sie Euch als Opfergabe präsentierte, wie es in alten Zeiten an den Höfen der großen Könige des Ostens geschah. Oh, Narr, Narr, der Ihr Euch für so stark haltet und nicht wißt, daß ich Euch, bevor der Schatten an jener Wand auch nur um die Breite eines Fingers weitergerückt ist, vor mir auf die Knie zwingen und Euch darum flehen lassen könnte, meine Robe küssen zu dürfen, ja, selbst nur den Saum meiner Robe.«

»Dann bitte ich Euch, es nicht zu tun, o Ayesha, da ich glaube, daß es für uns beide Arbeit gibt, bei der es bequemer wäre, Seite an Seite zu stehen, als wenn ich auf dem Boden hocken und begehren würde, ein Bekleidungsstück zu küssen, das Ihr mir dann sicherlich vor der Nase wegziehen würdet.«

Bei diesen Worten schien ihr ganzes Verhalten sich zu verändern. Ich konnte sehen, wie ihre makellose Gestalt sich unter der Robe straffte und spürte, daß ihr Verstand sich ebenfalls verändert hatte, daß er sich von Spott und weiblicher Scharfzüngigkeit befreit hatte und sich wie ein Scheinwerfer auf ein neues Ziel richtete.

»Daß es Arbeit gibt ...«, wiederholte sie in einem anderen Tonfall. »Ja, ich danke Euch, daß Ihr mich daran erinnert, da die Stunden verstreichen und die Arbeit dringend ist. Außerdem glaube ich, daß wir zu einer Absprache kommen sollten, da wir beide des Blutes sind, das solche Absprachen hält, selbst wenn sie nicht niedergeschrieben, unterzeichnet und gesiegelt sind. Warum, seid Ihr zu mir gekommen, und was wollt Ihr von mir, Allan, Wächter der Nacht? Sagt es, und sagt es mir ehrlich, denn obwohl ich über Lügen lachen und sie übergehen mag, wenn sie Teil des ewigen Duells sind, das die Natur zwischen Mann und Frau austragen läßt, bis sie zerbrechen, oder ihre Schwerter zu Boden werfen und Waffen wählen, die ihnen nur zu gut liegen – doch wenn sie die Politik und hohe Ziele betreffen, dann zahle ich sie dem Lügner heim.«

Jetzt zögerte ich, da das, was ich ihr hatte sagen wollen, mir jetzt töricht erschien, sogar wahnsinnig. Und sie wartete geduldig, als ob sie mir Zeit geben wollte, meine Gedanken zu ordnen.

Schließlich sagte ich: »Ich bin gekommen, Ayesha, damit

Ihr mir die Toten zeigt, wenn die Toten noch anderenorts leben.«

»Und wer, o Allan, hat Euch gesagt, daß ich Euch die Toten zeigen könnte, wenn sie nicht wirklich tot sind? Es gibt da nur einen, glaube ich, und wenn Ihr sein Botschafter seid, so zeigt mir sein Zeichen, denn ohne dieses Zeichen werden wir über solche Dinge nicht sprechen.«

»Was für ein Zeichen?« fragte ich unschuldig, obwohl ich sie sehr wohl verstand.

Sie blickte mich mit ihren großen Augen prüfend an, denn ich spürte sie, sah sie sogar durch den Schleier auf mich gerichtet.

»Ich denke ...«, sagte sie schließlich, »nein, laßt mich sichergehen.« Sie erhob sich halb, beugte sich über den Dreifuß und starrte in das Objekt, das eine Kristallschale zu sein schien. »Wenn ich es richtig sehe«, sagte sie und richtete sich wieder auf, »so handelt es sich um ein überaus häßliches Ding, das geschnitzte Ebenbild einer Mißgeburt von Mensch, wie es keine Frau jemals erblicken sollte, damit das Kind, das sie trägt, nicht von ihm geprägt wird; doch es ist auch ein Ding, dem Zauberkräfte innewohnen, die den schützen, der es trägt, und besonders Euch, Allan, da etwas mir sagt, daß es mit dem Blut einer gefärbt ist, die Euch liebte. Wenn Ihr es besitzt, so laßt es mich sehen, denn ohne es werde ich nicht mit Euch über die Toten sprechen.«

Nun zog ich den Talisman unter meinem Hemd hervor und streckte ihn ihr entgegen.

»Gebt ihn mir!« sagte sie.

Ich wollte es gerade tun, als irgend etwas mich warnte, ihn aus der Hand zu geben.

»Nein«, antwortete ich. »Er, der mir diese Schnitzerei für eine Weile lieh, hat mir zur Auflage gemacht, daß ich sie Tag und Nacht tragen müsse, sie nur in einem Notfall ablegen dürfe, um andere zu retten, bis ich sie wieder in seine Hände zurücklegen würde, und er versicherte mir, daß das Glück mich verlassen würde, falls ich mich von ihr trennte. Ich habe es anfangs nicht geglaubt und wollte mich von ihr befreien, woraufhin ich vom Tod bedroht wurde, der in Gestalt einer Schlange kam, so eine Schlange, wie ich sie um Euch geschlungen sehe, die zweifellos auch Gift in ihren Fängen hat, wenn auch eins von einer anderen Art, o Ayesha.«

»Tretet näher und laßt es mich ansehen! Habt keine Angst!«

Also erhob ich mich von dem Stuhl und kniete vor ihr nieder, in der Hoffnung, daß niemand mich in dieser lächerlichen Pose sah, die sogar Menschen, die völlig frei von Mißtrauen waren, mißdeuten mochten. Ich gebe jedoch zu, daß sie ihre Vorteile hatte, weil ich nun durch den Schleier ihre wunderbaren Augen besser sah als zuvor, und auch etwas von der reinen Linie ihres klassischen Gesichts, und auch der wunderbare Duft ihres Haares war deutlicher zu riechen.

Sie nahm den Talisman in die Hand und betrachtete ihn sehr genau.

»Ich habe von diesem Talisman gehört«, sagte sie, »und es trifft zu, daß er Macht besitzt, denn ich fühle sie durch meine Venen strömen, und ich spüre auch, daß er ein Verteidigungsschild für den ist, der ihn trägt. Ja, und jetzt verstehe ich, was mich eben ein wenig irritierte, nämlich, wie es Euch gelungen ist, mich dazu zu bringen, meinen Schleier zu lüften – doch wollen wir dieses Thema lassen. Die Weisheit war nicht die Eure, sondern die eines anderen, das ist alles. Ja, die Weisheit eines Mannes, dessen Jahre ihn jenseits der Lichtspeere getragen haben, die aus den Augen einer Frau strömen, jenen ruinösen Speeren, die Männer ins Verderben und ins Nichts stürzen. Sagt mir, Allan, ist dies das Abbild dessen, der es Euch gegeben hat?«

»Ja, Ayesha, es ist sein Ebenbild, von ihm selbst geschnitzt, wie ich vermute, obwohl er behauptet, daß es uralt ist und andere sagen, daß man es im Land seit Jahrhunderten kennt.«

»Vielleicht stimmt beides«, antwortete sie trocken, »da einige unserer Gilde sehr lange leben. Doch nennt mir jetzt den Namen dieses Zauberers. Nein, wartet, denn ich möchte den Beweis dafür haben, daß Ihr in der Tat sein Botschafter seid, mit dem ich über die Toten sprechen kann, und über andere Dinge, Allan. Ihr könnt Arabisch lesen, nicht wahr?«

»Ein wenig«, antwortete ich.

Sie nahm von einem Hocker, der neben ihr stand, einen Bogen Papier, oder vielmehr einen Papyrus, und eine Feder, legte den Papyrus auf ihr Knie und schrieb etwas darauf, bevor sie ihn mir zusammengefaltet gab.

»Jetzt nennt mir die Namen«, sagte sie, »und dann laßt uns sehen, ob sie mit denen übereinstimmen, die ich aufgeschrieben habe, denn wenn dem so ist, seid Ihr ein ehrlicher Mann, und nicht nur ein Wanderer oder ein Spion.«

»Die Namen dieses Medizinmannes sind: Zikali, Öffner von Straßen, und ›Das-Ding-das-niemals-hätte-geboren-sein-sollen‹«, antwortete ich.

»Lest, was ich geschrieben habe, Allan!« sagte sie.

Ich faltete den Papyrus auseinander und las arabische Worte, die lauteten: ›Waffen, Spalter von Felsen, Einer, den Hunde anbellen, und vor dem Kinder weinen‹.

»Die letzten beiden waren recht nahe«, sagte sie, »doch der erste war falsch.«

»Nein, Ayesha, da Zikali in der Sprache dieses Mannes ›Waffen‹ bedeutet« – worauf sie in die Hände klatschte wie ein Kind –, »ist er ohne Zweifel ein großer Medizinmann, einer, der Dinge sieht und weiß, die andere nicht sehen, doch aus welchem Grund diese Figur, die nach seinem Ebenbild geschnitzt wurde, Macht besitzt, wie Ihr es eben behauptetet, verstehe ich nicht.«

»Weil sein Geist in ihm steckt, Allan. Habt Ihr nie von den Ägyptern gehört, einem sehr weisen Volk, das, wie ich mich erinnere, verkündete, daß jeder Mensch sein *Ka* oder Double habe, ein zweites Ich, welches in einer Statue leben und ausgesandt werden kann?«

Ich antwortete, daß ich davon gehört hätte.

»Gut. Das *Ka* dieses Zikali steckt in diesem grauenhaften Bildnis von ihm, was vielleicht der Grund dafür ist, daß Ihr unbeschadet durch so viele Gefahren gehen konntet, und warum ich in der vergangenen Nacht so viel von ihm träumte. Sagt mir nun, was Zikali von mir will, deren Macht er so gut kennt.«

»Ein Orakel, die Auflösung eines Rätsels, o Ayesha.«

»Dann setzt einen anderen Zeipunkt dafür fest. Also: Ihr wünscht die Toten zu sehen, und dieser alte Zwerg, der ein Haus der Weisheit ist, möchte ein Orakel von einer, die größer ist als er. Gut. Und was seid Ihr – oder ihr beide – bereit für diesen Dienst zu zahlen? Wißt, Allan, daß ich eine Händlerin bin, die ihre Gunst teuer verkauft. Sagt mir, was Ihr dafür zahlen wollt.«

»Ich denke, daß es an Euch ist, den Preis festzusetzen«, antwortete ich vorsichtig. »Nennt Euren Preis, Ayesha.«

»Habt keine Furcht, listiger Händler«, sagte sie spöttisch. »Ich verlange nicht Eure Seele, ja nicht einmal Eure Liebe, die Ihr so eifersüchtig bewahrt, da ich mir diese Dinge nehmen könnte, ohne danach zu fragen.

Nein, ich will nur das, was ein tapferer und ehrlicher Mann ohne Scham geben kann: Eure Hilfe in einem Krieg, und vielleicht ...«, setzte sie in einem sanfteren Ton hinzu, »Eure Freundschaft, da ich glaube, Allan, daß ich Sie sehr mag, vielleicht, weil Ihr mich an andere Männer erinnert, die ich in längst vergessenen Jahren kannte.«

Ich neigte den Kopf ob dieses Kompliments und fühlte Stolz und Freude über die Aussicht, eine Freundschaft mit diesem wunderbaren und überirdisch schönen Wesen haben zu dürfen, obwohl ich mir darüber klar war, daß viele Gefahren darin verborgen lagen, dann saß ich still und wartete. Sie wartete ebenfalls und brütete vor sich hin.

»Hört«, sagte sie schließlich, »ich werde Euch eine Geschichte erzählen, und wenn Ihr sie gehört habt, werdet Ihr mir antworten, selbst wenn Ihr mir nicht glauben solltet, doch nicht vorher. Gefällt es Euch, mir zuzuhören?«

Wieder verneigte ich mich und dachte, daß nichts mich mehr befriedigen würde, der ich von einer verzehrenden Neugier hinsichtlich dieser Frau befallen war.

Jetzt erhob sie sich von ihrer Couch, trat von der Empore herab und begann auf und ab zu gehen. Ich nenne es Gehen, doch waren ihre Bewegungen eher die eines Adlers, der durch die Lüfte gleitet, oder die eines Schwans auf einem stillen Gewässer, so schwingend waren sie, so elegant.

Während sie so auf und ab schritt, sagte sie mit leiser und erregender Stimme: »Hört, und selbst wenn diese Geschichte Euch verwunderlich erscheint«, wiederholte sie, »unterbrecht mich nicht! Und vor allem macht Euch nicht über mich lustig, da ich sonst zornig werden könnte, was für Euch schlimm ausgehen könnte. Ich bin nicht so wie andere Frauen, Allan, die die Geheimnisse der Natur besiegt haben« – hier spürte ich einen brennenden Wunsch, zu fragen, worin diese Geheimnisse bestünden, erinnerte mich jedoch an ihre Mahnung und schwieg –, »zu meinem Bedauern habe ich mir meine Jugend und meine Schönheit über so viele Äonen erhalten können. Außerdem habe ich in der Vergangenheit, vielleicht zur Sühne für meine Sünden, andere Leben gelebt, deren Erinnerung mir verblieben ist.

Durch meine letzte Geburt bin ich eine arabische Dame königlichen Geblüts, ein Nachkomme der Könige des Ostens. Dort habe ich in der Wildnis gelebt und über ein Volk geherrscht, und in den Nächten Weisheit von den Sternen und von den Geistern der Erde und der Lüfte gesammelt. Schließlich wurde ich all dessen müde, und mein Volk wurde meiner müde und flehte mich an, fortzugehen, denn, Allan, ich wollte nichts mit Männern zu tun haben, doch die Männer wurden verrückt ob meiner Schönheit und töteten einander aus Eifersucht. Außerdem führten andere Völker Kriege gegen das meine, in der Hoffnung, mich gefangennehmen zu können, damit ich die Frau seines Königs würde. Also bin ich fortgegangen, und da ich ein großes Vermögen an gehortetem Gold und Juwelen besaß, zog ich durch die Welt und studierte die Völker und ihre Religionen. In Jerusalem verblieb ich längere Zeit und erfuhr von Jehova, der sein Gott ist, oder war.

In Paphos, auf der Insel Chitim* verblieb ich ebenfalls eine Weile, bis das Volk jener Stadt glaubte, ich sei die zur Erde zurückgekehrte Aphrodite und mich anbeten wollte. Aus

* Zypern

diesem Grund, und weil ich mich über Aphrodite lustig machte, ich, die, wie gesagt, nichts mit Männern zu tun haben wollte, verfluchte sie mich durch ihre Priester und erklärte mir, daß ihr Joch von Generation zu Generation schwerer auf meinen Schultern lasten würde als auf denen irgendeiner anderen Frau, die unter der Sonne lebte. Es war eine seltsame Szene«, setzte sie sich erinnernd hinzu, »jene dieses gegenseitigen Verfluchens, denn für jedes Wort gab ich deren zwei zurück. Außerdem erklärte ich diesem alten Schurken von Priester, er solle seiner Göttin ausrichten, daß ich noch weiterleben würde, wenn sie längst gestorben wäre, denn der Geist der Prophezeiung war zu jener Stunde in mir. Jedoch hatte dieser Fluch seine Wirkung, da Aphrodite zu ihrer Zeit, glaubt es, oder glaubt es nicht, wirklich Macht besaß, wie sie sie auch heute noch unter anderen Namen besitzt, und wie sie sie besitzen wird, solange die Welt besteht, und – denn das sollte ich wissen – über das Ende der Welt hinaus. Wird sie noch in irgendeinem Land verehrt, Allan?«

»Nein, lediglich ihre Statuen, wegen ihrer Schönheit, obwohl die Liebe überall verehrt wird.«

»Ja, Allan, und wer kann besser Zeugnis darüber geben, wenn jener, der Zikali genannt wird, mir in seinen Träumen, die er mir schickt, die Wahrheit über Euch sagt? Was die Statuen betrifft, so sah ich einige von ihnen, als sie in Griechenland entstanden, und als ich dem Meister sagte, er hätte ein besseres Vorbild wählen sollen, habe ich sogar für eine Modell gestanden. Falls sie die Zeiten überdauert haben sollte, müßte sie die berühmteste von allen sein, obwohl Aphrodite sie vielleicht in einem Anfall rasender Eifersucht zerstört haben mag. Ihr werdet mir später von diesen Statuen berichten; die meine trägt ein Mal auf der linken Schulter, das wie ein Leberfleck aussieht, doch ist es eine Fehlerhaftigkeit des Marmors, nicht meines Körpers, wie ich beweisen könnte, wenn Ihr das wollt.«

Da ich es für besser hielt, diese Diskussion nicht in dieser Richtung fortzusetzen, schwieg ich, und sie sprach weiter.

»Von Zypern aus ging ich nach Ägypten und trat dort in den Orden der Göttin Isis, der Himmelskönigin, ein, um mich den Männern zu entziehen, deren Seufzen und Flehen mich langweilte, und um größere Weisheit zu erlangen, deren Herrin sie ist, und schwor, für ewig Jungfrau zu bleiben. Wenig später wurde ich zu ihrer Hohepriesterin, und in ihrem heiligsten Schrein am Ufer des Nils kommunizierte ich mit der Göttin und teilte ihre Macht, da sie keins ihrer Geheimnisse vor mir bewahrte. So kam es, daß, obwohl Pharaonen und Hohepriester das Zepter hielten, ich es war, die über Ägypten herrschte, und zu meiner Zeit war es groß. Ja, Könige kamen zu mir, um sich Rat zu holen, knieten vor meinem Thron nieder, auf dem ich saß, in die Gewänder der Isis gekleidet und ihre Macht ausstrahlend, um mir die Füße zu küssen. Doch alles dies wurde ich schließlich müde, wie es Menschen selbst des Himmels werden würden, von dem sie predigen, sollten sie ihn jemals finden.«

»Warum?« fragte ich.

»Weil in dem Himmel ihrer Vorstellung alle Dinge zur Hand sind, und die Männer, da sie nun einmal Männer sind, ohne Kampf nicht glücklich sein können, und die Frauen, da sie nun einmal Frauen sind, nicht ohne den Sieg über andere. Was billig erworben oder als Geschenk erhalten wird, besitzt keinen Wert, Allan; um etwas genießen zu können, muß man es erst erringen. Aber ich habe Euch doch gebeten, meinen Gedankengang nicht zu unterbrechen.«

Ich bat sie um Verzeihung, und sie fuhr fort.

»In Ägypten war es, wo der Fluch der Aphrodite auf mich fiel, ja, und auch der Fluch der Isis, so daß diese doppelte Verwünschung mich zu dem machte, was ich heute bin, eine verirrte Seele, die in der Wildnis lebt und auf die Erfüllung eines Schicksals wartet, dessen Ende sie nicht kennt. Denn obwohl ich alle Weisheit der Vergangenheit besitzen mag, und große Macht, zusammen mit der Gabe des Lebens und der Schönheit, ist die Zukunft für mich so dunkel wie eine Nacht ohne Mond und Sterne.

Hört, dies geschah mir: Obwohl es mir zur Schande gereicht, werde ich es Euch sagen, damit alles klar ist. In dem

Tempel der Isis am Ufer des Nils, wo ich herrschte, gab es einen gewissen Priester, einen gebürtigen Griechen, wie ich dem Dienst an der Göttin verschworen und deshalb mit einer anderen als ihr vermählt, ich meine im Geiste. Sein Name war Kallikrates, und er war ein Mann von außergewöhnlicher Schönheit, wie sie die alten Griechen ihren Apollo-Statuen verliehen. Niemals, glaube ich, hat es einen Mann gegeben, der von Angesicht und Gestalt schöner war, obwohl er an Intelligenz nur wenig besaß, wie es oft bei Männern der Fall ist, die alles andere haben, und fast immer bei Frauen, mit der Ausnahme von mir und vielleicht zwei oder drei anderen, von denen die Historie berichtet, die ihre angeblichen Reize jedoch zweifellos übertreibt.

Nun hatte der Pharao jener Tage eine Tochter, eine Prinzessin von Ägypten – eine recht hübsche Frau, auf ihre Art, wenn auch etwas dunkelhäutig – die zum Tempel kam, um dort einen Mond lang in Kommunikation mit der Göttin zu verbringen, oder genauer gesagt: mit mir, die ich ihr Zepter hielt, da sie nicht die geheimen Brücken kannte, über die allein es ein paar Wenigen möglich ist, die Kluft zu überwinden, die zwischen uns und jener Unsterblichen liegt. Diese Amenartas sah den Priester Kallikrates und verfiel ihm, wie es oft geschieht, wenn dunkelhäutige Frauen einem Mann eines helleren Typus begegnen; also umgarnte sie seine törichten Sinne mit solchen bekannten Künsten, wie sie selbst den einfachsten unseres Geschlechts von Geburt an geläufig sind.

Als ich von diesem Sakrileg erfuhr, schickte ich nach diesem Priester und warnte ihn vor den Gefahren und vor der Verdammung, die ihn erwartete, sollte er auf diesem Wege weiterschreiten. Er bekam es mit der Angst zu tun. Er warf sich vor mir auf den Boden, stöhnend und flehend und meine Füße küssend, schwor mir, daß sein Umgang mit der königlichen Amenartes lediglich ein Schleier sei, und daß ich es sei, die er anbete. Seine unheiligen Worte erfüllten mich mit Grauen; ich gebot ihm streng, zu gehen und für sein Verbrechen Buße zu tun, und versprach ihm meine Fürbitte bei der Göttin. Er ging und ließ mich mit meinen düsteren Gedanken in dem dunkel werdenden Schrein allein zurück. Dann kam der Schlaf über mich, und im Schlaf träumte ich einen Traum, oder sah eine Vision. Denn plötzlich stand eine Frau vor mir, so schön wie ich selbst, mit nichts anderem bekleidet als einem goldenen Gürtel und einem durchsichtigen Schleier.

›O Ayesha‹, sagte sie mit süßer Stimme, ›Priesterin der Isis der Ägypter, verschworen dem unfruchtbaren Kult der Isis und ernährt von der Asche ihrer unprofitablen Weisheit, wisse, daß ich die Aphrodite der Griechen bin, die du in ihrem Schrein von Paphos verhöhnt und verleugnet hast, und Königin der atmenden Welt, so wie Isis die Königin der Welt der Toten ist. Weil du mich verachtet und Schmach auf meinen Namen geladen hast, schlage ich dich mit all meiner Macht und lege einen Fluch auf dich. Ich verhänge über dich, daß du diesen Mann lieben und begehren sollst, der bisher nur deine Füße geküßt hat, und dich bis zum Ende der Welt danach sehnen sollst, zum Dank dafür seine Lippen zu küssen, obwohl du soweit über ihm stehst wie der Mond, dem du dienst, über dem Nil. Glaube nicht, daß du meinem Fluch entrinnen kannst, denn wisse, ganz gleich, wie stark der Geist sein mag, hier auf Erden ist das Fleisch stärker, und von allem Fleisch bin ich die Königin.‹

Dann lachte sie leise, schlug mir mit einer Locke ihres duftenden Haares über die Augen und war verschwunden.

Allan, ich erwachte aus meinem Schlaf, und wurde von einem starken Leid ergriffen, denn ich, die nie zuvor geliebt hatte, fühlte mich von lodernder Leidenschaft gepackt, und das für einen Mann, der bis dahin für mich nicht mehr bedeutet hatte, als irgendein hübsches Bildnis aus Gold und Elfenbein. Ich begehrte ihn, mein Herz wurde von Eifersucht zerrissen, auf diese Ägypterin, die ihn liebte, und eine verzehrende Flamme loderte in meiner Brust. Ich wurde wahnsinnig. Dort, in dem Schrein der göttlichen Isis, warf ich mich auf die Knie und flehte Aphrodite an, mir ihn zu geben, den ich begehrte, und um dessen willen ich bereit war, alles andere aufzugeben, obwohl ich meine Weisheit in sein leeres Gefäß der Schönheit gießen mußte. Ja, so betete ich, auf dem Boden liegend, und weinte, bis ich, erschöpft, wieder in Schlaf fiel.

Nun kam mir in der Dunkelheit dieses heiligen Ortes wieder ein Traum, oder eine Vision, denn vor mir stand in all ihrer Erhabenheit die Göttin Isis, gekrönt mit der Sichel des jungen Mondes, in ihrer Hand das juwelenbesetzte Sistrum, das ihr Symbol ist, und von dem eine Musik wie das Tönen ferner Glocken erklang. Sie blickte mich an, und in ihren großen Augen stand ein Ausdruck von Verachtung und Wut.

›O Ayesha‹, sagte sie mit ihrer leisen und feierlichen Stimme, ›Ayesha, die ich, Isis, mehr als Schwester denn als Dienerin betrachtet habe, da ich bei keiner anderen meiner Priesterinnen soviel Weisheit finden konnte, und die ich eines Tages auf die Stufen meines himmlischen Thrones zu erheben gedachte, du hast deinen Eid gebrochen und hier in meinem Schrein Aphrodite von den Griechen angebetet, die meine Feindin ist. Ja, in dem ewigen Kampf zwischen dem Geist und dem Fleisch hast du die Partei des Fleisches ergriffen. Deshalb hasse ich dich und füge meinen Fluch dem zu, den Aphrodite dir auferlegt hat, und welchen ich, hättest du zu mir gebetet und nicht zu ihr, nun von deinem Herzen genommen hätte. Diesen Mann, den du dir erwählt hast, welcher Schönheit besitzt und nichts sonst, sollst du lieben, wie es dir von der Pathianerin auferlegt wurde. Mehr noch: Deine Liebe soll mit seinem Blut deine Hände besudeln, und du darfst ihm nicht ins Grab folgen. Denn ich werde dir die Quelle des Lebens zeigen, und du sollst aus ihr trinken und noch schöner werden, als du es jetzt schon bist, und so deine Rivalin besiegen. Und wenn er tot ist, sollst du in Trauer und Einsamkeit an einem verlassenen Ort darauf warten, daß er wiedergeboren und dich finden wird. Und dies alles soll nur der Anfang deiner Leiden sein, da du durch alle Zeiten deinem Schicksal folgen sollst, bis es dir schließlich gelingt, diesen Mann durch die Bande der Liebe und durch Verlust und Leiden auf die Höhe emporzubringen, auf der deine eigene Seele steht. Außerdem sollst du dich während dieser ganzen Zeit selbst verachten, was sowohl für Männer als auch für Frauen das härteste Los ist, denn du, die du die seltene Gabe des Geistes auf einer Tafel vor dir ausgebreitet liegen siehst, hast den Trog des Fleisches vorgezogen.‹

Darauf, Allan, gab ich der Göttin eine stolze Antwort. ›Mächtige Herrin vielerlei Gestalt, die in allem Lebenden erscheint‹, sagte ich, ›höre mich! Ein böses Schicksal hat mich befallen, doch war ich es, die sich dieses Schicksal erwählte? Kann ein Blatt dem Sturm widerstehen? Kann ein fallender Stein seine Richtung ändern und zum Himmel emporfliegen? Können die Gezeiten aufhören zu strömen, wie die Natur es ihnen befiehlt? Eine Göttin, die ich gekränkt habe, jene Göttin, deren Macht die ganze Welt erhält, hat mich mit einem Fluch belegt, und weil ich mich vor dem Sturm geneigt habe, da mir nichts anderes übrig blieb, wenn ich nicht zerbrechen wollte, hat eine andere Göttin, der ich diene, du selbst, o Isis, noch einen Fluch auf mich geladen. Wo ist da die Gerechtigkeit, o Göttin des Mondes?‹

›Nicht hier‹, antwortete sie, ›doch in weiter Ferne lebt die Gerechtigkeit und soll schließlich von dir erlangt werden, und da du so stolz und hochfahrend bist, ist es dir auferlegt, ihr Gesicht mit den verbundenen Augen durch viele Äonen zu suchen. Doch endlich, denke ich, wird sie deine Sünden gegen ihre Gewichte abwägen und feststellen, daß die Waage ausgeglichen ist. Deshalb höre auf, die hohen Gesetze des Schicksals anzuzweifeln, die du nicht begreifen kannst, und ergib dich dem Leiden, wobei du dich daran erinnern solltest, daß alle Freude aus der Wurzel des Leides entspringt. Wisse außerdem – dies zu deinem Trost – daß die Weisheit, die du besitzest, wachsen und gedeihen soll, und mit ihr deine Schönheit und deine Macht; außerdem, daß du schließlich mein Gesicht wiedersehen sollst, zum Zeichen dessen ich dir mein Symbol zurücklassen will, das Sistrum, das ich in der Hand halte, und mit ihm diesen Befehl: Folge diesem falschen Priester meines Dienstes, wohin er auch gehen mag, und tue, was ich bestimmt habe, und wenn du ihn bei seinem Ende verlierst, warte, während die

Generationen dahingehen, bis er wiederkehrt! Dies und nichts anderes ist dein Schicksal.‹

Die Vision verblaßte, und als ich erwachte, fiel das Licht der aufgehenden Sonne auf das Standbild der Göttin in dem Schrein. Und auf das juwelenbesetzte heilige Instrument, das ihre Hand in meinem Traum gehalten hatte, das Sistrum ihres Kultes, geformt wie die Schleife des Lebens, das magische Symbol, das sie mir versprochen hatte, in welches ihre Macht gebettet war, die von nun an mir gehörte.

Ich nahm das Sistrum und trat hinaus, um den Priester Kallikrates zu suchen, an den ich durch die Bande der Leidenschaft gefesselt war, die mächtiger sind, als alle Göttinnen des Universums.«

Hier konnte ich, Allan, mich nicht länger zurückhalten und fragte: »Weshalb?«, und dann, da ich ihren Zorn fürchtete, wünschte ich, daß ich geschwiegen hätte.

Doch sie war nicht wütend, vielleicht, weil die Erinnerung an ihr Leid, ob es nun echt oder nur erfunden sein mochte, sie bescheiden gemacht hatte, denn sie antwortete sehr ruhig: »Bei Aphrodite, oder bei Isis, oder bei beiden, ich wußte es nicht. Ich wußte nur, daß ich ihn finden *mußte,* damals und immerdar, wie ich es noch heute tue und vielleicht über noch ungeborene Äonen hinweg tun werde. Auf jeden Fall fand ich ihn nicht, da er mit der Ägypterin entflohen war. Ich folgte ihm, wobei das Sistrum mich führte, auf welche Weise, spielt hier keine Rolle, und mir die nötigen Fähigkeiten verlieh, bis ich endlich in dieses uralte Land kam, in dessen Ruinen Ihr sitzt, und das einst als Kôr bekannt und berühmt war.«

## 14

# *Allan verpaßt eine Gelegenheit*

Während sie so sprach, war die Lady, oder die Königin, oder die Hexe Ayesha ständig auf und ab gegangen, vom Vorhang zum Fuß der Empore und zurück, hatte mich mit ihrer parfümierten Robe gestreift, wenn sie an mir vorüberschritt, und während des Gehens mit ihren Armen gestikuliert wie ein Redner, um die wichtigsten Passagen ihrer Erzählung zu unterstreichen. Jetzt, da sie geendet hatte, oder ich es zumindest annahm, trat sie wieder auf die Empore und sank auf die Couch, als ob sie erschöpft wäre, obwohl ich anneh-me, daß es nur ihr Geist war, der nach Ruhe verlangte, und nicht ihr Körper. Sie saß eine Weile reglos vor sich hinbrütend, das Kinn in die Hand gestützt, blickte dann plötzlich auf und richtete ihren Blick auf mich, denn ich konnte das Aufblitzen ihrer Augen durch den dünnen Schleier sehen, und sagte: »Was haltet Ihr von dieser Geschichte, Allan. Glaubt Ihr sie, und habt Ihr schon jemals etwas Ähnliches gehört?«

»*Niemals*«, antwortete ich mit Nachdruck, »und natürlich glaube ich jedes Wort. Es sind da nur zwei Fragen, die ich stellen zu dürfen bitte, Ayesha.«

»Womit Ihr meint, Allan, daß Ihr nichts glaubt, da Ihr von Natur aus ungläubig und skeptisch gegenüber allem seid, das Ihr nicht sehen oder fühlen oder anfassen könnt. Aber gut, heraus mit Euren Fragen! Ich werde sie beantworten, falls sie nicht zu lang oder zu albern sind. Kommt, ich warte!«

»O Ayesha«, sagte ich bescheiden, »selbst ich, der ich kein gebildeter Mensch bin, habe gelernt, daß diese Göttinnen, von denen Ihr gesprochen habt, von der griechischen Aphrodite, die vor den Ufern Zyperns dem Meer entstieg und in Paphos und anderenorts lebte ...«

»Ja, sicher habt Ihr von ihr gehört, wie die meisten Menschen, und seid vielleicht auch von ihren Haaren über die Augen geschlagen worden, wie es schon Besseren von Euch geschehen ist«, unterbrach sie sarkastisch.

»Außerdem«, fuhr ich fort, um jeden Streit zu vermeiden, »habe ich auch von dieser Isis gehört, der Mondgöttin, der Mutter der Mysterien, des Totengottes Osiris' Gefährtin, deren Sohn Horus der Rächer war.«

»Ja, und ich denke, daß Ihr noch mehr von ihr erfahren werdet, Allan, denn jetzt fällt mir wieder etwas ein, das sie und Euch und eine andere betrifft. Ich bin nicht die einzige, die den der Isis abgelegten Eid gebrochen hat und dafür von ihr mit einem Fluch beladen worden ist, Allan, wie *Ihr* bald feststellen mögt. Doch was ist mit diesen Himmelsköniginnen?«

»Nur dieses, Ayesha: Man hat mich gelehrt, daß sie nichts anderes waren als Gestalten der Fabel, die von den Menschen zusammen mit vielen anderen Gottheiten erfunden wurden, und ich hätte schwören mögen, daß dem so ist. Und doch sprecht Ihr von ihnen als wirklich und lebend, was mich verwirrt.«

»Da Ihr nur schwer begreift, Allan, ist es nur natürlich, daß es Euch verwirrt. Wenn Ihr jedoch Vorstellungsvermögen hättet, würdet Ihr verstehen, daß diese Göttinnen die großen Naturprinzipien sind, Isis das der inthronisierten Weisheit und Tugend, und Aphrodite das der Liebe, was allen Männern und Frauen bekannt ist, die, da sie menschlich sind, nichts anderes tun können, als die Fackel des Lebens nach ihrer kurzen Stunde auf Erden weiterzureichen. Außerdem werdet Ihr begreifen, daß solche Prinzipien verschiedene Form und Gestalt annehmen können und ihren Dienern zu gewissen Zeiten in Majestät gekleidet erschienen, obwohl vielleicht heute andere, mit anderen Namen, ihre Zepter führen und ihren Willen ausführen mögen. Hier habt Ihr Eure Antwort auf diese Frage, und nun zur zweiten.«

Ehrlich gesagt hatte ich nicht das Gefühl, überhaupt eine Antwort erhalten zu haben, und war sicher, nichts von dem zu wissen, was sie angeführt hatte, doch da ich es für besser hielt, das Thema zu wechseln, tat ich es.

»Wenn ich Euch richtig verstanden habe, Ayesha, trugen sich diese – ungewöhnlichen und interessanten Ereignisse, die Ihr mir geschildert habt, zu, als die Pharaonen regierten. Nun aber hat seit fast zweitausend Jahren kein Pharao mehr auf dem Thron Ägyptens gesessen, denn der letzte von ihnen war eine Frau, die von den Römern besiegt und in den Tod getrieben wurde. Und dennoch, Ayesha, sprecht Ihr, als ob Ihr diesen Abgrund von Zeit durchlebt hättet, oder so habe ich es zumindest verstanden, und darin muß ein Irrtum liegen, weil das unmöglich ist. Deshalb glaube ich, daß Ihr meint, die Geschichte dieser Begebenheiten ist schriftlich auf Euch überkommen, oder vielleicht in Träumen. Ich glaube, daß selbst in solchen entlegenen Zeiten Schreiber von romantischen Geschichten gelebt haben, und wir alle wissen, aus welchem Stoff Träume gemacht sind. Auf jeden Fall kommt mir dieser Gedanke«, fügte ich rasch hinzu, da ich fürchtete, zu viel gesagt zu haben, »und jemand, der so weise ist, wie Ihr es seid, möchte ich wiederholen, weiß sehr wohl, daß eine Frau, die behauptet, zweitausend Jahre gelebt zu haben, wahnsinnig sein muß – oder an Wahnvorstellungen leidet, da das, ich wiederhole es, unmöglich ist.«

Auf diese doch recht unschuldige Bemerkung hin sprang sie auf, in einer Wut, die wahrhaftig auf jede Weise königlich genannt werden konnte.

»Unmöglich! Romantik! Träume! Wahnsinn!« schrie sie mit hallender Stimme. »Oh! Ihr langweilt mich! Und offen gestanden habe ich nicht übel Lust, Euch dorthin zu schikken, wo Ihr lernen könnt, was unmöglich ist und was nicht. Ja, ich würde es sofort tun, doch benötige ich noch Eure Dienste, und außerdem hätte ich dann niemanden mehr, mit dem ich reden könnte, da Euer Gefährte den Verstand verloren hat, und die beiden anderen nur Wilde sind, von denen ich genug gesehen habe. Hört, Narr! *Nichts* ist unmöglich! Warum versucht Ihr, der von Unmöglichkeit spricht, die große Welt mit Euren beiden Händen zu umfassen und die Geheimnisse des Universums auf der Waagschale Eures kleinen Geistes zu wägen und, ohne sie zu begreifen, mir zu sagen, daß dem nicht so sei? Die Existenz von Leben gebt Ihr zu, da Ihr es überall um Euch seht, doch daß es zweitausend Jahre währen kann, was genau genommen lediglich eine Sekunde der Erdgeschichte ist, das ist für Euch ›unmöglich‹, obwohl in Wahrheit selbst der vergrabene Same oder eine im Schlamm versteckte Kröte genauso lange leben kann, und Ihr sicherlich einen Glauben habt, der Euch dieses nach der geringfügigen Veränderung, die Tod genannt wird, für alle Ewigkeit verspricht. Nein, Allan, es ist genauso möglich, wie viele andere Dinge, von denen man heute nicht einmal zu träumen wagt, und die in den Augen derer, die Euch folgen werden, selbstverständlich sind. Zweifellos haltet Ihr es für unmöglich, daß ich mit jenem schwarzen Zauber, der in dem Land wohnt, aus dem Ihr gekommen seid, gesprochen und so von Eurer Ankunft erfahren habe. Und doch tue ich das, wann immer ich es will, während der Nacht, weil er im Gleichklang mit mir steht, und was ich jetzt tue, wird in den noch ungeborenen Jahren von allen Menschen getan werden können. Ja, sie werden über die Weiten der Erde hinweg miteinander sprechen, und der Geliebte wird die Stimme seiner Geliebten hören, obwohl große Meere zwischen ihnen wogen. Und vielleicht wird es nicht einmal dort haltmachen; vielleicht werden die Menschen in der Zukunft auch mit den Bewohnern der Sterne kommunizieren, und selbst mit den Toten, die in das Schweigen und die Dunkelheit hinübergegangen sind. Hört und versteht Ihr mich?«

»Ja, ja«, antwortete ich leise.

»Ihr lügt, wie Ihr es immer tut. Ihr hört mich zwar, doch Ihr versteht mich nicht und glaubt mir nicht, und ... – oh! – ihr verärgert mich zutiefst. Ich hatte vor, Euch das Geheimnis meines langen Lebens zu enthüllen, meines langen, doch nicht ewigen Lebens, wohlgemerkt – denn zweifellos muß auch ich eines Tages sterben, mich verändern und wiederkehren, wie alle anderen –, und Euch sogar erklären, wie man das erreichen kann. Doch Ihr seid das in Eurer Ungläubigkeit nicht wert!«

»Nein, nein, ich bin das nicht wert«, versicherte ich, da ich in jenem Moment nicht die geringste Neigung verspürte, zweitausend Jahre zu leben, vielleicht mit dieser Frau als Nachbarin, die mir von Generation zu Generation weiter voraus sein würde. Doch muß ich gestehen, daß ich jetzt, da ich alt geworden bin und der Tod nicht mehr lange auf sich warten lassen wird, oft bereue, diese einmalige Chance vorübergehen gelassen zu haben – falls es sie tatsächlich gegeben haben sollte –, ein Leben zu verlängern, das trotz allem seine Annehmlichkeiten hat – besonders, wenn man sich ein Vermögen schaffen konnte. Offensichtlich war dies der Fall einer verpaßten Gelegenheit, und mein einziger Trost, sie verpaßt zu haben, liegt darin, daß dies auf die mir angeborene Aufrichtigkeit zurückzuführen war, die es mir so schwer machte, meine Zustimmung zu Behauptungen zu geben, deren Wahrheitsgehalt ich aus vielerlei Gründen anzweifeln mußte, und dadurch eine sehr mächtige und launische, wenn auch schöne Frau verärgert zu haben.

»Also ist dies erledigt«, fuhr sie mit einem Unterton von Verstimmung fort, »und Ihr werdet es bald ebenfalls sein, der Ihr, hättet Ihr meine Worte nicht bezweifelt und mich nicht verärgert, für eine ungeahnte Zeitspanne leben und einer der Herren der Welt werden können, so wie ich es bin.«

Sie machte eine Pause, weil sie, wie ich glaube, an ihrem kindischen Zorn zu ersticken drohte, und ich konnte mich nicht beherrschen, ihr zu sagen: »Diese Position und diese Macht, die Ihr behauptet zu besitzen, o Ayesha, scheinen Euch jedoch nicht viel einzubringen. Wenn ich ein Herr der Welt wäre, würde ich jedenfalls nicht ständig unter Wilden leben, die Mitmenschen auffressen, und in einem Haufen Ruinen. Aber vielleicht sind die Flüche von Aphrodite und Isis noch mächtigere Herren?« Ich schwieg und blickte sie abwartend an.

Dieses mutige Argument, denn heute sehe ich ein, daß es sehr mutig war, schien meine schöne Gesprächspartnerin zu erstaunen, ja, sogar zu verwirren.

»Ihr besitzt mehr Weisheit, als ich angenommen hatte«,

sagte sie nachdenklich, »da Ihr begriffen habt, daß niemand wirklich Herr von irgend etwas ist, da über jedem immer ein noch mächtigerer Herr steht, der allen Stolz und Pomp zu nichts verwelken läßt, wie es schon die großen Könige der Frühzeit erfahren haben, und wie ich, die ich höher stehe als sie, es heute erfahre. Hört zu! Ich bin von Unbill geplagt, bei dem Ihr und Eure Gefährten mir helfen könnten, wofür ich jedem von Euch die Gebühr zu zahlen bereit bin, die Ihr verlangt. Der düstere weiße Mann, der bei Euch ist, soll seine Tochter heil und gesund befreien; ob er selbst heil und gesund dabei herauskommt, kann ich jedoch nicht versprechen. Der wilde, schwarze Häuptling soll seinen Durst nach Kämpfen stillen und den Ruhm erlangen, den er sucht, und außerdem etwas, das er noch mehr sucht. Der kleine, gelbe Affe verlangt nach nichts anderem, als wie ein Hund stets bei seinem Herrn zu sein, seinen Magen zu füllen und seine äffische Neugier zu befriedigen. Ihr, Allan, sollt die Toten sehen, über die Ihr des Nachts nachgrübelt, obwohl der andere Preis, den Ihr hättet erringen können, jetzt Eurer Reichweite entglitten ist, da Ihr Euch insgeheim über mich lustig macht.«

»Was müssen wir tun, um dies alles zu gewinnen?« fragte ich. »Wie können wir bescheidenen Kreaturen einer helfen, die allmächtig ist und in ihrem Busen die unendliche Weisheit von zwei Jahrtausenden birgt?«

»Ihr müßt unter meinem Banner Krieg gegen meine Feinde führen. Was den Grund für diesen Krieg betrifft, so hört das Ende meiner Geschichte, dann werdet Ihr ihn wissen.«

Ich sagte mir, daß es mehr als erstaunlich war, wenn diese Königin, die behauptete, übernatürliche Kräfte zu besitzen, unsere Hilfe in einem Krieg brauchen sollte, hielt es jedoch für klüger, meine Gedanken für mich zu behalten und sagte nichts. Aber ich hätte genausogut sprechen können, denn, wie immer, las sie meine Gedanken.

»Ihr meint, daß es sehr seltsam ist, Allan, wenn ich, die Allmächtige und Unsterbliche, um Eure Hilfe in einem lächerlichen Stammeskrieg ersuche, und das wäre auch der

Fall, wenn meine Feinde nichts anderes als gewöhnliche Wilde sein würden. Doch sie sind mehr; sie sind Menschen, die von dem uralten Gott dieser uralten Stadt Kôr beschützt werden, einem großen Gott, zu seiner Zeit, dessen Geist noch immer in diesen Ruinen lebt, und dessen Macht noch immer solche beschützt, die ihn anbeten und seine unheiligen Riten von Menschenopfern praktizieren.«

»Wie heißt dieser Gott?« fragte ich.

»Sein Name war Rezu, und von ihm kam der ägyptische Re oder Ra, da in der Urzeit Kôr die Wiege Ägyptens war und das Eroberervolk von Kôr seine Götter mit sich nahm, als es in das Niltal einbrach und dessen Volk unterwarf, lange bevor Menes, der erste Pharao, die erste Krone Ägyptens trug.«

»Ra war der Sonnengott, nicht wahr?«

»Ja, und Rezu war ebenfalls ein Sonnengott, der von seinem Thron in den Feuern des Herrn des Tages den Menschen Leben verlieh, oder sie, wenn es ihm gefiel, mit seinen Donnerkeilen von Dürre, Pestilenz und Sturm tötete. Er war kein freundlicher Himmelskönig, sondern einer, der von seinen Gläubigen Blutopfer forderte, ja, selbst die Opferung von Jungfrauen und Kindern. Und so kam es, daß das Volk von Kôr, das seine Jungfrauen von den Priestern Rezus erschlagen und aufgegessen sah, und seine Kinder zu Asche verbrannt in dem Feuer, das seine Strahlen entzündeten, sich der Anbetung des sanften Mondes zuwandten, dessen Göttin Lulala genannt wurde, während einige von ihnen die Wahrheit zu ihrer Königin erwählten, da die Wahrheit, wie sie sagten, größer und erstrebenswerter sei als der grausame Sonnenkönig oder die liebliche Mondkönigin und über beiden auf dem höchsten Stern des Himmels throne. Nun wurde der Dämon Rezu von Zorn erfüllt und schickte die Pestilenz über Kôr und seine Lande und tötete seine Menschen mit Ausnahme derer, die ihm auch während der großen Apostase treu geblieben waren, und mit ihnen überlebten auch einige, die Lulala und der Wahrheit dienten, auf welche Weise ihnen das gelang, weiß ich nicht.«

»Habt Ihr diese große Pestilenz miterlebt?« fragte ich voller Interesse.

»Nein, sie überfiel Kôr mehrere Generationen bevor ich in diese Stadt kam. Ein gewisser Junis, ein Priester, hat einen Bericht über sie geschrieben, in jenen Höhlen, die Ihr dort drüben sehen könnt, die mein Heim sind, und die Grabstätte von ungezählten Tausenden, die von ihr getötet wurden, bis niemand mehr übrig war, den man in die Grube werfen konnte. Zu meiner Zeit war Kôr bereits eine Ruinenstadt, so wie sie es heute ist, obwohl über das Land verstreut, zwischen den zerbröckelnden Steinen Sippen und Stämme eines Volkes lebten, das sich Amahagger nannte, dessen Angehörige den Riten des Dämons Rezu gehorchend Menschen dem Feuer opferten und sie dann verspeisten. Denn diese waren die Nachkommen jener, die der Pestilenz entronnen waren. Außerdem gab es auch noch weitere: Kinder der Anbeter Lulalas, deren Reich der Mond ist, und der Königin der Wahrheit, die dem friedlichen Glauben ihrer Vorväter anhingen und im ständigen Krieg mit den Anhängern Rezus lagen.«

»Was hat Euch nach Kôr geführt, Ayesha?« fragte ich zusammenhanglos.

»Habe ich nicht gesagt, daß ich durch den Befehl und das Symbol der großen Isis, der ich diene, an diesen Ort geführt wurde? – Außerdem ...«, fügte sie nach einer kurzen Pause hinzu, »um ein gewisses Paar zu entdecken, deren einer Teil den ihr gegebenen Schwur gebrochen hatte, wozu er durch den anderen verführt worden war.«

»Und habt Ihr dieses Paar gefunden?«

»Ja, ich habe die beiden gefunden, und in meiner Gegenwart hat die Göttin ihr Urteil über diesen falschen Priester vollstreckt und die Verführerin in die Welt zurückgejagt.«

»Das muß für Euch entsetzlich gewesen sein, Ayesha, da Ihr, wie ich verstanden habe, diesen Priester ebenfalls – mochtet.«

Sie sprang von ihrer Couch und sagte mit leiser, zischender Stimme, die mich an den Laut einer wütenden Schlange erinnerte und mein Blut gerinnen ließ: »Ihr wagt es, meiner zu spotten? Nein, Ihr seid nichts weiter als ein tolpatschiger, neugieriger Narr, und Ihr seid gut dran, daß dem so ist, denn sonst würdet Ihr, wie Kallikrates, Kôr nicht lebend verlassen. Enthebt Euch dessen, was Ihr nie erfahren werdet. Genüge es Euch zu wissen, daß der Fluch der Isis' auf Kallikrates' Schultern fiel, ihren verschworenen, meineidigen Diener, und daß auch auf mir ihr Fluch lastet, die ich hier verbleiben muß, tot, und dennoch lebend, bis er zurückkehrt und das Spiel von neuem beginnt.

O Fremder«, fuhr sie mit sanfterer Stimme fort, »vielleicht droht Euch Euer Glaube, was immer der sein mag, mit einer Hölle, um seine Anhänger in Angst und Schrecken zu versetzen und den Armen seiner Propheten Kraft zu verleihen, welche schwören, die Schlüssel zur ewigen Verdammnis und zur ewigen Glückseligkeit in Händen zu halten. Ich sehe, daß Ihr mir recht gebt (ich hatte bei ihren erschreckend zutreffenden Worten zustimmend genickt) »und könnt deshalb diese Hölle auf Erden verstehen, in der ich seit zweitausend Jahren lebe, in Buße für Sünden gegenüber Mächten, die weit über mir stehen und für die ich lediglich Hand und Werkzeug bin, da diese Mächte bestimmt haben, daß ich lieben soll, und auch, daß ich diese Liebe rächen muß.«

Sie sank auf ihre Couch zurück, wie von einem Gefühl überwältigt, dessen Ursache ich nur erraten konnte, und barg das Gesicht in ihren Händen. Dann ließ sie sie wieder sinken und fuhr fort.

»Fragt mich nicht mehr nach diesen Leiden. Sie sollen bis zur Stunde ihrer Wiedererweckung schlafen, wie auch ich es tun möchte, wenn ich es nur könnte – ah! Wenn ich es nur könnte! –, deren ständige Begleiter durch die endlosen Jahrhunderte sie waren. Doch leider bleibt mir durch das Geheimnis, das mir enthüllt wurde, die Gnade des Todes versagt, durch den ich vielleicht Ruhe gefunden hätte, und ich muß mich, da ich menschlich bin, wenn auch halb göttlich, noch immer um irdische Dinge kümmern. Hört, Wanderer! Nachdem das, was das Schicksal für mich bestimmt hatte, geschehen und ich in meiner Agonie der Einsamkeit und des Leides zurückgeblieben war, und nachdem ich auch vom Kelch des langen Lebens getrunken hatte und mich, wie der Prometheus des Mythos, an diesen unveränderlichen Felsen geschmiedet fand, wo Tag für Tag die Adler der Reue mein lebendes Herz aus meinem Körper reißen, das während der schlaflosen Nächte in dieser Frauenbrust immer wieder nachwächst, wurde ich in die kleinlichen Querelen des Fleisches gestürzt, die ich jedoch willkommen hieß, da sie mir hin und wieder Vergessen brachten. Als die wilden Bewohner dieses Tales erkannten, daß eine Mächtige unter ihnen war, eine Dienerin der Herrin des Mondes, sammelten sich die, welche noch ihre Göttin Lulala verehrten, um mich, während solche, die Rezu anbeteten, mich zu stürzen versuchten.

›Diese‹, sagten sie, ›ist die zur Erde herabgestiegene Göttin Lulala. Im Namen Rezus, laßt uns sie töten und ein Ende mit ihr machen‹, denn diese Narren glaubten, daß ich getötet werden könnte. Allan, ich habe sie geschlagen, doch ihren Häuptling, der ebenfalls Rezu heißt, und den sie für eine Emanation des Gottes halten, die auf Erden wandelt, konnte ich nicht töten.«

»Warum nicht?« fragte ich.

»Aus diesem Grund, Allan: Zu einer lange vergangenen Zeit hat sein Gott ihm das Geheimnis verraten, das auch mir enthüllt wurde. Auch er hat vom Kelch des Lebens getrunken und lebt unbeschadet der ablaufenden Zeit weiter, so daß seine Macht der meinen gleich ist und keiner meiner Speere sein Herz treffen kann, das von dem Panzer seines bösen Gottes geschützt wird.«

»Was für ein Speer kann es dann treffen?« fragte ich, hilflos in meiner Verwirrung.

»Keiner, Allan, doch eine Axt könnte es erreichen, wie ich glaube. Doch laßt mich berichten: Für viele Generationen herrschte eine Art Frieden zwischen den Verehrern Lulalas, die mit mir hier auf der Ebene von Kôr leben, oder besser gesagt, den Verehrern Ayeshas, denn für diese Menschen bin *ich* Lulala, und den Verehrern Rezus, die in den Festen jenseits der Berggipfel wohnen. Während der letzten Jahre jedoch wurde ihr Häuptling Rezu, nachdem er alles Land in der Umgebung verwüstet und entvölkert hatte, unruhig, und droht mit einem Angriff auf Kôr, das nicht stark genug ist, um ihm standhalten zu können. Außerdem sucht er nach einer weißen Königin, die mit ihm herrschen soll, offenbar um meine Majestät zu verhöhnen.«

»Ist das der Grund dafür, daß diese Kannibalen die Tochter meines Gefährten, des Captains, der der Rächer genannt wird, mitgenommen haben?« fragte ich.

»So ist es, Allan, und sehr bald wird er verkünden lassen, daß ich tot oder geflohen bin, falls er das nicht bereits getan hat, und daß diese neue Königin an meiner Stelle erschienen sei, in der Hoffnung, daß es ihm gelingen könnte, viele meiner Anhänger abtrünnig werden zu lassen, wenn er dieses Mädchen bei seinem Angriff auf Kôr mit sich führt, verschleiert wie ich es bin, da kein Mann jemals mein Gesicht gesehen hat. O Allan, deshalb muß dieser Rezu sterben – wenn er getötet werden kann, denn sonst würde er, auch wenn es ihm unmöglich ist, mich zu verletzen, mein Volk töten oder vertreiben, und ich hätte niemanden, über den ich herrschen könnte, und würde allein an diesem Ort zurückbleiben, an dem ich durch ein Schicksalsdekret verweilen muß, bis der, auf den ich warte, zurückkehrt. Ihr werdet jetzt insgeheim denken, daß Tod oder Vertreibung von solchen Wilden kein großer Verlust wäre, und das ist wahr, doch immerhin dienen sie mir in meiner Einsamkeit als meine Sklaven. Außerdem habe ich ihnen geschworen, sie vor dem Dämon Rezu zu schützen, und sie vertrauen mir, und deshalb steht hier meine Ehre auf dem Spiel, denn niemals soll man sagen können, daß solche, die ihr Vertrauen in Sie-die-befiehlt gesetzt haben, überwältigt wurden, da sie einer vertrauten, die machtlos war.«

»Was meintet Ihr, als Ihr eben von einer Axt spracht, Ayesha?« fragte ich. »Warum kann eine Axt Rezu töten?«

»Das ist ein Mysterium, Allan, das ich Euch nicht zur Gänze enthüllen darf, da ich sonst Geheimnisse preisgeben müßte, die, wie ich beschlossen habe, Euch besser verborgen bleiben sollen. Begnügt Euch also damit, zu wissen, daß Rezu damals, als er vom Kelch des Lebens trank, eine Axt bei sich hatte. Nun war diese Axt eine uralte Waffe, die, wie Gerüchte behaupten, von den Göttern geschmiedet war, und diese Axt füllte sich mehr und stärker mit Lebenskraft als Rezu, auf das Wie kommt es hier nicht an, da wir ja nicht einmal wissen, ob dies alles nicht nur eine Fabel ist. Dieses jedoch erkenne ich als wahr, denn jener, der zu jener Zeit das Portal des Lebens bewachte, ein gewisser Noot, der, da er ein Philosoph und sehr weise war, beschloß, niemals das Portal zu durchschreiten, das ihm jederzeit offenstand, sagte es mir selbst, bevor er den Weg allen Fleisches ging. Er erklärte damals Rezu, daß er nun nichts mehr zu fürchten habe, bis auf seine eigene Axt, und er ihm deshalb den Rat gäbe, sie gut zu verwahren, da sie, wenn sie in den Händen eines anderen gegen ihn erhoben würde, ihm den Tod brächte, was keinem anderen möglich sei. Etwa wie die Ferse des Achilles, von der der große Homer sang – habt Ihr Homer gelesen, Allan?«

»In einer Übersetzung«, antwortete ich.

»Gut, dann werdet Ihr Euch an diese Geschichte erinnern. Wie die Ferse des Achilles, sagte ich, ist diese Axt das einzige Tor, durch das der Tod in sein unverwundbares Fleisch eindringen kann, oder vielmehr, nur sie allein kann dieses Tor schaffen.«

»Woher wußte Noot dies alles?« fragte ich.

»Das weiß ich nicht«, antwortete sie irritiert. »Vielleicht hat er es nicht gewußt. Vielleicht ist alles nur eitles Geschwätz, doch ist es Tatsache, daß Rezu daran glaubte und auch heute noch daran glaubt, und wenn jemand fest an etwas glaubt, so ist er sicher, daß es auch geschehen wird. Wenn dem nicht so wäre, was würde dann der Glaube nützen, der in tausendfacher Form unsere Rasse erhält und sie vor den Schrecken der Grube schützt? Nur jene, die an nichts glauben, ererben das, woran sie glauben: Nichts, Allan.«

»Das mag so sein«, antwortete ich, »doch was ist mit der Axt geschehen?«

»Sie ist schließlich verlorengegangen, oder wurde, wie manche behaupten, von einer Frau gestohlen, die Rezu verlassen hatte, und deshalb lebt er Tag um Tag in Angst. Nein, stellt keine Fragen mehr!« (Ich hatte den Mund geöffnet, um zu sprechen) »Doch hört das Ende der Geschichte! In meiner Not, die Rezu betraf, erinnerte ich mich an diese wilde Legende von der Axt, und da einer, der sich in meinem Wald verirrt hat, jeden Pfad, der in die Freiheit führen mag, erkunden muß, schickte ich meine Weisheit aus, was in meiner Macht steht, da ich eine der Großen bin, zu gewissen anderen in diesem weiten Land Afrika, die mit mir verbunden sind, um etwas über die Axt in Erfahrung zu bringen. Unter anderem befragte ich auch den alten Zauberer Zikali, den Öffner von Straßen, und er gab mir zur Antwort, daß in seinem Land ein Krieger lebe, der über einen Stamm herrsche, der sich das Volk der Axt nenne, und zwar durch das Recht der Axt, deren Ursprung und Geschichte niemand kenne, nicht einmal er selbst. Da dies eine Chance war, wenn auch nur eine äußerst geringe, befahl ich dem Zauberer, jenen Krieger mit seiner Axt herzuschicken. Gestern abend nun stand er vor mir, und ich sah ihn an und sah seine Axt, die zumindest alt ist und eine Geschichte besitzt. Ob es dieselbe ist, die Rezu trug, kann ich nicht sagen, da ich sie nie gesehen habe, aber vielleicht ist jener, der sie jetzt trägt, dazu bereit, sie im Kampf zu schwingen, selbst in einem Kampf gegen Rezu, obwohl er entsetzlich anzusehen ist, und dann werden wir es erfahren.«

»O ja!« antwortete ich, »er ist bestimmt dazu bereit, denn das ist seine Natur. Und unter seinem Volk gilt der Träger der Axt als unbesiegbar.«

»Und doch muß jemand, der sie getragen hat, besiegt worden sein«, antwortete sie nachdenklich. »Gut, ich werde mir diese Geschichte später anhören. Jetzt haben wir genug gesprochen, und Ihr seid müde und verwirrt. Geht, eßt und ruht Euch aus! Heute abend, wenn der Mond aufgeht, werde ich zu Euch kommen, doch nicht zuvor, da es vieles gibt, das ich jetzt tun muß, um Euch jene zu zeigen, mit denen Ihr gegen Rezu kämpfen werdet, und um einen Schlachtplan zu entwerfen.«

»Aber ich will gar nicht kämpfen«, antwortete ich. »Ich habe genug gekämpft! Ich bin hergekommen, um Weisheit zu suchen, nicht Blutvergießen.«

»Zuerst das Opfer, dann die Belohnung«, antwortete sie, »das heißt, wenn jemand übrigbleiben sollte, den man belohnen kann. Lebt wohl!«

## 15

## *Robertson ist verschwunden*

Also verließ ich den Raum und wurde von Billali, dem alten Kammerherrn, denn das schien seine Funktion zu sein, der während der ganzen Zeit geduldig draußen gewartet hatte, zu unserem Haus zurückgeführt. Auf dem Weg dorthin sammelte ich Hans auf, den ich vor dem Portal sitzend fand, und stellte fest, daß er wie immer Augen und Ohren offengehalten hatte.

»Baas«, sagte er, »hat die Weiße Hexe dir gesagt, daß ein mächtiges *Impi* dort drüben kampiert, jenseits der Häuser, in jener Senke, die wie ein großer, trockener Graben aussieht, und auch am Rand der Ebene eines?«

»Nein, Hans, doch sie hat mir erklärt, daß sie uns heute abend jene zeigen würde, an deren Seite wir kämpfen müßten.«

»Nun, Baas, dort sind sie, einige Tausende von ihnen, denn ich bin wie eine Schlange zwischen diesen zerborstenen Mauern umhergekrochen und habe sie gesehen. Und, Baas, ich glaube nicht, daß sie Menschen sind, ich halte sie für böse Geister, die nur bei Nacht wandeln.«

»Warum, Hans?«

»Weil sie, wenn die Sonne hoch steht, wie sie es jetzt tut, alle schlafen, Baas. Ja, sie liegen dort auf dem Boden, fest im Schlaf, wie andere Menschen während der Nacht, mit nur wenigen Wachen, und diese gähnen und reiben sich die Augen.«

»Ich habe gehört, daß es in der Mitte Afrikas, wo es immer sehr heiß ist, Völker gibt, die so leben, Hans«, antwortete ich, »und vielleicht sind dies die Krieger, zu denen Sie-die-befiehlt uns heute abend bringen will. Außerdem sind diese Menschen, wie es scheint, Mond-Anbeter.«

»Nein, Baas, sie sind Anbeter des Teufels, von dem die Weiße Hexe die Frau ist.«

»Du solltest deine Meinung lieber für dich behalten, Hans, denn was immer sie auch sein mag, ich glaube, daß sie deine Gedanken aus weiter Ferne lesen kann, wie du es gestern bereits vermutet hast. Deshalb würde ich keine Gedanken haben, wenn ich an deiner Stelle wäre.«

»Nein, Baas, und wenn ich schon denken muß, so soll es von nun an nur noch den Gin betreffen, der an diesem Ort ebenfalls in weiter Ferne ist«, setzte er grinsend hinzu.

Dann erreichten wir das Haus, wo ich feststellte, daß Robertson bereits gegessen hatte und, wie die Amahagger, schlafen gegangen war, und Umslopogaas anscheinend dasselbe getan hatte, jedenfalls konnte ich ihn nirgends entdecken. Darüber war ich froh, da die seltsame Ayesha mir durch das lange Gespräch die Vitalität geraubt zu haben schien und ich sehr müde war. Also aß ich etwas und legte mich in den Schatten einer Wand, ein Stück vom Haus entfernt, und begann über die wundersamen Dinge nachzudenken, die ich gehört hatte.

An dieser Stelle sollte ich feststellen, daß ich nichts davon glaubte – oder zumindest doch nur sehr wenig. Die Geschichte von Ayeshas zweitausendjährigem Leben wies ich entschieden als Unsinn zurück. Offensichtlich war sie eine ausnehmend schöne Frau, die mehr oder weniger vom Wahnsinn befallen war und unter Größenwahn litt, sehr wahrscheinlich eine Araberin, die einen Grund dafür hatte, an diesen verlassenen Ort zu kommen und die Herrscherin eines wilden Stammes zu werden, dessen Traditionen sie absorbiert und als persönliche Erlebnisse wiedergegeben hatte, wofür sie wahrscheinlich ihre Gründe hatte. Was das andere betraf: Sie wurde jetzt von einem anderen Stamm bedroht, und da sie wußte, daß wir Schußwaffen besaßen, und von dem, was gestern geschehen war, auch, daß wir kämpfen konnten, wollte sie natürlich unsere Hilfe in der bevorstehenden Auseinandersetzung. Und was diesen wundersamen Häuptling Rezu anging, oder vielmehr all diese übernatürlichen Attribute, die ihm angedichtet wurden und diese Phantasiegeschichte über die Axt, so war das reiner Humbug, wie alles andere, und falls sie daran glauben sollte, war ihr Geist noch mehr geschädigt, als ich es ohnehin annahm. Ihre Informationen über Umslopogaas und mich hatte sie zweifellos auf irgendeine obskure Weise von Zikali erhalten, wie sie selbst zugab.

Aber – mein Gott! – wie schön sie war! Dieses Aufblitzen göttlicher Schönheit, als sie, aus Verärgerung oder Kokette-rie, ihren Schleier gelüftet hatte, war wie ein blendender Blitz gewesen. Gott sei Dank aber auch so erschreckend wie ein Blitz. Man spürte instinktiv, daß es sehr gefährlich war, sogar tödlich sein mochte, und ich zumindest wollte damit nicht in nähere Berührung kommen. Ein loderndes Feuer kann wunderbar und faszinierend sein, und auch wärmend, wenn man genügend Abstand von ihm hält, doch wenn man sich in die Flammen stürzt, wird man zu Asche verbrannt – wie das schon viele Motten erfahren haben.

Diese Gedanken erfüllten mich, während mir stets klar war, daß dieser Mensch – oder Nichtmensch – sein Feuer jederzeit in einen Holokaust für mich verwandeln konnte, und daß ich mein Leben zur Zeit allein dem Umstand verdankte, daß sie keine Lust dazu verspürte. Die wunderschöne Ayesha konnte nichts Anziehendes an einem unbedeutenden und verwitterten Jäger finden, zumindest nicht an seinem Äußeren, wenngleich sie in seinem Geist eine gewisse Affinität feststellen mochte. Außerdem würde es in keiner Weise ihren Zwecken dienen, wenn sie rein zum Spaß einen Narren aus ihm machte, da sie seine Hilfe in einer Angelegenheit benötigte, zu der man einen klaren Kopf brauchte.

Schließlich hatte sie erklärt, in irgendeine langweilige Geschichte mit einem anderen Mann verstrickt gewesen zu sein, deren Einzelheiten schwer zu verstehen waren. Es ist wahr, daß sie ihn als einen schönen, doch hohlköpfigen Menschen beschrieb, den sie vor zweitausend Jahren zuletzt gesehen haben wollte, was jedoch wahrscheinlich nur bedeutete, daß sie ihn für einen Narren hielt, weil er eine andere Frau ihr vorgezogen hatte, während die zweitausend Jahre ein Teil der Legende waren, um ihr mehr Atmosphäre zu verleihen. Nach zweitausend Jahren wird selbst der unappetitlichste Skandal romantisch und ehrenhaft: siehe den von Kleopatra mit Caesar, Markus Antonius und anderen Gentlemen. Selbst die Tugendhaftesten lesen mit Anteilnahme die Geschichte der Kleopatra, sogar in Mädchenpensionaten, und falls sie durch irgendeinen Umstand je aus dem Buch der Geschichte gelöscht werden sollte, würde man das als einen enormen Verlust empfinden. Dasselbe trifft auf Helena, Phrynos und andere böse Gestalten zu. Wenn man genau darüber nachdenkt, waren alle interessanten Persönlichkeiten der Geschichte, ob männlich oder weiblich, böse. Wenn wir auf jemanden stoßen, der den Beinamen ›der Gute‹ trägt, blättern wir ohnehin rasch weiter. Es bestand kein Zweifel daran, daß Ayesha, die sehr klug war, diese bedauerliche Wahrheit kannte und deshalb ihre düsteren Verstrickungen der letzten Dekade oder so zwei Jahrtausende zurückverlegte, wie es viele von uns gerne tun würden.

Es blieb der sehr seltsame Umstand ihrer angeblichen Verbindung mit dem alten Zikali, der weit entfernt lebte. Dies war jedoch nicht unerklärlich. Im Verlauf langer Erfahrungen habe ich feststellen können, daß alle Mitglieder der Medizinmann-Gilde, zu der sie unzweifelhaft gehörte, über seltsame Kommunikationsmethoden verfügen.

In den meisten Fällen waren sie zweifellos physischer Natur, wurden mit der Hilfe von Boten erreicht. Doch in einigen Fällen war anzunehmen, daß Telepathie ihr Verbindungsmittel war. Zwischen zwei so hochentwickelten Experten wie Ayesha und Zikali darf man wohl annehmen, daß sie auf diese Art ihre Gedanken austauschten und vielleicht auch einander bei ihren Projekten halfen, obwohl dies vielleicht durch normalere Methoden erreicht wurde.

Doch wie immer die Erklärung auch lauten mochte, Sinn dieses Unternehmens schien es zu sein, mich in weitere

Kämpfe hineinzuziehen. Doch das war ohnehin nicht zu vermeiden, da Inez, Robertsons Tocher, mit allen Mitteln befreit werden mußte, falls das überhaupt möglich sein sollte, selbst wenn wir dabei unser Leben verlieren würden. Deshalb mußten wir kämpfen, und es gab dazu nichts mehr zu sagen. Außerdem war dieses Abenteuer ganz besonders interessant, und ich konnte nur hoffen, daß das Glück – oder Zikalis Große Medizin – oder die Vorsehung, besser gesagt – mich alles heil überstehen lassen würden.

Schließlich zeigte mir die Tatsache, daß Ayesha unsere Hilfe in einem kriegerischen Unternehmen brauchte, klar und deutlich, daß alle ihre Vorspiegelungen über das Vorhandensein übernatürlicher Kräfte reiner Unsinn waren. Wäre es anders gewesen, wozu hätte sie dann unsere Hilfe bei einem Stammeskrieg gebraucht, ganz abgesehen von dem Unsinn, den sie über den Häuptling Rezu erzählte, der nach ihrer Darstellung einem der sagenhaften Trolle gleichkommen mußte, diesen halb menschlichen, halb tierischen, geisterhaften, bösen Kreaturen, über die ich in nordischen Sagen oft gelesen hatte, die nur von ganz bestimmten Helden mit ganz bestimmten Waffen erschlagen werden konnten.

Mit solchen Gedanken beschäftigt schlief ich schließlich ein und erwachte erst, als die Sonne sank. Ich stellte fest, daß Hans ebenfalls schlief, zu meinen Füßen zusammengerollt wie ein treuer Hund. Ich weckte ihn auf, und gemeinsam gingen wir zum Haus zurück, das wir erreichten, als mit der in den Tropen üblichen Plötzlichkeit die Nacht hereinbrach, und natürlich besonders rasch an einem Ort, der ringsum von hohen Bergen umgeben ist.

Als ich Robertson nicht im Hause antraf, nahm ich an, daß er irgendwo draußen wäre, vielleicht auf eigene Faust einen kleinen Erkundungsgang unternähme, und sagte Hans, er solle für uns beide das Abendessen kochen. Während er das tat, im Licht der Amahagger-Lampen, trat plötzlich Umslopogaas in den Lichtkreis und sah sich suchend um.

»Wo ist der Rotbart, Macumazahn?« fragte er.

Ich sagte ihm, daß ich es nicht wüßte, und wartete ab, da ich spürte, daß er mir etwas zu sagen hatte.

»Ich denke, du solltest den Rotbart nicht aus den Augen lassen, Macumazahn«, fuhr er fort. »Heute nachmittag, als du von deinem Besuch bei der Medizinfrau zurückgekommen bist, gegessen und dich in den Schatten der Wand zurückgezogen hattest, um zu schlafen, sah ich den Rotbart aus dem Haus kommen, mit einem Gewehr und einem Beutel mit Patronen. Er rollte wild mit den Augen, wandte sich zuerst hierhin, dann dorthin, zog die Luft in die Nase wie eine Antilope, die Gefahr wittert. Dann begann er laut in seiner Sprache zu sprechen, und da ich sah, daß er mit seinem Geist sprach, wie es jene tun, die vom Wahnsinn befallen sind, ging ich fort und ließ ihn allein.«

»Warum?« fragte ich.

»Weil es ein Gesetz bei uns Zulus ist, wie du weißt, Macumazahn, niemals jemanden zu stören, der wahnsinnig ist und mit seinem Geist spricht. Außerdem hätte er vielleicht auf mich geschossen, wenn ich es getan hätte, und ich hätte mich nicht einmal darüber beklagen dürfen, da ich in etwas eingedrungen wäre, wo zu sein ich kein Recht hatte.«

»Warum bist du dann nicht sofort zu mir gekommen, Umslopogaas?«

»Weil er dann vielleicht auf dich geschossen hätte, denn, wie ich schon seit einiger Zeit erkannt habe, ist er vom Himmel inspiriert und weiß nicht, was er hier auf der Erde tut, und seine Gedanken sind ständig bei der Lady Traurige Augen, die man ihm gestohlen hat, was nur natürlich ist. Also habe ich ihn verlassen und bin auf und ab gegangen, und als ich wenig später zurückkehrte, um nach ihm zu sehen, war er fort. Als Hans mir nun eben sagte, daß er nicht hier ist, bin ich zu dir gekommen, um mit dir über ihn zu sprechen.«

»Nein, hier ist er bestimmt nicht«, sagte ich, ging ins Schlafzimmer und trat zu dem Bett, auf dem Robertson schlief, um zu sehen, ob er es heute abend benutzt hatte.

Erst jetzt bemerkte ich den Zettel, der aus einem Notizbuch herausgerissen und an mich adressiert war. Ich nahm ihn und las. Er hatte folgenden Wortlaut:

*Der gnadenreiche Herr hat mir eine Vision von Inez gesandt und mir gezeigt, wo sie sich befindet, jenseits des Klippenrandes an der Westseite, und auch den Weg, der dorthin führt. Sie sagt mir, daß sie sich in großer Gefahr befinde – daß man sie in Kürze mit irgendeinem dieser Kannibalen verheiraten wolle – und rief mir zu, sofort zu ihr zu kommen und sie zu retten, ja, und allein zu kommen, ohne irgend jemandem etwas davon zu sagen. Also werde ich sofort aufbrechen. Haben Sie keine Angst oder Sorge um mich. Alles wird gut werden, alles wird gut werden. Ich werde Ihnen alles berichten, wenn wir uns wiedersehen.*

*J. Robertson*

Von Entsetzen ergriffen übersetzte ich die wahnsinnige Mitteilung für Umslopogaas und Hans. Ersterer nickte ernst.

»Habe ich dir nicht gesagt, daß er mit seinem Geist gesprochen hat, Macumazahn?« (Ich hatte ›der gnadenreiche Herr‹ mit ›der gute Geist‹ übersetzt.) »Nun, er ist fort, und zweifellos wird sein Geist sich um ihn kümmern. Es ist erledigt.«

»Wir können es auf jeden Fall nicht, Baas«, unterbrach Hans, der anscheinend fürchtete, ich könnte ihn losschikken, um Robertson zu suchen. »Ich kann den meisten Fährten folgen, doch nicht in einer solchen Nacht wie dieser, wo man die Schwärze in Stücke schneiden und eine Mauer daraus bauen kann.«

»Ja«, sagte ich, »er ist fort, und im Augenblick können wir nichts für ihn tun.« Bei mir jedoch dachte ich, daß er wahrscheinlich noch nicht weit gekommen sein konnte und wir ihn finden mochten, wenn der Mond aufgegangen war, oder zumindest am folgenden Morgen. Trotzdem war ich in starker Unruhe und Sorge um diesen Mann, der, wie ich schon seit einiger Zeit beobachtete, mehr und mehr aus dem seelischen Gleichgewicht geriet. Der Schock über das grauenhafte und grausame Abschlachten seiner Mischlingskinder und die Entführung Inez' durch diese brutalen, menschenfressenden Wilden hatten den ersten Anstoß gegeben, und seine plötzliche Konvertierung zu völliger Abstinenz nach Jahren schweren Trinkens hatte ihm den Rest gegeben.

Als ich ihn zu diesem Weg überredet hatte, glaubte ich, einen klugen Schachzug getan zu haben, jetzt jedoch war ich mir dessen nicht mehr so sicher. Vielleicht wäre es besser gewesen, wenn er weiter ein wenig getrunken hätte, zumindest für eine Weile, doch die Schwierigkeit solcher Fälle liegt darin, daß sie keine halben Sachen dulden. Ein Mann, und noch mehr eine Frau, der diesem Laster verfallen ist, wird entweder aggressiv nüchtern oder bleibt ein Trinker. Doch selbst wenn ich es falsch gemacht haben sollte, hatte ich doch in bester Absicht gehandelt und konnte mir keinen Vorwurf machen.

Außerdem war mir klar, daß in dieser neuen Phase die religiösen Assoziationen seiner Jugend wiederkehrten und sich mit erstaunlicher Kraft durchsetzten, denn ich nahm an, daß er Calvinistisch erzogen worden war, und den Ansturm ihrer Wiederkehr hatte ihn völlig aus dem Gleichgewicht gebracht. Wie ich bereits erwähnte, betete er Tag und Nacht, und ohne jene Zurückhaltung, die die meisten Menschen bei ihren religiösen Übungen beachten, und wenn er von etwas anderem sprach als von unserem Vorhaben, so drehten sich seine Gedanken zumeist um den Teufel, oder die Hölle und ihre Qualen, was ihn, um ehrlich zu sein, nicht gerade zu einem angenehmen Gesellschafter machte: offen gesagt, in dieser Hinsicht hatte er mir in seinen alten, unreformierten Zeiten erheblich besser gefallen, da ich, wie ich fürchte, selbst eine recht weltliche Seele bin.

Nun, die Summe all dessen war, daß der arme Bursche den Verstand verloren hatte und uns ausgerissen war; und eine Suche war, wie Hans richtig festgestellt hatte, bei dieser Dunkelheit unmöglich. Und selbst wenn das Licht besser gewesen wäre, würde ich mich nicht sicher gefühlt haben unter all diesen Amahagger Nachtvögeln, denen ich nicht traute. Auf jeden Fall konnte ich Hans nicht bitten, das zu übernehmen, und wenn ich es getan hätte, wäre er sicher nicht gegangen, da er Angst vor den Amahaggern hatte. Also konnte ich nichts anderes tun, als zu warten und zu hoffen. Ich wartete, bis endlich der Mond aufging, und mit dem Mond kam Ayesha, so wie sie es versprochen hatte. In einen schweren, dunklen Umhang gekleidet, erschien sie mit einigem Pomp; ihr voran schritt Billali, ebenfalls in einem dunklen Umhang, hinter ihr etwa zehn Frauen, und um sie herum ging eine Eskorte hochgewachsener Speerträger. Ich saß vor dem Haus und rauchte meine Pfeife, als ich sie plötzlich aus den Schatten treten und auf mich zukommen sah. Ich erhob mich respektvoll und verneigte mich, während Umslopogaas, Goroko und die anderen Zulus, die bei mir waren, ihr den königlichen *Bayéte*-Gruß entboten, und Hans zusammenkroch wie ein Hund, der Angst hat, getreten zu werden. Nachdem sie alle kurz angeblickt hatte, wie ich an der Bewegung ihres verschleierten Kopfes sah, schienen ihre Augen sich auf meine Pfeife zu konzentrieren, die offensichtlich ihre Neugier erregte, und sie fragte mich, was das sei. Ich erklärte es ihr, so gut ich es konnte, und erging mich über den Genuß des Rauchens.

»Also haben die Menschen ein neues unsinniges Laster kennengelernt, seit ich die Welt verließ, und auch noch eins, das schmutzig ist.«

Sie zog vorsichtig etwas Rauch in die Nase und wedelte ihn dann angewidert mit der Hand beiseite, woraufhin ich die Pfeife sofort in die Tasche steckte, wo sie, da sie noch brannte, ein Loch in meine letzte noch repräsentable Jacke brannte. Ich erinnere mich an diese Bemerkung, weil sie mir bewies, was für eine gerissene Schauspielerin sie war, die, um die Behauptung ihres zweitausendjährigen Alters aufrecht zu erhalten, Erstaunen über eine Gewohnheit spielte, mit der sie sehr gut vertraut sein mußte, obwohl ich glaube, daß sie der antiken Welt unbekannt war.

»Ihr seid in Sorge«, sagte sie mit einem raschen Themenwechsel, »ich lese das aus Eurem Gesicht. Einer Eurer Gefährten ist nicht anwesend. Wer ist es? Ah! Ich sehe, es ist der weiße Mann, den Ihr ›den Rächer‹ nennt. Wohin ist er gegangen?«

»Diese Frage möchte ich Euch stellen, Ayesha«, sagte ich.

»Wie kann ich Euch das sagen, Allan, da es hier kein Glas gibt, in dem ich nach Dingen sehen kann, die fern von hier geschehen. Doch laßt es mich trotzdem versuchen.« Sie preßte ihre Hände an die Schläfen und stand vielleicht eine Minute so, reglos und schweigend.

»Ich glaube, daß er jenseits der Berge ist, bei den Anbetern Rezus. Ich denke, daß er wahnsinnig ist; Sorge und etwas anderes, das ich nicht verstehe, haben sein Gehirn verdüstert; es ist irgend etwas, das mit dem Himmel zu tun hat. Ich denke, daß wir ihn lebend wiederfinden werden, bin mir dessen jedoch nicht ganz sicher, da es mir nicht gegeben ist, die Zukunft zu sehen, sondern nur die Vergangenheit, und manchmal Dinge, die gegenwärtig erscheinen, obwohl in weiter Ferne.«

»Werdet Ihr Eure Männer hinausschicken, um nach ihm zu suchen, Ayesha?« fragte ich hoffnungsvoll.

»Nein, das wäre sinnlos, da er bereits zu weit entfernt ist. Außerdem könnten solche, die ich aussende, von den Vorposten Rezus gefangen werden, was vielleicht auch Eurem Gefährten geschehen ist, als er in seinem Wahnsinn umherirrte. Wißt Ihr, warum er dorthin gegangen ist?«

»Mehr oder weniger«, antwortete ich und übersetzte ihr den kurzen Brief, den Robertson für mich zurückgelassen hatte.

»Es mag so sein, wie dieser Mann es schreibt«, erklärte sie, »da die Wahnsinnigen in ihren Träumen oft sehr klar sehen können, doch werden diese Träume nicht von einem Gott gesandt, wie er glaubt. Der Verstand kennt in seinen geheimen Winkeln alle Dinge, Allan, obwohl er nur so wenig oder nichts zu wissen scheint, und wenn der Hauch einer Vision oder der Zorn einer verzweifelten Seele den Schleier fortzieht oder durch die Tore der Entfernung brennt, dann sieht und lernt sie für eine Weile, da, was immer Narren darüber denken mögen, der Wahnsinn oft die echte Weisheit ist. Nun folgt mir mit dem kleinen gelben Mann und dem Krieger der Axt. Nein, wartet, laß mich diese Axt zuvor ansehen.«

Ich übersetzte ihren Wunsch für Umslopogaas, der ihr die

Axt entgegenstreckte, sich jedoch weigerte, das Lederband zu lösen, mit dem sie an seinem Handgelenk befestigt war.

»Glaubt der Schwarze, daß ich ihn mit seiner eigenen Waffe niederstrecken will, ich, die ich so schwach und sanftmütig bin?« fragte sie lachend.

»Nein, Ayesha, doch es steht in seinem Gesetz, sich niemals von diesem Trinker von Leben zu trennen, und er ist Tag und Nacht enger mit ihr beisammen als ein Mann mit seiner Frau.«

»Darin handelt er sehr weise, Allan, da ein Häuptling sich wohl mehr Frauen beschaffen kann, doch nie eine andere Axt wie diese. Sie ist uralt«, setzte sie nachdenklich hinzu und prüfte jede Einzelheit der Waffe, »und – wer weiß? Es mag die Axt sein, von der die Legende berichtet und die dazu ausersehen ist, Rezu zu Staub zu machen. Fragt jetzt diesen glutäugigen Schlächter, ob er, mit dieser Axt in den Händen, den Mut hat, dem schrecklichsten aller Männer gegenüberzutreten, und dem stärksten, der außerdem noch ein Zauberer ist, und dem prophezeit wurde, daß er nur durch eine solche Axt den Tod finden kann.«

Ich tat es.

Umslopogaas lächelte grimmig und antwortete: »Sage der Weißen Hexe, daß es keinen Mann auf Erden gibt, dem ich mich nicht zum Kampf stellen würde, ich, der noch nie in einem fairen Kampf besiegt wurde, obwohl einmal ein unglücklicher Schlag mich an die Pforten des Todes brachte.« Und er berührte das große Loch in seinem Schädel. »Sage ihr auch, daß ich keine Niederlage befürchte, da mein Ende, wie ich glaube, noch lange nicht gekommen ist, obwohl der Öffner von Straßen mir sagte, daß ich schließlich unter einem fremden Volk im Kampf sterben werde, wie es mein Wunsch ist, der ich von Kindheit an dem Krieg gelebt habe.«

»Er spricht gut«, antwortete sie mit einem Unterton von Bewunderung in ihrer Stimme. »Bei Isis, wenn er nur weiß wäre, würde ich ihn unter meiner Regentschaft zum Herrscher über diese Amahagger einsetzen. Sagt ihm, Allan, daß eine große Belohnung seiner wartet, wenn es ihm gelingt, Rezu zu töten.«

»Und sage der Weißen Hexe«, antwortete Umslopogaas, nachdem ich ihm ihre Worte übersetzt hatte, »daß ich keine Belohnung suche, sondern nur Ruhm, und den Anblick einer, die ich verloren habe, bei der mein Herz jedoch noch immer wohnt, falls sie tatsächlich die Macht hat, die Wand der Schwärze zu durchbrechen, die zwischen ihr und mir errichtet wurde.«

»Seltsam«, überlegte Ayesha, nachdem ich es ihr übersetzt hatte, »daß dieser finstere Vernichter durch die seidenen Bande der Liebe gefesselt sein soll und sich nach einer sehnt, die das Grab ihm entrissen hat. Lernt daraus, Allan, daß alle Menschen nach derselben Form gegossen sind, da meine Sehnsüchte und die Euren auch die seinen sind, obwohl wir drei soweit voneinander entfernt sind wie die Sonne und der Mond und die Erde, und in jeder anderen Beziehung völlig verschieden. Doch ist es wahr, daß Sonne und Mond und Erde demselben schwarzen Schoß des Chaos entsprungen sind und deshalb zu Anbeginn identisch waren, wie sie es zweifellos auch wieder am Ende sein werden, wenn sie ihre Reisen vollendet haben und aufeinander zustürzen, um den Weltenraum mit einer Flamme zu erhellen, an der sich die zynischen Götter, die sie geschaffen haben, ihre Hände wärmen können. Nun, Allan, so ist es auch bei den Menschen, deren Seelenmaterie von der Hand der Natur aus dem Meer des Geistes gezogen wird, und, auf die kalte Luft dieses vom Tod getriebenen Planeten geworfen, zu Millionen von Formen gefriert, deren jede sich von allen anderen unterscheidet, und die dennoch dieselbe ist. Doch genug des Redens, folgt mir. Sklave!« – damit war Billali gemeint – »Befehlt den Wachen, mich zum Lager der Diener Lulalas zu eskortieren.«

So schritten wir durch die stillen Ruinen. Ayesha ging, oder schwebte, besser gesagt, zwei oder drei Schritte voraus, gefolgt von Umslopogaas und mir, Seite an Seite, und Hans klebte uns an den Fersen, da er nicht außerhalb des Schutzbereichs der Großen Medizin sein wollte, und, nebenbei, des Schutzes von Axt und Gewehr.

Umgeben von den schweigenden Männern der Eskorte

marschierten wir etwa eine viertel oder eine halbe Meile, bis wir schließlich auf die Trümmer einer mächtigen Mauer stiegen, die einst diese Stadt umschlossen hatte, und unter uns im Mondschein eine riesige Senke sahen, die zweifellos vor langer Zeit einmal ein Burggraben und mit Wasser gefüllt gewesen war. Jetzt jedoch war sie trocken, und wir sahen überall lodernde Feuer, in deren Schein sich Männer bewegten, und auch einige Frauen, die anscheinend damit beschäftigt waren, Essen zu kochen. In einiger Entfernung, am gegenüberliegenden Rand der burggrabenartigen Senke, sahen wir Gestalten in weißen Gewändern, die im Kreis einen großen Stein umstanden, auf dem etwas lag, das dem Kadaver eines Schafs oder einer Ziege ähnelte, und um diese herum eine große Menge von Zuschauern.

»Die Priester Lulalas, die dem Mond opfern, wie sie es Nacht für Nacht tun, nur nicht, wenn der Mond tot ist«, erklärte Ayesha, an mich gewandt, wie in Beantwortung der Frage, die ich zwar in Gedanken formuliert, aber nicht ausgesprochen hatte.

Was mir an der ganzen Szene auffiel, war ihre außergewöhnliche Lebendigkeit und Munterkeit. Alle Menschen im Lichtschein der Feuer, und auch die außerhalb von ihnen, bewegten sich mit einer Lebhaftigkeit, wie man sie in einem Lager natürlich lebender Menschen bei Sonnenaufgang erwarten mag. Es war, als ob sie gerade aufgestanden wären, voller Vitalität, um ihren Tageslauf – oder besser Nachtlauf – zu beginnen, was da auch tatsächlich so war, da diese Amahagger, wie Hans beobachtet hatte, es vorzogen, tagsüber zu schlafen, falls nicht irgend etwas sie davon abhielt, und alle Aktivitäten des Lebens auf die Nacht zu verlegen. Bleibt nur noch hinzuzufügen, daß es eine große Anzahl von ihnen zu sein schien, denn ihre Feuer brannten überall in dem breiten, tiefen Burggraben, erstreckten sich, soweit der Blick reichte.

Auf einem im Zickzack verlaufenden Pfad kletterten wir die zerfallene Mauer hinab, erreichten die Vorposten, die uns anriefen, dann jedoch sahen, mit wem sie es zu tun hatten und sich zu Boden warfen, wobei sie ihre langen Speere, die an ihren Schäften Stahlspitzen aufwiesen, wie die der Massai, neben sich in den Boden stießen.

Wir passierten mehrere der Feuer, und ich bemerkte, wie ernst und düster, obwohl gut aussehend, die Gesichter der Männer waren, von denen wir uns umgeben sahen. In der Tat wirkten sie wie die Bewohner einer anderen Welt, einer, die der freundlichen Rasse der Menschen fremd war. Es war nichts Fröhliches um diese Amahagger, die unter einem uralten, vorväterlichen Fluch zu fronen schienen, den sie nicht abzuschütteln vermochten. Selbst die Frauen lächelten nur selten; ihre feingeschnittenen, schönen Gesichter blieben ernst und reserviert, außer wenn sie uns ohne jede Neugier anstarrten. Nur als Ayesha an ihnen vorüberschritt, warfen sie sich auch zu Boden wie die Männer.

Wir gingen durch die Menge hindurch zur anderen Seite des Burggrabens, stiegen an seinem Rand hinauf und stießen auf eine Gruppe Männer, die sich dort auf einem Platz versammelt hatten, offensichtlich, um uns zu empfangen. Sie standen in Reihen zu fünf oder sechs Gliedern, und ihre Speerspitzen, die im Mondlicht glänzten, wirkten wie lange Stahlbänder. Als wir auf den Platz traten, wurden alle diese Speere erhoben. Dreimal wurden sie erhoben, und bei jedem Hochreißen der Speere ertönte der laute, dröhnende Ruf *»Hiya!«*, was das arabische Wort für *Sie* ist und offensichtlich ein Salut für Ayesha sein sollte.

Sie schritt weiter, ohne die Ovation zu beachten, bis wir das Zentrum des Platzes erreichten, wo eine Anzahl Männer versammelt war, die sich in der gewohnten Art zu Boden warfen.

Sie gebot ihnen durch eine Geste, sich zu erheben und sagte: »Häuptlinge, in dieser Nacht, in zwei Stunden, werden wir gegen Rezu und die Sonnenanbeter ziehen, da sie sonst, wie meine Künste mir verraten, uns angreifen werden. Sie-die-befiehlt ist unsterblich, wie es eure Vorväter von einer Generation zur anderen wußten, und kann nicht getötet werden; ihr jedoch, ihre Diener, könnt getötet werden, und Rezu, der vom Kelch des Lebens getrunken hat, besitzt ein Heer, das dreimal so stark ist wie das meine. Und hat eine weiße Königin, die er an meiner Statt über sein eigenes Volk setzen will, und über solche von euch, die übrigbleiben mögen. Als ob«, setzte sie mit einem verächtlichen Lachen hinzu, »irgendeine Frau irgendeines Zeitalters meinen Platz einnehmen könnte.«

Sie schwieg, und der Sprecher der Häuptlinge sagte: »Wir hören, o Hiya, und wir verstehen. Was befehlt Ihr uns zu tun, o Lulala-die-auf-die-Erde-niedergestiegen-ist? Die Armee von Rezu ist mächtig, und von Anbeginn an hat er Euch und uns gehaßt, und seine Magie ist wie Eure Magie, und die Länge seines Lebens ist wie die Länge Eures Lebens. Wie also sollen wir wenigen – dreitausend Männer, wenn es hoch kommt – uns gegen Rezu behaupten können, den Sohn der Sonne? Wäre es nicht besser, wenn Ihr die Bedingungen Rezus annehmt, die nicht schwer sind, und ihn als unseren König anerkennt?«

Als Ayesha diese Worte vernahm, sah ich ihre schlanke Gestalt unter der Robe erzittern, nicht vor Angst, wie ich glaube, sondern vor Wut, denn ihre Bedeutung war klar genug, nämlich, daß diese Männer nicht kämpfen wollten, sondern an Ergebung dachten, und an ihre Entmachtung, falls sie überhaupt entmachtet werden konnte. Trotzdem antwortete sie mit ruhiger, klarer Stimme.

»Es scheint mir, daß ich zu milde mit euch umgegangen bin, und auch mit euren Vorvätern, Kinder der Lulala, deren Schatten auf Erden ich bin, weil ihr allein die Scheide seht und nicht das Schwert, das darin verborgen ist, und nicht seht, daß es glänzen und zuschlagen kann. Doch warum soll ich mich erzürnen, da die Tiere dem Gesetz der Tiere folgen, obwohl ich nicht übel Lust habe, euch an Ort und Stelle zu töten? Hört! Wenn ich weniger gnädig wäre, würde ich euch den klauenartigen Händen Rezus überlassen, der euch, einen nach dem anderen, zum Opferstein schleifen würde, um eure Herzen seinem Gott des Feuers zu opfern und eure Körper mit seiner Hitze zu versengen. Jedoch denke ich an eure Frauen und Kinder und an eure Vorväter, die ich zu ihren längst vergangenen Zeiten kannte, und möchte euch deshalb trotz allem, so es mir möglich ist, vor euch selbst, und eure Köpfe vor den glühenden Kesseln Rezus retten. Beratet euch also und sagt mir dann: Werdet ihr gegen Rezu kämpfen oder klein beigeben? Falls es das ist, was ihr begehrt, so sagt es, und morgen bei Sonnenaufgang werde ich fort sein und diese mit mir nehmen« – wobei sie auf uns deutete –, »die ich gerufen habe, um uns in unserem Kampf beizustehen. Ja, ich werde fort sein, wenn ihr auf den Opferstein hingestreckt liegt und eure Frauen und Kinder als Sklaven Rezus weggetrieben werden, und dann werdet ihr schreien: ›Oh, wo ist die Hiya, die unsere Väter kannten? Oh! Wird sie nicht zurückkehren und uns aus dieser Hölle befreien?‹ Ja, so werdet ihr schreien, doch es wird euch keine Antwort zuteil werden, da die Hiya dann zu ihrem eigenen Reich auf dem Mond gegangen sein und nie wieder von dort zurückkehren wird. Also beratet euch jetzt und antwortet mir rasch, da ich euer und eurer Feigheit müde werde.«

Die Häuptlinge zogen sich zurück und begannen leise miteinander zu sprechen, während Ayesha reglos stand, scheinbar völlig unbeteiligt, und ich die Situation abzuschätzen versuchte.

Es war offensichtlich, jedenfalls für mich, daß diese Menschen sich fast in einem Zustand der Rebellion gegen ihre Herrscherin befanden, deren Macht über sie allein moralischer Natur war, eine Macht, die ausschließlich von ihrer Persönlichkeit ausging. Ich fragte mich lediglich, aus welchem Grund sie, wenn sie das war, was zu sein sie schien, es für der Mühe wert hielt, sie überhaupt auszuüben. Dann erinnerte ich mich an ihre Erklärung, daß sie aus einem geheimnisvollen Grund hier und an keinem anderen Ort warten mußte, bis ein gewisser mystischer Gentleman mit einem griechischen Namen kommen und sie von diesem vorbestimmten Rendezvous abholen würde. Deshalb hatte sie, oder, wie ich vermutete, es zumindest auf Grund der Halluzinationen, unter denen sie litt, zu haben glaubte, – keine andere Wahl und war gezwungen, mit einer Horde unangenehmer Wilder fertig werden zu müssen, in einer Umgebung, die dringend der Instandsetzung bedurfte.

Schließlich kehrte der Sprecher zurück, salutierte mit seinem Speer und fragte: »Wenn wir den Kampf gegen Rezu aufnehmen, wer wird uns anführen, o Hiya?«

»Meine Weisheit wird euer Führer sein«, antwortete sie, »und dieser weiße Mann euer General, und dort steht der Krieger, der Rezu Angesicht zu Angesicht gegenübertreten und ihn zu Staub werden lassen wird.« Bei diesen Worten deutete sie auf Umslopogaas, der auf seine Axt gelehnt stand und die Männer mit einem verächtlichen Lächeln musterte.

Diese Antwort schien dem Mann nicht zu passen, denn er ging daraufhin zurück, um sich noch einmal mit den anderen zu beraten. Nach einer Diskussion, die ich für die Amahagger für sehr lebhaft hielt, da sie Menschen weniger Worte waren und nichts für lange Reden übrig hatten, traten sie alle auf uns zu, und ihr Sprecher sagte: »Die Wahl des Generals gefällt uns nicht, o Hiya. Wir wissen, daß dieser weiße Mann tapfer ist, da wir von dem Kampf erfahren haben, den er jenseits des Berges gegen die Männer Rezus geführt hat, und auch, daß er und seine Gefolgsleute Waffen besitzen, die aus der Ferne den Tod bringen können. Doch gibt es eine Prophezeiung unter uns, deren Ursprung niemandem bekannt ist, daß jener, der die letzte große Schlacht zwischen Lulala und Rezu kommandiert, den Augen des Volkes von Lulala einen gewissen, heiligen Gegenstand vorweisen muß, einen Talisman der Macht, ohne welchen die Vernichtung das Schicksal Lulalas sein wird. Von diesem heiligen Gegenstand, diesem von Geistern besessenen Ding, kennen wir das Aussehen und die Art, denn diese sind uns von Generationen unserer Priester weitergegeben worden, obwohl ich nicht sagen kann, wer es denen übermittelt hat, doch von diesen weiß ich das eine: daß es sowohl vom Geist wie vom Körper spricht, vom Menschen und gleichzeitig von mehr als vom Menschen.«

»Und wenn dieser wundersame Gegenstand, dieser Talisman der Macht, von diesem weißen Lord nicht vorgewiesen werden kann, was dann?« fragte Ayesha eisig.

»Dann, o Hiya, ist dies das Wort des Volkes von Lulala,

daß wir nicht unter ihm in die Schlacht ziehen werden, und es ist ebenfalls sein Wort, daß wir nicht gegen Rezu marschieren werden. Daß Ihr mächtig seid, o Hiya, wissen wir, und auch, daß Ihr uns töten könnte, wenn Ihr das wollt, doch wissen wir auch, daß Rezu mächtiger ist und Ihr gegen ihn keine Macht habt. Darum tötet uns, wenn Ihr das wollt, bis Euer Herz des Todes gesättigt ist. Denn es ist besser, wenn wir auf diese Weise umkommen, als auf dem Opferstein, mit der rotglühenden Krone Rezus auf unseren Köpfen.«

»So sagen wir alle«, riefen die anderen, als er geendet hatte.

»Mir kommt der Gedanke, mein Herz mit deinem Blut und dem deiner Gefährten zu befriedigen«, sagte Ayesha verächtlich. Dann wandte sie sich mir zu und fragte: »O Wächter der Nacht, welcher Rat? Gibt es etwas, das diese Feiglinge überzeugen kann, über die ich so lange meine schützenden Fittiche gebreitet habe?«

Ich schüttelte den Kopf, woraufhin sie untereinander zu murmeln begannen und sich schließlich umwandten, als ob sie gehen wollten.

In diesem Augenblick zupfte mich Hans, der ein wenig Arabisch verstand, wie viele anderen Sprachen Afrikas, am Ärmel und flüsterte mir ins Ohr: »Die Große Medizin, Baas. Zeige ihnen Zikalis Große Medizin!«

Das war eine Idee. Die Beschreibung des Objekts sprach von einer von Geistern besessenen Gestalt der Macht, die sowohl den Geist, als auch den Körper des Menschen darstellte und von mehr als nur Menschlichem, was so vage war, daß es irgend etwas oder auch nichts bedeuten mochte. Und dennoch ...

Ich wandte mich Ayesha zu und bat sie, die Männer zu fragen, was sie von mir zu sehen wünschten, und ob sie mir tapfer folgen und bis zum Tod gegen Rezu kämpfen würden.

Sie tat es, und sie antworteten mit einer Stimme: »Ja, tapfer und bis zum Tod werden wir ihm folgen, und auch dem Träger der Axt, von dem unsere Legende ebenfalls berichtet.«

Nun öffnete ich dramatisch langsam mein Hemd und streckte ihnen das Abbild Zikalis entgegen, soweit, wie es die Schnur aus Elefantenhaar erlaubte.

»Ist dies der heilige Gegenstand, der Talisman der Macht, von dem eure Legende berichtet, o Volk der Amahagger und Anbeter von Lulala?«

Der Sprecher warf einen Blick darauf, dann riß er einen Feuerbrand aus den Flammen, die in der Nähe loderten, hielt ihn über die Elfenbeinschnitzerei und starrte darauf, und die anderen beugten sich mit ihm vor und starrten ebenfalls.

»Hund, willst du meinen Bart verbrennen?« schrie ich mit gespielter Wut, riß ihm den Feuerbrand aus der Hand und schlug ihn ihm auf den Kopf.

Doch er reagierte nicht auf den Affront, den ich nur begangen hatte, um meine Autorität zu beweisen. Er starrte weiter auf das greuliche Dinge, obwohl die Funken von dem Feuerbrand ihm die fettigen Haare versengten, dann warf er sich vor mir zu Boden, was die anderen sofort auch taten.

»Es ist das Heiligtum!« schrie er. »Es ist die von Geistern besessene Gestalt der Macht, und die Anbeter Lulalas werden ihr bis in den Tod folgen, o weißer Herr, Wächter der Nacht. Ja, da wo Ihr hingeht, und wo er hingeht, der die Axt trägt, dorthin werden wir euch folgen, bis keiner von uns mehr auf den Füßen steht.«

»Dann ist dies geregelt«, sagte ich gelangweilt, da es niemals klug ist, vor Wilden irgendeine Besorgnis zu zeigen, und ich außerdem kein besonderes Verlangen danach verspürte, der Führer dieses sehr seltsamen Stammes zu sein, noch dazu bei einem Abenteuer, von dem ich nichts wußte und deshalb hoffte, daß sie diese zweifelhafte Ehre einem anderen überlassen würden. Dann wandte ich mich um und berichtete Umslopogaas, was geschehen war, worauf er nur seine mächtigen Schultern hob und seine Axt in der Hand wog, als ob er nicht übel Lust hätte, ihre Schärfe an einigen dieser ›Liebhaber der Dunkelheit‹ auszuprobieren, wie er die Amahagger wegen ihrer nächtlichen Lebensgewohnheiten nannte.

Inzwischen hatte Ayesha einige Befehle erteilt. Dann trat sie zu mir und sagte: »Diese Leute werden sofort losmarschieren, dreitausend Mann stark, und bei Dämmerung auf dem nördlichen Bergkamm lagern. Bei Sonnenaufgang werden Sänften eintreffen, welche Euch, und solche, die mit Euch kommen wollen, zu ihnen bringen, wo Ihr gegen Mittag eintreffen solltet. Am Nachmittag stellt Ihr sie in einer Schlachtordnung auf, die Ihr für richtig haltet, denn die Schlacht wird in den frühen Morgenstunden des folgenden Tages stattfinden, da das Volk von Lulala nur nachts kämpft. Ich habe gesprochen.«

»Kommt Ihr nicht mit uns?« fragte ich enttäuscht.

»Nein, nicht bei einem Krieg gegen Rezu, aus Gründen, die nur für mich eine Rolle spielen. Doch wird mein Geist bei Euch sein, da ich alles sehe, was geschieht, auf welche Weise, spielt auch keine Rolle, und vielleicht werdet Ihr meinen Geist dort sehen – ich weiß es nicht. Am dritten Tag von morgen an gerechnet werden wir uns wiedersehen, entweder im Fleisch, oder jenseits davon, doch denke ich, im Fleisch, und dann könnt Ihr die Belohnung fordern, wegen der Ihr gekommen seid. Man wird ein Quartier vorbereiten für die Lady, die Rezu als Rivalen-Königin gegen mich aufstellen wollte. Lebt wohl, und auch Ihr, Träger der Axt, die das Blut Rezus trinken soll, und auch du, kleiner, gelber Mann, der so zu Recht Licht-im-Dunkel genannt wird, wie Ihr alle feststellen werdet, bevor dies vorbei ist.«

Und dann, bevor ich antworten konnte, wandte sie sich um und schritt, von ihren Bewachern umgeben, rasch davon und ließ mich verwundert und mit einem äußerst unguten Gefühl zurück.

## 16
# *Allans Vision*

Der alte Kammerherr, Billali, führte uns zu unserem Haus zurück. Auf dem Wege dorthin sprach er mit mir über diese Amahagger, von denen er selbst ein weiterentwickeltes Exemplar zu sein schien, einer, der seine Linie vielleicht über zehn Generationen weit auf irgendeinen überlegenen Vorvater zurückführen konnte, bevor dieses Volk verfallen war. Zusammengefaßt erklärte er mir, daß sie ein wilder, gesetzloser Haufen seien, in Ruinen oder in Höhlen lebten, einige von ihnen sogar in Sumpfdörfern, in kleinen, getrennten Sippen, deren jede von einem Ältesten regiert wurde, der zumeist auch ein Priester ihrer Göttin Lulala war.

Ursprünglich seien sie und das Volk Rezus eins gewesen, zu der Zeit, da sie gemeinsam sowohl die Sonne als auch den Mond anbeteten, doch ›vor Tausenden von Jahren‹ wie er es ausdrückte, hätten sie sich getrennt, und die Anhänger Rezus hätten sich in das Gebiet nördlich der Großen Berge zurückgezogen, von wo aus sie die Lulalaiten bedrohten und schon vor langer Zeit würden vernichtet haben, wenn nicht Sie-die-befiehlt dagewesen wäre. Die Anhänger Rezus schienen gewohnheitsmäßig Kannibalen zu sein, während der lulalaitische Zweig der Amahagger Kannibalismus nur gelegentlich praktizierte, wenn ihnen durch einen Glückszufall Fremde in die Hände fielen. »Solche wie Ihr, Wächter der Nacht, und Eure Gefährten«, sagte er mit Betonung. Wenn so ein Verbrechen entdeckt wurde, wurden die Schuldigen jedoch von Hiya, Sie-die-befiehlt, mit dem Tode bestraft.

Ich fragte, ob sie tatsächlich eine Herrschaft über dieses Volk ausübe. Er antwortete, daß dies nicht der Fall sei, da sie an ihm nicht wirklich interessiert war; nur wenn sie auf einzelne Individuen wütend würde, tötete sie sie durch ›ihre Künste‹, wie es in ihrer Macht stand, wenn es ihr so gefiel. Die meisten von ihnen hatten sie noch nie gesehen und wußten nur durch Gerüchte von ihrer Existenz. Für sie war sie ein Geist oder eine Göttin, welche die uralten Gräber bewohnte, die südlich der alten Stadt lagen, wohin sie wegen des drohenden Krieges mit Rezu gegangen war, den allein sie fürchtete, aus welchem Grund, wisse er nicht. Außerdem erklärte er mir, daß sie die größte Zauberin sei, die es jemals gegeben habe, und es sei ganz sicher, daß sie nicht stürbe, da die Vorväter der heute lebenden Menschen sie schon seit vielen Generationen gekannt hätten. Trotzdem schien sie jedoch unter einem Fluch zu stehen, so wie die Amahagger selbst, die die Nachkommen jener waren, die einst in Kôr und dem umliegenden Gebiet gelebt hatten, bis zur Küste des Meeres und Hunderte von Meilen landeinwärts, da sie ein mächtiges Volk waren, bevor die Pest sie vernichtete.

Außerdem glaubte er, daß sie eine sehr unglückliche Frau sei, deren ›Seele die Toten betrauere‹ und die sich niemandem auf Erden zuwandte.

Ich fragte ihn, aus welchem Grund sie hier bliebe, woraufhin er den Kopf schüttelte und sagte, daß es seiner Vermutung nach wegen dieses Fluches sei, da er sich keinen anderen Grund dafür vorstellen könne. Außerdem, erklärte er mir, wären ihre Stimmungen sehr starken Schwankungen unterworfen. Manchmal sei sie wild und aktiv, zu anderen Zeiten relativ milde und niedergeschlagen. Gerade jetzt durchliefe sie eine der letzteren Phasen, wahrscheinlich wegen der Unbill mit Rezu, da sie nicht wollte, daß ihr Volk von diesen entsetzlichen Menschen vernichtet würde, oder vielleicht auch aus einem anderen Grund, mit dem er nicht vertraut sei. Wenn sie es wollte, wüßte sie alles, mit Ausnahme der ferneren Zukunft, und deshalb habe sie auch von unserer Ankunft gewußt, und auch von den Einzelheiten unseres Marsches, und daß wir von Rezus Leuten angegriffen werden würden, die ausgesandt waren, um auf ihre heimkehrenden Landsleute zu stoßen, die außer Landes gezogen waren, um eine weiße Königin zu finden. Deshalb habe sie ihm befohlen, uns mit einigen Soldaten zu Hilfe zu kommen. Ich fragte ihn, warum sie ständig einen Schleier trüge, und er antwortete, wegen ihrer Schönheit, deren Anblick selbst wilde Männer so verrückt machte, daß sie sich in vergangenen Tagen gezwungen gesehen hatte, einige von ihnen zu töten.

Das war alles, was er über sie zu wissen schien, außer daß sie gütig gegenüber jenen war, die ihr gut dienten, wie er es tat, und sie vor Übeln jeder Art beschützte.

Dann fragte ich ihn nach Rezu. Er antwortete, daß er ein schrecklicher Mensch sei, unsterblich, wie es von Sie-die-befiehlt behauptet wurde, daß er ihn aber noch nie gesehen habe und ihn auch nie sehen wolle. Seine Gefolgsleute, die Kannibalen waren und buchstäblich alle Menschen im Lande aufgefressen hätten, die sie fangen konnten, wollten sich jetzt Lulala unterwerfen, damit sie dieses Volk ebenfalls auffressen konnten. Einander aßen sie nicht, wie kein Hund einen anderen frißt, und deshalb waren sie jetzt hungrig, obwohl sie mehr als genügend Korn und Rinder besaßen. Was die bevorstehende Schlacht betraf, so wüßte er nichts über sie oder ihren Verlauf, außer daß Sie-die-befiehlt gesagt hätte, daß sie unter meinem Kommando gut ausgehen würde. Sie war des Sieges so sicher, daß sie es nicht für nötig hielt, die Armee zu begleiten, da sie Schlachtenlärm und Blutvergießen haßte.

Mir kam der Gedanke, daß sie vielleicht Angst hatte, gefangengenommen und gegessen zu werden, doch behielt ich diese Überlegung für mich.

In diesem Augenblick erreichten wir unser Haus, wo Billali sich von mir verabschiedete und sagte, er müsse jetzt ruhen, würde jedoch bei Tagesanbruch mit den Sänften zurück sein und hoffe, uns bereit zum Aufbruch vorzufinden. Dann ging er fort. Umslopogaas und Hans gingen ebenfalls schlafen, und ich blieb allein zurück, der ich, da ich am Nachmittag geruht hatte, überhaupt nicht müde war. Und da die Nacht so herrlich war, beschloß ich, einen kleinen Mitternachtsspaziergang zu machen, wie es die Amahagger taten. Nun da ich als Generalissimus ihrer Armee anerkannt war, hatte ich zwar keine Befürchtungen, angegriffen zu werden, trug aber sicherheitshalber einen Revolver in meiner Tasche. Also ging ich los, schlenderte langsam den Weg hinab, der eine der Hauptstraßen dieser uralten Stadt gewesen zu sein schien, die irgendwie an das ausgegrabene Pompeji erinnerte, nur in einem unvergleichlich größeren Maßstab.

Während des Schlenderns fielen mir die seltsamen Umstände ein, in denen ich mich befand. Sie reizten mich dazu, mir einzubilden, daß ich unter Halluzinationen litte und vielleicht während der ganzen Zeit in Fieberdelirien im Bett lag. Diese wunderbare Frau, zum Beispiel – selbst, wenn ich ihre Geschichte von ihrem auf so wunderbare Weise verlängerten Leben als Märchen zurückwiese, was ich auch tat –, was sollte ich von ihr halten? Ich wußte es nicht, außer daß sie, so wundersam sie auch sein mochte, mehr Macht zu haben behauptete, als sie wirklich besaß. Das war mir von dem Ton ihres Gesprächs mit den Häuptlingen klar geworden, und aus der Tatsache, daß sie das Kommando über ihren Stamm auf meine Schultern abgewälzt hatte. Denn wenn sie so mächtig war, warum hatte sie dann nicht ihre himmlischen oder höllischen Kräfte gegen den Feind eingesetzt? Wieder wußte ich keine Antwort, doch eine Tatsache stand fest: sie war unvergleichlich schön – und auch ungewöhnlich klug.

Doch was für eine Aufgabe war es, die sie mir aufgeladen hatte, einen Mob von Wilden, die wahrscheinlich völlig disziplinlos waren, deren kämpferische Qualitäten ich nicht kannte, und die zu organisieren mir keine Gelegenheit blieb, in die Schlacht gegen einen Feind zu führen, dessen Stärke nicht bekannt war. Es schien mir heller Wahnsinn zu sein, und ich konnte nur hoffen, daß das Glück oder die Vorbestimmung mich irgendwie heil hindurchbringen würden. Um die Wahrheit zu sagen, war ich so gut wie überzeugt, daß es so kommen würde, denn ich war inzwischen fast so abergläubisch geworden, was die Große Medizin betraf, wie Hans. Zumindest war die Wirkung, die sie auf diese Häuptlinge gehabt hatte, äußerst seltsam, oder wäre es zumindest gewesen, wenn mir nicht sofort die Erklärung dafür eingefallen wäre. Am Abend unseres ersten Treffens hatte ich Ayesha diesen Talisman als eine Art Empfehlungsschreiben vorgezeigt, und jetzt konnte ich erkennen, daß sie es war, die diesen Auftritt mit den Häuptlingen und ihrem Stammeszauberer inszeniert hatte, um ihren Willen bezüglich meiner Führung des Unternehmens durchzusetzen. Alles in ihrem Verhalten deutete darauf hin, selbst ihre gespielte Unkenntnis von der Existenz dieses Talismans, und daß sie es Hans überlassen hatte, auf ihn hinzuweisen. Was sie vielleicht dadurch bewerkstelligte, daß sie sein Unterbewußtsein beeinflußte. Zweifellos paßte es mit diesen nebulösen Traditionen zusammen, die bei alten Rassen von Wilden so häufig anzutreffen sind, und die, ihrem Mitverschworenen präsentiert, von dem einfachen Volk als heiliges Zeichen anerkannt wurden, wonach alles andere einfach war.

Eine so einleuchtende Erklärung führte naturgemäß zum Tod aller Illusionen, die ich noch über diese arabische Dame namens Ayesha haben mochte, ich muß jedoch zugeben, daß ich mich mit großem Bedauern von ihnen trennte, wie wir es alle tun, wenn wir glauben, etwas Wunderbares unter den Frauen entdeckt zu haben. Doch es war nun einmal so, und es schien sinnlos, mir weitere Gedanken über sie, ihre Geschichte und ihre Ziele zu machen.

Also entließ ich sie und alle anderen Gedanken aus meinem Bewußtsein, blickte umher und erfreute mich an der wunderbaren Szenerie, die sich im Mondlicht vor mir auftat. Um die besser sehen zu können, kletterte ich – obwohl ich Furcht vor Schlangen hatte, die sich unter den Steinen verbergen mochten – über einen leichten Anstieg auf den Schutthaufen einer Ruine und von dort auf die Trümmer einer großen Mauer, die, nach ihrer Stärke zu urteilen, einst die Umfassungsmauer eines Forts oder eines Tempels gewesen sein mußte. Auf der Zinne dieser Mauer, etwa siebzig oder achtzig Fuß über dem Niveau der Straße, setzte ich mich und blickte umher.

Überall um mich herum erstreckten sich die Ruinen der gewaltigen Stadt, jetzt so zerfallen und verlassen wie Babylon. Die majestätische Einsamkeit dieses Ortes war überwältigend. Selbst der Anblick von Kompanien von Kriegern, die nordwärts über die Ebene zogen, mit im Mondlicht glitzernden Speerspitzen, vermochte nicht, dieses Gefühl von Einsamkeit zu mildern. Ich wußte, daß dies die *Impis* waren, die mir das Schicksal auferlegt hatte zu führen, und die jetzt zu dem Lager zogen, wo ich sie treffen würde. Doch sie zogen in einer solchen Stille dahin, daß nicht ein Laut durch die Nacht drang, daß ich zu glauben geneigt war, es sei eine Geisterarmee des alten Kôr.

Die Krieger verschwanden, und ich muß wohl in solche Gedanken versunken eingeschlafen sein. Auf jeden Fall erschien mir die Stadt plötzlich so, wie sie zur Zeit ihrer Blüte ausgesehen haben mußte. Ich sah sie im Licht in strahlenden Farben erglänzen; überall Farben; an den bemalten Wänden und Dächern, an den blühenden Bäumen, die die Straßen säumten, und an den hellen Kleidern der Männer und Frauen, die sich zu tausenden auf den Märkten und Plätzen drängten. Selbst die Wagen, die hin und her fuhren, waren farbig, ebenso die unzähligen Banner, die von Palastwänden und Tempeldächern wehten. Der riesige Palast pulsierte von Leben; Bräute wurden in Sänften zur Hochzeit getragen, und die Toten in Särgen zu ihren Gräbern; Schwadronen von Kriegern marschierten, in schimmernde Panzer gekleidet, Händler stritten sich um die Preise, Priester und Priesterinnen in weißen Roben schritten in Prozessionen (und ich fragte mich, wen oder was sie anbeten mochten), Kinder strömten aus den Schulen, ernste Philosophen debattierten im Schatten kühler Arkaden, eine königliche Persönlichkeit schritt, vor sich eine Gruppe von Läufern und von Sklaven umgeben, vorüber, und schließlich sah ich die Masse der Bürger, die ihrem Tagewerk nachgingen.

Selbst Einzelheiten waren erkennbar, wie die eines Polizisten bei der Verfolgung eines entlaufenen Gefangenen, der einen zerrissenen Strick um den Arm geknotet trug, und der Zusammenstoß zweier Wagen in einer engen Straße, um deren Trümmer sich die gaffenden Nichtstuer sammelten, so wie sie es noch heute tun, wenn zwei Kaleschen oder

Pferdedroschken zusammenstoßen, während die Eigner stritten, wütend gestikulierten, und die Polizisten und Kutscher versuchten, ein gestürztes Pferd wieder auf die Beine zu bringen. Doch kein Laut des Streits oder von etwas anderem erreichte meine Ohren. Ich sah es, doch das war alles. Die Stille war undurchdringlich, wie es nur logisch war, da diese Wagen vor Tausenden von Jahren aufeinandergeprallt sein mußten.

Eine Wolke schien vor meinen Augen vorbeizuziehen, eine dünne gazeartige Wolke, die mich irgendwie an den Schleier erinnerte, den Ayesha trug. Tatsächlich hätte ich einen Augenblick lang schwören können, daß sie bei mir war und sich über mich lustig machte, da ich ihr einen so gelungenen Trick zutraute, was zweifellos Teil des Traums war.

Auf jeden Fall kehrte ich in einen normalen Zustand zurück und sah um mich herum Meilen verlassener Straßen und tausende zerfallener Mauern liegen, dazwischen die schwarzen Kleckse dachloser Häuser, und dahinter die weite unbestellte Ebene, ringsum begrenzt von der steilen Wand des Kraterrandes, und über allem die große Scheibe des Mondes, die sanft vom Himmelsgewölbe herabschien.

Ich sah und genoß, wenn auch ein wenig bedrückt, den Anblick der desolaten Schönheit um mich herum, stieg dann von der Mauer über den Schutthügel auf die zerfallene Straße hinab und machte mich auf den Heimweg, wobei ich fast vor meinem eigenen Schatten Angst hatte, denn ich schien das einzige lebende Wesen in ganz Kôr zu sein.

Als ich unser Haus erreichte, sah ich Hans vor der Tür sitzen und auf mich warten.

»Ich wollte gerade losgehen und nach dir sehen, Baas«, sagte er. »Und ich hätte es eigentlich schon früher tun sollen, aber ich wußte, daß du diese weiße Lady aufsuchst, die ihren Kopf in ein Tuch wickelt, und da war ich sicher, daß du nicht gestört werden wolltest.«

»Dann hast du falsch gedacht«, antwortete ich, »doch wenn du sie besucht hättest, wäre das vielleicht ein Besuch gewesen, von dem du nicht zurückgekehrt wärst.«

»O doch, Baas«, kicherte Hans. »Der weißen Lady hätte es nichts ausgemacht, du bist es, der so sonderbar ist, nach Art der Männer, die der Himmel sehr schüchtern gemacht hat.«

Ohne mich dazu herabzulassen, auf Hans' Sticheleien einzugehen, trat ich ins Haus, um zu Bett zu gehen. Ich fragte mich noch, in was für einem Bett der arme Robertson die Nacht verbringen mochte, und war sehr bald eingeschlafen, was mir glücklicherweise überall und zu jeder Zeit möglich ist. Männer, die schlafen können, sind die, welche die Arbeit dieser Welt tun und Erfolg haben, obwohl ich persönlich zwar stets die Arbeit habe, doch selten den Erfolg.

Ich wurde beim ersten Schimmer des Morgengrauens von Hans geweckt, der mich informierte, daß Billali draußen mit den Sänften auf uns warte, und daß Goroko bereits seine Riten absolviert und Umslopogaas und die beiden anderen Krieger ›besprochen‹ hatte, wie es bei den Zulus vor einem Kampf üblich ist. Er setzte hinzu, daß die beiden Zulus sich geweigert hätten, zurückzubleiben, um ihre verwundeten Gefährten zu versorgen. Sie sagten, lieber würden sie sie töten, als ihretwegen zurückgelassen zu werden. Irgendwie, erklärte er, auf welche Weise könne er nicht sagen, sei dies zu Ohren der Weißen Lady gekommen, die ihr Gesicht vor den Männern verstecke, weil sie so häßlich sei, und sie habe Frauen herübergeschickt, die sich um die beiden Verwundeten kümmern sollten, und ihnen befohlen, gut für sie zu sorgen.

Schließlich brachen wir auf, ich in meiner Sänfte, hinter der Billalis, mit meiner Expreß-Rifle und einem Repetiergewehr und reichlich Munition für beide Waffen, und Hans, ebenfalls gut bewaffnet, in der dritten Sänfte, die für Umslopogaas gesandt worden war, der es jedoch vorzog, mit Goroko und den beiden anderen Zulus zu Fuß zu gehen. Eine Weile genoß Hans das Gefühl, von anderen getragen zu werden, lehnte in den Kissen und rauchte und grinste und machte sarkastische Bemerkungen über die Träger, die diese glücklicherweise nicht verstehen konnten. Sehr bald jedoch wurde er dieser ungewohnten Freuden müde, aber da er nach wie vor entschlossen war, nicht zu Fuß zu gehen, kletterte er auf das Dach der Sänfte, saß darauf wie auf einem Pferd und sah aus wie ein Affe auf einem Leierkasten.

Unser Weg führte uns über die weite, fruchtbare Ebene, von der jedoch nur ein geringer Teil bestellt war, obwohl ich erkennen konnte, daß zu irgendwelchen vergangenen Zeiten, als die Einwohnerzahl größer gewesen war, jeder Quadratzoll genutzt worden war. Jetzt gab es hier nur Bäume, viele davon Obstbäume, zwischen denen sich Bäche entlangschlängelten.

Gegen zehn Uhr erreichten wir den Fuß der umlaufenden Klippen und begannen den Aufstieg, der steil, gewunden und schwierig war. Gegen Mittag hatten wir den Kamm erreicht und fanden dort unsere kleine Armee kampierend und, mit Ausnahme der Wachen, in tiefem Schlaf, wie es tagsüber die unverrückbare Gewohnheit dieser Menschen ist. Ich ließ die maßgeblichen Häuptlinge wecken und machte mit ihnen einen Rundgang durch das Lager; ich schätzte die Zahl der Männer auf etwa 3250. Dann ging ich, begleitet von Umslopogaas und Hans und den beiden Zulus, die als Bewacher mitkamen, sowie den drei führenden Häuptlingen der Amahagger, zum Rand des Bergkammes, um einen Blick auf das Gelände zu werfen.

Nahe des Randes stehend erkannte ich, daß zwei breite, kammartige Grate, wie man sie ähnlich an den unteren Stammteilen bestimmter Tropenbäume finden kann, in sanfter Neigung von hier auf die Ebene hinabführten. Außerdem sah ich, daß auf dieser Ebene, zwischen den Enden der beiden Grate, eine Armee kampierte, die ich eine Weile durch meinen Feldstecher musterte und ihre Stärke auf mindestens zehntausend Mann schätzte. Diese Armee, berichteten mir die Amahagger-Häuptlinge, sei die von Rezu, der, wie sie sagten, seinen Angriff auf den folgenden Morgen festgesetzt habe, da das Volk Rezus, als Sonnenanbeter, niemals kämpfen würden, bevor ihr Gott über dem Horizont erschien. Nachdem ich gesehen hatte, was es zu sehen gab, bat ich die Häuptlinge, mir ihren Schlachtplan zu erläutern, sofern sie einen solchen hätten.

Ihr Wortführer antwortete, daß sie vorhätten, auf dem rechten Grat bis etwa zur halben Höhe hinabzusteigen, wo sich eine schmale, ebene Fläche befände, und dort den Angriff zu erwarten, da in dieser Position ihre zahlenmäßige Unterlegenheit nicht so stark ins Gewicht fallen würde, die es ihnen unmöglich machte, den Feind anzugreifen.

»Aber angenommen, daß Rezu über den anderen Grat heraufkommt und euch in den Rücken fällt? Was dann?« fragte ich.

Er antwortete, daß er das nicht wisse. Seine Vorstellungen von Strategie waren offensichtlich von primitiver Machart.

»Kämpfen eure Leute besser bei Tage oder bei Nacht?« fuhr ich fort.

Er sagte, zweifellos bei Nacht, in der Tat gäbe es in der ganzen Geschichte seines Volkes keinen Hinweis darauf, daß jemals bei Tage gekämpft worden sei.

»Und trotzdem wollt ihr euch einem Angriff Rezus aussetzen, wenn die Sonne hoch steht und damit eure Niederlage von vornherein feststeht?« bemerkte ich.

Dann trat ich zur Seite und beriet mich eine Weile mit Umslopogaas und Hans, wonach ich zurückging und meine Befehle erteilte, die nicht zur Diskussion gestellt wurden. Diese bestanden, kurz gesagt, darin, daß unsere Amahagger nach Einbruch der Dämmerung, doch vor Mondaufgang, in absoluter Stille den rechten Grat hinabsteigen und in dem Buschwerk, das, wie ich gesehen hatte, am Fuß des Grates reichlich wucherte, in Deckung gehen würden. Ein kleiner Trupp unter Führung von Goroko, den ich als tapferen und klugen Krieger kannte, sollte gleichzeitig über den linken Grat bis zu der auf halber Höhe befindlichen Plattform absteigen und dort auf ihrer gesamten Fläche kleine Feuer anzünden, um dem Feind vorzutäuschen, daß unsere gesamte Streitmacht dort kampierte. Dann, im geeigneten Moment, über den ich mich jedoch noch nicht entschieden hatte, würden wir die Armee Rezus angreifen.

Den Amahagger-Häuptlingen schien dieser Plan nicht zu gefallen, der, wie ich vermute, für ihre Vorstellungen zu gewagt war, und sie begannen miteinander zu flüstern. Da ich erkannte, daß ich sofort meine Autorität demonstrieren mußte, trat ich zu ihnen und sagte: »Hört zu! Auf euren Wunsch, nicht den meinen, bin ich zu eurem General ernannt worden, und ich erwarte, daß meine Befehle ohne Widerspruch befolgt werden. Vom ersten Augenblick des Angriffs an werdet ihr euch in meiner Nähe halten, und in der des Großen Schwarzen, und sobald auch nur ein einziger eurer Männer zögert oder zurückweicht, werdet ihr sterben«, und ich nickte auf die Axt Umslopogaas'. »Außerdem wird Sie-die-befiehlt später dafür sorgen, daß weitere von euch sterben, solltet ihr dem Kampf den Rücken kehren.«

Noch immer zögerten sie. Daraufhin zog ich ohne ein weiteres Wort Zikalis Große Medizin hervor und hielt sie ihnen vor die Augen, und der Anblick dieses häßlichen Dings brachte zustande, was selbst die Todesandrohung nicht erreichen konnte. Sie warfen sich flach auf den Boden und schworen bei Lulala und bei Sie-die-befiehlt, ihrer Priesterin, daß sie alles tun würden, was ich ihnen befähle, ganz gleich, wie verrückt es ihnen erscheinen mochte.

»Gut«, sagte ich. »Nun geht zurück und trefft eure Vorbereitungen! Und was das andere betrifft: Morgen um diese Zeit werden wir wissen, wer verrückt ist und wer nicht.«

Von diesem Moment an bis zum Ende hatte ich nie wieder Schwierigkeiten mit den Amahaggern.

Ich will nun rasch zu der Geschichte dieses Kampfes kommen, wobei ich die vorbereitenden Einzelheiten beiseite lasse, da sie ja keine Rolle spielen. Zur festgesetzten Zeit stieg Goroko mit zweihundertfünfzig Männern und einem der beiden Zulus den linken Grat hinab, um Feuer anzustecken und dann, auf ein abgesprochenes Signal hin, nämlich das Abfeuern von zwei Schüssen kurz hintereinander durch mich, zu schreien und möglichst viel Lärm zu machen.

Wir brachen etwa zur gleichen Zeit mit den restlichen dreitausend Mann auf und waren, bevor der Mond über den Horizont stieg, lautlos wie Geister den rechten Grat hinab.

Die Amahagger waren daran gewöhnt, sich nachts zu bewegen, und konnten bei Dunkelheit fast genausogut wie Katzen sehen, also erledigten sie diese Aufgabe ausgezeichnet, und da sie ihre Speerspitzen mit trockenem Gras umwickelt hatten, damit sie nicht glänzten und sie verrieten, gelangten wir unbemerkt in das dichte Buschland, das den etwa fünfhundert Fuß über dem Niveau der Ebene gelegenen Ausläufer des Grats bedeckte, und dort lagerten wir, in vier Gruppen oder Regimenter aufgeteilt, von denen jedes siebenhundertfünfzig Mann zählte.

Inzwischen war der Mond aufgegangen, doch wegen des Nebels, der die Ebene bedeckte, konnten wir nichts vom Lager der Rezu entdecken, das sich in einer Entfernung von höchstens einer halben Meile befinden mußte, falls es nicht inzwischen verlegt worden war, worauf die Stille hinzudeuten schien. Dieser Umstand löste in mir starke Unruhe aus, da ich befürchtete, daß die Gegner unter Mißachtung ihrer bekannten Gewohnheiten, einen Nachtangriff planten. Umslopogaas machte sich auch Gedanken über diese Möglichkeit, weil man jedoch auf dem zweiten Grat, der etwas über eine Meile von diesem entfernt lag, nun die ersten Feuer aufflackern sah, konnten sie also über diesen nicht emporgestiegen sein, ohne daß es jemand bemerkt hätte. Trotzdem, es mochte schließlich noch einen weiteren Weg zum Kamm des Berges geben. Ich traute den Amahaggern nicht, die mir wortreich versicherten, daß keiner sonst existiere, da ihre Lokalkenntnisse nur beschränkt waren, weil sie den Nordteil des Kraters aus Angst vor Rezu nie aufsuchten. Angenommen, daß es unserem Gegner gelungen war, auf den Bergkamm zu gelangen und sie uns in den Rücken fallen würden? Allein der Gedanke ließ mir einen kalten Schauer über den Rücken laufen.

Während ich mir noch überlegte, wie ich die Wahrheit feststellen konnte, stand Hans, der hinter einem Busch gehockt hatte, plötzlich auf und übergab sein Gewehr dem bei uns verbliebenen Zulu.

»Baas«, sagte er, »ich werde mal losgehen und sehen, was diese Leute treiben, wenn sie noch da sind, und dann wirst du wissen, wann und wie du sie angreifen mußt. Habe keine Angst um mich, Baas, es ist eine Kleinigkeit bei dem Nebel, und du weißt ja, daß ich mich wie eine Schlange bewegen kann. Außerdem macht es nichts, wenn ich nicht zurückkomme, denn dann weißt du, daß sie da sind.«

Ich zögerte, weil ich den tapferen kleinen Hottentotten nicht solchen Risiken aussetzen wollte. Doch Umslopogaas sagte, als er verstanden hatte, worum es ging: »Laß den Mann gehen, Macumazahn! Es ist seine Gabe und seine Pflicht, zu spionieren, so wie es die meine ist, mit der Axt zuzuschlagen, und die deine, zu führen. Laß ihn gehen, sage ich!«

Ich nickte, und nachdem Hans auf seine alberne Art meine Hand geküßt hatte, als Zeichen für vieles, das er nicht zu sagen wünschte, und mir erklärte, daß er innerhalb einer Stunde zurück zu sein hoffe, verschwand er im Dunkel. Mit Ausnahme seines langen Messers hatte er keine Waffe bei sich, da er fürchtete, wenn er eine Pistole einsteckte, versucht zu sein, sie zu benutzen und so Lärm zu machen.

## 17

## *Die Schlacht um Mitternacht*

Diese Stunde verstrich sehr langsam. Immer wieder warf ich einen Blick auf meine Uhr, im Licht des Mondes, der jetzt am Himmel emporkletterte, als ob er niemals ein Ende seiner Bahn finden würde. Doch ich mochte lauschen, so viel ich wollte, ich konnte nichts hören, und da der Nebel noch immer auf dem Land lag, war das einzige, was ich sehen konnte, abgesehen vom Himmel, das Flackern der Feuer, die von Goroko und seinen Leuten entzündet worden waren. Schließlich war die Stunde um, und noch immer keine Spur von Hans. Eine weitere halbe Stunde verstrich, und noch immer keine Spur von Hans.

»Ich denke, daß Licht-im-Dunkel entweder tot oder gefangengenommen worden ist«, sagte Umslopogaas.

Ich antwortete ihm, daß ich das auch befürchte, ihm jedoch noch eine Frist von fünfzehn Minuten geben wollte. Falls er dann noch immer nicht erschienen sei, würde ich den Angriffsbefehl geben, in der Hoffnung, den Feind dort anzutreffen, wo ich ihn vom Kamm des Berges aus zuletzt gesehen hatte.

Auch diese fünfzehn Minuten verstrichen, und ich bemerkte, daß die Amahagger-Häuptlinge, die ein Stück abseits von uns saßen, nervös zu werden begannen. Ich packte mein doppelläufiges Gewehr und drehte mich um, so daß ich dem Berg zugewandt stand, um zwei Schüsse dagegen abzufeuern, wie es mit Goroko ausgemacht worden war, jedoch so, daß das Mündungsfeuer von der Ebene aus nicht zu sehen war. Aus diesem Grund trat ich ein paar Schritte nach links hinter den Stamm eines dicken Baums, der dort stand, und ich zog bereits den Kolben des Gewehrs in meine Schulter, als eine kleine Hand seinen Lauf umklammerte und eine heisere Stimme sagte: »Noch nicht schießen, Baas. Ich will dir vorher noch meine Geschichte erzählen.«

Ich blickte hinab und sah das häßliche Gesicht von Hans, und es zeigte ein Grinsen, das dem Mann im Mond hätte Angst machen können.

»Na schön«, sagte ich mit kühler Gleichgültigkeit, mit dem ich zugegebenermaßen nur meine übergroße Freude über seine glückliche Rückkehr kaschieren wollte. »Erzähl also, und mach es kurz. Ich nehme an, du hast dich verirrt und sie nicht gefunden.«

»Ja, Baas, ich habe mich verirrt, weil der Nebel dort unten sehr dicht ist. Aber schließlich habe ich sie gefunden, Baas, durch meine Nase, weil diese menschenfressenden Leute einen scharfen Geruch haben, und ich bekam Wind von einem der Posten. Es war so leicht, in dem Nebel an ihm vorbeizuschleichen, so kinderleicht, Baas, daß ich mich schon versucht fühlte, ihm die Kehle durchzuschneiden, habe es dann aber doch nicht getan aus Angst, daß er dabei Lärm machen könnte. Nein, ich bin mitten unter sie gegangen, was auch einfach war, da sie alle in ihre Decken gewickelt schliefen. Sie hatten keine Feuer, vielleicht weil sie nicht wollten, daß man sie sah, oder weil es in diesem tiefen Land so warm ist, ich weiß nicht aus welchem Grund. Also kroch ich weiter und merkte mir alles, was ich sah, bis ich schließlich zu einem kleinen Hügel kam, dessen Kuppe über den Nebel hinausragte, so daß ich darauf eine lange Hütte sehen konnte, aus Ästen errichtet, deren Blätter noch frisch waren. Nun kam mir der Gedanke, zu dieser Hütte zu kriechen, da mir einfiel, daß Rezu darin schlafen müßte, und daß ich ihn vielleicht töten könnte. Doch während ich zögernd so dahockte und lauschte, hörte ich ein Geräusch, wie das, das eine alte Frau macht, deren Mann ihr eine Decke über den Kopf geworfen hat, um sie still zu halten, oder eine Biene in einer Flasche, eine Art summendes Geräusch, das mich an irgend etwas erinnerte. Ich dachte eine Weile nach, und dann erinnerte ich mich, daß Rotbart, wenn er auf seinen Knien liegt und zum Himmel betet, wie es seine Gewohnheit ist, wenn er nichts anderes zu tun hat, Baas, genauso ein Geräusch macht. Ich kroch darauf zu und entdeckte kurz darauf Rotbart, der auf einen Stein gefesselt war und so wütend aussah, wie ein im Morast steckender Büffel, denn er schüttelte den Kopf und rollte die Augen, als ob er zwei Flaschen schlechten Gins getrunken hätte, Baas, und die ganze Zeit über sagte er seine Gebete. Nun dachte ich, ich sollte ihn losschneiden, doch als ich mich über ihn beugte, um das zu tun, sah er unglücklicherweise mein Gesicht und begann zu schreien: ›Scher dich weg, du gelber Teufel! Ich weiß, daß du gekommen bist, um mich in die Hölle zu bringen, aber du bist zu früh dran, und wenn meine Hände frei wären, würde ich dir deinen Kopf von den Schultern drehen.‹

Er sagte dies auf englisch, Baas, das ich, wie du weißt, recht gut verstehe, und ich dachte mir, daß es besser sei, ihn in Ruhe zu lassen. Während ich mir das überlegte, traten oben aus der Hütte zwei Männer heraus, in Nachthemden gekleidet, wie ihr Weißen sie tragt, mit gelben Dingern auf ihren Köpfen, die eine metallene Darstellung der Sonne an ihrer Vorderseite zeigten.«

»Medizinmänner«, mutmaßte ich.

»Ja, Baas, oder Prediger irgendeiner Sorte, denn sie sahen fast so aus wie dein verehrter Vater, wenn er sich anzog und in den Kasten stieg, um zu predigen. Als ich sie entdeckte, glitt ich ein Stück zurück, zu einer Stelle, wo der Nebel begann, legte mich flach auf den Boden und lauschte. Sie blickten Rotbart an, denn sein Schreien mit mir hatte sie herausgelockt, doch er nahm keinerlei Notiz von ihnen, sondern machte weiterhin sein Geräusch, das klang, wie ein Käfer in einer Blechdose.

›Es ist nichts‹, sagte der eine der Prediger zu dem anderen in der gleichen Sprache, wie sie diese Amahagger benutzen. ›Aber wann soll er geopfert werden? Bald, hoffe ich, denn ich kann nicht schlafen, wegen des Lärms, den er macht.‹

›Wenn der obere Rand der Sonne über den Horizont tritt, nicht vorher‹, antwortete der andere Prediger. ›Dann wird die neue weiße Königin aus der Hütte gebracht werden, und man wird diesen weißen Mann ihr zum Opfer bringen.‹

›Ich finde, es ist schade, so lange zu warten‹, sagte der erste Prediger, ›denn er wird uns nicht schlafen lassen, bevor nicht der rotglühende Topf auf seinem Kopf sitzt.‹

›Erst der Sieg, dann das Festmahl‹, antwortete der zweite Prediger, ›obwohl er längst nicht so köstlich zart schmecken wird, wie die fette, junge Frau, die bei der neuen Königin war.‹

Und dann, Baas, schmatzten sie genüßlich, und einer von ihnen ging zur Hütte zurück. Der andere jedoch ging nicht zurück. Nein, er hockte sich auf den Boden und starrte den Baas Rotbart auf dem Stein an. Dann schlug er ihm ein paarmal ins Gesicht, um ihn zur Ruhe zu bringen. Nun, Baas, als ich dies sah und mich erinnerte, daß sie gesagt haben, sie hätten Janee aufgefressen, die ich sehr mochte, obwohl sie eine solche Närrin war, wurde der Geist in mir sehr wütend, und ich dachte mir, ich sollte diesem alten *Skellum**

---

* Schurke

von einem Prediger selbst eine Kostprobe von seinem Opfer geben, und danach zur Hütte schleichen und versuchen, ob ich mit der Lady Traurige Augen sprechen könnte, wenn sie dort war.

Also schlängelte ich mich hinter den Prediger, der vor Rotbart hockte und ihn anstarrte, und gab ihm mein Messer an einer Stelle zu schmecken, wo ich glaubte, ihn sofort zu töten. Doch er war nicht sofort tot, Baas, er fiel aufs Gesicht und machte einen Lärm wie eine verwundete Hyäne, bevor ich ihn vollends erledigen konnte. Dann hörte ich Schreie, und um mein Leben zu retten, war ich gezwungen, in den Nebel zurückzulaufen, ohne Rotbart befreit oder Lady Traurige Augen gesehen zu haben. Ich lief wie der Blitz, Baas, schlug einen weiten Bogen nach links, und so gelangte ich schließlich zurück, und das ist alles, Baas.«

»Und mehr als genug«, antwortete ich, »denn auch wenn sie dich nicht gesehen haben, wird der Tod des Medizinmannes sie in Schrecken versetzen. Arme Janee! Nun, ich hoffe, daß wir mit diesen Teufeln abrechnen werden, bevor sie drei Stunden älter sind.«

Dann rief ich Umslopogaas und die Amahagger-Häuptlinge zu mir und berichtete ihnen kurz von der Geschichte, und auch, daß Hans die feindliche Armee entdeckt habe, oder zumindest einen Teil davon. Das Ende davon war, daß wir beschlossen, sofort anzugreifen. Ich bestand darauf, da ich entschlossen war, den unglücklichen Robertson zu retten, falls dies noch möglich sein sollte, der nach Hans' Darstellung inzwischen völlig wahnsinnig geworden sein mußte. Also feuerte ich, wie verabredet, die beiden Schüsse ab, und sofort hörten wir Rufen und Schreien von dem anderen Grat. Wenige Minuten später brachen wir auf, Umslopogaas und ich an der Spitze, die drei Amahagger-Häuptlinge mit ihren Truppen in unserem Gefolge.

Nun mag der geneigte Leiser – vorausgesetzt, daß es überhaupt einen gibt – annehmen, daß alles glatt ging, daß dieser gerissene alte Fuchs Allan Quatermain diese Menschenfresser überraschen und den Boden mit ihnen aufgewischt hat, nachdem er sie durch den Streich verwirrt hatte, den er Goroko ihnen spielen ließ. Daß er anschließend Robertson befreit hat, der zweifellos kurz darauf wieder normal wurde, und auch Inez, ohne sich dabei groß anstrengen zu müssen; kurz gesagt: daß alles so verlief, wie es hätte verlaufen sollen, wenn dies ein Roman wäre und nicht nur eine Aufzeichnung bemerkenswerter Tatsachen. Da es jedoch letzteres ist, verliefen die Dinge keineswegs so gerade und bequem.

Zunächst einmal: Als die Amahagger mir versicherten, daß unsere Gegner niemals im Dunkeln kämpfen würden, oder bevor die Sonne hoch am Himmel stand, hatten sie entweder gelogen oder sich gewaltig geirrt, denn zumindest bei dieser Gelegenheit taten sie das genaue Gegenteil. Während der ganzen Zeit, wo wir sie zu beschleichen glaubten, beschlichen sie uns. Das Goroko-Manöver hatte sie nicht im geringsten verwirrt, da sie durch ihre Spione längst erfahren hatten, was damit bezweckt werden sollte.

Hier sollte ich feststellen, daß diese Spione sich in unseren eigenen Reihen befanden, elende Verräter, kurz gesagt, die im Solde Rezus und seines entsetzlichen Glaubens standen, und von denen sich einige von Zeit zu Zeit fortschlichen, um über unsere Bewegungen zu berichten, und was wir zu tun beabsichtigten, soweit sie von meinen Plänen wußten. Was Hans auf der Ebene entdeckt hatte, war lediglich eine Nachhut gewesen, die als Bewachung des Opfersteins und der Hütte, in der Inez gefangenhalten wurde, zurückgelassen worden war. Das Gros der Armee hat er nie entdeckt. Das war in zwei Gruppen unterteilt und in den Gebüschen rechts und links des Grates versteckt, auf dem wir herunterkamen, genau an der Stelle, an der er sich abflachte und in die Ebene überging, und in diese Zange aus zwei Armeen waren wir wohlgemut hineinmarschiert.

Nun mag der hypothetische geneigte Leser sagen: warum hat dieser alberne, alte Knabe Allan nicht an alle diese Möglichkeiten gedacht? Warum hat er sich nicht vor Augen gehalten, daß er eine Horde Wilder kommandierte, von denen er keinerlei Kenntnisse besaß, und unter denen sich mit Sicherheit Verräter befinden mußten, besonders da sie desselben Blutes waren wie die Jünger Rezus, und entsprechende Vorsichtsmaßnahmen getroffen?

Ah, mein verehrter Leser, ich möchte darauf nur antworten, daß ich Ihnen wünschte, Sie hätten selbst diesen Job gehabt, und damit die Gelegenheit zu zeigen, was Sie unter den gleichen Umständen getan haben würden. Glauben Sie wirklich, ich hätte nicht an alle diese Möglichkeiten gedacht? Selbstverständlich habe ich das! Aber haben Sie jemals von der Schwierigkeit gehört, Seidentaschen aus Schweineohren zu schneidern, oder einen Haufen widerspenstiger, abstoßender Barbaren, die Sie nicht einmal ausbilden konnten, in eine Truppe vertrauenswürdiger und fähiger Soldaten zu verwandeln, die bereit ist, gegen eine dreifache Übermacht zu kämpfen und sie zu besiegen? Außerdem bitte ich Sie zu beachten, daß ich schließlich doch irgendwie durchgekommen bin, wie Sie gleich erfahren werden, was mehr ist als das, was Sie erreicht haben würden, Mr. Schlaufkopf, obwohl ich gestehen muß, daß dies nicht ohne Hilfe aus einer anderen Richtung möglich gewesen wäre. Es ist sehr leicht für Sie, bequem im Lehnsessel sitzend den Weisen zu spielen und ihre gelehrte Nase zu rümpfen, wie es die Gentlemen tun, die Bücher kritisieren, was ein leichter Job ist, im Vergleich damit, sie zu schreiben. Nach alledem werden Sie jedoch begreifen, daß ich, um die Wahrheit zu sagen, reichlich beschämt bin über das, was folgte, da *qui s'excuse, s'accuse.**

Als wir im Mondlicht den Hang hinabschlichen, ein sehr seltsamer Haufen, habe ich mich, auch das sei offen gestanden, sehr unbehaglich gefühlt. Zum einen gefiel mir die von Hans berichtete Bemerkung des Medizinmannes nicht, daß das Festessen nach dem Sieg kommen müsse, weil er kurz zuvor gesagt hatte, daß Robertson gleich nach Sonnenaufgang geopfert werden sollte, was doch nur bedeuten konnte, daß der ›Sieg‹ vor diesem Ereignis stattfinden sollte. Während ich noch über dieses Thema nachdachte, sah ich mich nach Hans um, da ich ihn über die genauen Worte die-

* Wer sich entschuldigt, klagt sich an.

ses Priesters ins Kreuzverhör zu nehmen gedachte, nur um festzustellen, daß er sich irgendwohin davongeschlichen hatte. Ein paar Minuten später war er wieder da und kam auf uns zugrannt, wobei er, wie ich bemerkte, ständig Dekkung hinter Baumstämmen und Felsen suchte.

»Baas«, keuchte er, völlig außer Atem, »sei vorsichtig. Die Männer Rezus sind auf beiden Seiten, ein Stück voraus. Ich bin vorgeschlichen und direkt in sie hineingelaufen. Sie haben viele Speere auf mich geschleudert. Sieh!« Er zeigte mir eine Schnittwunde am Arm, aus der Blut rann.

Ich begriff sofort, daß wir in eine Falle getappt waren, und begann sehr scharf nachzudenken. Wie es der Zufall wollte, passierten wir gerade ein flaches Stück des Grates, etwa einen Hektar groß, wo der Buschbestand dünner war, die Bäume jedoch wegen des besseren Bodens ausnehmend hochwüchsig. Auf dem steilen Hang unterhalb dieser kleinen Ebene, wo das Buschwerk dichter war, hatten unsere Gegner, nach Hans' Ansicht, ihren Hinterhalt gelegt. Ich hielt mein Regiment an und ließ den beiden anderen, die uns folgten, durch Läufer den Befehl geben, ebenfalls anzuhalten, unter dem Vorwand, den Männern eine kleine Rast zu gönnen, bevor ich sie in die Schlacht führen würde. Dann berichtete ich Umslopogaas, was Hans mir erzählt hatte, und bat ihn, seinen Zulu-Krieger, dem er vertrauen konnte, auszuschicken, damit er eine Bestätigung von Hans' Meldung bringe. Dies tat er sofort. Außerdem fragte ich ihn, was getan werden sollte, falls es wahr sei.

»Formiere die Amahagger zu einem Karree und warte den Angriff ab«, antwortete er.

Ich nickte, da das auch meine Ansicht war, antwortete jedoch: »Wenn sie Zulus wären, wäre dein Plan gut. Aber woher wollen wir wissen, daß diese Männer standhalten?«

»Wir wissen nichts, Macumazahn, und können deshalb nur probieren. Aber wenn sie laufen wollen, müssen sie bergan laufen.«

Dann rief ich die drei Häuptlinge zu uns und erklärte ihnen, wie die Lage war, was sie sehr zu bestürzen schien. Zwei von ihnen waren für sofortigen Rückzug, doch ich sagte ihnen, daß ich den ersten Mann, der zurückwiche, erschießen würde. Schließlich erklärten sie sich mit meinem neuen Plan einverstanden und versprachen, ihre besten Krieger an das obere Ende der Fläche zu stellen, mit der Order, jeden Versuch eines Rückzuges zu unterbinden.

Danach formierten wir uns auch auf dieser Fläche, so gut wir es konnten und stellten die Männer in einer vierfachen Linie auf. Während wir dies taten, hörten wir Rufe unterhalb von uns, und kurz darauf erschien der Zulu wieder und meldete, daß alles so sei, wie Hans es berichtet habe, und daß Rezus Männer sich auf unsere Stellung zubewegten, da sie offenbar inzwischen wußten, daß wir den Hinterhalt entdeckt hatten und auf der Hut waren. Trotzdem erfolgte der Angriff nicht sofort, da die Armee Rezus sich von der Ebene an den steilen Flanken des Grates zu der kleinen, ebenen Fläche hocharbeiten mußte, um uns völlig einzukreisen und mit einem Schlag zu erledigen. Genau betrachtet war das ein für uns sehr günstiger Zug, da er das Fluchtloch der Amahagger verstopfte, denen damit jeder Rückzug versperrt war.

Nachdem wir alles getan hatten, was wir tun konnten, setzten wir uns hin, zumindest ich tat es, und warteten. Diese Nacht, erinnere ich mich, war seltsam still, nur von den Hängen zu beiden Seiten des Plateaus kamen scharrende Geräusche, die, wie wir später feststellten, von den Füßen der Rezu-Krieger verursacht wurden, die heranzogen, um uns einzuschließen. Es hörte allmählich auf, und die Stille war vollständig. Die Nacht war so lautlos, daß ich die Zähne einiger unserer Amahagger deutlich vor Angst klappern hörte. Ein Laut, der mir wenig Vertrauen einflößte und Umslopogaas zu der Feststellung veranlaßte, daß die Herzen dieser großen Männer nicht mitgewachsen wären, sondern wie die von Babies geblieben seien. Ich befahl den Häuptlingen, an ihre Männer durchzugeben, daß solche, die standhielten, am Leben bleiben mochten, jeder, der floh, jedoch bestimmt sterben würde. Wenn sie also ihre Familien wiedersehen wollten, sollten sie standhaft sein und wie Männer kämpfen, sonst würden die meisten von ihnen fallen und die anderen von Rezu und seinen Kriegern aufgefressen werden. Dies wurde getan, und ich beobachtete, daß die Botschaft einen beruhigenden Einfluß auf unsere Männer zu haben schien.

Plötzlich brach um uns herum, unterhalb, oberhalb und zu beiden Seiten unserer Stellung, ein lautes Brüllen los, das sich in ein Wort zu formen schien: REZU!, und in der nächsten Sekunde, ebenfalls von unten, von oben und von beiden Seiten, brachen zehntausend Mann aus dem Dunkel und stürmten auf uns los. Sie wirkten schrecklich im fahlen Mondlicht, mit ihren fließenden weißen Gewändern und ihren mächtigen, funkelnden Speeren. Hans und ich feuerten einige Schüsse in die Menge, doch war ihre Wirkung nicht stärker, als wenn wir einen heranrollenden Brecher mit Kieseln beworfen hätten. Dann fiel mir ein, daß ich lebend nützlicher war als tot, und ich zog mich gemeinsam mit Umslopogaas und Hans auf die Mitte des Platzes zurück.

Im großen und ganzen hielten unsere Amahagger dem Angriff besser stand, als ich erwartet hatte. Den ersten Ansturm schlugen sie unter großen Verlusten für den Feind zurück, und auch den zweiten, nach einem etwas längeren Kampf. Dann trat eine Pause ein, die wir dazu benutzten, unsere Schlachtordnung neu zu formieren und die Verwundeten auf die Mitte der kleinen Fläche zu ziehen. Kaum waren wir damit fertig, als wieder das donnernde Gebrüll REZU! losbrach und der Feind erneut angriff; seit Beginn des Kampfes war jetzt etwa eine Stunde vergangen. Doch jetzt hatten sie ihre Taktik geändert, denn anstatt uns von allen Seiten gleichzeitig anzugreifen, konzentrierten sie sich auf die westliche Front, die vor der Ebene lag.

Sie stürmten heran, und unter ihnen, in den vordersten Reihen, sah ich hin und wieder einen riesenhaften Mann, der mir sieben Fuß groß erschien und entsprechend proportioniert war. Ich konnte ihn nicht klar erkennen wegen des unsicheren Mondlichts, doch bemerkte ich seine finstere Erscheinung und seinen gewaltigen Bart, schwarz, mit grauen Strähnen, der ihm weit auf die Brust hing, und seine dichten, langen Haare, die ihm auf die Schultern fielen.

»Das ist Rezu!« rief ich Umslopogaas zu.

»Ja, Macumazahn, Rezu selbst, ohne Zweifel, und mein Herz jubelt, ihn zu sehen, da er ein Gegner ist, den zu besiegen sich lohnt. Sieh! Er trägt eine Axt, genau wie ich. Jetzt muß ich meine Kräfte schonen, denn wenn wir einander gegenüberstehen, werde ich sie bestimmt alle brauchen.«

Nun dachte ich, Umslopogaas diese Anstrengung zu ersparen und wartete auf eine Gelegenheit, eine Kugel in diesen Giganten schießen zu können. Doch es ergab sich keine. Einmal, als ich ihn schon im Visier hatte, sprang plötzlich ein Amahagger in die Schußlinie, so daß ich nicht feuern konnte, und als sich wenig später eine zweite Chance ergab, zog eine kleine Wolke vor das Angesicht des Mondes und machte ihn unsichtbar. Danach mußte ich mich um andere Dinge kümmern, da, wie ich es erwartet hatte, unsere Front am Westrand zusammenbrach und die Feinde, wie Teufel kreischend, durch die Lücke stürmten.

Ein kalter Schauer lief mir über den Rücken, als ich sah, daß das Spiel aus war. Diese undisziplinierten Amahagger neu zu formieren war unmöglich; von denen war nichts anderes zu erwarten als Panik, Flucht und Abschlachten. Ich verfluchte meinen Leichtsinn, mich jemals auf diese Sache eingelassen zu haben, während Hans mir mit versagender Stimme erklärte, daß die einzige Chance für uns drei und den Zulu darin bestünde, wegzulaufen und uns im dichten Buschwerk zu verstecken. Ich antwortete ihm nicht, weil, abgesehen von allem Stolz, keinerlei Chance darin lag, denn wie weit würden wir kommen durch dieses Getümmel im Kampf verkeilter Massen, das uns auf allen Seiten einschloß? Nein, meine Stunde hatte geschlagen, also fuhr ich damit fort, ein geistiges Sandwich aus Gebeten und Flüchen zu machen; Gebete für meine Seele und um Vergebung meiner Sünden, und Flüche auf die Amahagger und alles, was mit ihnen zu tun hatte, und besonders auf die Frau, die Ayesha genannt wurde, und die mich in diese Affäre hineingezogen hatte.

»Vielleicht wird die Große Medizin Zikalis ...«, schrie

Hans, während er sein Gewehr auf die heranrückenden Feinde abfeuerte.

»Ich pfeife auf die Große Medizin«, schrie ich zurück, »und auf Ayesha. Kein Wunder, daß sie keine Lust hatte, sich an dieser Show zu beteiligen.«

Während ich das sagte, sah ich den alten Billali, der, da er kein Mann des Krieges war, sich in einiger Entfernung aufgehalten hatte, vornüberfallen und nahm an, daß er von einem Speer durchbohrt worden sein mußte. Nachdem ich einen kurzen Blick auf ihn geworfen hatte, um zu sehen, ob er getötet oder lediglich verwundet worden war, entdeckte ich aus meinem Augenwinkel heraus etwas Durchscheinendes, das im Licht des Mondes schimmerte und mich an irgend etwas erinnerte, das ich im Moment nicht benennen konnte. Ich blickte rasch in die Richtung, und – ja! – dort, fast neben mir, stand die verschleierte Ayesha, die in ihrer Hand einen kleinen Stab hielt, der aus Ebenholz gefertigt und mit Elfenbein eingelegt war, nicht unähnlich einem Marschallstab oder einem Zepter. Ich hatte sie nicht kommen sehen und weiß bis heute nicht, wie sie erschienen ist; sie war einfach da, und außerdem mußte sie Leuchtfarbe oder etwas Ähnliches auf ihrer Robe gehabt haben, die sie auf dem ganzen Schlachtfeld deutlich sichtbar machte. Sie sprach nicht ein einziges Wort, sie schwenkte lediglich den Stab, deutete mit ihm auf die finsteren Horden Rezus, die ihren Weg mit Toten besäten, und begann sich uns mit einer gleitenden Bewegung zu nähern.

Jetzt erscholl von allen Seiten der Ruf: *»Sie-die-befiehlt! Sie-die-befiehlt!«*, während von der anderen Seite die Anhänger Rezus brüllten: *»Lulala! Lulala!* Flieht, Lulala ist über uns hergekommen, mit allen Zauberkräften des Mondes!«

Sie glitt vorwärts, und durch einen seltsamen Impuls – denn es wurde kein Befehl gegeben – begannen wir alle, ihr zu folgen. Ja, die Reihen der Krieger, die noch eben in wilder Panik zurückwichen, waren plötzlich von unerklärlichem Mut erfüllt und folgten ihr. Die Männer Rezus, und vielleicht sogar Rezu selbst, da ich ihn jetzt nicht mehr sah, zogen sich ungewöhnlich rasch über die Kanten des Plateaus auf die tiefer gelegene Ebene zurück. Es war eine panische Flucht, bei der sie über die Toten und die Sterbenden hinwegsprangen, und wir stürmten ihnen nach, der leuchtenden Gestalt Ayeshas folgend, die eine besonders ausdauernde Person sein mußte, da sie ohne irgendwelche Zeichen von Ermüdung immer zwei oder drei Schritte vor uns blieb.

Da war noch etwas Seltsames um diese Geschichte, nämlich daß es diesen Rezu-Kriegern, so sehr sie sich auch fürchten mochten, es nach der ersten Panik immer schwerer fiel, sich rasch zurückzuziehen. Sie blieben immer wieder stehen und starrten die ihnen folgende Vision an, als ob sie Tausende von Frauen Lots wären. Und viele von ihnen teilten auch das Schicksal jener Gestalt, da sie versteinert zu werden schienen und völlig reglos standen, wie von einer Schlange hypnotisierte Kaninchen, worauf unsere Leute über sie herfielen und sie töteten.

Dieses Töten setzte sich bis zum Boden des steilen Hanges von diesem Grat fort, bis nach meiner Schätzung zumindest zwei Drittel der Armee Rezus erledigt waren, da unsere Amahagger sich als sehr tüchtig erwiesen, wenn es darum ging, Feinde auszuschalten, die zu verängstigt waren, um noch kämpfen zu können, und sie genossen diese Beschäftigung, bei der sie von Sekunde zu Sekunde mehr Mut gewannen.

## 18

## *Der Tod Rezus*

Endlich waren wir auf der Ebene, die verwirrte Armee Rezus noch immer vor uns wie eine verscheuchte Herde Wild, die von wilden Hunden verfolgt wurde. Hier hielten wir, um unsere Schlachtordnung neu zu formieren, und obwohl sie noch immer kein Wort sprach, schien es mir, als ob die glühende Ayesha mir das befohlen hätte. Dieses nahm etwa zwanzig Minuten in Anspruch, und dann drangen wir, etwa zweitausendfünfhundert Mann stark, denn die anderen waren im Kampf auf dem Plateau gefallen, weiter vor.

Am Horizont zeigte sich inzwischen jene graue Helligkeit, die dem Sonnenaufgang vorausgeht, und im ersten Licht des Tages konnte ich erkennen, daß die Schlacht noch nicht geschlagen war, denn vor uns stand eine Streitmacht, die der unseren zahlenmäßig noch immer ebenbürtig war. Ayesha deutete mit ihrem Stab darauf, und wir griffen an. Dort standen die Männer Rezus, die mit dem Aufdämmern des Tages aus ihrer Panik zu erwachen schienen.

Die Schlacht war bitter, eine sehr seltsame Schlacht in dem unsicheren Licht, das uns kaum Freund von Feind unterscheiden ließ. Und ich bin mir nicht sicher, ob wir sie gewonnen haben würden, da Ayesha nicht länger sichtbar war, um den Amahaggern Mut zu machen, und in dem Maß, in dem der Mut der Rezu-Krieger zunahm, schien der ihre mit dem Vergehen der Nacht zu schwinden. Glücklicherweise jedoch, als die Entscheidung in der Schwebe hing, hörte ich von links einen lauten Ruf und sah die hohe Gestalt Gorokos, des Medizinmannes, der, gefolgt von dem anderen Zulu und seinen zweihundertfünfzig Mann in die Flanke der Armee Rezus einbrach.

Das brachte die Entscheidung. Der Feind brach zusammen und tauchte unter, gerade als die ersten Strahlen der Sonne über den Horizont krochen. Ich blickte umher, um zu sehen, ob ich irgendwo Ayesha entdecken konnte, doch sie war verschwunden, wohin, wußte ich nicht, obwohl ich im ersten Moment fürchtete, daß sie in der Schlacht getötet worden sein könnte. Dann gab ich es auf, nach ihr zu schauen, da ich wußte, daß jetzt oder nie der Moment der Entscheidung gekommen war. Ich schrie und gestikulierte den Amahaggern zu, vorzugehen, und sprang gemeinsam mit Umslopogaas und Hans und Goroko, der sich uns angeschlossen hatte, vor, um ihnen ein Beispiel zu geben, dem sie, um gerecht zu sein, auch folgten.

»Dies ist der Hügel, auf dem Rotbart sein sollte«, schrie Hans, als wir einen kleinen Hang erreichten.

Ich lief ihn hinauf und sah im Licht, das dem Sonnenaufgang vorausgeht, eine Gruppe von Männern im Kreis um etwas herumstehen, wie Neugierige, die sich um einen Verkehrsunfall sammeln.

»Rotbart auf dem Stein! Sie töten ihn!« schrie Hans wieder.

So war es. Mehrere Priester in weißen Roben, die Messer in ihren Händen hielten, standen über eine auf einen flachen Stein gefesselte Gestalt gebeugt, und hinter ihnen sah ich den riesigen Kerl, den ich für Rezu hielt, und der nach Osten starrte, als ob er darauf wartete, daß der Rand der Sonne über dem Horizont erschien, bevor er sich umwandte und den Befehl gab.

Zu spät!

Wir fielen über sie her. Umslopogaas schlug einen der Priester mit seiner Axt nieder, ein paar Amahagger erledigten die anderen, während Hans mit ein paar Schnitten seines langen Messers die Stricke durchschnitt, mit denen Robertson auf den Stein gefesselt war.

Der arme Kerl, der, wie ich im heller werdenden Tageslicht erkannte, vollkommen wahnsinnig geworden war, sprang auf und schrie auf Schottisch etwas von ›Teufel‹. Dann packte er einen großen Speer, der einem der Priester aus der Hand gefallen war, stürzte auf den Riesen zu und rammte ihm mit einem Aufschrei den Speer in die Brust. Ich sah, wie der Schaft brach, woraus ich schloß, daß dieser Mann, den ich zu recht für Rezu hielt, eine Art Panzer unter seiner Robe trug. Im nächsten Augenblick riß er die mächtige Axt, die er in seinen Händen hielt, empor, und Robertson brach unter dem gewaltigen Hieb zusammen, beinahe in zwei Hälften gespalten, wie ich später feststellte. Als ich meinen armen Freund tot zusammenbrechen sah, wurde ich von einer namenlosen Wut gepackt. Ich hielt die doppelläufige Expreß-Rifle in meinen Händen, die mit Hohlspitzgeschossen* geladen war. Ich drückte ab, erst den einen Lauf,

* Das Geschoß pilzt beim Aufschlag auf und reißt faustgroße Wunden. – *Anm. d. Übers.*

dann den anderen, und hörte deutlich den Aufschlag der Kugeln, als sie ihn trafen.

Doch er fiel nicht. Er zuckte lediglich ein wenig zusammen, dann wandte er sich um und marschierte davon, auf die Hütte zu, von der Hans mir berichtet hatte, die etwa fünfzig Meter entfernt stand.

»Überlaß ihn mir!« schrie Umslopogaas. »Stahl zerschneidet, was Kugeln nicht durchbohren können.« Und mit einem Sprung wie ein Antilopenbock setzte der riesige Zulu hinter ihm her.

Ich nehme an, daß Rezu eigentlich zur Hütte wollte, aus Gründen, die nur ihm bekannt waren, doch Umslopogaas war ihm zu hart auf den Fersen. Auf jeden Fall lief er an ihr vorbei und den anderen Hang des kleinen Hügels hinab auf die dahinter liegende Ebene zu, wo die Reste seiner Truppen sich neu zu formieren suchten. Dort, vor seinen Leuten, wandte der Riese sich um und stellte sich zum Kampf.

Umslopogaas blieb stehen und wartete darauf, daß auch wir herankamen, denn da er ein schlauer, alter Krieger war, wollte er den Kampf nicht beginnen, bevor wir ihm den Rücken deckten, da sonst zu befürchten war, daß die ganze Horde über ihn herfallen würde. Dreißig Sekunden später hatten wir ihn erreicht; er stand noch immer reglos, den Körper vorgebeugt, den kleinen Schild an der linken Hand, die gewaltige Axt wie zum Schlag erhoben, ein herrliches Bild gegen das Licht der sehr rasch aufsteigenden Sonne.

Etwa zehn Schritte von ihm entfernt stand der Riese, auf seine Axt gestützt, die denen glich, mit denen Holzknechte große Bäume fällen. Er war ein furchtbarer Mann, und jetzt, da ich ihn zum ersten Mal richtig sah, verglich ich ihn mit Goliath, den David besiegte. Gewaltig war sein Körper, und dicht behaart, er hatte tiefliegende, durchdringend blikkende Augen und eine große Hakennase. Sein Gesicht wirkte schmal und auch alt, als er mit einer harten Kopfbewegung sein langes Haar zurückwarf, doch seine Glieder waren die eines Herkules, seine Bewegungen voll jugendlicher Vitalität. Er erweckte eher den Eindruck eines Teufels als den eines Menschen; sein Anblick ließ Übelkeit in mir aufsteigen.

»Laß mich ihn erschießen!« rief ich, denn ich hatte mein Gewehr während des Laufens nachgeladen.

»Nein, Wächter der Nacht«, antwortete der Zulu, ohne den Kopf zu drehen, »das Gewehr hat seine Chance gehabt und versagt. Jetzt laß uns sehen, was die Axt ausrichten kann. Wenn ich diesen Mann nicht töten kann, werde ich mit den Füßen voran von hier weggetragen und habe eine lange Reise umsonst gemacht.«

Nun begann der Riese zu sprechen, mit einer tiefen, grollenden Stimme, die vom Hang des kleinen Hügels hinter uns zurückgeworfen wurde.

»Wer bist du?« fragte er in derselben Sprache, die die Amahagger benutzen. »Wer wagt es, Rezu Angesicht zu Angesicht gegenüberzutreten? Weißt du nicht, schwarzer Hund, daß ich nicht getötet werden kann, der ich ein Jahr für jeden deiner Tage gelebt habe und meinen Fuß auf die Köpfe Tausender von Männern setze? Hast du nicht gesehen, wie der Speer zerbrochen und die Kugeln an meiner Brust wie Regentropfen zerplatzt sind, und du willst mich mit dem Spielzeug, das du in deiner Hand hältst, zu Boden bringen? Meine Armee ist geschlagen – das weiß ich. Doch was kommt es darauf an, wenn ich jederzeit mehr Männer bekommen kann? Weil die Opferung nicht zu Ende geführt und die weiße Königin nicht vermählt werden konnte, deshalb wurde meine Armee geschlagen, durch die Magie Lulalas, der Weißen Hexe, die in den Gräbern wohnt. Aber ich bin nicht geschlagen, der ich nicht getötet werden kann, solange ich meinem Feind nicht den Rücken zukehre, und selbst dann nur durch eine ganz bestimmte Axt, die längst zu Rost zerfallen ist.«

Von dieser langen Rede verstand Umslopogaas nichts, also antwortete ich an seiner Stelle, sehr kurz, doch treffend, da mir in diesem Moment alles einfiel, was Ayesha mir über eine Axt gesagt hatte.

»Eine ganz bestimmte Axt!« rief ich. »Ja, eine ganz bestimmte Axt! Nun, dann sieh dir einmal die an, die dieser in seiner Hand hält, der Große Schwarze, der Häuptling, welcher der Schlächter genannt wird, eine uralte Axt, die den Namen ›Herrin‹ trägt, weil sie, wenn sie es so will, das Leben aller nimmt. Sieh sie dir gut an, Rezu, Riese und Zauberer, und sage mir, ob es nicht die ist, die jemand einst verloren hat, die, welcher es bestimmt ist, dir zum Verhängnis zu werden?«

Ich sprach sehr laut, damit alle es hören konnten, und auch langsam, mit Pausen zwischen den Worten, da ich Zeit gewinnen wollte, bis das Licht stärker wurde, da ich sah, daß die Strahlen der aufsteigenden Sonne dem Riesen genau in die Augen fielen, während sie Umslopogaas kaum störten. Rezu hatte meine Worte gehört und starrte auf die Axt, die Umslopogaas emporhielt und sie durch ein unmerkliches Muskelzucken ein wenig schüttelte. Während er sie anstarrte, sah ich, wie sein Gesicht sich veränderte, und zum ersten Mal bemerkte ich so etwas wie Angst darin. Rezus Männer, die hinter ihm standen und ebenfalls die Axt anstarrten, begannen untereinander zu murmeln.

Hier sollte ich bemerken, daß wie durch ein stillschweigendes Übereinkommen Waffenstillstand herrschte; wir griffen nicht mehr an, der Feind floh nicht mehr. Rezus Armee, oder das, was von ihr übriggeblieben war, stand reglos, als ob die Männer spürten, daß die wirkliche und endgültige Entscheidung durch das Duell zwischen diesen beiden Riesen gefällt werden würde, obwohl sie über dessen Ausgang keinerlei Zweifel herrschte, da sie, wie ich später erfuhr, ihren König für unverwundbar hielten.

Rezu starrte die Axt eine ganze Weile an. Dann sagte er halblaut, wie im Selbstgespräch: »Sie ist ihr ähnlich, sehr ähnlich. Der Horn-Stiel ist der gleiche, die Klinge von der Form eines jungen Mondes ist die gleiche. Fast möchte ich glauben, daß meine Augen die uralte, heilige Axt sehen. Doch nein, die haben sich die Götter längst zurückgeholt, und dies ist nichts als ein Trick der Hexe, Lulala von den Grabhöhlen.«

So sprach er, zögerte jedoch noch immer.

»Umslopogaas«, sagte ich in die tiefe Stille, die folgte, »hör mich an.«

»Ich höre«, sagte er, ohne den Kopf zu wenden oder den Atem zu bewegen. »Welcher Rat, Wächter der Nacht?«

»Diesen, Schlächter: schlage nicht in das Gesicht oder auf die Brust dieses Mannes, da ich glaube, daß er durch Zauberei oder durch Panzer geschützt ist. Versuche, hinter ihn zu gelangen und seinen Rücken zu treffen. Verstehst du?«

»Nein, Macumazahn, ich verstehe nicht. Doch will ich tun, was du mir sagst, da du weiser bist als ich und keine leeren Worte sprichst. Doch jetzt sei still!«

Plötzlich warf Umslopogaas seine Axt hoch in die Luft und fing sie wieder auf, und während er das tat, brachte er nach Art der Zulus einen Lobgesang auf sich aus.

»Oho!« sagte er. »Ich bin der Sohn des Löwen, des schwarzmähnigen Löwen, dessen Pranke seine Beute niemals fahren läßt. Ich bin der Wolf-König, der mit den Wölfen auf dem Berg der Hexe jagte, gemeinsam mit meinem Bruder, dem Träger der Keule, die Wächter der Furten genannt wurde. Ich bin der, welcher ihn bezwang, der der Unbesiegbare hieß, Häuptling des Volkes der Axt, jenes, der die Axt vor mir trug; ich bin der, welcher den Stamm der Halakazi in seinen Höhlen vernichtete und sich Nada die Lilie zur Frau nahm. Ich bin der, welcher Dingaan eine Gabe brachte, die er nicht sehr mochte, und der diesen Dingaan später, gemeinsam mit Mopo, meinem Stiefvater, in den Tod schleuderte. Oho! Ich bin der Königliche, der Bulalio, der Schlächter genannt wird, und auch der Specht, und auch Umslopogazi, der Häuptling, vor dem noch nie ein Mann in fairem Kampf standgehalten hat. Und jetzt willst du Zauberer Rezu, du Riese, du Geistermensch, dich gegen mich stellen, doch bevor die Sonne eine Handbreit höher gestiegen ist, werden alle, die hier sind, sehen, wer von uns besser ist im Spiel des Krieges. Also komm jetzt! Komm, denn mein Blut kocht über, und meine Füße werden kalt. Komm, du grinsender Hund, du Monster, das sich mit Menschenfleisch mästet, du hakenschnabeliger Geier, du graubärtiger Wolf!«

So intonierte er sein eigenes Lob, während seine beiden verbliebenen Zulus dazu in die Hände klatschten und Satz für Satz wie ein Echo wiederholten, und Goroko, der Medizinmann, hinter ihm Beschwörungen murmelte.

Während er so sang, begann Umslopogaas sich zu bewegen. Zunächst bewegten sich nur sein Kopf und seine Schultern, schwangen von einer Seite zur anderen, wie ein Schilfrohr im Wind, oder wie eine Schlange, die kurz vor dem Vorschnellen ist. Dann stellte er langsam erst den einen Fuß vor, dann den anderen, und trat wieder zurück, wie es ein Tänzer tun mag, um Rezu zum Angriff zu reizen.

Doch der Riese ließ sich nicht reizen; seinen Schild vor sich haltend stand er reglos und wartete ab, was dieser schwarze Krieger unternehmen würde.

Die Schlange schnellte vor. Umslopogaas sprang auf ihn zu und ließ die langstielige Axt niedersausen. Rezu riß seinen Schild empor und fing den Schlag auf. Das helle Klingen des Schlages verriet mir, daß der Schild, der aus Leder zu sein schien, durch Eisen gepanzert war. Rezu schlug zurück, doch bevor die Axt niederfuhr, war der Zulu zurückgesprungen und außer Reichweite. Dies zeigte mir, über welche gewaltigen Kräfte der Riese verfügte, denn obwohl der Schlag so schwer war wie die Axt, die er trug, gelang es ihm, als er sah, daß er sein Ziel verfehlen würde, die Axt mitten im Zuschlagen abzufangen, was nur einem äußerst kräftigen Mann gelingen konnte.

Umslopogaas sah das ebenfalls und änderte seine Taktik. Der Stiel seiner Axt war um sechs oder acht Zoll länger als der von Rezus Waffe, und deshalb hatte er eine größere Reichweite, denn der Riese war etwas kurzarmig. Er drehte sie in seiner Hand herum, so daß die mondsichelförmige Klinge nach oben wies, hielt sie mit ausgestrecktem Arm und begann, mit dem dornartigen Auswuchs ihres Endes auf Rezus Kopf und Arme zu zielen, ein beliebter Trick von ihm wie ich wußte, dem er seinen Beinamen ›Specht‹ verdankte. Rezu deckte seinen Kopf gegen die Schläge mit dem Schild ab, während der spitze Stahldorn um ihn herumzuckte.

Zweimal schien es mir, als ob die Schläge des Zulu die

Brust des Riesen getroffen hätten, doch wenn, so zeigten sie keinerlei Wirkung. Entweder verhinderte Rezus buschiger Bart oder ein darunter verborgener Panzer, daß sie seinen Körper trafen. Trotzdem brüllte er auf – aus Schmerz, oder aus Wut, oder beidem –, sprang auf Umslopogaas zu und ließ seine Axt mit aller Kraft niederfahren.

Der Zulu fing den Schlag mit seinem Schild auf, den er durchschlug, als ob das harte Leder nur Papier wäre. Aufhalten konnte er den fürchterlichen Schlag nicht, doch lenkte er ihn ab, so daß die Axt an Umslopogaas' Schulter vorbeifuhr, ohne ihn zu verletzen. Im nächsten Augenblick, bevor Rezu erneut zuschlagen konnte, warf der Zulu ihm den zerfetzten Schild ins Gesicht, packte die Axt mit beiden Händen und schlug mit aller Kraft zu. Es war ein gewaltiger Hieb, denn ich sah, daß der Rhinozeroshorn-Stiel der berühmten Axt sich durchbog wie ein gespannter Bogen, als die Schneide mit dumpfem Dröhnen Rezus Brust traf. Er taumelte ein wenig, doch nicht mehr. Offensichtlich hatte die scharfe Schneide von *Inkosikaas* seine Haut nicht durchschlagen können. Es gab ein Geräusch, als ob ein hohler Baumstamm getroffen worden wäre, und ein paar abgeschorene Strähnen seines Bartes fielen zu Boden, doch das war alles.

*»Tagati!«** schrie der Zulu. »Dieser Schlag hätte ihn in zwei Hälften spalten müssen!« während ich mir dachte, daß dieser Mann wirklich wußte, wie man einen guten Panzer herstellt.

Rezu lachte laut auf, ein dröhnendes Lachen war es, während Umslopogaas verwirrt zurücksprang.

»Es ist so!« schrie er auf Zulu. »Aber alle Zauberer haben eine Tür, durch die ihr Geist ein- und austritt. Ich muß diese Tür finden, ich muß diese Tür finden!«

So sprach er und versuchte, mit geschickten Sprüngen an Rezu vorbeizugelangen, erst an seiner rechten Seite, dann auf der linken, während er sich ständig außer Reichweite des anderen hielt. Doch Rezu tänzelte und drehte sich, so

* Zauberei

daß er ihm stets das Gesicht zuwandte, wich dabei Schritt für Schritt zurück und schlug zu, wann immer sich ihm eine Chance zu bieten schien, doch ohne zu treffen, denn Umslopogaas hielt sich ständig außerhalb seiner Reichweite. Außerdem schien ihn auch das Sonnenlicht, das inzwischen sehr stark war, zu blenden, jedenfalls kam es mir so vor. Und seine Kräfte schienen nachzulassen, jedenfalls kam auch mir das so vor. Auf jeden Fall schien er entschlossen, zu einem Ende zu gelangen, denn er warf mit einer raschen Bewegung seinen Schild fort, genau wie Umslopogaas es getan hatte, packte den Eisenstiel seiner Axt mit beiden Händen und stürmte wie ein Bulle auf den Zulu los. Umslopogaas sprang außer Reichweite. Dann warf er sich plötzlich herum und lief den Hang des Hügels hinauf. Ja, Bulalio, der Schlächter, lief davon!

Er lief, und Rezu lief ihm nach, doch nie konnte er den schnellfüßigen Mann von Zululand einholen. Hin und her folgte er ihm, denn Umslopogaas lief im Zickzack zur Kuppe des Hügels hinauf, bis Rezu schließlich, außer Atem geraten, stehenblieb. Doch Umslopogaas lief noch etwa zwanzig Schritte weiter, bis er die Kuppe des Hügels erreicht hatte, und dort blieb er stehen und fuhr herum.

Zehn Sekunden lang stand er so und atmete tief durch, und als ich sein Gesicht anblickte, sah ich, daß es wie das Gesicht eines Wolfes geworden war. Seine Lippen waren zu einem furchtbaren Grinsen verzerrt, so daß die Zähne weiß zwischen ihnen hervorblitzten; seine Wangen schienen eingefallen zu sein, und seine Augen funkelten, während die Haut über dem großen Loch in seinem Schädel wie ein Blasebalg pulsierte.

So stand er dort und schien alle seine Kräfte zu mobilisieren, wie zu einer äußersten Anstrengung.

»Lauf weiter!« schrien die Zuschauer. »Lauf zurück nach Kôr, schwarzer Hund!«

Er wußte, daß sie ihn verspotteten, kümmerte sich jedoch nicht darum, er beugte sich nur vor und rieb seine schweißfeuchte Hand in dem rauhen Sand ab. Dann richtete er sich auf und stürmte den Hang hinab auf Rezu zu.

Ich, Allan Quatermain, habe beim Kampf schon viele erstaunliche Dinge erlebt, doch nie zuvor oder seitdem so etwas wie diesen Angriff. Er war so schnell wie der eines Löwen, so rasant, daß die Füße des Zulus kaum den Boden zu berühren schienen. Mit der Geschwindigkeit eines geschleuderten Speers schoß er auf seinen Gegner zu, und dann, als er etwa zwölf Fuß von ihm entfernt war, der reglos stand und ihn nur anstarrte, bog er sich zusammen und schnellte sich in die Luft.

Oh! Was für ein Sprung das war! Er mußte ihn von einem Löwen gelernt haben, oder von einem Springbock. Er schnellte sich hoch empor, und ich erkannte jetzt die Absicht; er wollte über Rezus hohe Gestalt hinwegsetzen. Ja, und er tat es, mit einem guten Fuß Distanz, und während er über Rezu hinwegflog, schlug er mit seiner Axt zu, und sie traf Rezus Hinterkopf. Und dieser Schlag zeigte Wirkung, denn ich sah rotes Blut strömen, und Rezu stürzte zu Boden. Umslopogaas landete ein gutes Stück von ihm entfernt, lief auf Rezu zu und griff ihn erneut an. Rezu wollte sich aufstemmen, doch bevor er auf die Füße kam, fuhr die Axt *Inkosikaas* nieder und sank zwischen Hals und Schultern in den Körper. Doch die Kraft Rezus war so ungeheuer, daß er wieder auf die Füße kommen und wild um sich schlagen konnte, doch waren seine Bewegungen jetzt langsam, und wieder gelang es Umslopogaas, hinter ihn zu kommen und ihm seine Axt in den Rücken zu schlagen. Einmal, zweimal, dreimal schlug er zu, und der dritte Schlag schien das mächtige Rückgrat durchtrennt zu haben, denn Rezu fiel die Waffe aus der Hand, und er sackte zu Boden, wo er reglos liegenblieb.

Ich lief auf ihn zu. Umslopogaas stand über ihn gebeugt, völlig ausgepumpt, wie mir schien, denn er stützte sich auf seine Axt und schwankte hin und her, im Glauben, daß nun alles vorüber sei. Doch Rezu war noch immer nicht tot. Er öffnete seine tiefliegenden Augen und starrte den Zulu mit einem Ausdruck höllischen Hasses an.

»*Du* hast mich nicht besiegt, Schwarzer«, sagte er keuchend. »Es war deine Axt, die dir den Sieg gegeben hat; die uralte Axt, die einst mein war, bis eine Frau sie mir stahl; ja, die Axt und die Magie dieser Hexe der Grabhöhlen, die dir sagte, daß du da zuschlagen müßtest, wo der Geist des Lebens, in den ganz einzutreten ich Furcht hatte, mein Fleisch nicht geküßt und mich nur dort sterblich gelassen hat. Wolf von einem Schwarzen, mögen wir uns wiedertreffen und diesen Kampf noch einmal austragen. Ah! Ich wollte, daß ich diese Hände um deine Kehle klammern und dich mit mir nehmen könnte, hinab in das Dunkel. Doch Lulala hat gesiegt, wenn auch nur für den Augenblick, denn ihr Schicksal wird schlimmer sein als das meine, wie ich glaube. Ah! Ich sehe die Schönheit, der sie sich so brüstet, zu grauenhafter ...«

Hier verließ ihn das Leben plötzlich. Er warf seine mächtigen Arme zur Seite, und stieß seinen letzten Atem aus.

Während ich über ihn gebeugt stand und den gewaltigen, über und über behaarten Leichnam betrachtete, der mir nur halb menschlich erschien, trampelten unsere Amahagger heran, stießen mich zur Seite und fielen über den Körper ihres alten Feindes her wie Hunde über einen hilflosen Fuchs, rissen und hackten ihn mit Händen, Speeren und Messern buchstäblich in Stücke, bis keinerlei Ähnlichkeit mit Menschlichem mehr da war.

Es war unmöglich, sie daran zu hindern; offen gestanden war ich auch zu erschöpft von körperlichen und nervlichen Anstrengungen, um überhaupt einen Versuch zu machen. Dies bedaure ich um so mehr, als mir dadurch die Gelegenheit genommen wurde, den Körper dieses trollartigen Mannes zu untersuchen und nachzuprüfen, was für eine Art Panzer er unter seinem riesigen Bart trug, der stark genug war, um sogar Kugeln zu widerstehen, und sogar der rasiermesserscharfen Klinge der Axt *Inkosikaas,* geschwungen mit aller Kraft der Arme des Zulus Bulalio. Denn als ich wieder hinblickte, waren von dem Riesen nur noch Fetzen übriggeblieben, und der Panzer, was immer er gewesen sein mochte, war in kleine Stücke zerrissen und zweifellos von den Amahaggern mitgenommen und zwischen ihnen aufgeteilt worden, um als Talismane verwendet zu werden.

Deshalb weiß ich von Rezu nur, daß er der größte, furchterregendste Mann war, den ich jemals gesehen habe, und einer, der seine Kraft bis ins hohe Alter bewahrt hatte, da er, wie ich nach seinem Gesicht zu schließen glaubte, an die siebzig Jahre zählen mußte, obwohl sein angeblich nach vielen Jahrhunderten zählendes Alter natürlich nichts anderes war als eine Fabel, die von den Eingeborenen für ihre eigenen Zwecke erfunden worden war.

Jetzt schien Umslopogaas aus der Benommenheit zu erwachen, in die er verfallen war, öffnete die Augen und blickte umher. Der erste Mensch, den er sah, war der alte Billali, der in seiner Nähe stand, sich seinen weißen Bart strich und die Szene mit einer Miene betrachtete, die gleichzeitig philosophisch versonnen und befriedigt wirkte.

»Ich glaube, daß du es warst, du alter Sack leerer Worte und Kehrer des Bodens vor den Füßen der Großen, der über mich gespottet hat, als du dachtest, daß ich vor den Hörnern jenes menschenfressenden Bullen floh«, sagte er und deutete mit einem Nicken auf die Fragmente dessen, das einst Rezu gewesen war. »Such dir seine Axt, und wenngleich ich schwach und müde bin, werde ich diese Beleidigung mit deinem Blut abwaschen.«

»Was sagt dieser schwarze Held, Wächter der Nacht?« fragte Billali in seinem höflichsten Ton. Ich sagte es ihm Wort für Wort, worauf er entsetzt seine Hände emporriß, herumfuhr und floh. Und ich sah ihn nicht wieder, bis wir nach Kôr zurückkamen.

Als sie ihren gigantischen Häuptling fallen sahen, den sie für unverwundbar gehalten hatten, stimmten seine Krieger, die den Zweikampf verfolgt hatten, ein lautes Klagegeheul an, das ebenso jämmerlich wie unheimlich klang. Dann flohen sie, wie es meiner Meinung nach damals auch die Philister taten, als David den Riesen Goliath mit seinem bewundernswert präzis geschleuderten Stein getötet hatte, zu ihren Heimen, wo immer die sich befinden mochten, mit absoluter Rekordgeschwindigkeit und in völliger Auflösung.

Unsere Amahagger verfolgten sie eine Weile, wurden jedoch bald von den Fliehenden hinter sich gelassen. Also begnügten sie sich damit, alle Verwundeten zu töten, derer sie habhaft werden konnten und kehrten zurück. Ich war nicht mit ihnen gegangen; nachdem die Schlacht gewonnen worden war, wusch ich mir metaphorisch die Hände und schickte sie im Geiste an jenen Ort, wo Menschen hingehören, von denen man zu Recht behaupten kann, daß Manieren bei ihnen nicht vorhanden sind und ihre Sitten, schlicht gesagt, bestialisch. Außerdem waren diese Nachtfledermäuse zwar aggressiv und grausam, doch keine wirklichen Kämpfer, und ich hatte nicht den Wunsch, mit solchen ihrer Art noch einmal zu schaffen zu haben.

Darüber hinaus hatte ich Wichtigeres zu tun. Zweck dieses Unternehmens, zumindest für mich, war die Befreiung der armen Inez, denn allein ihretwegen hatte ich mich dazu bereitgefunden, diese Amahagger gegen ihre menschenfressenden Brüder, diese Rezu-Jünger, zu führen.

Aber wo war Inez? Wenn Hans den Medizinmann recht verstanden hatte, befand sie sich in der Hütte, oder hatte sich zumindest dort befunden, und ich hoffte von ganzem Herzen, daß sie sich noch immer dort befand, da sonst die Jagd weitergeführt werden mußte. Doch das war ja leicht festzustellen. Ich rief nach Hans, der sich damit amüsierte, Weitschüsse hinter den fliehenden Feinden herzujagen, damit sie ihn nicht vergäßen, wie er sagte, und nach den Zulus, und wir gingen den Hang hinauf zu der Hütte, oder besser gesagt Schuppen, denn diese Konstruktion aus Ästen war gut zwanzig Fuß lang und zwölf oder fünfzehn Fuß breit.

An ihrem östlichen Ende befand sich eine Zugangsöffnung, die mit einem schweren Vorhang verschlossen war. Hier blieb ich eine Weile stehen, innerlich zitternd, und lauschte, denn, um ehrlich zu sein, ich fürchtete mich davor, diesen Vorhang beiseitezuziehen, aus Angst vor dem, was ich dahinter entdecken mochte. Schließlich raffte ich all meinen Mut zusammen, riß ihn zur Seite und blickte, meinen Revolver in der Hand, hinein. Im ersten Moment konnte ich wegen des hellen Lichts draußen – die Sonne stand inzwischen ziemlich hoch – nichts erkennen, da die grünen Äste und Zweige sehr dicht miteinander verwoben waren. Doch als meine Augen sich an das Halbdunkel gewöhnt hatten, sah ich etwas Schimmerndes auf einem Thron am anderen Ende der Hütte, vor dem sechs Frauen in weißen Roben auf dem Boden knieten, die Ketten um den Hals trugen, und an deren Gürteln lange Messer hingen. Zwischen diesen Frauen und dem Thron lag ein toter Mann auf dem Boden, ein Priester irgendeiner Art, wie ich aus seiner Kleidung zu entnehmen glaubte, der noch immer einen langen Speer in der Hand hielt. So reglos war die Gestalt, die auf dem Thron saß, und auch die davor knienden Frauen, daß ich anfangs dachte, auch sie seien tot.

»Lady Traurige Augen, Baas«, flüsterte Hans, »und ihre Brautjungfern. Zweifellos ist der alte Prediger hergekommen, um sie zu töten, als er sah, daß die Schlacht verloren war, und die Brautjungfern haben ihn mit ihren Messern erstochen, bevor er es tun konnte.«

Hier sollte ich gleich feststellen, daß Hans' Vermutung sich als richtig herausstellte, was zeigt, wie rasch und logisch sein Gehirn arbeitete. Die Gestalt auf dem Thron war Inez; der Priester war in Wut und Enttäuschung hereingekommen, um sie zu töten, doch die Brautjungfern hatten *ihn* mit ihren Messern getötet, bevor er seine Absicht ausführen konnte.

Ich befahl den Zulus, den Vorhang herabzureißen und einige der Äste am Ende der Hütte herauszuziehen, damit mehr Licht hereinfiel. Dann schritten wir auf die Frauen zu, wobei wir unsere Pistolen und Speere in Bereitschaft hielten. Die knienden Frauen wandten ihre Köpfe uns zu und blickten uns an, und ich sah, daß sie alle jung und auf ihre Art hübsch waren, wenngleich ihre Gesichter einen finsteren Ausdruck zeigten. Ich sah auch, daß ihre Hände sofort nach ihren Messern fuhren. Ich rief ihnen zu, die Messer stecken zu lassen und zu uns zu kommen, und daß sie nichts zu befürchten hätten, wenn sie es täten. Doch wenn sie meine Worte verstanden haben sollten, sie befolgten sie nicht.

Im Gegenteil. Während Hans und ich unsere Revolver auf

sie gerichtet hielten, da wir befürchteten, daß sie die Frau auf dem Thron, die wir für Inez hielten, erstechen könnten, verneigten sie sich auf ein Wort, das eine von ihnen rief, tief vor ihr, und auf ein zweites Wort hin rissen sie alle gleichzeitig ihre Messer heraus und stießen sie sich selbst ins Herz.

Es war ein entsetzlicher Anblick, wie ich ihn noch nie erlebt hatte. Und bis zum heutigen Tage weiß ich nicht, warum sie es taten, außer, vielleicht, daß sie dem Dienst an der neuen Königin verschworen waren und befürchteten, ein grausames Ende zu finden, wenn sie darin versagten, sie zu beschützen. Auf jeden Fall trugen wir sie tot oder sterbend hinaus, da ihre Stiche kräftig und präzise gewesen waren, und keine von ihnen lebte noch länger als ein paar Minuten.

Dann trat ich auf die Gestalt zu, die auf dem Thron saß, das heißt, eigentlich war es ein Fußbank-Stuhl aus Ebenholz mit Intarsien aus Elfenbein, auf dem sie so reglos saß, daß ich überzeugt war, sie sei ebenfalls tot, besonders, als ich bemerkte, daß sie mit Ledergurten, die mit Goldfäden verziert waren, an den Stuhl gefesselt war. Außerdem trug sie einen Schleier und war so zurechtgemacht, wenn ich diesen Ausdruck verwenden darf, daß sie genauso aussah, wie Ayesha, sogar die zwei langen, schwarzen Zöpfe, an deren Enden etwas wie eine Perle hing, und die Sandalen an den Füßen stimmten überein.

Der Unterschied bestand darin, daß sie eine schwere Goldkette um den Hals trug, mit einem ebenfalls aus Gold gefertigten Anhänger, der eine strahlengeschmückte Sonnenscheibe darstellte, eine primitive, aber beeindruckende Arbeit.

Ich trat auf sie zu und zerschnitt die Ledergurte, da ich mir nicht die Zeit nehmen wollte, die Knoten zu lösen, und hob den Schleier.

Hinter ihm verbarg sich in der Tat Inez, und Inez lebte, wie ich an dem Heben und Senken ihrer Brust erkannte, doch war sie bewußtlos. Ihre Augen waren zwar weit geöffnet, trotzdem war sie ohne Besinnung. Wahrscheinlich war sie mit Drogen betäubt worden, oder aber irgend etwas Schreckliches, das sie gesehen hatte, hatte ihr das Bewußtsein geraubt. Ich muß gestehen, daß ich darüber froh war, da ich ihr sonst die entsetzliche Geschichte vom Ende Ihres Vaters hätte erzählen müssen.

Wir trugen sie hinaus und vom Schauplatz der Tragödie fort. Sie schien unverletzt zu sein, und wir legten sie in den Schatten eines Baums, bis eine Trage beschafft werden konnte. Mehr für sie zu tun, war mir nicht möglich, da ich nicht wußte, wie man ihren Zustand behandeln sollte, und auch keinen Alkohol bei mir hatte, den ich ihr hätte einflößen können.

Dies war das Ende unserer langen Verfolgungsjagd, und so haben wir Inez gerettet, die die Zulus ›Lady Traurige Augen‹ nannten.

## 19

## *Der Bannfluch*

Über unsere Rückkehr nach Kôr gibt es kaum etwas zu berichten, außer daß wir diese interessante Ruinenstadt zu gegebener Zeit sicher erreichten. Der Marsch war eigentlich nur aus dem Grund bemerkenswert, daß Umslopogaas sich dazu bereit erklärte – zum ersten und letzten Mal in seinem Leben, wie ich mir vorstelle – in einer Sänfte getragen zu werden, zumindest für einen Teil der Strecke. Er war, wie ich bereits sagte, nicht verwundet worden, die Axt seines mächtigen Gegners hatte seine Haut nicht ein einziges Mal auch nur berührt. Woran er litt, war eine Art Nervenzusammenbruch, da dieser kräftige und absolut furchtlose Krieger, obwohl wenige das für möglich gehalten hätten, im Grund genommen ein sehr empfindsamer und in ständiger nervlicher Anspannung lebender Mann war.

Nur solche Menschen schaffen es übrigens, den höchsten Punkt von irgend etwas zu erreichen, und das trifft auf Kämpfer genauso zu wie auf alle anderen. Der entsetzliche

Kampf mit Rezu war für den Zulu eine immense nervliche Belastung gewesen. Wie er selbst sagte, hatte der Zauberer ihm die Kraft aus dem Körper gesogen, besonders als er feststellen mußte, daß er ihn, wegen seines Panzers, nicht von vorn verwunden und wegen seiner List nicht in seinen Rücken gelangen konnte, bis er auf den verzweifelten Ausweg verfiel, über seinen Kopf hinweg zu springen, und im Sprung nach unten zu schlagen, ein Trick, den er, wie er mir sagte, in seiner Jugend das erste Mal angewandt hatte, um einen Schild-Ring zu durchbrechen und an den zu gelangen, der in seiner Mitte abgeschirmt stand. Umslopogaas hatte gewußt, daß er bei seinem großen Sprung über Rezus Kopf hinweg Erfolg haben mußte – oder erschlagen werden würde, was wiederum meinen Tod und den vieler anderer im Gefolge gehabt haben würde, und nur aus diesem Grund hatte er sich dem Spott ausgesetzt, scheinbar die Flucht zu ergreifen, um höheres Terrain zu erreichen, von dem allein aus er die nötige Geschwindigkeit erreichen konnte, die erforderlich war, einen so mächtigen Sprung schaffen zu können.

Nun, er hatte ihn geschafft, und er hatte gesiegt, und es war vorbei, doch, wie er es ausdrückte, hatte es ihn so geschwächt, ›wie eine Schlange, die nach dem langen Winterschlaf aus ihrem Loch ins Sonnenlicht hinauskriecht‹.

Für eines, setzte er hinzu, sei er dankbar, nämlich, daß es Rezu nie gelungen sei, seine Arme um ihn zu schlingen, da er sicher gewesen sei, daß er ihm, wenn er das geschafft hätte, das Kreuz gebrochen haben würde, ›wie ein Pavian einen Maishalm zerbricht‹. Keine Kraft, nicht einmal die seine, hätte den eisernen Armen dieses riesigen, gorillaähnlichen Mannes widerstehen können.

Ich stimmte ihm bei, da ich die mächtige Brust und die prallen Armmuskeln gesehen hatte, und auch die Wucht der Schläge seiner stahlgestielten Axt (welche übrigens, als ich nach ihr suchte, verschwunden war, vermutlich von einem der Amahagger gestohlen).

Woher mochte die Kraft gekommen sein, fragte ich mich, bei einem, dessen Gesicht wie das eines Greises wirkte?

Steckte vielleicht doch ein Körnchen Wahrheit in der Legende vom Simson, und hatte sie in seinem mächtigen Bart und seinen langen Locken gesteckt? Es war unmöglich, das zu sagen, und wahrscheinlich war dieser Mann eine herkulische Mißgeburt gewesen, denn daß er so stark war wie Herkules, darüber gab es nach allen Geschichten, die ich später über ihn hörte, kaum einen Zweifel. Nur über eines, das ihn betraf, war ich mir klar, nämlich daß alle Geschichten, die seine übernatürlichen Fähigkeiten betrafen, reiner Humbug waren. Er war lediglich ein Vertreter jener Sippe von ›starken Männern‹ gewesen, deren Mitglieder nach wie vor überall auf der Erde wunderbare Leistungen zustande bringen.

Und nun war er tot und von den Amahagger-Hunden zerfetzt worden, bevor ich eine Gelegenheit gehabt hatte, ihn zu untersuchen, und auch nicht seinen Körperpanzer, und das war das Ende von ihm und seiner Geschichte. Doch als ich den Körper des armen Robertson sah, was ich mußte, als wir ihn an der Stelle begruben, wo er gefallen war, und erkannte, daß er, obwohl er so groß und kräftig gewesen war, von einem einzigen Schlag von Rezus Axt fast in zwei Teile gespalten worden war, begriff ich, wie ungeheuer die Körperkraft dieses Wilden gewesen sein mußte. Ich sage, dieses Wilden, obwohl ich nicht sicher bin, daß dies die richtige Bezeichnung für ihn ist. Offensichtlich folgte er einer Art Religion und besaß auch Phantasie, was durch die Entführung der weißen Frau bewiesen wurde, die seine Königin sein sollte, und auch durch die Verschleierung und Verkleidung, damit sie Ayesha ähnelte, die er fürchtete; durch die beabsichtigte, verhinderte Opferung Robertsons; durch die Einschwörung ihrer Dienerinnen, die den Priester töteten, der sie zu ermorden versuchte, und die schließlich Selbstmord begingen, als sie glaubten, ihr Amt nicht erfüllt zu haben, und durch andere Dinge. All dieses deutete auf etwas hin, das mehr als Wildheit war, vielleicht Überreste einer vergessenen Zivilisation, oder vielleicht eingeborene Fähigkeiten eines individuellen Herrschers. Ich weiß es nicht, und es spielt auch keine Rolle mehr.

Rezu ist tot, und die Welt kann froh sein, daß es so ist, und jeder, der mehr von seinem Volk wissen will, kann sich gerne mit denen befassen, die in ihrem Land übriggeblieben sind, welches ich nie wiedersehen möchte.

Während des Marsches nach Kôr regte die arme Inez kein Glied. Wann immer ich an ihre Bahre trat, um nach ihr zu sehen, sah ich sie mit offenen Augen daliegen, die starr in die Ferne zu blicken schienen, was mich sehr beunruhigte, da ich zu fürchten begann, daß sie sterben könnte. Doch ich konnte nichts tun, um ihr zu helfen, außer die Träger anzutreiben, schneller zu gehen. So rasch marschierten wir den Hang hinab und über die Ebene, daß wir Kôr bei Sonnenuntergang erreichten. Als wir den Burggraben überquerten, entdeckte ich den alten Billali, der uns entgegenkam, uns mit vielen Verbeugungen begrüßte und ein wachsames Auge auf die Sänfte hatte, in welcher, wie er erfahren hatte, Umslopogaas saß. Seine Ergebenheit entsprach im Grunde genommen der, die alle Amahagger uns beiden erwiesen, und sogar Hans, da sie uns nach unserem Sieg über Rezu und seinen Tod unter der Axt als Halbgötter betrachteten und entsprechend behandelten.

»O mächtiger General«, sagte er. »Sie-die-befiehlt hat mir den Auftrag erteilt, die Lady, die krank ist, an einen Ort zu bringen, der für sie vorbereitet worden ist, und der sich in der Nähe des Euren befindet, damit Ihr über sie wachen könnt, wenn es Euch gefällt.«

Ich fragte mich, woher Ayesha wissen mochte, daß Inez krank war, doch da ich mich zu müde fühlte, ihn danach zu fragen, befahl ich ihm lediglich, uns zu führen. Dies tat er und brachte uns zu einem anderen verfallenen Haus, dem unseren benachbart, das gesäubert und auf eine gewisse Art möbliert war und außerdem eine Dachabdeckung aus Matten besaß, so daß es wirklich recht heimelig war. Hier trafen wir zwei Frauen an, die, wie Billali mich informierte, dazu ausgebildet waren, sich um Kranke zu kümmern, und nachdem ich überwacht hatte, wie sie Inez auf ihr Bett gelegt hatten, überließ ich sie ihrer Obhut, da dies ein Fall war, den ich nicht selbst zu kurieren wagte, da ich nicht wußte, welche der wenigen Medikamente, die ich besaß, ich ihr geben sollte. Außerdem tröstete Billali mich mit der Mitteilung, daß Sie-die-befiehlt sie aufsuchen und ›heilen‹ würde, so bald sie Zeit dafür fände.

Ich antwortete, daß ich das hoffe, und ging in unser Haus, wo ich ein ausgezeichnetes Mahl vorfand, und einen Steinkrug, dessen Inhalt wir drei, wie Billali erklärte, auf Befehl Ayeshas trinken sollten, da er unsere Müdigkeit beseitigen würde.

Ich versuchte das Zeug, das fahlgelb aussah wie alter Sherry, obwohl ich nicht sicher sein konnte, daß es kein Gift war, und fand es sehr beruhigend, obwohl es nicht sehr stark schmeckte. Auf jeden Fall war seine Wirkung wunderbar, da alle meine Müdigkeit von mir abfiel wie ein fallengelassener Mantel, und ich einen ausgezeichneten Appetit hatte und ich mich kräftiger und besser fühlte als seit vielen Jahren. Kurz gesagt, dieser ›Cocktail‹ war großartig, und ich wünschte mir, sein Rezept zu haben, obwohl Ayesha mich später davon informierte, daß er allein aus harmlosen Kräutern bestand und keinen Tropfen Alkohol enthielt.

Nachdem ich dies entdeckt hatte, gab ich auch Hans einen Schluck davon, und auch Umslopogaas, der bei den verwundeten Zulus saß, die, wie wir feststellten, fast vollständig wiederhergestellt waren, und schließlich auch Goroko, der ebenfalls ziemlich erschöpft war. Bei ihnen allen erwies sich das magische Gebräu als äußerst wirkungsvoll.

Nachdem ich mich dann gewaschen hatte, aß ich ein ausgezeichnetes Abendessen, bei dem Hans, der in meiner Nähe saß, jedoch alle meine Bemühungen weit in den Schatten stellte.

»Baas«, sagte er, »es ist alles gut gegangen, was sehr schlecht hätte ausgehen können. Der Baas Rotbart ist zwar tot, was aber auch gut ist, da es schwierig wäre, sich um einen Wahnsinnigen kümmern zu müssen, und ein Gehirn voller Mondschein ist ein schlechter Gefährte für jeden Mann. Oh! Ganz zweifellos ist es besser, daß er tot ist, obgleich dein verehrter Vater, der Prediger, es sehr schwer mit ihm haben wird, wenn er zu ihm an den Ort der Feuer kommt.«

»Vielleicht«, sagte ich seufzend, »da es sicher besser ist, tot zu sein als ein Wahnsinniger. Was ich jedoch fürchte, ist, daß seine Tochter ihm auf diesem Wege nachfolgen wird.«

»O nein, Baas!« antwortete Hans fröhlich, »obwohl ich sagen möchte, daß auch sie immer ein wenig verrückt sein wird, weil das in ihrem Blut liegt, verstehst du? Und weil sie zweifellos entsetzliche Dinge gesehen hat. Aber die Große Medizin wird dafür sorgen, daß sie nicht stirbt, nachdem wir uns soviel Mühe gemacht und so große Gefahren überstanden haben, um sie zu retten. Diese Große Medizin ist wunderbar, Baas. Zuerst hat sie dich zum General über alle diese Amahagger gemacht, die ohne dich niemals gekämpft hätten, was diese Hexe, die ihren Kopf in ein Tuch bindet, sehr wohl wußte, dann hat sie uns sicher durch die Schlacht gebracht und Umslopogaas die Kraft gegeben, diesen menschenfressenden Giganten zu töten.«

»Warum hat sie nicht *mir* die Kraft gegeben, ihn zu töten, Hans? Ich habe ihm zwei Brisanz-Kugeln in die Brust gefeuert, die ihm nicht mehr geschadet haben, als wenn man einem Büffel-Bullen mit einem Tanzstöckchen auf die Hörner klopfen würde.«

»Oh, Baas! Vielleicht hast du danebengeschossen. Nur weil du meistens triffst, worauf du zielst, meinst du, daß du immer treffen mußt.«

Nachdem er einen Moment gewartet hatte, um zu sehen, ob ich auf diese Frechheit reagieren würde, was ich natürlich nicht tat, fuhr er fort, und zwar in einem fast tröstenden Ton: »Oder vielleicht hat er einen sehr guten Panzer unter seinem Bart getragen, denn ich sah einige der Amahagger, die ihm die Haare ausgerissen und ihn in Stücke geschnitten haben, mit Dingen fortgehen, die wie kleine Messingstücke aussahen. Und die Große Medizin bestimmte auch, daß er von Umslopogaas getötet werden sollte, und nicht von dir, weil sonst Umslopogaas für den Rest seines Lebens traurig gewesen wäre, während er jetzt auf Erden umherstolzieren wird wie ein Hahn mit zwei Schwänzen und die ganze Nacht und den ganzen Tag krähen wird. Und dann, Baas, als Rezus Armee den Platz stürmte und die Amahagger zu laufen begannen, da war es doch nur die Große Medizin, die ihren Herzen neuen Mut gab und sie wieder vorwärtsstürmen ließ, als sie sie an deiner Brust sahen, und du ihnen vorangingst, und sie, statt von den Kannibalen gefressen zu werden, diese fraßen.«

»Wirklich? Ich war der Ansicht, daß die Lady, die dort drüben wohnt, etwas damit zu tun gehabt hätte. Hast du sie nicht gesehen, Hans?«

»O ja, Baas! Ich habe sie gesehen, und ich denke, daß sie einfach das Tuch von ihrem Gesicht gehoben hat, und als die Männer Rezus sahen, wie häßlich das Gesicht ist, das sie darunter verbirgt, hat es sie ein wenig in Schrecken versetzt. Aber bestimmt hat die Große Medizin ihr diesen Gedanken eingegeben, denn, Baas, was könnte eine alberne Frau in so einem Fall tun? Hast du jemals von einer Frau gehört, die in der Schlacht etwas taugte, oder für irgend etwas anderes, außer Babies zu stillen, und diese kann nicht einmal das, weil ihr Gesicht, das sie unter dem Tuch verbirgt, so häßlich ist, daß sie keinen Mann gefunden hat, der sie heiraten will.«

Zufällig blickte ich in diesem Moment auf und sah Ayesha im Licht der Lampen im Raum stehen, den sie durch die offenstehende Tür betreten hatte, knapp sechs Fuß hinter Hans' Rücken.

»Du kannst sicher sein, Baas«, fuhr er fort, »daß dieses Bündel Lumpen nichts anderes ist, als eine ganz gewöhnliche alte Betrügerin, die Menschen Angst einjagt, indem sie vorgibt, ein Geist zu sein, als ob sie es gewesen wäre, die diese stinkenden Amahagger zum Angriff getrieben hätte, und nicht die Große Medizin des Öffners von Straßen, und wenn sie jetzt hier wäre, würde ich ihr das ins Gesicht sagen.«

Ich war zu paralysiert, um sprechen zu können, und während ich mir sagte, daß Ayesha glücklicherweise kein Holländisch verstand, trat sie ein wenig zur Seite, so daß eine der Lampen, die nun hinter ihr waren, ihren Schatten auf den Rücken des auf dem Boden hockenden Hans warf, und über ihn hinweg auf die Erde. Er sah ihn und starrte auf den verzerrten Schatten ihres verschleierten Kopfes, dann wandte er sich sehr langsam um und blickte auf.

Einen Augenblick lang starrte er sie an, als ob er versteinert wäre, dann stieß er einen gellenden Schrei aus, sprang auf die Füße, stürzte aus dem Haus und verschwand im Dunkel.

»Es scheint, Allan«, sagte Ayesha langsam, »daß dein gelber Affe sehr tapfer ist, Stöckchen zu werfen, wenn kein Leopard unter dem Baum sitzt. Doch wenn der Leopard erscheint, sieht die Sache ganz anders aus. Oh! Bitte keine Entschuldigungen für ihn, denn ich weiß sehr gut, daß er sehr schlecht von mir gesprochen hat, weil er, da er neugierig ist, wie es die Affen nun einmal sind, darauf brennt zu wissen, was hinter meinem Schleier steckt, und er, da er primitiv ist, glaubt, daß keine Frau ihr Gesicht verbergen würde, wenn es dem guten Geschmack der Männer entspräche.«

Dann, zu meiner Erleichterung, lachte sie leise, was mir zeigte, daß sie Sinn für Humor hatte, und fuhr fort: »Nun, lassen wir ihn, da er ein guter Affe ist und auf seine Art mutig, was er bewiesen hat, als er hinausging, um die Armee Rezus auszuspionieren und den mörderischen Priester am Opferstein erstach.«

»Wie könnt Ihr die Worte Hans' verstehen, Ayesha?« fragte ich, »da sie in einer Sprache gesprochen wurden, die Ihr nie gelernt habt?«

»Vielleicht habe ich gelernt, Gesichter zu verstehen, Allan.«

»Oder Rücken«, sagte ich, als ich mich daran erinnerte, daß Hans ihr den Rücken zugewandt hatte.

»Oder Rücken, oder Stimmen, oder Herzen. Es kommt nicht darauf an, sondern nur darauf, daß ich sie verstehe und sie lesen kann. Doch jetzt genug von diesem kindischen Geschwätz; führe mich zu der Jungfrau, die aus den Fängen Rezus befreit wurde, und von einem Schicksal, das schlimmer ist als der Tod. Habt Ihr gewußt, Allan, daß er geplant hatte, ihr den eigenen Vater zum Opfer zu bringen bevor er sie zur Frau nahm, und ihn zu essen, so wie er die Frau gegessen hatte, die bei ihr war, und das vor ihren Augen tun wollte? Nun, ihr Vater ist jetzt tot, und ich denke, daß es gut so ist, da Euer kleiner, gelber Mann sagte – nein, unterbrecht mich nicht, ich habe es von seinem Rücken abgelesen –, daß er, wenn er gelebt hätte, bis ans Ende seiner Tage dem Wahnsinn verfallen geblieben wäre. Deshalb ist es besser, daß er im Kampf gegen einen Feind fiel, der von niemandem besiegt werden konnte, außer einem. Doch sie lebt.«

»Ja, doch ohne Bewußtsein, Ayesha.«

»Was nach all dem, was sie erlebt hat, ein Segen ist, Allan. Denkt einmal nach! Hat es nicht Tage in Eurem Leben gegeben, sogar Monate, wo Ihr viel darum gegeben hättet, in Bewußtlosigkeit verharren zu können? Und würden wir nicht, wir alle, vielleicht glücklicher sein, wenn wir wie die Tiere keine Erinnerung, kein Vorwissen und kein Verständnis besitzen würden? Oh! Die Menschen reden vom Himmel, doch glaubt mir, der wirkliche Himmel ist ein Himmel des Schlafes, da Leben und Bewußtsein, wie hoch sie auch immer geschätzt werden mögen, nur Kampf bedeuten, der, da er so oft ungerecht ist, Reue brütet, die alles vergällt. Kommt jetzt!«

Also ging ich ihr voraus zu dem nächsten verfallenen Haus, wo wir Inez auf einem Bett liegen fanden, die noch immer ihre barbarischen Kleidungsstücke trug, obwohl der Schleier inzwischen von ihrem Gesicht genommen worden war. Dort lag sie nun, mit offenen Augen und reglos, während die Frauen über sie wachten.

Ayesha blickte sie eine Weile an, dann sagte sie zu mir: »Also haben sie sie als eine Spottgeburt meiner selbst verkleidet, damit diese Barbaren sie nach einer gewissen Zeit an meiner Statt akzeptieren sollten, und ihr sogar das königliche Siegel verliehen!« Sie deutete auf die goldene Scheibe, welche die Sonne darstellen sollte. »Nun, sie ist eine schöne Jungfrau, weiß, und von guter Herkunft, die erste, die ich seit vielen Jahren sah. Und sie hat diese Komödie nicht gewollt. Außerdem hat sie keinerlei Verletzungen erlitten; ihre Seele ist tief in ein Meer des Schreckens versunken, das ist alles, aus dem sie ohne Zweifel wieder herausgezogen werden kann. Doch halte ich es für das Beste, wenn sie sich für eine Weile an nichts erinnern kann, damit ihr Verstand keinen Schaden erleidet, wie der ihres Vaters, und deshalb soll sie durch keines meiner Netze in die Erinnerung zurückgezogen werden. Die soll allmählich in zukünftigen Tagen zurückkehren und selbst dann nicht zu viel davon; all dieser Schrecken soll für sie eine Leere bleiben, in dem tragische Gestalten sich wie Schatten bewegen und wie Schatten bald vergessen und vorübergezogen sein werden, so daß sie dem erwachenden Bewußtsein nicht mehr als Träume sind. Tretet beiseite, Allan, und ihr, Frauen, laßt uns für eine Weile allein.«

Ich tat, was sie mir gesagt hatte, die Frauen verbeugten sich und gingen hinaus. Nun kniete Ayesha sich neben Inez' Bett und hob ihren Schleier, jedoch auf eine Art, daß ich nicht ihr Gesicht sehen konnte, obwohl ich es, wie ich zugeben muß, versuchte. Ich konnte jedoch erkennen, daß sie ihre Lippen auf die von Inez' drückte, und, wie ich an ihren Bewegungen erkennen zu können glaubte, ihr ihren Atem einblies. Dann hob sie die Hände, legte die eine auf Inez' Herz und bewegte die andere vor Inez' Augen langsam hin und her, wobei sie hin und wieder eine Pause einlegte, um mit den Fingerspitzen über Inez' Stirn zu streichen. Kurz darauf regte Inez sich und setzte sich auf, worauf Ayesha ein Gefäß mit Milch nahm, das auf dem Boden stand, und es an Inez' Lippen hielt. Inez trank die Milch bis auf den letzten Tropfen, dann sank sie wieder zurück. Ayesha setzte die Bewegungen ihrer Hände noch eine Weile fort, dann ließ sie den Schleier wieder über ihr Gesicht fallen und stand auf.

»Hört, ich habe einen Bann auf sie gelegt«, sagte sie und winkte mir, näherzutreten.

Ich tat es und sah, daß Inez' Augen jetzt geschlossen waren und daß sie in einen tiefen, natürlichen Schlaf versenkt worden war.

»Sie wird die Nacht über und während des folgenden Tages so bleiben«, sagte Ayesha, »und wenn sie erwacht, wird sie sich wieder als ein glückliches Kind fühlen. Nicht bevor sie ihr Zuhause erreicht, wird sie erkennen, daß sie eine erwachsene Frau ist, und dann diese ganze Geschichte vergessen haben, und über ihren Vater müßt Ihr ihr berichten, daß er starb, als Ihr mit ihm ausgezogen seid, um die Flußpferde zu jagen, und wenn sie nach gewissen anderen Menschen fragt, erklärt Ihr ihr, daß sie fortgegangen seien. Aber ich glaube nicht, daß sie Fragen stellen wird, wenn sie erfahren hat, daß ihr Vater tot ist, weil ich ihr diesen Befehl in die Seele gepflanzt habe.«

Hypnotische Suggestion, dachte ich – und ich konnte nur zum Himmel beten, daß sie wirksam blieb.

Ayesha schien meine Gedanken lesen zu können, denn sie nickte und sagte: »Habt keine Angst, Allan, denn ich bin, was der schwarze Taxtträger und der kleine, gelbe Mann eine Hexe nennen, also jemand, wie Ihr inzwischen erlebt habt, der Kenntnisse auf dem Gebiet der Medizin und auch auf einigen weiteren besitzt und den Schlüssel zu einigen Geheimnissen der Natur in ihren Händen hält.«

»Zum Beispiel das, Euch im richtigen Moment auf den Schauplatz einer Schlacht zu transportieren«, meinte ich, »und wieder von ihm fort – ebenfalls im richtigen Moment.«

»Ja, Allan, da ich alles von weitem beobachtete, sah ich, daß diese Amahagger-Hunde zur Flucht bereit waren und ich benötigt wurde, um ihnen neuen Mut zu machen und der Armee Rezus Furcht einzujagen. Also kam ich.«

»Auf welche Art seid Ihr gekommen, Ayesha?«

Sie lachte, als sie antwortete: »Vielleicht bin ich überhaupt nicht gekommen. Vielleicht habt Ihr alle nur geglaubt, mich zu sehen, doch da ich dort gewesen zu sein *schien,* spielt alles andere keine Rolle.«

Als ich noch immer nicht überzeugt schien, fuhr sie fort: »Oh, törichter Mann, sucht nicht zu erfahren, was über Euren Verstand hinausgeht. Aber hört! Ihr glaubt in Eurer Unwissenheit sicher, daß die Seele im Körper wohnt, nicht wahr?«

Ich antwortete, daß ich immer unter diesem Eindruck gestanden hätte.

»Und doch ist es umgekehrt, Allan, denn der Körper wohnt in der Seele.«

»Wie die Perle in der Auster?«

»Ja, auf eine gewisse Weise, da die Perle, die für Euch Schönheit ist, für die Auster eine Krankheit, ja ein Gift darstellt, und das ist auch der Körper für die Seele, deren Tempel er stört und verunreinigt. Doch um ihn herum ist die weiße, heilige Seele, welche ständig bemüht ist, den schmutzigen Körper auf den Stand ihrer eigenen Reinheit emporzuziehen, was ihr sehr oft nicht gelingt, da das Fleisch und der Geist Todfeinde sind, die nur durch ein höchstes Dekret zusammengehalten werden, das sie ihren Haß vergessen und versuchen läßt, zur Vollendung zu bringen, und die, wenn ihnen das nicht gelingen sollte, auf ewig voneinander getrennt werden, so daß der Geist an den ihm bestimmten Ort reist, das Fleisch aber in Verwesung übergeht.«

»Eine seltsame Theorie«, sagte ich.

»Ja, Allan, und eine, die für Euch so neu ist, daß Ihr sie nie verstehen werdet. Und doch ist sie wahr, und deshalb habe ich sie Euch dargelegt. Die Seele des Menschen, die frei ist und nicht in seiner engen Brust eingeschlossen, steht in Verbindung mit der Seele des Universums, welche die Menschen als Gott kennen und mit vielen Namen belegen. Deshalb besitzt sie alles Wissen, und vielleicht auch alle Macht, und hin und wieder kann der in ihr befindliche Körper, wenn er ein weiser Körper ist, von dieser Quelle des Wissens und der Macht zehren. Ich kann es zumindest. Und jetzt werdet Ihr auch verstehen, warum ich eine so gute Hexe bin, und wie es mir möglich war, auf dem Schlachtfeld zu erscheinen, und im richtigen Moment, wie Ihr sagtet, und es wieder zu verlassen, als ich meine Arbeit getan hatte.«

»O ja«, antwortete ich, »nun verstehe ich das vollkommen. Ich danke Euch vielmals, es so klar erläutert zu haben.«

Sie lachte leise, da sie meinen sarkastischen Scherz zu würdigen wußte, blickte auf die schlafende Inez hinab und sagte: »Der schöne Körper dieser Frau wohnt in einer großen Seele, glaube ich, wenn auch in einer von etwas düsterer Färbung, denn Seelen haben ihre Farben, Allan, und übertragen sich auf das, was sich in ihnen befindet. Sie wird nie ein sehr glücklicher Mensch sein.«

»Die Schwarzen haben ihr den Namen Traurige Augen gegeben«, sagte ich.

»So? Nun, ich gebe ihr den Namen Trauriges Herz, obwohl solche oft am Ende das Glück finden. Inzwischen aber wird sie vergessen; ja, sie wird all das Schlimme vergessen und nie wissen, wie schmal der Grat zwischen ihr und den Armen Rezus war.«

»Er hatte lediglich die Breite der Schneide von Umslopogaas' Axt, *Inkosikaas*«, antwortete ich. »Doch sagt mir, Ayesha, warum konnte diese Axt nicht schneiden, und warum wurden die Kugeln meines Gewehrs flachgeschlagen oder zur Seite abgelenkt, als sie die Brust Rezus trafen?«

»Weil er einen guten Brustpanzer trug, vermute ich, Allan«, antwortete sie spöttisch, »und er auf dem Rücken keinen hatte.«

»Warum habt Ihr mir dann die Ohren mit einer so anderen Geschichte gefüllt, daß dieser furchtbare Gigant vom Kelch des Lebens getrunken habe, und so weiter?« fragte ich irritiert.

»Ich habe es vergessen, Allan. Vielleicht weil die Neugierigen, wie Ihr einer seid, begierig sind, Geschichten zu hören, die sogar noch seltsamer sind als ihre eigenen. Deshalb wäre es weise von Euch, nur das zu glauben, was ich tue, und nichts von dem, was ich sage.«

»Das tue ich auch nicht.«

Wieder lachte sie.

»Wozu sagt Ihr mir, was ich ohnehin schon weiß? Ja, in der Zukunft mag es vielleicht anders aussehen, da durch die Alchimie des Gehirns oft Fabeln unserer Kindheit in die Tatsachen unseres Zeitalters verwandelt werden, und wir so ziemlich alles glauben, so wie Euer kleiner gelber Mann an irgendeinen Wilden namens Zikali glaubt, und diese Amahagger an den Talisman glauben, den Ihr um den Hals tragt, und so wie ich, die ich die verrückteste von Euch allen bin, an Liebe und Weisheit glaube, und so wie der schwarze Krieger, Umslopogaas, an die Unbesiegbarkeit seiner großen Axt glaubt, anstatt an seinen eigenen Mut und seine eigene Kraft, welche dieser Axt zum Sieg verhelfen. Narren, das sind wir alle, und ich bin vielleicht der größte von uns allen. Doch jetzt bringt mich zu diesem Krieger, Umslopogaas, damit ich ihm danken kann, so wie ich euch danke, und dem kleinen gelben Mann, obwohl er mich mit seiner scharfen Zunge verspottet, ohne zu ahnen, daß ich ihn mit einem Atemzug töten könnte, wenn er mich wütend macht.«

»Warum habt Ihr dann nicht Rezu mit einem Atemzug getötet, und auch seine ganze Armee, Ayesha?«

»Es scheint mir, daß ich das durch die Axt Umslopogaas' getan habe, und mit Hilfe Eurer Truppenführung, Allan. Warum also sollte ich meine Kraft vergeuden, wenn die Eure in meinen Händen lag?«

»Weil Ihr keine Macht über Rezu besaßt, wie Ihr mir gestanden habt.«

»Habe ich Euch nicht gesagt, daß meine Worte wie Schneeflocken sind, dafür bestimmt, zu schmelzen und keine Spur zu hinterlassen, meine Gedanken zu verbergen, so wie dieser Schleier meine Schönheit verbirgt? Vielleicht liegt Wahrheit hinter meinen Worten, doch nicht die Wahrheit, die Ihr sucht. Damit ist Eure Frage ausreichend beantwortet, und was das andere betrifft, so bezweifle ich, ob Rezu wirklich glaubte, daß ich keine Macht über ihn hätte, als er mich dort auf diesem Berggrat auf seine Armee herabschweben sah wie einen Geist der Nacht. Nun, vielleicht werde ich das eines Tages erfahren, und auch viele andere Dinge.«

Ich antwortete nicht, denn welchen Sinn hätte es, mit einer Frau zu argumentieren, die mir geradeheraus erklärte, daß alles, was sie sagte, gelogen sei? Deshalb schwieg ich, obwohl ich sie sehr gern gefragt hätte, aus welchem Grund diese Amahagger einen solchen Respekt vor dem Talisman hatten, den Hans die Große Medizin nannte, da ich jetzt fast sicher war, daß die erste Erklärung, die sie mir dazu gegeben hatte, nicht der Wahrheit entsprach.

Doch als wir das Haus verließen, kam sie wie durch irgendeinen Zufall selbst darauf zu sprechen.

»Ich will Euch sagen, Allan«, erklärte sie, »aus welchem Grund diese Amahagger Euch nicht als General akzeptieren wollten, bevor ihr Blick auf das Bildnis fiel, das Ihr auf Eurer Brust tragt. Ihre Legende über dieses Ding scheint von Wilden oder ihren gerissenen Priestern erfunden worden zu sein und wird von einem weisen Mann, wie Ihr es seid, natürlich nicht geglaubt, wie so vieles andere, das Ihr in Kôr gehört habt. Und dennoch steckt ein Körnchen Wahrheit darin, denn wie es sich vor kurzem ergab – vor etwa hundert Jahren, würde ich sagen –, besuchte der alte Zauberer, dessen Bildnis in das Elfenbein geschnitzt ist, jene, die vor mir meine Stelle als Herrscherin dieses Stammes inne hatte – sie war mir sehr ähnlich, und, wie ich vermute, meine Mutter, Allan –, wegen ihres Rufes großer Weisheit. Zu jener Zeit bestand, wie ich erfahren habe, die Gefahr eines Krieges zwischen den Verehrern Lulalas und dem Großvater Rezus. Doch dieser Zikali erklärte dem Volk Lulalas, daß es nicht gegen das Volk Rezus kämpfen dürfe, bis zu dem Tag, an dem ein weißer Mann Kôr besuchen und bei sich ein Stück Elfenbein tragen würde, das in der Gestalt eines Zwerges, Zikalis selbst, geschnitzt war. Erst dann, auf keinen Fall vorher, sollten sie kämpfen und würden Rezu besiegen. Diese Geschichte ist nun von Generation zu Generation weitergegeben worden, und Ihr, die Ihr ihre erste Version zu magisch empfunden hattet, werdet sie jetzt in dieser einfachen Form sicher begreifen, ist es nicht so, o weiser Allan?«

»O ja!« antwortete ich. »Ich begreife nur nicht, wie Zikali vor hundert Jahren hergekommen sein kann, da Menschen nicht so lange leben, obgleich er das von sich behauptet.«

»Richtig, Allan, ich begreife es auch nicht, doch vielleicht war es sein Vater, oder sein Großvater, der damals hergekommen ist, und da Ihr ein aufmerksamer Beobachter seid, wißt Ihr natürlich, daß mißgestaltete Eltern oft mißgestaltete Kinder zur Welt bringen, und auch, daß manchmal die Kunst der Zauberei mit dem Blut vererbt wird.«

Wieder antwortete ich nicht, da ich erkannte, daß Ayesha mich zum besten hielt, und bevor sie diese Quelle des Amusements erschöpfen konnte, erreichten wir die Stelle, wo Umslopogaas und seine Männer um ein Feuer saßen. Umslopogaas saß schweigend, doch Goroko schilderte farbig und gestenreich den Verlauf des Kampfes, zumindest des Teils davon, den er gesehen hatte, den beiden verwundeten Männern, die nicht daran teilgenommen hatten und die jetzt, auf ihren Decken liegend, die Köpfe vorgestreckt, diesem schillernden Bericht fasziniert lauschten. Plötzlich erblickten sie Ayesha, und alle, die stehen konnten, sprangen auf die Füße, und sie erwiesen ihr den königlichen Gruß *Bayète*.

Sie wartete, bis er verklungen war, dann sagte sie: »Ich bin gekommen, Euch zu danken, Schwinger der Axt, der sich im Kampf hervorragend bewährt hat, um Euch zu sagen, daß meine Geister mir versichert haben, jeder von euch, ja, auch die, welche noch krank sind, wird sicher in die Heimat zurückkehren und dort sein Leben einst in Ehren beenden.«

Wieder salutierten sie, als sie diese erfreuliche Botschaft hörten, die ich ihnen natürlich übersetzen mußte, da sie kein Arabisch verstanden.

»Man hat mir gesagt, o Umslopogaas, Sohn des Löwen, wie ein gewisser König in Eurem Land genannt wurde«, fuhr sie dann fort, »daß der Kampf, den Ihr gegen Rezu ausgetragen habt, ein großartiger Kampf gewesen sei, und daß ein solcher Sprung wie der Eure über seinen Kopf hinweg, als Ihr ihn in die hinteren Teile seines Körpers schluget, wo er keinen Panzer trug, und ihn dadurch töten konntet, noch nie zuvor gesehen wurde und nie wieder gesehen werden wird.«

Ich übersetzte ihre Worte Umslopogaas, dem die Wahrheit wichtiger war als Bescheidenheit, und er darum antwortete, daß dem so sei.

»Für diesen Kampf und diesen Sprung, und für andere Taten, die Ihr vollbracht habt und noch vollbringen werdet«, fuhr Ayesha fort, »wird Euer Name, wie mir meine Geister versichern, für viele Generationen in den Geschichten Eures Volkes fortleben. Doch was nützt der Ruhm einem Toten? Deshalb will ich Euch ein Angebot machen. Bleibt hier bei mir, und Ihr sollt über dieses Volk der Amahagger herrschen, und über die vom Volke Rezus, die übriggeblieben sind. Eure Rinder werden unzählbar sein, Eure Frauen die schönsten des ganzen Landes, und Eure Kinder zahlreich, denn ich werde einen gewissen Bannfluch von Euch lösen, so daß Ihr nicht länger kinderlos bleibt. Nehmt Ihr mein Angebot an, o Träger der Axt?«

Als Umslopogaas alles verstanden hatte, dachte er eine Weile nach und fragte dann, ob das bedeute, daß ich in diesem Land bleiben und die weiße Herrin heiraten wolle, die so weise Worte spreche und nach ihrem Willen auf dem Schlachtfeld erscheinen und wieder verschwinden könne und die ihren Kopf verberge wie ein Berggipfel in einer Wolke, was seine Art war, auf ihren Schleier hinzudeuten.

Ich antwortete ihm sofort und mit Nachdruck, daß nichts davon in meiner Absicht läge, und bereute meine Worte sofort, denn obwohl ich in Zulu gesprochen hatte, konnte sie wahrscheinlich die Bedeutung meiner Worte von meinem Gesicht ablesen. Auf jeden Fall aber verstand sie, in welche Richtung sie zielten.

»Sagt ihm, Allan«, bat sie mich mit eisiger Höflichkeit, »daß Ihr nicht hier bleiben und mich heiraten werdet, denn falls ich jemals einen Ehemann erwählen sollte, so bestimmt nicht einen so kleinen Mann, der vor der Tür steht, und an dessen Herz schon die Hände so vieler Frauen angeklopft haben, ja, selbst solcher, die schwarz sind, und zumeist nicht vergebens, wie ich glaube. Ein Mann, noch dazu, der sich für so klug hält, daß er glaubt, nichts mehr lernen zu müssen, und der in jeder Blume der Wahrheit, die man ihm zeigt, ganz gleich, wie schön oder selten sie sein mag, nur

Gift riecht und allein die häßliche Wurzel der Lüge sieht, die sich vom Verfall ernährt. Sagt ihm meine Worte, Allan, wenn es Euch gefällt.«

»Es gefällt mir nicht!« sagte ich, wütend über ihre Beleidigungen.

»Das ist auch nicht nötig, Allan, da ich, wenn ich die Bedeutung der Worte, die Ihr in jener barbarischen Sprache gesagt habt, richtig verstanden habe, Ihr es ihm bereits gesagt habt. Doch lassen wir den Scherz beiseite, o Mann, der am wenigsten von allem danach verlangt, Ayeshas Ehemann zu sein, und den Ayesha als letzten zu ihrem Gemahl erwählen würde, und fragt den Axt-Träger nichts mehr, da ich sehe, daß er ohne Euch nicht in Kôr bleiben wird. Und es ist auch nicht bestimmt, daß er bleiben soll, denn jetzt verrät mir mein Geist, was er bisher vor mir verborgen hielt, nämlich, daß dieser Krieger in einem großen Kampf sterben wird, der weit entfernt von hier ausgetragen werden wird, und daß zwischen jetzt und dann viel Leid auf ihn wartet, der nicht weiß, mit der Ausnahme bei der Einen, wie man die Liebe einer Frau erringt. Nun laßt ihn nur noch sagen, welche Belohnung er für seine Dienste verlangt, und wenn ich sie ihm geben kann, so soll sie ihm gehören.«

Wieder übersetzte ich. Umslopogaas hörte sich ihre Prophezeiungen in stoischer Ruhe an, sogar mit Gleichgültigkeit, wie es mir erschien, und sagte zur Antwort nur: »Der Ruhm, den ich gewonnen habe, ist die einzige Belohnung, die ich mir selbst erringen wollte, und die einzige, die ich aus den Händen dieser Königin erwarte, ist, daß sie mir, so sie es kann, den Anblick jener Frau verschafft, nach der mein Herz hungert, und mit diesem Anblick die Gewißheit, daß diese Frau in jenem Lande lebt, in das ich einstens reisen werde, wie alle Menschen.«

Als Ayesha diese Worte vernommen hatte, sagte sie: »Das ist wahr, ich hatte es vergessen. Und Euer Herz ist auch hungrig, o Allan, wie ich glaube, nach dem Anblick mehrerer Gesichter, die Ihr nicht mehr seht. Nun, ich will mein Bestes tun, doch da allein der Glaube Erfüllung bringt, und wenn ich für jemand, der so ungläubig ist wie Ihr, Allan, versuche, die Pforten des Dunkels aufzustoßen, wie kann ich dann wissen, ob sie sich auf mein Wort öffnen werden? Doch kommt zu mir, Ihr beiden, morgen, wenn die Sonne untergeht.«

Dann winkte sie mit der Hand, zum Zeichen, daß das Gespräch beendet sei, trat zu den Verwundeten und berührte sie der Reihe nach.

»Jetzt werdet ihr sehr rasch gesunden«, sagte sie, wandte sich um und war im Dunkel verschwunden, bevor ich ihr zu folgen vermochte.

## 20

## *Die Pforte des Todes*

Bevor ich schlafen ging, untersuchte ich die verwundeten Männer noch selbst, ehrlich gesagt nur, um festzustellen, wann sie wieder marschfähig sein würden, so daß wir diesen Krater von Kôr verlassen konnten, dessen ich recht müde geworden war. Wer mochte auch schon an einem Ort verweilen, an dem er nicht nur in harte, zweifelhafte und äußerst gefährliche Kämpfe verwickelt worden war, an denen nicht das geringste persönliche Interesse vorlag, durch die er jedoch in ein perfektes Spinnennetz der Verwirrungen eingewebt wurde, und bei denen er noch dazu laufend Beleidigungen über sich ergehen lassen mußte?

Denn dies ist es, was der Kern des Ganzen war: Diese Ayesha nahm jede Gelegenheit wahr, mich zu verspotten und zu demütigen. Und warum? Nur weil ich es mir gestattete, gewisse Zweifel über ihre erstaunlichen Geschichten zu hegen – was sie irgendwie herausfand –, mit denen sie mich vollstopfte, so wie eine Bauersfrau eine Gans nudelt. Wie konnte sie von mir, der ich schließlich ein Mann mit einiger Erfahrung war, erwarten, daß ich ihr solche Lügen abnehmen würde, wobei sie mir auch noch vor weniger als einer halben Stunde äußerst kühl und sachlich selbst eingestanden hatte, daß es Lügen seien, die sie mir aus reiner Freude am Spiel der Phantasie auftischte?

Dieser unsterbliche Rezu, zum Beispiel, der vom Kelch des Lebens getrunken habe und ähnlicher Unsinn, stellte sich jetzt als nichts anderes heraus, als der herkulische Abkömmling einer Sippe, die ebenfalls Rezu genannt wurden, während die unsterbliche Ayesha, die gleichfalls vom Kelch des Lebens getrunken hatte, gemeinsam mit ihrer Mutter hergekommen war, welche hier die gleiche Rolle als Herrscherin über einen finsteren und äußerst widerlichen Stamm arabischer Wilder gespielt hatte. Und dennoch war sie wütend auf mich, weil ich ihre grobe und unverdauliche Mixtur von Fabel und Philosophie nicht fraglos geschluckt hatte.

Zumindest vermute ich, daß das ihr Grund dafür war, obwohl eine andere mögliche Erklärung in mir aufdämmerte. Ich hatte mich geweigert, ihrem Charme zu erliegen, nicht etwa, weil ich von ihm nicht beeindruckt gewesen wäre, denn wer könnte das, nachdem er diese blendende Schönheit gesehen hatte, wenn auch nur für einen Augenblick, sondern weil ich nach verschiedenen Erfahrungen endlich eine gewisse Urteilsfähigkeit erlangt hatte und wußte, was man besser nicht berühren sollte. Vielleicht hatte das sie verärgert, besonders da seit langer Zeit kein weißer Mann mehr in ihre Nähe gekommen war, und dieses Hirngespinst von Kallikrates sich nicht blicken ließ, wie er es versprochen hatte. Außerdem war es bedauerlich, daß sie auf irgendeine Weise – ich frage mich noch immer, wie ihr das möglich war – Umslopogaas' Frage, ob ich sie heiraten wollte, und meine kompromittierende Antwort darauf, verstanden hatte. Nicht etwa, das war mir völlig klar, daß sie mich zu heiraten wünschte. Doch diese Tatsache, die von meinem Bewußtsein intuitiv erkannt wurde, konnte sie nicht im mindesten daran hindern, wütend auf mich zu sein, weil ich ihre Ansicht über ein ihr sehr wichtiges Thema mit ihr teilte.

Oh, wie mich das alles langweilte, und je eher ich dieser verschleierten Dame und den zwar interessanten, doch äußerst ermüdenden Ruinen, in denen sie wohnte, den Rükken kehren konnte, desto besser, obwohl es mir offensichtlich beschieden war, mit einer bedauernswerten jungen Frau nach Hause zu trecken, die geistesgestört war, und die Knochen ihres unglückseligen Vaters zurücklassen zu müssen. Ich mußte mir jedoch eingestehen, daß die vom Schicksal beschiedene Situation auch ihre Vorteile hatte, da Robertson, seit er dem Alkohol entsagt hatte, alles andere als ein fröhlicher Reisegefährte gewesen war, und ein Treck mit zwei Verrückten wirklich mehr gewesen wäre, als ich verkraften hätte können.

Um zum Thema zurückzukommen: aus diesem Grund untersuchte ich die beiden verwundeten Zulus sehr gründlich – nur um wieder ein Beispiel des Humbugs festzustellen, mit dem Ayesha sich amüsierte. Denn was mußte ich feststellen? Daß sie praktisch völlig gesundet waren. Ihre Wunden, ohnehin nicht sehr ernst, waren in der sauberen Luft wunderbar verheilt, was bei den Wilden immer schnell geht, und sie versicherten mir, daß sie sich gesund und kräftig fühlten. Und Ayesha hatte mir mit der ihr eigenen Unverschämtheit weismachen wollen, daß sie eine Wunderkur auf Menschen zur Anwendung brächte, die bereits geheilt waren! Doch das war in völliger Übereinstimmung mit ihrem bisherigen Verhalten, und ich konnte jetzt nichts anderes mehr tun, als zu Bett zu gehen, was ich mit einem Gefühl unendlicher Dankbarkeit dafür tat, daß mein Ruheplatz diese Nacht nicht woanders lag. Das letzte, woran ich mich erinnerte, war meine Frage, wie, um alles in der Welt, es ihr gelungen sein konnte, im Verlauf des Kampfes auf dem Schlachtfeld zu erscheinen und wieder zu verschwinden, ein Rätsel, zu dem ich keine Lösung zu finden vermochte, obwohl ich mir sicher war, daß mir irgendwann eine einfallen würde, so wie es bei den anderen der Fall gewesen war.

Ich schlief wie ein Bär, so ungewöhnlich tief, daß ich vermutete, irgendein Schlaf- und Beruhigungsmittel mit dem Muntermacher, der wie Sherry aussah, zu mir genommen zu haben, besonders da die anderen, die davon getrunken hatten, ebenfalls außergewöhnlich gut geschlafen hatten.

Ich erwachte gegen zehn Uhr des folgenden Tages und fühlte mich ungewöhnlich frisch, als ob ich die letzte Woche am Meer verbracht hätte und nicht bei recht anstrengenden Abenteuern, darunter entsetzlichen Kämpfen und einigen Situationen, bei denen ich das Gefühl hatte, daß das Schicksal meine Nummer aufgerufen habe.

Ich verbrachte den größten Teil dieses Tages mit Nichtstun, Essen und einer Unterhaltung mit Umslopogaas und seinen Kriegern über die Einzelheiten des Schlachtverlaufs, wobei ich mehr als gewöhnlich rauchte. Ich vergaß zu erwähnen, daß diese Amahagger einen ausgezeichneten Tabak anbauten, von dem ich mir einen kleinen Vorrat besorgt hatte. Sie selbst rauchten ihn nicht, sondern schnupften ihn lediglich. Ehrlich gestanden fühlte ich mich nach all meinen übernatürlichen Erlebnissen und den Anspannungen, all den Strapazen körperlicher und geistiger Art, wie jenes Dienstmädchen, das auf seinen Grabstein die Botschaft einmeißeln ließ, sie sei in ein besseres Land gegangen, um ihren Lebenswunsch erfüllen zu können, eine Ewigkeit lang nichts zu tun. Ich wollte lediglich einen Monat in völliger körperlicher und geistiger Trägheit verbringen, doch da ich wußte, daß bestenfalls ein oder zwei freie Tage dabei herauskommen würden, war ich entschlossen, das Beste daraus zu machen.

Mit dem Ergebnis, daß ich mich schon vor Anbruch des Abends äußerst gelangweilt fühlte. Ich ging zu Inez, die noch immer tief im Schlaf lag, wie Ayesha es vorausgesagt hatte, deren Wangen jedoch weniger eingefallen und rosiger wirkten. Der Grund dafür sei, wie ich auf Befragen von den Krankenpflegerinnen erfuhr, daß sie von Zeit zu Zeit so weit wach geworden wäre, um erhebliche Mengen von Milch, oder besser gesagt Sahne, trinken zu können. Ich sprach mit den verwundeten Zulus, die wieder auf den Beinen waren und sich noch mehr langweilten als ich, und Flüche auf die Geister ihrer Ahnen häuften, weil sie nicht so rechtzeitig gesund geworden seien, um an der Schlacht gegen Rezu teilnehmen zu können.

Ich unternahm sogar einen kleinen Spaziergang, um nach

Hans zu suchen, der auf mysteriöse Art verschwunden war, doch der Nachmittag war durch ein aufkommendes Gewitter so heiß und drückend, daß ich bald ins Haus zurückging und über eine ganze Palette von Fragen nachdachte, die ich sicher nicht näher beschreiben muß.

Während ich damit beschäftigt war, und auch mit dem etwas beunruhigten Grübeln über das, was uns nach Sonnenuntergang erwarten mochte, denn ich war mir sicher, daß es eine schwere Belastung werden würde, tauchte Hans auf und informierte mich, daß das *Impi* der Amahagger sich an dem Ort versammelt habe, an dem ich zu dem stolzen Rang ihres Generals erhoben worden war, und daß er glaube – woher er diesen Glauben hatte, weiß ich nicht –, die Weiße Hexe wolle eine Parade abnehmen und die Belohnungen verteilen, die sie im Kampf verdient hatten. Sobald Umslopogaas und die anderen Zulus diese Nachricht gehört hatten, erklärten sie, daß sie diese Parade gerne sehen würden, und fragten, ob ich sie begleiten wolle. Obwohl ich nicht das geringste Bedürfnis spürte, jemals wieder einen Amahagger zu sehen, gab ich nach, allein um mir Streitereien zu ersparen, allerdings unter der Bedingung, daß wir uns das Spektakel aus einiger Entfernung ansehen würden.

Also machten wir alle, einschließlich der Verwundeten, uns auf den Weg und erreichten wenig später die zerfallene Mauer der alten Stadt, hinter der der breite, tiefe, ausgetrocknete Burggraben lag, der sie einfaßte.

Hier, auf der Krone der Mauer, wo wir sehen konnten, ohne gesehen zu werden, setzten wir uns und beobachteten, wie die Kampfeinheiten der Amahagger, durch die Verluste der Schlacht jetzt erheblich reduziert, in einer Entfernung von etwa zweihundert Metern von ihren Häuptlingen in eine Art Ordnung getrieben wurden. Wir sahen auch zwei Gruppen von Männern, die von Kriegern bewacht wurden. Wir nahmen an, daß es sich um Gefangene der Armee Rezus handelte, die, wie Hans mit einem genüßlichen Schmatzen bemerkte, sicher geopfert werden sollten. Ich erklärte, daß ich das nicht hoffte und gähnte, da der

Nachmittag wirklich außergewöhnlich heiß war und das Wetter sehr seltsam. Die Sonne war hinter Wolken verschwunden, und feuchte Dampfwolken erfüllten die Luft so dicht, daß es zeitweilig dunkel wurde, und wenn sie sich für kurze Zeit verzogen, wirkte die Landschaft in diesem grauen, unheimlichen Licht verzerrt und unwirklich, wie es bei einer Sonnenfinsternis der Fall ist.

Goroko, der Medizinmann, starrte umher, zog schnüffelnd Luft in seine Nase und bemerkte dann orakelhaft, daß dies ›Zauberer-Wetter‹ sei und unzählige Geister umherschwirrten. Und ich war fast geneigt, ihm zuzustimmen, da ich mich äußerst ungemütlich fühlte, antwortete ihm jedoch lediglich, daß er in einem solchen Fall von Berufs wegen die Pflicht habe, sie von mir fernzuhalten. Natürlich war mir klar, daß die Luft elektrisch aufgeladen war, was meine Empfindungen erklärte, doch wünschte ich ehrlich, das Haus nicht verlassen zu haben.

Es muß während einer dieser Perioden tiefer Finsternis gewesen sein, als Ayesha auftauchte, um die Parade abzunehmen, denn als es ein wenig heller wurde, sah ich sie vor den Amahagger-Kriegern stehen, umgeben von einigen Frauen und Wachen, und offenbar dabei, eine Ansprache zu halten, denn obwohl ich kein Wort hören konnte, erkannte ich doch an den Gesten ihrer Hände und Arme, daß sie sprach. Wenn sie die Zentralfigur auf einer Bühne gewesen wäre, hätte kein Rampenlicht sie besser herausstellen können als die Lichter des Himmels über ihr. Plötzlich fiel durch die Wolkendecke, aus einem Loch darin, das wie ein Auge aussah, ein blutroter Sonnenstrahl auf sie, so daß allein sie unnatürlich deutlich sichtbar wurde, während überall um sie herum alles in Dunkel gehüllt war, in dem sich undeutlich schattenhafte Gestalten bewegten. Bestimmt sah sie seltsam, sogar unheimlich aus, als sie dort in dem roten Lichtstrahl stand, bis ich, der ich gerade aus einer Schlacht gekommen war, an ›die in Blut getauchten Kleider‹ denken mußte, einer Beschreibung im Alten Testament, das ich oft und gern las. Denn blutrot war sie von Kopf bis Fuß, eine hochaufragende Gestalt des Schreckens und des Zorns.

Das Auge im Himmel schloß sich, und der Strahl erlosch. Jetzt folgte einer der Intervalle grauen Lichts, und bei ihm sah ich, wie Männer vor sie gebracht wurden, anscheinend von den Gruppen von Gefangenen, die Wachen zu anderen führten, es mochte ein Dutzend sein, die schließlich in einer Linie vor Ayesha standen. Danach sah ich für eine Weile nichts, da Dunkelheit aus allen Teilen des Himmels herabzubrechen schien und alles, was auf Erden geschah, unsichtbar machte. Dann, nach einer Pause von etwa zwei Minuten, während derer absolute Stille herrschte, brach das Gewitter los. Es war ein sehr seltsames Gewitter; nach all meinen Erfahrungen afrikanischer Unwetter kann ich mich an keines erinnern, das ihm auch nur ähnlich war. Es begann mit dem üblichen kalten, heulenden Wind. Dieser erstarb bald wieder, doch plötzlich war der ganze Himmelsbogen von winzigen Blitzen erfüllt, die waagrecht zu zucken schienen, anstatt senkrecht zur Erde herabzufahren, und ein Gewebe feuriger Strahlen über den Himmel zogen.

Im Licht dieser Blitze, die irgendwie an einen dichten Schauer von Sternschnuppen erinnerten, obwohl ihre Geschwindigkeit und ihre Helligkeit größer waren, sah ich, daß Ayesha die Männer ansprach, die vor sie gebracht worden waren und nun niedergeschlagen und mit gesenkten Köpfen in einer langen Reihe standen, völlig frei, da ihre Wachen zurückgetreten waren.

»Wenn ich eine Belohnung von Rindern oder Frauen erhalten soll, würde ich bestimmt ein fröhlicheres Gesicht machen als diese Mondanbeter, Baas«, sagte Hans nachdenklich.

»Vielleicht käme es darauf an, wie diese Rinder und Frauen sind«, meinte ich. »Wenn die Rinder das Blutharnen hätten und deine Herde damit krank machen würden, oder wenn es wilde Bullen wären, die dich auf die Hörner nehmen, und wenn die Frauen alt und mager und zänkisch wären, dann würdest du sicher auch so ein Gesicht machen wie diese Männer, Hans.«

Ich weiß nicht recht, was mich diese Worte wählen ließ, doch glaube ich, daß es ein Gefühl bevorstehenden Todes oder Unheils war, vielleicht hervorgerufen von der bedrohlichen Umgebung, die von der Natur und dem seltsamen Drama, deren Zeuge wir waren, gebildet wurden.

»Daran habe ich nicht gedacht, Baas«, gestand Hans ein. »Doch es ist wahr, daß nicht alle Gaben gut sind, besonders nicht solche von Hexen.«

Während er das sagte, erstarben die kleinen, gewebeförmigen Blitze und eine tiefe Dunkelheit senkte sich herab, durch welche, hoch über unseren Köpfen, ein Wind heulte.

Plötzlich erstrahlte der ganze Himmel in einem hellen Licht, und in seinem Schein sah ich Ayesha hoch aufgerichtet und reglos stehen, ihre Hand auf die vor ihre stehende Linie der Männer ausgestreckt. Das Himmelsfeuer erlosch und wurde von Dunkelheit gefolgt, flammte jedoch Sekunden später mit einem noch intensiveren Licht wieder auf, das wie eine Feuerkaskade zur Erde herabstürzen zu schien und sich zu einer Art Flammenstrahl an der Stelle konzentrierte, an der Ayesha stand.

Durch die Flamme, oder vielmehr in ihrem Herzen, sah ich Ayesha und die vor ihr aufgereihten Männer stehen, so wie der große König die Jünglinge in dem siebenfach erhitzten Feuerofen stehen sah. Nur daß diese Männer nicht im Feuer einherwandelten; nein, sie taumelten zurück und stürzten zu Boden, und Ayesha allein blieb auf den Füßen, reglos, und die Hand noch immer ausgestreckt. Als nächstes kam wieder völlige Dunkelheit, und darin ein pausenloses Krachen von Donnerschlägen, unter denen die Erde erzitterte, während sie von den Klippen des Berges zurückgeworfen wurden. Nie zuvor in meinen Leben hatte ich einen so gewaltigen Donner gehört. Er versetzte die Zulus in eine solche Angst, daß sie sich auf den Boden warfen, mit Ausnahme von Umslopogaas und Goroko, deren Stolz sie auf den Beinen hielt, den letzteren vor allem, da er seinen Ruf als ›Himmels-Hirte‹ oder Herr der Stürme aufrechtzuerhalten hatte.

Ich muß gestehen, daß ich gern dem Beispiel der Zulus gefolgt wäre, da ich wirklich Angst hatte, von einem Blitzschlag getroffen zu werden. Doch – ich tat es nicht.

Endlich verstummte der Donner, und auf eine geheimnisvolle Weise erstarb gleichzeitig auch der Wind, so plötzlich wie ein Sturm auf einer Theaterbühne. Kein Tropfen Regen fiel, was schon an sich überraschend und äußerst ungewöhnlich war, doch an seiner Stelle senkte sich ein Schleier tiefster Stille auf die Erde herab. Allmählich hob sich das Dunkel wieder, und die am westlichen Horizont stehende Sonne trat hervor. Ihre Strahlen fielen auf die Stelle, an der die aufmarschierten Blöcke der Amahagger-Krieger gestanden hatten, doch jetzt war nicht ein einziger von ihnen mehr zu sehen.

Sie waren alle verschwunden, und Ayesha mit ihnen. So spurlos waren sie verschwunden, daß ich geglaubt haben würde, einer Illusion zum Opfer gefallen zu sein, wäre es nicht um die Reihe toter Männer gewesen, die dort sehr einsam wirkend auf dem Veld lagen, verloren und wie Punkte aus dieser Entfernung.

Wir starrten einander an, und dann sie, und dann sagte Goroko, daß er sich diese Toten gerne ansehen würde, weil er wissen wolle, ob der Blitz Menschen in Kôr genauso töte wie anderenorts, und auch, ob er sie mit einem Schlag getötet oder von einem zum anderen gesprungen sei, was er, als beruflicher Himmels-Hirte, von den Spuren an diesen Unglücklichen ablesen könne, wie er behauptete.

Da ich darauf ebenfalls neugierig war und einige Beobachtungen anstellen wollte, erklärte ich mich bereit, sie zu begleiten, und wir alle, mit Ausnahme der Verwundeten, die ich zurückhielt, da ich nicht wollte, daß sie sich überanstrengten, kletterten über die Trümmer der zerfallenen Mauer hinab und gingen über die Ebene zum Schauplatz der Tragödie, ohne eine Menschenseele zu sehen.

Dort lagen die Toten, elf Leichen, genauso in einer Reihe ausgerichtet, so wie sie vor Ayesha gestanden hatten. Sie lagen alle auf dem Rücken, mit weit aufgerissenen Augen und einem Ausdruck namenloser Angst auf ihren Gesichtern. Einige von ihnen erkannte ich wieder, wie Umslopogaas und Hans sie auch erkannten. Es waren Krieger und Häuptlinge, die unter meinem Kommando den Angriff auf

Rezu mitgemacht hatten, und von denen ich keinen mehr gesehen hatte, als wir den Grat erreichten, auf dem dann die Schlacht stattfand.

»Baas«, sagte Hans, »ich glaube, daß dies die Verräter sind, die sich weggeschlichen und Rezu von unseren Plänen berichtet haben, worauf er uns auf dem Grat angriff, bevor wir ihn auf der Ebene überfallen konnten, wie wir es so schön vorbereitet hatten. Auf jeden Fall war keiner von ihnen bei der Schlacht dabei, und ich habe gehört, wie die Amahagger von einigen von ihnen sprachen.«

Ich bemerkte, daß die Blitze, wenn dem so war, wirklich recht wählerisch gewesen sein mußten.

Währenddessen hatte Goroko die Toten einen nach dem anderen untersucht und rief: »Diese Verdammten sind nicht durch Blitzschlag getötet worden, sondern durch Hexerei. Es ist nicht eine Brandwunde in ihrem Fleisch, und auch ihre Kleidung ist nicht versengt.«

Ich überprüfte sie und stellte fest, daß alles zutraf, was er gesagt hatte. Die Leichen wirkten äußerlich völlig unversehrt. Von ihrem entsetzten Gesichtsausdruck abgesehen mochten sie im Schlaf eines natürlichen Todes gestorben sein.

»Hinterläßt ein Blitz immer Brandwunden?« fragte ich Goroko.

»Immer, Macumazahn«, antwortete er, »das heißt, wenn der, den er getroffen hat, tot ist, wie es diese sind, und nicht nur betäubt. Außerdem tragen die meisten von ihnen eiserne Messer, die zerfetzt oder zerschmolzen und deren Scheiden weggebrannt sein müßten. Doch diese Messer sehen aus, als ob sie gerade vom Hammer des Schmiedes und vom Wetzstein gekommen wären.« Und damit zog er einige von ihnen heraus und präsentierte sie mir.

Es stimmte absolut, und an dieser Stelle möchte ich sagen, daß meine Erfahrung mit der Gorokos durchaus übereinstimmte, da auch ich noch nie einen vom Blitz getöteten Menschen gesehen hatte, an dessen Kleidung dieser nicht wenigstens gewisse Spuren hinterlassen hatte.

»*Ow!* rief Umslopogaas. »Dies ist Hexenwerk, nicht

Himmelszorn. Dieser Ort ist verzaubert. Laßt uns von hier verschwinden, damit nicht auch wir erschlagen werden, die wir nicht das Schicksal dieser Verräter verdient haben.«

»Kein Grund zur Furcht«, sagte Hans, »da die Große Medizin Zikalis bei uns ist, die alle Blitze zusamenbündeln könnte, so wie eine alte Frau Reiser zusammenschnürt.«

Doch war Hans es, der trotz seines Vertrauens in die Große Medizin als erster davonlief, so schnell ihn seine Füße trugen. Also gingen wir ohne weitere Gespräche zu unserem Haus zurück, da die Zulus Angst hatten, und ich selbst zugeben mußte, daß ich die ganze Sache nicht begriff, obwohl es sicher eine ganz einfache Erklärung dafür gab.

Doch, wie immer die lauten mochte, dieses Kôr war ein mehr als seltsamer Ort, mit seinen finsteren Amahaggern, und seiner geheimnisvollen Königin, der ich noch immer, trotz aller inneren Überzeugungen des Gegenteils, Mächte zuzuschreiben geneigt war, die jenseits derer lagen, über die alle schönen und klugen Frauen verfügen.

Dieser Gedanke erinnerte mich daran, daß sie uns innerhalb einer Stunde oder so eine weitere Demonstration ihrer Macht versprochen hatte. Als mir das einfiel, begann ich zu bedauern, daß ich jemals um solche Manifestationen gebeten hatte, denn wer mochte wissen, woraus diese bestehen würden?

So sehr bedauerte ich es, daß ich entschlossen war, diese Verabredung zu vergessen, falls Ayesha nicht nach uns schicken lassen würde, wie sie es versprochen hatte. Glücklicherweise schien Umslopogaas denselben Vorsatz zu haben, denn er verschwand, um seine Abendmahlzeit zu essen, ohne auch nur ein Wort darüber zu verlieren. Also erwähnte auch ich ihm gegenüber nichts davon, und nachdem ich mich vergewissert hatte, daß Inez noch immer schlief, folgte ich seinem Beispiel und aß ebenfalls, jedoch ohne besonderen Appetit.

Als ich mit meiner Mahlzeit fertig war, versank eben die Sonne an einem absolut klaren Himmel, und da sich kein Bote sehen ließ, ging ich zu Bett, nachdem ich Anordnung gegeben hatte, daß ich nicht gestört zu werden wünsche.

Doch hier verließ mich mein Glück, denn als ich gerade meine Jacke ausgezogen hatte, erschien Hans und erklärte mir, daß der alte Billali draußen stünde und gekommen sei, um mich irgendwohin zu führen. Also blieb mir nichts anderes übrig, als meine Jacke wieder anzuziehen. Und bevor ich damit fertig war, trat Billali mit ungewohnter Hast herein. Ich fragte ihn, was los sei, und er sagte mir, daß der Große Schwarze vor der Tür stünde, ›mit seiner Axt‹.

»Die hat er immer bei sich«, antwortete ich. Dann, als mir der Grund für Billalis Angst einfiel, erklärte ich ihm, daß er sich nicht um ein paar flüchtig hingeworfene Worte eines im Grunde genommen sehr freundlichen Mannes kümmern solle, dessen Nerven nach übergroßer Provokation und Belastung versagt hätten. Der alte Knabe verbeugte sich zustimmend und strich sich den Bart, doch bemerkte ich, daß er ihn, da Umslopogaas in der Nähe war, mehr wie ein Schatten strich. Vielleicht glaubte er, daß Nervenzusammenbrüche sich wiederholen könnten wie Fieberanfälle.

Vor dem Haus fand ich Umslopogaas, der auf seine Axt gelehnt stand und zum Himmel emporblickte, an dem das letzte Rot verglomm.

»Die Sonne ist untergegangen, Macumazahn«, sagte er. »Und es wird Zeit, die Weiße Königin aufzusuchen, wie sie es befohlen hat, um zu erfahren, ob sie uns wirklich in jene Tiefe hinablassen kann, in der, wie behauptet wird, die Toten leben.«

Also hatte er es nicht vergessen, was mich ausnehmend verstörte. Um meine eigenen Zweifel zu verbergen, fragte ich ihn mit vorgetäuschtem Selbstvertrauen, ob er keine Angst davor hätte, die Reise ›in die Tiefe‹ zu machen, das heißt, ins Reich der Toten.

»Weshalb sollte ich Angst haben, die Straße zu beschreiten, die auf unser aller Füße wartet, und an deren Pforte wir Tag für Tag klopfen, besonders die von uns, die vom Krieg leben, wie du und ich es tun, Macumazahn?« fragte er mit einer stillen Würde, die mich beschämte.

»Ja, weshalb«, sagte ich, fügte jedoch im stillen hinzu, daß ich mich lieber auf einer anderen Straße befinden würde.

Dann brachen wir auf, ohne weitere Worte zu wechseln, wobei ich mich mit der Vorstellung aufrechterhielt, daß diese ganze Sache barer Unsinn war und ich nichts zu fürchten hatte.

Nur zu bald passierten wir den zerfallenen Torbogen und wurden auf die gewohnte Weise in die Gegenwart Ayeshas geführt. Während Billali, der die Vorhänge hinter uns zuzog und wie gewohnt draußen blieb, stellte ich zu meiner Verwunderung fest, daß Hans hinter mir hineingeschlichen war und sich in der Nähe des Zulus niedergehockt hatte, offensichtlich in der Hoffnung, übersehen zu werden. Es hatte den Anschein, wie ich irgendwie erriet, oder wie es mir im Verlauf unseres Besuches klar wurde, daß seine brennende Neugier seine Furcht vor der ›Weißen Hexe‹ überflügelt hatte. Oder vielleicht hoffte er herauszufinden, ob ihr verschleiertes Gesicht wirklich so häßlich war, wie er es annahm. Auf jeden Fall, dort hockte er in der Ecke, und falls Ayesha ihn bemerkt haben sollte, was ich glaube, da ich durch eine Bewegung ihres Kopfes bemerkte, daß sie in seine Richtung blickte, erwähnte sie es mit keinem Wort.

Eine Weile saß sie schweigend auf ihrem Thron und blickte Umslopogaas und mich an.

»Wie kommt es, daß Ihr so spät kommt?« fragte sie dann. »Solche, die ihre Geliebten suchen, sollten auf eilenden Füßen laufen, doch die Euren schleifen Euch hintennach.«

Ich murmelte irgendeine Entschuldigung, auf die sie sich nicht die Mühe machte, zu antworten, denn sie sprach sofort weiter.

»Ich vermute, Allan, daß Eure Sandalen, die geflügelt sein sollten wie die des römischen Gottes Merkur, vom grauen Blei der Furcht beschwert sind. Nun, das ist nicht verwunderlich, da Ihr hergekommen seid, um die Pforte des Todes zu durchschreiten, die von allen gefürchtet wird, selbst von Ayesha, denn wer kann wissen, was man hinter ihr finden mag? Fragt den Axt-Träger, ob er sich fürchtet.«

Ich tat es und übersetzte alles, was sie gesagt hatte, in die Zulu-Sprache.

»Sage der Königin«, antwortete Umslopogaas, als er es

verstanden hatte, »daß ich nichts anderes fürchte als die scharfen Zungen von Frauen. Ich bin bereit, die Pforte des Todes zu durchschreiten und nicht zurückzukehren, wenn sich das als notwendig erweisen sollte. Bei den Weißen ist das anders, wie ich erfahren habe; wegen gewisser düsterer Lehren, auf die sie hören, sprechen sie von zukünftigem Entsetzen, das wir, die wir schwarz sind, nicht fürchten. Wir glauben jedoch, daß es Geister gibt, und daß die Geister unserer Väter weiterleben, und wenn es möglich ist, so möchte ich erfahren, ob dem wirklich so ist, und vor allem möchte ich einen bestimmten Geist sehen, denn nur dafür bin ich in dieses weit entfernte Land gereist. Sage all dies der weißen Königin, Macumazahn, und sag ihr auch, daß ich, falls sie mich zu einem Ort schicken sollte, von dem es keine Wiederkehr gibt, ihr keine allzugroßen Vorwürfe machen werde, obwohl ich es vorziehen würde, im Kampf zu sterben. Ich habe gesprochen.«

Ich gab all dies an Ayesha weiter, und sie antwortete:

»Dieser schwarze Häuptling hat einen Geist, der so tapfer ist wie sein Körper, doch wie steht es mit Eurem Geist, Allan? Seid auch Ihr bereit, so viel zu riskieren? Wisset, daß ich Euch nichts versprechen kann, nur dieses: wenn ich die Bande Eurer Sterblichkeit löse und Eure Seele durch die tiefen Täler des Todes wandern lasse, was mir, wie ich glaube, möglich ist, obwohl ich mir selbst dessen nicht ganz sicher bin, müßt Ihr durch eine Pforte des Schreckens gehen, die hinter Euch durch einen Arm, der stärker ist als der meine, geschlossen werden mag. Was ihr hinter ihr finden werdet, weiß ich nicht, denn seid versichert, daß jeder von uns seinen eigenen Himmel hat, oder seine eigene Hölle, oder beides, wohin er früher oder später gehen muß. Also: wollt Ihr nun vorwärts gehen oder zurück? Trefft Eure Wahl, so lange noch Zeit dazu ist!«

Bei all diesen Worten fühlte ich das Herz in meiner Brust schrumpfen wie eine vertrocknete Walnuß, wenn ich diesen Vergleich verwenden darf, und mein Blut die Konsistenz und Temperatur von Eiskrem annehmen. Ich verfluchte mich ernstlich dafür, durch meine Neugier über Dinge, die zu begreifen uns nicht bestimmt ist, vor eine solche Wahl gestellt worden zu sein. Ich versuchte Zeit zu gewinnen, indem ich Ayesha fragte, ob sie mich auf dieser unheimlichen Expedition begleiten würde.

Sie lachte ein wenig, als sie antwortete.

»Denkt doch ein wenig nach, Allan! Wäre ich, deren Gesicht Ihr gesehen habt, die geeignete Begleiterin für einen Mann, der Frauen besuchen will, die einst die seinen waren? Was würden sie sagen oder denken, wenn sie Euch Hand in Hand mit einer wie mich sähen?«

»Das weiß ich nicht, und es interessiert mich auch nicht«, erwiderte ich verzweifelt, »doch dies ist die Art von Reise, bei der man einen Führer braucht, der den Weg kennt. Könnte nicht Umslopogaas vorerst allein gehen, und dann zurückkommen, um mir zu sagen, wie es ihm ergangen ist?«

»Wenn der tapfere und gebildete weiße Herr, gewappnet mit dem letzten Glauben dieser Welt, sich nicht schämt, die Ignoranz eines Wilden dafür zu mißbrauchen, ihn wie eine Feder hinauszuwerfen, um die Winde der Hölle zu prüfen, und ruhig abzuwarten, ob sie ihn unversengt zurückwehen oder ihn ins Feuer blasen werden, aus denen es keine Rückkehr gibt, könnte ich das vielleicht so befehlen, Allan. Fragt ihn doch selbst, ob er bereit ist, diese Aufgabe für Euch durchzuführen. Oder vielleicht den kleinen gelben Mann …«

Jetzt konnte Hans, der etwas Arabisch sprach und einen Teil ihrer Worte verstanden hatte, nicht länger an sich halten.

»Nein, Baas«, rief er aus seiner Ecke beim Vorhang, »nicht *mich*. Ich habe kein Interesse daran, Geister zu jagen, Baas, die keine Fährte hinterlassen, der man folgen kann, und die immer hinter einem sind, wenn man sie vor sich glaubt. Außerdem gibt es zu viele davon, die dort unten auf mich warten, und wie kann ich mich gegen sie wehren, solange ich noch nicht selbst ein Geist bin und ihre Art zu kämpfen kenne? Außerdem möchte ich hier sein, falls du sterben solltest, während dein Geist unterwegs ist, damit ich dich hübsch begraben kann.«

»Halte den Mund!« sagte ich scharf. Und dann, da ich Ayeshas Spott nicht länger ertragen konnte, denn ich war sicher, daß sie mich verspottete, erklärte ich mit aller Würde, die ich aufbringen konnte: »Ich bin bereit, die Reise durch die Pforte des Todes anzutreten, Ayesha, falls Ihr wirklich imstande sein solltet, mir den Weg dorthin zu weisen. Denn allein zu einem Zweck und zu keinem anderen bin ich nach Kôr gekommen, nämlich um zu erfahren, wenn das möglich sein sollte, ob jene, die auf der Welt gestorben sind, an einem anderen Ort weiterleben. Also, was muß ich tun?«

# 21

## *Die Lehre*

»Ja«, antwortete Ayesha mit leisem Lachen, »zu diesem Zweck allein, o wahrheitsuchender Allan, dessen Neugier so ungeheuer ist, daß die ganze, weite Welt sie nicht befriedigen kann. Ihr seid nicht nach Kôr gekommen, um Reichtum oder Land zu gewinnen, oder gegen Wilde zu kämpfen, und nicht einmal, um eine gewisse Ayesha aufzusuchen, von der der Zauberer Euch berichtet hatte, obwohl ich glaube, daß es euch immer reizt, den Schleier zu lüften, der die Herzen der Frauen verbirgt, wenn nicht ihre Gesichter. Ich war es jedoch, der Euch eigener Interessen wegen nach Kôr brachte, und nicht Euer Wunsch, auch nicht Zikalis Karte oder sein Talisman, denn wäre die weiße Jungfrau, die jetzt krank ist, nicht von Rezu verschleppt worden, hättet Ihr Eure Reise niemals zu Ende geführt und auch nicht den Weg hierher gefunden.«

»Wie konntet Ihr irgend etwas mit dieser Sache zu tun gehabt haben?« fragte ich irritiert, da meine Nerven angespannt waren und ich sagte, was mir gerade einfiel.

»Das, o Allan, ist eine Frage, über die Ihr Euch sehr lange den Kopf zerbrechen werdet, entweder unter der Sonne oder jenseits von ihr, wie auch über vieles andere, das mich betrifft, und das Euer kleiner Verstand, eingekerkert in seine eherne Schachtel aus Unwissenheit und Hochmut, heute noch nicht verstehen kann.

Zum Beispiel habt Ihr Euch, dessen bin ich sicher, gefragt, auf welche Weise die Blitze diese elf Männer getötet haben mochten, die Ihr vor etwa zwei Stunden untersucht habt, ohne irgendwelche Spuren an ihren Körpern zu hinterlassen. Gut, ich will Euch gestehen, daß es nicht Blitzschlag war, der sie tötete, obwohl die in mir ruhende Kraft für Euch in diesem Gewitter manifestiert wurde, sondern etwas, das der Medizinmann in Eurem Gefolge Zauberei nannte. Weil sie Verräter waren und meine Armee an Rezu verraten hatten, habe ich sie mit meinem Zorn und mit dem Stab meiner Macht getötet. Oh, ich weiß, daß Ihr es mir nicht glaubt, doch früher oder später werdet Ihr es glauben, da ich sonst, um Euren Wunsch zu erfüllen, Euch ebenfalls töten müßte – beinahe. Und darin liegt die Schwierigkeit, Allan. Euch ganz zu töten, wäre ein Kinderspiel, doch Euch nur soweit zu töten, daß Euer Geist freigesetzt wird, und doch eine Nische sterblichen Lebens in Euch zu belassen, durch die er zurückkriechen kann, ist äußerst schwierig; etwas, das allein ich zuwege bringe, und selbst ich bin mir dessen nicht ganz sicher.«

»Bite, versucht nicht, damit zu experimentieren ...«, begann ich, zutiefst entsetzt, doch sie unterbrach mich sofort.

»Stört mich nicht länger, Allan! Ihr mit Eurem Zittern und dem ständigen Wechseln seiner wankelmütigen Unsicherheit, auf daß Ihr nicht Schlimmeres hervorruft, als Ihr Euch träumen laßt, und auch den meinen unsicher macht, mein Können beeinträchtigt. Nein, versucht nicht zu fliehen, denn das Netz ist bereits über Euch geworfen, und Ihr könnt Euch nicht mehr regen, da Ihr gefangen seid wie eine kleine Wespe im Gewebe einer Spinne, oder wie ein Vogel von den Blicken von Basilisken.«

Das stimmte, denn ich stellte fest, daß ich, so sehr ich mich auch abmühte, kein Glied rühren, nicht einmal ein Augenlid bewegen konnte. Ich war an diese Stelle gebannt und konnte nichts anderes tun, als meine Torheit zu verfluchen und zu beten.

Inzwischen sprach sie immer weiter, doch von dem, was sie sagte, hörte ich kein Wort, da der mir verbliebene Verstand völlig damit ausgelastet war, mir bittere Vorhaltungen zu machen und meine Gebete zu sprechen.

Plötzlich glaubte ich Ayesha in einem Tempel sitzen zu sehen, denn sie wurde von Säulen eingerahmt, und hinter ihr befand sich ein Altar, auf dem ein Feuer brannte. Überall um sie herum befanden sich Schlangen, Kobras, wie jene, die sie, aus Gold geformt, um ihre Taille trug. Für diese Schlangen sang sie, und die Schlangen tanzten nach dem Klang ihrer Stimme; ja, mit züngelnden Zungen tanzten sie auf ihren Schwänzen! Was diese Szene für eine Bedeutung haben mochte, konnte ich mir nicht vorstellen, es sei denn, daß diese Meisterin der Magie ihre Vertrauten konsultierte.

Dann verschwand diese Vision, und Ayesha, und ihre Stimme schien von weit her zu kommen und verträumt zu klingen, und auch ihre wundervolle Schönheit wurde mir durch den Schleier sichtbar, als ob ich einen neuen Sinn erhalten hätte, der es mir ermöglichte, die Beschränkungen sterblichen Sehens zu überwinden. Und selbst in dieser verzweifelten Lage überlegte ich, daß es gut sei, wenn das letzte, was ich sehen würde, etwas so Wunderbares sein sollte. Nein, nicht das Letzte, denn aus den Augenwinkeln heraus sah ich, daß Umslopogaas, der auf dem Boden gehockt hatte, zurückgesunken war und nun wie ein Toter auf dem Rücken lag, die große Axt noch immer umklammert und über seinen Kopf gehoben, als sei er zu Eis erstarrt.

Danach geschahen entsetzliche Dinge mit mir, und ich spürte, daß ich starb. Ein gewaltiger Sturm schien mich zu packen und hin und her zu blasen wie ein Blatt im Herbstwind. Tiefe Dunkelheit senkte sich über mich, gefolgt von einem Aufstrahlen blendenden Lichts, das von Blitzen durchzuckt wurde. Ich stürzte von hohen Klippen hinab und wurde an deren Fuß von einer Kraft aufgefangen, die mich wieder himmelwärts schleuderte.

Aus diesen Himmeln wurde ich erneut hinabgeschleudert, in eine Art Strudel tintenschwarzer Nacht, in dem ich um und um herumgewirbelt wurde, stundenlang, wie es mir schien. Das Schlimmste jedoch war die Einsamkeit, unter der ich litt. Es schien, als ob es außer mir keine lebende Seele im ganzen Universum gäbe, niemals eine gegeben hatte und niemals eine geben würde. Ich hatte das Gefühl, als ob ich das Universum wäre, das auf ewig auf der Suche nach Gemeinschaft durch den Raum raste, und keine fand.

Dann schien mich etwas bei der Kehle zu packen, und ich wußte, daß ich gestorben war – denn die Welt floß unter mir hinweg.

Jetzt verließen mich alle Angst und alle sterblichen Gefühle, um durch einen neuen, geistigen Schrecken ersetzt zu werden. Ich, oder vielmehr mein körperloses Bewußtsein, schien vor Gericht gerufen worden zu sein, und das schlimmste dabei war, daß ich mein eigener Richter zu sein schien. Dort, eine Personifizierung kalter Gerechtigkeit, saß mein Geist, leuchtend geworden, auf einem Thron, und ihm näherte ich mich, in großer Furcht und unter Aufzählung aller meiner Missetaten. Es war, als ob ein Teil von mir sterblich geblieben wäre, denn ich konnte meine beiden Augen sehen, meinen Mund, und meine Hände, doch nichts anderes, und sie sahen sehr seltsam aus. Aus den Augen strömten Tränen, und aus dem Mund flossen Worte, und die Hände waren gefaltet, wie in Anbetung des dort thronenden und überragenden Geistes, der ICH war.

Es war mir, als ob dieser Geist mich fragte, wie mein Körper seinen Zweck erfüllt und sich seinem großen Ziel genähert habe, und als Antwort – oh! Was für eine erniedrigende Geschichte ich zu erzählen hatte. Sünde um Sünde, Schwäche um Schwäche, Fehler um Fehler; noch nie zuvor hatte ich erkannt, wie düster mein Register aussah. Ich versuchte das Bild durch das Aufzählen versuchter guter Taten aufzuhellen, doch der Geist wollte nicht darauf hören. Er schien zu sagen, daß er alles Gute zusammengelesen hätte und es kannte. Es war das Böse, das er jetzt wissen wollte, nicht das Gute, das ihn gebessert hatte, sondern das Böse, das ihm geschadet hatte.

Als ich das hörte, erhob sich in meinem Bewußtsein die Erinnerung an etwas, das Ayesha gesagt hatte, nämlich, daß der Körper im Tempel des Geistes wohne, welchen er oft verunreinige, und nicht der Geist im Körper.

Die Geschichte war erzählt, und ich erwartete das Urteil, mein eigenes Urteil über mich, das, wie ich wußte, ohne Frage angenommen und registriert werden würde, zum Guten oder zum Schlechten. Doch es erfolgte kein Urteilsspruch, denn bevor sich die Waage nach der einen oder der anderen Seite neigte, bevor er ausgesprochen werden konnte, wurde ich fortgerissen und hinweggeweht.

Durch die Unendlichkeit wurde ich gerissen, und während ich mit einer Geschwindigkeit, die größer war als die des Lichts, durch den Raum schoß, wurde mir die Bedeutung dessen klar, was ich gesehen hatte. Zum ersten Mal wußte ich, oder schien ich zu wissen, daß der Mensch *sich letztlich vor sich selbst verantworten muß;* daß er aus freiem Willen durch lange Äonen und über eine Million Stufen die Höhen erklimmt oder in die Tiefen steigt, die in seinem Charakter schlummern; daß aus dem, was er war, das entsteht, was er ist, und daß das, was er ist, den Keim für das legt, was er für immer und ewig sein wird.

Jetzt erblickte ich die Unsterblichkeit, und erhaben und schrecklich war ihr Antlitz. Sie drückte mich an ihre Brust, und von dem gewaltigen Kreis ihrer Arme wurde ich emporgehoben, ich, der ich jetzt wußte, daß er ohne Anfang und ohne Ende war, und doch weder die Vergangenheit noch die Zukunft kannte, außer daß diese voller Geheimnisse waren.

Unterwegs begegnete ich anderen, oder überholte sie, wenn sie die gleiche Reise machten. Robertson flog an mir vorbei und sprach zu mir, jedoch in einer Sprache, die ich nicht verstand. Ich sah, daß der Ausdruck von Wahnsinn aus seinen Augen verschwunden war, und daß sein Gesicht ruhig und vergeistigt wirkte. Die anderen Wanderer kannte ich nicht.

Ich erreichte eine Region blendenden Lichts; in mir stieg der Gedanke auf, daß ich die Sonne erreicht haben mußte, oder zumindest eine Sonne, obwohl ich keine Hitze verspürte. Ich stand in einem wunderbaren, schimmernden Tal, umgeben von Bergen, die in Flammen standen. Hohe Bäume standen in dem Tal, doch sie glühten wie geschmolzenes Gold, und ihre Blüten und Früchte sahen aus, als ob sie aus vielfarbigen Flammen geschaffen worden wären.

Das Tal war von unvergleichlicher Schönheit, doch für mich äußerst fremdartig und nicht zu beschreiben. Ich setzte mich auf einen großen runden Stein, der wie ein Rubin gleißte, ob vor Hitze oder Farbe, konnte ich nicht sagen, an den Rand eines Baches, der wie flüssiges Feuer erschien und von dem eine wunderbare Musik ertönte. Ich beugte mich hinab und trank von diesem Flammenwasser, und sein Duft und sein Geschmack waren wie der eines kostbaren Weins. Dort saß ich, unter den ausladenden Ästen eines Feuerbaums und betrachtete die seltsamen Blumen, die um mich herum wuchsen, mit den Farben wunderbarer Juwelen und von einem Duft, der sich nicht beschreiben läßt. Über mir flogen Vögel, deren Gefieder aussah, als sei es aus Saphiren, Rubinen oder Amethysten, und ihr Gesang war so süß, daß ich vor Entzücken hätte weinen können. Es war eine wunderbare Szene, und sie füllte mich mit einem Wonnegefühl, denn ich dachte an das Land, von dem versprochen wird, daß es dort keine Nacht geben soll.

Menschen tauchten auf, Männer, Frauen und sogar Kinder; woher sie kamen, konnte ich nicht feststellen. Sie flogen nicht, und sie gingen nicht; sie schienen auf mich zuzutreiben wie nicht festgemachte Boote mit einer Strömung. Sie waren ausnahmslos sehr schön, doch war ihre Schönheit nicht menschlich, obwohl ihre Gestalten und Gesichter denen von Männern und Frauen glichen, die dem Schönheitsideal nahegebracht worden waren. Keiner von ihnen war alt, und, mit Ausnahme der Kinder, auch nicht sehr jung; es war, als ob sie vorwärts und rückwärts auf die Lebensmitte zugewachsen wären und dort in ihrem besten Zustand verharrten.

Und jetzt kam das Wunder: alle diese Menschen waren mir bekannt, obwohl ich mich nicht erinnern konnte, einen von ihnen schon einmal gesehen zu haben, und doch war ich sicher, daß ich in irgendeinem vergessenen Leben oder irgendeiner vergessenen Epoche jedem einzelnen von ihnen sehr nahe gestanden hatte, und daß es die Tatsache meiner Präsenz und der Ruf meines Unterbewußtseins waren, die sie zu dieser Stelle gezogen hatten. Doch waren meine Präsenz und der Ruf für sie nicht sichtbar oder hörbar, die, wie ich vermute, auf einem Strom des Mitfühlens trieben, ohne zu wissen, warum und wohin. Wenn ich so gewesen wäre wie sie, hätten sie mich vielleicht sehen können; unter den gegebenen Umständen sahen sie jedoch nichts, und ich konnte nicht sprechen und ihnen von meiner Anwesenheit sagen.

Einige dieser vielen Menschen aber kannte ich sehr gut, selbst wenn sie vor vielen, vielen Jahren gestorben waren, doch eines stellte ich bei allen fest: daß jeder, ob Mann, Frau oder Kind, jemand war, für den ich Liebe, oder Freundschaft, oder Sympathie empfunden hatte. Niemand von ihnen war jemand, den ich nicht gemocht hatte, oder den ich nicht wiederzusehen wünschte. Falls sie überhaupt sprachen, so konnte ich ihre Sprache nicht hören, doch bis zu einer gewissen Grenze konnte ich ihre Gedanken vernehmen.

Viele von ihnen lagen jenseits meiner Verständnisgrenze und behandelten Themen, über die ich nichts wußte, oder die zu hoch für mich waren, andere jedoch befaßten sich mit einfachen Dingen, wie sie auch uns auf der Erde beschäftigen, wie Freundschaft, oder Lernen, oder Reisen, die man gemacht oder vorhat, oder Kunst, oder Literatur, oder die Wunder der Natur, oder sie handelten von den Früchten der Erde, wie man sie in dieser Region kannte. Und auch dies bemerkte ich: daß jeder einzelne Gedanke von einer Atmosphäre von Gebeten oder himmlischer Hoffnung umgeben zu sein schien, so wie der Same von seiner Blüte, oder eine Frucht von ihrer duftenden Schale, und daß dieses Gebet, oder diese Hoffnung den Gedanken forttrugen, wohin, weiß ich nicht. Auch waren alle diese Gedanken, selbst die bescheidensten, gut und vergeistigt; nichts Grausames oder Unreines oder selbst Grobes haftete ihnen an; sie strahlten Mitgefühl und Güte aus.

Unter all diesen Gedanken entdeckte ich keinen, der irgend etwas mit unserer Erde zu tun hatte; sie und ihre Angelegenheiten schienen von diesen Denkern weit hinter sich gelassen worden zu sein, eine Erkenntnis, die meine Seele gefrieren ließ. Noch schlimmer: soweit ich es feststellen konnte, galt keiner der Gedanken dieser hellen Wesen, die mir irgendwo in den Massen von Raum und Zeit einmal nahe gestanden hatten, mir oder etwas, das mit mir zu tun hatte.

Zwischen ihnen und mir befanden sich eine breite Kluft und eine hohe Mauer.

Oh! Sieh! Eine Frau kam glänzend wie ein Stern auf mich zu, und aus einer anderen Richtung eine zweite, mit taubenfarbenen Augen und von großer Schönheit, und mit ihr eine Frau, deren Augen den ihren glichen, und von der mein Herz mir sagte, daß es ihre Mutter sei.

Ich kannte sie beide gut; es waren jene, die zu suchen ich hergekommen war, die Frauen, die auf Erden mein gewesen waren, und bei ihrem Anblick wurde mein Geist beglückt. Bestimmt würden sie mich entdecken. Bestimmt würden zumindest sie von mir sprechen und meine Gegenwart spüren.

Aber obwohl sie sich mir auf zwei Schritte näherten, war dem nicht so. Sie schienen einander zu küssen und rasch Gedanken über viele Dinge auszutauschen, über erhabene Dinge, von denen ich nicht schreiben will, und über gewöhnliche Dinge, ja, selbst über die schimmernden Roben, die sie trugen, doch nicht ein Wort über mich! Ich versuchte mich zu erheben und auf sie zuzugehen, konnte es jedoch nicht; ich versuchte zu ihnen zu sprechen, konnte es jedoch nicht; ich versuchte ihnen meine Gedanken entgegenzustrecken, konnte es jedoch nicht; sie fielen auf meinen Kopf zurück und wurden wie Steine himmelwärts geschleudert.

Die Frauen waren absolut von mir getrennt, fern und unerreichbar, und ich weinte bittere Tränen, weil ich ihnen so nahe war, und doch so fern. Eine dumpfe, eifersüchtige Wut brannte in meinem Herzen, und dies schienen sie zu fühlen, oder zumindest bildete ich es mir ein; auf jeden Fall, anscheinend auf gemeinsame Absprache, entfernten sie sich von mir, als ob etwas sie schmerze. Ja, meine Liebe konnte ihre perfektionierten Wesen nicht erreichen, doch meine Wut schaffte es.

Während ich so saß und die Wurzel der Bitterkeit kaute, erschien ein Mann, ein sehr vornehmer Mann, in dem ich meinen Vater erkannte, jünger und glücklicher aussehend, aber doch mein Vater, und mit ihm kamen weitere, Männer und Frauen, die ich als meine Brüder und Schwestern erkannte, welche in jungen Jahren im weit entfernten Oxfordshire gestorben waren. Jubel stieg in mir auf, denn diese würden mich sicherlich erkennen und mich willkommen heißen, da gleiches Blut doch gleiches Blut spüren mußte.

Doch dem war nicht so. Sie sprachen miteinander oder tauschten Gedanken aus, aber keiner davon handelte von mir. Ich las etwas, das von meinem Vater zu ihnen überging. Es war eine Spekulation darüber, was sie alle hier zusammengeführt haben mochte, und ich las auch die Antworten, die darauf hinausliefen, daß es vielleicht dazu sei, um irgendeinen Unbekannten willkommen zu heißen, der sich von unten her nähere und sich einsam und freudlos fühlen mochte. Worauf mein Vater erwiderte, daß er einen solchen einsamen Wanderer weder sehen noch fühlen könnte und deshalb glaube, daß dem nicht so wäre, da es seine Aufgabe sei, solche bei ihrer Ankunft zu begrüßen.

Dann, von einer Sekunde zur anderen, waren sie alle verschwunden, und die wunderbare, glühende Ebene war leer, bis auf mich, der ich auf dem Rubin-Stein saß, und in meiner Seele blutige Tränen der Scham und der Enttäuschung weinte.

So saß ich lange Zeit, bis ich mir plötzlich einer neuen Gegenwart bewußt wurde, einer dunklen und erhabenen Präsenz, die in kostbare, barbarische Roben gekleidet war. Sie kam direkt auf mich zu, wie ein geschleuderter Speer, und ich erkannte sie als eine wilde königliche Frau, von barbarischer Schönheit, die auf Erde Mameena genannt worden war, oder ›Seufzender Wind‹. Und *sie* –ja, *sie!* – spürte meine Anwesenheit, was andere nicht konnten.

»Bist du hier, Wächter der Nacht, um das Licht zu bewachen?« sagte oder dachte sie, ich weiß nicht welches von beiden, doch die Worte kamen in der Zulu-Sprache zu mir.

»Ja«, fuhr sie fort, »ich weiß, daß du hier bist. Aus einer Entfernung von tausend Meilen habe ich deine Anwesenheit gespürt und mich von meinem eigenen Ort gelöst, um dich willkommen zu heißen, obwohl ich dafür durch glühende Ketten und Sklaverei bezahlen werde müssen. Wie haben die dich willkommen geheißen, die zu sehen du gekommen bist? Haben sie dich in ihre Arme genommen und deine Stirn geküßt? Oder sind sie vor dir zurückgewichen, wegen des Geruchs nach der Erde, der an deinen Händen und Lippen haftet?«

Ich antwortete, daß sie mein Hiersein anscheinend nicht bemerkt hätten.

»Ja, sie haben es nicht bemerkt, weil ihre Liebe zu dir nicht groß genug ist, weil sie zu fein geworden sind für die Liebe. Ich, die Sünderin, bin es nicht, und ich bin bereit, alles für dich zu erleiden und dir einen Platz in meinem stürmischen Herzen zu geben. Also vergiß die anderen und komm zu mir, um mit mir zu herrschen, die ich nach wie vor eine Königin bin in meinem Haus, das ich mit dir teilen will. Dort können wir königlich leben, und wenn unsere Stunde kommt, haben wir wenigstens genossen, was wir genießen konnten.«

Bevor ich darauf antworten konnte, schien irgendeine Kraft dieses wunderbare Wesen zu packen und fortzuwirbeln, doch in meinem Bewußtsein klangen diese Worte nach, die mir von dem ihren zugesandt wurden:

»Für eine kurze Zeit lebe wohl, doch denke daran, daß Mameena, der Seufzende Wind, noch immer eine sündige Frau ist, mit der Liebe einer Frau, und von der Erde, irdisch, die dich gefunden hat, den alle anderen vergaßen. O Wächter der Nacht, bewache meine Nächte, denn dort sollst du das Kind des Sturmes wiederfinden, und immer wieder.«

Sie war fort, und wieder saß ich in völliger Einsamkeit auf jenem Rubin-Stein, starrte auf die Juwelen-Blumen und die wunderbaren flammenden Bäume, und auf das glühende Wasser des Baches. Was hatte dies alles zu bedeuten, fragte ich mich, und warum war ich von allen verlassen worden – mit Ausnahme von einer einzigen, einer Barbaren-Frau, und warum hatte sie die Fähigkeit, mich zu finden, die allen anderen verwehrt zu sein schien? Nun, sie hatte mir die Antwort darauf gegeben: weil sie ›eine sündige Frau war, mit der Liebe einer Frau, und von der Erde, irdisch‹, während es bei den anderen anders war. Oh! Dies war mir klar, daß im Himmel der Mensch keine Freunde unter den Himmlischen hat – außer vielleicht den Größten aller Freunde, der sowohl den Geist wie auch das Fleisch versteht.

Solcherart waren meine Gedanken in dieser flammenden Welt, die so wunderbar und so fremdartig war, in die ich unerwünscht und ungebeten eingedrungen. Und während ich so nachdachte, geschah dieses: Die feurigen Wasser des Baches wurden aufgestört, und ich entdeckte den Grund dafür.

Ein Hund war in sie hineingesprungen und paddelte auf mich zu. Auf einen Blick erkannte ich, daß es der Hund war, den ich seit Jahrzehnten nicht gesehen hatte. Er war ein Bastard, zur Hälfte Spaniel, zur Hälfte Bull-Terrier, der über viele Jahre der Gefährte meiner Jugend gewesen war, und der schließlich auf den Hörnern eines Wildebeest gestorben war, das mich angegriffen hatte, nachdem ich auf dem Veld vom Pferd gestürzt war. Tapfer war er auf den wütenden Bullen losgegangen und hatte mir dadurch Zeit gegeben, aufzuspringen, mein Gewehr zu packen und den Bullen zu erschießen, doch ich kam zu spät. Der arme Hund hatte sein Leben für das meine hingegeben, denn er starb mit herausgerissenen Gedärmen, während er noch meine Hand leckte, und keine Schmerzen zu spüren schien. Dieser Hund – er hieß Smut – war es, der durch den Flammenbach schwamm oder zu schwimmen schien. Er krabbelte am diesseitigen Ufer empor, die Nase am Boden, und lief zielstrebig auf den Rubin-Stein zu, jaulend und schnuppernd.

Schließlich schien er mich zu sehen oder zu erspüren, denn er richtete sich auf die Hinterbeine auf, versuchte mein Gesicht zu lecken und winselte vor Freude, wie ich sehen konnte, obwohl ich nichts hörte. Tränen schossen mir aus den Augen, und ich beugte mich nieder, um dieses treue Tier zu umarmen und zu küssen, doch konnte ich das nicht tun, da es, genau wie ich, lediglich ein Schatten war.

Dann löste sich plötzlich alles in einem Katarakt vielfarbiger Flammen auf, und ich stürzte in einen unendlichen Abgrund des Dunkels.

Gewiß sprach Ayesha zu mir! Aber was sagte sie? Was sagte sie? Ich konnte ihre Worte nicht verstehen, doch ich hörte ihr Lachen und wußte, daß sie sich wieder einmal über mich lustig machte. Meine Augenlider wurden herabgezogen, wie in äußerster Müdigkeit; es war schwierig, sie zu heben. Als es mir endlich gelang, sah ich Ayesha vor mir auf ihrer Couch sitzen, und – dies bemerkte ich sofort – mit unverschleiertem Gesicht. Ich blickte um mich, sah nach Umslopogaas und Hans. Doch sie waren nicht da, wie ich es vermutet hatte, da Ayesha sonst nicht den Schleier von ihrem Gesicht entfernt hätte. Wir waren allein. Sie sprach auf ungewohnte Weise vertraulich mit mir, aber es war nicht die geringste Herablassung in ihrem Ton, wiewohl ihre Haltung königlich war wie immer.

»Du hast eine lange Reise hinter dich gebracht, Allan«, sagte sie, »und was du auf ihr gesehen hast, wirst du mir gleich berichten. Doch deinem Gesichtsausdruck entnehme ich, daß du froh bist, wieder Fleisch und Blut vor dir zu sehen, und nach der Gesellschaft von Geistern die einer sterblichen Frau zu haben. Komm also, setz dich neben mich und erzähl mir deine Geschichte!«

»Wo sind die anderen?« fragte ich, während ich mich langsam erhob, um ihrem Befehl nachzukommen.

»Fort, Allan, da sie genug von Geistern haben, wie ich

annehme, was bei dir vielleicht auch der Fall ist. Komm, trink dies und sei wieder Mensch! Trink es auf mein Wohl, deren Können und Macht dich sicher aus dem Land zurückgebracht hat, daß zu betreten die Füße der Menschen nicht gedacht sind.« Und damit nahm sie einen seltsam geformten Becher von dem Hocker, der neben ihr stand, und reichte ihn mir.

Ich leerte ihn bis auf den letzten Tropfen, ohne zu wissen und ohne mich darum zu kümmern, ob er Wein oder Gift enthielte, da mein Herz verzweifelt schien von seinem Versagen, und mein Geist zerdrückt von dem Gewicht seines großen Verrates. Ich vermute jedoch, daß es Wein war, denn der Inhalt des Bechers rann durch mich hindurch wie Feuer und gab mir meinen Mut und meine Lebensfreude zurück.

Ich trat auf die Empore, setzte mich auf die Couch, und lehnte mich an die abgerundete Lehne, so daß ich Ayesha von Angesicht zu Angesicht gegenübersaß, da sie sich mir zugewandt hatte, und ihre unverschleierte Schönheit erblickte. Eine ganze Weile sagte sie nichts, sah mich nur sehr aufmerksam an und lächelte, als ob sie darauf warte, daß dieser Becher seine Wirkung an mir zeigen würde.

»Jetzt, wo du wieder ein Mensch bist, erzähl mir, was du gesehen hast, als du mehr – oder weniger – als ein Mensch warst, Allan.«

Also berichtete ich ihr alles, denn irgendeine in ihr ruhende Kraft schien die Wahrheit aus mir herauszuziehen. Und meine Erzählung schien sie nicht sonderlich zu überraschen.

»Es steckt Wahrheit in deinem Traum«, sagte sie, als ich zu Ende gesprochen hatte, »und auch eine Lehre.«

»Dann war also alles nur ein Traum?« unterbrach ich.

»Ist nicht alles nur ein Traum, sogar das Leben selbst, Allan? Und wenn dem so ist, was sonst kann das sein, was du gesehen hast, wenn nicht ein Traum innerhalb eines Traums, der in sich selbst andere Träume enthält, so wie in alten Zeiten eine jener Elfenbeinkugeln, die von Handwerkern des Ostens so meisterhaft gefertigt wurden, eine weitere Kugel enthielt, und diese eine weitere, und eine weitere, bis die innerste vielleicht eine vergoldete Perle enthielt, oder auch ein Juwel, was der Lohn war für den, der einen Ball aus dem anderen lösen könnte, ohne einen davon zu zerbrechen. Die Suche war schwierig, und nur selten wurde das Juwel gefunden, wenn überhaupt, so daß einige sagten, es wäre überhaupt keines vorhanden, sondern es existiere allein im Gehirn des Herstellers. Ja, ich habe erlebt, daß ein Mensch verrückt wurde und sich töten wollte, weil er das Rätsel nicht lösen konnte. Um wieviel schwerer muß es dann sein, den Diamanten der Wahrheit zu finden, der im Herzen all unserer Träume verborgen liegt, und ohne den als Stütze sie nicht so geformt werden könnten, daß sie Wirklichkeit scheinen?«

»Aber war es denn wirklich ein Traum? Und wenn ja, was waren seine Wahrheit und seine Lehre?« fragte ich, entschlossen, ihr nicht zu erlauben, mich zu verwirren oder mir mit ihrem metaphysischen Geschwätz auszuweichen.

»Die erste Frage habe ich bereits beantwortet, Allan, so gut es mir möglich war, da ich nicht der Architekt dieser Kugel der Träume bin und es mir bislang noch nicht möglich ist, das strahlende Juwel in ihrem Innersten, dessen gefangene Strahlen ihre Substanz erhellen, klar zu erkennen, da diese Helligkeit so schwach ist, daß nur solche, welche über die Einsicht eines Gottes verfügen, das Strahlen in der Nacht des Denkens wahrnehmen können, da es für die meisten so unsichtbar ist wie Glühwürmchen im hellen Licht des Tages.«

»Doch was waren dann die Wahrheit und die Lehre?« wiederholte ich, da ich einsah, daß es hoffnungslos war, von ihr eine klare Aussage über den wahren Charakter meiner Erlebnisse zu bekommen, und ich mich mit ihren Schlußfolgerungen aus ihnen zufrieden geben mußte.

»Du hast mir gesagt, Allan, daß du in deinen Träumen oder Visionen dich selbst auf einem Thron sitzen sahst, und in diesem Selbst deinen Richter erkanntest. Das ist die Wahrheit, von der ich sprach, wie sie jedoch den Weg durch die schwarze und ignorante Schale eines gefunden hat, dessen Verstand so gering ist, bleibt mir unerklärlich, da ich glaubte, sie wäre allein mir enthüllt worden.«

(Jetzt glaubte ich, Allan, den Ursprung all dieser Phantasien erkennen zu können, und auch daß Ayesha zum ersten Mal einen Fehler begangen hatte. Wenn sie eine Theorie hatte und ich in einem hypnotischen Zustand dieselbe Theorie entwickelte, war es nicht schwer, ihre Quelle zu entdecken. Ich hielt es jedoch für besser, zu schweigen, und glücklicherweise schien sie jetzt ausnahmsweise meine Gedanken nicht lesen zu können, vielleicht, weil sie zu stark darauf konzentriert war, ihr glitzerndes Netz glattzüngiger Worte zu spinnen, mit dem sie mich einzufangen versuchte.)

»Alle Menschen verehren ihren eigenen Gott«, fuhr sie fort, »und doch scheint keiner zu erkennen, daß Gott in ihnen wohnt, und daß sie ein Teil von ihm sind. Dort lebt er, und dort formen sie ihn nach ihrem eigenen Willen, so wie ein Töpfer seinen Ton formt, doch ganz gleich, welche Gestalt er unter ihren Fingern anzunehmen scheint, immer bleibt er Gott, unendlich und unveränderlich. Trotzdem ist er der Sucher und der Gesuchte, das Gebet und seine Erfüllung, die Liebe und der Haß, die Tugend und das Laster, da die Alchimie seines Geistes all diese Dinge zu einem letztendlichen und ewigen Guten verwandelt. Denn der Gott ist in all diesen Dingen, und alle Dinge sind in Gott, den die Menschen mit so verschiedenen Roben bekleiden, und dessen Antlitz sie hinter zahllosen Masken verbergen.

Im Baum fließt der Saft, doch was weiß der große Baum, den er ernährt, von diesem Saft? Im Schoß der Welt brennt das große Feuer, das Leben spendet, doch weiß das Feuer von der wunderbaren Erde, die es geschaffen hat und die es einst zerstören wird? Im Himmel ziehen die riesigen Kugeln durch den Raum und gönnen sich niemals Rast, doch was wissen sie von der Kraft, die sie in Bewegung gesetzt hat, und die eines Tages ihre machtvollen Bahnen unterbrechen oder sie auf einen anderen Kurs lenken wird? Deshalb ist dieser allgegenwärtige Gott von allem der Richter, oder vielmehr, nicht einer, sondern viele Richter, da er aus jeder lebenden Kreatur deren eigenen Richter macht, um nach den Gesetzen einer jeden Kreatur, welche der Gott von Anbeginn an für sie festgelegt und erlassen hat, Recht zu sprechen. Also existiert in der Brust einer jeden eine Regel, und durch diese Regel, die durch eine endlose Kette von Leben weitergereicht wird, soll sie am Ende zum Himmel emporgehoben oder gebunden und in die Hölle und in den Tod hinabgestoßen werden.«

»Ihr meint das Gewissen, Ayesha?« meinte ich ziemlich matt, da ihre Worte und ihre Metaphern mich überwältigten.

»Ja, das Gewissen, wenn du so willst und wenn du nur diesen Begriff verstehst, denn er paßt nur schlecht in mein Thema. Das ist es, was ich meine, doch jene Gewissen, wie du sie zu nennen beliebst, sind vielfältig. Ich habe eines, du, Allan, hast ein anderes, der schwarze Axt-Träger hat ein drittes, der kleine gelbe Mann ein viertes, und so weiter, und so weiter, durch die ganze Zahl der lebenden Kreaturen hindurch, denn selbst ein Hund, wie du ihn sahst, hat ein Gewissen und muß, genau wie du oder ich, am Ende sein eigener Richter sein, wegen des Funkens, der von oben auf ihn herabgekommen ist, wegen desselben Funkens, der in mir zu einem großen Feuer aufloderte, und in dir zu einer schwelenden Glut von grünem Holz geworden ist.«

»Wenn Ihr eines kommenden Tages über Euch selbst zu Gericht sitzen werdet, Ayesha«, fuhr es mir heraus, »so werdet Ihr Euch hoffentlich daran erinnern, daß die Bescheidenheit nicht eben zu Euren Tugenden zählt.«

Sie lächelte auf eine sehr lebhafte Art – nur zwei- oder dreimal habe ich sie so lächeln gesehen, und dann war es wie der Blitz eines Sommergewitters, der einen wolkenverhangenen Himmel erhellte, da ihr Gesicht sonst meistens ernst und sogar düster war.

»Gut geantwortet«, sagte sie. »Wenn man einen Patienten genügend reizt, wird sogar er wild werden und mit den Hufen den Boden scharren.

Bescheidenheit! Was habe ich damit zu schaffen? Laß die Bescheidenheit das Los der Kleinen und Niedrigen sein, doch solche, die herrschen, wie ich es tue, und deren gibt es nur wenige, laßt in dem Ruhm und dem Glanz erstrahlen, wie sie es verdienen. Damit habe ich dir die Wahrheit dessen gesagt, was du in deinen Träumen sahst, willst du jetzt auch die Lehre hören?«

»Ja«, antwortete ich, »da ich es so rasch wie möglich hinter mich bringen möchte, und da es zweifellos gut für mich sein wird.«

»Die Lehre, Allan, ist jene, die du predigst: Bescheidenheit. Eitel und närrisch wie du bist, wolltest du doch in die Unterwelt hinabsteigen, um solche zu suchen, die dir einmal alles bedeuteten – nein, nicht alles, da es zwei mehr von ihnen gab –, doch zumindest sehr viel. Das wolltest du tun, weil du sagtest, da du zu wissen verlangtest, ob sie noch immer lebten jenseits der Pforten des Dunkels. Ja, du sagtest dies, doch was du in Wirklichkeit erfahren wolltest, war etwas anderes. Du wolltest wissen, ob sie dort in *dir* weiterleben, und in dir allein. Denn so sahst du in deiner Eitelkeit diese davongegangenen Seelen, daß sie in dem Himmel, den sie erlangt hatten, nichts anderes tun würden, als an dich zu denken, der du noch immer auf der Erde vergraben bist, und dein Los gelegentlich mit anderen Küssen als den ihren erleichtertest.«

»Niemals!« schrie ich wütend. »Niemals! Das ist nicht wahr!«

»Dann bitte ich um Verzeihung, Allan, die dich nur nach anderen beurteilt hat, die Männer waren, wie Männer nun einmal sind, und denen man deshalb keinen Vorwurf daraus machen kann, daß sie sich von Zeit zu Zeit Frauen zuwenden, die leider auch so sind, wie sie sind. So jedenfalls war es, als ich die Welt kannte, doch vielleicht ist seitdem auch der kostbarste Wein zu Wasser geworden, womit ich sagen will, daß er besser geworden ist. Zumindest war dies dein Gedanke, daß diese Frauen, die für eine Stunde dein waren, in alle Ewigkeit an nichts anderes denken könnten, als an deine Vollkommenheit, und nichts anderes erhoffen würden, als dich wieder an ihrer Seite zu sehen, oder zumindest den Teil von dir, den du für jede von ihnen durch die Ewigkeit zu geben bereit warst. Denn du hast vergessen, daß es andere geben mag, die noch besser sind als du und mehr geeignet, die Liebe einer Frau halten zu können, die, wie wir auf Erden wissen, ständig wechselhaft ist und vielleicht so bleiben muß, damit immer neue Lichter aufglänzen und neue Verlockungen winken. Verstehst du mich, Allan?«

»Ich glaube«, antwortete ich stöhnend, »ich verstehe, was Ihr mir sagen wollt. Daß irdische Eindrücke sich bald erschöpfen, und daß Menschen, die in andere Sphären gegangen sind, dort neue Verbindungen knüpfen und die alten vergessen können.«

»Ja, Allan, genau wie die, die auf dieser Erde verbleiben, wenn die anderen fortgegangen sind. Nehmen Frauen und Männer noch immer neue Gatten, wie sie es zu früheren Zeiten taten, Allan?«

»Natürlich – das ist gesetzlich erlaubt.«

»Wie viele andere Dinge, oder vielleicht die gleichen, mag es auch anderenorts erlaubt sein, denn wenn es so viele Möglichkeiten des Wechsels gibt, warum sollte man immer nur in dem einen Haus bleiben, ganz egal, wie eng die neuen Räume sein mögen, und wie bescheiden die Aussicht?«

Da ich nun verstand, daß ich die ›engen Räume‹ und die ›bescheidene Aussicht‹ symbolisierte, hätte ich eigentlich wütend werden sollen, wenn nicht ein gewisser Humor mir zu Hilfe gekommen wäre, der mich daran erinnerte, daß Ayeshas Satire einen tiefen Wahrheitsgehalt aufwies. Warum, um alles in der Welt, oder vielmehr jenseits der Welt, sollte irgend jemand sich wünschen, unabdingbar und für immer an eine Persönlichkeit wie die meine gefesselt zu sein, besonders wenn solche überlegene Qualität um sie herum in Hülle und Fülle vorhanden war? Jetzt, da ich daran zu denken begann, erkannte ich meine Erwartung als absurd und überzogen, vor allem inmitten von Tausenden neuer und lebendiger Interessen. Ich hatte lediglich eine weitere Enttäuschung erlebt, das war alles.

»Verstehst du, Allan«, fuhr Ayesha fort, die offensichtlich

entschlossen war, daß ich diesen Kelch bis auf den letzten Tropfen leeren sollte, »daß diese Sonnenmenschen, oder Bewohner jenes fernen Planeten, auf dem du nach deiner Erzählung gewesen bist, dich nicht sahen und keinen Gedanken auf dich verschwendeten? Es könnte deshalb sein, daß du zu der Zeit nicht in ihren Gedanken warst, während sie zu anderen Zeiten vielleicht ständig von dir träumten. Oder vielleicht träumen sie auch nie von dir und haben dich völlig vergessen, so wie ein entwöhnter Welpe seine Mutter vergißt.«

»Zumindest war jemand da, der sich an mich zu erinnern schien«, rief ich, denn ihr giftiger Hohn nahm mir die Worte. »Eine Frau – und ein Hund!«

»Ja, die Wilde, die, da sie ein Naturkind war, eine Sünderin, durch ihre eigene Tat davongegangen ist.« (Woher Ayesha das wußte, kann ich nicht sagen, da ich ihr nie darüber berichtet hatte.) »Die deshalb noch keine Vollendung erreicht hat und sich erinnert, wessen Kuß sich zuletzt auf ihre Lippen drückte. Aber gewiß, Allan, ist es nicht dein Wunsch, von den liebevollen, ordentlichen Umarmungen weißer Frauen in die tumultösen Leidenschaften einer wie dieser zu fallen. Aber lassen wir das, denn wer weiß, was Männer aus Eifersucht oder Enttäuschung tun oder nicht tun werden? Und der Hund hat sich ebenfalls an dich erinnert und ist zu dir gekommen, da Hunde treuer und ergebener sind als Menschen. Nun also hast du deine Lehre erteilt bekommen, nämlich, daß du bescheidener werden und dir nie wieder einbilden solltest, du könntest alle Herzen von Frauen auf ewig halten, nur weil sie für eine kurze Zeit auf Erden dir zugeneigt waren.«

»Ja«, antwortete ich, und sprang wütend auf, »wie Ihr es sagtet: Ich habe meine Lehre erteilt bekommen, und mehr davon, als ich haben wollte. Also werde ich mich jetzt, mit Eurer gütigen Erlaubnis, verabschieden, in der Hoffnung, Ayesha, daß Ihr, wenn es an Euch ist, eine Lehre erteilt zu bekommen, was, dessen bin ich sicher, auch eines Tages geschehen wird, Ihr diese mehr genießen werdet, als ich es getan habe.«

## 22
## *Ayeshas Abschied*

So sprach ich, dessen Nerven am Ende waren nach allem, was ich gesehen hatte, oder, wie selbst ich jetzt annahm, zu sehen geglaubt hatte. Denn wie konnte ich glauben, daß diese meine Besucher höheren Ursprungs gewesen waren, als nicht vielmehr Ayeshas hinterhältiger Phantasie entstammten? Ich hatte über diesen Punkt bereits meine Theorie gebildet. Sie mußte eine Meisterin in der Kunst der Hypnose sein, die, nachdem sie einen Menschen unter ihren Bann gebracht hatte, seinem Bewußtsein alle Phantasien einpflanzen konnte, die ihr gerade einfielen, zusammen mit einem Sammelsurium ihrer eigenen Theorien. Lediglich zwei Punkte blieben unklar. Der erste war: Woher bekam sie die notwendigen Informationen über einen bescheidenen Menschen wie mich, denn die waren nicht einmal Zikali bekannt, mit dem sie in irgendeiner Art in Verbindung zu stehen schien, und auch nicht Hans, zumindest nicht in dieser Vollständigkeit.

Ich konnte nur annehmen, daß sie sie auf irgendeine geheimnisvolle Weise aus meinem eigenen Verstand oder meiner Erinnerung gezogen oder, besser gesagt, gesogen hatte, so daß ich die zu sehen glaubte, mit denen ich einst vertraut gewesen war, mit einigen Veränderungen und in einer Umgebung, welche ihre Intelligenz sorgsam vorbereitet hatte. Es sollten einem Verstand wie dem ihren, der, wie ich vermutete, mit den Sagen der alten Griechen und Ägypter vertraut war, nicht schwerfallen, eine Art Hades zu schaffen, und ihn von einem Reich der Schatten zu einem heller Beleuchtung abzuwandeln, und das Bewußtsein dessen, den sie durch ihren Zauber in Schlaf versetzt hatte, dort hineinzuversetzen. Ich hatte nichts gesehen und nichts gehört, das sie nicht auf diese Weise geformt haben könnte, immer vorausgesetzt, daß sie Zugang zu den Fakten hatte, die nur ich allein ihr geben konnte.

Wenn man diese Hypothese als gegeben annahm, so erhob sich als zweite Frage: Was mochte der Zweck dieses subtilen und zugleich bitteren Scherzes sein? Nun, das glaubte ich erraten zu können. Einmal wollte sie ihre Macht unter Beweis stellen, oder vielmehr mir weismachen, daß sie Macht ungewöhnlicher Art besäße. Zweitens stand sie bei Umslopogaas und mir in der Schuld für unsere Dienste im Krieg gegen Rezu, die, wie sie uns zuvor versichert hatte, auf diese Art abgegolten werden würde. Drittens hatte ich sie auf irgendeine Art gekränkt, und sie hatte diese Gelegenheit wahrgenommen, um sich zu rächen. Und es gab auch noch eine vierte Möglichkeit: Daß sie sich tatsächlich als Moralapostel betrachtete und mir, wie sie gesagt hatte, eine Lehre erteilen wollte, indem sie mir zeigte, wie eitel alle menschlichen Hoffnungen und Einbildungen hinsichtlich der Hingeschiedenen und ihrer Gefühle waren.

Nun will ich nicht behaupten, daß diese ganze Analyse von Ayeshas Motiven mir während meines Gesprächs mit ihr eingefallen wäre; ich habe sie vielmehr erst sehr viel später und nach langem Nachdenken vervollständigen können, als ich sie als haltbar und richtig erkannt hatte. Zu jenem Zeitpunkt hatte ich allenfalls gewisse Vermutungen in dieser Richtung, war jedoch zu verwirrt, um mir eine klare Meinung bilden zu können.

Außerdem war ich zu wütend, und aus dieser Wut geschah es, daß ich den Speer losschleuderte, der ihr die fällige Lektion erteilen sollte. Vielleicht waren es gewisse Worte, die der sterbende Rezu gesprochen hatte, die diesen Speer geformt hatten.

Die Wirkung dieses Wurfs war jedoch bemerkenswert. Offensichtlich durchstieß der Speer eine Lücke in Ayeshas Panzer und bohrte sich direkt in ihr Herz. Sie wurde totenbleich; der pfirsichfarbene Teint wich aus ihrem Gesicht, ihre großen Augen verengten sich, ihre Wangen fielen ein. Sie wirkte einen Moment lang alt, sehr alt, sah wie eine uralte Frau aus. Und dann begann sie zu weinen, denn ich sah zwei Tränen auf ihr weißes Gewand tropfen.

»Was ist mit Euch?« fragte ich erschüttert.

»Nichts«, sagte sie, »außer daß du mich zutiefst verletzt hast. Weißt du nicht, Allan, daß es grausam ist, einem Menschen etwas Schlechtes zu prophezeien, da solche Worte, vom Bogen des Schicksals abgeschossen und mit giftigen Widerhaken besetzt, in der Brust eitern und vielleicht ihre eigene Erfüllung nach sich ziehen? Und noch grausamer ist es, wenn man mit ihnen Freundlichkeit und Freundschaft erwidert.«

Ich dachte mir: Ja, Freundschaft von der Art, die man geradeheraus nennt, und Freundlichkeit von der Art, wie sie in der samtenen Pfote einer Katze versteckt ist, begnügte mich jedoch damit, sie zu fragen, warum sie, die behauptete, so mächtig zu sein, überhaupt etwas fürchtete.

»Weil es, wie ich dir bereits sagte, Allan, keinen Panzer gibt, der den Speer des Schicksals ablenken kann, welcher, als ich deine Worte hörte, aus welchem Grund, kann ich nicht sagen, von deiner Hand geschleudert zu werden schien. Denk doch an Rezu, der sich für unbesiegbar hielt und doch von dem schwarzen Krieger der Axt erschlagen wurde, und dessen Knochen heute nacht den Hunger der Schakale stillen. Außerdem liegt ein Fluch auf mir, die ich einer Göttin ihren Diener stahl, um ihn zu meinem Geliebten zu machen, und wer weiß, wann und wo er mich schließlich treffen wird? Das heißt, eigentlich ist er bereits auf mich gefallen, die ich durch all die langen Jahre unter Wilden leben und allein trauern muß, doch noch nicht alles – oh! – noch nicht alles.«

Dann begann sie richtig zu weinen, und als ich sie anblickte, begriff ich zum ersten Mal, daß diese wunderschöne Frau, die so mächtig zu sein schien, eine der armseligsten Kreaturen war, und genauso ein Opfer der Einsamkeit und jeder Art von Unglück und Angst, wie es jede normale Sterbliche sein kann. Falls sie, wie sie behauptete – und was ich natürlich nicht glaubte –, das Geheimnis des Lebens entdeckt haben sollte, so war mir zumindest klar, daß sie das des Glücks verloren hatte.

Sie schluchzte leise und weinte eine Weile, und während sie das tat, kehrte die Schönheit, die sie für einen kurzen

Moment verloren hatte, auf sie zurück wie Licht auf einen Himmel, wenn graue, dunkle Wolken weiterziehen. Wie wunderschön sie war, mit ihren wirren Locken um ihr tränenfeuchtes Gesicht, wie unvorstellbar schön! Mein Herz zerschmolz, als ich sie anblickte; ich konnte an nichts anderes denken, als an ihre unvergleichliche Schönheit.

»Ich flehe Euch an, weint nicht«, sagte ich. »Es schmerzt mich, und es tut mir schrecklich leid, wenn ich irgend etwas gesagt haben sollte, das Euch weh getan hat.«

Doch sie schüttelte nur ihr wunderschönes Haar vor ihr Gesicht und weinte hinter seinem Schleier weiter.

»Wißt ihr, Ayesha«, fuhr ich fort, »Ihr habt viele harte Worte zu mir gesagt, mich zum Ziel Eures scharfen Spottes gemacht, und deshalb ist es nicht verwunderlich, daß ich Euch mit gleicher Münze zurückgezahlt habe.«

»Und hattest du sie nicht verdient, Allan?« murmelte sie mit leiser, gebrochener Stimme hinter dem Schleier duftender Locken hervor.

»Warum?« fragte ich.

»Weil du mich von Anfang an beleidigt hast, mir mit jedem Wort und mit jeder Geste zu verstehen gabst, daß du mich für eine notorische Lügnerin hieltest, für jemanden, dessen Geist und Körper es nicht wert sind, beachtet zu werden, die nicht einen freundlichen Blick verdienen, oder solche freundlichen Worte, wie sie mir von anderen zuteil geworden sind. Oh! Du hast mich zutiefst getroffen, und vielleicht habe ich mich deshalb – ich weiß es nicht – mit den armseligen Waffen verteidigt, die einer Frau zur Verfügung stehen, obwohl ich dir von Anfang an sehr zugetan war.«

Und wieder begann sie zu schluchzen, wiegte ihren Körper in Trauer hin und her.

Das war zu viel für mich. Da ich nicht wußte, was ich sonst tun konnte, um sie zu trösten, streichelte ich die elfenbeinerne Hand, die neben mir auf der Couch lag, und als das keinerlei Wirkung zeigte, küßte ich diese Hand, was sie nicht zu stören schien. Dann, plötzlich, erinnerte ich mich, und ließ sie fallen.

Sie schüttelte ihr Haar aus dem Gesicht, sah mich mit ihren großen Augen an und senkte dann den Blick auf ihre Hand.

»Was hast du Allan?«

»Oh! Nichts«, antwortete ich. »Ich erinnerte mich nur an die Geschichte von diesem Kallikrates, die Ihr mir erzählt habt.«

Sie runzelte die Stirn.

»Und was ist mit Kallikrates, Allan? Ist es nicht genug, daß ich um meiner Sünden willen an ihn gefesselt bin, wenn er bei mir ist? Muß ich die Fesseln dieses Kallikrates, dem ich sehr viel schulde, auch tragen, wenn er weit fort von mir ist? Sag mir, Allan, hast du ihn in jenem, deinem Himmel gesehen, wo er vielleicht sein mag?«

Ich schüttelte den Kopf und versuchte, über diese Sache nachzudenken, während ihre wundervollen Augen mir die Seele aus dem Körper zu ziehen schienen. Ich hatte den Eindruck, daß sie sich vorbeugte und mir ihr Gesicht entgegenhob. Ich verlor den Verstand und lehnte mich über sie.

Augenblicklich preßte sie ihre Hand auf mein Herz und sagte:

»Halt! Was hast du vor? Liebst du mich, Allan?«

»Ich glaube ... das heißt ... ja«, stammelte ich.

Sie lehnte sich auf der Couch zurück, von mir fort, und begann sehr leise zu lachen.

»Was für Worte sind das«, sagte sie, »die deinen Lippen da so leicht entschlüpfen, vielleicht aus langer Praxis? Oh! Allan, Allan, ich wundere mich über dich. Bist du wirklich der gleiche Mann, der mir noch vor wenigen Tagen sagte – und das ungefragt –, daß du eher daran denken würdest, den Mond zu lieben als mich? Bist du nicht jener, der noch vor einer Minute stolz geschworen hat, daß sein Herz und seine Lippen deine Engel nie betrogen hätten? Und jetzt, und jetzt ...?«

Ich errötete bis zu meinen Brauen und erhob mich.

»Laßt mich gehen«, murmelte ich.

»Nein, Allan, warum? Ich bemerke keine Spuren hier.« Und sie hielt ihre Hand vors Gesicht und betrachtete sie aufmerksam. »Du bist noch immer der, der du vorher gewesen bist, außer vielleicht in deiner Seele, die unsichtbar ist«, setzte sie mit einer Spur von Gehässigkeit hinzu. »Und ich bin nicht böse auf dich. Ehrlich gesagt, hättest du nicht versucht, meine Tränen zu stillen, wärst du als Mann in meiner Achtung sehr gesunken. Doch laß es auf sich beruhen und vergessen sein – oder in der Erinnerung bleiben, wie du willst. Doch in Antwort auf deine Worte wegen dieses Kallikrates: Was ist mit jenen, die du einst liebtest und jetzt, nach deiner Erzählung, an einem Ort des Lichtes wiedersahst? Meinst du, daß du, weil sie dir untreu schienen, ebenfalls untreu werden solltest? Schäm dich, du wankelmütiger Mensch!«

Sie schwieg und wartete darauf, daß ich sprechen möge.

Doch ich konnte es nicht. Ich fand keine Worte, da ich absolut beschämt und überwältigt war.

»Du glaubst also, Allan«, fuhr sie fort, »daß ich mein Netz über dich geworfen hätte – und das ist wahr. Gewinne Weisheit von mir, Allan, und stoß nie wieder eine Frau zurück, das heißt, wenn sie schön ist, denn nur dann ist sie stärker als du, denn die Natur hat sie, aus ihren eigenen Gründen, so gemacht. Was immer ich getan haben mag, war auf die eine oder die andere Weise zu deiner Belehrung, Allan, damit du davon profitieren sollst.«

Wieder sprang ich auf, stieß einen englischen Fluch aus, den Ayesha hoffentlich nicht verstand, und wieder gab sie mir einen Wink, mich zu setzen.

»Nein, verlaß mich noch nicht«, sagte sie, »auch wenn die kurzlebige Begeisterung für mich, die bei einem Mann wie dir kommt und geht wie der Abendwind, und mich dir lieb gemacht hat, vergangen ist, so bleibt doch noch eine gewisse Aufgabe, die wir gemeinsam lösen müssen. Obwohl du, der du immer nur an dich denkst, sie vergessen hast, nachdem du den von dir gewünschten Lohn erhieltest, bleibt noch der zu zahlen, den du dem alten Zauberer in einem fernen Land versprochen hast, der dich aussandte, um Kôr und mich aufzusuchen, und an den er mich vor einer knappen Stunde erinnerte.«

Diese erstaunlichen Worte rissen mich aus meinen

schmerzlichen persönlichen Grübeleien. Ich starrte sie ausdruckslos an.

»Wieder glaubst du mir nicht«, sagte sie mit einem leichten Aufstampfen ihres Fußes. »Tu es nicht noch einmal, Allan, oder ich werde dich, das schwöre ich dir, dazu bringen, vor mir auf dem Boden zu kriechen und meine Füße zu küssen und einen solchen Unsinn zu stammeln, daß du dein ganzes Leben lang niemals daran zurückdenken kannst, ohne schamrot zu werden.«

»O nein!« sagte ich erschrocken. »Ich versichere Euch, daß Ihr Euch irrt. Ich glaube jedes Wort, das Ihr gesagt habt, oder sagt, oder sagen werdet. Wirklich.«

»Jetzt lügst du. Doch was ist eine Lüge unter so vielen, also lasse ich sie durchgehen.«

»Ja, was ist eine Lüge unter so vielen?« sagte ich eifrig. »Doch was diese Nachricht Zikalis betrifft ...« Ich blickte sie abwartend an.

»Sie sollte mich daran erinnern, daß er wissen wollte, ob eine gewisse, große Unternehmung, die er vorhat, erfolgreich sein wird oder nicht. Ihre Einzelheiten, sagte er, kannst du mir erläutern. Also tu es!«

Da ich glücklich war, von gefährlicheren Themen fortzukommen, erzählte ich ihr so kurz und so klar, wie es mir möglich war, die Geschichte der Fehde des alten Zauberers mit dem königlichen Haus von Zululand. Sie hörte aufmerksam zu und nahm jedes meiner Worte in sich auf.

»Also will er jetzt wissen, wie es ausgehen wird, und ob er siegen oder besiegt werden wird«, sagte sie dann. »Und das ist der Grund dafür, daß er dich in dieses Land geschickt hat, nicht um deinetwillen, Allan, sondern um seinetwillen. Ich kann es dir nicht sagen, da ich nichts mit dem Ausgang dieser lächerlich kleinen Angelegenheit zu tun habe, obwohl sie ihm groß erscheinen mag. Trotzdem, da ich ihm etwas dafür schuldig bin, daß er den Axt-Träger zu mir geschickt hat, um mich von meinem Feind zu befreien, und dich, um mir meine Einsamkeit zu erleichtern, indem ich deinen Geist aufpoliere, will ich es versuchen. Stell diese Schale vor mich, Allan!« Sie deutete auf den marmornen

Dreifuß, auf dem eine mit Wasser gefüllte Kristallschüssel stand. »Nun setz dich neben mich, blicke hinein und sag mir, was du siehst.«

Ich tat, worum sie mich gebeten hatte, beugte mich über die Schale und starrte ins Wasser in der Haltung eines Menschen, der sich die Haare waschen lassen will.

»Dies kommt mir recht albern vor«, sagte ich dumpf, denn in diesem Augenblick ähnelte ich der Königin von Saba in zumindest einem Punkt, wenn nicht auch in anderen, nämlich daß kein Lebensgeist mehr in mir war. »Was soll ich tun? Ich sehe überhaupt nichts.«

»Blick noch einmal hinein«, sagte sie, und während sie sprach, verdunkelte sich das Wasser. Dann erschien ein Bild. Ich sah das Innere einer Kaffernhütte, von einer einzigen Kerze, die im Hals einer Flasche steckte, matt erhellt. Links von der Tür der Hütte befand sich eine Bettstatt, auf der ein ausgezehrter, sterbender Mann lag, in dem ich zu meinem Erstaunen Cetywayo, den König der Zulus, erkannte. Am Fußende der Bettstatt stand ein anderer Mann – ich selbst, um viele Jahre gealtert, und über die Gestalt auf dem Bett gebeugt, offensichtlich in das Ohr des Sterbenden flüsternd, hockte eine groteske, bösartige Gestalt, die ich als Zikali erkannte, den Öffner von Straßen, dessen glühende Augen das entsetzte und gequälte Gesicht Cetywayos anstarrten. Alles war so, wie es später wirklich passierte, und wie ich es in dem Buch *Finished* niedergeschrieben habe.

Ich beschrieb Ayesha das, was ich sah, und während ich es tat, verschwand das Bild, und nichts war mehr in der Schale als klares Wasser. Die Geschichte schien sie nicht sonderlich zu interessieren, denn sie lehnte sich ziemlich gelangweilt zurück.

»Dein Blick ist gut, Allan«, sagte sie gleichgültig, »und auch umfassend, da du sehen kannst, was auf der Sonne oder auf weit entfernten Sternen geschieht, und Bilder von Dingen im Wasser, gar nicht zu reden von anderen Bildern in den Augen einer Frau, und alles innerhalb einer Stunde. Nun, dieses barbarische Geschäft betrifft mich nicht, und ich will nichts mehr davon wissen. Doch sieht es so aus, als ob der alte Zauberer, der dein Freund ist, die Antwort erhalten hat, die er sich erwünscht. Denn dort in dem Bild lag der König, den er haßt, im Sterben, während er Flüche in sein Ohr zischte, und du das Ende beobachtetest. Was kann er mehr wollen? Sag ihm das, wenn ihr euch trefft, und sag ihm auch, daß es mein Wille ist, in Zukunft nicht mehr so viel von ihm belästigt zu werden, da ich es nicht mag, wenn man mich aus dem Schlaf reißt, nur um mir sein halbgebildetes Geschwafel, und seine barbarischen Ausdünstungen vorzusetzen. Und damit genug von ihm und seinen düsteren Komplotten. Ihr habt eure Wünsche gehabt, ihr alle, und ich habe sie euch erfüllt.«

»Überfüllt vielleicht«, sagte ich mit einem Seufzen.

»Ah! Allan, ich habe den Eindruck, daß die Lehre, die du erhalten hast, dich nur wenig freut. Doch tröste dich, das geht fast allen so. Hast du noch nie davon gehört, daß es nur einen bittereren Happen gibt als einen versagten Wunsch, nämlich einen erfüllten Wunsch? Glaub mir, daß es für den Menschen kein Glück gibt, bis er ein Land erreicht, wo alle Wünsche erloschen sind.«

»Das ist es, was Buddha predigte, Ayesha.«

»Ja, ich erinnere mich gut an die Lehre dieses weisen Mannes, der zweifellos einen Schlüssel zur Pforte der Wahrheit gefunden hat, doch nur einen, denn du mußt wissen, Allan, daß es deren viele gibt. Doch da Menschen nun einmal Menschen sind und deshalb Wünsche haben müssen, da sie sonst, jeden Strebens beraubt, aller Hoffnungen und Ängste, ja, sogar des Lebens selbst, aussterben würden, was nicht im Sinne des Herrn des Lebens ist, der einen Kindergarten für die Seelen seiner Diener braucht, wo sein Schwert des Guten und des Bösen sie nach seinem Muster zurechtschneiden kann. So kommt es, Allan, daß das, was wir für das Schlechteste halten, oft für uns das Beste ist, und mit diesem Wissen, können wir, wenn wir weise sind, unsere Bitterkeit mildern und unsere Tränen trocknen.«

»Das habe ich mir auch schon oft gedacht«, sagte ich.

»Das bezweifle ich nicht, Allan, denn obwohl es mir gefallen hat, mit dir meinen Scherz zu treiben, weiß ich doch, daß du deinen Anteil an der Weisheit besitzt, den kleinen Anteil, den du während deiner kurzen Jahre erwerben konntest. Ich weiß auch, daß dein Herz gut ist und hohe Ziele hat, und, mein Freund, ja, ich habe in dir wirklich einen Freund gefunden, was ich jetzt nicht zum erstenmal feststelle – und sicherlich auch nicht zum letztenmal. Achte auf meine Worte, Allan! Ich habe *nicht* ›Liebhaber‹ gesagt, sondern ›Freund,‹ was sehr viel mehr ist. Denn wenn die Leidenschaft mit dem Vergehen des Fleisches erlischt, was kann zurückbleiben, wenn es keine Freundschaft gibt, außer vielleicht ein paar Erinnerungen, die möglicherweise besser vergessen werden wollten? Ja, wie würden sich solche Liebende anderenorts wiedertreffen, die nicht *mehr* als Liebende gewesen sind? Mit Müdigkeit, möchte ich sagen, wenn sie einander in die leeren Seelen blicken, oder gar mit Widerwillen.

Deshalb werden die Weisen versuchen, sich solche, mit denen das Schicksal sie zusammenführt, zu Freunden zu machen, da sie sie sonst für immer verlieren würden. Und wenn sie noch weiser sind, werden sie, nachdem sie sie zu Freunden gemacht haben, dulden, daß sie sich Geliebte suchen, wo immer sie wollen. Das sind gute Grundsätze, nicht wahr? Doch schwer zu befolgen, oder zumindest nimmst du das vielleicht an.«

Sie schwieg und grübelte eine Weile vor sich hin, das Kinn in die Handfläche gestützt und ins Leere starrend. Ihr Gesicht bot jetzt einen völlig anderen Anblick, als ich bisher an ihr beobachtet hatte. Es besaß nun nicht mehr die Verlockung Aphrodites oder die Majestät Heras, sondern mochte das Athenes sein. So weise, so ruhig, so voller Erfahrung und Voraussicht, daß es mich beinahe ängstigte. Was war die wahre Geschichte dieser Frau, fragte ich mich, was war ihr wirkliches Ich, und was die Summe ihres angesammelten Wissens? Vielleicht war es nur ein Zufall, vielleicht aber konnte sie tatsächlich meine Gedanken lesen. Jedenfalls schienen mir ihre nächsten Worte auf eine gewisse Weise eine Antwort auf diese Spekulationen zu geben.

Sie hob den Blick, sah mich eine Weile nachdenklich an,

und sagte dann: »Mein Freund, wir werden uns jetzt trennen und uns während deiner Lebenszeit nicht wiedersehen. Oft wirst du dir Fragen stellen, die mich betreffen, so die, was ich in Wahrheit bin, und vielleicht wird dein Urteil mir am Ende zuschreiben, nur eine schöne Wandernde zu sein, die, von der Welt zurückgewiesen oder wegen ihrer Verbrechen aus ihr vertrieben, den Entschluß faßte, über eine Horde Wilder zu herrschen, ihnen die Rolle eines Orakels vorzugaukeln und den wenigen Reisenden, die sich in diese Abgeschiedenheit verirren mochten, seltsame Geschichten zu erzählen. Vielleicht spiele ich tatsächlich diese Rolle, neben vielen anderen, und wenn ja, so wird dein Urteil über mich nicht ungerechtfertigt sein.

Allan, in den alten Zeiten haben Seefahrer, die die nördlichen Meere befuhren, mir berichtet, daß dort inmitten von Nebeln und Stürmen Berge aus Eis treiben, die von gewaltigen Klippen ins Meer gestoßen wurden, die in ewiger Finsternis liegen und nie von der Sonne beschienen werden. Sie erzählten mir gleichfalls, daß über dem Busen des Ozeans Eis erschiene, das nur wie ein blauer, strahlender Punkt aussähe, unter welchem sich jedoch oft eine ganze gefrorene Insel befände, die für den Betrachter unsichtbar bleibt.

Eine solche Eisinsel bin ich, Allan. Von meinem Ich siehst du nur einen kleinen Gipfel, der im Licht glitzert oder von Sturmwolken gekrönt wird, so wie die Launen des Himmels es wollen. Doch in der Tiefe ruhen die weißen, breiten Fundamente, von den Wogen der Zeit zu Kavernen und Palästen ausgehöhlt, in denen mein Geist wohnt. Also sieh mich als weise und schön, doch mit einer dir unbekannten Seele und bete darum, daß du sie irgendwann in der Zukunft in ihrer ganzen Pracht erblicken kannst.

Wenn du anders gewesen wärst, als du bist, hätte ich dir vielleicht einige Geheimnisse enthüllt, dir die Parabel von vielem, das ich dir in Metaphern und verschiedenen Formen der Fabel andeutete, klargemacht, ja, und dir die große Gabe von Macht und Langlebigkeit überreicht. Doch von denen, die einen Schrein aufsuchen, werden zwei Dinge erwartet:

Anbetung und Glaube, da ohne diese das Orakel stumm bleibt und die heilenden Wasser nicht fließen.

Ich bin dieser Schrein, doch mir hast du keine Verehrung zuteil werden lassen, bis ich sie durch einen weiblichen Trick erzwang, und in mich setzt du keinen Glauben. Deshalb wird für dich das Orakel nicht sprechen, werden die Wasser der Erlösung nicht fließen. Und doch mache ich dir keinen Vorwurf, der du so bist, wie du geschaffen wurdest, und wie die harte Welt dich geformt hat.

Und so trennen wir uns voneinander. Denk jedoch nicht, daß ich weit fort von dir bin, weil du mich in der Zeit, die kommt, nicht sehen wirst, da ich, die die Menschen Ayesha nennen, genau wie Isis, deren Majestät ich immer noch allein auf Erden vertrete, in allen Dingen bin. Ich sage dir, daß ich nicht Eines sondern Vieles bin, und sowohl Hier wie Überall. Wenn du nachts unter den Sternen des Himmels stehst und zu ihnen emporblickst, denk daran, daß durch sie meine Augen dich sehen; wenn der sanfte Abendwind weht, so ist es mein Atem, den du auf deiner Stirn spürst, und wenn der Donner grollt, so bin ich es, die auf den Blitzen reitet und mit dem Sturm rast!«

»Wollt Ihr damit etwa sagen, daß Ihr die Göttin Isis seid?« fragte ich verwirrt. »Denn wenn dem so ist, warum habt Ihr mir dann gesagt, daß Ihr lediglich ihre Priesterin seid?«

»Nimm es, wie du willst, Allan. Nicht alle Töne erreichen dein Ohr; nicht alle Anblicke sind deinem Auge sichtbar, und deshalb bist du taub und blind. Vielleicht weilt der Geist dieser unsterblichen Göttin, da ihre Schreine zu Staub zerfallen sind und ihre Anbetung dem Vergessen anheimfiel, in der Gestalt dieser Frau auf Erden, obwohl ihr innerstes Wesen weit entfernt residiert; und vielleicht ist ihr anderer Name ›Natur‹, meine Mutter, und die deine, Allan. Und schließlich, besitzt nicht auch die Welt eine Seele – und könnte ich nicht von dieser Seele ein Teil sein – ja, und du ebenfalls? Und was das andere betrifft: sind der Priester und das Göttliche, vor dem er sich verneigt, nicht oft dasselbe?«

Ich hatte bereits die Antwort auf der Zunge: ja, wenn der

Priester ein Schurke ist oder unter Halluzinationen leidet, doch ich äußerte sie nicht.

»Lebe wohl, Allan, und nimm die Segenswünsche Ayeshas mit dir. Du wirst sicher zu deinem Heim zurückkehren, denn es ist alles vorbereitet, um dich dorthin zu bringen, und deine Gefährten mit dir. In Sicherheit wirst du noch viele Jahre lang leben, bis deine Zeit gekommen ist, und dann wirst du vielleicht jene, die du verloren hast, freundlicher vorfinden, als sie heute abend zu sein schienen.«

Sie erhob sich und richtete sich zu ihrer vollen Größe auf; ein majestätischer Anblick. Dann winkte sie mich zu sich heran, denn auch ich war aufgestanden und von der Empore herabgestiegen.

Ich trat vor sie, sie beugte sich zu mir herab und hielt ihre Hände über meinen Kopf, wie um mich zu segnen. Dann deutete sie wortlos auf den Vorhang, der in diesem Augenblick zur Seite gezogen wurde, von wem, weiß ich nicht.

Ich schritt auf ihn zu, und als ich ihn erreicht hatte, wandte ich mich noch einmal und sah sie zum letzten Mal an. Sie stand noch immer wie zuvor, doch jetzt war ihr Blick zu Boden gerichtet, und ihr Gesicht zeigte wieder einen Ausdruck abwesenden Grübelns, als ob sie vergessen hätte, daß ein Mann wie ich überhaupt existierte.

# 23

# *Was Umslopogaas sah*

Wie in einem Traum ging ich durch die äußere Halle, in der die reglosen Wachen standen, die wie Statuen wirkten, und durch den Torbogen. Hier blieb ich für einen Moment stehen, um meinen Geist in der vertrauten, nächtlichen Umgebung zu beruhigen, und weil ich glaubte, jemanden durch das Dunkel auf mich zukommen zu hören, und an einem Ort wie diesem, wo ich mir viele Feinde gemacht haben mochte, war es gut, vorbereitet zu sein.

Wie sich herausstellte, war mein vermeintlicher Angreifer jedoch nur Hans, der von irgendwoher hervorkroch, wo er sich versteckt hatte; ein sehr verstörter und verängstigter Hans.

»Oh, Baas«, sagte er mit leiser, zitternder Flüsterstimme, »bin ich froh, dich wiederzusehen, und auf den eigenen Beinen stehend, und nicht mit den Füßen voran auf einer Bahre, wie ich es erwartet hatte.«

»Warum?« fragte ich.

»Oh! Baas, wegen der Dinge, die in jenem Haus geschahen, in dem die große *Vrouw**, die ihren Kopf in ein Tuch einwickelt, als ob sie Zahnschmerzen hätte, wie eine Spinne in ihrem Nest sitzt.«

»Was ist geschehen, Hans?« fragte ich, während wir weitergingen.

»Dieses, Baas: Die Medizinfrau sprach und sprach zu dir und zu Umslopogaas, und während sie sprach, wurden eure Gesichter so, als ob ihr einen halben Krug des bestens Gins zuviel getrunken hättet, solchen, wie ich ihn jetzt gerne haben würde; gleichzeitig weise und albern, und voll und leer, Baas. Dann sankt ihr beide zurück und lagt dort wie die Toten, und während ich mich fragte, was ich wohl tun sollte, und wie ich eure Leichen hinausschaffen könnte, um sie zu begraben, trat die Medizinfrau von ihrem Podest herab und beugte sich über euch, erst über dich, dann über Umslopogaas, und flüsterte jedem von euch etwas ins Ohr. Dann nahm sie die Schlange ab, die aussieht, als ob sie aus Gold gemacht wäre, und die sie um ihre Taille unter dem langen Wischlappen trägt, Baas, und hielt sie an deine Lippen, und an die von Umslopogaas.«

»Und was dann, Hans?«

»Danach passierte alles mögliche, Baas, und ich hatte das Gefühl, als ob das ganze Haus durch die Lüfte schwebte, Baas, bestimmt und doppelt so schnell, wie eine Kugel aus

---

* Frau

dem Gewehr fliegt. Plötzlich war der Raum ringsum mit Feuer gefüllt, so heiß, daß es mich versengte, und so hell, daß es meine Augen tränen machte, obwohl ich sonst ohne zu blinzeln in die Sonne blicken kann. Und, Baas, das Feuer war voller Geister, die einherwandelten; ja, ich sah einige von ihnen auf deinem Kopf und auf deinem Bauch stehen, Baas, und auch auf dem Kopf und dem Bauch von Umslopogaas, während andere zu der weißen Medizinfrau traten und mit ihr sprachen, so leise und ruhig, als ob sie sie auf einem Marktplatz getroffen hätten und ihr Eier oder Butter verkaufen wollten. Und plötzlich, Baas, sah ich deinen verehrten Vater, den Prediger, und er sah rotglühend aus, was er ja wahrscheinlich auch ist am Ort der Feuer. Ich glaubte, daß er auf mich zuträte, Baas, und zu mir sagte: ›Verschwinde von hier, Hans! Dies ist nicht der richtige Ort für einen guten Hottentotten, wie du es bist, Hans, denn diese Hitze können nur die besten Christen längere Zeit ertragen.‹

Das hat mich erledigt, Baas. Ich antwortete nur, daß ich dich, den Baas Allan, seinen Sohn, seinen Händen übergebe und hoffte, daß du in den Ofen nicht verbrennen würdest, ganz gleich, was mit Umslopogaas geschehen mochte. Dann schloß ich die Augen und den Mund und hielt mir die Nase zu, kroch wie eine Schlange unter jenem Vorhang hindurch, Baas, und lief durch die Halle und über den Hof dieses Kraals, und durch den Torbogen und in die dunkle Nacht hinaus, und dort habe ich seitdem gesessen, meinen Geist gekühlt und darauf gewartet, daß man dich heraustragen würde, Baas. Und jetzt bist du lebend zurückgekommen, und nicht einmal ein Haar auf deinem Haupt ist versengt worden, was wieder beweist, wie wunderbar die Große Medizin Zikalis ist, Baas, da nichts sonst dich aus jenem Feuer errettet haben könnte, nein, nicht einmal dein verehrter Vater, der Prediger.«

»Hans«, sagte ich, als er seinen Bericht beendet hatte, »du bist ein wunderbarer Bursche, denn du kannst von nichts trunken werden. Bitte erinnere dich daran, daß du heute abend betrunken warst, ja, sehr betrunken sogar, und es niemals wagen solltest, irgend etwas von dem zu wiederholen, was du glaubst gesehen zu haben, als du betrunken warst.«

»Ja, Baas, ich verstehe, daß ich betrunken war und habe auch schon fast alles vergessen. Aber, Baas, da ist noch eine volle Flasche Brandy übrig, und wenn ich die haben könnte, würde ich viel gründlicher vergessen!«

Damit erreichten wir unser Haus, und ich fand Umslopogaas vor der Tür sitzen und zum Himmel emporstarren.

»Guten Abend, Umslopogaas«, sagte ich betont obenhin und wartete.

»Guten Abend, Wächter der Nacht, den ich fürchtete, in dieser Nacht verloren zu haben, da diese Nacht stärker ist als alle ihre Wächter.«

Nach dieser geheimnisvollen Bemerkung blickte ich ihn etwas verwirrt an, sagte jedoch nichts. Schließlich fragte Umslopogaas, dessen Natur für einen Zulu sehr impulsiv war und der normalen Geduld der Eingeborenen ermangelte: »Hast du deine Reise gemacht, Macumazahn, und wenn, was hast du gesehen?«

»Hast du heute abend einen Traum gehabt, Umslopogaas?« gab ich zur Antwort, »und wenn, worum ging er? Ich glaubte, gesehen zu haben, wie du im Haus jener Weißen die Augen schlossest, zweifellos, weil du eines Gespräches müde wurdest, das du nicht verstehen konntest.«

»Ja, Macumazahn, wie du vermutet hast, wurde ich der Worte müde, die von den Lippen jener Weißen Hexe quollen, wie das Rauschen eines Baches, der an einem heißen Tag über die Kiesel plätschert, und da ich müde wurde, schlief ich ein und träumte. Was ich geträumt habe, ist nicht so wichtig. Es genügt zu sagen, daß ich mich fühlte wie ein Stein, der von der Schleuder eines Jungen schwirrt, den man als Wache gegen die Vögel auf ein Maisfeld gesetzt hat. Doch flog ich weiter als ein Stein, ja, weiter als die Kugel eines Gewehrs, bis ich an einem wundervollen Ort ankam. Es kommt auch nicht darauf an, wie er aussah, und ich beginne auch bereits, es zu vergessen, doch traf ich dort jeden, den ich jemals gekannt habe. Ich traf den Löwen der Zulus, den

Großen Schwarzen, den Erd-Erschütterer, den, dessen Schwester Baleka ...« – hier ließ er seine Stimme sinken und blickte mißtrauisch umher – »ein Kind gebar, das von einem Mopo aufgezogen wurde, jenem Mopo, der später den Großen Schwarzen gemeinsam mit den Prinzen tötete. Nun weißt du, Macumazahn, daß ich mit dem Großen Schwarzen noch eine Rechnung zu begleichen hatte; ja, obwohl unser Blut von fast der gleichen Farbe ist, hatte ich eine Rechnung mit ihm zu begleichen, wegen der Ermordung seiner Schwester Baleka, zusammen mit dem ganzen Langeni-Stamm.* Also trat ich auf ihn zu, packte ihn bei seinem Stirnreif, spuckte ihm ins Gesicht und forderte ihn auf, sich Speer und Schild zu suchen und mir Mann zu Mann gegenüberzutreten. Ja, das tat ich.«

»Und was geschah, Umslopogaas?« fragte ich, als er eine Pause machte.

»Nichts, Macumazahn, überhaupt nichts. Meine Hand schien durch seinen Stirnreif zu greifen, und auch durch den darunterliegenden Schädel, während er in aller Ruhe mit einem anderen weitersprach, einem Häuptling, den ich erkannte, ja es war ein gewisser Faku, den ich in den Tagen Dingaans, des Großen Schwarzen Bruders, selbst auf dem Geisterberg erschlagen hatte.

Ja, Macumazahn, und Faku berichtete ihm, wie ich ihn erschlagen hatte, und von dem Kampf, den ich und mein Blutsbruder und die Wölfe ausgefochten hatten, dort, auf den Knien der alten Hexe, die auf dem Geisterberg sitzt und auf das Ende der Welt wartet, denn ich konnte genau verstehen, was sie sagten, obwohl meine Worte an ihren Ohren vorbeigingen wie der Wind.

Macumazahn, sie gingen fort, und andere kamen, unter ihnen Dingaan, ja, Dingaan, der auch etwas von dem Hexenberg weiß, da Mopo und ich ihn dort in den Tod gestürzt haben. Mit ihm hatte ich ebenfalls ein paar Worte zu reden,

---

* Die Geschichte Balekas, der Mutter von Umslopogaas, und die von Mopo, seinem Stiefvater, ist in dem Roman *Nada die Lilie,* geschildert. Eine Neuauflage ist in Vorbereitung. – *Anm. d. Hrsg.*

doch war es dieselbe Geschichte, nur daß er jetzt den Großen Schwarzen entdeckte, ja, Chaka, den er ermordete, den er mit seinem kleinen, roten Assegai durchbohrt hatte, und dann floh er, da ich glaube, daß er auch in jenem Land Chaka noch immer fürchtet, oder jedenfalls hat mein Traum es mir so gezeigt.

Ich ging weiter und traf weitere Männer, Krieger, gegen die ich im Laufe meines Lebens gekämpft hatte, zumeist, und unter ihnen befand sich Jikiza, jener, der vor mir über das Volk der Axt herrschte, bevor ich ihn mit seiner eigenen Axt erschlug. Ich hob die Axt, um erneut gegen ihn zu kämpfen, doch niemand nahm irgendwelche Notiz von mir. Dort gingen sie einher, oder saßen bei einem Becher Bier, oder schnupften Tabak, doch nicht einen Schluck Bier boten sie mir an, und auch nicht eine Prise Tabak, nein, nicht einmal die unter ihnen, die ich zufällig nicht getötet hatte. Also verließ ich sie und ging weiter, auf der Suche nach Mopo, meinem Stiefvater, und nach einem anderen Mann, meinem Blutsbruder, an dessen Seite ich mit den Wölfen gejagt hatte, nach diesen beiden, und nach einer anderen.«

»Und, hast du sie gefunden?« fragte ich.

»Mopo habe ich nicht gefunden, Macumazahn, was mich auf den Gedanken bringt, daß er, den ich seit langem für tot hielt, da du es mir einmal andeutetest, vielleicht noch immer auf Erden weilt. Die anderen jedoch fand ich«, schloß er und starrte düster vor sich hin.

Nun kannte ich genügend von Umslopogaas' Vergangenheit, um zu wissen, daß er diesen Mann und diese Frau sehr geliebt hatte, da er von beiden mehr sprach als von irgendwelchen anderen auf Erden. ›Der Blutsbruder‹, dessen Namen er nie erwähnte, womit er jedoch nicht meinte, daß er mit ihm blutsverwandt sei, sondern daß er jemand war, mit dem er durch den Austausch von Blut oder eine ähnliche Zeremonie einen Pakt ewiger Freundschaft schloß, hatte, so weit mir bekannt war, mit ihm auf dem Hexenberg gelebt, wo sie einer Legende nach, obwohl ich es kaum glaublich finde, mit einem Rudel Wölfen gejagt hatten. Dort hatten sie auch, dieser Legende nach, einen großartigen Kampf gegen ein *Impi* Dingaans, des Königs, ausgetragen, das unter dem Kommando jenes Faku gestanden hatte, den Umslopogaas erwähnte, und in dessen Verlauf der ›Blutsbruder‹, Träger einer berühmten Keule, die ›Wächter der Furten‹ genannt wurde, nach glorreichen Taten seinen Tod fand. Und dort starb auch, wie ich erfahren hatte, Nada die Lilie, deren Schönheit im Zululand noch immer besungen wurde, unter Umständen, die sowohl seltsam wie traurig waren.

Natürlich war ich, da ich mich meiner eigenen Erfahrungen erinnerte, oder vielmehr dessen, das ich für meine eigenen Erfahrungen hielt, da ich zu diesem Zeitpunkt bereits entschieden hatte, sie als Träume abzutun, sehr begierig, zu erfahren, ob diese beiden, die diesem kriegerischen Zulu so teuer gewesen waren, ihn wiedererkannt hatten.

»Und was haben sie zu dir gesagt, Umslopogaas?« fragte ich.

»Macumazahn, sie haben überhaupt nichts zu mir gesagt. Höre! Dort standen diese beiden, und manchmal bewegten sie sich hin und her: mein Blutsbruder, der noch größer war als zuvor, mit dem Wolfsfell um seine Lenden und seiner Keule, Wächter der Furten, die nur er allein schwingen konnte, auf der Schulter, und Nada, die noch schöner war als zuvor, so schön, Macumazahn, daß mir das Herz in den Hals stieg und mir den Atem nahm, als ich sie sah. Ja, Macumazahn, dort standen sie, oder gingen auf und ab wie Liebende und sahen einander in die Augen und sprachen davon, wie sie einander auf der Erde gekannt hatten, denn ich konnte ihre Worte oder ihre Gedanken hören, und wie gut es sei, jetzt für immer zusammen zu sein.«

»Sie waren schließlich gute Freunde, Umslopogaas«, sagte ich.

»Ja, Macumazahn, sehr gute Freunde, so gute Freunde, daß sie nicht ein Wort von mir zu sagen hatten, der ich auch beiden ein sehr guter Freund gewesen war. Ja, mein Bruder, dessen Namen nicht auszusprechen ich geschworen habe, der Frauenhasser, der einst behauptete, niemanden außer mir und seinen Wölfen zu lieben, lächelte in das Gesicht von

Nada der Lilie, Nada, meiner Jugendgeliebten, und nie ein Wort von mir, und sie lächelte zurück und sagte ihm, was für ein großer Krieger er gewesen sei, doch nie ein Wort von mir, dessen Taten sie zu preisen pflegte, der sie aus den Höhlen der Halakazi gerettet hatte, und vor Dingaan; nie ein Wort von mir, obwohl ich vor ihnen stand und sie anstarrte!«

»Ich vermute, daß sie dich nicht sehen konnten, Umslopogaas.«

»So ist es, Macumazahn. Ich bin sicher, daß sie mich nicht sahen, denn sonst wären sie nicht zu ungezwungen gewesen. Doch ich sah sie, und als sie auch keine Notiz von mir nahmen, als ich schrie, denn ich lief auf meinen Bruder zu und rief, er solle sich mit seiner Keule verteidigen. Als er mich noch immer nicht beachtete, riß ich die Axt *Inkosikaas* empor, ließ sie im Licht aufschimmern und schlug mit meiner ganzen Kraft zu.«

»Und was geschah, Umslopogaas?«

»Nur dieses, Macumazahn, daß meine Axt durch meinen Bruder fuhr, vom Kopf bis zu den Lenden, und ihn in zwei Teile spaltete, während er ruhig weitersprach! Ja, und dann bückte er sich und pflückte eine weiße Lilie, die dort wuchs, und reichte sie Nada, die daran roch, lächelte und ihm dankte und sie dann, ihm noch immer dankend, in ihren Gürtel steckte. Ja, das tat sie, denn ich habe es mit meinen eigenen Augen gesehen, Macumazahn!«

Die Stimme des Zulus brach, und ich glaube, daß er weinte, denn in dem matten Licht sah ich, wie er mit der Hand über die Augen fuhr, worauf ich mich abwandte und meine Pfeife anzündete.

»Macumazahn«, fuhr er nach einer Weile fort, »es scheint, als ob ich für eine Weile vom Wahnsinn gepackt worden war, denn ich schrie sie an und tobte, weil ich glaubte, daß Worte und Wut sie verletzen könnten, wo guter Stahl es nicht konnte, und während ich das tat, verblaßten sie und verschwanden, immer noch lächelnd und miteinander redend, und Nada roch an der Lilie, die ihr, da sie sehr langstielig war, bis an den Busen reichte. Danach rannte ich fort und sah mich plötzlich diesem wilden König, Rezu, gegenüber, den ich vor wenigen Tagen erschlug. Auf ihn ging ich sofort mit meiner Axt los und fragte mich, ob er bei einem zweiten Mal besser kämpfen würde.«

»Und, hat er das getan, Umslopogaas?«

»Nein, doch glaube ich, daß er meine Anwesenheit spürte, denn er fuhr herum und floh, und als ich ihn verfolgen wollte, konnte ich ihn nicht mehr sehen. Also lief ich weiter, und wen traf ich? Baleka, Baleka, die ›Schwester‹ Chakas, die nicht – ich wiederhole es: *nicht* – meine Mutter war, Macumazahn, und *sie* sah mich. Ja, und obwohl ich noch klein war, als sie mich zuletzt gesehen hatte, und jetzt groß und stark bin, sah sie mich und erkannte mich, denn sie glitt auf mich zu und lächelte mich an und schien ihre Lippen auf meine Stirn zu drücken, obwohl ich keinen Kuß spüren konnte, und den Kummer aus meinem Herzen zu ziehen. Dann, plötzlich, war auch sie fort, und ich fiel in die Tiefe, da ich, wie ich vermute, in ein tiefes Loch getreten war, oder vielleicht gar in einen Brunnenschacht.

Und dann erwachte ich im Haus der Weißen Hexe, und sah dich an meiner Seite schlafen, und sah, wie die Hexe auf ihrem Bett saß und mich durch die dünne Decke, mit der sie ihren Kopf verhüllt, anlächelte, denn ich konnte das Lächeln in ihren Augen sehen.

Jetzt wurde ich wütend auf sie wegen der Dinge, die ich am Ort der Träume gesehen hatte, und mir kam der Gedanke, daß es gut wäre, sie zu töten, um die Welt von ihr und ihrer bösen Zauberei zu befreien, die den Menschen solche Lügen vorgaukeln kann. In meiner Verzweiflung sprang ich auf, schwang meine Axt empor und lief auf sie zu, worauf sie sich erhob und laut zu lachen begann. Dann sagte sie etwas in einer Sprache, die ich nicht verstehe, und deutete mit ihrem Finger auf mich, und – *ho!* – mir war, als würde ich von Riesen gepackt und fortgeschleudert, bis ich mich schließlich, außer Atem, jedoch unverletzt, vor dem Torbogen fand. – Was hat das alles zu bedeuten, Macumazahn?«

»Sehr wenig, wie ich glaube, Umslopogaas, außer daß diese Königin eine Macht besitzt, gegen die Zikalis nichts ist, und es zuwege bringt, daß Visionen vor den Augen der Menschen entstehen. Denn wisse, daß solche Dinge, wie du sie gesehen hast, auch ich sah, und daß in meinen Visionen jene, die ich liebte, ebenfalls keinen Gedanken für mich zu haben schienen, sondern nur füreinander Interesse zeigten. Und als ich erwachte und ihr, die Sie-die-befiehlt genannt wird, davon berichtete, lachte sie nur, so wie sie es bei dir getan hat, und sagte, daß es eine gute Lehre für meinen Stolz gewesen sei, da ich mir, in meinem Stolz, eingebildet hätte, daß die Toten ständig an die Lebenden dächten. Doch denke ich, daß diese Lehre allein von ihr ausging, daß sie uns demütigen wollte, und daß es ihr Verstand war, der die Vision formte, die wir sahen.«

»Das denke ich auch, Macumazahn, aber woher sie all diese Dinge aus deinem Leben und aus dem meinen gewußt hat, kann ich nicht sagen, außer daß vielleicht Zikali sie ihr erzählt hat, wenn er während der Nächte mit ihr sprach, wie Zauberer das können.«

»Nein, Umslopogaas, ich glaube, daß sie durch ihre magischen Künste unsere Geschichten aus unseren Herzen gezogen und sie uns dann neu präsentiert hat, wobei sie ihnen ihre eigene Färbung gab. Es könnte auch sein, daß sie einiges von Hans herausgezogen hat, oder von Goroko und den anderen Zulus, die bei dir sind, und auf diese Weise die Gebühr bezahlte, die sie uns für unsere Dienste versprochen hatte, doch zahlte sie mit lungenkranken Ochsen und unfruchtbaren Kühen, nicht mit guten Rindern, Umslopogaas.«

Er nickte und sagte: »Obwohl ich in dem Augenblick den Verstand zu verlieren glaubte und dachte, daß alle Frauen falsch sind und die Männer ihnen dorthin folgen müssen, wohin sie sie führen, werde ich niemals glauben, daß mein Bruder, der Frauenhasser, und Nada in jenem Land dort unten ein Liebespaar sind und mich vergessen haben, den Freund des einen, und den Ehemann der anderen. Außerdem bin ich der Meinung, Macumazahn, daß du und ich einen gerechten Lohn für unsere Dummheit erhalten haben. Wir wollten durch den Boden des Grabes hindurch Dinge sehen, die der Groß-Große im Himmel die Menschen nicht sehen lassen will, und jetzt, wo wir sie gesehen haben, sind wir unglücklicher als zuvor, da solche Träume sich tief in das Herz einbrennen, wie ein rotglühendes Eisen sich in die Haut eines Ochsen einbrennt, so daß an den Stellen, an denen sie zerstört worden ist, nie wieder Haare wachsen werden. Dir, Wächter der Nacht, sage ich: ›Bescheide dich mit deinem Wachen und mit all dem, was es dir bringen mag an Ruhm und Reichtum.‹ Und zu mir selbst sage ich: ›Träger der Axt, bescheide dich mit deiner Axt und all dem, was sie dir bringen mag an fairem Kampf und an Ruhm‹; und zu uns beiden sage ich: ›Lassen wir die Toten schlafen, bis wir zu ihnen gehen, was sicher sehr bald sein wird.‹

»Gute Worte, Umslopogaas, nur hätten sie gesprochen werden sollen, bevor wir uns auf diese Reise machten.«

»Nein, Macumazahn, da diese Reise zu machen uns bestimmt war, um jene zu retten, die jetzt in dem anderen Haus ruht, die Lady Traurige Augen, die, wie man mir sagte, wieder gesundet ist. Und auch Zikali hat es so gewollt, und wer kann sich dem Willen des Öffners von Straßen widersetzen? Also haben wir diese Reise gemacht und viele seltsame Dinge gesehen, und einigen Ruhm geerntet, und erkannt, wie tief der Brunnen unserer Dummheit ist, die wir glaubten, die Geheimnisse des Todes entdecken zu können, und nur jene der Gedanken und des Giftes einer Hexe fanden, gespiegelt wie auf einem dunklen Wasser. Und nachdem wir nun alle diese Dinge entdeckt haben, möchte ich dieses unheimliche Land verlassen. Wann werden wir aufbrechen, Macumazahn?«

»Morgen früh, denke ich, falls Lady Traurige Augen und deine Männer wieder gesund sind, was sie nach den Worten von Sie-die-befiehlt sein sollten.«

»Gut. Dann werde ich jetzt schlafen, da ich müder bin als nach der Schlacht auf dem Berg, in der ich Rezu tötete.«

»Ja«, antwortete ich, »da es schwerer ist, gegen Geister standzuhalten als gegen Menschen, und Träume schrecklicher sind als Taten, wenn sie schlecht sind. Gute Nacht, Umslopogaas.«

Er ging ins Haus, und ich ging zu dem anderen, um nach Inez zu sehen. Ich fand sie tief schlafend, doch in einem völlig anderen Schlaf als dem, in den Ayesha sie versenkt zu haben schien. Jetzt war es ein völlig natürlicher Schlaf, und während ich sie anblickte, wie sie dort auf ihrem Bett lag, dachte ich, wie jung und gesund sie aussah. Die Frauen, die sich um sie kümmerten, erklärten mir, daß sie zu der von Sie-die-befiehlt festgesetzten Stunde erwacht sei und sich sehr wohl und sehr hungrig gefühlt habe, wenn auch etwas verwundert über die Umgebung, in der sie sich befand. Nachdem sie gegessen hatte, habe sie ›ein Lied gesungen‹, was wahrscheinlich ein Psalm gewesen war, sich auf den Boden gekniet und gebetet, und dann sei sie wieder zu Bett gegangen.

Nachdem meine Sorge um Inez beigelegt war, ging ich zu meinem Haus, um ebenfalls zu schlafen. Da ich mich jedoch noch nicht müde fühlte, setzte ich mich eine Weile vor die Tür, genoß die Schönheit der Nacht und beobachtete die zahllosen Glühwürmchen, die die Luft mit Funken brennenden Goldes zu bestäuben schienen, und auch die großen Eulen und andere Nachtvögel, die gerade aus ihren Verstecken zwischen den Ruinen gekommen waren und nun wie weißflügelige Geister hin und her flogen, noch eben sichtbar, und im nächsten Moment im Dunkel verschwunden.

Während ich so saß, zogen mir vielerlei Gedanken über die außergewöhnliche Art meiner Erlebnisse der letzten Tage durch den Kopf. Ob je ein anderer Mensch schon Ähnliches erlebt hatte? fragte ich mich. Was mochten sie bedeuten, und was mochte diese wundersame Frau Ayesha sein? War sie vielleicht eine Personifizierung der Natur selbst, wie es in gewisser Weise alle Frauen sind? War sie überhaupt menschlich, oder war sie ein Geist, der ein untergegangenes Volk, einen Glauben oder eine Zivilisation symbolisierte und jetzt durch die Ruinen geisterte, in denen er einst als König geherrscht hatte? Nein, diese Vorstellung war lächerlich, da solche Wesen nicht existierten, obwohl kein Zweifel daran möglich war, daß sie Kräfte besaß, die über die des normal Menschlichen hinausgingen, so wie die auch mehr Schönheit und Faszination besaß, als sie irgendeiner anderen Frau gegeben worden waren.

Eines war ich mir jedoch sicher: Daß die Schatten, die ich zu sehen glaubte, ihre Existenz allein im Kreis von Ayeshas Vorstellungswelt und Intelligenz hatten. Hier hatte Umslopogaas recht: Wir hatten nicht Tote gesehen, sondern lediglich Bilder und Vorstellungen, die sie aus uns herausgezogen und nach ihrem Willen geformt hatte.

Warum hat sie das getan? fragte ich mich. Vielleicht, um eine Macht zu demonstrieren, über die sie nicht verfügte, vielleicht aus reiner, elfenhafter Mutwilligkeit, oder vielleicht, wie sie behauptete, um uns eine Lehre zu erteilen und uns vor uns selbst zu demütigen. Nun, wenn das der Fall gewesen sein sollte, so hatte sie ihr Ziel erreicht, denn noch nie hatte ich mich so geschlagen und gedemütigt gefühlt wie jetzt.

Ich glaubte, in den Hades hinab- oder hinaufgestiegen zu sein, und hatte dort nur Dinge gesehen, die mich nicht gerade glücklich gemacht, sondern die lediglich alte Wunden geöffnet hatten. Und dann, beim Erwachen, war ich verzaubert worden; ja, frisch von diesen Visionen von geliebten Toten zurückgekehrt, war ich von der überwältigenden Schönheit und dem hinreißenden Charme dieser Frau verzaubert worden, nur um von ihrem triumphierenden Spott wieder zur Besinnung gebracht zu werden. Oh! Ich war wirklich gedemütigt worden, konnte jedoch seltsamerweise keinerlei Wut auf sie empfinden, und glaubte, was noch mehr war, vielleicht aus Eitelkeit, an ihre Versicherung von Freundschaft mir gegenüber.

Nun, das Resultat von alledem war, daß ich, genau wie Umslopogaas, nur den einen Wunsch hatte, dieses unheimliche Kôr so bald wie möglich zu verlassen, und alle Erinnerungen daran bei solchen Erlebnissen vergessen zu können, die das Schicksal für mich bereithalten mochte. Und doch – und doch! – war es gut, dies gesehen zu haben und die Blume eines so wundersamen Erlebnisses zu pflücken, und ich wußte schon jetzt, daß ich nie – niemals! – die Erinnerung an Ayesha, die Weise, die Vollkommene, die Halbgöttliche begraben würde können.

Als ich am folgenden Morgen erwachte, stand die Sonne bereits hoch über dem Horizont, und nachdem ich in dem alten Bad geschwommen und mich angezogen hatte, sah ich nach Inez. Ich fand sie vor der Tür ihres Hauses sitzend, und sie sah gesund und strahlend aus. Sie war damit beschäftigt, einen Kranz aus blauen Blüten einer der Iris ähnlichen Blume zu flechten, von denen es hier eine Unmenge gab, und die sie auf trockene Grashalme zog. Als dieser Kranz fertig war, legte sie ihn sich um den Hals, so daß er auf ihr weißes Gewand herabhing, denn nun war sie für die Reise wie eine Araberin gekleidet, doch ohne den Schleier. Ich beobachtete sie ungesehen für eine Weile, trat dann auf sie zu und sprach sie an. Sie fuhr bei meinem Anblick zusammen und erhob sich, als ob sie fortlaufen wollte; dann jedoch schien sie mich zu erkennen, wählte eine besonders schöne Blume aus und reichte sie mir.

Ich merkte jedoch sofort, daß sie mich überhaupt nicht erkannte und glaubte, mich noch nie zuvor gesehen zu haben; kurz gesagt: ihr Verstand war verwirrt, genauso, wie Ayesha es mir vorausgesagt hatte. Um ein Gespräch mit ihr anzuknüpfen, fragte ich sie, wie sie sich fühle. Ausgezeichnet, versicherte sie mir, noch nie habe sie sich so gut gefühlt.

»Daddy ist auf eine lange Reise gegangen«, setzte sie dann hinzu, »und wird für Wochen und Wochen nicht zurückkommen.«

Mir kam ein Gedanke, und ich antwortete: »Ja, ich weiß, Inez, aber er hat mich hergeschickt, um dich an einen Ort zu bringen, wo wir ihn, wie ich hoffe, wiedertreffen werden. Doch dieser Ort liegt sehr weit entfernt von hier, also mußt du eine lange Reise machen.«

Sie klatschte in die Hände und rief: »Oh, das ist schön! Ich mag Reisen, und besonders, wenn ich damit Daddy wiederfinden kann, der mir sicher auch meine Kleider mitbringt, weil ich dieses nicht mag, da es zwar bequem und hübsch ist, aber irgendwie anders als die, welche ich sonst trug. Du siehst auch sehr gut aus, und ich denke, daß wir gute Freunde werden, und darüber bin ich froh, denn ich bin etwas einsam, seit meine Mutter fortging, um bei den Engeln im Himmel zu leben, weil Daddy so viel zu tun hat und so oft fort ist, daß ich ihn nur selten sehe, mußt du wissen.«

Bei meinem Eid, ich hätte weinen können, als ich sie so plappern hörte. Es ist so furchtbar unnatürlich, fast unheimlich, einer erwachsenen Frau zuhören zu müssen, die mit den Betonungen und den Ausdrücken eines Kindes spricht. Doch unter den gegebenen Umständen, sah ich ein, war dies fast eine Gnade, und da ich mich daran erinnerte, daß Ayesha sowohl die Wiedererlangung ihres Gedächtnisses vorhergesagt hatte wie seinen Verlust, nahm ich daraus den Trost, den ich erlangen konnte.

Ich verließ sie und ging zu den Zulus, die verwundet worden waren, und stellte zu meiner Befriedigung fest, daß sie absolut gesund und marschfähig waren, denn auch hier war Ayeshas Prophezeiung eingetroffen. Die anderen Männer waren ebenfalls völlig ausgeruht und begierig, von hier fortzukommen, genau wie Umslopogaas und ich.

Als ich mein Frühstück aß, meldete Hans den würdigen Billali an, der sich tief vor mir verneigte und erklärte, daß er gekommen sei, um zu fragen, wann wir marschfertig sein würden, da er Order erhalten habe, sich um alles, was wir benötigen mochten, zu kümmern. Ich erklärte ihm: in einer Stunde, und er verschwand eilig.

Kurz nach Ablauf dieser Stunde war er wieder da, mit einer Anzahl von Sänften und ihren Trägern, und mit einer Leibwache von fünfundzwanzig ausgesuchten Kriegern, die wir alle als tapfere Burschen kannten, die während der Schlacht großartig gekämpft hatten. Diese Männer und die Träger wurden von Billali angewiesen, uns durch den Sumpf zu führen, zu eskortieren, beziehungsweise zu tragen, oder auch weiter, falls das erforderlich werden sollte, und daß Sie-die-befiehlt ihnen sagen ließe, daß sie, sollte einem von uns auch nur das Geringste passieren, selbst durch Zufall, sterben würden, jeder einzelne von ihnen, und zwar durch den ›heißen Topf‹, was immer das sein mochte, da ich zu jener Zeit noch nichts von seiner Bedeutung wußte.* Dann fragte er sie, ob sie ihn verstanden hätten. Sie antworteten mit Nachdruck, daß sie ihn vollkommen verstanden hätten und uns führen und tragen und beschützen würden, als ob wir ihre eigenen Mütter wären.

Und das taten sie auch und hätten es, wie ich annahm, auch ohne Ayeshas Befehl getan, da sie Umslopogaas und mich fast als Götter betrachteten und glaubten, daß wir sie vernichten könnten, wenn wir es nur wollten, so wie wir Rezu und seine Armee vernichtet hatten.

Ich fragte Billali, ob er nicht mit uns käme, worauf er antwortete: Nein, da Sie-die-befiehlt in ihre Heimat zurückgekehrt sei und er ihr sofort dorthin folgen müsse. Ich fragte ihn, wo ihre Heimat sei, worauf er vage erwiderte, daß sie überall sei, dann zuerst zum Himmel emporstarrte und dann auf die Erde hinab, als ob sie beide bewohnte, und dann sagte, daß sie sich meistens in den Höhlen aufhielte, doch was er damit meinte, kann ich nicht sagen. Dann erklärte er, daß er sehr froh sei, unsere Bekanntschaft gemacht zu haben, und daß der Anblick Umslopogaas', als der Rezu tötete, ein Bild sei, an das er sich sein ganzes Leben lang mit Vergnügen erinnern werde. Außerdem bat er mich um ein Andenken. Ich gab ihm einen Bleistift in einem kleinen, deutschen Silberetui, worüber er sehr entzückt schien. So trennte ich mich von dem alten Billali, an den ich mich immer mit einer gewissen Zuneigung erinnern werde.

Von Umslopogaas hielt er, wie ich bemerkte, selbst zu diesem Zeitpunkt vorsichtigen Abstand, wahrscheinlich da er befürchtete, daß der diese letzte Gelegenheit wahrnehmen mochte, um ihn mit seiner furchtbaren Axt Bekanntschaft machen zu lassen.

---

* Darüber ausführlich in *Sie* (HEYNE-BUCH Nr. 06/4130)

## 24
## *Umslopogaas trägt die Große Medizin*

Wenig später brachen wir auf, einige von uns in Sänften, einschließlich der verwundeten Zulus, bei denen ich darauf bestanden hatte, daß sie noch für einen oder zwei Tage getragen werden sollten, die anderen zu Fuß. Ich hatte angeordnet, daß Inez' Sänfte unmittelbar vor der meinen getragen wurde, damit ich ein Auge auf sie haben konnte. Außerdem übergab ich sie der besonderen Fürsorge von Hans, den sie glücklicherweise vom ersten Augenblick an mochte, vielleicht weil sie sich in ihrem Unterbewußtsein daran erinnerte, daß sie ihn kannte und daß er freundlich zu ihr gewesen war, obwohl sie ihn nach ihrem langen Schlaf, so wie es auch bei mir der Fall gewesen war, überhaupt nicht wiedererkannt hatte. Kurz darauf waren sie jedoch die dicksten Freunde, so sehr, daß der kleine Hottentotte praktisch ihr Betreuer wurde, all ihren Wünschen nachkam und sich um sie kümmerte wie ein Kindermädchen um ein Baby, so daß es sehr rührend war zu sehen, wie sehr sie von ihm abhängig wurde – von ›ihrem Affen‹, wie sie ihn nannte – und wie sehr er sie liebgewann.

Einmal gab es deswegen sogar Ärger; ich hörte Lärm, und als ich nach vorn lief, sah ich Hans, der vor Wut kochte und einen der Zulus zu erschießen drohte, da dieser, ob aus Versehen oder mit Absicht, kann ich nicht sagen, gegen Inez' Sänfte gestoßen und sie beinahe umgeworfen hatte. Ansonsten war aus der Lady Traurige Augen, wie sie sie nannten, zur Zeit die Lady Glückliche Augen geworden, da sie den ganzen Tag über fröhlich war, lachte und sang, wie ein gesundes, glückliches Kind. Nur ein einziges Mal sah ich sie traurig und weinend. Das war, als ein junges Kätzchen, das sie unbedingt hatte mitnehmen wollen, aus ihrer Sänfte sprang, und in einem Gebüsch verschwand, in dem es nicht wiedergefunden werden konnte. Doch selbst da war sie bald getröstet und trocknete ihre Tränen, als Hans ihr in seiner Mischung aus schlechten Englisch und noch schlechterem Portugiesisch erklärte, daß das Kätzchen nur fortgelaufen sei, um seine Mutter zu suchen, die es liebte, und daß es eben grausam sei, ein Kind von seiner Mutter zu trennen.

Ansonsten kamen wir gut voran und erreichten am Abend des ersten Tages den Kamm des Berges oder Vulkankegels, der die weite Ebene von Kôr umspannt, und stiegen rasch zu der geschützten Stelle an seiner Außenwand hinab, wo wir über Nacht lagern wollten.

Nicht weit davon entfernt befand sich, wie ich bereits erwähnt zu haben glaube, und befindet sich sicher noch heute, eine sehr seltsame Steinformation, die zweifellos, da aus härterem Gestein gebildet als die Umgebung, stehengeblieben war, während die sie umgebende Lava im Laufe von Hunderttausenden oder Millionen von Jahren fortgewaschen wurde. Dieser Felspfeiler war vielleicht fünfzig Fuß hoch und so glatt, als ob er von Menschenhand poliert worden wäre. Ich erinnere mich sogar, zu Hans oder Umslopogaas bemerkt zu haben, ich weiß nicht mehr, zu welchem der beiden, als wir ihn während unseres Marsches nach Kôr passierten, daß dies ein Pfeiler sei, den nicht einmal ein Affe erklimmen könne.

Als wir jetzt zum zweiten Male an ihm vorbeikamen, versank die Sonne gerade hinter den westlichen Klippen, doch ein einziger, heller Strahl der untergehenden Kugel fiel auf eine Wolke, die über unseren Köpfen hing, und wurde von ihr auf den Gipfel dieses seltsamen obeliskartigen Felspfeilers geworfen.

Sofort sprang ich aus meiner Sänfte und schritt mit Umslopogaas zum Ende der Kolonne, um mich zu versichern, daß niemand in der aufkommenden Dunkelheit den Weg verlor. Wir hatten den Felspfeiler etwa vierzig oder fünfzig Schritte hinter uns gelassen, als Umslopogaas sich aus irgendeinem Grund umwandte und zurückblickte. Er stieß einen überraschten Ruf aus, der mich veranlaßte, seinem Beispiel zu folgen, mit dem Resultat, daß sich mir ein wunderbarer Anblick bot. Denn dort, auf der Spitze des Pfeilers, im Licht der untergehenden Sonne glühend, als ob sie in Flammen gehüllt sei, stand Ayesha.

Es war ein seltsamer und auf seine Weise wunderbarer Anblick, denn so, zwischen Himmel und Erde stehend, sah sie eher wie ein glühender Engel aus denn wie eine Frau, da sie auf dem Dunkel zu stehen schien, weil die Schatten, mit Ausnahme der vagesten Umrisse, die Säule, auf der sie stand, verschlungen. Und in dem intensiven, klaren Licht, das auf sie konzentriert war, konnten wir jedes Detail ihrer Gestalt und ihres Gesichts erkennen, denn sie war unverschleiert, selbst ihre großen, zärtlichen Augen, die zum Himmel blickten, ja, sogar die kleinen Goldspangen an ihren Sandalen und den Glanz des goldenen Schlangengürtels, den sie um die Taille trug.

Wir starrten und starrten, bis ich sagte: »Da siehst du, Umslopogaas, was für ein Lügner dieser alte Billali ist, der mir sagte, daß Sie-die-befiehlt von Kôr fortgegangen und in ihre Heimat zurückgekehrt sei.«

»Vielleicht ist diese Felsensäule ihre Heimat, Macumazahn, falls sie überhaupt hier sein sollte.«

»Falls sie überhaupt hier sein sollte?« wiederholte ich scharf, da meine Nerven gleichzeitig angespannt und erschöpft waren. »Rede keinen Unsinn, Umslopogaas, denn wo sonst sollte sie sein, da wir sie mit eigenen Augen vor uns stehen sehen?«

»Wer bin ich, daß ich die Art der Hexen kennen sollte, die, wie der Wind, nach Belieben kommen und gehen? Kann eine Frau eine Felswand emporlaufen wie eine Eidechse, Macumazahn?«

»Zweifellos könnte ...« – und damit begann ich eine Erklärung, die ich vergessen habe, als eine vorüberziehende Wolke oder sonst etwas den Lichtstrahl verdunkelte, so daß sowohl die Felspfeiler als auch sie, die darauf stand, unsichtbar wurden. Wenig später flammte er noch einmal für einen Moment auf, und die Spitze der Steinsäule war deutlich sichtbar – doch sie war leer, so wie sie es, mit Ausnahme der Vögel, die dort nisteten, seit Anbeginn der Welt gewesen war.

Umslopogaas und ich schüttelten den Kopf und setzten schweigend unseren Weg fort.

Dies war das letzte, das ich von der wunderbaren Ayesha sah, – falls ich tatsächlich sie gesehen haben sollte, und nicht nur ihren Geist. Doch muß gesagt werden, daß ich mir während des ganzen ersten Teils unserer Reise, bis wir die großen Sümpfe hinter uns gelassen hatten, ihrer Gegenwart bewußt war, oder das zumindest glaubte. Außerdem wurde sie auch von anderen gesehen, oder zumindest jemand, der sie gewesen sein mochte. Und das geschah so: Wir befanden uns inmitten des großen Sumpfes, und die erfahrenen Führer, die uns vorangingen, gelangten an eine Stelle, wo der Weg sich gabelte und sie nicht wußten, welche Abzweigung sie wählen sollten. Schließlich entschieden sie sich, die rechte zu nehmen, und wollten diese Richtung einschlagen, zusammen mit denen, die die Sänfte von Inez trugen, an deren Seite, wie gewöhnlich Hans ging.

In diesem Augenblick warfen sich die Führer, wie mir Hans später berichtete, zu Boden, und er sah vor sich eine weißverschleierte Gestalt stehen, die stumm auf die linke Abzweigung deutete und dann im Nebel zu verschwinden schien. Ohne ein Wort erhoben sich die Führer und folgten dem nach links abzweigenden Pfad. Hans hielt die Sänfte an, bis ich sie erreicht hatte, und berichtete mir, was vorgefallen war, während Inez ebenfalls auf ihre kindliche Art etwas von einer ›Weißen Frau‹ plapperte.

Aus reiner Neugier ging ich den nach rechts führenden Pfad ein Stück entlang und versank nach nur wenigen Schritten in einem Sumpfloch, aus dem ich mich nur unter Schwierigkeiten befreien konnte, und gerade noch rechtzeitg, denn wie ich danach durch Stochern mit einem langen Stecken feststellte, war der Morast über der dünnen Decke aus ineinander verfilzten Schilfhalmen bodenlos. In dieser Nacht befragte ich die Führer nach diesem Zwischenfall, doch ohne jedes Ergebnis, da sie vorgaben, nichts gesehen zu haben. Für keine dieser Erscheinungen kann ich irgendeine Erklärung anbieten, außer daß es genauso schwer ist, sich von der Gewohnheit der Halluzination zu befreien, wie von jeder anderen.

Es ist nicht nötig, alle Einzelheiten unserer langen Heimreise zu schildern, also will ich mich auf die Feststellung beschränken, daß wir unsere Träger und die Eskorte entließen, nachdem wir auf der anderen Seite des schrecklichen Sumpfes höheren Boden erreicht hatten, und nur eine Sänfte für Inez zurückbehielten, in welcher die Zulus sie trugen, wenn sie müde wurde, und schließlich, nachdem wir den Sambesi sicher überquert hatten, eines Abends das Haus erreichten, das Strathmuir genannt wurde.

Hier fanden wir den Wagen und die Ochsen so vor, wie wir sie zurückgelassen hatten, und wurden von meinem Zulu-Gespannführer und dem *Voorlooper,* die überzeugt waren, daß wir längst tot wären und schon daran dachten, allein nach Hause zu fahren, stürmisch begrüßt. Und auch Thomaso begrüßte uns überschwenglich, obwohl auch er, wie die Zulus, erstaunt war, uns lebend wiederzusehen und darüber sicher nicht sonderlich erfreut war. Ich berichtete ihm, daß Captain Robertson in einem Kampf getötet worden sei, bei dem er seine Tochter von den Kannibalen befreit habe, die sie verschleppt hatten, eine Information, die ich ihn bat, für sich zu behalten.

Ich befahl auch den Zulus, durch Umslopogaas und Goroko, daß weder jetzt noch später etwas von unseren Abenteuern verbreitet werden durfte, da sonst der Fluch der Weißen Königin auf sie fallen und ihnen Unglück und Tod bringen würde. Ich setzte hinzu, daß der Name dieser Königin und alles, was mit ihr und ihren Taten zusammenhing, in ihren Herzen verschlossen bleiben müßte. Es sollte wie bei den Namen toter Könige sein, die niemals ausgesprochen werden durften. Und sie sagten ihren Namen in der Tat auch niemals, und sprachen auch niemals von der Geschichte unserer Suche, da sie sowohl Angst vor Ayesha hatten, die sie für die größte aller Hexen hielten, als auch vor der Axt ihres Häuptlinges, Umslopogaas.

Inez ging an jenem Abend zu Bett, offenbar ohne ihr altes Zuhause wiederzuerkennen, allem Anschein nach ein unverständiges Kind, wie sie es gewesen war, seit sie in Kôr aus ihrer Trance erwachte. Am nächsten Morgen jedoch kam Hans zu mir gelaufen, um mir zu sagen, daß sie völlig verändert sei und mit mir zu sprechen wünsche. Ich ging ins Haus und fand sie im Wohnzimmer sitzend, in einem europäischen Kleid, das sie aus ihrem Garderobenschrank genommen hatte. Sie war wieder eine erwachsene, intelligente Frau.

»Mr. Quatermain«, sagte sie, »ich vermute, daß ich sehr krank gewesen bin, denn das letzte, woran ich mich erinnere, ist, daß ich schlief, nachdem Sie auf die Flußpferdjagd gegangen waren. Wo ist mein Vater? Ist ihm etwas zugestoßen, während er mit Ihnen auf der Jagd war?«

»Leider«, antwortete ich mit einer bewußten Lüge, da ich fürchtete, daß die Wahrheit ihr wieder den Verstand verwirren würde. »Er wurde von einem Flußpferdbullen zertrampelt, und wir mußten ihn dort begraben, wo er getötet wurde.«

Sie senkte den Kopf und murmelte ein Gebet für seine Seele, dann blickte sie auf und sah mich aufmerksam an. »Ich glaube nicht, daß Sie mir alles sagen, Mr. Quatermain, doch irgend etwas verrät mir, daß Sie das nur tun, weil es nicht gut für mich ist, alles zu erfahren.«

»Nein«, antwortete ich. »Sie sind sehr lange krank und Ihrer Umwelt nicht bewußt gewesen; irgend etwas hat Sie in einen Schockzustand versetzt. Ich glaube, daß man Ihnen vom Tod Ihres Vaters berichtet hat, was Sie dann vergessen haben, da diese Mitteilung Sie so erschüttert hat. Bitte vertrauen Sie mir, und glauben Sie mir, daß ich, wenn ich irgend etwas vor Ihnen zurückhalten sollte, es für Ihren derzeitigen Zustand so am besten ist.«

»Ich vertraue und glaube Ihnen«, antwortete sie. »Doch jetzt lassen Sie mich bitte allein, aber sagen Sie mir zuvor, wo die Frauen und ihre Kinder geblieben sind.«

»Nach dem Tod Ihres Vaters sind sie fortgegangen«, sagte ich und log noch einmal.

Sie blickte mich wieder an, sagte jedoch nichts.

Dann verließ ich sie.

Wieviel Inez jemals von den Abenteuern, die sie erlebt hatte, erfuhr, weiß ich bis heute nicht, doch nehme ich an, nur sehr wenig. Einmal wurde allen, einschließlich Thomaso die schlimmsten Konsequenzen angedroht, falls sie ihr gegenüber auch nur ein Wort zu diesem Thema fallen lassen würden; außerdem war sie eine auf ihre Art intelligente Frau, die wußte, wann es besser war, keine Fragen zu stellen. Es war ihr klar, daß sie eine lange Periode irgendeiner geistigen Verwirrung oder des Wahnsinns hinter sich hatte, und daß während dieser Zeit ihr Vater gestorben war und verschiedene andere Dinge geschehen waren. Damit fand sie sich ab und sprach während der ganzen Zeit nie wieder mit mir über dieses Thema. Ich war sehr froh darüber, denn wie, um alles in der Welt, hätte ich ihr von Ayeshas Prophezeiungen berichten sollen, daß sie aus einem kindlichen Zustand wieder zu ihrem normalen Selbst zurückkehren würde, wenn sie ihr Haus erreichte, da ich es ja nicht einmal selbst verstand?

Einmal fragte sie allerdings, was aus Janee geworden sei, worauf ich ihr antwortete, daß sie während ihrer, Inez', Krankheit gestorben sei. Das war wieder eine Lüge, zumindest durch Implikation, doch bin ich der Ansicht, daß es Situationen gibt, in denen Lügen gerechtfertigt sind. Zumindest haben diese mein Gewissen nie belastet.

An dieser Stelle sollte ich vielleicht die Geschichte von Inez zu Ende bringen, das heißt, so weit mir das möglich ist. Wie ich schon hinlänglich gezeigt zu haben glaube, war sie immer eine Frau melancholischer und religiöser Natur, und beide Neigungen schienen sich nach ihrer Gesundung noch zu verstärken. Auf jeden Fall tat es die religiöse, da sie ständig in Gebet versunken war, eine Entwicklung, die erblich bedingt sein mochte, da ihr Vater, nachdem er seinen Schock erlitten hatte und seinen Verstand verlor, denselben Weg gegangen war.

Bei unserer Rückkehr in die Zivilisation war zufällig einer der ersten Menschen, denen sie begegnete, ein sehr ernsthafter und gebildeter alter Priester ihres Glaubens. Das Resultat dieser Begegnung war, wie vielleicht voraussehbar, daß sie der Welt entsagte, die ihr, wie ich glaube, ohnehin nicht viel geboten hatte, und als Nonne in einen extrem strengen Orden in Natal eintrat, dem sie, von ihren anderen Qualitäten abgesehen, schon wegen ihrer erheblichen Besitztümer herzlich willkommen war.

Viel später habe ich sie noch einmal wiedergesehen, kurz bevor sie zur Oberin ihres Konvents ernannt werden sollte. Sie wirkte sehr ruhig und zufrieden und erklärte mir, daß sie überaus glücklich sei. Und auch bei diesem Anlaß fragte sie mich nicht, was mit ihr während der Periode geschehen sei, von der sie jede Erinnerung verloren habe. Sie sagte mir nur, sie wüßte, daß irgend etwas geschehen sei, doch da sie jeder Neugier gegenüber irdischen Dingen abgeschworen habe, wolle sie darüber gar nichts wissen. Wieder war ich über ihre Antwort sehr glücklich, denn wie hätte ich die wahren Begebenheiten schildern sollen und erwarten können, daß jemand mir Glauben schenkte, selbst eine vertrauensvolle, arglose Nonne?

Doch zurück zu den aktuellen Geschehnissen. Nachdem wir ein paar Tage in Strathmuir Rast gemacht hatten und glaubten, daß Inez' Verstand wieder einigermaßen urteilsfähig war, teilte ich ihr mit, daß ich nach Natal zurückreisen müsse, und fragte sie, was sie zu tun gedenke. Ohne einen Moment zu zögern erklärte sie mir, daß sie mit mir reisen wolle, da jetzt, wo ihr Vater tot sei, sie nichts mehr an Strathmuir binde, wo sie keine Freunde habe und auch nicht den Trost ihrer Religion finden könne.

Dann zeigte sie mir ein geheimes Versteck in einer Art Keller unter dem Boden des Wohnzimmers, in welchem ihr Vater seine Alkoholvorräte aufzubewahren pflegte. Das Versteck war ein Hohlraum hinter einigen losen Mauersteinen, in dem wir eine große Summe in Goldstücken fanden, die, wie Robertson seiner Tochter mehrmals gesagt hatte, ihr gehören würden, falls ihm etwas zustoßen sollte. Bei dem Gold lagen sein Testament, ein Packen Wertpapiere, ein paar Jugenderinnerungen, einige Liebesbriefe, sowie ein Gebetbuch, das seine Mutter ihm geschenkt hatte.

Diese Wertsachen, von deren Vorhandensein außer Inez

niemand wußte, nahmen wir heraus und trafen dann Vorbereitungen zu unserer Abreise. Diese waren sehr einfach: Was wir an wertvollen Sachen mitnehmen konnten, luden wir auf den Wagen und trieben auch die besten Rinder der Herde mit uns. Die Farm, das Warenlager und die anderen Rinder wurden der Obhut Thomasos übergeben, mit der Maßgabe, daß er die Hälfte der erwirtschafteten Profite für sich behalten könne und Inez' Anteil zweimal pro Jahr an eine Bank an der Küste überweisen sollte, bei der ihr Vater ein Konto besaß. Ob er das jemals getan hat oder nicht, vermag ich nicht zu sagen, doch da sie auf keinen Fall in Strathmuir bleiben wollte, schien mir das die beste Lösung zu sein, weil es keine Käufer für eine Farm in jenem abgelegenen Gebiet gab.

Als wir eines schönen Morgens von dort aufbrachen, fragte ich Inez, ob es ihr schwerfiele, Strathmuir zu verlassen.

»Nicht im geringsten«, antwortete sie sehr nachdrücklich. »Mein Leben hier ist eine einzige Hölle gewesen, und ich will diesen Ort nie wiedersehen.«

Als wir die Nordgrenze des Zululandes erreichten, ereignete es sich, daß Zikalis Große Medizin, wie Hans sie nannte, ihre wirklich große Rolle spielte, denn ohne sie wären wir sicher getötet worden, jeder einzelne von uns.

Ich habe nicht vor, diese Geschichte in allen Einzelheiten zu erzählen; dazu ist sie zu lang und zu kompliziert. Lassen wir es also damit genug sein, daß sie mit dem Komplott Umslopogaas' gegen Cetywayo zusammenhing, das von seiner Frau Monazi und ihrem Geliebten Lousta verraten worden war, die ich beide an früherer Stelle dieser Aufzeichnung bereits erwähnte. Die Folge davon war, daß an allen Grenzen Ausschau nach ihm gehalten wurde, weil man erwartete, daß er früher oder später ins Zululand zurückkehren würde; und es war auch bekannt, daß er in meiner Begleitung reiste.

So kam es, daß meine Annäherung an die Grenze von Spionen berichtet wurde, und wir dort von einem *Impi* unter dem Kommando eines Mitglieds des königlichen Hauses erwartet und umzingelt wurden. Vor dem Angriff schickte der Führer dieses *Impi* jedoch Boten zu mir und ließ mir ausrichten, daß der König mit mir keinerlei Streitigkeiten habe, obwohl ich mich in zweifelhafter Gesellschaft befände, und wenn ich ihm Umslopogaas, Häuptling des Volkes der Axt, auslieferte, könnte ich ungehindert weiterreisen, wohin ich wollte, und alle meine Habe mit mir nehmen. Anderenfalls würden wir angegriffen und ausnahmslos getötet werden, da es nicht wünschenswert sei, Menschen am Leben zu lassen, die berichten könnten, wie Umslopogaas gestorben sei. Nachdem die Boten ihr Ultimatum übermittelt und sich geweigert hatten, über dessen Bedingungen zu verhandeln, zogen sie sich mit der Ankündigung zurück, daß sie in einer halben Stunde zurück sein würden, um sich eine Antwort zu holen.

Als sie außer Hörweite waren, trat Umslopogaas, der ihnen mit finsterem Schweigen zugehört hatte, zu mir und sprach so, wie man es von ihm erwarten konnte.

»Macumazahn«, sagte er, »ich komme nun zum Ende einer unglücklichen Reise, obwohl es nicht so schlimm sein mag, wie es scheint, da ich, der ich auszog, die Toten aufzusuchen, nur um von einer Hexe mit höhnischen Schatten abgespeist zu werden, nun die Toten auf die einzige Art finden werde, auf die man sie finden kann, nämlich indem man einer der ihren wird.«

»Es scheint, daß wir alle es bald sein werden, Umslopogaas.«

»Nein, Macumazahn. Jener Sohn des Königs wird euch sicheres Geleit geben. Es sind ich und die Meinen, deren Blut er haben will, und das ist auch sein gutes Recht, da ich gegen den König rebelliert haben würde, weil ich meines armseligen Loses müde bin und mich auf seinen Thron setzen wollte. Mit diesem Streit hast du nichts zu tun, obwohl du, dessen Herz so weiß ist wie seine Haut, nicht daran denkst, mich im Stich zu lassen. Außerdem, auch wenn du kämpfen wolltest, so ist doch eine in jenem Wagen, deren Leben wegzugeben du nicht das Recht hast. Die Lady Traurige Augen ist wie ein Kind in deinen Armen, und sie mußt du in Sicherheit bringen.«

Dieses Argument war so stichhaltig, daß ich nicht wußte, was ich darauf sagen sollte. Also fragte ich ihn nur, was er zu tun gedenke, da wir von allen Seiten umstellt waren und deshalb an eine Flucht nicht zu denken war.

»Ein glorreiches Ende suchen, Macumazahn«, sagte er mit einem Lächeln. »Ich werde mit meinen Männern, die alle sind, die noch zu mir gehören, hinausgehen, da mein Schicksal auch das ihre ist, und wir werden uns Rücken an Rücken auf jenen Hügel stellen und dort warten, bis diese Hunde des Königs uns angreifen. Bleib noch ein wenig, Macumazahn, und sieh zu, wie Umslopogaas, Träger der Axt, und die Krieger der Axt, kämpfen und sterben können.«

Ich schwieg, weil ich nicht wußte, was ich sagen sollte. Wir alle standen schweigend, mehrere Minuten lang, und ich sah, wie der Schatten auf die Markierungslinie zukroch, die der Führer der Boten mit seinem Speer in den Boden gezogen hatte, denn er hatte verkündet, daß er zurück sein würde, um sich unsere Antwort zu holen, wenn der Schatten diese Markierung erreichte.

Durch diese angespannte Stille hörte ich ein leises, trockenes Hüsteln, das, wie ich wußte, aus Hans' Kehle kam und mir ankündigen sollte, daß er mir etwas zu sagen hätte.

»Was willst du?« fragte ich irritiert, da es mich ärgerte, ihn gemütlich auf dem Boden sitzen zu sehen, sich mit den Resten seines Hutes Luft zuzufächeln und mit leerem Blick zum Himmel emporzustarren.

»Nichts, Baas, das heißt, nur dieses, Baas: Diese Hyänen von Zulus haben sogar noch mehr Angst vor der Großen Medizin als die Kannibalen im Norden, da der Erzeuger von ihr ihnen näher wohnt, Baas. Erinnerst du dich nicht, Baas, wie sie vor ihr gekniet haben, als wir Zululand verließen?«

»Na und? Jetzt gehen wir über *ins* Zululand«, erwiderte ich scharf. »Willst du etwa, daß ich ihnen das Ding zeige?«

»Nein, Baas. Wozu auch, da sie dich ohnehin passieren lassen wollen, und auch die Lady Traurige Augen, und mich, und die Rinder, und den Gespannführer, und den

Voorlooper, und alle anderen Sachen. Was also könntest du gewinnen, wenn du ihnen die Große Medizin zeigtest? Aber wenn sie um den Hals von Umslopogaas hinge, und *er* sie ihnen zeigte und sie daran erinnerte, daß jeder, der den berührt, welcher im Schatten von Zikalis Großer Medizin steht, oder etwas, das ihm gehören mag, innerhalb von drei Monaten sterben wird, auf die eine oder die andere Art – vielleicht, Baas, wer kann das wissen?« und er hüstelte wieder trocken und starrte zum Himmel empor.

Ich übersetzte, was Hans mir auf Holländisch gesagt hatte, für Umslopogaas, der mit unbeteiligter Stimme sagte: »Dieser kleine gelbe Mann wird zu Recht Licht-im-Dunkel genannt; auf jeden Fall könnte man seinen Plan ausprobieren. Wenn er fehlschlägt, ist noch immer Zeit zum Sterben.«

Mit der Überlegung, daß dies eine Situation war, in der ich das Recht dazu hatte, nahm ich zum ersten Mal den Talisman ab, den ich so lange getragen hatte, und legte ihn Umslopogaas um den Hals, der ihn unter seiner Decke verbarg.

Wenig später kehrten die Boten zurück, und diesmal war der Häuptling selbst bei ihnen, um mich zu begrüßen, wie er sagte, denn ich kannte ihn flüchtig, da wir einmal einen Handel über Rinder abgeschlossen hatten. Nach ein paar freundlichen Worten kam er auf die Angelegenheit Umslopogaas zu sprechen und erklärte mir den Fall in einigen Details. Ich sagte, daß ich seine Lage sehr gut verstehe, es jedoch *sehr* gefährlich sei, sich mit einem Mann anzulegen, der die Große Medizin von Zikali persönlich trüge. Als er das hörte, traten ihm fast die Augen aus dem Kopf.

»Die Große Medizin des Öffners von Straßen!« rief er aus. »Oh! Jetzt verstehe ich, warum dieser Häuptling des Volkes der Axt unbesiegbar ist – er ist also ein Zauber, daß niemand ihn töten kann!«

»Ja«, antwortete ich, »und du weißt auch, daß jeder, der sich gegen die Große Medizin stellt, oder gegen jenen, der sie trägt, innerhalb von drei Monden eines entsetzlichen Todes stirbt, er und sein Haus, und alles, was darin ist, nicht wahr?«

»Ich habe davon gehört«, sagte er mit einem gequälten Lächeln.

»Nun, jetzt wirst du ja erfahren können, ob diese Prophezeiung stimmt oder nicht«, setzte ich fröhlich hinzu.

Darauf bat er, mit Umslopogaas allein sprechen zu dürfen.

Ich habe das Gespräch nicht mitgehört, doch an seinem Ende kam Umslopogaas zurück und verkündete mit so lauter Stimme, daß niemand auch nur ein Wort überhören konnte, er habe eingesehen, daß jeder Widerstand sinnlos sei, und da er mich, seinen Freund, nicht in seine Angelegenheiten hineinziehen wolle, habe er sich bereiterklärt, zusammen mit seinen Männern diesem Häuptling des Königs zum königlichen Kraal zu folgen, wo man ihm ein faires Gerichtsverfahren wegen einiger falschen Anklagen, die gegen ihn erhoben worden waren, garantiert habe. Er fügte hinzu, daß der Häuptling des Königs auf die Große Medizin des Öffners von Straßen geschworen habe, ihm sicheres Geleit zu geben und keine Falschheit an ihm zu versuchen, was, wie jedermann im Land wußte, ein Eid war, der von niemandem gebrochen werden würde, der noch eine Weile die Sonne sehen wollte.

Ich fragte den Häuptling, ob dem so sei, ebenfalls mit lauter Stimme. Ja, da sein Befehl lautete, Umslopogaas lebend zurückzubringen, wenn das möglich sei, und er ihn nur töten solle, falls er sich weigerte mitzukommen.

Später hatte ich, während ich so tat, als ob ich Umslopogaas einige Sachen aus dem Wagen gäbe, ein kurzes Gespräch unter vier Augen mit ihm, bei dem er mir mitteilte, daß die Abmachung war, ihn bei Nacht zusammen mit seinen Leuten entkommen zu lassen.

»Eines sei gewiß, Macumazahn«, sagte er, »wenn ich nicht entkomme, entkommt auch der Häuptling nicht, da ich mit meiner Axt ständig an seiner Seite gehen werde, und bei dem ersten Zeichen von Falschheit wird diese Axt in das Haus seines dicken Schädels eintreten und sich mit dem darin befindlichen Gehirn anfreunden.« Er lächelte grimmig.

»Macumazahn«, fuhr er nach einer kurzen Pause fort, »wir haben eine seltsame Reise zusammen gemacht und Dinge gesehen, die es, wie ich glaubte, auf der Welt nicht gibt. Außerdem habe ich in einer Schlacht gegen Geister und Menschen mit Rezu gekämpft und ihn getötet, und das allein war die Mühen dieser Reise wert. Jetzt kommt sie zu ihrem Ende, wie alles in der Welt ein Ende haben muß, und wir trennen uns, aber nicht für immer, wie ich hoffe. Ich glaube nicht, daß ich während dieser Reise mit dem Häuptling sterben werde, doch bin ich sicher, daß andere an ihrem Ende sterben werden«, setzte er finster hinzu, ein Ausspruch, den ich zu jener Zeit noch nicht verstand.

»Ich habe das Gefühl, daß in jedem Land der Hexen und Zauberer der Geist der Prophezeiung an mir hängengeblieben und in mich hineingekrochen ist. Und jetzt sagt mir dieser Geist, daß wir uns in späteren Jahren wiedersehen und Seite an Seite in einem wilden Kampf stehen werden, der unser letzter sein wird, wie es die Weiße Hexe meines Wissens gesagt hat. Oder vielleicht wohnt der Geist in Zikalis Medizin, die in meine Kehle eingedrungen ist und nun als Worte herauskommt. Ich kann es nicht sagen, doch hoffe ich, daß es ein wahrer Geist ist, denn obwohl du weiß bist, und ich schwarz, und du klein bist, und ich groß, und du freundlich und schlau bist, und ich hart und offen, wie die Klinge meiner Axt, habe ich dich so gern, Macumazahn, als ob wir von derselben Mutter geboren und im selben Kraal aufgewachsen wären. Doch der Häuptling wartet und wird mißtrauisch, wenn wir zu lange miteinander sprechen, also lebe wohl! Ich werde die Große Medizin zu Zikali zurückbringen, wenn ich am Leben bleibe, und wenn ich sterben sollte, muß er einen der Geister schicken, die ihm dienen, um sie zwischen meinen Knochen hervorzukramen.

Auch du lebe wohl, Gelber Mann«, fuhr er an Hans gewandt fort, der sich lautlos herangeschlichen hatte und herumstand wie ein Hund, der nicht weiß, ob er willkommen ist. »Zu recht wirst du Licht-im-Dunkel genannt, und ich freue mich, dich kennengelernt zu haben, der ich von dir gelernt habe, wie eine Schlange sich bewegt und zuschlägt, und wie ein Schakal denkt und den Fallen aus dem Wege geht. Ja, lebe wohl, denn der Geist in mir sagt mir nicht, daß wir uns wiedersehen werden.«

Dann erhob er seine große Axt, erwies mir den formalen Salut und nannte mich: ›*Baba! Koos y umcool! Koos y pagate!*‹* womit er meine Überlegenheit über sich dokumentierte, was er noch nie zuvor getan hatte, und während er das tat, stimmten Goroko und die anderen Zulus ein und überschütteten mich mit noch mehr Ehrentiteln.

Kurz darauf war er zum Häuptling des Königs gegangen, an dessen Seite er sich hielt wie ein eifersüchtiger Liebhaber, während seine Finger über den Hornstiel der Axt spielten, die *Inkosikaas* hieß.

»Ich bin froh, daß wir ihn los sind, Baas«, sagte Hans und spuckte nachdenklich aus. »Es macht nichts, gelegentlich mit einem zahmen Löwen in einer Hütte zu schlafen, doch wenn man das viele Monde hindurch getan hat, beginnt man sich zu fragen, wann man eines Nachts erwacht und merkt, daß er einem die Decken herunterzieht und einem das Haar mit seinen Krallen kämmt. Ja, ich bin sehr froh, daß dieser halb-gezähmte Löwe fort ist, da ich manchmal daran gedacht habe, ihn zu vergiften, damit wir in Ruhe schlafen können. Du weißt, daß er mich eine Schlange nannte, Baas, und das Gift ist der einzige Speer der Schlange. Kann ich den Boys sagen, daß sie die Ochsen einspannen sollen? Ich denke, je weiter wir von diesem Häuptling und seinen Männern wegkommen, desto ruhiger werden wir reisen, besonders jetzt, da wir nicht mehr die Große Medizin bei uns haben, um uns zu schützen.«

»Du selbst hast vorgeschlagen, sie ihm zu geben«, erinnerte ich ihn.

»Ja, Baas, aber mir ist es lieber, daß Umslopogaas mit der Großen Medizin fort ist, als wenn du sie behalten hättest und hier geblieben wärst. Reise nie mit einem Verräter, Baas, zumindest nicht in dem Land des Königs, den er töten will. Könige sind sehr selbstsüchtige Menschen, Baas, und

* ›Häuptling und Vater, Großer Häuptling und Vater von alters her.‹

mögen nicht getötet werden, besonders nicht von einem, der sich auf ihren Schemel setzen und den königlichen Salut entgegenehmen will. Niemand erweist einem toten König den königlichen Salut, Baas, ganz egal wie groß er gewesen sein mag, bevor er starb, und keiner hat etwas gegen einen König, der ein Verräter war, bevor er König wurde.«

## 25

## *Allan überbringt die Botschaft*

Wieder einmal saß ich in der Schwarzen Kloof dem alten Zikali gegenüber.

»Also bist du heil zurückgekehrt, Macumazahn. Nun, ich habe dir das vorausgesagt, nicht wahr? Und was die Dinge betrifft, die dir während deiner Reise passierten, so lassen wir sie auf sich beruhen, denn jetzt, da ich alt bin, ermüden mich lange Geschichten, und ich möchte sagen, daß an dieser nichts Besonderes ist. Wo ist der Talisman, den ich dir lieh? Jetzt, da er seinen Zweck erfüllt hat, will ich ihn zurück haben.«

»Ich habe ihn nicht mehr, Zikali. Ich habe ihn Umslopogaas von der Axt gegeben, um sein Leben vor den Männern des Königs zu retten.«

»Oh! Ja, so war es. Ich hatte es vergessen. Hier ist er.« Und damit öffnete er seine Fell-Robe, zeigte mir den häßlichen Talisman, der um seinen Hals hing, und setzte dann hinzu: »Magst du eine Kopie davon haben, zur Erinnerung? Wenn ja, schnitze ich dir gerne eine.«

»Nein«, antwortete ich, »lieber nicht. Ist Umslopogaas hiergewesen?«

»Ja, er war hier und ist wieder gegangen, was einer der Gründe dafür ist, daß ich die Geschichte nicht noch einmal hören möchte.«

»Wohin? Zum Kraal des Volkes der Axt?«

»Nein, Macumazahn, dorther kam er, soweit ich es verstanden habe, doch dorthin wird er nie wieder zurückkehren.«

»Warum nicht, Zikali?«

»Weil er, wie es seine Gewohnheit ist, dort Unruhe verbreitet und ein paar Tote zurückgelassen hat, unter anderem einen gewissen Lousta, glaube ich, den er beauftragt hatte, als Häuptling auf seinem Schemel zu sitzen, während er fort war, und eine Frau namens Monazi, die seine Ehefrau war, oder Loustas Ehefrau, oder ihrer beider, ich habe vergessen, wie es war. Es wird gesagt, daß er gewisse Geschichten über sie hörte, und die Ohren der Eifersucht sind lang, Macumazahn, worauf er den Kopf dieser Frau mit einem Streich seiner Axt abschlug, und Lousta zum Kampf auf Leben und Tod herausforderte, und der Trottel war bereits tot, bevor er seinen Schild heben konnte. Und es geschieht ihm recht, da er sich versichert haben sollte, daß Umslopogaas tot war, bevor er sich in dessen Decken wickelte und sich von dessen Frau den Hirsebrei kochen ließ.«

»Wohin ist er gegangen?« fragte ich ohne Überraschung, da diese Nachricht mich nicht erstaunte.

»Das weiß ich nicht, und es interessiert mich auch nicht, Macumazahn. Er ist ein Wanderer geworden, vermute ich. Er wird dir seine Geschichte erzählen, wenn ihr euch später wiederseht, was seiner Meinung nach der Fall sein wird.* Höre! Ich habe genug von diesem Löwen-Welpen, der ein neuer Chaka ist, doch ohne Chakas Intelligenz. Ja, er ist nichts anderes als ein Kämpfer mit einer langen Reichweite, einem sicheren Auge und der Fähigkeit, die Axt gut zu führen, und solche haben keinen Wert für mich, der ich zu viele davon kenne. Dreimal habe ich versucht, ihn zu überreden, meinen Garten umzugraben, doch jedesmal hat er die Hacke zerbrochen, obwohl der Lohn, den ich ihm dafür versprach, ein Königliches *Kaross*** war, und nichts Geringeres.

---

* Die Begegnung und weitere gemeinsame Abenteuer finden sich in dem Roman *Allan Quatermain* (HEYNE-BUCH Nr. 06/4131) – *Anm. d. Hrsg.*

** Westenartiges Kleidungsstück – *Anm. d. Übers.*

Also genug von Umslopogaas, dem Specht. Ich wünschte fast, daß du ihm meinen Talisman nicht geliehen hättest, denn dann hätten die Männer des Königs ihn erledigt, der zuviel weiß und wie ein alberner Prahlhans die Wahrheit hinausschreien mag, wenn er seine Axt schwingt und er besoffen vom Bier des Kampfes ist. Denn im Kampf lebt er, und im Kampf wird er sterben, Macumazahn, was du vielleicht eines Tages sehen wirst.«

»Das Schicksal deiner Freunde geht dir nicht sehr nahe, Öffner von Straßen«, sagte ich sarkastisch.

»Überhaupt nicht, da ich keine habe. Die einzigen Freunde der Alten sind solche, die sie für ihre eigenen Zwecke benutzen können, und wenn diese versagen, so finden sie andere.«

»Ich verstehe, Zikali, und weiß jetzt, was ich von dir zu erwarten habe.«

Er lachte auf seine seltsame Art und antwortete: »Ja, und das ist gut, gut für die Zukunft und für die Vergangenheit, und für dich, Macumazahn, der du auf deine eigene Weise tapfer bist, ohne ein Narr zu sein wie Umslopogaas, und, obwohl du es nicht weißt, forme ich meine Assegais wie ein Meisterschmied aus dem roten Erz, das ich dir gebe, härte sie im Blut von Menschen, und doch bleiben deine Hände sauber und dein Geist unschuldig. Gerechte Freunde sind nützlich für einen wie mich und müssen gut bezahlt werden mit solchen Dingen, die sie haben wollen.«

Der alte Zauberer brütete eine Weile vor sich hin, während ich über seinen erstaunlichen Zynismus nachdachte, der mich auf eine gewisse Weise faszinierte, denn das Extrem der Unmoral ist genauso interessant wie das Extrem der Tugend, nein, meist interessanter.

Er hob plötzlich seinen großen Kopf und fragte: »Welche Botschaft hat die Weiße Königin dir für mich mitgegeben?«

»Sie läßt dir sagen, daß du sie nachts zu sehr mit Träumen störst, Zikali.«

»Ja, doch wenn ich das nicht mehr tue, will sie jedes Mal den Grund dafür wissen, denn ich höre sie danach fragen, in den Stimmen des Windes, oder dem Zirpen der Fledermäuse. Schließlich ist sie eine Frau, Macumazahn, und es muß langweilig sein, jahrein, jahraus allein dazusitzen, mit nichts, um ihren Appetit zu stillen, außer der Asche vergangener Dinge, so langweilig, daß ich mich frage, woher sie, nachdem ich dich in ihr Netz verstrickt hatte, den Mut nahm, dich gehen zu lassen, bevor sie dir dein Leben und deinen Geist ausgesaugt hatte. Doch welche andere Nachricht hat sie dir für den armen, alten Medizinmann mitgegeben, dessen Gerede sie nächtens so sehr stört?«

Ich berichtete ihm nun von dem Bild, das ich im Wasser der Kristallschale gesehen hatte, das Bild von einem König, der in einer Hütte starb, und von zwei Männern, die Zeuge seines Todes waren.

Zikali lauschte aufmerksam auf jedes Wort, dann brach er in sein unheimliches Lachen aus.

»*Oho-ho!*« lachte er. »Also geht alles gut aus, obgleich die Straße lang ist, denn was immer die Weiße dir in den Feuern des Himmels über der Erde gezeigt haben mag, sie konnte dir nichts als die Wahrheit in dem Wasser der Erde unter dem Himmel zeigen, denn das ist ein Gesetz unserer Propheten-Gilde. Du hast gut für mich gearbeitet, Macumazahn, und du hast eine Belohnung dafür erhalten, die Belohnung einer Vision der Toten, die du vor allen anderen irdischen Dingen begehrtest.«

»Ja«, antwortete ich indigniert, »eine Belohnung mit bitteren Früchten, deren Saft einem den Mund verbrennt und verzieht, und deren Kerne einem im Hals stecken bleiben. Ich sage dir, Zikali, daß sie mir das Herz mit Lügen vollgestopft hat.«

»Vielleicht, Macumazahn, vielleicht. Aber es waren hübsche Lügen, nicht wahr? Und außerdem, dessen bin ich sicher, lag Weisheit in ihnen, wie du bestimmt entdecken wirst, wenn du in zwanzig Jahren gründlich über sie nachdenkst. Lüge, Lüge, alles ist Lüge! Doch hinter der Lüge steht die Wahrheit, so wie die Weiße Hexe hinter ihrem Schleier steht. Du hast den Schleier fortgezogen, Macumazahn, und das hinter ihm gesehen, das dich in die Knie zwang. Es ist doch eine Parabel. Wandere weiter durch das

Tal der Lüge, bis es schließlich eine Biegung macht und du dort, im strahlenden Sonnenlicht, den Berg der ewigen Wahrheit siehst, von allen Menschen gesucht, doch von nur wenigen gefunden. Lüge, Lüge, alles ist Lüge! Doch hinter ihr, glaube mir, steht herrlich und ewig die Wahrheit, Macumazahn. *Oho-ho! Oho-ho!* Lebe wohl, Wächter der Nacht, lebe wohl, Sucher der Wahrheit!«